Elina Backman

Polarnacht

ELINA
BACKMAN

POLAR NACHT

THRILLER

Aus dem Finnischen
von Alena Vogel

PIPER

Mehr über unsere Autorinnen, Autoren und Bücher:
www.piper.de

Wenn Ihnen dieser Thriller gefallen hat, schreiben Sie uns unter Nennung des Titels »Polarnacht« an *empfehlungen@piper.de*, und wir empfehlen Ihnen gerne vergleichbare Bücher.

Von Elina Backman liegen im Piper Verlag vor:
Die Saana-Havas-Reihe:
Band 1: Brandmal
Band 2: Dunkelstrom
Band 3: Polarnacht

Diese Übersetzung wurde gefördert durch FILI – Finnish Literature Exchange. Wir bedanken uns herzlich!

FILI FINNISH LITERATURE EXCHANGE

Unser Versprechen für mehr Nachhaltigkeit
• Klimaneutrales Produkt
• FSC®-zertifiziertes Papier
• Hergestellt in Europa

FSC www.fsc.org MIX Papier | Fördert gute Waldnutzung FSC® C083411

ISBN 978-3-492-06553-5

Titel der finnischen Originalausgabe: »Ennen kuin tulee pimeää«, Otava, Helsinki 2022

Published in agreement with Elina Backman and Elina Ahlback Literary Agency, Helsinki, Finland.
Redaktion: Susann Harring
Satz: Uhl + Massopust, Aalen
Gesetzt aus der Kepler
Druck und Bindung: CPI Books GmbH, Leck
Printed in the EU

Dieses Buch ist
meiner geliebten Mutter gewidmet.

Danke, Mama, dass du mir die Liebe
zu Sprache und Geschichten
beigebracht hast.
Du kannst dies nicht mehr lesen,
aber ich wollte es dir trotzdem sagen.

»Ich bin das Licht, das dich ins Dunkel führt.«

PENTTI SAARIKOSKI, *DIE TÄNZE DES DUNKLEN*

PROLOG

Inari, Samstag, 11.7.1998

Knochenschüttlers verheißungsvolles Knattern ertönt. Kurz darauf folgt ein Klopfen. Inga rennt zur Tür und wirft einen Blick auf ihre Mutter, die gerade Kartoffeln wäscht. Diese ist schon so an Ingas Kommen und Gehen gewöhnt, dass sie am Abend gar nicht mehr mit ihrer Gesellschaft rechnet.

»Mama, wir gehen jetzt!«, ruft Inga.

»Ja«, sagt ihre Mutter und lächelt Anet zu, die im Türrahmen erschienen ist. »Kommt zum Saunieren zurück, wenn ihr genug um die Häuser gezogen seid. Ich habe heute Morgen schon die Rauchsauna angeheizt«, fügt sie sanft hinzu. Einen flüchtigen Augenblick lang verspürt Inga Wehmut. Wenn sie doch noch ein kleines Kind wäre und einfach mit ihrer Mutter saunieren würde, anstatt aufgestylt auszugehen, zu rauchen und in einem verboten kleinen Top mit Anet in der Disco herumzutanzen. Die Entscheidung fällt ihr trotzdem leicht, schließlich ist sie schon siebzehn.

»Lass uns morgen früh gehen, Mama, wenn die Steine dann noch Wärme abgeben«, sagt sie und wirft ihrer Mutter einen Luftkuss zu.

Knochenschüttler rast die Angelintie entlang, hüpft durch die Schlaglöcher, wirbelt auf der vom heißen Sommer trockenen Straße Staub und Schmutz auf. Inga öffnet trotzdem das Fenster, und die Mädchen lachen, als ihnen die Rentiere verdutzt nachstarren.

»Mach das Fenster zu, bevor wir bei lebendigem Leibe gefressen werden«, bittet Anet und zündet sich eine Zigarette an. Inga legt die Füße auf das Armaturenbrett, ein unbestimmtes, starkes Gefühl von Freiheit kitzelt sie im Bauch. Samstagabend und Sommer. Eine nachtlose Nacht. Wahrscheinlich werden sie nichts Nennenswertes erleben, aber am Wochenende erscheint ihnen jedes Mal alles möglich.

In jenem Sommer herrschte in Lappland eine Hitzewelle. Der Nachmittag war ungewöhnlich heiß. Doch bald schon vergaßen die Leute die Anzeige auf dem Thermometer, denn als Inga nur wenige Tage später als vermisst gemeldet wurde, sollte das Schicksal des Mädchens noch weit länger in den Köpfen der Bewohner von Inari verweilen als die drückende, quälende Hitze.

TEIL I

Saana starrt auf den Karton an der Wand. Er ist zu hoch, um ihn unter dem Bett zu verstauen, aber sie wollte ihn auch nicht öffnen und den Inhalt auspacken. Er stammt aus Hartola. Darin ist alles, was von ihrer Mutter übrig geblieben ist – neben den Erinnerungen, den Möbeln und den Fotos. Tante Inkeri hat die Sachen aufbewahrt, vielleicht genau für diesen Moment. Den Moment, in dem Saana Neugier verspürt und bereit ist, die Andenken an ihre Mutter zu erkunden. Wenn die Trauer nachgelassen hat und allmählich in leise Melancholie übergegangen ist. Wenn Saana das Gefühl hat, die Wut und die Bitterkeit über das, was ihre Mutter getan hat, überwunden zu haben, und endlich versuchen möchte zu verstehen, wie ihre Mutter vor Saanas Geburt war. Hoffentlich wird sie sich trotz allem hauptsächlich an die guten Seiten ihrer Mutter erinnern. Gerade deshalb wollte sie den Karton noch nicht öffnen. Sie weiß nicht, was darin zum Vorschein kommen wird.

Träge stupst sie die Kiste mit dem Fuß an, wie um zu testen, ob sie dadurch zum Leben erwacht. Genau in dem Augenblick ruft Inkeri an.

»Wie geht's meiner Lieblingsnichte?«, fragt sie, und auf Saanas Gesicht macht sich ein Lächeln breit.

»Ich bin deine einzige Nichte«, entgegnet Saana und setzt sich neben den Karton auf den Boden. Draußen ist es bereits so kühl geworden, dass sie die Heizung anmachen musste. Sie wärmt ihr angenehm den Rücken.

»Wie ist es dir ergangen?«, fragt Inkeri. Was auch immer sie antwortet – Saana weiß, dass Inkeri es heraushören würde, wenn sie versuchte, ihr etwas vorzumachen. Im vergangenen Jahr – eigentlich auch schon davor – hat Inkeri sie in ihren hilflosesten Momenten erlebt. Ihre Tante ist vielleicht der einzige Mensch in ihrem Leben, dem sie all ihre Seiten zeigen kann. Auch die schwächsten. Und sie ist die Einzige, der Saana gestanden hat, dass sie nicht mehr kann, und die sie um Hilfe gebeten hat. Vielleicht wird sie in Zukunft auch mit Jan öfter den Mut zu einem offenen Gespräch haben.

»Ganz gut, danke«, antwortet Saana. »Vieles läuft wirklich gut. Aber ich habe trotzdem das Gefühl, dass ich kein vollständiges Bild bekomme, solange ich nicht ...«

»Solange du nicht was?«, fragt Inkeri.

»Solange ich Mama nicht kennengelernt habe«, murmelt Saana. »Ich habe den Karton zwar mitgenommen, mich aber noch nicht getraut, ihn aufzumachen. Ich konnte den Deckel zur Vergangenheit nicht anheben, obwohl ich dachte, ich wäre so weit. Außerdem ist es schwierig, sich im Nachhinein ein Bild von Mama zu machen.«

»Stimmt, sie hat keine Tagebücher hinterlassen. Aber vielleicht ist das gut. Du kannst sie in deinem Geist genau so erschaffen, wie du willst. Das könnte die Vergangenheit vielleicht sogar erträglicher machen.«

»Ich kenne deine Erinnerungen an sie, an die Zeit, als ihr noch klein wart und so, aber eben nur aus deiner Perspektive.

Mama hatte so gut wie keine Freunde, und Oma und Opa sind tot. Ich komme nicht wirklich weiter.«

»Du hast dich also noch nicht mit ihm unterhalten?«, fragt Inkeri vorsichtig.

»Mit wem?«, entgegnet Saana verwirrt.

»Na, mit deinem Vater natürlich«, versetzt Inkeri, und Saana wird hellhörig. Ein Gespräch mit ihrem Vater ist eine so selbstverständliche Idee, dass sie gar nicht darauf gekommen ist. Vielleicht, weil sie sich so selten sehen, und wenn sie sich sehen, dann sagt er so gut wie nichts.

»Ich weiß, dass er kein Mann vieler Worte ist. Aber wenn er eines für dich tun kann, dann dir zumindest von seinen Erinnerungen erzählen.«

»Ja«, murmelt Saana und starrt auf die Kiste. Das Mindeste, was ihr Vater tun könnte, wäre, ein Gespräch über ihre Mutter zuzulassen. Saana hat noch nie seine Sicht der Dinge gehört. Wie es dazu kam, dass sie mit ihrer Mutter in Helsinki blieb und er in seine alte Heimat im Norden floh.

»Manchmal denke ich, dass es ein ziemlich feiger Akt war«, gesteht sie und spürt Wut in sich aufsteigen. »Dass Papa in der Lage war, so etwas zu tun: wegzugehen und mich mit meiner kranken Mutter allein zurückzulassen.«

»Nur wenige Dinge sind klar oder einfach. Zwischen den beiden lief es damals nicht besonders gut, so wie ich es verstanden habe. Dein Vater fühlte sich in Helsinki nicht wohl. Aber da war deine Mutter noch gesund«, erwidert Inkeri. »Ich kann dir nur raten: Ruf ihn an, besuch ihn vielleicht sogar. Es wäre gut, wenn ihr über diese Dinge reden könntet.«

»Wann hast du zuletzt mit Papa gesprochen?«, fragt Saana. Wenn Inkeri wüsste, wie schweigsam er ist, würde sie wohl kaum ein Gespräch vorschlagen.

»Letzte Woche.«

Saana erstarrt für einen Moment. Ihre Hand, die auf dem Kartondeckel herumgetippt hat, hält inne, und die Finger bleiben kurz in der Luft stehen.

»Was?«, fragt sie überrascht.

»Wir telefonieren einmal im Monat«, gibt Inkeri zu. »Er war mir eine Stütze, als deine Mutter ...«

»Warum hast du mir das nicht erzählt?«, fragt Saana.

»Weil es nichts zu erzählen gibt. Im Grunde genommen ist er ein guter Kerl. Ich weiß, du bist wütend auf ihn, aber er ist trotz allem einer von den Guten, vergiss das nicht.«

Während Inkeri spricht, öffnet Saana den Deckel des Kartons einen Spaltbreit und sieht eine Schallplatte hervorspitzen.

»Hier im Karton ist eine Schallplatte«, sagt sie und zieht sie mitsamt ihrer Papphülle heraus.

»Natürlich«, sagt Inkeri schmunzelnd. »Deine Mutter hat Musik und ihre Platten geliebt. Hier sind noch viel mehr davon. Diese eine im Karton war ihre Lieblingsplatte – eine Single, die ich ihr aus Portugal mitgebracht habe.«

Saana betrachtet das Plattencover, auf dem die stark geschminkte Debbie Harry in blauer Jeansjacke ins Mikrofon singt. Ihr toupiertes blondes Haar glänzt hell im Bühnenlicht. Blondie – *Heart of Glass.*

»*Heart of Glass,* deine Mutter hat es geliebt, manchmal hat sie es Dutzende Male hintereinander angehört«, erzählt Inkeri mit sanfter Stimme. Saana lächelt Debbie Harry zu. Auch Mama hatte blondes Haar. Sie schließt die Augen und stellt sich vor, wie ihre Mutter diese Platte in den Händen hielt. Was empfand sie wohl dabei? War sie glücklich?

»Ich habe keinen Plattenspieler«, sagt Saana enttäuscht, beschließt aber, die Platte trotzdem aufzuheben.

Jan geht über den Büroflur. Das Training von gestern Abend macht sich in Form von steifen Oberschenkelmuskeln bemerkbar. Dehnübungen würden vielleicht helfen, aber wenn er eines schon immer gehasst hat, dann das.

»Hast du schon die Neuigkeiten gehört?«, ruft die Chefin, als er an ihrem Büro vorbeigeht. Durch einen Spalt in der Jalousie schimmert etwas Grünes. Dieses Büro ist viel heller als die anderen. Vielleicht hat sie sich schon für die dunkle Jahreszeit gewappnet und sich mehr Pflanzenlampen zugelegt.

»Was hast du gesagt?«, fragt Jan, bleibt in der halb offenen Tür stehen und lehnt sich in den Rahmen. Johanna Nieminen, seine Vorgesetzte und Abteilungsleiterin, genannt Jone, steht an ihrem Schreibtisch und besprüht gerade die große, üppige Monstera auf dem Boden mit Wasser. Dann hält sie inne und bedeutet Jan, näher zu kommen.

»Ich habe nur gefragt, ob du schon die Neuigkeiten gehört hast. Dass man Heidi dazu ermutigt hat, sich für den neuen Posten zu bewerben. Es ist geplant, sie zu einer Art innovativen mittleren Führungskraft zu machen. Das wäre eine Stelle, die auch dir gehören könnte. Weißt du noch? Ich habe es vor ein paar Wochen erwähnt.«

»Heidi? Sprechen wir von Heidi Nurmi?«, wiederholt Jan, und zu seiner Überraschung nickt Jone. »Also von der Heidi, die Außeneinsätze liebt und Bürokratie hasst?«

»Darüber weiß ich nichts«, sagt Jone. »Ich habe dir nur erzählt, was ich gehört habe. Der Bewerbungsprozess hat anscheinend gerade erst begonnen. Er wird noch etwas dauern. Ich sage dir das auch deshalb, weil ich unser Gespräch nicht vergessen habe. Darüber, dass Heidi auf unserer Liste sofort an erster Stelle stehen würde, wenn wir die Möglichkeit hätten zu rekrutieren. Das können wir wohl vergessen, wenn sie nach Höherem strebt.«

»Aber ob Heidi so einen Posten wirklich will?« Jan merkt, dass er sich ärgert. Heidi und er kennen sich bereits seit der Polizeischule, und sie hat kein Wort darüber verloren, dass sie nach den Herausforderungen einer Führungsposition streben würde. Sein Ärger hat nichts mit Neid zu tun. Er gönnt Heidi alles, egal, was sie sich in den Kopf setzt. Er hat keinen Zweifel daran, dass sie alle Herausforderungen meistern könnte, denen sie sich stellt, aber er ist zutiefst enttäuscht, dass sie ihm nichts davon erzählt hat. Sogar eine Empfehlung hätte er ihr schreiben können – wenn sie ihn denn darum gebeten hätte.

Jan ist sich seiner Enttäuschung bewusst. Nachdem sie in diesem Jahr zwei komplizierte Mordfälle zusammen gelöst haben und ihm die Zusammenarbeit mit Heidi gefiel, hat er gehofft, sie bekämen in Zukunft noch weitere Gelegenheiten dazu. Aber wenn Heidi in die Führungsebene aufsteigt, kann er sich direkt von der Idee gemeinsamer Ermittlungen verabschieden. Außerdem würde er Heidis klugen Kopf vermissen. Wenn es nach ihm ginge, würde er sagen, dass man Heidis

Kopf nicht für Papierkram und Verwaltungsaufgaben vergeuden sollte. Sie funktioniert am besten unter Druck, gerade im Außeneinsatz.

Die Gespräche mit ihr sind offen geblieben, aber einmal hat er sie schon ermutigt: »Komm zu uns. Hör bei der Helsinkier Polizei auf und wechsle zum zentralen Kriminalamt.«

Jone geht zu einer anderen Pflanze und fährt mit dem Besprühen fort. Jan ist sich sicher, dass sie zu den Menschen gehört, die ihren Pflanzen gut zureden, wenn sie mit ihnen allein sind. Nachdenklich sieht er seine Chefin an.

»Muss man sich dafür nicht richtig bewerben? Es wird doch niemand einfach so ernannt, ohne sich offiziell beworben zu haben?«, vergewissert er sich und ist enttäuscht, als Jone erneut nickt.

Heidi hat hinter seinem Rücken gehandelt. Er weiß nicht, was er davon halten soll.

»Ziemlich grün hier«, sagt er dann, um das Thema zu wechseln. Er sollte Heidi anrufen und sich ihre Erklärung anhören. Erst dann wird er mit der Sache abschließen können.

»Ja, nicht?«, sagt Jone schmunzelnd und blickt sich stolz in ihrem kleinen Büro um, das größtenteils von Pflanzen eingenommen wird. Eine steht auf dem Tisch, mehrere auf dem Aktenschrank, und die größten stehen auf Untersetzern auf dem Boden. Der ins Licht der Pflanzenlampen getauchte Raum sieht aus wie ein kleiner Dschungel.

Saana legt sich auf den hellblauen, gepolsterten Stuhl und kneift die Augen zusammen. Das grelle Kunstlicht blendet trotz der Sonnenbrille, die ihr die Zahnarzthelferin gegeben hat. Es ist ein sportliches Modell. Saana fühlt sich wie der schmuddelige Oktober. Sie weiß, dass das direkt auf ihr Gesicht gerichtete Scheinwerferlicht die kleinen Fussel auf ihrer schwarzen Kleidung und die Schönheitsfehler in ihrem Gesicht entblößt. Sie öffnet den Mund, und die Dentalhygienikerin beginnt ohne Umschweife, den Zahnstein abzukratzen. Das Geräusch ist grässlich. Schon blutet das Zahnfleisch. Die Zahnpflegerin nimmt einen Schlauch in die Hand und gibt etwas Wasser zum Spülen in Saanas Mund. Ab und zu spritzen Saana kleine Tropfen ins Gesicht, und sie weiß nicht, ob es Blut oder Wasser ist. Die Dentalhygienikerin wechselt den Schlauch. Jetzt saugt sie Speichel aus Saanas Mund, währenddessen saugt sich der Schlauch wie ein Blutegel an ihrer Zunge fest. Saana ist unsicher, ob sie schon schlucken darf. Trotz des Spülens schmeckt sie das Blut, und sie haben noch nicht einmal mit der Zahnfüllung begonnen.

Zahnarztbesuche sind für Saana das Schlimmste. Kurz vor

dem Termin sind die Angst und die Beklemmung immer am stärksten. Wenn man erst mal im Wartezimmer sitzt, gibt es kein Zurück mehr. Saana spürt, wie die zu breite Sonnenbrille ihr tiefer ins Gesicht rutscht und ihr auf den Nasenrücken drückt. Die Zahnpflegerin bemerkt es und steckt einen Wattetupfer zwischen Nase und Brille. Saana schwört sich, künftig öfter zum Zahnarzt zu gehen – oder zumindest die Zwischenräume regelmäßig mit Zahnseide zu reinigen. Im Hintergrund läuft leise das Radio. Saana schließt die Augen. Ein Krimi kommt ihr in den Sinn, Hercule Poirot und *Das Geheimnis der Schnallenschuhe,* der sich um eine Zahnarztpraxis dreht. Inmitten des Geflechts an Geheimnissen befindet sich Fräulein Mabelle Sainsbury Seale. Saana verändert leicht ihre Position. Laut Agatha Christie geht Poirot sogar zweimal im Jahr zum Zahnarzt. Andererseits ist er eine fiktive Figur. Saana schmunzelt innerlich. Sie weiß nicht genau, wie lange ihr letzter Zahnarztbesuch schon zurückliegt. Dann öffnet sie die Augen wieder und starrt auf die Deckenfliesen und deren Zwischenräume.

Als die Behandlung vorbei ist, bedankt sie sich bei der netten Zahnarzthelferin und dem Zahnarzt, die es geschafft haben, die Situation trotz allem erträglich zu gestalten, und kehrt zurück zur Arbeit, die eine Hälfte ihres Mundes noch betäubt vom Narkosemittel.

Gerade als Saana ihren Computer eingeschaltet hat, tritt jemand an ihren Schreibtisch.

»Saana, kommst du mal bitte? Es gäbe da etwas zu besprechen«, sagt ihre Chefin, woraufhin Saana ihr verwundert in deren Büro folgt. Im Gehen versucht sie, die betäubte Stelle wiederzubeleben. Sie bereut es, dass sie brav zur Arbeit gegangen ist statt nach Hause, um sich zu erholen.

Die Chefin öffnet die Glastür ihres Büros, lässt Saana hindurchtreten und schließt sie hinter ihnen wieder. Mit zügigen Schritten geht sie zu ihrem Schreibtisch, und beide nehmen Platz.

»Wie gefällt es dir bisher bei uns?« Der Blick, mit dem die Geschäftsführerin Saana mustert, ist freundlich.

»Danke, gut«, antwortet Saana unsicher. Das ist wohl die Antwort, die von ihr erwartet wird?

»Gut«, sagt die Chefin. »Mein Anliegen hat eigentlich nicht direkt mit der Arbeit zu tun. Ich habe erfahren, dass du Podcasts über Kriminalfälle machst.« Saana wird hellhörig.

»Ja, ich habe zwei Podcast-Reihen gemacht, einer war eine geskriptete Story über mysteriöse Morde in Hartola, und beim anderen habe ich in Echtzeit einen Vermisstenfall auf Lammassaari begleitet«, erzählt sie. Die Worte kommen nicht so selbstsicher aus ihrem Mund, wie sie sollten. Über ihr Interesse an Morden und Verbrechen zu sprechen, ist ihr immer schon schwergefallen, vor allem, weil es ihr in der sauberen, unaufgeregten Bürowelt wie eine Kuriosität erscheint.

»Ich habe diese Woche einen Zeitungsartikel über deine Podcasts gelesen. Beeindruckend. Habe ich das richtig verstanden, dass du mit deinem Podcast ›Spuren‹ letztendlich sogar bei der Aufklärung des Falls geholfen hast?«

Saana nickt verlegen.

»Worüber ich sprechen wollte, hat genau damit zu tun. Also, ich habe eine Bekannte«, sagt ihre Chefin und schlägt die Beine übereinander. »Sie war früher als Juristin für uns tätig, hat hin und wieder bei Verträgen geholfen und so weiter, und wir haben uns angefreundet. In ihrer Familie hat sich ein Mord ereignet, schon vor einiger Zeit, aber ich fürchte, der Fall wird sie niemals in Ruhe lassen. Heta, so heißt sie, hat alles getan, damit der Tod ihrer kleinen Schwester aufgeklärt wird, aber die Ermittlungen kamen nicht voran.«

»Oh, das tut mir leid«, sagt Saana teilnahmsvoll. »Ungeklärte Fälle sind für die Angehörigen extrem belastend. Ich kann mir nur vorstellen, wie schwer es sein muss, seine Schwester auf diese Art zu verlieren.« Beiläufig betastet Saana ihre Wange. Der rechte Mundwinkel hängt unkontrolliert herunter, und sie muss mehrmals schlucken, um zu verhindern, dass ihr die Spucke herausläuft. »Als Angehörige wird sie doch sicher ab und zu von der Polizei über den Fortschritt der Ermittlungen auf dem Laufenden gehalten.«

»Dazu kann ich nicht viel sagen, aber angeblich unternimmt die Polizei nichts mehr. Seit der Tat ist zu viel Zeit vergangen, über zwanzig Jahre, und es gibt keine Hinweise. Dringliche Angelegenheiten gehen vor.«

»Mhm«, brummt Saana.

»Ich habe Mitleid mit Heta. Immer wenn wir uns treffen, spüre ich die Trauer, die in ihr wühlt. Heta tut so, als wäre alles in Ordnung, aber ich weiß, dass es nicht so ist. Sie hat mir erzählt, dass sie vor einigen Jahren einen Privatdetektiv engagiert hat, aber auch das hat zu nichts geführt. Als ich sie heute gesehen habe, hatte ich plötzlich einen Geistesblitz. Ehrlich gesagt frage ich mich, was jemand wie du in Erfahrung bringen könnte. Ob du dabei helfen könntest, dass Hetas größte Angst sich nicht bewahrheitet.«

»Wovor hat sie Angst?«, fragt Saana und wischt sich möglichst unauffällig die Spucke vom Mundwinkel.

»Dass man die Sache auf sich beruhen lässt. Dass der Fall in Vergessenheit gerät. Immerhin warst du schon an der Lösung anderer Fälle beteiligt.« Ihre Chefin wirft ihr einen entschlossenen Blick zu.

»Na ja, irgendwie habe ich schon eine ganz gute Spur gefunden, aber letztlich war es die Polizei, die die Dinge geregelt hat, also, ich meine …«, stammelt Saana.

»Wie auch immer, darf ich ihr deine Handynummer geben? Dann kannst du dir selbst anhören, worum es geht, und dann tun, was du für das Beste hältst.«

»Ja, in Ordnung«, antwortet Saana perplex. Dass nicht sie sich den Fall aussucht, sondern der Fall sie, ist ihr noch nie passiert.

»Ich habe ihr aber keine Versprechungen gemacht. Hoffentlich bist du mir nicht böse, dass ich dich ihr gegenüber erwähnt habe, aber Heta steckt so sehr in ihrer Vergangenheit fest. Du kannst dem Zeitungsartikel von dieser Woche die Schuld geben. Durch ihn bin ich erst auf die Idee gekommen. Ich selbst bin Heta keine Hilfe, aber was ich tun kann, ist, euch beide zusammenzubringen.« Ihre Chefin wirft einen Blick auf ihre Armbanduhr. Saana interpretiert die Geste so, dass gleich das nächste Meeting ansteht.

»Wenn du dich dafür begeistern kannst, können wir natürlich über unbezahlten Urlaub reden. Für mich wäre es zwar ein Verlust, aber ich will Heta helfen. Ihr geht es nicht gut«, fährt ihre Chefin fort und spricht etwas schneller. Saana merkt, dass sie es eilig hat, und steht auf.

»Okay, dann danke für das Vertrauen«, bringt sie an der Tür noch hervor.

Ihre Chefin nickt, während sie bereits einen Anruf auf dem Handy entgegennimmt, das auf dem Tisch vibriert hat. Als Saana zurück zu ihrem Schreibtisch geht, fühlt sie sich etwas verlegen. Die Wahrheit ist: Wenn sie mit dem Aufnehmen von Podcasts genug Geld verdienen könnte, würde sie vielleicht nicht so viel Zeit im Büro verbringen, sondern ungelöste Mordfälle durchforsten und darüber schreiben. Mit den Fingerspitzen betastet sie ihre kribbelnde Unterlippe. Die Betäubung lässt langsam nach. Vielleicht kann sie es riskieren und sich schon einen Kaffee holen.

Mit der Tasse in der Hand kehrt Saana an ihren Schreibtisch zurück und kommt endlich dazu, ihr E-Mail-Postfach zu öffnen. Es ist schon zu viel Arbeitszeit verstrichen, und in ihrem Hinterkopf schwirrt eine riesige Menge an Erledigungen herum, die heute noch anstehen. Beim Überfliegen der Nachrichten ihrer Kollegen und der dringenden Überarbeitungsanfragen für Pressemitteilungen vergisst sie das Gespräch mit der Chefin bald wieder. Als sie zwei Tage später einen Anruf von einer unbekannten Nummer erhält, ist sie daher aufrichtig überrascht.

Als das Handy klingelt, ist es erst halb neun. Saana rollt sich zur Bettkante und tastet auf dem Boden herum, bis sie das Gerät findet. Sie muss den Alarm so schnell wie möglich ausschalten. Erst beim Blick auf das Display stellt sie fest, dass es sich um einen Anruf handelt. Eine unbekannte Nummer. Sie späht zu Jan hinüber, der immer noch regungslos auf seiner Betthälfte liegt. Es ist Samstag, und sie haben beide frei. Jan dreht sich auf die Seite und verkriecht sich noch tiefer unter der kuscheligen Decke. Seine Bewegungen erzeugen ein sanftes Rascheln. Schnell stellt Saana den Ton aus und schleicht sich mit dem Handy an der Brust ins Wohnzimmer.

»Hallo?«, flüstert sie.

»Ist da Saana Havas?«, fragt die Anruferin. Saana wappnet sich innerlich. »Ich habe deine Kontaktdaten von einer Bekannten bekommen«, fährt die Frau fort.

»Guten Morgen«, antwortet Saana und wirft einen Blick aus dem Fenster. Es ist noch fast dunkel, die Morgendämmerung hat noch nicht einmal richtig eingesetzt, und es nieselt leicht. Die letzten Birkenblätter klammern sich an den Baum und glänzen feucht im Licht der Straßenlaterne.

»Mein Name ist Heta Weckman. Ich bräuchte Hilfe in einer alten Angelegenheit«, fährt die Frau fort, und erst jetzt stellt Saanas Gehirn den Zusammenhang zu dem Gespräch mit ihrer Chefin vor zwei Tagen her. Die Bekannte. Heta. Die ihre Schwester verloren hat. Und die angeblich bereit ist, es mit allem zu versuchen, sogar mit Saanas Hilfe, um endlich Klarheit zu erlangen. Schnell überlegt sie, wie sie die Anfrage möglichst freundlich ablehnen könnte. Sie kann nicht als Privatermittlerin auftreten, auch wenn sie von Natur aus neugierig ist und es spannend findet, Rätsel zu lösen. Trotzdem kann sie nicht einer trauernden Angehörigen Hoffnung machen, indem sie sich darauf einlässt, irgendwelche Auftragsrecherchen zu betreiben. Irgendwo muss man eine Grenze ziehen.

Saana streckt sich, um richtig wach zu werden, und schaltet die Lampe am Dunstabzug ein. Das bringt etwas Licht in die schummrige Küche.

»Ich habe ... ich wollte ...«, setzt Heta Weckman nach einem Moment des Schweigens an und scheint um Worte zu ringen. »Auf die Empfehlung deiner Chefin Mia hin habe ich mir deinen Podcast über den Vermisstenfall von Lammassaari angehört. Darum rufe ich an. Ich wollte dich fragen, ob du dir vorstellen könntest, für mich Nachforschungen zu einem alten Mord anzustellen. Mir dabei zu helfen, dass der Fall nicht in Vergessenheit gerät.«

Saanas Herz schlägt schneller. Mit so einer direkten Frage hat sie nicht gerechnet.

»Ich glaube eigentlich nicht, dass ich helfen kann, aber kannst du mir ein bisschen genauer erzählen, worum es geht?«, fragt sie und lehnt sich an die Tischplatte.

»Ich brauche jemanden, dem ich vertrauen kann. Jemanden, der die Geschichte meiner Schwester aufschreibt.«

»Mhm«, brummt Saana. Sie weiß nicht, was sie sagen soll,

also beschließt sie, einfach zuzuhören. Die Stimme der Frau klingt nervös. Ihr Kummer und ihr Frust strömen durch das Telefon direkt in Saanas Brust und Jans dämmrige Küche.

»Mir hat die Art und Weise gefallen, wie du im Podcast ermittelt hast. Du bringst die Leute zum Reden. Als Juristin habe ich schon alle möglichen Vorgehensweisen erlebt. Ich habe anderen bei ihren Problemen geholfen, nun stecke ich selbst in einer Sackgasse. Vor über zwanzig Jahren hat sich in Inari ein Mord ereignet, aber die Polizei unternimmt nichts mehr. Ich habe das Gefühl, man will den Fall vergessen«, sagt Heta leise.

»Mhm. Was genau ist denn in Inari passiert?«

»Das Mordopfer – sie ist meine kleine Schwester«, sagt Heta, und der förmliche Ton verschwindet aus ihrer Stimme. »Man hat sie tot in der Wildnis gefunden, in Angeli, in der Nähe des Sees Pyhäjärvi. Vor Jahren habe ich selbst versucht zu recherchieren, aber ich bin nicht weitergekommen, und sie reden auch nicht mit mir, diese verfluchten ... Wie schon gesagt, die Polizei hat alle Hände voll zu tun, sie interessieren sich nicht für so alte Fälle. Ich ... ich weiß nicht, ob ich das jemals überwinden werde«, sagt sie und fügt dann hinzu: »Ich will wissen, wer es getan hat.«

Saana verlagert das Gewicht von einem Bein auf das andere und räuspert sich. Ihr Blick verharrt auf Jans Kühlschranktür. Dort hängt, mit Magneten befestigt, ein Zettel mit seinem Dienstplan. Auf ihren Wunsch hin hat er seine Arbeitszeiten vorab markiert. Erst jetzt entdeckt Saana, dass er auf die leere Stelle beim heutigen Tag ein Herz gemalt hat.

»Danke für dein Vertrauen und mein herzliches Beileid zu deinem Verlust«, bringt sie dann hervor und versucht, möglichst viel Mitgefühl in ihre Stimme zu legen. »Aber die Polizei tut bestimmt ihr Bestes.« Innerlich beglückwünscht sie sich dazu, dass sie es geschafft hat auszusprechen, was sie sagen wollte. Sie wäre im Augenblick nicht die richtige Person, um diesen Fall zu untersuchen.

»Ich weiß, wie merkwürdig sich das anhört, weil du weder Polizistin noch Detektivin bist«, sagt Heta, als würde sie dort ansetzen, wo Saana in Gedanken stehen geblieben ist. »Ich gehe natürlich nicht davon aus, dass du den Fall löst. Das wäre zu viel verlangt. Aber vielleicht könntest du Informationen sammeln. Meine Schwester wurde 1998 ermordet. Nach einem aktiven Start haben die Ermittlungen stagniert. Dann habe ich selbst begonnen, Daten zu sammeln. Aber es half nichts. Du müsstest nicht bei null anfangen und die Sache auch nicht allein zu Ende führen – so etwas kann ich von niemandem erwarten. Aber vielleicht würdest du als Außenstehende trotzdem etwas sehen, was ich mir nicht einmal angeschaut habe. Außerdem bin ich mir sicher, dass man mir nicht alle Informationen mitgeteilt hat. Dort im Norden kennen sich alle, und niemand redet – vor allem nicht mit mir. Als ich deinen Podcast angehört habe, habe ich den Eindruck bekommen, dass du sehr nahbar bist. Du wirst vielleicht nicht als Bedrohung wahrgenommen, weil du keine Polizistin bist. Es braucht auch niemand zu wissen, dass ich dich gebeten habe, dich mit der Geschichte meiner Schwester zu beschäftigen. Du könntest es als zweiwöchige Recherchereise betrachten, bei der du ein bisschen herumfragst, arbeitest wie bisher und anfängst, einen Bericht über Ingas Leben zu schreiben.«

Saana stellt fest, dass ihre Neugier langsam wächst. Sie will Heta keine Hoffnungen machen, gleichzeitig will sie nun doch mehr wissen. Eigentlich sollte sie die nächste Frage nicht stellen.

Sie tut es trotzdem.

»Gehen wir noch einmal ganz an den Anfang zurück. Was ist vor einundzwanzig Jahren genau passiert?«

Als Saana das Gespräch beendet, weiß sie bereits, dass sie nicht mehr schlafen können wird. Trotzdem beschließt sie, noch einmal ins Bett zu kriechen. Gemütliche Vormittage zusammen mit Jan sind eine Seltenheit. Sie stellt das Handy stumm und schleicht sich zurück ins Schlafzimmer. Seine Atmung ist ruhig und tief. Sie hebt die Decke an, rückt ganz nah an den warmen Jan heran und schließt die Augen.

»Was war das?«, murmelt er im Halbschlaf, dreht sich um und zieht Saana an sich.

Zufrieden kuschelt sie sich noch enger an ihn.

»Eigenartige Sache, ich erzähle es dir später«, flüstert sie und streichelt über seinen Rücken. Jan schweigt und schläft sofort wieder ein.

Es ist erst kurz nach neun. Normalerweise könnte Saana um diese Zeit noch schlafen, aber jetzt ist sie zu aufgeregt. Auch wenn sie es noch so sehr leugnet – der Anruf hat ihre Neugier geweckt.

Zwei Tage später blickt Saana sich unauffällig in der schummrigen, stilvollen Bar des Luxushotels *Kämp* um. Immerhin hat Heta keine fragwürdige, entlegene Absteige als Treffpunkt gewählt. Saana atmet tief durch. Dass ihre Chefin Heta kennt, mindert ihre Unsicherheit etwas. Sie späht zu den Tischen hinüber. Es ist schon kurz nach fünf, aber Heta scheint nicht da zu sein. Nur zwei Tische sind besetzt. An einem davon studiert ein Touristenpärchen gerade den Stadtplan von Helsinki, am anderen sitzt ein gut gekleideter Mann allein vor einer Espressotasse und telefoniert. Saana hat Mitleid mit den Touristen – im Oktober ist Helsinki nass und dunkel. Als sie zurück zum Eingangsbereich gehen will, um dort zu warten, bemerkt sie, dass draußen eine elegante Frau im Kostüm ihren Regenschirm ausschüttelt, ihn schon fast gewaltsam schließt und dann hereinkommt. Ohne zu zögern, winkt sie Saana zu und lächelt.

»Ich bin Heta. Danke, dass du dem Treffen zugestimmt hast«, sagt sie. Ihre Hand ist kalt und feucht.

»Saana.«

»Entschuldige, draußen regnet es waagrecht«, fährt Heta

fort und schaut Saana an, die ihre feuchte Hand am Hosenbein abwischt.

»Das macht nichts«, sagt diese lächelnd.

Heta holt ihre Visitenkarte aus der Tasche und reicht sie ihr. *Heta Weckman, Lindroos & son.*

»Damit du siehst, dass ich auch die Richtige bin«, sagt Heta lachend, und Saana lächelt zurück. Gleichzeitig begutachtet sie Hetas gepflegtes Äußeres. Teuer aussehende Uhr, schwarzes Kostüm, blondes, zu einem strengen Pferdeschwanz gebundenes Haar, blasses, ungeschminktes Gesicht. Sie muss zugeben, dass Heta förmlicher aussieht, als sie erwartet hat.

»Du kannst unbesorgt meine Vergangenheit überprüfen. Ich würde das wahrscheinlich auch tun, wenn ich du wäre«, fährt Heta fort und geht zum Tresen. Saana folgt ihr. Die an anspruchsvolle Kunden gewöhnten Kellner grüßen sie mit affektierter Höflichkeit und lassen sie in Ruhe nach einem passenden Tisch suchen.

»Erst ist Inga verschwunden, und man hat sie im ganzen Gemeindegebiet von Inari gesucht«, beginnt Heta zu erzählen, nachdem sie sich gesetzt haben. »Ein paar Tage später hat man sie in Angeli, am Ufer des Pyhäjärvi, ermordet aufgefunden. Sie war gerade siebzehn geworden.«

Saana nickt.

Als der Kellner kommt, um ihre Bestellungen aufzunehmen, schweigt Heta einen Moment. Saana bemerkt, dass Hetas Hände leicht zittern. Sie bestellen zwei Cappuccino, Heta ordert zusätzlich ein Glas Weißwein.

»Möchtest du auch einen?«, fragt sie, auch wenn es den Anschein macht, als wäre sie überhaupt nicht an Saanas Antwort interessiert.

Es ist ein ganz normaler Montag. Die Leute haben es durch

den ersten Arbeitstag der Woche geschafft. Saana schüttelt den Kopf.

Heta wendet sich ihr zu und sieht sie an.

»*The owls are not what they seem.* Die Lieblingssendung meiner Schwester war *Twin Peaks.* Die Kiefern bei uns im Norden haben einen krummeren Wuchs als in der Serie, und in Inari gibt es auch kein solches Casino, wenn man von den dubiosen Geschäften für die Touristen absieht. Aber genau wie bei *Twin Peaks* ist auch mir meine Schwester einmal im Traum erschienen und hat mir den Namen des Mörders ins Ohr geflüstert. Als ich am Morgen aufwachte, wusste ich allerdings nicht mehr, was sie geflüstert hatte. Ich kehre gedanklich immer wieder zu diesem Traum zurück, aber in meiner Erinnerung ist er stumm. Andererseits war es nur ein Traum. Mein Unterbewusstsein weiß wohl kaum, wer der Mörder ist«, sagt Heta und trommelt mit den Fingern auf den Tisch.

Saana betrachtet sie stumm. Hundert Fragen gehen ihr durch den Kopf. Die Geschichte ist einerseits traurig, andererseits aber auch interessant. Dennoch fühlt sie sich unwohl, wenn sie Heta so gegenübersitzt, denn tief in ihrem Inneren weiß sie, dass sie ihr nicht wirklich helfen kann. Mit der Zusage zu diesem Treffen ist sie schon zu weit gegangen.

»Weißt du, was deine Schwester kurz vor ihrem Verschwinden getan hat?«, fragt sie trotzdem. »Ist an den Tagen davor irgendetwas Besonderes passiert, irgendetwas, was dir aufgefallen ist?«

Heta wirft Saana einen scharfen Blick zu.

»Ich habe versucht, es herauszufinden. Meine Schwester ist Samstagnacht verschwunden, aber wir haben sie nicht einmal sofort vermisst. Sie hatte unserer Mutter gesagt, sie würde bei ihrer Freundin Anet übernachten. Die wohnte in Ivalo. Aber dort ist Inga nie angekommen. Zuletzt gesehen wurde sie am Samstagabend gegen neun in einem Club namens *Vaskooli.*«

»*Vaskooli?*«, wiederholt Saana.

Heta nickt. »Das bedeutet ›Goldwaschpfanne‹. Der Name ist ein Überbleibsel aus der Zeit des Goldrausches. Früher wurde in der Gegend von Ivalo Gold gewaschen und im Akkord danach gegraben. Das *Vaskooli* war in den Neunzigern der einzige Nachtclub in der Gegend und ist es immer noch. Es gehört auch ein Hotel dazu.«

»Mhm«, macht Saana. Der Kellner bringt ihre Bestellungen an den Tisch. »War sie lange verschwunden, bevor sie gefunden wurde?«

»Am Samstag, dem 11. Juli 1998, wurde Inga im *Vaskooli* gesehen. Gefunden wurde sie ein paar Tage später, am Dienstag, dem 14.«

Saana nimmt einen Schluck Kaffee und prägt sich die Details ein. Sie kann nicht anders. Die Geschichte zieht sie in ihren Bann. Ein verschwundenes junges Mädchen hoch oben im Norden. Ein ungelöster Mord. Ein Fall, der all die Jahre nicht angerührt wurde.

»Mit wem hat Inga vor ihrem Verschwinden Zeit verbracht?«, fragt Saana. »Wer gehörte zu ihrem engen Umfeld?«

»Wir sind, oder waren, zu dritt in der Familie, unsere Mutter, Inga und ich. Meine Mutter ist dement und wohnt in einem Pflegeheim in Ivalo. Unsere Eltern haben sich getrennt, als ich noch ein Kind war, und unser Vater ist zwei Jahre vor Inga gestorben. Zwischen Inga und mir liegen zehn Jahre Altersunterschied. Und dann gibt es noch Onkel Erik, seine Frau Eivor und unseren Cousin Johan. Sie wohnen ganz in der Nähe. Inga hatte nicht viele enge Freunde, aber Anet war ihre beste Freundin. Sie waren immer zusammen. Auch an dem Abend, als Inga verschwand.«

Saana nickt. Sie würde sich gern Notizen machen, will aber nicht den Eindruck erwecken, als würde sie schon anbeißen.

»Jetzt habe ich dir auch schon fast alles erzählt, was ich weiß, auch wenn es nur wenig ist«, sagt Heta und beginnt, in ihrer Tasche herumzukramen. »Meine weiteren Gedanken dazu findest du auf diesen Seiten.« Sie legt einen dicken, gepolsterten braunen Umschlag auf den Tisch.

Saana wirft einen neugierigen Blick darauf.

»Als etwas Zeit vergangen war und die Trauer etwas nachgelassen hatte, bin ich in meine Heimat zurückgekehrt und habe angefangen, den Fall selbst zu untersuchen. Das war 2006. Im Laufe der letzten Jahre habe ich meine Notizen ins Reine geschrieben. Letzten Endes habe ich das wohl zu meinem eigenen Trost getan. Darin steht alles, was ich über den Fall weiß. Also, was sagst du? Kannst du dir vorstellen, mir zu helfen?«, fragt Heta mit einem Hauch Hoffnung in der Stimme. »Du verstehst sicher, dass es für mich eigentlich nichts zu verlieren gibt. Mich interessiert, ob ein öffentlicher Podcast die Polizei unter Druck setzen würde, die Ermittlungen abzuschließen.« Heta zieht ihr Weinglas zu sich heran und nimmt einen großen Schluck. Dann schiebt sie den dicken Umschlag in Saanas Richtung. »Ich sehe, dass du zögerst. Hier, nimm ihn, so oder so«, sagt sie etwas sanfter und sieht Saana zaghaft an. Sie wartet, bis Saana den Umschlag genommen hat. Erst dann entspannt sie sich.

»Na gut, ich nehme die Seiten mit, danke«, sagt Saana verlegen. Dann schürft sie mit dem Löffel etwas Hafermilchschaum von ihrem Kaffee und weiß nicht, was sie als Nächstes sagen soll. Es ist Anfang Oktober. Die Chefin hat versprochen, sie auf Wunsch freizustellen. Theoretisch wäre es möglich, doch einen Blick auf den Fall zu werfen.

»Die Texte haben keine sinnvolle Reihenfolge«, fügt Heta

noch schnell hinzu. »Ich beschreibe darin meine eigene Reise nach Angeli inmitten der Trauer. Eine Zusammenfassung voller Angst, könnte man wohl sagen. Ich dachte, wenn ich all meine Erfahrungen aufschreibe, würde meine Schwester nie vergessen werden, aber der Text hat sich irgendwann eher wie eine Last angefühlt. Ich will, dass du mir den Stapel abnimmst, so oder so. Mach damit, was du willst.«

»Aber …« Saana zögert. Kann sie nach diesem Gespräch überhaupt noch Nein sagen? Heta sieht ihr mit bohrendem Blick direkt in die Augen und wartet. »Es ist jetzt auch nicht ausgeschlossen, dass ich mich ein bisschen damit beschäftigen könnte«, hört Saana sich sagen.

»Dann lies dich ein bisschen ein und ruf mich anschließend an, du hast ja meine Nummer.« Heta leert den Rest ihres Weinglases. »Ich will dich nicht unter Druck setzen. Überleg es dir, und gib mir dann Bescheid, wie du dich entschieden hast. Wenn du Ja sagst, würde ich dich bitten, in meine Heimat zu fahren und dort mindestens ein oder zwei Wochen zu verbringen. Du könntest dir die verschiedenen Orte genauer anschauen und dich mit den Leuten unterhalten. Wahrscheinlich würdest du auch mit der Polizei sprechen können. Dort oben nimmt man es nicht so genau. Ich besorge dir eine Unterkunft, und über die Reisekosten können wir auch eine Vereinbarung treffen. Ich hatte jetzt an kein großes Honorar gedacht, aber natürlich bin ich bereit, dir eine kleine Summe zu zahlen. Zumindest sollst du keine Ausgaben haben. Und es versteht sich von selbst, dass ich dir überaus dankbar wäre.«

Saana lächelt Heta unsicher an und kontrolliert dann die Uhrzeit auf ihrem Handy.

»Ich muss jetzt los. Danke für das Treffen und …« Sie überlegt, welche Formulierung sie wählen soll. Am besten geht sie, bevor sie sich noch ohne weitere Überlegung bereit erklärt, der

Frau zu helfen. »Ich habe Interesse, aber das ist kein einfacher Fall«, sagt sie dann.

»Bei deinen Interviews habe ich den Eindruck bekommen, dass leichte Fälle dich nie gereizt haben«, erwidert Heta und steht dann auf. Ihr Halstuch hängt nur noch über eine Schulter, und sie hält inne, um es wieder zu richten.

Saana quittiert Hetas clevere Bemerkung mit einem Grinsen. Wenn sie eines langweilig findet, dann selbstverständliche, einfache und vorhersagbare Dinge. Wie zum Beispiel Arbeitstage, die jeden Tag genau gleich ablaufen.

Nachdem sie die Bar verlassen hat, ruft sie sofort Jan an. Das Besetztzeichen ertönt, also steckt sie das Handy wieder in die Tasche und überquert die Straße. Die weißen Zebrastreifen schimmern im dämmrigen Abendlicht. Saana weicht den Pfützen aus und bereut, dass sie am Morgen ohne Regenschirm aus dem Haus gegangen ist. Es regnet schon den ganzen Tag. Wenn sie Jan erreicht, will sie ihn um einen Gefallen bitten. Sie hätte gern, dass er sicherheitshalber Hetas Hintergrund prüft und ihr Bescheid gibt, sollte er etwas Alarmierendes finden. Wenn er ihr bestätigen könnte, dass die Vergangenheit der Frau unauffällig ist, hätte sie wieder einen Grund weniger, das Angebot nicht anzunehmen. Saana ist schon jetzt genervt, denn es steht zu befürchten, dass er sich weigern könnte, ihr irgendetwas zu verraten. Jan respektiert die mit seinem Beruf verbundene Schweigepflicht mehr als alles andere, und Saana respektiert, dass er sich an die Regeln hält, aber das heißt nicht, dass seine Striktheit sie nicht ab und zu auch nerven würde.

Sie steigt in die Straßenbahn und sucht sich den hintersten Platz aus. Eine auf den ersten Blick gepflegt aussehende Frau steigt ein, setzt sich, zieht eine Bierdose aus der Innentasche ihrer Jacke und trinkt einen Schluck. Bei genauerem Hinsehen erkennt Saana, dass ihre Hose zu groß ist und an ihr herunterhängt und sich in der Plastiktüte keine Einkäufe, sondern ihr halber Besitz befindet. Das Rot auf ihren Wangen ist kein Make-up, sondern stammt vom eisigen, peitschenden Wind. Saana denkt über die fließende Grenze nach, darüber, wie man unbemerkt die Kontrolle über sein Leben verlieren kann. Unwillkürlich muss sie an ihre Mutter denken, eine Frau, die auf den ersten Blick gesund aussah, der aber nach und nach die Zügel aus der Hand geglitten waren. Zuerst konnte sie sich auf nichts mehr konzentrieren, dann konnte sie nicht mehr schlafen. Bald folgten kurze psychoseartige Episoden, und die Realität in ihrem kranken Geist begann sich stark von der im Außen zu unterscheiden.

Saana betrachtet die Bier trinkende Frau. Auch in deren Leben ging es wahrscheinlich nicht über Nacht bergab. Eine flüchtige Überlegung, die sie schon einmal hatte, huscht Saana durch den Kopf: Was müsste passieren, damit es ihr selbst so ergehen würde? Damit die Gläser Wein, die sie sich hin und wieder gönnt, zuerst zu täglichen Gläsern und schließlich zu Flaschen würden? Oder ihr der Bezug zur Realität abhandenkäme? Sie bemerkt, dass sie in Melancholie versinkt. Besser, sie kommt schnell auf andere Gedanken. Sie muss einfach kurz einen Blick in Hetas Umschlag werfen und nachsehen, um was für einen Text es sich handelt. Es kommt ihr vor, als würde Heta all ihre Hoffnung in sie setzen. Ihre Erwartungen lassen Saana schon jetzt einen leichten Druck in der Brust verspüren. Kann sie nach all dem, was sie gehört hat, noch ablehnen und Heta mit der Sache alleinlassen?

Sie zieht die beiden obersten Blätter aus dem Umschlag. Das Deckblatt und die erste Seite.

MEINE SCHWESTER IST NICHT MEHR HIER

Heta Weckmans persönliche Aufzeichnungen

Liebe Leserin, lieber Leser, ich habe alles aufgeschrieben, woran ich mich erinnere und wie ich mich daran erinnere. Dies ist eine Erzählung aus meinem Leben, in dem die Distanzen zwischen den Städten, den Dörfern, den Häusern und den Menschen groß sind. Vor allem ist dies eine Geschichte über die Distanz zwischen meiner Schwester und mir. Alles begann damit, dass meine Schwester gefunden wurde.

Ich nahm den Briefumschlag vom Tisch, erkannte die Handschrift darauf. Er stammte von meinem Cousin. Ich nahm den silbernen Brieföffner aus der Schreibtischschublade. Das Messer schlitzte den Brief sauber und mit Leichtigkeit auf. Ich zog eine gewöhnliche Seite Druckerpapier aus dem Umschlag und entfaltete es. Eine kleine grüne Feder fiel heraus. Sie stammte von Johans Lieblingspapagei Kapitän. Dieses exotische Geschöpf passte so gar nicht zu den kargen nordischen Bedingungen, aber mein Cousin hatte ihn sehr gern. Mein Herz setzte einen Schlag aus, und mich beschlich eine böse Vorahnung. Mit einer Feder wollte er normalerweise etwas sagen. Gegensätze haben ihm schon immer gefallen. Eine leichte Feder, eine schwerwiegende Sache. Langsam las ich das Wort, das er mit sorgfältiger Schrift auf das Papier geschrieben hatte. »Schwindler«, stand dort. Worauf wollte er nur hinaus? Ich ließ den Brief sinken, hielt aber die kleine Feder weiterhin zwischen meinen zitternden Fingern. Ein grüner Flaum tanzte im Luftstrom, während ich mit der Feder in der Hand auf den Wäscheschrank aus den Fünfzigern zuging. Ich drehte den alten Schlüssel im Schloss um und öffnete die Schranktür. Eine Flasche Wodka stand auf einem Silbertablett, umringt von dickwandigen Gläsern. Ich legte die Feder auf das Tablett, griff nach der Flasche und schenkte mir einen Schluck ein. Mit dem Glas in der Hand ging ich zum Fenster hinter meinem Schreibtisch. Meine festen Absatzschuhe klapperten auf dem harten Parkett. Das Geräusch ließ den Raum groß und kalt erscheinen und erinnerte mich daran, wie weit ich von zu Hause entfernt war. Ich starrte hinaus, ohne etwas zu sehen. Mutter hatte ein paar Tage zuvor angerufen und gesagt, Inga sei verschwunden. Ich hatte versucht, sie zu trösten, Inga sei eben Inga, sie habe bestimmt nur eine kleine Spritztour ans Eismeer gemacht oder sei in den Fjells wandern gegangen. Aber auch mich hatte eine böse Vorahnung beschlichen. Vielleicht war die Nachricht Johans Art zu sagen: »Komm nach Hause.« Als ahnte er, dass ich jeden Tag an den Norden dachte. Als wüsste er, dass ich mit meinem Versuch, eine erfolgreiche und glückliche Juristin in Helsinki zu sein, gescheitert war. Ich leerte das Glas in einem Zug und trat an den Schreibtisch. In diesem Moment klingelte mein Handy. Es war meine Mutter. Eine schreckliche Befürchtung ließ meine Hände erzittern, als ich auf den grünen Hörer drückte.

Saana liest den Anfang gleich noch einmal. Dann blättert sie weiter durch den Papierstapel, um etwas zu finden, wo sie ansetzen könnte. Die tagebuchartigen Einträge enthalten keine Datumsangaben, auch Jahreszahlen sind nur ab und an zu finden. Was hatte Heta noch gleich erzählt? Ihre Schwester war im Sommer 1998 verschwunden und kurze Zeit später tot aufgefunden worden. Heta hatte die Nachricht erhalten, als sie bereits in Helsinki wohnte.

Die Beerdigung

Wie ferngesteuert packte ich alles, was ich in meinem Schrank fand, in einen Koffer. Amüsiert betrachtete ich die teuren und stilvollen Kostüme, die ich mir von meinem wenigen Geld gekauft hatte, um meine Glaubwürdigkeit zu unterstreichen. Jetzt machte ich mir nichts mehr aus meinem äußerlichen Status. Dort, wo ich hinging, brauchte man keine Stöckelschuhe, also stopfte ich nur praktische Kleidung in den großen Rimowa-Koffer: Gore-Tex-Klamotten, Funktionsunterwäsche, einen Wollpullover sowie T-Shirts. Auch für die hatte ich über hundert Euro pro Stück bezahlt. Ich lachte resigniert. Mein Praktikumsgehalt und all meine Ersparnisse waren in Textilien geflossen. Im Norden durfte ich niemandem die Preise verraten, die ich für die Klamotten gezahlt hatte.

Ich hievte den schweren Koffer ins Auto, startete den Motor und fuhr langsam durch die Stadt in Richtung Autobahn. An diesem Freitag im Juli präsentierte sich die Stadt von ihrer unbeschwerten Seite. Meine Trauer stand im krassen Widerspruch zur Umgebung. Meine Schwester war gestorben. In Gedanken schwelgte ich in der gemeinsamen Vergangenheit mit ihr. Ich erinnerte mich an gemeinsames Lachen, das Freiheitsgefühl, als ich meinen Führerschein bekam und uns die ganze Welt offenstand. Wir machten Ausflüge ans Eismeer. Mein Herz zog sich zusammen, als mir klar wurde, dass wir uns in einer Sache unterschieden: Ich hatte das intrinsische Bedürfnis, wegzukommen, zu reisen und die Welt zu sehen – meine Schwester war überall zu Hause. Sie hatte nie das brennende Verlangen gehabt, Inari zu verlassen. Oder etwa doch? Wusste ich überhaupt, wovon sie in ihren letzten Jahren geträumt hatte?

Im Auto hatte Inga immer ihre nackten Zehen auf das Armaturenbrett gelegt und neugierig die endlose Landschaft beobachtet. Ich weiß noch, dass ich dachte, sie würde es in ihrem Leben einmal leichter haben. Sie hatte keine frühen Erinnerungen an einen missmutigen Vater, der einen nie umarmte. Sie erinnerte sich nicht daran, wie es war, als Papa einfach gegangen war. Sie erinnerte sich nicht daran, wie schwach und weinerlich Mama gewesen war. In den Augen meiner Schwester war sie ein praktischer Mensch, jemand, der vielleicht nicht viel Zärtlichkeit zeigte, einen aber trotzdem in den Arm nahm, einem ein Pflaster aufs Knie klebte, eine Gutenachtgeschichte vorlas oder über den Kopf strich und Essen kochte. Ich dachte an die dunklen, pfefferfarbenen Haare meiner Schwester im Vergleich zu meiner eigenen farblosen Erscheinung. Wir waren aus völlig unterschiedlichem Holz geschnitzt, oder wie Eivor auf Samisch immer sagte: *»Seamma mearra, eará gáddi.«* Selbes Meer, anderer Strand.

Von meinen Erinnerungen begleitet, fuhr ich Richtung Norden und dachte daran, wie Inga vor Freude gekreischt hatte, wenn ich auf das Gaspedal trat und wir unter der ewigen Sonne in hohem Tempo auf die Grenze zurasten. Die Ausflüge hatten geendet, als ich mich voll und ganz auf die Aufnahmeprüfung für das Jurastudium konzentrieren musste und reserviert und langweilig wurde. Meine Schwester war nicht so. Sie war mutig und wild. Sie strahlte etwas Einzigartiges aus. Inga war wie Licht, das Insekten anzieht. Ihr Leben war von Anfang an ganz anders als meines gewesen. Von klein auf hatte sie Verehrer gehabt.

Auf der Höhe von Sodankylä fühlte ich mich noch klar bei Verstand. Die Bedrohung, die im Norden lauerte, war mir noch nicht unter die Haut gegangen. Noch wusste ich nicht, welch starke Auswirkungen das alles auf mich haben würde. Der freundliche Betriebsarzt hatte mit mir übereingestimmt, dass ich auf der Schwelle des Zusammenbruchs stand. Er hatte etwas in den Computer getippt, was ich nicht lesen durfte, aber ich hatte auch nicht die Kraft gehabt, mich dafür zu interessieren. Endlich war ich auf dem richtigen Weg. Ich hatte aufgehört davonzulaufen. Je weiter ich mich dem Norden näherte, desto ruhiger wurde mein Herzschlag. Trotz der Trauer spürte ich, dass ich auf dem Weg nach Hause war.

Ivalo, die sich schlängelnden Kurven der Staatsstraße 4 und der Inarisee – auf einmal lagen all die vertrauten Orte vor mir. Über alledem schien die Mitternachtssonne. Ich fragte mich, ob es ein Zufall war, dass ich gleichzeitig mit dem Licht unterwegs war. Ich hoffte, dass es die dunklen Ecken ausleuchten, die nicht ausgesprochenen Worte zum Vorschein bringen würde. Enthüllen würde, wer diese Person war, die Inga ermordet hatte.

In der Ortsmitte von Inari hielt ich an, um mir vor dem letzten Streckenabschnitt zu meinem Elternhaus noch etwas die Beine zu vertreten. Ich lief hinunter zum Ufer und starrte auf den See. Dann ging ich in den Supermarkt, um alles zu kaufen, von dem ich glaubte, dass meine Mutter und ich es brauchen würden. Da passierte es zum ersten Mal: In jeder Frau, die mir entgegenkam, sah ich das Gesicht meiner Schwester. Sie lugte aus den Augen der Kassiererin. Ihre Haare flogen über die Schulter der Frau vor dem Milchregal. Ihre Stimme erklang aus dem Mund einer Passantin. Überall schaute mich ihr lächelndes Gesicht an. Markierte meine Schwester die Menschen, die es wussten? Ich dachte an Geschichten über Sinnestäuschungen. Daran, wie Leute andere Menschen als Trugbilder sahen, als Vorboten für etwas. Was hatte es zu bedeuten, dass ich meine Schwester sah? Stand es für meine

Trauer, meine Schuldgefühle, meine Sehnsucht oder meinen Schmerz? Oder wollte es mir sagen, dass ihr Schicksal auch mir blühen würde? Dass ich als Nächstes sterben würde? Mit weißen Knöcheln umklammerte ich den schwarzen Einkaufskorb und versuchte, die Sinnestäuschungen zu vertreiben. Sei auf der Hut!, sagte die Halluzination. Ich hatte sie nicht herbeigewünscht, und tief in meinem Inneren ahnte ich, dass es besonders schlimm sein musste, wenn man ein Trugbild sah, ohne es eingeladen zu haben. Bist du ein Bote des Todes?, fragte ich es flüsternd, als es mir auf dem Parkplatz vor meinem Auto noch ein letztes Mal erschien, aber es antwortete nicht.

Als die Straßenbahn quietschend um eine Kurve fährt, schreckt Saana hoch. Bei der nächsten Haltestelle muss sie schon raus. Sie steckt die Seiten zurück in den Umschlag und verspürt eine diffuse Ungeduld. Sie steigt aus und schreitet die Straße entlang. Jan ist heute Abend länger in der Arbeit, und so schrecklich das auch ist – sie muss sich eingestehen, dass sie sich auf einen Abend allein freut. Beim Supermarkt macht sie halt und kauft einen Liter Hafermilch. Auch eine Tüte Lakritze muss mit. Da der Supermarkt im Erdgeschoss ihres Hauses liegt, hat Saana von dort den kürzesten Heimweg der Welt.

Als sie ihre Wohnungstür aufschließt, schlägt ihr ein modriger Geruch entgegen. Sie war das ganze Wochenende bei Jan und hat am Freitag vor dem Gehen vergessen, den Biomüll rauszubringen. Ohne die Schuhe auszuziehen, geht Saana in die Küche, um das Fenster aufzumachen. Dann zieht sie den Mülleimer mitsamt der stinkenden Biomülltüte unter der Spüle hervor und bringt sie nach draußen.

Als sie zurück in die Wohnung kommt, fühlt sie sich überraschend leer. Niemand wartet auf sie, und die Wohnung erscheint ihr trostlos. Jan und sie haben sich noch nicht entschieden zusammenzuziehen, aber nach und nach hat sie immer mehr von ihren Sachen zu ihm gebracht. Ihre eigene Wohnung kommt ihr nur noch wie ein vorübergehender Rastplatz vor. Wie ein Boxenstopp, den sie ab und zu nutzt, um etwas Energie zu tanken und einen neuen Schwung saubere Klamotten in ihren Koffer zu packen. Auch einen eigenen Schlüssel hat er ihr bereits gegeben.

Die Idee einer gemeinsamen Wohnung war bereits im Gespräch, aber irgendetwas hält Saana zurück. Zwar spricht sie den Gedanken nicht laut aus, aber er ist trotzdem da: Was, wenn sie jetzt ihre Wohnung aufgibt und sie sich eines Tages trennen? Würde sie es dann bereuen, dass sie sich im Rausch der Verliebtheit von ihrem schönen Zuhause verabschiedet hat?

Saana nimmt die Lakritztüte und das Manuskript und lässt sich auf das Sofa plumpsen. Eigentlich müsste sie etwas aufräumen und putzen, aber Hetas Text ist jetzt viel interessanter. Sie zieht den dicken Papierstapel aus dem Umschlag und geht den Anfang des Textes noch einmal durch, um zu verstehen, wie die Dinge abgelaufen sind. Heta war zur Beerdigung nach Inari gefahren, eine Zeit lang dort geblieben, dann aber wieder in den Süden zu ihrer Arbeit zurückgekehrt.

Juli 1998/Angeli

Die Luft war vor lauter Stechmücken schwarz und flimmerte. Ich kümmerte mich anstelle meiner Mutter um alles, bereitete das Begräbnis vor, auf das wir wie auf eine Erlösung warteten, als würden die lähmende Trauer und der Schrecken uns in Frieden lassen, wenn wir nur endlich die Beerdigungserlaubnis bekämen. Die Polizisten sprachen mit meiner Mutter, einer von ihnen warf einen Blick in Ingas Zimmer. Vielleicht befragten sie auch die Dorfbewohner, ich weiß es nicht. Alle außer Eivor, die Frau von Mutters Bruder, und mein Cousin Johan mieden uns. Es kam mir vor, als wollte selbst die Polizei nicht für längere Zeit in Angeli bleiben, dem Ort des Todes und der Trauer.

Beim Trauerkaffee hatte niemand viel zu sagen. Durch den Tränenschleier hindurch beobachtete ich die Leute, die sich dunkles Roggenbrot in ihre feuchten Münder steckten. Ich sah mahlende Kiefer, trauernde Augen, Hände, die sich in gewohnter Manier eine Tasse Kaffee nahmen. Dann war meine Sicht durch die Tränen getrübt, und ich sah nur noch unscharfe, dunkle Gestalten, die sich brav anstellten, immer eine Tischgesellschaft auf einmal, um sich am Büfett Nachtisch zu holen.

Man ließ mich Inga nicht mehr sehen. Ihr Tod wäre in gewisser Weise realer gewesen, wenn ich sie leblos daliegen gesehen hätte, aber laut der Polizei war sie ein »nicht sehr angenehmer Anblick«. Ich dachte darüber nach, was das für ein Weg gewesen war, vom vor Leben strotzenden, wunderbaren Mädchen bis zum »nicht sehr angenehmen Anblick«. Bestimmt qualvoll und düster. Als Todesursache wurde Strangulation festgestellt. Beim schieren Gedanken daran bekam ich einen Kloß im Hals. Meine Schwester war zu Tode gewürgt worden.

Ich stapfte durch den Wald und brach Zweige ab. Als ich das vertraute Rentier im Schatten vor Eivors Haus liegen sah, fing ich an zu weinen. Es gehörte Inga. Sein Name war Godjat, und es war komplett weiß. Es faulenzte in der Hitze und wusste nicht, dass Inga fort war. Abends lag ich in meinem alten Bett und starrte an die Decke. Ich konnte kei-

nen Fuß in das Zimmer nebenan setzen. Das Zimmer meiner Schwester. Tagsüber leistete ich meiner Mutter Gesellschaft. Wir sahen fern und tranken Kaffee. Die Stunden, Minuten und Sekunden vergingen sehr langsam und fühlten sich schwer an. Ich überlegte, ob ich mir vielleicht noch ein paar Tage mehr von der Arbeit freinehmen und vor Ort warten sollte, bis die Polizei den Täter gefunden hätte. Wenn ich den Schuldigen kannte, würde ich meinen Hass auf den Richtigen lenken können.
Im Laufe der Tage fielen mir Dinge auf: dass mein Cousin Johan dicker und älter geworden war. Dass die zum Dutt aufgewickelten Haare meiner Mutter dünner und grauer geworden waren. Dass sie bei Personen- und Ortsnamen ins Stammeln geriet. Eivor war die Einzige, in deren Gesellschaft ich es aushielt. Wenn ich Eivor nach Mutters Zustand fragte, sagte sie, dass es schon vor der Trauerzeit Gedächtnislücken gegeben hätte. Die Trauer meiner Mutter war so tief, dass sie den Appetit verloren hatte. Die Trauer meines Cousins war so tief, dass er beinahe stumm geworden war.
Ich mied die Menschen, denn die Gegend wimmelte von jenen, die ich vergessen wollte. Mein Herz raste wie verrückt. Nur mit Medikamenten konnte ich schlafen. »Inga ist nicht mehr da«, sagte ich mir immer wieder vor und vermisste sie. Ich bereute jeden einzelnen Tag und jede Stunde, die wir vor ihrem Tod getrennt gewesen waren – ich bereute die verlorene Zeit, die ich nie wieder zurückbekommen würde.
»Ein Mensch ergibt circa vier Liter Asche, inklusive Sarg«, wiederholte Johan noch viele Tage nach der Beerdigung immer wieder und brachte mich an den Rand der Weißglut. Ich wollte nicht an meine eingeäscherte Schwester denken. Ich wollte gar nicht denken. Meine Trauer war irgendwo tief in mir, und ich konnte sie nicht greifen.

Inga, meine kleine Schwester, zum Glück bist du im Sommer gegangen, sodass du zuletzt nicht die ewige Dunkelheit, sondern die nachtlose Nacht gesehen hast, ihren hell erleuchteten Horizont.

Saana legt die Seiten auf ihren Schoß. Ingas Tod wurde zum Tötungsdelikt deklariert, aber der Fall ist immer noch ungelöst, man tappt im Dunkeln. Je weiter Saana liest, desto mehr Fragen kommen ihr in den Sinn. Was hat dazu geführt, dass der Täter nicht gefasst wurde? Der Mord hat sich im Juli 1998 ereignet, und seither wurden die Ermittlungen nicht abgeschlossen. Jetzt, im Oktober 2019, sind schon über einundzwanzig Jahre vergangen. Ob die Polizisten, die damals die Ermittlungen aufnahmen, wohl noch in Inari wohnen?

Saana googelt »Inari Polizei«. Die Suche liefert ihr schnell Ergebnisse, und alle führen zu ein und derselben Adresse. Ivalontie 10. Die einzige Polizeiwache der gesamten Gegend befindet sich also in Ivalo. Die Polizei Lapplands hat ein sehr weitläufiges Revier, stellt Saana fest, während sie die Karte und die kleinen Straßen betrachtet, die sich an Seen, Flüssen und Fjells entlangschlängeln.

Da fallen ihr Hetas müdes Gesicht und ihr abgrundtief trauriger Blick wieder ein. Wie gut es Heta wohl gelungen war, nach einem so großen Verlust weiterzuleben? Sofort überträgt Saana die Frage auf sich selbst. Kann *sie* von sich behaupten, über den Tod ihrer eigenen Mutter hinweg zu sein? Es gibt Abende, an denen die Trauer sich immer noch so tief anfühlt, dass der bloße Gedanke an ihre Mutter sie melancholisch werden lässt und sogar zum Weinen bringt. Nein, sie kann immer noch nicht sagen, dass die Trauer vollständig weg ist, auch nicht nach über zehn Jahren.

Wie zum Trost steckt sie sich drei Stücke Lakritze in den

Mund und blättert um. Sie muss ihre Mutter aus ihrem Kopf verbannen und sich auf die Familie Weckman konzentrieren.

Da gibt es also die Mutter Anna-Liisa Weckman, die Tante namens Eivor und den Cousin namens Johan, die 1998 alle in Angeli lebten, nicht weit voneinander entfernt. Und dann hat Heta noch Ingas Freundin erwähnt. Andere nahe Angehörige wurden vorerst nicht genannt. Saana notiert sich die Namen und geht in Gedanken noch einmal die Ereignisse durch. Inga war verschwunden und wenig später tot in Angeli aufgefunden worden. Nach dem Tod ihrer Schwester war Heta zur Beerdigung gefahren, aber schnell wieder nach Helsinki in die Anwaltskanzlei zurückgekehrt, in der sie auch jetzt noch arbeitet. Saana überprüft noch den Namen auf Hetas Visitenkarte. *Lindroos & son.*

Sie steckt sich zwei weitere Lakritzstücke in den Mund, macht dann aber die Tüte zu und wirft sie so weit wie möglich von sich weg in den Flur, damit sie nichts Süßes mehr essen kann. Dann steht sie auf, um sich ein Glas Wasser zu holen und kehrt zum Text zurück.

Am liebsten würde sie weiterlesen, aber der Stapel hat fast fünfhundert Seiten, die in keiner besonders klaren Reihenfolge angeordnet sind. Es hat keinen Sinn, alles auf einmal zu lesen. Irgendwann muss sie auch schlafen gehen.

Saana wirft einen Blick auf ihr Handy. Zu ihrer Enttäuschung muss sie feststellen, dass sie nichts verpasst hat. Erneut nimmt sie sich den Text vor, kann sich aber nicht mehr darauf konzentrieren. Es ärgert sie, dass aus dem Blick auf das Handy eine zwanghafte Angewohnheit geworden ist, die ihre Konzentration stört und sie die ganze Zeit unterbricht.

Beschämt holt sie sich die Lakritztüte aus dem Flur zurück, stopft sich weitere Lakritzstücke in den Mund und lässt in sich ein Bild von Inga und Inari, der stillen nordischen Welt von

Angeli und ihrer rauen Natur entstehen. Irgendwann fängt sie an, ihre Gedanken laut auszusprechen, die Stimmung in Worte zu fassen.

»Woraus besteht der Sommer Lapplands? Aus Kriebelmücken, Moskitos, Trollblumen. Aus Lemminghöhlen, Unglückshähern und klarem, plätscherndem Wasser. Einem späten Winterrückfall, trockenen Heideflächen und Zwergbirken. Aus Bärentrauben, Fladenbrot und Felsenmeeren. Aus Flechten, Eiscreme und dem Eismeer. Aus Weißem Silberwurz, Tundrawiesen, Diapensien. Aus den windigen Höhen der Fjells, Bremsen und verdorrten Straßenrändern. Aus der ewigen Sonne. Im Juni verschwindet das Eis, und im Oktober kehrt der Winter zurück. Die Wachstumsperiode dauert nur hundertzwanzig Tage. Dann ist alles vorbei. Die Nordseite des Polarkreises ist für ihre Kälte, ihre endlose Wildnis, ihre strengen Winter, ihre heißen, kurzen Sommer und ihre verschrobene Mentalität bekannt. All das birgt auch viele Geheimnisse. Eines davon ist Inga Weckmans Schicksal. Im Jahr 1998 wurde in Angeli eine junge Frau tot aufgefunden. Schnell stellte sich heraus, dass es sich um ein Verbrechen handelte, aber bis heute wurde der Täter nicht ermittelt.«

Jan joggt die Treppe des Büros hinunter, schiebt die Eingangstür auf und geht zu seinem Fahrrad. Es hat bereits angefangen zu dämmern, und die graue Wolkenmasse regnet auf ihn herab. Die Tropfen sind so klein, dass man sie nicht einmal als solche bezeichnen kann. Jan muss an die Sprühflasche denken, die Jone für ihre Pflanzen verwendet. Er schwingt sich auf sein Fahrrad, und der feuchte Nebel, der über den Himmel wirbelt, kondensiert an seiner Kleidung. Wie seltsam es doch ist, wenn Körper und Geist sich nicht im Alarmzustand befinden. Im Moment fühlt sich die Arbeit nur wie Arbeit an. Trotzdem ist Jan bewusst, dass er permanent mit dem Schlimmsten rechnet, mit neuen Mordermittlungen. Der Gegenwind erschwert ihm das Radfahren. Er stellt die Musik lauter.

Als er den Vantaanjoki überquert und das Schild mit der Aufschrift »Viikki« sieht, muss er an Saana denken. Dieses Jahr ist sie in sein Leben getreten und gleichzeitig in zwei große Mordfälle hineingeraten. Sie war aufrichtig daran interessiert, Dinge aufzuklären, über die geschwiegen wurde, hatte sich aber nach und nach immer tiefer in gefährliche Angelegenheiten verstrickt. Dabei hatte sie so eine liebenswürdige und entschlossene Art an den Tag gelegt, dass es sogar Jan schwergefallen war, Nein zu sagen. Er fragt sich, ob es Saana am Ende genauso ergehen wird wie ihm. Wenn man oft genug mit ansieht, wie anderen Menschen Gewalt angetan wird, vermutet man irgendwann überall Gefahren. Wenn man die Alternativen abwägt, muss man immer auch an die schlimmsten Optionen denken, egal, wie unwahrscheinlich sie auch sein mögen. Jan wirft einen Blick auf die Uhr. Saana ist um diese Zeit bestimmt schon auf dem Weg zu sich nach Hause.

Er macht einen Bogen an der Stromschnelle Pikkukoski vorbei zur Altstadtstromschnelle und fährt von dort aus weiter zum Stadtteil Arabianranta. Es ist nicht der direkteste oder schnellste Weg, aber er macht gern einen kleinen Umweg, um die Altstadtbucht und das Meer zu sehen. Auf genau dieses Gebiet hatten sich die vergangenen Mordermittlungen konzentriert. Jan muss sich Mühe geben, die Umgebung wieder als solche genießen zu können, ohne die Last der düsteren Ereignisse. Bei Sonnenschein würde ihm das vielleicht sogar gelingen. Er blickt auf die Insel Kuusiluoto, die sich in der Ferne vor der grauen Landschaft abhebt. Saana hatte sich an der Suche nach dem Vermissten beteiligt und die Arbeit der Polizei hin und wieder mit zu wenig Abstand verfolgt. Während er so über Saana nachdenkt, muss er lächeln. Sie ist gleichzeitig selbstsicher und unsicher, schüchtern und neugierig. Außerdem freundlich und liebenswürdig.

Zu Saanas Überraschung – und vielleicht auch der aller anderen – hat ihr Podcast »Spuren« innerhalb kurzer Zeit viele Hörer gewonnen und ist bei Spotify zu den zehn meistgehörten Podcasts in Finnland aufgestiegen. Am Anfang war Saana nicht nur begeistert, sondern auch erschrocken. Sogar von einigen Zeitungen ist sie bereits über den Podcast interviewt worden. Genau deshalb findet Jan sie interessant: weil sie nicht leicht zu entschlüsseln ist, weil sie so viel Rätselhaftes an sich hat. Früher hatte er oft zu schnell gelernt, seine Freundinnen zu lesen, und war dann entmutigt gewesen, wenn er darüber nachdachte, wie vorhersagbar sein Leben mit ihnen wahrscheinlich werden würde. Doch mit Saana ist nichts vorhersagbar. Es ist gut möglich, dass ihre spontane Begeisterung für Mordermittlungen nach der ersten Verliebtheitsphase noch für Streit zwischen ihnen sorgen wird, aber bis jetzt hat sie jeden Tag vor allem eine starke Anziehungskraft auf ihn ausgeübt.

In den letzten Wochen wirkt sie allerdings etwas nachdenklich und zurückgezogen. Jan hofft, dass das nur den Grund hat, den sie ihm selbst genannt hat: dass sie sich Gedanken über ihre eigene Vergangenheit und die Geschichte ihrer Mutter macht. Jan bremst an einer Ampel, wischt sich den Schweiß von der Stirn und muss an seine eigene Mutter denken, die im Sommer gestorben ist. Ob seine Trauer genauso lange anhalten wird? In den Momenten des stärksten Schmerzes hat es sich so angefühlt, als würde die Trauer ihn ewig begleiten, aber vielleicht wird sie im Laufe der Zeit verschiedene Formen annehmen. Anders als Saana hatte er zumindest die Gelegenheit, sich von seiner Mutter zu verabschieden. Er muss sich nicht mit denselben Dingen herumquälen wie sie. Eigentlich fühlt er sich fast schon unwohl, wenn Saana über ihre Mutter spricht. Er weiß nicht genau, welche Antworten sie sich von ihm erhofft, also hört er ihr einfach nur zu.

Saana ist mal selbstsicher und entschlossen und dann wieder unsicher und erschöpft. Manchmal weiß er nicht gleich, woher der Wind weht. Dennoch ist sie das Beste, was ihm je passiert ist. Sie ist der erste Mensch, dessen schlechte Tage er auszuhalten bereit ist. Diesmal wird er nicht derjenige sein, der geht.

Am Freitagabend nach der Arbeit macht sich Saana wieder auf den Weg zu Jans Wohnung, den Koffer prall gefüllt mit verschiedenen Optionen: Trainingsklamotten, falls Jan und sie Lust auf Sport bekommen, saubere Wechselkleidung, da sie am Montag direkt von ihm aus zur Arbeit fährt, und das Make-up, das sie fast immer dabeihat. Sie sieht auf die Uhr. Zu ihrer Überraschung ist sie zu früh dran, und Jan ist noch nicht zu Hause. Saana entschließt sich, draußen zu warten. Kurz darauf kommt er auch schon auf sie zu, den Fahrradhelm noch auf dem Kopf und mit seinem Handy beschäftigt. Er wirkt, als würde er insgeheim mit schlechten Neuigkeiten aus der Arbeit rechnen, die aber offenbar nicht gekommen sind. Erst als er schon ganz nah ist, blickt er auf und schnappt sich Saana, um sie zu umarmen.

»Warum bist du nicht reingegangen? Du hast doch einen Schlüssel«, sagt er. Saana zuckt mit den Schultern. Irgendwie hat sie nicht daran gedacht. Mit ihrem eigenen Schlüssel in seine Wohnung zu gehen, kommt ihr immer noch befremdlich vor. Sie weiß, dass er wartet. Er wartet darauf, dass sie sagt: Lass uns zusammenziehen. Aber die Worte wollen ihr nicht über die Lippen kommen.

»Woran denkst du?«, fragt Jan, und Saana lacht innerlich. Sie versucht nicht einmal, ihm die Ängste zu beschreiben, die zynischen Gedanken, die ihr durch den Kopf schwirren, über den Zeitpunkt, an dem sie sich womöglich trennen werden. Lächelnd sieht sie ihn an, während er ihr die klapprige Zwischentür des alten Fahrstuhls aufhält, damit sie leichter einsteigen kann. Für ihn scheint alles so viel geradliniger zu sein. Wenn er eine Entscheidung trifft, scheint er im Nachhinein keine Sekunde lang einen Gedanken daran zu verschwenden, ob die Entscheidung richtig oder falsch war. Das kann man von ihr nicht gerade behaupten.

Jan öffnet die Wohnungstür, und sie treten ein. Seine Trainingstasche steht an ihrem gewohnten Platz im Flur neben dem kleinen Schemel. Hier ist die Luft dicker als im Rest der Wohnung. Während Jan pfeifend in die Küche läuft, geht Saana ins Wohnzimmer und lässt sich auf das Sofa fallen. Und als sie da so sitzt, mitten im Helsinkier Stadtteil Kallio, muss sie feststellen, dass ihre Gedanken weit in den Norden schweifen, nach Lappland.

Saana überlegt, was sie Jan über den Fall erzählen soll. »Äh, also, ich will für ein paar Wochen nach Inari, um einen alten Fall zu untersuchen, Leute zu interviewen und …« – ja, und was? Sie weiß selbst nicht, was sie überhaupt herausfinden könnte. Der Druck, guten Content zu machen, wäre auf jeden Fall da, denn Heta hat große Hoffnungen in den Podcast gesetzt. Auch wenn die beiden bisherigen Podcasts viele Hörer erreicht haben und Saana Nachrichten von Fans bekommen hat, gibt es keine Garantie dafür, dass die neue Podcast-Reihe das auch schaffen würde. Ein Autor ist nur so gut wie sein letztes Werk, denkt sie.

Saana weiß schon jetzt, dass der mysteriöse Mord von Angeli ihr alles rauben wird, falls sie sich darauf einlässt:

Gedanken, Zeit, Seelenruhe. Stattdessen bekäme sie allerdings Begeisterung, brennende Neugier und Energie. Einen neuen Fall anzugehen, ist wie eine Droge. Zuerst ein kleiner Flirt mit den grundlegenden Daten, danach das Graben nach Informationen und ein tieferer Blick in die Archive und schließlich die Begegnung mit den Menschen, die mit dem Fall zu tun haben. Die Interviews sind die entscheidendste Phase der ganzen Story. Der Versuch, die Leute freundlich dazu zu bringen, Dinge mit ihr zu teilen, über die sie vielleicht nicht einmal mit der Polizei gesprochen haben. Dinge, durch die Saana womöglich auf etwas stößt, was sie weiterbringt. Dinge, die sie nur zu hören bekommt, wenn sie nach Inari fährt, ans nördliche Ende des Landes. Oberhalb des Polarkreises wartet ein ganz eigenes Finnland. Vor ihrem inneren Auge sieht Saana weite Landschaften, Moore und Bäume voller Bartflechten. Es ist so weit weg, dass es schon ein verrückter Gedanke ist, dorthin zu fahren. Es sei denn … Auf einmal fällt ihr ein guter Grund ein, die Reise anzutreten. Sie könnte bei dieser Gelegenheit ihren Vater besuchen. Sie sind beide nicht besonders gut darin, Kontakt zu halten, und sehen sich hauptsächlich am Vatertag oder zu Weihnachten, wenn überhaupt. Er hat sich nie etwas daraus gemacht, nach Helsinki zu kommen, und sie hatte keine Lust, nach Lappland zu fahren. Im Kopf geht Saana ihren Kalender durch. Es wäre kein Ding der Unmöglichkeit, in zwei Wochen gen Norden zu fahren, in Inari ein paar Wochen lang Informationen zu sammeln, zwischendurch ihren Vater zu besuchen, an ein paar Tagen im Homeoffice zu arbeiten und dann wieder nach Hause zu fahren, um das Skript für den Podcast zu schreiben …

Saana denkt weiter über ihren Vater nach. Obwohl sie selbst ein sozialer und gesprächiger Mensch ist, bleiben die Unterhaltungen mit ihm oft hinter den Erwartungen zurück. Er ist ein

Macher. Ein Redner war er nie. Ihre Telefonate verlaufen oft so, dass er in gemächlichem Tempo irgendetwas von sich gibt und Saana die Pausen mit nervösem Geplapper füllt. Dabei ist ihr nie klar, ob ihr Vater sich überhaupt unterhalten will oder nicht. Dennoch ist er immer noch ihr Vater. Trotz allem hat sie ihn lieb und schätzt seine eigensinnige Art.

Saana tapst zur Toilette. Durch die Tür hört sie, wie Jan den Kühlschrank öffnet und offenbar in dessen gähnende Leere starrt.

»Sollen wir einfach was bestellen?«, ruft er. Saana mag das nicht. Wenn jemand auf dem Klo ist, sollte jegliche Kommunikation eingestellt werden. Sie hört, wie der Bretterboden knarzt, als Jan zurück ins Wohnzimmer geht, wohl um nachzusehen, wo sie ist. Auf einmal wird sie sich ihrer eigenen Geräusche bewusst. Bei Jan schleicht sie sich immer auf die Toilette, setzt sich in einer lächerlichen Position auf die Schüssel und versucht, so lautlos wie möglich zu pinkeln. Sie weiß nicht, was ihr peinlicher ist, die Toilettengeräusche oder ihr Versuch, so zu tun, als wäre sie jemand, der nie dringend aufs Klo muss, sondern »nur mal eben« lautlos auf die Toilette geht. Saana steht auf, zieht ihre Jeans hoch und wäscht sich die Hände. Sie betrachtet sich selbst im Spiegel und trifft eine Entscheidung. Natürlich wird sie Jan von dem Manuskript und ihrem Plan, nach Lappland zu fahren, erzählen. Vielleicht kann er sogar für ein paar Tage mitkommen. Sie könnten gemeinsam im Norden Urlaub machen, dann könnte er auch ihren Vater kennenlernen. Beim Gedanken an die Szene, in der ihr wortkarger Vater und der steife Jan mit der harten Schale aufeinandertreffen, muss sie schmunzeln. Keine sehr verlockende Aussicht, aber ihr gefällt der Gedanke, jemanden zu haben, den sie ihrem Vater vorstellen will. Eigentlich wäre es eine großartige Idee, Papa vor Weihnachten kurz Hallo zu sagen.

Verstohlen beobachtet Saana Jan, der müde zu sein scheint. Sie essen das nepalesische Lieferessen und kuscheln sich Arm in Arm auf das Sofa. Statt sich einen romantischen Abend zu machen, schalten sie in stillem Einvernehmen den Fernseher ein und schauen sich die Serie *Büro der Legenden* an. Staffel 2, Folge 1. Nadia El Mansour, Malotru, Marina und Sisteron. Darin werden Städte gezeigt, die Saana sonst nur von den Abflug-Tafeln der Flughäfen kennt, in die sie sich aber bis jetzt noch nicht getraut hat zu reisen. Teheran, Damaskus, Antakya. Im Nu verschwindet die Gegenwart, und sie tauchen ein in eine spannende und authentisch wirkende Agentenwelt.

Während der Serie gehen Saana ihre Reisepläne durch den Kopf. Theoretisch würde sie ziemlich leicht nach Lappland kommen. Sie könnte nach Kittilä fliegen und ihren Vater bitten, sie am Flughafen abzuholen. Zuerst könnte sie ein paar Nächte bei ihm in Enontekiö übernachten und danach für längere Zeit nach Inari fahren. Wenn sie Glück hätte, könnte sie sich vielleicht sogar sein Auto ausleihen.

Sie wirft Jan einen Blick zu und beugt sich dann zu ihm hinüber, um ihn zu küssen. Obwohl es bei ihm in der Arbeit gerade ruhig zugeht, wirkte er in den letzten Wochen erschöpft. Saanas Herz macht einen Hüpfer. Einen Moment lang verspürt sie eine überbordende Zuneigung zu Jan. Es fühlt sich gut an, in seinem Arm auf dem Sofa zu liegen und einfach nur da zu sein. Sie haben schon so viel Zeit miteinander verbracht, dass die anfängliche Aufregung schon in Entspanntheit übergegangen ist. Saana krault Jans Haar und Bart und muss kurz darauf feststellen, dass er eingeschlafen ist. Kurz überlegt sie, ob sie die Serie stoppen soll, aber die Fernbedienung liegt zu weit weg auf dem Tisch, und die Folge ist gerade so spannend, dass sie beschließt, sie allein zu Ende zu schauen. Dann löst sie sich vorsichtig aus Jans Arm, deckt ihn zu, schaltet den Fernseher aus und geht in die Küche. Während sie das Geschirr in die Spülmaschine räumt, bemerkt sie, dass sie schon jetzt fast vor Neugier platzt. Sie lehnt sich an den Küchentisch und ruft auf Google Maps Inari auf. Der Punkt auf der Karte von Finnland springt nach oben in Richtung Eismeer. Inari liegt wirklich weit im Norden. Als Nächstes liest Saana sich die Eckdaten über die Gegend durch.

Inari liegt in der Mitte der Nordkalotte, im nördlichsten Winkel der Europäischen Union. Das Gemeindegebiet macht fünf Prozent der Fläche Finnlands aus und ist eines der internationalsten Reiseziele. In Inari werden neben Finnisch drei verschiedene samische Sprachen gesprochen: Nordsamisch, Inarisamisch und Skoltsamisch. Von den Bewohnern Inaris sind knapp ein Drittel Sámi. Die Ortschaft Ivalo ist die größte im Gemeindegebiet. Dort wohnen zwei Drittel der Gemeindebevölkerung. In der Region Inari liegen über 10.000 Seen, der größte von ihnen ist der Inarisee mit einer Länge von 100 Kilometern und über 3.300 Inseln.

Inari hört sich verlockend an. Die flächenmäßig größte Gemeinde Finnlands erstreckt sich von der norwegischen bis zur russischen Grenze, aber in der Ortschaft Inari selbst wohnen nur etwas über sechshundert Menschen. Das Wappen von Inari zeigt eine silberne Maräne mit einem Rentiergeweih. Warum man dem Fisch wohl ein Geweih verliehen hat?, fragt sich Saana schmunzelnd. Dann googelt sie Angeli. *Angeli ist ein Dorf in der Gemeinde Inari. Von dort aus führen die Straßen nur in zwei Richtungen: Die Landstraße 9704 führt nach Norden in Richtung Karigasniemi und die Landstraße 9553 nach Osten in die Ortschaft Inari. Der nordsamische Name von Angeli lautet Áŋŋel.* Saanas Blick verharrt auf dem schönen Namen auf ihrem Handydisplay. *Áŋŋel.* Der Ort, in dem ein junges Mädchen tot aufgefunden wurde.

Als Nächstes sucht sie nach Nachrichten mit dem Namen des Mädchens. Inga Weckman, Angeli. Nur eine einzige kurze Mitteilung über den Fund des Mädchens 1998 sowie ein sieben Jahre später erschienener Artikel, in dem der Ermittlungsleiter Seppo Laitinen gegenüber der Boulevardzeitung *Ilta-Sanomat* einen Kommentar zu den offenen Ermittlungen abgibt, fallen ihr ins Auge. Saana notiert sich den Namen des Polizisten. Vielleicht wäre es möglich, ihn zu interviewen.

Obwohl seit Inga Weckmans Tod bereits über sieben Jahre vergangen sind, hat die Polizei die Ermittlungen nicht eingestellt. So wurden etwa im Vorjahr mehrere Inspektionen im Zusammenhang mit der Tötung der jungen Frau durchgeführt.

»Wenn wir neue Hinweise bekommen, überprüfen wir diese Informationen umgehend«, sagt Ermittlungsleiter Seppo Laitinen vom Polizeirevier Lappland. Inga Weckman war im Juli 1998 tot in Angeli aufgefunden worden.

Saana seufzt. Die Neugier hat sie in Beschlag genommen. Sie bringt es nicht übers Herz, Jan zu wecken, sondern schleicht sich stattdessen leise in den Flur zu ihrem Koffer und holt den braunen Briefumschlag heraus. Mit dem Umschlag unter dem Arm geht sie zurück in die Küche, nimmt sich ein Ginger Ale aus dem Kühlschrank und setzt sich auf den harten Küchenstuhl.

Saana liest bis spät in die Nacht. Als sie ihren Laptop holt, Word öffnet und ein neues Dokument erstellt, ist es schon fast zwölf. Sie speichert die vorerst leere Seite unter dem Namen »Ingas-Tod.docx« und tippt die erste Frage ein: *Mit wem und wo hat Inga die letzten Stunden ihres Lebens verbracht?* Dann schreibt sie die Dinge auf, die ihr aus Hetas Text und den Artikeln, die sie gefunden hat, im Gedächtnis geblieben sind:

Im Sommer 1998 wohnte Inga zu Hause bei ihrer Mutter in Angeli, genau wie in den Sommern zuvor. Im Winter besuchte sie das Gymnasium von Ivalo, und während der Schulzeit wohnte sie unter der Woche im Schulwohnheim. Vor ihrem Tod verbrachte Inga einen ganz normalen Freitag und einen ganz normalen Samstag. Dann ist etwas passiert, was alles verändert hat.

Zu befragen: die beste Freundin sowie die Verwandten. Den ortsansässigen Polizisten Seppo Laitinen, der damals in dem Fall ermittelte.

Plötzlich ist es ein Uhr.

Am Morgen wacht Saana davon auf, dass Jan sich zu ihr umdreht und die Arme um sie legt. Ihr ganzer Körper fühlt sich schwer an, als würde er gleich in der Matratze versinken. Mit Mühe und Not bekommt sie die Augen auf.

»Bist du schon wach?«, flüstert Jan.

»Wie spät ist es?«

»Halb sieben«, wispert er und küsst ihren Nacken. Saana erschrickt. Sie spürt, wie seine Hände unter der Decke bereits auf Wanderschaft gehen. Gegen Morgensex ist eigentlich nichts einzuwenden, aber im Moment ist ihr überhaupt nicht danach. Da wird ihr klar, dass dies der erste Korb in ihrer Beziehung sein wird. Einer hat Lust, einer nicht.

»Es tut mir leid, aber ich bin so müde, ich kann nicht ...«, murmelt Saana und schließt wieder die Augen.

Jan legt seine Wange auf ihre.

»Was kannst du nicht?«, fragt er und lacht.

»Na, du weißt schon, ich bin noch gar nicht richtig wach.«

»War nur Spaß, das ist völlig okay. Ich kann einfach nichts dagegen machen – wenn ich neben dir aufwache, habe ich sofort Lust«, flüstert er und kneift ihr spielerisch in den Hintern.

Als Saana später zum zweiten Mal aufwacht, ist Jan schon aufgestanden und hat die Decke auf seiner Seite des Bettes ordentlich zusammengelegt. Morgens macht er immer als Erstes sein Bett, was Saana komisch findet, denn sie will sich oft noch einmal hineinlegen. Ganz am Anfang hat er immer beide Seiten gemacht, aber mittlerweile bringt er nur noch seine eigene in Ordnung, auch wenn Saana zusammen mit ihm aufsteht. Amüsiert steht sie aus ihrer eigenen zerwühlten Betthälfte auf. Es hat den Anschein, als wäre Jan ein Vampir, dessen Sarkophag schon wieder geschlossen ist, da der Tag bereits begonnen hat. Und Saana ist… Sie weiß nicht genau, was sie selbst sein soll. Eine Bohemienne, eine unordentliche Bett-Zerwühlerin vielleicht?

Verschlafen betritt sie das Wohnzimmer und stolpert fast über Jan, der auf dem Fußboden Liegestütze macht.

»Irgendwie muss ich ja die überschüssige Energie loswerden«, witzelt er, und sie bleibt stehen, um seine Muskeln zu betrachten.

»Ich bin kaum aus dem Bett gekommen, gestern war ich ziemlich lange auf«, gesteht sie. »Eine Frau hat mich gebeten, mich mit einem alten Fall zu beschäftigen, und als ich recherchiert habe, was dort passiert ist, bin ich irgendwie hängen geblieben.«

»Wo, dort? Und worum geht's überhaupt, etwa um einen Mord?«, fragt Jan, hält inne und geht hoch auf die Knie, um eine Verschnaufpause zu machen.

»Ja, genau, die kleine Schwester der Frau wurde 1998 in Inari ermordet, und der Fall wurde nie gelöst.«

»Du hast also einen neuen Fall gefunden«, sagt Jan, und Saana kann anhand seines Tonfalls nicht beurteilen, ob er das gut oder schlecht findet.

»Eigentlich hat er mich gefunden.«

»Und jetzt überlegst du, ob du ihn dir weiter anschauen sollst.«

»Eigentlich genau das, ja«, sagt Saana grinsend und bückt sich, um Jan von hinten zu umarmen.

»Hast du Inari gesagt?«, fragt er und wischt sich den Schweiß an seinem T-Shirt ab. »Das ist echt weit weg.«

»Ja«, antwortet Saana. »Es gibt viel zu bedenken, und eigentlich ist es auch ziemlich verrückt, sich mit einem Mord zu beschäftigen, der so weit weg passiert ist, aber ich denke schon lange darüber nach, dass es gut wäre, Papa zu besuchen. Wir haben uns schon ewig nicht mehr richtig unterhalten. Ich kenne ihn praktisch kaum. Und ich will die Puzzleteile zusammensetzen. Seine Version hören. Ich glaube, ich bin bereit dafür.«

Plötzlich schnappt Jan sich Saana und befördert sie unter sich auf den Rücken.

»Hör auf!«, ruft sie lachend, obwohl sie sich genau das Gegenteil erhofft.

Jan steht in der Küche, lässt sich einen Espresso aus der Maschine und schaut Saana beim Essen zu. Ein Ei und ein Avocadobrot mit Sprossen. Gerade als sie ins Brot beißt, öffnet Jan nach langem Schweigen den Mund.

»Was genau zieht dich in den Norden? Nur dein Vater, oder planst du wirklich schon einen neuen Podcast?« Er trinkt einen Schluck Espresso. Saana hat das Gefühl, dass er nur aus Höflichkeit fragt. Oder aber er ist gut darin, sein wahres Interesse zu verbergen.

»Wenn ich ganz ehrlich bin, beides. Der Fall von Angeli ist wirklich interessant. Inga war gerade siebzehn geworden, als man sie 1998 in der Wildnis bei Angeli fand. Ingas große Schwester findet keine Ruhe, weil der Fall immer noch offen ist. Normalerweise werden solche Fälle am Ende aufgeklärt, oder?«, fragt sie mit gesenkter Stimme. Etwas Avocado bleibt an ihren Fingern kleben, und sie leckt sie ab.

»Ja, die Aufklärungsrate der Polizei von Lappland ist genauso hoch wie anderswo. Über neunzig Prozent. Es ist wirklich extremes Pech, wenn ein Fall nicht gelöst wird. Aber wer ist sie? Also diese Frau, die dich kontaktiert hat?«

»Heta arbeitet als Anwältin bei Lindroos & son. Ich wollte dich noch fragen, ob du zur Sicherheit nach Daten über sie suchen könntest, einfach nur, um sicherzugehen, dass es in ihrer Vergangenheit nichts Merkwürdiges gibt. Und könntest du vielleicht auch gleich nachsehen, was die Polizei über den Fall selbst weiß? Heta hat mich gebeten, für sie Informationen zusammenzustellen und am Ende einen Podcast daraus zu machen, der Ingas schon fast vergessene Geschichte erzählt. Angeblich reden die Leute nicht gern mit ihr, weil sie wissen, dass sie Ingas große Schwester ist. Aber mit mir würden sie vielleicht reden.«

Jan legt den Kopf schief und stellt seine Espressotasse auf den Tisch.

»Du weißt, dass ich von solchen Bitten nicht sehr begeistert bin«, sagt er. »Aber schauen wir mal, vielleicht kann ich einen Blick drauf werfen und sehen, was ich finde. Ich sage dir nur Bescheid, wenn ich etwas Ungewöhnliches oder Alarmierendes entdecke. Aber warum hat diese Frau gerade dich kontaktiert?«

Saana lächelt ihn an. »Heta hat den letzten Podcast angehört und dachte aus irgendeinem Grund, dass ich ihr helfen könnte.«

»Dass du einen Mord ausschlachten kannst?«, fragt er schelmisch.

Saana wirft ihm einen säuerlichen Blick zu.

»Willst du damit andeuten, dass an True Crime irgendetwas falsch ist?«, fragt sie, wartet aber nicht auf seine Antwort. »Am meisten interessieren mich daran die eigentlichen Rätsel, wie du sehr wohl weißt. Ich hasse Gewalt und verherrliche keine Gewalttäter. Vielleicht könnte man das als qualitative Ermittlung bezeichnen. Irgendwie hat es mich gepackt, als Heta von dem Fall erzählt hat. Weißt du, wie selten es ist, dass ein Angehöriger zustimmt, dass das Verbrechen, dem eine ihm nahestehende Person zum Opfer gefallen ist, in aller Öffentlichkeit untersucht wird? Sie will ihrer Schwester nur eine Stimme geben. Wenn die Leute die Geschichte erfahren, könnte das sogar die Ermittlungen vorantreiben. Außerdem bin ich keine ...«

»Bist du keine Polizistin«, unterbricht Jan sie. »Jep. Es wäre gut, das im Hinterkopf zu behalten.«

»Ich mache mir noch ein Brot«, sagt Saana und steht auf. »Willst du auch eins?« Als er den Kopf schüttelt, ist sie nicht überrascht. Manchmal hat sie das Gefühl, mehr zu essen als er, und versteht nicht, wie das trotz ihres Größenunterschieds möglich ist.

»Wo wohnt dein Vater noch mal genau?«, fragt Jan.

»In Enontekiö. Es liegt nicht wirklich in der Nähe von Inari. Heute Abend schaue ich es mir genauer an. Wenn ich wirklich nach Inari fahren will, würde ich von ihm aus drei Stunden dorthin brauchen. Aber die Distanzen sind im Norden völlig anders. Ein paar Hundert Kilometer sind gar nichts in einer Gegend, in der alles weit voneinander entfernt liegt.«

»Hast du gesagt, ›*wenn* ich will‹?«, fragt Jan lachend, kommt mit der Espressotasse in der Hand an den Tisch und setzt sich ihr gegenüber. »Für mich hört es sich so an, als hättest du dich schon entschieden zu fahren.«

Saana atmet tief durch und drückt auf »Anrufen«. Auch wenn sie als Journalistin gearbeitet und als solche ab und zu ein entschlossenes Auftreten an den Tag gelegt hat, musste sie in den letzten Jahren feststellen, dass sie Angst vor Telefonaten hat. Nachrichten zu verschicken, ist viel einfacher. Angespannt lauscht Saana, wie es tutet. Es sind ein paar Tage vergangen, seit sie sich mit Heta im *Kämp* getroffen hat, drei, genau genommen. Drei lange Tage hat sie sich gegen die Idee gesträubt, Detektivin zu spielen. Und genauso lange hat sie in Gedanken bereits geplant, wie der Podcast über den ungelösten Mordfall in Angeli aussehen könnte. Auch ihr Aufenthalt in Inari ließe sich arrangieren. Sie könnte für ein paar Tage Homeoffice machen und sich den Rest der Zeit freinehmen. Dann würde sie einfach eine kleine Hilfe für Heta sein, sich mit Leuten treffen und Interviews führen. Wenn sie dann alles beisammenhätte, was ihrer Meinung nach herauszufinden war, würde sie a) nach Helsinki zurückkehren und hätte eine kleine Auszeit gehabt, b) es im besten Fall schaffen, ihren Vater in Enontekiö zu besuchen und den Vatertag mit ihm zu verbringen, c) Jan die Möglichkeit geben, sich in Ruhe in seinen Job zu vertiefen und sie zu vermissen, und d) ihrem Vater Fragen zu ihrer Mutter stellen. Über all die Dinge, über die sie bisher nicht gesprochen haben. Der Karton mit den Andenken, die Inkeri von ihrer Mutter aufgehoben hat, steht immer noch in Saanas Wohnzimmer herum. Vielleicht würden ihr all die Sachen helfen, sich der Vergangenheit zu stellen.

Wider Erwarten hat Jan für sie sowohl die wichtigsten Informationen über den Fall als auch über Heta geprüft, aber nichts Beunruhigendes gefunden. Die Unterlagen des Falls gehören nicht dem zentralen Kriminalamt KRP, sondern der Polizei von Lappland. Auch das passt zusammen. Diese Information hat Saana auch schon im Zeitungsartikel gefunden.

»Hallo?«, antwortet endlich eine verschlafene Frauenstimme am anderen Ende.

»Saana Havas hier«, sagt Saana und räuspert sich, um ihre belegte Stimme etwas heller klingen zu lassen. »Ich rufe wegen ...«, setzt sie an, schafft es aber nicht, den Satz zu beenden.

»Du hast beschlossen, mir zu helfen?«, hakt Heta Weckman nach. »Danke!« Mit einem Mal scheint sie ganz wach zu sein.

Ehe Saana weitersprechen kann, fängt Heta bereits an, über das Organisatorische zu reden.

»Du kannst in meiner Sommerhütte in der Nähe der Ortschaft Inari wohnen. Sie ist schön gelegen, am Ufer des Inarisees. Mein Elternhaus in Angeli steht schon seit Jahren leer. Ich habe es nicht über mich gebracht, es zu verkaufen. Auch das kannst du dir anschauen. Es ist alles noch wie früher. Dieselben Sachen wie vor zwanzig Jahren.«

»Hört sich gut an«, antwortet Saana. Sie überlegt, wie sie ihr nächstes Anliegen formulieren soll, kommt aber nicht einmal dazu anzufangen, weil Heta schon fortfährt.

»Ich weiß, dass du True-Crime machst, darum habe ich dich ja kontaktiert. Ich würde mir trotzdem wünschen, dass du nichts veröffentlichst, bevor ich es nicht gelesen habe. Du kannst in aller Ruhe die Story zusammenstellen, bevor die Polarnacht kommt, und im Winter den Feinschliff machen. Lass uns so viel ermitteln, wie wir nur können. Aber ich möchte nicht, dass die Veröffentlichung zu schnell passiert. Ich will, dass wir, wenn alle Ingas Geschichte zu hören bekommen, schon so weit sind, wie wir nur kommen konnten. Dass du den Podcast erst veröffentlichst, wenn du in einer Sackgasse steckst oder wenn wir den Fall zum Abschluss gebracht haben.«

Saana schluckt. Sie war noch nie in einer vergleichbaren Situation – in der jemand anders die Bedingungen für ihr Hobby und dessen Endergebnis gestellt hätte. Hetas Erwartungen scheinen hoch zu sein.

»In Ordnung, ich veröffentliche nichts ohne deine Erlaubnis. Aber ansonsten … Ich kann dir eigentlich nur versprechen, dass ich mein Bestes gebe«, sagt sie.

»Ich sorge dafür, dass deine Kosten gedeckt werden und dir auch noch etwas Geld zum Leben bleibt. Benzin verbrennt Geld, und du brauchst ja auch etwas zu essen. Aber erst mal danke. Ich kann dir nur danken, dass du dich entschieden hast, mir zu helfen.«

»Nicht doch, ich habe ja noch gar nichts getan.«

Sie vereinbaren, dass Saana in zwei Wochen losfährt. All die gesammelten Daten und das Podcast-Skript wird sie an Heta schicken, und wenn sie etwas Nützliches findet, wird Heta diejenige sein, die bei Bedarf Kontakt zur Polizei aufnimmt.

»Gehen wir's an«, sagt Saana und muss feststellen, dass die Begeisterung sie schon gepackt hat. Aus dem Nichts hat eine neue Story zu ihr gefunden, die sie bald in den kalten Norden führen wird.

Ein schönes orangefarbenes Licht schimmert durch die watteartigen Wolkenmassen. Zu dieser Jahreszeit, Mitte Oktober, ist die sicherste Methode, wenigstens einen kleinen Sonnenstrahl zu Gesicht zu bekommen, über den Wolken zu fliegen. Normalerweise ist Saana aus dem kalten und dunklen Finnland eher in den Süden als in den Norden gereist. Aber jetzt freut sie sich bereits darauf, die Orte, die Heta geschildert hat, mit eigenen Augen zu sehen.

Den Blätterstapel durchzugehen, hat dazu geführt, dass Saana Hetas Hoffnungslosigkeit schon ein wenig zu sehr mit sich herumträgt. Selbst wenn sie es abgelehnt hätte, ihr zu helfen, hätte ihr der Fall keine Ruhe mehr gelassen. Es wird sich erst noch herausstellen, welche Fortschritte sie innerhalb von ein paar Wochen machen kann.

Die Flugbegleiterin kommt, und Saana bestellt ein Glas Blaubeersaft. Als sie es ausgetrunken hat, holt sie ihr Notizbuch aus dem Rucksack und notiert darin das Datum: *14. Oktober.* Wenn man morgens aufsteht, ist es noch dunkel, und wenn man aus der Arbeit kommt, dämmert es schon. In Südfinnland hat man immerhin die winzig kleine Chance, vom Bürofenster aus den hellen Tag zu erleben, aber im Norden verdunkelt die Polarnacht den Himmel für mehrere Monate fast vollständig. Bald wird von der Sonne nur noch ein bläulicher Schimmer am Horizont übrig sein. Bestenfalls lässt sich im Norden für ein paar Stunden am Tag ein zarter pastellfarbener Schimmer am Himmel sehen. Es braucht schon viel Vorstellungskraft, um den Schimmer als Licht betrachten zu können. Viel Vorstellungskraft oder viel Gewöhnung. Allerdings ist den Leuten im Norden bewusst, dass die Dunkelheit kommen wird, und sie können wahrscheinlich damit leben.

Saana spürt, wie ihre Begeisterung wächst, je weiter sich das Flugzeug dem Polarkreis nähert. Sie täte gut daran, sich mit den Menschen zu treffen und die Story so schnell wie möglich voranzutreiben, bevor es komplett dunkel wird.

Schon von Weitem erkennt sie die Gestalt ihres Vaters. In der anspruchslosen Empfangshalle des kleinen Flughafens steht nur eine Handvoll Leute. Sein Lächeln wird breiter, als er Saana erkennt, und er hebt seine große Hand zum Gruß. Er ist von Kopf bis Fuß wie ein Jäger gekleidet, und das ist er wohl auch. In früheren Jahren, als Saana noch Fleisch gegessen hat, hat er ihr meistens Wilddelikatessen für unterwegs eingepackt: Moorschneehuhn, Rentier-Filet und Elchfleisch. In den letzten Jahren haben sie die Tradition allerdings aufgegeben. Ihr Vater hatte enttäuscht gewirkt. »Nicht einmal ein bisschen Rentier?«, hatte er gefragt, aber Saana hatte entschieden den Kopf geschüttelt. Er hätte zwar auch Fisch zu Hause gehabt, aber es war schwieriger, diesen für die Reise haltbar zu machen.

Sie umarmen sich schnell, währenddessen klopft ihr Vater ihr steif auf den Rücken. Darum bin ich keine Umarmerin, wird Saana klar. Ich komme aus einer wortkargen und stillen Familie. Zielstrebig greift ihr Vater nach dem Koffer, den sie mitgeschleppt hat, und zieht ihn mit großen Schritten hinter sich her.

»Schön, dich zu sehen«, sagt Saana, auch wenn sie weiß, dass ihre Worte überflüssig sind. Ihr Vater zeigt seine Zuneigung hauptsächlich durch Taten: indem er sich um ihren Koffer kümmert und die Sitzheizung einschaltet, als sie sich auf den Beifahrersitz setzt.

Während ihr Vater das Auto vom Parkplatz des Flughafens steuert, sieht Saana sich neugierig um. Der erste Schnee ist schon wieder weggeschmolzen. »Jetzt ist es besonders dunkel, weil kein Schnee da ist, der leuchten könnte«, stößt ihr Vater hervor und blinkt nach rechts. Saana sucht mit dem Handy nach der Route. Vom Flughafen nach Enontekiö sind es 132 Kilometer. Tausende und Abertausende Meter Zeit, sich dem schwierigen Thema zu nähern: ihrer Mutter und der gemeinsamen Vergangenheit ihrer Eltern.

Als das Auto bereits eine Weile gen Norden gerollt ist, schläft Saana ein.

Zu Hause angekommen, zieht Saanas Vater seinen Jagdoverall aus. Sein Pullover und seine lange Unterhose haben beide Löcher, die er mehr schlecht als recht gestopft hat. Er hat niemanden, der sie ordentlich flicken könnte. Trotzdem ist es toll, dass er es selbst versucht hat. Saana weiß, dass er nichts wegwirft. Er will alles auftragen, auch wenn das drei Jahrzehnte dauert. Unauffällig beobachtet sie ihn dabei, wie er das Kaffeepulver in die Maschine füllt. Sein Gesicht ist runzliger, und er hat noch mehr Haare verloren. Sein dünner Kinnbart ist noch grauer geworden. Saana wendet den Blick ab und sieht aus dem Fenster. Das flache Einfamilienhaus liegt mitten in einer ruhigen Wohngegend. Auf einmal bekommt sie einen

Stupser in die Seite. Vaters große Deutsch-Kurzhaar-Hündin Ruska blickt sie mit ihren braunen Augen an. Offenbar ist sie gerade aufgewacht. Sie will sich keine Streicheleinheiten abholen, sondern weiß, dass gleich Essenszeit ist. Kurz darauf legt sie auch schon ihre Pfoten auf Saanas Schoß. Diese wirft einen Blick auf den gedeckten Tisch. Ihr Vater hat ein paar Roggenbrote mit Butter bestrichen und mit dicken Scheiben Trockenfleisch belegt. Er ist einfach hartnäckig. Saana nimmt das Fleisch von ihrem Brot. Sie hätte gute Lust, es Ruska zu geben, kann sich aber beherrschen. Enttäuscht geht die Hündin zu Saanas Vater auf die andere Seite.

Saana knabbert am Brot und lauscht dem dumpfen Ticken der Wanduhr. Eine unerklärliche, bedrückende Melancholie, eine Traurigkeit, die sie nicht richtig greifen kann, steigt in ihr auf. Hier wird ihr Vater alt, allein mit sich selbst, fernab von allem. Und die Uhr tickt. Die Kraft der Jugend ist verschwunden und zu einem vorsichtigen Gang geworden. Ob er sich jemals einsam fühlt? Andererseits hatte er sich selbst entschieden zu gehen. Er hatte ihre Mutter verlassen, sich von Saana verabschiedet und war in seine Heimat zurückgekehrt. Schweigend kauen die beiden auf ihren Broten herum. Dann nimmt Saanas Vater sich noch eines, bestreicht es mit viel Butter, schneidet ein paar Streifen Fleisch ab und belegt es damit. Saana rührt mit dem Löffel in der Kaffeetasse herum – das Klimpern ist das lauteste Geräusch in der Küche. Die Stille hängt zwischen ihnen wie zäher, weich gekauter Kaugummi. Wenig später trippelt Ruska zum Glück wieder zu Saana hinüber. Ihre Krallen kratzen über den Boden. Saana lächelt die Hündin an. Diese wedelt mit dem Schwanz und legt ihren Kopf in Saanas Schoß.

»Verweichliche sie nicht«, sagt Saanas Vater. »Hier gibt es nichts für dich«, brummt er dann der Hündin milde zu.

Er beißt in sein Brot, während Saana über einen geeigneten Gesprächseinstieg nachdenkt, ein passendes Thema, und einen Schluck Kaffee trinkt. Ihr Vater hat nur die Milch mit dem hohen Fettgehalt. Sie schmeckt stark nach Kuh, aber es ist Saana egal. Sie lächelt ihren Vater an, und er lächelt zurück. Während sie ihn so ansieht, wird ihr klar, dass sie genau jetzt, nach all den Jahren, vielleicht endlich bereit ist, ihn nach ihrer Mutter zu fragen. Sie weiß nur nicht, wie sie das Gespräch eröffnen soll.

Saanas Vater geht mit dem Hund Gassi, und sie bringt ihre Sachen in das kleine Gästezimmer. Überall herrscht eine unbeschreibliche Ruhe. Es ist so still, dass es ihr in den Ohren klingelt. Sie hat vom Zauber Lapplands und der Hektik der Helsinkier gehört, aber früher war sie bei ihren kurzen Besuchen hier immer ungeduldig, wollte schnell wieder in ihr eigenes Leben zurückkehren. Jetzt hat sie das Gefühl, keinerlei Eile zu haben. Als sie auf die Toilette geht, bemerkt sie am Haken ein neues, flauschiges weinrotes Handtuch. Auch an dem kleinen Fenster hängen jetzt Vorhänge im gleichen Farbton. Im Wohnzimmer fällt ihr Blick sofort auf den Couchtisch. Dort liegt ein Spitzendeckchen, und sie überlegt, ob sie es schon einmal gesehen hat. Ihr letzter Besuch ist schon ein paar Jahre her. Als ihre Augen sich langsam an die Umgebung gewöhnt haben, fallen ihr noch mehr kleine Neuerungen im Haus auf. Von einer Freundin war allerdings seit Jahren nicht die Rede, und ihr Vater hat ihr auch nie jemanden vorgestellt. Andererseits ist das Bild, das sie von ihm hat, unvollständig, sie kennt nicht einmal seine Freunde.

Saana nähert sich dem dunklen Bücherregal aus Teakholz, das schon seit Jahrzehnten existiert. Erst war es in Mode, dann wieder out, und jetzt hat es mit seinem düsteren Erscheinungsbild, das bei trendbewussten Innenarchitekten auf Interesse stoßen würde, wieder Saison. Sie öffnet die unteren Schranktüren. Es sind immer noch VHS-Kassetten darin. Saana muss schmunzeln. Ihr Vater hält beharrlich an alten Gewohnheiten fest. Ob er auch einen Plattenspieler hat? Saana geht in die Hocke und nimmt ein dickes weinrotes Fotoalbum von seinem Stammplatz im unteren Regal. Es ist groß und schwer. Die Ecken sind schon leicht ausgefranst. Immer wenn sie bei ihrem Vater zu Besuch ist, blättert sie durch das Album. Es enthält eines ihres Lieblingsfotos, und das will sie jetzt abfotografieren.

Saana sitzt auf dem Boden, hat das Album auf dem niedrigen Couchtisch ausgebreitet und blättert durch die starren Seiten, von denen sich die eingeklebten Fotos stellenweise abgelöst haben. Unter jedem Bild stehen in sauberer Handschrift eine Beschreibung und eine Jahreszahl. Ihr Vater kommt wieder herein, setzt sich auf das braune Sofa und schaut ihr zu. Ruska legt sich auf den Teppich und blickt sie mit ihren braunen Augen an. Als Saana sich zu ihrem Vater umdreht, bemerkt sie, dass eine seiner Wollsocken ein Loch hat.

»Wie alt seid ihr hier?«, fragt sie und zeigt ihm ein Bild, das sie aus dem Album genommen hat. Das schon rot verfärbte Foto im Zehnerformat wurde auf dem Rücken eines Fjells aufgenommen. Zwei Menschen posieren darauf: eine Frau und ein Mann.

Lächelnd betrachtet Saana das Bild und dreht es um. In schöner, zierlicher Handschrift hat jemand auf die Rückseite geschrieben: »Fjell Saana, 1987«. Sie streicht über den Wollpullover der Frau auf dem Bild. Denselben Pullover, den ihre Mutter auf dem Foto anhat, trägt jetzt sie.

»Vielleicht dreißig«, antwortet ihr Vater leise. Ich bin schon älter als Mama auf dem Bild, denkt Saana und zuckt zusammen. Mama und Papa 1987 auf dem Fjell Saana. *Der Sommer, in dem du entstanden bist.* So hatte es ihre Mutter viele Male gesagt, als Saana als kleines Kind auf ihrem Schoß gelegen und immer wieder gefordert hatte: »Erzähl mir davon, wie Papa und du euch kennengelernt habt. Was war, als es mich noch nicht gab?«

»In jenem Sommer waren wir sehr verliebt. Wir haben uns getroffen, als dein Papa ein junger und gut aussehender Mann war und als Bergführer in den Fjells gearbeitet hat«, hatte ihre Mutter erzählt und gelächelt. Ob sie damals noch glücklich war?, fragt sich Saana. Für wie lange war alles gut gewesen? Sie betrachtet den dunkelhaarigen Mann mit Schnurrbart, der seine Hand um die Schulter ihrer Mutter gelegt hat und zufrieden in die Kamera grinst. Die Sonne blendet die beiden, das sieht man an ihren Gesichtsausdrücken. Ihr Vater hat die Worte ihrer Mutter zwar nie bestritten, aber er hat auch nie seine eigene Version davon erzählt, wie sie sich kennengelernt haben. Sein junges Gesicht ist Saana ein vertrauter Anblick, trotzdem kommt er ihr fremd vor. Ihre Eltern hatten sich in Lappland getroffen, und anders als ihre Mutter dachte, konnte sie ihn nie dazu bewegen, in Südfinnland sesshaft zu werden.

Saana bekommt Sehnsucht nach ihrer Mutter, die nicht mehr da ist. Und nach ihrem Vater, den es auf eine gewisse Art und Weise nie gegeben hat. Trotzdem ist er jetzt derjenige, der Jahr für Jahr derselbe ist. Er ist ein regungsloser, Fleisch essender unerschütterlicher Fels, immer am selben Ort, immer in der gleichen Stimmung. Er hört ihr zu, hilft ihr, wenn sie ihn darum bittet, erzählt ihr aber nie etwas von seinen eigenen Angelegenheiten. Er ist ein Mann, der den Wald besser kennt als seine eigene Tochter.

»Hast du irgendwelche Anzeichen bemerkt?«, fragt Saana nach langem Schweigen. Ihr Blick ruht immer noch auf dem Bild.

»Anzeichen wofür?«, fragt ihr Vater.

»Ich weiß auch nicht, Anzeichen für selbstzerstörerisches Verhalten oder so etwas, dafür, dass sie vorhatte, sich umzubringen?«

Er starrt vor sich hin. Schüttelt dann den Kopf. »Ab und zu war es, wie soll ich sagen ... schwankend. Aber du musst verstehen, dass nicht alles nur schlecht war. Wir hatten viele gute Momente zusammen.«

Am Abend schläft Saanas Vater nach langem Dösen vor dem Fernseher ein. Ruska schnarcht zufrieden auf dem Teppich zu seinen Füßen. Vorsichtig weckt Saana ihn, bevor sie die Lichter ausmacht und in ihr eigenes Zimmer geht. Unwillkürlich fragt sie sich, wie oft er seine Nächte im Fernsehsessel verbringt, wenn niemand ihn dazu bewegt, ins Bett zu gehen.

Sie versucht, Jan anzurufen, aber er geht nicht ran. Als sie schon unter der Decke liegt, kommt eine Nachricht von ihm: »Ich bin in der Arbeit. Wie läuft's? Wie geht es deinem Vater? Sag ihm Grüße von mir.«

Saana stellt fest, dass sie das Zähneputzen vergessen hat, und schleicht sich ins Bad. Aus dem Schlafzimmer ihres Vaters dringt gedämpftes Schnarchen. Die Plastikmatte im Bad fühlt sich kalt unter ihren Fußsohlen an, und vor dem Fenster heult der Wind. Das Badfenster ist nicht isoliert. Mit der dunkelbraunen Plastikmatte, der grünen Toilettenschüssel und der geblümten Vinyltapete hat ihr Vater damals eine seltsame Wahl getroffen. Vielleicht war es aber auch schwierig, Dinge mit Stil bis hierher liefern zu lassen, denkt Saana schmunzelnd.

Als sie wieder zurück ins Bett geht, ist noch eine zweite Nachricht von Jan gekommen. Ein Bild mit kleinen blauen Blumen, unter dem eine Rätselfrage steht: »Was will ich damit sagen?« Saana zoomt hinein. Nur Blumen. Keine Erklärung. Weder im Gras noch zwischen den Blüten ist etwas versteckt. Was für Blumen sind das überhaupt?, fragt sie sich und lacht über Jans Raffinesse. Dann fällt es ihr wieder ein: Es sind Vergissmeinnicht. Sie lächelt in die Dunkelheit. Auf einmal hat sie große Sehnsucht nach Jan.

Als Saana am nächsten Morgen aufwacht, ist es noch dunkel. Es kommt ihr vor, als wäre die Nacht wie im Flug vergangen. Sie bleibt unter der Decke liegen und lauscht. In der Küche hört sie ihren Vater und Ruska. Sie dachte, sie sei früh aufgewacht, aber als ihr klar wird, dass es schon ziemlich spät ist, ist sie enttäuscht. Die Polarnacht rückt näher, und hier im Norden wird es nicht mehr so früh hell.

Sie nimmt das Smartphone und sucht nach der aktuellen Tageslänge.

»Die Polarnacht«, liest sie, »dauert von Ende November bis Mitte Januar.« Noch ein Monat, dann ist es komplett dunkel. Jetzt, Mitte Oktober, geht die Sonne um halb neun auf und kurz vor sechs wieder unter.

Saana notiert in ihr Heft: *Tag 2. Bei Papa. 15. Oktober 2019. Tageslänge 9 Stunden, 23 Minuten.* Diesen kurzen Tag wird sie mit ihrem Vater verbringen und am nächsten Morgen nach Inari fahren.

Sie muss an Inga denken. Das Mädchen wurde im Sommer ermordet, als überall Licht war, aber Saana ist sich ganz sicher, dass trotzdem viele Dinge im Dunkeln verborgen blieben.

Sie holt Hetas Manuskript hervor und liest weiter. Hetas Gedanken und den Ereignissen zu folgen, fällt ihr leicht, da

Heta den Text am Computer ins Reine geschrieben hat. Heta war mit leeren Händen nach Helsinki zurückgekehrt, ohne Klarheit über den Tod ihrer Schwester erlangt zu haben. Über ihr Leben in Helsinki hat sie nichts geschrieben. Im Manuskript klafft eine große zeitliche Lücke. Auf einer Seite hat Heta vermerkt: »Ich rufe bei der Polizei von Ivalo an und frage nach dem Stand der Ermittlungen. Es wurde immer noch nichts Neues herausgefunden. Frustrierend.« Die nächsten Einträge stammen erst aus dem Jahr 2006, einer Zeit, in der die Polizei bereits seit vielen Jahren erfolglos ermittelte. Hartnäckigkeit oder Verzweiflung – Saana kann nicht genau sagen, was Heta dazu bewogen hat, wieder in ihre Heimat zurückzukehren.

Hungrige Mücken beißen schlimm

Es sind schon acht Jahre vergangen. Die Polizei hat nichts zustande gebracht. Gar nichts. Ich bin frustriert, denn alles, was ich in Helsinki tue, führt mich Tag für Tag nur noch weiter weg von meiner Schwester. Die Erinnerungen drohen zu verschwinden. Ich muss aufhören davonzulaufen, und etwas tun, bevor es zu spät ist. In einem Stück fahre ich bis in den Norden, und die Hektik des Südens verfliegt mit jedem Kilometer. Die Frühlingsluft ist frisch, die Kriebelmücken sind noch nicht erwacht. In Helsinki geht es im Mai schon auf den Sommer zu, aber hier taut die Natur gerade erst auf. Das Licht ist dem Süden trotzdem schon voraus. Ein brutales Licht, das Schmutz und Scham offenbart.

Die Angelintie ist in einem schlechten Zustand. Es nieselt gegen die Windschutzscheibe, und auf dem nicht asphaltierten Teil der Straße gräbt das Wasser Furchen in den Schotter. Im Wald sind ab und an kleine Schneefelder zu sehen. Ich hole einen Schokoriegel aus der Essenstasche, um damit den ersten Hunger zu stillen. Als ich das Tempo drossle, um die Verpackung mit den Zähnen aufzureißen, sehe ich über dem Auto einen Unglückshäher fliegen. Seine Flügelschläge erinnern mich wieder daran, warum ich hier bin. Der Tod meiner Schwester. Der Mörder, der nie gefasst wurde. Unglück. Hier im Norden gilt der Vogel zwar als Glücksbringer, aber unsere Familie hatte nichts als Unglück.

Bei der Ankunft sind meine Beine von der langen Fahrt taub. Friedlich schlummert mein Elternhaus an seinem angestammten Platz vor sich hin. Der über den Feuchtgebieten schwebende Nebel ist bis zu den Rändern des Grundstücks vorgedrungen. Ich hebe den Stein an und nehme die Schlüssel. Sie fühlen sich kalt in meiner Hand an. Ich sperre die Tür auf und gehe hinein. Ab hier habe ich keinen Plan mehr.

Das Haus ist warm. Eivor war hier und hat alles für meine Ankunft vorbereitet. Ich verbringe die Nacht im Zimmer meiner Mutter, es war immer das wärmste im Haus. Routiniert schlucke ich das Schlafmittel und noch eine halbe Tablette Quetiapin gegen die Angst. Dann ziehe ich mir die schwere Decke über die Ohren. Es dauert einen Moment, bis die kühlen Stellen der Decke auf meiner Haut angenehm warm werden. Langsam sinke ich in einen tiefen Schlaf.

Mitten in der Nacht schrecke ich hoch. Ich weiß nicht, wo ich bin, und habe das starke Gefühl, etwas Wichtiges vergessen zu haben. Es dauert einen Moment, bis mir klar wird: Morgen habe ich keine Meetings. Ich bin weit weg vom stressigen Alltag, aber meine neue Aufgabe ist es herauszufinden, wer meine Schwester ermordet hat. Meine Schwester Inga. Ihr Schicksal hängt über dem kleinen Ort wie schwere Gewitterwolken. Ihr vorzeitig beendetes Leben ist wie der dichte Nebel, der in dieser Gegend im Frühjahr auftritt, wenn der Winter als Wasser die Fjells herunterströmt. Lautlos verfolgt Ingas Schicksal die Einheimischen auf den langen dunklen Landstraßen, flüstert ihnen auf den Rücken der Fjells ins Ohr und singt als Vogel in den Sümpfen. Man hat sie nicht vergessen, aber man spricht nicht über sie. Der Schuldige wurde nicht gefunden. Das Leben ging weiter. Auf den Sommer folgte der Herbst, auf den Herbst der Winter. Auf den Winter ein neuer Frühling. Mutter hat die Hoffnung schon aufgegeben. Auch ich beinahe. Aber jetzt werde ich nach der Wahrheit suchen.

Als ich aufwache, ist es Nachmittag. Die Frühjahrssonne scheint grell herein und erhellt den durch den Raum schwebenden Staub.

Ich bleibe im Erdgeschoss. Noch wage ich es nicht, nach oben zu gehen. Ich schätze, die Mäuse haben sich dort häuslich eingerichtet. Ich habe vergessen, im Supermarkt Kaffee zu kaufen, also hole ich das vor drei Jahren abgelaufene lösliche Pulver aus dem Schrank und setze Wasser auf. Heute putze ich das Haus. Ich könnte damit anfangen, den Mäusedreck im Obergeschoss wegzusaugen und alle Textilien zum Ausklopfen nach draußen zu bringen.

Ich öffne die Tür und setze mich auf die kalte Treppe, um den lauwarmen Kaffee zu trinken. Da höre ich ein Gurren. Es ist kein Unglückshäher und auch keine Falkenraubmöwe. Matt lasse ich meinen Blick durch die Natur schweifen, die mein Elternhaus umgibt. Wieder ruft der Vogel. Anschließend ist ein lautes Rascheln zu hören. Da fällt es mir wieder ein. Mein Cousin hat die Angewohnheit, Vögel zu imitieren.

»Du kannst rauskommen«, sage ich zu Johan. Ich erhebe nicht einmal meine Stimme, denn ich weiß, dass er sich in unmittelbarer Nähe befinden muss.

Die Treppen knarzen unter unseren Schritten, als wir hinaufgehen. Ingas Zimmer ist das erste rechts. Die Tür ist geschlossen. Ich öffne sie vorsichtig. Im Raum ist es dunkel, und Johan schaltet das Licht ein. Meine Mutter hatte in ihrer Trauer beschlossen, alles so zu belassen, wie es war. Sie hat es nicht über sich gebracht, irgendetwas anzurühren, hoffte, dass sie es so hinauszögern konnte, sich endgültig von Inga zu verabschieden und sie loszulassen.

Johan setzt sich auf das Bett meiner Schwester und schaut sich um. Ich setze mich im Schneidersitz in die Mitte des Raums, atme tief ein, schließe die Augen und spüre im selben Moment, wie sich mir die Kehle zuschnürt.

Johan und ich sehen erst einander an, dann das Foto von Inga, das mit einer Reißzwecke neben dem Bett befestigt ist.

»Inga war hübsch«, sagt er.

Ich erschaudere. Seit Langem habe ich nicht mehr gehört, wie jemand ihren Namen laut ausgesprochen hat. Ich betrachte das geheimnisvolle, süße Lächeln und die glücklichen Augen meiner schönen Schwester. Auf dem Bild sieht sie aus, als würde sie vor Leben sprühen. Sie schaut durch die Kamera direkt zum Fotografen, und ihr Blick ist voller Liebe. Erst jetzt wird es mir klar. Es muss jemand hinter der Kamera gestanden haben, in den meine Schwester verliebt war. Wer hat dieses Bild gemacht?

»Du nimmst den hier«, sagt Saanas Vater und deutet auf den Geländewagen. »Weißt du, wie man die Leute aus dem Süden von uns Einheimischen unterscheiden kann?«, plaudert er gut gelaunt drauflos und wartet nicht auf Saanas Antwort. »An den zusätzlichen Scheinwerfern. Die Leute aus dem Süden wissen nicht, wie viel Licht man braucht. Der hier hat Zusatzlichter und fährt auch stabil. Nimm ihn, ich brauche ihn in nächster Zeit nicht.« Saana glaubt, eine Spur Stolz in seiner Stimme wahrzunehmen. Er besitzt zwei Autos und vertraut seiner einzigen Tochter eines davon als Leihgabe an – und das, obwohl sie nichts von Autos versteht und aus dem Süden kommt.

Saana war noch nicht in der Lage, ihm die Fragen zu stellen, die ihr auf dem Herzen liegen, aber sie ist trotzdem zufrieden. Sie hat sich willkommen gefühlt, und während der Vorkehrungen für ihre Weiterreise hatten sie eine gute Zeit miteinander.

Am nächsten Morgen vor acht Uhr startet ihr Vater sein Zweitauto und bedeutet ihr, mit dem Geländewagen als Erste vom Hof zu fahren. Er will sie mit seinem eigenen Auto bis Inari begleiten, angeblich hat er dort selbst etwas zu erledigen. Saana hat allerdings den Verdacht, dass er nur sehen will, wie sie zurechtkommt. Aber das macht nichts. Seine Fürsorge fühlt sich gut an.

Eine matte, fahle Morgendämmerung erleuchtet ihren Weg durch die hügelige Landschaft. Dichte dunkelgrüne Baumreihen sind die stillen Zeugen ihrer Reise. Nur ab und zu kommen ihnen Autos entgegen. Da es auf der Strecke keine einzige Tankstelle gibt, hat Saanas Vater vor der Abfahrt beide Wagen vollgetankt. Saana betrachtet die vorbeiziehenden Häuser und spielt in Gedanken ihr altes Spiel: Wie wäre es, in diesem oder jenem Haus zu wohnen? So weit weg von allem zu leben, kann sie sich gar nicht vorstellen. Trotzdem sind selbst die kleinsten Hütten mitten im Nirgendwo immer bewohnt.

Viereinhalb Stunden später fahren sie schließlich hintereinander auf den Parkplatz des Sámi-Museums Siida. Saana überprüft noch einmal die Daten auf ihrem Smartphone. Heta hat ihr klare Anweisungen gegeben: *»Sei um eins beim Siida, mein Cousin Johan wird dort sein, mit einem roten Honda. Von ihm bekommst du die Schlüssel.«*

Dort steht auch bereits ein Auto, auf das die Beschreibung passt. Saana fragt sich, ob Johan schon lange wartet, obwohl sie zu früh dran ist. Sie parken ihre Autos, aber nur Saana steigt aus und geht zu Johan. Aus dem Wagen ihres Vaters dringt dumpf das Bellen der Hündin, die sie durch die Heckscheibe beobachtet. Kurz darauf klopft Saana an das Fenster des roten Honda. Johan steigt nicht aus, sondern lässt nur die Scheibe einen Spaltbreit herunter und senkt den Kopf. Saana ist die Situation etwas unangenehm. Plötzlich hat sie den Menschen, den Heta in ihrem Text erwähnt hat, leibhaftig vor sich. Mit einer knallorangefarbenen Jagdmütze, die er sich tief ins Gesicht gezogen hat, grünem Pullover und Lederhandschuhen. Mit einem ausweichenden, aber verschmitzten Blick dreht er sich zu ihr.

»Ich bin wegen der Schlüssel hier«, sagt Saana möglichst gelassen. Ein beklommenes Gefühl überkommt sie, und in Wahrheit hat sie keine Lust, sich von ihrer besten Seite zu zeigen und nett zu plaudern. Sie will ihren Vater nicht zwingen zu warten, sondern einfach nur die Schlüssel bekommen und sich in der Hütte einrichten, damit er wieder nach Hause fahren kann.

»Soso«, sagt Johan geheimnisvoll. Das Fenster hat er jetzt ganz geöffnet. Saana nimmt in seiner Stimme etwas wahr, das in jede Richtung führen könnte.

»Saana Havas. Heta hat mich zu dir geschickt, du hast angeblich die Schlüssel zur Hütte«, stellt sie sich vor und streckt ihre Hand ins Auto, um sie ihm zu reichen, aber er ergreift sie nicht und sagt auch nichts. Wahrscheinlich ist meine Sorge um gezwungenes Geplauder unbegründet, denkt Saana erleichtert.

»Woher weiß ich, dass du die richtige Saana Havas bist?«, fragt er dann und starrt sie ausdruckslos an. Er schließt seinen Lederhandschuh fest um den Schlüsselbund. Zwischen seinen Fingern hängt ein Anhänger aus Rentiergeweih.

Saana hofft, dass ihr Gesichtsausdruck nicht den Ärger preisgibt, der in ihr schwelt. Zum Glück hat sie Hetas Manuskript gelesen und weiß, dass Johan sich auf dem Asperger-Spektrum befindet.

»Nur die wenigsten kämen wohl auf die Idee hierherzukommen, mitten ins Nirgendwo, um sich für mich auszugeben«, rutscht es ihr heraus. Sie lacht nervös und verzieht ihre Mundwinkel zu einem gezwungenen Lächeln.

Zu ihrer Überraschung fängt auch Johan an zu lachen und reicht ihr die Schlüssel. Schnell greift sie danach, bevor er es sich anders überlegt. Am liebsten würde sie ihn alles Mögliche fragen, aber jetzt ist wohl nicht der richtige Zeitpunkt dafür.

»Ist es in Ordnung, wenn ich dich später interviewe?«, fragt sie, aber Johan hat schon den Motor angelassen und starrt stumm auf die Straße.

»Ich muss los«, verkündet er dann.

»Ich könnte dich anrufen, dann machen wir einen Termin aus«, sagt Saana. »Es gibt da einige Dinge, die ich gern mit dir besprechen würde.«

Johan wischt sich die laufende Nase an seinem Handschuh ab und scheint nicht mehr zuzuhören. Er drückt auf einen Knopf, und das Autofenster fährt wieder hoch. Saana dankt ihm trotzdem noch schnell für die Schlüssel. Es stört sie, dass er nicht geantwortet hat. Ein entsetzlicher Gedanke huscht ihr durch den Kopf. Hier wird sie also sein, umgeben von verschwiegenen Menschen, die sie versuchen muss wachzurütteln. Ihr Instinkt ruft: Kehr um und fahr zurück, bevor es zu dunkel wird!

Als sie hintereinander die Inarijärventie entlangfahren, kommt Saana nicht dazu, die Landschaft zu bewundern. Stattdessen folgt sie der Handy-Navigation, hält aus dem Augenwinkel Ausschau nach Orientierungspunkten und versucht, keinen Unfall zu bauen, während ihr Vater zusieht. Jetzt, da er hinter ihr herfährt, wäre es ihr außerdem peinlich, an der richtigen Stelle vorbeizufahren, da er dazu neigt, ein Besserwisser zu sein. Kurz darauf findet sie jedoch die passende Abzweigung und den kleinen Weg zur Hütte. Friedlich und einsam steht die graue und überraschend große Blockhütte aus Kiefernstämmen auf einem Felsen, umgeben von nichts als blattlosen Birken und Sträuchern. Fasziniert betrachtet Saana das Haus. Seine großen Fenster blicken auf den Inarisee. Auf dem

Wasser treibt ein Steg, der durch die Sonne im Laufe der Jahre grau geworden ist. Am liebsten würde Saana gleich testen, wie kalt der See ist. Der Ort ist schöner und die Hütte größer, als sie zu hoffen gewagt hat. In der Ferne zeichnen sich Fjellrücken, Inseln mit Baumreihen und Strände ab. Wie ein Bogen spannt sich der weite Himmel über die Landschaft. Wenn das Wetter klar ist, hat man hier bei Dunkelheit vielleicht die Chance, Nordlichter zu sehen. Saana denkt über die Abgeschiedenheit Lapplands nach. In frostigen Winternächten leuchten über ihm die Nordlichter, im Sommer die Mitternachtssonne. Sie holt den Schlüssel aus der Tasche.

Ihr Vater steigt aus dem Auto und öffnet den Kofferraum. Saana bleibt stehen, um der Stille zu lauschen. Sie hört nichts als ihren eigenen Atem. Keine Vögel, keinen Wind, kein Knacken des Frostes oder Wasserplätschern. Die Landschaft ist wie ein weicher Nebel, in den man hineingleitet. Ruska springt aus ihrem großen Käfig, der fast den ganzen Kofferraum einnimmt, und beschnuppert neugierig den Boden und die Wände der Hütte. Irgendwo raschelt es, und sie horcht auf. Wie erstarrt bleibt sie stehen und lauscht. Dann bellt sie kurz und fängt an zu knurren.

»Na, na, hör auf«, brummt Saanas Vater, aber Saana fragt sich, was die Hündin wohl gehört hat. Vielleicht ein Tier? Der Wasserspiegel des Inarisees ist malerisch und glatt. Es ist, als hätte die kalte Luft alles auf wunderschöne Art erstarren lassen. Nicht einmal die Wolken bewegen sich. Seenlandschaften hatten immer schon eine beruhigende Wirkung auf Saana.

»Kommst du denn auch wirklich zurecht hier?«, fragt ihr Vater mit einem Blick auf die graue Hütte. »Hier war schon lange niemand mehr.« Er deutet auf das Dach. Blätter, die zu einer nassen braunen Masse verrottet sind, quellen aus der Regenrinne über die Dachkante. »Die Regenrinne müsste sauber gemacht werden, bevor der Schnee kommt«, meint er noch, und Saana muss lächeln. Er kommentiert meistens Dinge, die etwas mit konkreten Handlungen zu tun haben. Sie öffnet die Tür. Sie klemmt etwas, und Saana muss mit der Hüfte dagegendrücken und gleichzeitig ziehen, um sie aufzubekommen.

Ruska kommt herbeigehüpft und wartet darauf, an ihr vorbei in die Hütte schlüpfen zu können.

»Ruska, sitz!«, befiehlt ihr Vater.

»Sie darf ruhig mit rein«, sagt Saana und muss sich plötzlich eingestehen, dass sie hofft, die Hündin könnte hierbleiben und ihr die ganze Zeit über Gesellschaft leisten.

In der Hütte ist es kälter als draußen. Saana lässt die Tür offen und macht das Fenster in der Stube auf. Von dieser zweigt ein Flur ab, der offenbar zur Toilette und zum Schlafzimmer führt. Die Holzbalken und der rote Backsteinkamin erzeugen eine urige Atmosphäre. Daneben steht ein leerer Feuerholzkorb. Saana sieht sich um.

»Irgendwo müsste es Holzscheite geben«, sagt sie zu ihrem Vater, der gerade hereingekommen ist, den Strom eingeschaltet hat und testet, ob die Heizkörper funktionieren. Er geht zur Feuerstelle, prüft die Luftklappen, zieht den Zugbegrenzer heraus und schiebt ihn wieder hinein.

»Mit den Heizkörpern wirst du es hier schnell warm bekommen«, sagt er und deutet dann mit einem Nicken auf den Kamin. »Der sieht so aus, als würde er nur qualmen.«

Gefolgt von Ruska geht Saana wieder hinaus. Sie umrundet die Hütte und entdeckt dahinter einen kleinen Lagerschuppen, an dessen Tür sich lediglich ein kleiner Haken befindet. Saana öffnet ihn und findet zu ihrer Freude einen riesigen Stoß trockener Holzscheite vor. Heute Abend wird sie also trotzdem versuchen können, den Kamin anzufeuern.

»Ruf an, wenn etwas ist«, meint ihr Vater, als würde er diese Worte schon ihr Leben lang zu ihr sagen. Doch eigentlich hat er das noch nie getan. Saana fragt sich, ob sie jetzt wohl ihren echten Vater zu Gesicht bekommt, der im Norden mehr zu Hause ist als anderswo. In ihren wenigen Kindheitserinnerungen hat er nicht viele Facetten. Er saß meistens in der Wohnzimmerecke, las Zeitung oder bastelte an etwas herum. Schnaubte als Antwort auf Mamas Wortschwall hinter der Zeitung hervor. Saana hat immer nur eine Seite der Geschichte zu hören bekommen, die, in der ihre Mutter allein mit einem kleinen Mädchen zurückbleibt, als der kaltherzige Vater in den Norden verschwindet. Aber was ist seine Version? Sie traut sich immer noch nicht, ihn danach zu fragen.

»Wir sehen uns«, sagt sie vom Türrahmen aus und winkt zum Abschied. »Ich komme dich ganz sicher bald wieder besuchen, jetzt, da ich schon mal hier bin.« Seit ihrer Kindheit haben sie sich nicht mehr so häufig gesehen wie jetzt, wenn sie in ein oder zwei Wochen wieder zu ihm fährt. Saana versucht, sich daran zu erinnern, ob er sie jemals besucht hat. Es gab wohl nur das eine Mal, zu ihrer Abiturprüfung. In einer Zeit, in der ihre Mutter noch lebte. In einer Zeit, in der ihr Geist noch nicht ganz zersplittert war. Saana lächelt und winkt. Wenn sie ihren Vater so sieht, gibt er ihr trotz allem ein viel heimeligeres Gefühl als die fremde, kalte Hütte hinter ihr. Sie will gar nicht darüber nachdenken, wie es sein wird, hier allein schlafen zu gehen, umgeben von all der Stille.

Sie trägt ihre Sachen hinein und räumt die Lebensmittel in den Kühlschrank, der bereits angefangen hat zu surren. Nachdem sie sich eingerichtet, einen Rundgang gemacht und ihre Sachen ausgepackt hat, nimmt sie seufzend auf dem roten Sofa Platz. Draußen hat es angefangen zu dämmern, obwohl selbst die Ämter noch geöffnet haben. Saana nimmt ihren Mut zusammen und ruft beim Polizeirevier von Ivalo an. Sie ist auf der Suche nach dem Polizisten namens Seppo Laitinen, der im Zeitungsartikel erwähnt wurde. Zu ihrer Überraschung wird sie sofort mit ihm verbunden.

»Saana Havas hier, hallo, ich interessiere mich für einen Mord, der 1998 in Angeli passiert ist, und ich dachte, ich könnte ...«, bringt sie hervor, ehe der Mann sie unterbricht.

»Ich bin gerade auf dem Weg nach Hause, und diese Dinge bespreche ich ungern am Telefon. Besser, Sie kommen vorbei. Ich bin morgen ab zwölf vor Ort«, sagt er und legt auf.

Angespannt sitzt Saana da und starrt das verstummte Smartphone an. Sie kann kaum fassen, welche Chance sich ihr gerade eröffnet hat: Der Polizist hat sich wirklich einfach so bereit erklärt, sich mit ihr zu treffen. Sie lächelt zufrieden. Die Hütte wird langsam warm, und sie riskiert es, die Jacke auszuziehen. Jetzt hat sie einen Abend lang Zeit, sich vorzubereiten und sich all die Fragen zu notieren, auf die sie gern Antworten hätte. Morgen früh geht es dann richtig los.

Als Saana den Kamin anzündet, fängt er sofort an zu qualmen. Es kommt so viel Rauch heraus, dass sie auf die kleine Veranda flüchten und die Tür offen lassen muss, um zu lüften. Einen Moment lang steht sie frierend draußen, während die graue Rauchmasse hinaus in die frische, dunkle Luft strömt. Mit dem Rücken zum See starrt Saana über den Garten hinauf zur Schotterstraße und auf den umliegenden Wald. Es ist so dunkel, dass sie eigentlich nichts erkennen kann. Und doch kommt es ihr so vor, als würde die Dunkelheit zurückstarren.

Als der Rauch sich lichtet und der Schornstein anfängt zu ziehen, geht sie wieder hinein, schließt die Tür, holt den Rotwein, den sie in Enontekiö gekauft hat, und schenkt sich einen kleinen Schluck ein. Dann kramt sie in ihrem Koffer und sucht ihr Notizbuch heraus. Sie notiert *Tag 3. Inari* und listet die Dinge auf, die sie gleich in den ersten Tagen erledigen könnte: die Umgebung erkunden, den Polizisten interviewen, sich Ingas Elternhaus anschauen. Den Ort zu besuchen, an dem Inga ihr ganzes Leben lang gewohnt hat, wird besonders spannend werden. Saana hebt den Kopf und blickt zum Fenster. Das brennende Holz knackt im Kamin. Ein Teil der Scheite ist vielleicht doch etwas feucht. Kurz schämt sie sich, weil sie nicht einmal so eine einfache Aufgabe wie das ordnungsgemäße Anzünden eines Kaminfeuers hinbekommen hat. Sie tritt ans Fenster und schaut in den Himmel, kann aber nur ihr eigenes Spiegelbild sehen. Ihr zum Dutt hochgebundenes blondes Haar und ihre hohen Wangenknochen.

Saana setzt sich wieder an den Tisch, nimmt einen Schluck Wein und seufzt. Jetzt hat sie also den Zielort erreicht. Mit dem Handy nimmt sie einen kurzen Abschnitt auf: »Ich bin in Inari angekommen und wurde von einer sanften Dunkelheit empfangen. Ich habe den weiten Weg auf mich genommen, um mehr über Inga Weckman in Erfahrung zu bringen. Als Inga tot in Angeli aufgefunden wurde, herrschte die Zeit der nachtlosen Nächte. Jetzt ist der bunte Herbst vorbei, und die Natur bereitet sich darauf vor, den ersten Schnee zu empfangen. Ich will so viel wie möglich herausfinden, bevor die Polarnacht beginnt und es vollkommen dunkel wird.«

Als am nächsten Morgen ein Hauch von Licht in die Hütte dringt, fühlt sich Saana nicht mehr so einsam. Es gibt keine Kaffeemaschine, also setzt sie Wasser auf, steckt eine Filtertüte in einen Filterhalter, gibt das Pulver hinein und stellt ihn auf eine Tasse. Dann gießt sie langsam kochendes Wasser hinein. Auf diese Art wird der Kaffee je nach Glück entweder gut oder furchtbar. Aber Hauptsache Filterkaffee. Anschließend zieht Saana Jacke und Schuhe an und geht mit der Tasse in der Hand auf die Veranda. Die Bodenbretter sind von der Nacht noch nass. Über dem See hängt ein leichter Nebel, und es ist völlig windstill. Der gemächliche Rhythmus des Nordens und die über allem liegende, unbeschreibliche Ruhe haben dazu geführt, dass Saana früh eingeschlafen ist und fast bis neun geschlafen hat. Sie nimmt einen Schluck dampfenden Kaffees. Solche Augenblicke machen Reisen lohnenswert. Augenblicke, in denen sie sich plötzlich ruhig und selbstsicher fühlt und von etwas Schönem umgeben ist. Hier lebt sie einfach im Moment, mitten im Nirgendwo, an einem fremden Ort, an den die Neugier sie getrieben hat.

Vorsichtig fährt Saana den holprigen Weg entlang bis zur größeren Straße und biegt in Richtung Inari ab. Sie ist so früh dran, dass sie noch Zeit hat, um ein bisschen die Gegend zu erkunden, bevor sie zum Polizeirevier von Ivalo fährt.

Der erste Tag am Zielort. Die Neugier kribbelt ihr im Bauch. Nadelbäume wechseln sich mit Nebelschwaden ab, die stellenweise die glatte Wasseroberfläche verdecken. Saana konzentriert sich darauf, der verschlungenen Straße zu folgen. Es kommen ihr hauptsächlich Lkw entgegen. Die Natur hat begonnen, sich zurückzuziehen. Alles, was verrotten kann, hat angefangen zu verrotten. Alles, was verwelken kann, ist bereits verwelkt. Nur die blattlosen Äste mit ihren dunklen Bartflechten sind geblieben. Aufragende Halme, braune Blätter, die zu Erde zerfallen, und zähe Sträucher, die stehen bleiben, obwohl sie vom Wind gepeitscht oder vom Schnee zu Boden gedrückt werden. Keine Spur mehr vom bunten Herbst. Übrig sind nur der Regen und der Nebel. Auch die Touristen haben sich offenbar zurückgezogen, um auf die Ankunft des Schnees zu warten.

Saana konzentriert sich auf jede Abzweigung und behält den Straßenrand im Auge, falls Rentiere auf die Straße laufen. Von denen gibt es hier angeblich wesentlich mehr als Menschen. Ein Auto, das deutlich zu schnell fährt, kommt ihr entgegen. Wie können die Einheimischen nur so rasen, obwohl jederzeit und überall Rentiere auftauchen können? Saana späht auf die Uhr. Inari müsste bald in Sicht kommen. Von der Hütte bis dorthin sind es weniger als zehn Kilometer.

Das Zentrum besteht aus der Staatsstraße 4, die am Inarisee entlangführt. Am Straßenrand liegen ein Supermarkt, ein paar Hotels und eine Rentierfarm. Saana liest die Schilder und Aufschriften an den Wänden der Gebäude: das düstere *Inari Wilderness Hotel*, das *Holiday Village Inari* mit seinen roten Hütten, die kleine Landzunge Uruniemi, an deren Spitze man zelten oder in einer Hütte übernachten kann, und die Rentierfarm *Renniina*. Beim Anblick des Namens einer Straße, die zum See führt, muss Saana lächeln: Fannitädintie – Tante-Fanni-Straße. Wenn jemand eine eigene Straße verdient, dann ihre eigene Tante, Inkeri. Langsam lässt sie das Auto weiterrollen. Sie will sich ein Bild davon machen, an was für einem Ort Inga gelebt hat. Die schöne weiße Sámi-Kirche von Inari kommt in Sicht, ein weiterer Supermarkt, die Niederlassung des samischen Radiosenders Yle Sápmi, die Landzunge Pappilanniemi, die Post, das sogenannte Einkaufszentrum von Inari, das hauptsächlich aus einem Supermarkt und einer Filiale des Busverkehrsunternehmens Matkahuolto besteht. Dann eine Geschenkboutique, das Restaurant *PaPaNa* und das *City Hostel*. Eine kleine Tankstelle, das Sámi-Kulturzentrum *Sajos* und *Galddoaivi Safaris*, das Angelausflüge anbietet.

Der Fahrbahnrand ist sandig, und hier und da wird die Straße von schönen Kiefern gesäumt. Wenn es Sommer wäre, würde

Saana vielleicht eine Bootsfahrt auf dem Inarisee machen wollen, aber jetzt kann sie sich angesichts der herbstlichen Kälte nicht einmal dazu motivieren, das Auto zu verlassen. Als sie am Museum Siida vorbeifährt, wird ihr klar, dass sie bereits das komplette Dorfzentrum durchquert hat. Kurz darauf führen die Straßen schon weiter Richtung Norden und zur norwegischen Grenze. Als Saana den Namen »Angeli« auf einem Schild entdeckt, macht ihr Herz einen Hüpfer. Dorthin wird ihr Weg sie später führen.

An einer verlassenen Kreuzung wendet Saana und fährt auf den Museumsparkplatz. Dann tippt sie »Ivalo« in die Karte auf ihrem Smartphone ein und spürt, wie ihre Begeisterung wächst. Die Fahrt zum Polizeirevier von Ivalo dauert etwas über eine halbe Stunde. Davor könnte sie sich noch einen Kaffee holen. Sie beschließt, einen Abstecher zur Tankstelle zu machen.

Als Saana die Tankstelle betritt, verstummt das schleppende Stimmengewirr vollständig, und die griesgrämigen Männer an den Tischen lugen unter ihren Kappen und Mützen hervor zu ihr herüber. Sie wirft einen Blick auf das schwarze Brett neben der Tür. Die handgeschriebenen Anzeigen bieten Brennholz, Motorschlitten und Hütten zum Verkauf an. Einer der Aushänge unterscheidet sich von den anderen. Es ist die Kopie eines Fotos, über dem steht: »Haben Sie sie gesehen?« Saana starrt auf das Schwarz-Weiß-Bild eines jungen Mädchens und runzelt die Stirn.

An der Selbstbedienungstheke schenkt Saana sich Kaffee in einen Pappbecher. Auf der Platte unter der Kaffeekanne liegt ein dunkles Fünfcentstück, als wäre es ein Glücksbringer, mit dem jemand sich gewünscht hat: »Bitte sei kein schlechter Kaffee, sei guter Kaffee.« Tankstellenkaffee ist allerdings selten überragend. Seine einzige Stärke ist es, verfügbar zu sein.

Ein Mann in dunkelgrüner Camouflage-Kleidung schiebt sein Tablett hinter Saana her Richtung Kasse. Er nimmt keine Rücksicht auf Abstand, sondern rückt ihr so sehr auf die Pelle, dass sie den Rauchgeruch wahrnimmt, den seine Klamotten ausströmen. Er mustert sie von Kopf bis Fuß.

»Einen Kaffee, bitte«, sagt Saana an der Kasse.

»Zwei fünfzig«, antwortet die zierliche, dunkelhaarige Tankstellenmitarbeiterin hinter der Theke. »Im Urlaub hier?«, fragt sie dann freundlich.

»Nicht so richtig«, entgegnet Saana.

»Auf der Durchreise also«, fährt die Frau fort. Saana korrigiert sie nicht gleich. Sie denkt daran, wie vielen Durchreisenden man an Tankstellen begegnet. Im Norden sind Tankstellen rar gesät, die Etappen zwischen ihnen sind groß.

Saana macht dem Mann hinter ihr Platz, damit er bezahlen kann, und lässt sich Zeit, während sie ihren Becher mit einem Deckel verschließt. Als der Mann sich zu einem Tisch begeben hat, der offenbar mit einheimischen Typen bevölkert ist, blickt sie von ihrem Becher auf und sieht die Frau an, auf deren Namensschild »Maija« steht.

»Eigentlich bin ich hier, um einen alten Fall zu recherchieren«, sagt Saana. »Mich interessiert, wie es hier 1998 war, in dem Sommer, als Inga Weckman starb. Erinnern Sie sich an den Fall?«

Die Frau, Maija, hört auf, die Waren auf der Theke zu sortieren, und schaut Saana neugierig an. »Inga? Natürlich weiß ich von Ingas Fall. Als ob irgendjemand den je vergessen könnte. Auch wenn es schon sehr lange her ist.«

»Was ist damals passiert?«, fragt Saana gespannt. »Als bekannt wurde, dass man sie gefunden hat, meine ich.«

»Entschuldigung, aber wird das irgendwo erscheinen?«, fragt Maija, anstatt zu antworten. »Ich will nicht, dass mein Name irgendwo steht.«

»Natürlich nicht, wenn Sie das nicht möchten.« Saana lächelt möglichst freundlich. »Ich bin keine Journalistin im eigentlichen Sinne. Ich schreibe einen Podcast über den Fall, und, nun ja, ich tue es, weil man mich darum gebeten hat. Eine gewisse Person macht sich Sorgen, dass Ingas Fall in Vergessenheit geraten könnte, und ich will ihr helfen. Damit ich verstehe, wie es damals hier war und was passiert sein könnte, möchte ich mehr über die Erinnerungen der Einheimischen wissen. Das geht auch anonym.«

Maija blickt sich um. Vor der Theke gibt es keinen Andrang, und alle Kunden wirken zufrieden. Saana spürt, wie Maijas Blick als Nächstes auf ihr landet. Es scheint, als würde die Frau abschätzen, ob sie ihr trauen kann.

»Was wollen Sie denn genau wissen?«, fragt sie dann leise.

»Die Gerüchte...«, setzt Saana dankbar an. »Fangen wir vielleicht damit an. Was wissen Sie noch über die ersten Tage? Was hat man damals hier im Dorf geredet? Wie haben die Leute das, was passiert ist, aufgenommen? Wer wurde verdächtigt?«

Maija legt den Kopf schief und fängt an, die Serviettenbox aufzufüllen.

»Es wurde alles Mögliche geredet, aber nicht laut.«

»Was zum Beispiel?«

»Wir sind hier im Norden. Im Laufe der Geschichte ist hier allerhand passiert. Auch schlimme Dinge, allerdings nicht so schlimm wie Ingas Tod... Aber über die wurde nicht so viel Aufhebens gemacht wie darüber. In dieser Gegend, na ja, sagen wir mal so, hier gibt es im Verhältnis viel mehr Männer als Frauen.«

»Was meinen Sie?«

»Dass wir dementsprechend leben«, sagt Maija geheimnisvoll. Ihre Miene ist sehr ernst.

Saana runzelt die Stirn.

»Hier gibt es auch sehr viele gläubige Menschen. Manche haben damals sogar von Gottes Rache gesprochen. Davon, dass das Mädchen gesündigt hätte. Sonst wäre es ihr nicht so ergangen, wie es ihr ergangen ist. Aber ich habe nicht daran geglaubt. Dann wurde viel darüber gesprochen, ob Ingas Tod mit den ewigen Fehden der Rentierweidegemeinschaften zusammenhängen könnte.«

»Womit?«

»Innerhalb der Rentierweidegemeinschaften existieren Herdengemeinschaften, zwischen denen es Spannungen gibt«, fährt Maija fort. »Aber Ingas Mutter hatte keine Rentierfarm, und die Familie ist auch nicht samisch. Sie lebten im friedlichen Einklang mit der Natur und waren offensichtlich in nichts verwickelt. Und schließlich hat man mehr und mehr davon gesprochen, dass das Böse von außen kam.«

»Das heißt?«

»Touristen aus dem Süden, Norweger, Russen«, sagt Maija. »Man hat sich gefragt: Was, wenn der Täter nur auf der Durchreise war? Und dieses Grauen hinterlassen hat.«

Saana nickt. Vorsichtig nimmt sie den ersten Schluck Kaffee. Er ist immer noch so heiß, dass sie sich fast die Zunge verbrennt.

»Was glauben Sie selbst?«

»Ich würde sagen, dass es jemand von hier war. Aber mich fragt hier niemand«, sagt Maija. Sie betrachtet ihre Aufgabe offenbar als erledigt und lässt ihre Hand auf die Theke sinken.

Saanas Augen weiten sich vor Interesse, aber sie schweigt,

um nicht den Moment zu zerstören, in dem Maija den Mut hat zu sprechen.

»Ich weiß noch … wie soll ich es sagen … dass Inga kess und wagemutig war. Sie kümmerte sich nicht darum, was die anderen über sie dachten. Wenn jemand versucht hätte, sie ins Auto zu locken oder sie angegriffen hätte, hätte sie Widerstand leisten können. Darum schätze ich, dass die Sache komplizierter ist. Da war noch etwas anderes.«

Saana nickt. Die Tür geht auf, und ein Pärchen in Eisangelanzügen kommt herein. Maija wird langsam unruhig und scheint zu befürchten, dass sich eine Schlange bilden könnte. Deswegen dankt Saana ihr und lässt sie weiterarbeiten.

Der Weg von Inari nach Ivalo führt durch wunderschöne Landschaften. Saana muss einen Zwischenstopp auf einem Parkplatz machen, um die sie umgebende Schönheit bewundern zu können: majestätische Felsen, spiegelglattes Wasser und unberührte Steinstrände. Fünfundvierzig Minuten später erreicht sie Ivalo, aber schon kurz darauf stellt sich heraus, dass es im Dorfzentrum nicht gerade viel zu sehen gibt. Allerdings ist Ivalo größer als Inari und hat schon etwas mehr zu bieten: zwei Supermärkte, eine Post, eine Bücherei, ein Hotel, einen Friseur, einen Arzt, einen R-Kioski, einen Secondhandladen, eine Kneipe und sogar einen Nachtclub. Saana fällt ein, dass auch Heta diesen erwähnt hat. Sie betrachtet das große Gebäude am Flussufer mit der gelben Schrift auf dem Dach, die aussieht wie aus einem Westernfilm: »Vaskooli«.

Der Himmel ist grau, es hat angefangen zu regnen. Saana kann das Auto in der Nähe des Polizeireviers parken und geht aufgeregt zur Tür.

»Seppo Laitinen«, sagt der Kriminalhauptmeister, ein kräftiger Mann mittleren Alters, und reicht Saana die Hand.

»Saana Havas, ich habe angerufen …«, sagt sie und ergreift seine Hand, kommt aber nicht dazu, den Satz zu beenden.

»Man nennt mich Myski«, meint der Polizist. »Eine Art Spitzname.«

Saana muss schmunzeln. In Vorstellungssituationen konzentriert man sich oft so sehr auf seinen eigenen Namen, dass man nicht einmal hört, was der andere sagt. Aber an *Myski* – Moschus – wird sie sich definitiv erinnern.

»Hat das etwas mit einem Moschusochsen zu tun?«, fragt sie, ohne weiter darüber nachzudenken. Es rutscht ihr einfach so heraus. Von seinem Äußeren her erinnert der Mann eher an ein großes Schweinchen als an einen Ochsen. Stupsnase, schmale, tief liegende Augen und gerötete Haut.

»Einfach nur wegen des Geruchs«, antwortet der Polizist, als wäre die Sache für ihn im Laufe der Jahre zu etwas Alltäglichem geworden.

In der Tat ist die Luft von einer starken Rasierwassernote erfüllt.

»Man müsste es wohl eher Duft nennen, es ist ja schließlich kein Gestank«, stammelt Saana, um ihren Lapsus wiedergutzumachen. Zu ihrer Überraschung wird Myskis Gesichtsausdruck etwas milder, als würde er sich über die Bemerkung sogar freuen. Eines kann Saana allerdings nicht verstehen: All die Jahre hat er sich Kommentare über sein starkes Rasierwasser angehört, dessen Dosis aber nicht reduziert. Es erfordert ziemlichen Schneid, derart an der eigenen Originalität festzuhalten.

»Nun, in welcher Angelegenheit sind Sie hier?«, fragt Myski dann, und Saana versteht, dass die Duftsache damit erledigt ist.

»Ich bin heute hergekommen, um Informationen über

einen Todesfall, oder besser einen Mord, zu sammeln«, sagt sie und bemerkt, dass sie ihren Tonfall geändert hat. Das passiert automatisch, wenn sie mit einem Vertreter der Amtsgewalt über ein ernsthaftes Thema spricht. »Inga Weckman starb im Jahr 1998, und ich suche nach allen verfügbaren Daten.«

»Ich erinnere mich an den Fall«, meint Myski und nickt vor sich hin. »Hier gibt es nicht gerade viele von der Sorte«, fügt er hinzu.

»Was meinen Sie?«, hakt Saana nach.

»Offene Mordermittlungen. Wir haben eine gute Aufklärungsrate, siebenundneunzig Prozent aller Fälle werden gelöst, so grob geschätzt.«

»Fast alle also.«

»Ja, fast alle«, bestätigt Myski.

»Aber nicht Weckmans Fall.«

»Nein, der nicht. Er ist einer der wenigen, die einen zweifellos verfolgen, auch wenn es schon lange her ist.«

Myski steht auf, geht aus dem Raum und kommt mit einem Pappteller zurück, auf dem Hefegebäckscheiben angerichtet sind.

»Ich habe Kaffee aufgesetzt«, sagt er, und Saana wird klar, was Heta damit meinte, als sie sagte, die Polizei im Norden nehme nicht alles so genau. Die Leute haben Zeit füreinander. Saana hat zwar keinen Appetit, greift aber trotzdem zu, um einen höflichen, nahbaren Eindruck zu machen und die Stimmung so offen wie möglich zu halten. Sie beißt in das Gebäckstück, das weicher ist und besser schmeckt, als es aussieht. Myski tut es ihr gleich. Einen Moment lang ist es still im Raum.

»Nun, also, ich würde es sehr zu schätzen wissen, wenn es möglich wäre, von einem Polizisten etwas über diesen Fall zu erfahren. Ich würde gern alles wissen, was Sie mir darüber erzählen können, im Vertrauen natürlich.«

»Vertrauen, das ist vielleicht ein Wort«, brummt Myski mit vollem Mund. »Sie kommen aus Helsinki hierher, um herumzuschnüffeln, und setzen Vertrauen voraus.« Die Stimmung wird etwas angespannter. »Ich habe ziemlich viel über Sie herausgefunden, Sie haben True-Crime-Podcasts gemacht, in denen Sie offen Informationen verbreiten und sich an den tragischen Schicksalen anderer ergötzen, und jetzt wollen Sie Ihre Krallen in diesen Fall schlagen. Darum sind Sie also hier?«, sagt er polternd, und Saana ist so überrascht, dass sie aufhört zu kauen und einen breiigen Gebäckklumpen im Mund behält.

»Ich ergötze mich nicht an den Ereignissen«, stammelt sie dann und schluckt. Ungeachtet Myskis schroffer Worte möchte sie das Gespräch in einer möglichst gelassenen Atmosphäre fortsetzen.

»Wenn Sie Nachforschungen über mich angestellt haben, haben Sie sicher auch gesehen, dass ich der Polizei bei den Ermittlungen und auch bei der Lösung des Falls geholfen habe. Wir wollen doch beide, dass die Sache vielleicht doch noch aufgeklärt wird, oder?«, fährt sie fort. »Ich bilde mir wirklich nicht ein, eine Polizistin zu sein, aber ich habe festgestellt, dass es den Leuten leichterfällt, mit einer harmlosen jungen Frau zu sprechen als mit Beamten.«

Myski kaut auf dem Gebäck herum und schaut sie mit schief gelegtem Kopf an.

Saana erwidert seinen Blick. Trotz seiner direkten Worte wirkt er eher freundlich als wütend. Sie ist sich nicht sicher, wie ernst er es überhaupt gemeint hat. Er scheint sich härter zu geben, als er ist.

»Der Mord ist schon zwanzig Jahre her, und ich frage mich, ob es möglich wäre, einen Blick …«

»Verraten Sie mir noch, warum Sie sich gerade Ingas Fall

ausgesucht haben?« Die Stimme des Polizisten ist fordernd, und ehe Saana antworten kann, spricht er schon weiter: »Heutzutage reißen überall Podcasts und Internetartikel die Wunden der Angehörigen auf und schlachten die Fälle aus, ohne dass es den Ermittlern von Nutzen wäre.«

Saana zählt innerlich bis drei, ehe sie antwortet.

»Sie haben recht, aber ich glaube, dass gut gemachter True Crime auch helfen kann. Er hilft insofern, als die Fälle nicht vergessen werden. Er bewirkt, dass weiter darüber gesprochen wird, und bestenfalls führt das Reden auch zu Taten. In den USA gibt es bereits ein paar Beispiele dafür, wie durch Podcasts die Ermittlungen vorangetrieben und sogar Fälle gelöst wurden«, sagt sie und beglückwünscht sich innerlich zu ihrer gefassten und strukturierten Antwort.

»Ihnen ist schon klar, dass ich Sie, wenn Sie nicht die Erlaubnis einer Angehörigen bekommen hätten, hinauswerfen würde, oder?«, sagt Myski etwas freundlicher.

Saana fragt sich, woher er das wusste, schließlich hat sie Heta nicht erwähnt. Sie kann ihre Überraschung nicht verbergen.

»Habe ich also richtig geraten? Sie sind in Hetas Auftrag unterwegs?«, fragt Myski schmunzelnd. »Die Frau gibt nicht auf. Zuletzt hat sie einen Privatdetektiv hierhergeschickt. Aber sein Einsatz wurde kurzfristig beendet.«

»Hat er etwa den falschen Leuten die falschen Fragen gestellt?«, fragt Saana erschrocken.

»Es war eher so, dass er die Fragen auf die falsche Art und Weise gestellt hat. Ohne seinem Gegenüber Respekt zu zollen. Man hat ihn vergrault. Es war nicht schön, das mit anzusehen.«

Saana nickt nachdenklich. »Wie ist es, hier zu wohnen?«, fragt sie dann.

»Ich stamme ursprünglich nicht von hier. Nach meinem Abschluss habe ich hier oben meine erste Stelle bekommen. Ich hatte vor, nur die obligatorische Stippvisite zu machen, Erfahrung zu sammeln, aber bald musste ich feststellen, dass ich mich hier wohlfühlte. Ich bin kein Stadtmensch. Hier bin ich mehr in meinem Element als je zuvor«, brummt Myski und dreht die leere Kaffeetasse in seiner Hand. »Da bin ich nicht der Einzige. In den letzten Jahren sind sogar Leute aus dem Süden hierhergezogen. Auch Heimkehrer tauchen immer wieder auf. Die Leute hier sind nett, bleiben aber gern für sich.«

»Wenn wir noch einmal zum Jahr 1998 zurückkehren …«, sagt Saana.

»Ich habe in meiner Laufbahn viel gesehen, aber dieser Mord ist der einzige, der mich auch nachts verfolgt. Damals im Sommer habe ich hier als Kriminalmeister angefangen«, sagt Myski.

»Mhm«, murmelt Saana. Sie hat ihr Gebäckstück aufgegessen und weiß nicht, was sie mit ihren Händen machen soll. Schließlich legt sie sie in den Schoß.

»Welche Ermittlungsansätze hatten Sie?«, fragt Saana, obwohl sie schon weiß, dass er nicht darauf antworten kann. Verlegen sieht sie sich im Polizeibüro um. Der Tisch biegt sich vor lauter Papier. Auf einem hohen, schon leicht schiefen Stapel liegt ein schwarz-weißes Blatt, auf dem steht: »Haben Sie sie gesehen?« Die gleiche Vermisstenanzeige über das verschwundene Mädchen wie im Eingangsbereich des Tankstellen-Cafés.

»Kommt das hier öfter vor?«, fragt Saana und nickt in Richtung Papierstapel.

»Was meinen Sie?«

»Dass junge Leute einfach verschwinden, sich aus dem Staub machen und nicht Bescheid geben.«

»Nicht öfter als anderswo. Es passiert immer mal wieder.

Schwierig wird es dadurch, dass die Grenze nicht weit weg ist und die Abstände zwischen den Ortschaften groß sind. Die Betroffenen können leicht sehr weit gekommen sein.«

»Wann ist sie verschwunden?«, fragt Saana.

»Vor drei Tagen, aber machen Sie sich keine Sorgen, sie wird bestimmt gefunden.«

Saana nickt. »Haben Sie überprüft, ob sie ihren Pass dabeihatte?«, fragt sie. Als sie bemerkt, wie die Freundlichkeit in Myskis Gesicht in Verärgerung umschlägt, verstummt sie. Sie sollte lernen, sich zu beherrschen, wenn ihr nichts als Selbstverständlichkeiten auf der Zunge liegen.

»Über die Grenze kommt man auch ohne Pass«, sagt Myski. »Der Kaffee ist jetzt sicher durchgelaufen, holen wir uns einen?«, fragt er. Gemeinsam gehen sie in die Küche.

»Dann werfen wir mal einen Blick auf die Sache, wegen der Sie hergekommen sind«, brummt er, zurück im Büro.

»Darf ich das aufnehmen?«, fragt Saana.

»Besser nicht«, sagt er schnell. »Wie gesagt, mein Revier umfasst Hunderte von Kilometern. Ich arbeite seit zweiundzwanzig Jahren als Polizist und gebe mein Bestes. Verdammt noch mal. Jeden Tag gebe ich mein Bestes, tue alles, was ich kann, aber selbst das reicht nicht immer.« Er greift nach einer weiteren Scheibe Gebäck und verschlingt sie in drei großen Bissen. Dann wischt er die Zuckerkrümel an seiner Hose ab, steht auf, geht zum Aktenschrank, zieht vier dicke Pappordner heraus und legt sie auf den Tisch.

»Hier ist alles, was bisher über den Fall dokumentiert wurde, aber die Ermittlungen sind noch nicht abgeschlossen, also kann ich Ihnen die Dokumente nicht zeigen. Ich wollte nur, dass Sie sehen: Die Ermittlungen haben nicht stillgestanden, wie Heta vielleicht behauptet hat. Ich bin regelmäßig mit ihr in Kontakt, um sie über den Stand der Dinge zu informieren, aber verständlicherweise regt sie das alles sehr auf. Manchmal dauern solche Ermittlungen leider sehr lange.«

Ungläubig beäugt Saana die Papphefter.

»Außerdem würde Ihnen das Material nichts nützen. Ich kenne es vollständig, seinen ganzen Inhalt, aber auch mir ist es nicht gelungen, auf die richtige Spur zu kommen und den Täter zu finden.«

»Gibt es irgendetwas, was Sie mir erzählen können?«, fragt Saana hoffnungsvoll.

Myski rückt sich zurecht und lehnt sich über den Tisch zu ihr herüber.

»Aufgrund meiner Position bin ich zu Stillschweigen verpflichtet, aber ich habe nichts dagegen, wenn Sie den damaligen Ermittlungsleiter interviewen wollen. Er war mein Chef und für die Untersuchungen verantwortlich, bis er in Pension ging.«

Saanas Miene hellt sich etwas auf.

»Esko Jaatinen, er wohnt in der Ortsmitte von Ivalo, ich kann Ihnen seine Telefonnummer geben.«

»Danke«, sagt Saana und meint es auch so. »Da wir schon mal hier sind und Sie die Gegend kennen – ich habe mich gefragt, in welchem Zustand die Angelintie momentan ist. Kann ich es riskieren, die Straße zu benutzen?«, fragt sie. »Ich habe die Erlaubnis bekommen, mir das Haus der Weckmans in Angeli anzusehen, aber ich bin mir nicht sicher, ob ich im Dunkeln hinfahren will.«

Myski schaut auf die Uhr und dann zu Saana.

»Die Straße hat ab und zu Frostschäden, aber sie ist ganz okay. Teilweise ist sie asphaltiert, aber nicht auf der gesamten Strecke. An Ihrer Stelle würde ich heute trotzdem nicht mehr fahren. Es ist Schnee angesagt. Ich würde bis morgen warten, es wird ja schon so früh dunkel.«

»Alles klar«, antwortet Saana. Erst jetzt fällt ihr auf, dass es draußen bereits angefangen hat zu schneien. Der Schnee ist zur gleichen Zeit angekommen wie sie. »Erinnern Sie sich noch an den Moment, als sie von Ingas Verschwinden erfahren haben?«, fragt sie.

»Ich habe die Vermisstenmeldung aufgenommen. Zwei Tage nach ihrem Verschwinden wurde uns leider mitgeteilt, dass in Angeli die Leiche eines jungen Mädchens gefunden wurde. Der Fundort liegt weit von hier entfernt. Es dauerte eine Weile, bis die Spurensicherung und der Rest der Truppe vor Ort waren. Die Leiche lag vermutlich schon seit der Nacht von Samstag auf Sonntag dort, gefunden wurde sie am Dienstag. Schon von Anfang an war da etwas, was mich störte.«

»Was denn?«

»Ich hatte gerade erst als Kriminalmeister angefangen. Wenn der Finder, der Besitzer einer Rentierfarm, nicht gleich die Polizei angerufen hätte – ich weiß nicht, wie lange es gedauert hätte, bis man das Mädchen überhaupt entdeckt hätte. Was er dort gesehen hat ...«

»Was hat er denn gesehen?«, hakt Saana ungeduldig nach, als er nicht weiterspricht.

Myski schüttelt nur den Kopf.

»Mehr kann ich Ihnen nicht erzählen, aber es war kein schöner Anblick. Kein gewöhnlicher Mord, wenn man das so sagen kann. Und der Täter muss die Ruhe weg haben. All die Jahre hat er sich beherrscht. Niemand hat sich in der Kneipe verplappert. Niemand hat die Nerven verloren.«

Er wechselt die Sitzposition.

»Ich weiß immer noch, wie alles aussah, welche Geräusche dort zu hören waren. Das Mädchen trug ein weißes Kleid, das aussah wie ein Nachthemd. Der Sommer war damals besonders warm.«

Saana nickt gespannt.

»Und auch wenn ich gesagt habe, dass ich alles gegeben habe, muss ich gestehen, dass die Ermittlungen nicht auf die bestmögliche Art begonnen haben. Ich wusste nicht viel, was ich aber wusste, war, dass man bei Mordermittlungen bei null anfangen muss, ganz unvoreingenommen. Nur so ist man wachsam. Was ich beobachtet habe, war keine Wachsamkeit, sondern eine Art Trägheit und Gleichgültigkeit. Es wurde nur das getan, was unbedingt nötig war. Zwei Tage später hatten alle die Gegend wieder verlassen. Nur noch die zertrampelte Erde und die kleinen Holzkreuze und Blumen, die die Einheimischen zum Gedenken an das Mädchen am Fundort abgelegt hatten, erinnerten noch an das, was geschehen war.«

»Wer wurde im Laufe der Jahre alles verdächtigt?«, versucht es Saana.

»Ich habe jetzt schon zu viel erzählt. Ich kann Ihnen keine weiteren Details verraten, das verstehen Sie sicher. Aber die Regionalzeitung hat immer mal wieder etwas über den Fall geschrieben, nicht viel, aber immerhin etwas. Die Artikel findet man digital wahrscheinlich nirgendwo mehr, aber schauen Sie doch mal in der Bücherei von Ivalo vorbei.«

Myski nimmt einen Zettel von seinem Schreibtisch, schreibt etwas darauf und reicht ihn Saana.

»Jaatinens Nummer«, sagt er. »Und meine steht auch drauf, falls noch etwas sein sollte. Ach ja, und die Zeitung, die heißt *Inarilainen.*«

Saana dankt ihm für das Gespräch und erhebt sich wie auf Befehl. Ihr Blick fällt auf die Uhr: Es ist erst zwei. Da sie schon einmal in Ivalo ist, kann sie auch gleich den früheren Polizeichef anrufen und in die Bücherei gehen. Als sie das Revier verlässt, bleibt Myski mit gebeugtem Rücken sitzen und nimmt sich das letzte Gebäckstück auf dem Teller vor.

Kleine, zarte Schneeflocken schweben langsam vom Himmel und landen auf dem Parkplatz vor dem Polizeirevier. Auch die Luft ist kühler geworden. Saana hat gehört, dass der erste Schnee für manche beklemmend ist: Mit ihm beginnt der lange, endlose Winter. Für andere wiederum ist er Anlass zur Freude. Er macht alles heller und die lange Polarnacht erträglicher. Saana setzt sich ins Auto und startet den Motor, damit die Heizung angeht. Dann holt sie den Zettel, den sie gerade von Myski bekommen hat, aus ihrer Jackentasche. In ordentlicher, kleiner Handschrift hat er zwei Nummern darauf geschrieben. Sie tippt die von Jaatinen in ihr Smartphone und drückt auf »Anrufen«, bevor sie richtig nervös werden kann. Es tutet bereits. Gespannt wartet sie darauf, dass jemand abhebt.

»Hallo?«, antwortet kurz darauf eine raue Männerstimme.

»Guten Tag, Saana Havas hier. Ich habe mich gerade mit Seppo Laitinen im Polizeirevier von Ivalo getroffen, und er glaubt, dass Sie mir vielleicht weiterhelfen können. Ich sammle Informationen über einen Mord, der 1998 in Inari passiert ist. Laitinen hat mir geraten, Sie zu fragen, ob Sie sich noch an diese Zeit erinnern.«

»Verdammter Myski, hat er das? So alt bin ich nun auch wieder nicht, dass ich mich nicht erinnern könnte. Aber was geht Sie das alles an? Sind Sie Journalistin? Ich bin schon in Pension, wie er Ihnen sicher erzählt hat.«

»Es wäre interessant, etwas über die damalige Zeit zu erfahren und darüber, wie die Polizeiarbeit hier im Norden kurz vor der Jahrtausendwende war«, sagt Saana. »Ich habe den Eindruck bekommen, dass Sie hier in der Gegend als Chef beliebt waren. Ich bin keine Journalistin. Ich mache …« Sie überlegt einen Moment, ehe sie fortfährt. »Ich mache einen Podcast. Jegliche Erinnerungen an damals würden mir weiterhelfen.«

Am anderen Ende wird es still. Vielleicht macht der Mann

eine Denkpause. Im Hintergrund hört man entferntes Hundebellen.

»Ich bin gerade im Wald. Klingeln Sie vielleicht morgen noch mal durch, dann sehen wir weiter«, sagt Jaatinen und legt auf, bevor Saana etwas erwidern kann.

War das ein erfolgreiches Telefonat? Sie weiß es nicht genau, aber dass sie ihn morgen noch einmal anrufen wird, steht fest. Sie wirft das Handy auf den Beifahrersitz und seufzt.

Schon eine Viertelstunde später steht Saana vor der Gemeindebücherei von Inari und blickt auf den weißen, bogenförmigen Unterstand vor dem Gebäude. Er sieht aus wie eine vierbeinige Kreatur, unter der man hindurchgehen muss, um in das helle Gebäude zu gelangen. Wie auch alle anderen Häuser in Ivalo ist die Hauptbücherei flach.

Die Suche stellt sich als einfach heraus. Alle Ausgaben der *Inarilainen* sind ordentlich in Mappen gebündelt, die sich im hinteren Bereich der Bibliothek befinden. Insgesamt sind es weniger als zehn, und sowohl auf der Vorder- als auch auf der Rückseite ist vermerkt, welche Jahreszahlen sie beinhalten. Saana trägt ihre Ausbeute in den Lesesaal und fängt beim Juli 1998 an zu blättern. Bis jetzt hat sie über den Mord an Inga Weckman nur den Artikel aus der *Ilta-Sanomat* gefunden. Vielleicht wird er in der Lokalzeitung häufiger erwähnt. Da stößt sie auch schon auf den ersten Treffer: Am 15. Juli 1998 wurde in der *Inarilainen* eine knappe Mitteilung veröffentlicht.

Junge Frau tot in Angeli aufgefunden. Die Polizei hat eine Morduntersuchung eingeleitet. Wer sachdienliche Hinweise geben kann, wird gebeten, sich bei der Polizei zu melden.

Saana fotografiert die Seite mit dem Handy ab und blättert weiter. Im August wurde Inga Weckmans Todesanzeige veröffentlicht.

Wir rufen sie, aber sie dreht sich nicht mehr um.
Sie ist auf dem Weg in die Wälder ihrer Kindheit,
in das Land der blauen Blume und des goldenen
Herbstes. Dort singen andere Vögel.

Sirkka Turkka

Inga Weckman wurde am Sonntag, dem 25.8.,
in der Kirche von Ivalo auf ihre letzte Reise
verabschiedet.
Es vermissen dich: Mama und Heta
sowie deine Freunde und Verwandten mit
ihren Familien

Saana blättert durch die nächsten Monate und sogar Jahre, aber wie sie schon vermutet hat, wird der Fall nicht mehr erwähnt. Daher bringt sie die Mappen zurück und holt sich noch die Zeitungen von 2006, dem Jahr, in dem Heta in ihre Heimat zurückkehrte und alles tat, um zu begreifen, was Inga zugestoßen war. Mit klopfendem Herzen verweilt Saana auf einer Seite, auf der sich ein kurzer, zweispaltiger Artikel befindet:

Neue Hinweise im Fall Inga Weckman – Person festgenommen. Die Polizei hat gestern in den frühen Morgenstunden eine Person festgenommen, die im Verdacht steht, am Mord an Inga Weckman beteiligt gewesen zu sein. Der Verdacht hatte sich 1998 zunächst gegen den Ex-Freund der Verstorbenen gerichtet, der jedoch aufgrund mangelnder Indizien nach kurzer Zeit wieder freigelassen wurde.

Saana versteht nicht so recht, was sie da gelesen hat. Inga

hatte einen Ex-Freund, den die Polizei offiziell des Mordes verdächtigt hat? Wer ist die Person, die später von der Polizei festgenommen wurde? Und warum hat Heta nichts davon erwähnt?

Mit dem alten Kopierer der Bücherei macht Saana einen Abzug des Artikels und geht zurück zum Auto. Von Ivalo bis zur Hütte, die in der Nähe der Ortsmitte von Inari liegt, fährt man weniger als eine halbe Stunde. Saana ist froh, dass die Hütte nicht weiter entfernt ist, denn die Distanzen verlangsamen ihre Recherche. Für den morgigen Ausflug zu Ingas Elternhaus muss sie fast den ganzen Tag einplanen. Obwohl es nur etwa sechzig Kilometer sind, könnte sie bei schlechtem Wetter auf den unbefestigten Straßen durch die Wildnis leicht eineinhalb Stunden für die einfache Strecke brauchen.

Als Saana bei der Hütte ankommt, fällt ihr auf, dass das Hüttendach weiß ist, ebenso der Steg. Auf dem strauchigen Gelände rund um die Hütte ist der Schnee stellenweise liegen geblieben, und auch der Rand der Veranda ist mit einer schönen Schneedecke überzogen. Saana steigt aus dem Auto und kramt in ihrer Jackentasche nach den Schlüsseln. Da bemerkt sie es.

Im Schnee sind Spuren zu erkennen, die hinter der Hausecke hervorkommen, bis auf die Veranda und wieder zurück hinter die Hütte in den Wald führen. Da im überdachten Bereich der Veranda kein Schnee liegt, lässt sich nicht sagen, ob der neugierige Besucher auch an der Tür war. Saana steigt über die Spuren hinweg, geht zur Tür und prüft diese. Immerhin ist sie noch abgeschlossen. Sie sollte Heta anrufen und sie fragen, ob es mehrere Schlüssel zur Hütte gibt. Zum Glück wurde das Schloss nicht aufgebrochen. Saana dreht den Schlüssel um, drückt gegen die Tür und zieht kräftig daran. In der Hütte ist es still. Alles sieht noch genauso aus wie am Morgen, als sie gegangen ist. Vielleicht ist nur jemand auf seiner Spazierrunde an der Hütte vorbeigekommen und hat aus Neugier hineingelinst. Allerdings ist der nächste Nachbar über fünf Kilometer entfernt. Saana holt ihr Handy hervor und drückt auf »Anrufen«.

»Hallo?«, meldet sich Heta und klingt dabei, als wäre sie gerade bei etwas Wichtigem gestört worden.

»Saana hier, ich rufe an, weil ...« Sie fragt sich, wie sich das Ganze anhören muss, und kann nicht leugnen, dass es etwas paranoid klingt. »Jemand ist über das Grundstück der Hütte gelaufen und war auch auf der Veranda. Im Schnee waren Fußspuren. Ich habe mich nur gefragt, ob ...«

»Ob jemand in der Hütte war?«, vervollständigt Heta den Satz.

»Ja, ich muss zugeben, dass ich ein etwas mulmiges Gefühl hatte«, stößt Saana hervor.

»Deine Sorge ist unbegründet. Es wurde noch nie in die Hütte eingebrochen. Und es gibt nur zwei Schlüssel. Den einen hast du von Johan bekommen, den anderen hat Eivor, Johans Mutter. Ich habe ihr die Erlaubnis gegeben, die Hütte zu nutzen, und im Gegenzug hält sie alles instand. Aber sie weiß, dass du schon da bist.«

»Okay«, sagt Saana. Das mulmige Gefühl verschwindet trotzdem nicht.

»Ist ansonsten alles in Ordnung?«

»Ja, ist es. Sollte ich Eivor eigentlich auch interviewen?«

»Ja, ich kann dich nur ermutigen, dich mit allen zu unterhalten, die bereit sind, mit dir zu reden. Vielleicht auch mit meiner Mutter. Sie lebt nicht mehr in dieser Welt, aber sie könnte sich trotzdem an früher erinnern. Und da ist noch etwas, was ich dir sagen wollte: In ihrem Zimmer könnte irgendwo noch der Karton sein, den ich dort gelassen habe. Damals, bei meiner Recherche, habe ich ihn zu ihr gebracht. Da war alles Mögliche drin. Ich wollte nicht, dass die wenigen Sachen meiner kleinen Schwester vergessen werden oder verschwinden. Wenn du dich für einen Besuchstag entschieden hast, kann ich der Pflegerin Bescheid geben, dass du kommst. Ich schicke dir Eivors Kontaktdaten und die des Pflegeheims.«

»Okay, gut, danke«, sagt Saana und fügt noch hinzu, ehe Heta, die es eilig zu haben scheint, auflegen kann: »Ich habe in der Zeitung gelesen, dass es im Laufe der Jahre zwei Hauptverdächtige in Ingas Fall gab. Der eine war ihr Ex-Freund und der andere jemand, den die Polizei erst 2006 festgenommen hat. Kannst du mir sagen, wer diese Leute sind? In der Zeitung wurden natürlich keine Namen genannt.«

Saana hört Heta am anderen Ende der Leitung atmen.

»Pyry Palokka ist der eine und Johan Weckman der andere«, sagt sie schnell und legt auf. Saana bleibt verdattert zurück. Was hat Heta da gerade gesagt?

Saana prägt sich die Namen ein. Das ist einfach, schließlich kennt sie den zweiten bereits. Warum hat Heta nicht von Anfang an offengelegt, dass ihr Cousin zu irgendeinem Zeitpunkt der Ermittlungen verdächtigt wurde? Ob Johan auch etwas mit den Spuren vor der Hütte zu tun haben könnte? Hat Heta damals irgendetwas herausgefunden, was auf die Schuld ihres Cousins hindeutete? Und was hat ihn letztendlich entlastet?

Zum ersten Mal bereut Saana ihre Entscheidung, hierhergekommen zu sein. Sie geht in die Küche, schaltet den Wasserkocher ein und betrachtet den Papierstapel auf dem Tisch. Die Seite, die sie zuletzt gelesen hat, liegt noch obenauf. Aber irgendetwas an der Position des Stapels bringt Saanas Gehirn zum Rattern. Hatte sie den Stapel derart parallel zum Tischläufer ausgerichtet? Normalerweise kümmert sie sich nicht die Bohne um Symmetrie. Sie lässt ihren Blick durch die Hütte schweifen, aber alles außer dem Manuskript sieht völlig unberührt aus. Vielleicht bilde ich es mir nur ein, denkt sie, und im selben Augenblick springt der Knopf des Wasserkochers hoch, um zu signalisieren, dass das Wasser heiß genug ist.

Saana lässt den Tee in der Tasse ziehen und holt die kopierten Seiten aus ihrer Tasche. Sie befestigt die Zeitungsartikel an der Wand und tritt einen Schritt zurück, um sie zu begutachten. Jetzt hat sie etwas, womit sie anfangen kann. Eine fast leere Wand und ein paar Informationsschnipsel. Sie kehrt zu ihrer Teetasse zurück, nimmt den Papierstapel und blättert zu der Stelle, an der von Johan die Rede ist. Bei der Schlüsselübergabe schien er nicht besonders gesprächsbereit zu sein, aber vielleicht fällt ihr noch etwas ein, womit sie sein Vertrauen gewinnen kann. Plötzlich bekommt sie eine Nachricht von Heta: Eivors Telefonnummer und Adresse sowie den Namen des Pflegeheims für Menschen mit Gedächtnisstörungen in Ivalo.

Saana beschließt, schon bald mit Eivor zu sprechen. Außerdem will sie sich das Haus der Weckmans ansehen, sich mit Esko Jaatinen und Johan treffen und mehr über Ingas Ex-Freund herausfinden. Wenn dieser noch im Dorf wohnt, wäre es definitiv interessant, mit ihm zu sprechen. Für einen Moment kehrt sie zu Hetas Gedanken zurück. Als sie den Text in Helsinki las, ist ihr alles weit weg erschienen, aber jetzt ist alles anders. Wenn man gemächlich über die verlassenen Wege spaziert, spürt man die Atmosphäre und die Ruhe des Nordens, die Heta beschreibt. Wenn Heta von ihrer Sehnsucht spricht, kann Saana die Trauer fühlen. Und bald, wenn sie das Haus der Weckmans besucht, wird sie diese noch stärker wahrnehmen. Allerdings hat sich mittlerweile herausgestellt, dass Heta nicht alles in ihr Tagebuch geschrieben hat.

Saana unterbricht ihre Arbeit und sucht sich ein Paar Wollsocken. Auf dem Weg zurück zum Tisch bleibt sie vor dem Fenster stehen. Draußen ist es stockdunkel. Sie schirmt ihr Gesicht mit den Händen ab und lehnt sich gegen das Glas. Der finstere Wald steht unerschütterlich an Ort und Stelle. In der Dunkelheit lässt sich der See nicht vom Himmel unterscheiden, aber Saana weiß, dass er da ist. Die kräftigen, gewundenen Stämme der knorrigen Kiefern lassen sich gerade noch so ausmachen. Die ältesten Urkiefern hier könnten Hunderte von Jahren alt sein. Würde man den Wald durchqueren, käme man zu Fjells, Sümpfen und wieder Fjells. Man könnte so lange durch die Wildnis gehen, bis man schließlich die Grenze überqueren und am Eismeer herauskommen würde.

Saana schließt die Augen. Das Eismeer klingt nach etwas, was sehr kalt und sehr weit weg ist – dabei ist sie ja schon hier, in der Arktis. Heta hat in ihrem Text erzählt, dass sie im Sommer immer mit ihrer kleinen Schwester dorthin fuhr, um Muscheln zu sammeln. Auch der herbstliche Inarisee wirkt so groß wie ein Meer. Anfangs hat Saana das überrascht, aber jetzt fragt sie sich nicht mehr, warum man ihn auch das Meer der Sámi nennt. Bei Herbststürmen können die Wellen über zwei Meter hoch werden, und der See erscheint wie ein wogender Ozean.

Von der warmen, erleuchteten Hütte aus nach draußen ins Dunkel zu blicken, ist gemütlich, solange man weiß, dass man sie nicht verlassen muss. Saana erschaudert. In diesem dünn besiedelten Gebiet ist die wilde Natur näher und die Dunkelheit tiefer. Wenn hier jemand vorhätte, ihr einen Schlag zu verpassen und sie zu entführen, würde das niemand mitbekommen. Niemand könnte etwas tun. Statistisch gesehen sind Städte jedoch gefährlicher, und die Wahrscheinlichkeit, einem Mörder zu begegnen, ist aufgrund der größeren Anzahl an

Menschen höher. Aber leider ist Saanas lebhafte Fantasie sehr gut darin, in den Ecken schlummernde Ungeheuer zu wecken. Sie seufzt. Zur Sicherheit muss sie noch einmal nachsehen, ob die Eingangstür der Hütte abgeschlossen ist.

Am Morgen wacht Saana vor dem Wecker auf, zieht wieder ihre Wollsocken an und geht verschlafen auf die Toilette.

Durch das Badezimmerfenster zieht die Kälte herein, und der Boden fühlt sich trotz der Wollsocken kühl unter ihren Füßen an. Es ist ihr, als würden sich Dunkelheit und Kälte aus verschiedenen Richtungen an sie heranschleichen. Im Dezember werden beide sie sicher schon ganz umzingelt haben.

Saana trinkt zwei Tassen Kaffee und isst nur eine Banane zum Frühstück. Dann steckt sie den Laptop und das Notizheft in ihren Stoffbeutel, prüft, ob die Schlüssel in ihrer Jackentasche sind und auch sonst alles in Ordnung ist. Bevor sie geht, zupft sie ein langes Haar von ihrem Pullover und legt es sorgfältig auf den Boden im Flur. Sollte in ihrer Abwesenheit jemand in die Hütte kommen, würde es sich bestimmt bewegen. Sie wirft einen Blick auf das schmale Stück Wand in der Stube, auf dem sie angefangen hat, eine Sammlung aus Namen, Orten und Details zusammenzustellen. Ihre persönliche Ermittlungswand. Amateurkram, würde Myski sagen, und auch Jan und viele andere, aber es ist nicht so, dass Saana sich einbilden würde, eine Polizistin zu sein. Sie hat die Dinge einfach schon immer am besten visuell verarbeitet. Ihr Verstand kann eine Information besser analysieren, wenn sie sich auf einen Blick erfassen lässt. Saana zieht die Tür hinter sich zu, schließt ab und geht zum Auto. Dann kontrolliert sie noch einmal, ob die Hüttenschlüssel auch wirklich in ihrer Jackentasche sind. Der Sand knirscht unter ihren Schuhen, und die Luft fühlt sich frisch und kühl an. Es ist bewölkt und sieht nach

Regen aus. Die Schneeschicht ist über Nacht weggeschmolzen. Saana startet das Auto, und automatisch geht der Radiosender YleX an. Die putzmunteren Morgenmoderatoren beschreiben sehr ausführlich irgendetwas aus ihrem Leben und lachen im Voraus über ihre eigenen Geschichten. Saana schafft es nicht, Spotify mit dem System des Autos zu verbinden, also wechselt sie einfach den Sender. Ein Beitrag in samischer Sprache sorgt für eine interessante Atmosphäre. Saana glaubt, Teile davon zu verstehen, aber ihr Gehirn will nicht so recht funktionieren. Ein leichtes Schamgefühl überkommt sie, wenn sie darüber nachdenkt, wie wenig Ahnung sie von der Kultur und dem Land der Sámi hat. An die Schulzeit hat Saana nur vage Erinnerungen. Die Familie ihres Vaters hat hier zwar zum Teil ihre Wurzeln, trotzdem weiß sie nicht viel darüber.

Ihre Cousins und Cousinen aus dem Norden haben immer, wenn sie Saana gesehen haben, ein bestimmtes Lied geträllert:

Mächtige Saana von Kilpisjärvi
Fjell der grimmigen Winde
Über dir schwindelerregend hoher Himmel
Der Atem des Eismeers und der Frost

Doch mit Lappland verbindet Saana mehr als nur der vom Fjell entliehene Name. Sie weiß noch, wie ihre Oma in der Stube im Schaukelstuhl saß und ihr ewiges Lächeln lächelte. Größtenteils hatte es damit zu tun, dass sie auf dem linken Ohr nicht mehr richtig hörte. Also lehnte sie ihre linke Wange an die Stuhllehne, drehte die rechte den Leuten zu und lächelte, weil ihr schlechtes Gehör ihr so unangenehm war. Aber manchmal kam es vor, dass sie mit sanfter Stimme zu Saana sagte: »*Sánálottážan,* mein Vögelchen, komm her zu Oma, und erzähl mir von deinem Kummer und deinen Sorgen.«

Bei Nord-Oma hat sich Saana immer wohlgefühlt, auch wenn sie nie viel gesprochen hat. Ihre Art, Zuneigung zu zeigen, bestand darin, fünfmal am Tag den Tisch zu decken: Frühstück, Mittagessen, Nachmittagskaffee, Abendessen, Abendkaffee. Den Rest der Zeit kümmerte sie sich um ihren Hof, erledigte Arbeiten, die sie schon von klein auf verrichtet hatte, oder schaukelte in ihrem Stuhl vor und zurück. Aber Saana und ihr Vater besuchten sie nur sehr selten. Je mehr Saana über ihre Großmutter nachdenkt, desto besser versteht sie, wie distanziert ihre Beziehung stets blieb. Die Verwandtschaft ihres Vaters ist viel tiefer im Norden verwurzelt, als Saana bewusst war.

Während das Automatik-Fahrzeug leise schnurrt, gibt Saana Angeli als Ziel in das Navi ein. Für die Strecke von sechzig Kilometern veranschlagt das Navi eine Stunde Fahrzeit. Saana hat sich im Vorfeld die Wetterkamera im Internet angeschaut. Es hatte tatsächlich den Anschein, als sei die Angelintie zumindest auf einem Teil der Strecke ein reiner Schotterweg. Obwohl es in Angeli selbst angeblich nichts zu sehen gibt – nur fünf Häuser –, will Saana unbedingt dorthin.

Sie fährt durch die Ortschaft Inari. Der Inarisee ist randvoll, und das Wasser schwappt vor sich hin, als würde es den Atem anhalten. Am Seeufer steht ein Schild, das die Entfernungen nach Karigasniemi, Nuorgam, Kittilä und Lemmenjoki anzeigt. Die Route führt auf ebenem Asphalt aus dem Ortszentrum von Inari heraus, und Saana setzt gespannt den Blinker nach links.

Die Angelintie ist eine einsame Straße, die von Inari zwischen dem Wildnisgebiet des Muotkatunturi-Fjells und dem Lemmenjoki-Nationalpark nach Angeli und zur norwegischen Grenze führt. Ab Angeli verläuft sie entlang der finnisch-norwegischen Grenze nach oben bis nach Karigasniemi, geht aber irgendwann in die Inarijoentie über. Saana holt tief Luft. Zum Glück bin ich hierhergekommen, denkt sie. Während sie die Straße entlangfährt, merkt sie, dass sie sich trotz der kleinen Aufregung entspannt. Plötzlich so weit weg von allem zu sein, fühlt sich besonders an. Die Ruhe und Stille, von der sie umgeben ist, ist so erhaben, dass man sie nicht richtig greifen kann. Saana versucht, die friedliche Atmosphäre mit jedem Atemzug in sich aufzunehmen. Obwohl sie zum ersten Mal in Inari ist und mit der Gestaltung des Podcasts erst am Anfang steht, ist eines schon jetzt klar: Irgendwann wird sie nach Inari zurückkommen.

Die Angelintie nimmt das Auto freundlich in Empfang. Die Straße ist in einem besseren Zustand als gedacht. Stellenweise ist sie allerdings so schmal, dass zwei Autos nur gerade so aneinander vorbeipassen. Hoffentlich kommt ihr niemand entgegen. Bald schieben sich zwischen den Bäumen einige Häuser in ihr Blickfeld. »Jugendzentrum Vasatokka«, steht auf einem Schild. Saana hält an einer Ausbuchtung am Straßenrand in der Nähe eines schönen Sees und wirft einen Blick auf die Karte. Ihr Standort verrät ihr, dass sie sich am Ufer des Mutusjärvi befindet. Kurz darauf führt die Straße über die Stromschnelle Kettukoski. Zu beiden Seiten der Brücke plätschert das Wasser schön vor sich hin. Auf einmal kommt in der Ferne ein Auto in Sicht, und Saana fährt instinktiv langsamer. Zum Glück kommen sie gut aneinander vorbei, und die Fahrt kann weitergehen. Diese Straße war Ingas und Hetas Heimweg. Und in der Nähe dieser Straße hat man Inga tot aufgefunden. Wie war sie von Ivalo aus mitten in der Wildnis gelandet?

Rechterhand folgt für lange Zeit der Fluss Vestojoki der Fahrbahn durch die karge, aber schöne Landschaft. Bald geht die asphaltierte Straße in einen Schotterweg über, der sich zwischen Bäumen hindurchschlängelt und sich immer und immer weiter von den Siedlungen entfernt. Die sich im Herbst abwechselnden Regen- und Schneefälle haben tiefe Rillen in die Straße gegraben und spitze Steine freigelegt. Saana gibt sich Mühe, den Löchern voller Wasser auszuweichen. Das Auto hat zwar eine große Bodenfreiheit, aber Saana will trotzdem vorsichtig sein. Wenn sie stecken bleiben oder ein Reifen platzen sollte, wäre sie zu nichts anderem imstande, als Hilfe zu rufen. Nur würde selbst das nicht unbedingt klappen, denn sie hat bereits festgestellt, dass das Netz immer wieder schwächelt. Oder anders gesagt: Es gibt keines.

Saana fährt an Zäunen und Hütten vorbei. Das könnte ein Rentierscheidungsplatz sein. Ein paar Kilometer weiter stehen vier Rentiere auf der linken Straßenseite und glotzen sie an. Eines davon ist weiß und sieht ganz anders aus als die anderen. »Hallo, Rentierchen«, sagt Saana leise und drosselt die Geschwindigkeit. Wenn man auf diesen Wegen unterwegs ist, muss man wachsam sein, falls eines der Tiere sich entschließt, die Straße zu überqueren. Saana betrachtet das weiße Rentier und fragt sich, ob es Ingas sein könnte. Rentiere können gut zwanzig Jahre alt werden, aber das Tier macht weder einen alten noch einen gebrechlichen Eindruck.

Saana muss schon länger aufs Klo, aber seit mindestens dreißig Kilometern schiebt sie es auf, den Wagen anzuhalten. Allein mitten im Nirgendwo am Straßenrand stehen zu bleiben, ist nicht gerade verlockend. Was, wenn sie irgendeinem Tier begegnet oder … Ja, wovor fürchtet sie sich eigentlich? Einem Mörder? Sie setzt den Blinker, obwohl niemand in Sicht ist, hält an und hockt sich zwischen die Bäume. Die Rentiere beobachten sie dabei. Es ist still und aufgrund der Bewölkung überraschend dunkel. Laut Navi dauert die Fahrt bis zum Haus noch fünfzehn Minuten. Saana kehrt zum Auto zurück und fährt den Rest der Strecke etwas schneller. Sie kann es kaum erwarten, das Haus zu sehen. Als sie durch die rauschenden Radiosender schaltet, landet sie schnell wieder bei YleX, bei dem der Empfang am besten ist. Unwillkürlich denkt sie an das Jahr 1998 zurück. Was lief damals im Radio? Was hat sie selbst damals gehört? Aerosmith und Céline Dion? Auf den letzten Kilometern vor dem Ziel huschen vereinzelt Rentierzäune, Kiefern, sandige Moränen, Sümpfe, oder vielmehr Moore, und ab und an Häuser vorbei. Eine lange Straße durch die Wildnis und ringsum eine von Bartflechten gedämpfte Stille. Hier irgendwo starb Inga. Auf einmal fühlt sich Saana sehr traurig.

Das schöne ockerrote Blockhaus der Familie Weckman steht auf einem bewaldeten Grundstück am Ende einer holprigen Einfahrt, die zum Teil von stämmigen Fichten gesäumt wird. Die weißen Fensterrahmen lassen das Haus gemütlich wirken. Saana stellt den Motor ab und steigt aus. Ein kühler, feuchter Wind bläst ihr ins Gesicht, als sie zum Haus geht, die zwei Stufen hoch zur Veranda nimmt und vor der Tür stehen bleibt. Sie schirmt ihr Gesicht mit den Händen ab und versucht hineinzuspähen. Heta hat gesagt, das Haus stehe schon lange leer. Das Fensterglas fühlt sich kalt an Saanas Stirn an, und ihr Atem lässt die Scheibe beschlagen. Sie richtet sich wieder auf und dreht sich um, um einen Blick auf das Dach der Veranda zu werfen. An der Wand neben der Dachkante sind Haken befestigt. Viele Haken. Unwillkürlich zuckt Saana zusammen, ehe ihr klar wird, dass sie natürlich für Trockenfleisch gedacht sind.

»Wenn du mit dem Gesicht zum Haus stehst, steht rechts hinter dem Mülltonnen-Unterstand eine große Kiefer. Rechts daneben liegt ein großer bemooster Stein und daneben noch ein kleine-

rer. Darunter ist der Schlüssel.« Saana steigt die Treppe wieder hinunter und geht auf die Kiefer zu. Es fühlt sich komisch an, in einem fremden, verlassenen Garten herumzuschleichen. Trotz der Erlaubnis kommt sie sich wie ein Eindringling vor. Sie greift nach dem kühlen, feuchten Stein und hebt ihn hoch. Ein winziger, flinker, glänzend brauner Tausendfüßler wuselt in der Erde herum. Saana erschaudert und wartet, bis das Krabbeltier verschwunden ist, bevor sie den Schlüssel aufhebt.

Vorsichtig öffnet sie die Tür und tritt ein. Im Haus ist es kühl. Vor Spannung kribbelt es in ihrem Bauch. Wie lange sollte sie höchstens bleiben, um noch im Hellen zurückfahren zu können? Was, wenn jemand kommt? Sicherheitshalber schließt sie die Tür von innen ab. So kann sie zumindest von niemandem überrascht werden. Schnell hat sie einen Rundgang durch das Erdgeschoss gemacht: Küche, Wohnzimmer, Schlafzimmer. Blaue, katzenförmige Glasflaschen auf dem Küchenfensterbrett. Flickenteppiche auf dem Boden, im Hintergrund ein Ticken. Die Uhr geht immer noch, obwohl meistens niemand ihr heimeliges Ticken hören kann. Ticktack, ticktack. Saana lässt ihren Blick auf dem Messingpendel ruhen. Wer hat die Uhr aufgezogen? Ein Schauer läuft ihr über den Rücken. Sie sollte sich auch das Obergeschoss ansehen.

Die Stufen knarzen unter ihren Schritten. Irgendwann einmal wurden sie hellgrün gestrichen, aber vor allem in der Mitte hat sich die Farbe abgenutzt, stellenweise blättert sie sogar ab. Im Flur bleibt Saana vor ein paar Fotos stehen, die an der Wand hängen. Eine Frau mit zwei Kindern. Die ernste Heta und die fröhlich grinsende Inga. Die Fröhlichere von euch ist gestorben, schießt es Saana durch den Kopf. Sie hat großes Mitleid mit allen dreien. Anna-Liisa Weckman blickt ausdruckslos in die Kamera. Sie ist ein Paradebeispiel für jemanden, an dem alles danach schreit, nicht fotografiert werden zu wollen. Hetas und Ingas Vater ist nicht mit auf dem Bild. Daneben hängt ein zweites gerahmtes Foto. Neben Anna-Liisa Weckman und den Kindern posieren darauf auch ein Mann, eine Frau und etwas abseits ein Junge, der verstohlen unter seinen Augenbrauen hervorlugt. Saana erkennt in ihm Johan, auch wenn der Zeitpunkt der Aufnahme schon sehr lange zurückliegt. Bei dem Paar handelt es sich sicherlich um Johans Eltern, Eivor und Erik.

Im Obergeschoss befinden sich ein kleines WC und zwei Zimmer. Sich ablösende Tapete und auf der Toilette eine halbhohe Wandvertäfelung aus Plastik. Vorsichtig betritt Saana das erste Zimmer und erschrickt beim Anblick der Unordnung. Das schmale Bett ist ungemacht, die Schreibtischschubladen stehen offen, ihr Inhalt ist auf dem Boden verstreut. Ob noch jemand anders hier war, um Ingas Zimmer zu durchsuchen? Saana fotografiert den Raum und beugt sich dann hinunter, um die auf dem Boden verteilten Blätter in Augenschein zu nehmen. Bald wird ihr klar, dass es sich um Hetas altes Zimmer handeln muss. Auf dem Boden liegen alte Aufgabenhefte und Ausdrucke, die Materialien aus einem Vorbereitungskurs für Jurastudenten zu sein scheinen, nichts besonders Interessantes. Dennoch entspricht das im Zimmer herrschende Chaos nicht dem Eindruck, den Saana von Heta bekommen hat. War jemand hier und hat etwas in Hetas Zimmer gesucht, und wenn ja, warum?

Verwirrt verlässt Saana den Raum und öffnet die zweite Tür im Flur. Jetzt hat sie ihr Ziel erreicht. An einer Pinnwand aus Kork hängt eine Karte mit der Aufschrift: »Herzlichen Glückwunsch, Inga!«

Saana streicht über die Zimmerwand. Dort hat offenbar einmal etwas gehangen. Die Löcher der Reißzwecken sind immer noch deutlich in der Tapete zu erkennen, genau wie die öligen Abdrücke, welche die blaue Klebeknete hinterlassen hat. Ob es Fotos oder Poster waren, die jemand abgenommen hat? Heta zufolge war die Polizei nur kurz im Zimmer und hat nichts mitgenommen. Im Regal stehen ein paar Bücher und verschiedene Gegenstände. Saanas Blick fällt auf einen Minidisc-Player. Auch sie selbst hatte um das Millennium herum so einen. Damals war ihr das Gerät wie ein Wunderding vorgekommen. Sie sieht sich weiter um und zieht ein Buch aus dem Regal. Es heißt *Die Sonne, mein Vater.* Geschrieben von Nils-Aslak Valkeapää, 1998. Ob Inga das Buch von Eivor bekommen hat? Beim Blättern entdeckt Saana ein Foto. Darauf sitzt ein dunkelhaariges Mädchen mit Sommersprossengesicht im Heidekraut, die Arme um die Knie geschlungen, und blickt lächelnd in die Kamera. Ihre Haare sind vom Wind zerzaust, hinter ihr üppige, blühende Natur. Ob das Bild Anfang Juli aufgenommen wurde? Saana gruselt es beim Gedanken daran, wie viele Stech-, Bart- und Kriebelmücken unterwegs gewesen sein müssen, aber Inga schienen sie nichts auszumachen. Sie trägt nicht einmal Schuhe, nur einen Wollpullover und ein Blumenkleid. Wer das Foto wohl gemacht hat? Saana dreht es um. »Seltsam, wie einem nur wenige Minuten mit einem unerheblichen Menschen wie eine Ewigkeit vorkommen. Aber mit dem richtigen verfliegen selbst die Stunden viel zu schnell.« Saana fotografiert mit dem Handy sowohl das Foto als auch den Text ab und legt es sorgfältig wieder zurück an seinen Platz. »Du warst verliebt«, flüstert sie, und es ist, als würde das Haus zur Antwort seufzen.

Auch wenn Saana keine Polizistin ist, weiß sie sehr wohl, dass sich der Mörder häufig im direkten Umkreis befindet und dass das Motiv Eifersucht gewesen sein könnte. Aber warum hat niemand aus Ingas Umfeld jemanden erwähnt, mit dem sie zusammen war, jemanden, der nach der traurigen Nachricht am Boden zerstört gewesen wäre? Wurde hier irgendetwas verheimlicht?

Am Fenster steht ein kleiner Schreibtisch, auf dem ein hübscher großer violetter Stein liegt. Saana tippt auf einen Amethyst. Tante Inkeri würde ihn lieben. Saana nimmt ihn in die Hand und macht ein Selfie mit ihm, um es ihr später schicken zu können. Dann schaut sie aus dem Fenster und presst den Stein zwischen ihre Handflächen, bis der durch die scharfen Kanten verursachte Schmerz sie aus ihren Gedanken reißt. Die Spitzen haben muldenförmige Abdrücke auf ihrer Haut hinterlassen. Saana legt den Stein zurück auf den Tisch. Jede der aufragenden scharfen Kanten sieht aus wie ein ungeschliffener Diamant.

Inari 1998

Inga sah den Schwindler schon von Weitem. Schwankend stand er da, wo er schon immer gestanden hatte, die Äste vom Licht weggestreckt, anders als in den Lehrbüchern. Inga ging auf den Baum zu und strich über seine Rinde. Eben noch hatte sie mit dem Rücken an ihm gelehnt und war geküsst worden. Jetzt ging sie tief in die Hocke, holte ein Messer aus ihrem Rucksack und ritzte ein Geheimnis in den Stamm. Du und ich, ich und du, dachte sie und trat ein Stück zurück, um den Schwindler zu betrachten. Der Name würde vor neugierigen Augen verborgen bleiben. Man müsste schon genau wissen, wonach man sucht, um ihn je zu finden.

Teil II

Myski beobachtet durch das Fenster, wie Saana Havas zurück zu ihrem Auto geht. Dann kehrt er an seinen Schreibtisch zurück. Er mag seinen geruhsamen Job mit den langen Fahrtwegen und den ruhigen Straßen. Den gemächlichen Tagen im Büro. Doch nun ist da etwas, was seinen Frieden stört. Ein kleiner Riss, ein Stachel in seinem Fleisch. Ein unheilvolles Gefühl, das ihn plötzlich an etwas Altes erinnert hat. Es hatte ihn während des Vormittages beschlichen und ihm keine Ruhe mehr gelassen. Dann ist auch noch Saana Havas hergekommen und hat nach Dingen gefragt, die über zwanzig Jahre zurückliegen. Myski geht in die Gemeinschaftsküche, wo seine Kollegen ihr in der Mikrowelle aufgewärmtes Mittagessen vertilgen. Er selbst hat Fischsuppe dabei, die er zu Hause gekocht hat. Er gießt die duftende Suppe in eine Schüssel und stellt sie unter die mit Spritzern übersäte Plastikhaube in der Mikrowelle. Sein Magen knurrt, als wüsste er, wie spät es ist. Vielleicht rumort aber auch etwas anderes in seinem Bauch. Heute Morgen wurde in Inari ein junges Mädchen als vermisst gemeldet. Wahrscheinlich ist es nichts Ernstes, und das Mädchen wird bald wieder nach Hause zurückkommen. Aber er kann nicht verhindern, dass sich Zweifel in ihm breitmachen. Die anderen scheint der Fall nicht zu alarmieren. Jugendliche verschwinden und werden wiedergefunden. Einige gehen nach Norwegen, um dort zu arbeiten, andere fliehen vor den häuslichen Verhältnissen, manche machen sich voller Hoffnung auf die Reise in den Süden. Nur bei einem winzig kleinen Prozentanteil handelt es sich um etwas anderes, etwas Ernsteres. Dennoch spürt Myski einen unangenehmen Kloß im Hals.

Nach dem Essen kehrt er in sein Büro zurück. Auf dem Papierstoß auf seinem Schreibtisch liegt die Suchmeldung, die er auf dem Weg zur Arbeit von einem Strommast gerissen hat. Jemand hat die Flugblätter in der Ortschaft Inari verteilt, als wolle er das Ende der Welt verkünden. In Ivalo sind sie zum Glück noch nicht aufgetaucht. Myski hält sich das Blatt vor die Augen. Die verschwundene Siebzehnjährige ist nicht zur vereinbarten Zeit zur Arbeit erschienen. Danach hat ihr Umfeld angefangen, auf Facebook herumzufragen. »Hast du sie gesehen?« – so beginnt ein Text, der bereits vielfach geteilt wurde. Auch die Polizei aus Rovaniemi, hat einen eigenen knappen Beitrag verfasst und den Post der Angehörigen geteilt.

Myski seufzt. Die Dinge, die bei der Polizei landen, sind wie aus einem Klatschblatt: Ladendiebstähle, Betrugsfälle, Drohungen, Überfälle, Alkohol am Steuer, Familienstreitigkeiten. Reibereien im Zusammenhang mit Rentierhaltung, psychische Probleme, Drogendelikte und Verkehrsunfälle. Ausrastende Touristen und Schlägereien im Skigebiet. Eine bedauerlich große Bandbreite verschiedenster Grautöne. Als Polizist erlebt man bei der Arbeit täglich Irrungen und Wirrungen, Momente, in denen jemand keine Lust hat, die Regeln zu befolgen – oder es nicht kann. Momente, in denen die Vernunft aussetzt. Trotzdem mag Myski seine Arbeit. Er will einer von den Guten sein. Er will Inari sicherer machen.

Erneut betrachtet er das Foto der Vermissten. Das Mädchen ist erst siebzehn. Genauso alt wie ...

Plötzlich stellen sich Myskis Nackenhaare auf. Das Gesicht des Mädchens auf dem Bild verändert langsam seine Form, und Inga starrt ihm mit ihren großen brauen Augen vom Foto entgegen. Ihr Blick ist anklagend. Du hast mich nicht gefunden, sagt er. Du hast es nicht rechtzeitig geschafft. Niemand hat das.

Myski presst die Augen so fest zusammen, dass er Funken sieht. Als er sie wieder öffnet, ist Inga verschwunden. Er reibt sich die Lider. Seine Schläfen beginnen zu schmerzen. Bildet er sich das nur ein, oder haben die Mädchen tatsächlich große Ähnlichkeit miteinander? Das Foto des Mädchens namens Silja auf der Suchmeldung ist unscharf und körnig. Er legt das Blatt auf den Tisch. Am liebsten würde er nie mehr erleben müssen, dass ein junger Mensch vermisst wird. Nicht hier, wo das Revier so riesig ist, dass es selbst den Härtesten davor graut. Aber auch sonst nirgendwo. Alle sollten eine sichere Kindheit und Jugend erleben dürfen.

Silja wurde erst kürzlich als vermisst gemeldet. Die Chefin des Mädchens, die die Anzeige aufgegeben hat, hat gesagt, Silja sei nicht zur Arbeit erschienen. Sie hat sich Sorgen gemacht, die Mutter angerufen und schließlich mit deren Erlaubnis die Anzeige bei der Polizei aufgegeben. Maija, die Vorgesetzte, mit der auch Myski bekannt ist, hat es geschafft, ringsum alle in Aufruhr zu versetzen, bevor die Polizei den Fall überhaupt angehen konnte. Die kopierten Hilferufe auf weißem Papier zieren schwarze Bretter und Pfosten. Myski kann dem Umfeld der Vermissten keine Vorwürfe machen. Wenn eine Minderjährige verschwindet, ist die Sorge jedes Mal riesig, selbst wenn sie sich freiwillig entschieden hat wegzulaufen.

Angestrengt versucht er, sich an seine Besuche in der Tankstelle zurückzuerinnern. Er weiß noch, wie Silja aussah, wenn sie schweigend hinter dem Tresen des Cafés stand. Dann kommt ihm Inga wieder in den Sinn. Abgesehen von den Haaren und dem Kleidungsstil der Mädchen, muss er zugeben, dass die jungen Frauen wirklich etwas gemeinsam haben. Die gleichen großen Augen und feinen Gesichtszüge. Sommersprossen, einen Hauch Empfindsamkeit und einen eigensinnigen Charakter. Vorerst existiert der Verdacht nur in seinem Kopf. Trotzdem muss er der Sache auf den Grund gehen. Er wird keine Ruhe finden, ehe er sich nicht vergewissert hat. Er kann die Suchmeldung nicht ignorieren. Vor allem nicht jetzt, da das Bild angefangen hat, ihn zu verhöhnen. Er weiß, dass das merkwürdige Gefühl erst verschwinden wird, wenn er die siebzehnjährige Silja gefunden und heil nach Hause gebracht hat.

»Na gut, dann lass uns dich suchen«, flüstert er ihrem Foto zu und stopft das Blatt in seine Tasche.

Saana schreckt in der Dunkelheit aus dem Schlaf hoch. Draußen war ein Knacken zu hören. Im selben Augenblick erinnert sie sich daran, dass Ruska Richtung Wald gebellt hatte, und mit einem Mal ist sie hellwach. Sie hat unruhig geschlafen und seltsam geträumt. Nach ihrer Rückkehr aus Angeli war sie so müde, dass sie das Haar hinter der Tür vergessen hat. Sie ging einfach daran vorbei, und das Haar wurde vom Luftzug aufgewirbelt. Jetzt weiß sie also nicht, ob es sich in ihrer Abwesenheit bewegt hat oder nicht. Immerhin sah die Hütte komplett unberührt aus.

Saana öffnet den orangefarbenen Leinenvorhang des Stubenfensters einen Spaltbreit und späht hinaus. Es ist noch fast dunkel. Auf der Fensterscheibe haben sich Eisblumen gebildet. Die dünne Schneeschicht auf der Erde bringt einen Hauch Licht in die ansonsten lichtlose Landschaft. Ist sie wirklich von einem Geräusch aufgewacht? Oder hat sie es sich nur eingebildet?

Da es schon fast sieben ist und sie wahrscheinlich nicht mehr einschlafen können wird, entschließt sie sich, trotz der Verlockung nicht mehr unter die warme Decke zurückzukehren. Nach der Morgentoilette tritt sie hinaus vor die Tür. Die dünne Schneedecke rund um die Veranda sieht unberührt aus. Überall herrscht Stille, abgesehen von ein paar Hunden, die irgendwo in der Ferne bellen – wahrscheinlich aufgrund der ersten Frostnächte. Dumpf hallt ihr Bellen über den See und durch den Wald. Eigentlich ist Saana erleichtert, es zu hören. Es ist ein tröstliches Zeichen dafür, dass die Umgebung bewohnt ist. Auf einmal wird ihr klar, dass sie durch den Besuch bei Ingas Elternhaus so gedankenverloren war, dass sie ganz vergessen hat, Esko Jaatinen anzurufen. Bevor sie sich beim ehemaligen Ermittlungsleiter meldet, will sie aber erst mit Jan sprechen. Er ist bestimmt schon wach.

»Morgen«, meldet er sich. »Ich radle gerade zur Arbeit.« Der Wind bläst in sein Handy-Mikrofon und übertönt seine Stimme.

»Vermisst du mich schon?«, fragt Saana lächelnd.

»Überhaupt nicht«, erwidert er.

Sie schweigt.

»Natürlich vermisse ich dich!«, ruft Jan lachend. »Wann kommst du zurück?«

Die Frage bringt Saana ins Stocken. Sie ist erst seit ein paar Tagen in Lappland, aber es kommt ihr bereits wie eine Ewigkeit vor.

»Ich bin noch eine Weile hier. Mein ursprünglicher Plan war, noch so lange zu bleiben, dass ich am Vatertag Anfang November zu Papa fahren kann.«

»Ach, stimmt. Es fühlt sich einfach ziemlich lange an«, antwortet Jan. »Wie ist es bisher gelaufen?«

»Ganz gut.«

»Hast du schon einen Einstieg in die Story gefunden?«

»Eigentlich ist es keine Story, sondern ein echter Mordfall, bei dem ein junges Mädchen getötet wurde. Ich habe mich erst mit ein paar Leuten unterhalten. Hier läuft es ganz anders als in Helsinki. Ich durfte sogar mit einem Ermittler sprechen. In Angeli war ich auch schon. Ich bin ganz allein durch die Wildnis gefahren und habe Rentiere und Unglückshäher gesehen. Und auf einmal war ich mitten im Nirgendwo, in dem Haus, in dem das Mädchen gewohnt hat, das umgebracht wurde. Es kam mir vor, als wäre ich der einzige Mensch im ganzen Ort.«

»Das warst du bestimmt auch. Ist die Gegend nicht total dünn besiedelt?«, fragt Jan schmunzelnd.

»Ja«, räumt Saana ein. »Aber ich muss zugeben, dass hier draußen auch eine unerklärlich schöne Ruhe herrscht. Vielleicht war ich deshalb nicht so schnell und effizient, wie ich geplant habe. Eigentlich habe ich überhaupt keine Eile.«

»Doch, hast du«, korrigiert Jan sie. »Du solltest es eilig haben, hierher zurückzukommen, zu mir.«

»Nur damit du's weißt, ich komme ganz gut ohne dich klar«, erwidert sie lachend.

»Das glaube ich dir nicht. Was ist sonst noch passiert? Hat es schon geschneit?«

»Hier ist gerade ein junges Mädchen verschwunden«, erzählt Saana leise. »Das hat mir auf beängstigende Art und Weise geholfen, mich einzustimmen.«

»Vermisste zu suchen, ist Teil der Polizeiarbeit. Es wird ständig nach welchen gefahndet, und am Ende werden wirklich viele gefunden«, antwortet Jan.

»Ja, das stimmt wohl. Ich habe mich nur gefragt, ob ...«

»Die Wahrscheinlichkeit, dass die Fälle etwas miteinander zu tun haben, ist echt klein.«

»Ich weiß, es erzeugt einfach eine gewisse Atmosphäre, wenn ich etwas recherchiere, das über zwanzig Jahre zurückliegt, und sich jetzt etwas Ähnliches wiederholt.«

»Ich habe nach Schnee gefragt, und du redest nur von Vermissten. Muss ich mir Sorgen machen? Bist du okay? Gibt es etwas, was du mir nicht erzählst?«, fragt Jan mit ernster Stimme.

»Nein«, bringt Saana hervor.

»Konntest du mit deinem Vater reden?«, will er dann wissen.

»Nicht richtig. Zumindest noch nicht. Papa ist bei solchen Dingen so verschlossen. Ich weiß nicht einmal, wo ich anfangen soll. Diesem Kerl muss man alles aus der Nase ziehen.«

»Bist du nicht genau darin gut? Den Leuten Sachen aus der Nase zu ziehen?«

»Bei allen anderen, ja. Aber bei Papa kriege ich irgendwie den Mund nicht auf.«

»Das wird schon«, meint Jan, und bei seinem Mitgefühl wird ihr warm ums Herz. Wie einfach es doch sein kann. Manchmal sind ein paar wenige Worte genau das, was sie braucht.

Saana macht den Reißverschluss ihrer Jacke zu und wählt Jaatinens Nummer. Es tutet nur einmal, dann ertönt ein Schnarren in der Leitung.

»Hallo-o?«, brummt Jaatinen, und Saana vergisst für einen kurzen Moment, was sie eigentlich von ihm wollte.

»Ich rufe wegen des alten Falls an. Sie waren damals der Ermittlungsleiter. Myski, ich meine, Seppo Laitinen hat mir empfohlen, Sie anzurufen.«

»Sie haben sich gestern nicht gemeldet«, meint Jaatinen, spricht dann aber weiter. »Es tut mir leid, wenn ich den Eindruck erweckt habe, ich würde Informationen an Bürger weitergeben. Die damalige Zeit ist Schnee von gestern. Statistisch gesehen passiert so etwas ab und zu leider einfach.«

»Was denn?«, fragt Saana.

»Dass manches im Dunkeln bleibt, ungelöst. Aber zerbrechen Sie sich darüber nicht den Kopf, Mädchen.«

Nach dem Gespräch schäumt Saana innerlich. Mädchen genannt zu werden, hat die Dinge noch nie besser gemacht. Anders als Jaatinen glaubt, wird sie nicht aufgeben, nur weil einer schweigt. Im Gegenteil. Gerade diejenigen, die deutlichen Widerstand leisten, haben Saana immer am meisten interessiert. Warum ist Jaatinen so abweisend? Vielleicht wird sie noch herausfinden, was den ehemaligen Ermittlungsleiter so sehr in die Defensive drängt. Myski hat in einem eher negativen Ton über die Ermittlungen gesprochen. Womöglich ist hinter den Kulissen so einiges passiert.

Um die Gegend besser zu verstehen, will Saana sich Ingas Fundort ansehen. Allein durch die Natur zu wandern, traut sie sich allerdings nicht, da sie keinen guten Orientierungssinn hat. Sie bräuchte jemanden, der mitkommt. Ob sie es wagen kann, Myski zu fragen?

Sie wählt seine Nummer und geht auf den Steg zu. Es klingelt ein paarmal, dann meldet er sich, klingt dabei aber, als wäre er in Eile.

»Ja?« Offenbar hat er Saanas Nummer eingespeichert.

»Hier Saana Havas. Ich würde mir gern den Fundort von Ingas Leiche ansehen.«

»Das ist ein freies Land«, entgegnet Myski.

»Ich will nicht allein dahin. Wären Sie bereit, mitzukommen und mir die genaue Stelle zu zeigen? Ich habe kein besonderes Vertrauen in meinen Orientierungssinn«, sagt sie grinsend.

»Ach, so ist das«, erwidert Myski.

Sie weiß nicht, wie sie seine Antwort deuten soll.

»Na ja, ich schätze, ich ...«, setzt er an.

»Danke, danke!«, ruft Saana bereits, ehe er seinen Satz beenden kann. Einen Polizisten in Helsinki hätte sie so etwas nie zu fragen gewagt. Aber unter den unwirtlichen Bedingungen des Nordens fällt der Zusammenhalt offenbar leichter.

»Passt es morgen Vormittag?«, fragt Myski. »Aber wir müssen früh los. Treffen wir uns um 9 vor dem Siida und fahren dann in einem Auto.«

»Vielen Dank«, sagt Saana noch einmal. Myski ist nett. Morgen ist Sonntag, da hat er bestimmt frei, trotzdem ist er bereit, mit ihr nach Angeli zu fahren. Vielleicht treibt auch ihn irgendetwas an Ingas Fall immer noch um.

Als sie aufgelegt hat und sich noch einmal umsieht, bemerkt sie Fußspuren, die aus dem Wald herausführen. Sie enden am Steg und kehren auf demselben Weg wieder zurück. Mit hämmerndem Herzen folgt Saana ihnen bis ins Unterholz, aber schon bald verlieren sie sich zwischen Flechten und Moos, sodass sie nicht mehr ausmachen kann, woher sie kommen und wohin sie führen, geschweige denn, ob jemand vor dem Hüttenfenster auf der Seeseite gewesen ist.

Auf einmal geht auf ihrem Handy eine Nachricht von Tante Inkeri ein. Erleichtert öffnet Saana sie. Der bloße Gedanke an ihre Tante beruhigt ihr klopfendes Herz. Selbst wenn jemand über das Grundstück gestapft ist, heißt das nicht, dass dieser Jemand böse Absichten hatte.

Danke für den Steingruß. Das war vielleicht ein schöner Amethyst! Der Amethyst ist ein guter Meditationsstein, er wirkt ausgleichend und beschützend. Der Name hat seinen Ursprung im griechischen Wort amethystos. *Stell dir mal vor, das bedeutet »nicht betrunken«, und man sagt auch, dass der Stein vor Süchten schützt. Wenn du Zeit hast, fahr doch mal nach Luosto, zur Amethystmine. Ich war schon dort und durfte mir meinen eigenen Steinbrocken suchen. Inkeri*

Saana schmunzelt. Ob ein Amethyst sie auch vor dem ständigen Heißhunger auf Lakritze oder ihrer lebhaften Fantasie beschützen könnte? Sie wirft einen Blick auf die Uhr: Zeit zu gehen. Sie hat ein Treffen mit Eivor im Foyer des *Wilderness Hotel Inari* vereinbart.

Als Saana die Ortschaft erreicht, verlangsamt sie das Tempo etwas und macht sich Gedanken über das bevorstehende Treffen. Hetas und Ingas Tante Eivor hat der Verabredung ohne Zögern zugestimmt, und Saana hat das *Wilderness Hotel* vorgeschlagen.

»Du liebe Zeit«, sagt Eivor, als Saana hereinkommt. Offenbar steht sie schon eine Weile direkt hinter der Tür und wartet. »Sie sind aber jung, ich hatte jemand Älteres erwartet«, stellt sie fest.

Saana grüßt, geht aber nicht darauf ein.

»Ich war neugierig darauf, das Gebäude von innen zu sehen«, fährt Eivor fort. »Was für ein feines Hotel das sein muss, dass sie den Strand zubauen. Die Landschaft verbarrikadieren.«

Sie betreten das Restaurant. Der vom Boden bis zur Decke mit Holz verkleidete Raum ist warm und gemütlich. Vor den großen Fenstern bietet sich eine beeindruckende Aussicht direkt auf den Inarisee.

»Nicht übel«, kann sich Saana nicht verkneifen.

Diesmal ist Eivor diejenige, die schweigt. Ungeachtet ihrer energischen Worte geht sie leicht gebeugt. Ihr Haar hat einen hübschen Grauton.

»Ich würde Sie gern zum Essen einladen«, sagt Saana und sieht, wie Eivor zögert. Offenbar will sie dieses Hotel nicht mögen.

»Ich war gerade im Supermarkt und habe die Einkäufe im Auto …«, murmelt sie.

»Die halten sich dort bestimmt eine Weile«, sagt Saana

unbekümmert. »Ich zumindest habe Hunger, in der Hütte war ich etwas kochfaul.«

»Wie gefällt es Ihnen dort?«, fragt Eivor, was Saana daran erinnert, dass Eivor die Hütte ab und zu selbst nutzt.

»Sehr gut, danke, die Hütte ist schön und sauber. Ich schlafe nur etwas unruhig, aber ansonsten fühle ich mich sehr wohl.«

»Fürchten Sie sich?«, fragt Eivor neugierig.

»Wovor?«

»Na, vor allem hier. Dem Norden.«

»Nein«, erwidert Saana lächelnd, obwohl ihr bewusst ist, dass sie ein bisschen schwindelt. »Die Familie meines Vaters stammt aus Enontekiö und Umgebung, ich war hin und wieder dort.«

»Wie heißt die Familie?«, fragt Eivor sofort. Ihre Augen funkeln vor Neugier.

»Ich heiße Havas, aber der Nachname der Mutter meines Vaters ist Lehtola.«

»Dafür, dass Sie zu dieser Familie gehören, sind Sie aber nett«, brummt Eivor.

Saana wirft ihr einen verwunderten Blick zu.

»Die sind manchmal rechte Besserwisser«, meint Eivor grinsend. Saana fragt sich, was ihr Vater dazu sagen würde, wenn sie ihm das erzählen würde.

»Nun, was wollten Sie mich denn fragen?«, will Eivor dann wissen und schielt, jetzt schon etwas entspannter, auf die Speisekarte auf dem Tisch.

Die Kellnerin kommt, um ihre Bestellungen aufzunehmen.

»Guten Tag«, sagt sie und wechselt dann mit Eivor ins Nordsamische. Saana lauscht interessiert. Sie kann kein einziges vertrautes Wort ausmachen und fragt sich, ob Finnisch für Ausländer wohl ähnlich klingt.

Sie beobachtet die alte Frau, die im Nu zum Leben erwacht

ist. Vielleicht ist sie in ihrer Muttersprache ein anderer Mensch. Saana hat festgestellt, dass auch sie eine viel fröhlichere Version von sich selbst ist, wenn sie auf Reisen Englisch spricht. An schlechten Tagen wiederum hat sie auf Nachfrage vorgegeben, Schwedin zu sein, um mit ihrem Verhalten nicht ungewollt den Ruf der Finnen als schweigsame, ernste Miesepeter zu bestätigen.

»Ich habe schon bestellt«, sagt Eivor und blickt langsam von der Speisekarte auf. An ihrem Kinn wachsen ein paar silberne Härchen, und ihr Gesicht ist von zarten Falten durchzogen. »Es ist absurd, für einen Fisch zu bezahlen, den ich mir auch selbst aus dem See holen könnte, aber immerhin muss ich ihn so nicht entschuppen«, sagt sie lachend. »Und da Sie ja zahlen ...«

Saana überfliegt das Menü. Zur Auswahl stehen Delikatessen aus dem See, den Fjells und dem Wald. Wie Eivor entscheidet sie sich für die Inari-Maräne.

»Standen Sie und Inga sich nahe?«, eröffnet Saana hoffnungsvoll das Gespräch, nachdem die Kellnerin gegangen ist.

»Ja. Sie war unser kleines Felsenröschen, unsere wunderschöne Fjellblume«, sagt die alte Frau mit einem warmen Blick. »Aber warum fragen Sie? Heta hat gesagt, Sie seien eine Bekannte aus dem Süden, aber hat sie Sie darauf angesetzt, Ingas ...?« Sie verstummt mitten im Satz.

»Sie haben richtig geraten, ich bin in Hetas Auftrag hier, und ich habe ihr versprochen zu dokumentieren, was die Leute noch über die Zeit wissen, als ...«

»Heta will nicht, dass die Erinnerung an Inga verblasst«, unterbricht Eivor sie. »Ich weiß. So etwas ist hier vorher noch nie passiert, und auch danach nie wieder. Wenn die Leute Ihnen gegenüber also behaupten, sie hätten es vergessen, dann schwindeln sie.«

Saana nickt und lächelt. Womöglich ist sie gerade auf eine Goldgrube gestoßen.

»Ingas Tod war eine sehr traurige Sache. Ich muss Ihnen was erzählen: Ein Jahr vorher ist mir ein Vorbote erschienen. Anna-Liisa ist in schwarzer Kleidung die Angelintie entlanggegangen, das Gesicht unter einem schwarzen Schleier. Ich dachte, es wäre sie selbst, die uns verlassen würde, aber stattdessen war es ihre Trauer, die den Weg hinunterging.«

»Wie war Inga?«, fragt Saana. »Womit verbrachte sie ihre Zeit? Wer waren ihre Freunde?«

Eivor sieht sie an, richtet den Blick dann auf ihre von dicken Adern überzogenen Hände und schließlich aus dem Fenster. Einen Moment lang sieht sie, ohne zu blinzeln, hinaus in die Landschaft, zu den Kiefern und dem fernen Horizont, der den Wasserspiegel vom Himmel trennt.

»Es war ein außergewöhnlich heißer Sommer, das weiß ich noch. Damals waren die Moosteppiche so trocken, dass es knirschte. Wir hatten Angst um die Nahrung für die Rentiere. Damals hatten wir eine große Herde. Heute haben wir weniger Tiere. Ich war gerade drinnen beim Kartoffelschälen und habe geschwitzt, als ich durch das Fenster gesehen habe, wie jemand auf das Haus zugerannt kam. Es war Johan, unser Junge, oder eigentlich war er auch damals schon ein Mann. Er hat mich gedrängt, mit zu Anna-Liisa zu kommen. Es sei etwas Schlimmes passiert. Ich habe die Kartoffeln im kalten Wasser gelassen, mir die Hände an der Schürze abgewischt und bin ihm auf der Stelle gefolgt. Er ist vorausgelaufen, ich musste fast schon rennen, um hinterherzukommen. Als wir bei Anna-Liisas Haus ankamen, war ich schweißgebadet. Die Tür stand offen, und die Stechmücken sind hineingeflogen. Aber in dem Moment waren mir die Mücken egal. Ich war mit den Gedanken einzig und allein bei dem, was ich gleich erfahren sollte.«

»Da hatte man Inga gerade gefunden?«, vergewissert sich Saana.

Eivor nickt. »Inga, meine Inga«, seufzt sie schwer. »Man hatte sie gefunden, nicht weit von zu Hause. Tot wie ein Stein. Es gibt nur eine Art, in der Natur zu überleben: keine Spuren zu hinterlassen. Aber das tun Menschen immer. Inga hat eine in meinem Herzen hinterlassen. Dort trage ich sie immer noch.«

Saana nickt.

»Was können Sie mir über Inga und ihre Familie erzählen? Wie war Inga?«

»Anna-Liisa war gern für sich allein, aber sie war fleißig, und wir haben uns gut verstanden. Mein Mann ist ihr Bruder, über ihn sind wir verwandt. Inga war als Kind ein liebes kleines Mädchen, das alle mochten. Im Teenageralter ist sie launischer geworden. Manche glaubten, das läge an dieser einen Sache, die passiert ist.«

Saana stutzt. »Was meinen Sie?«

»Als sie ungefähr sieben war, ist sie verschwunden.«

»Verschwunden?«

»Sie war über einen Tag lang weg, ehe man sie gefunden hat.«

»Was ist passiert?«

»Es hieß, sie habe sich in der Wildnis verlaufen, sei zu lange herumgewandert und habe nicht mehr nach Hause zurückgefunden. Aber als sie am nächsten Morgen einfach so auf dem Feldweg vor ihrem Elternhaus wieder aufgetaucht ist, schien es ihr in jeder Hinsicht gut zu gehen. Sie war nicht unterkühlt, obwohl es Frühling war und auf dem Inarisee noch Eisschollen trieben.«

»Wo ist sie also gewesen?«

Eivor schüttelt den Kopf. »Das weiß niemand. Manche hier

glauben an Animismus, daran, dass alles beseelt ist. Letztendlich wurde gesagt, gute Geister hätten das Mädchen nach Hause geführt.«

»Was hat Inga selbst erzählt?«, fragt Saana neugierig.

»Na, da fing es erst so richtig an, merkwürdig zu werden. Inga selbst hat nie darüber gesprochen. Sie hat sich geweigert zu reden. Man hat sie bis nach Rovaniemi zum Kinderpsychiater gebracht, aber auch dort hat sie nichts gesagt. ›Sie scheint nicht unter Schock zu stehen‹, war die Einschätzung der Experten. Sie hatten nicht den Eindruck, dass ihr etwas Schlimmes zugestoßen wäre. Angeblich hat sie nur auf dem Stuhl gesessen, vor sich hin gestarrt und ist erst wieder munter geworden, als man ihr Stift und Papier gegeben hat. Da hat sie gelächelt und irgendein Tier auf das Blatt gezeichnet, das aussah wie ein Fuchs oder ein Vielfraß. Großer Gott, da haben wir ganz schön was mitgemacht. Anna-Liisa war krank vor Sorge.«

»Ich verstehe«, sagt Saana. »Standen Johan und Inga sich nahe?«

»Ja. Johan hat Ingas Tod schwer getroffen. Er hat ein gutes Herz, aber böse Zungen nennen ihn den Schädelsammler. Er fährt oft mit meinem Auto über die Landstraßen, manchmal muss ich ihm hinterhertelefonieren. Und immer hat er irgendwelche Tierkadaver im Kofferraum. Er friert sie ein und verkauft sie dann an einen Künstler, einen Mann, der am Anfang der Angelintie wohnt. Der zahlt ihm zwar nicht viel, aber immerhin etwas, und von dem Geld kauft sich der Junge Kochkaffee und Süßigkeiten, danach ist er süchtig. Manchmal trinkt er so viel Kaffee, dass ihm die Hände zittern. Aber wir lassen ihm seine Freude, sein Leben ist ja ansonsten ziemlich eingeschränkt.«

»Sie nennen ihn ›den Jungen‹?«

»Er ist zwar schon über fünfzig, aber für mich wird er immer ein Junge sein. Er ist auf dem Autismus-Spektrum. Er redet nicht viel und geht auch keine echten zwischenmenschlichen Beziehungen ein.«

»Kommen wir noch einmal darauf zurück, was Inga für ein Mensch war«, fährt Saana fort. Sie will ihr Verständnis von Inga erweitern und sich nicht nur auf Hetas Geschichte verlassen.

»Gut«, sagt Eivor und leckt sich die Lippen. Die Kellnerin bringt gebräunte Butter und warmes Fladenbrot an den Tisch. »Auch wenn Inga den Norden geliebt hat, machte ihr die Polarnacht manchmal zu schaffen. In ihren Jahren auf dem Gymnasium ist es ihr in der dunklen Zeit schwergefallen, sich aufzuraffen, um das Wohnheim zu verlassen. Die Leute haben sich darüber lustig gemacht und gesagt, für ein Mädel aus dem Norden sei es ganz schön ungewöhnlich, nicht mit der Dunkelheit klarzukommen. Aber es war nicht nur das. Ich war schon immer der Meinung, dass in ihr ein anderes Blut floss als im Rest der Familie und dass sie von der Wildnis angezogen wurde. Inga hat niemandem je etwas zuleide getan, aber sie war vielleicht etwas sturköpfig und unberechenbar. Hat gemacht, was sie wollte, und sich nicht darum geschert, was andere über sie dachten.«

Saana lächelt Eivor an. Da sie sich bisher nicht getraut hat, etwas zu essen, weil sie nichts Wichtiges verpassen wollte, bestreicht sie sich erst jetzt ein Stück Fladenbrot mit Butter, um die Wartezeit bis zum Hauptgang zu überbrücken.

»Was hat man hier denn über das, was passiert ist, geredet?«, fragt sie nach einer Weile.

»Also, ganz am Anfang, als Inga verschwand, vermutete man, dass sie vielleicht nur nach Norwegen abgehauen oder in die Fjells gegangen war. Junge Leute sind, wie sie sind, gerade ist wieder ein Mädchen weggelaufen. Die Eltern tun mir leid. Jeder weiß, dass Jugendliche irgendwann schon wieder angekrochen kommen. Aber Inga kam nicht zurück. Als wir es erfahren haben …« Eivor richtet ihren Blick auf die Tischplatte. »Nun, es hat sich herausgestellt, dass es kein Unfall war und auch keine Rebellion. Es gab keinen Zweifel mehr.«

»Wie wurde die Nachricht über den Fund aufgenommen? Hatten die Familien hier Angst um ihre eigenen Töchter?«

»Ich glaube, alle haben ihre Angst versteckt. Der Vorfall wurde lieber totgeschwiegen, als dass man viel Aufhebens darum gemacht hätte. Man hat gehofft, das Ganze ungeschehen machen zu können, indem man nicht darüber redet. Aber ich weiß, dass ab dem Zeitpunkt viele ihre Haustüren abgeschlossen haben.«

»Gab es Verdächtige?«

»Hier wurde jeder verdächtigt, wodurch gleichzeitig alle entlastet wurden. Einen hat die Polizei damals aber festgenommen: das Balg vom Rentierkaiser.«

Saana blättert durch ihr Heft und sucht nach dem Namen, den Heta erwähnt hat. »Pyry Palokka?«, fragt sie.

»Der Sohn vom Palokka, genau der. Aber der wurde bald wieder freigelassen.«

Saana malt einen Kreis um den Namen.

»Der hatte von klein auf einen schlechten Ruf, war immer bei Schlägereien dabei, hat geklaut und hatte ein böses Mundwerk, aber er hat sich immer im richtigen Moment hinter dem Rücken seines Vaters versteckt. Sein Vater ist so einflussreich – er sitzt in der Gemeindeverwaltung –, dass niemand sich getraut hat, etwas gegen ihn zu unternehmen. Und nach der Festnahme hat Pyry die Gegend für Jahre verlassen. Womöglich hat sein Vater ihm befohlen zu verschwinden.«

»In welchem Verhältnis stand er zu Inga?«

Eivor zuckt mit den Schultern. »Pyry war mit Inga zusammen, aber sie haben sich getrennt, schon eine Weile bevor ... es passierte. An diesem verzogenen Jungen gab es nichts Gutes«, schnaubt sie. »Fragen Sie mich lieber nach Ingas Freundeskreis.«

»Wer waren ihre Freunde?«, fragt Saana prompt.

»Anet ... ich weiß ihren Nachnamen nicht mehr – Moment – Haapajärvi! Ich bin mir nicht sicher, ob ich mich richtig erinnere, aber mir ist, als hätte Inga mit Anet damals im Sommer über irgendwas gestritten. Und dann ist da noch der Sohn vom Sarre, Ailu. Aus einem ganz anderen Holz geschnitzt als Pyry, wenn Sie mich fragen.«

Saana notiert sich die Namen.

»Ailu war und ist immer noch beliebt hier, tritt in die Fußstapfen seines Vaters. Er ist Rentierzüchter in Kaamanen.«

»Wie alt war Ailu, als Inga starb?«

»Genauso alt wie sie, sie waren Klassenkameraden.«

Saana hebt interessiert die Brauen. Ailu Sarre. Sie unterstreicht den Namen in ihrem Heft und malt ein Ausrufezeichen dahinter. Es gibt noch viel zu tun.

Nach dem Hauptgang richtet Eivor lange ihr Besteck auf dem Teller. »Es gab da noch ein ganz schlimmes Detail, als Inga gestorben ist«, sagt sie dann mit zitternder Stimme. »Ihr wurden die Augen ausgestochen. Das muss der Leibhaftige gewesen sein«, flüstert sie.

Saana erschaudert und lehnt sich schweigend auf ihrem Stuhl zurück. Sie weiß nicht, was sie sagen soll, also starrt sie einfach hinaus in die schöne Landschaft und denkt über die hässlichen Einzelheiten des Falls nach. Ihr fällt wieder ein, dass in irgendeinem Buch über Serienmörder der Täter, basierend auf dem, was er seinen Opfern angetan hat, analysiert wurde. Dass die Augen ausgestochen wurden, könnte darauf hindeuten, dass Täter und Opfer sich kannten. Aber stimmt es, was Eivor sagt?

Eivor hat viel erzählt, aber mit keinem Wort erwähnt, dass ihr Sohn verdächtigt wurde. Saana will die nette alte Dame nicht verärgern, aber irgendwie muss sie das Gespräch behutsam auf Johan lenken.

»Heta hat erzählt, dass sie 2006 hierherkam, um etwas herauszufinden. Habe ich das richtig verstanden, dass die Polizei zu der Zeit noch einen zweiten Verdächtigen hatte?«

»Ist das schon so lange her? Nun ... Heta ist im Mai hierhergekommen und im Herbst vor der Polarnacht geflüchtet. Das hat sie zumindest behauptet, aber natürlich lag es nicht an der Dunkelheit. Es lag an allem anderen. Heta wollte die Sache aufklären, und stattdessen haben sich alle gegen sie gestellt.«

»Was meinen Sie?«, fragt Saana.

»Na, dass die Leute hier, allen voran die Polizei, nicht gutgeheißen haben, was sie tat. Aber Heta war die Einzige, die Johan verteidigt hat. Die Leute haben angefangen, ihm nachzustellen, ihm für alles die Schuld zu geben, und als Juristin hat Heta alles darangesetzt, den Jungen zu entlasten. Es war verrückt. Johan hat Inga geliebt, so wie wir alle. Er hätte unserem Mädchen nie etwas angetan.«

Zurück bei der Hütte umrundet Saana erneut das Grundstück, aber der Schnee von letzter Nacht ist schon wieder geschmolzen, und nichts deutet mehr auf den Eindringling hin. Saana hat die Kontaktdaten von Ingas Freundin Anet in Erfahrung gebracht und bereits für den Nachmittag ein Treffen mit ihr vereinbart. Einstweilen kocht sie sich eine Tasse Tee und verdaut die Informationen, die sie von Eivor bekommen hat. Sie kann es kaum erwarten, Hetas Notizen weiterzulesen. Die Erzählungen der anderen haben Hetas Bericht mehr Dimensionen verliehen. Heta hat sich in Bezug auf einige Dinge merkwürdig bedeckt gehalten. Die Frau, die sich in Helsinki sehr sachlich gegeben hat, zeigt sich in ihrem Tagebuch von einer ganz anderen Seite. Dem Text nach zu urteilen, scheint sie irgendwie abgerutscht zu sein, eine Grenze überschritten zu haben, und der maßlose Alkohol- und Tablettenkonsum machen Saana Sorgen. Hat Heta die ganze Zeit über ein solches Leben geführt?

Die Rentierglocke

Im Supermarkt kaufe ich Butter, Käse und auch Fleisch. Ich krame nervös in meiner Handtasche herum. Die Schlaftabletten sind fast leer. Die Beruhigungsmittel sind mir schon vor einer Woche ausgegangen. Ich habe kein Rezept, und ich weiß nicht, ob ich beim Gesundheitszentrum um mehr betteln kann, ohne dass mein hoher Verbrauch auffällt. Hier gibt es nur wenige Ärzte, und mit einer sehr großen Wahrscheinlichkeit wäre es eine Person, die ich von früher kenne. Ich fahre durch die Ortsmitte von Inari, als mir die *Namenlose* wieder einfällt. Das war vor Jahren meine Lieblingsbar. Wie im Schlaf biege ich auf den Parkplatz ein, steige aus und knalle die Autotür zu. Als die Zentralverriegelung ertönt, habe ich schon fast die Türklinke in der Hand. Immerhin bekommt man Shots auch ohne Rezept.
Die Rentierglocke läutet über mir, als ich die Tür öffne und eintrete. Das Konzept der Bar ist absolut untragbar: eine Saufbude mitten im Nirgendwo. Nur mit dem Auto, dem Quad oder im Winter mit dem Motorschlitten erreichbar. Trotzdem hält sie sich, Jahr für Jahr. Drinnen hängt Zigarettendunst in

der Luft, macht aus dem Raum eine Art Räucherkammer. Der Qualm fungiert als Vorhang, er schützt die Anwesenden vor allem, worüber man Jahrzehnte lang geschwiegen hat. Ich wedle mit der Hand durch den Dunst, um etwas erkennen zu können, und habe das Gefühl, heimgekehrt zu sein, in den Rauchgestank und die Betäubung. Willkommen zu Hause, denke ich und stürze den ersten Shot hinunter.

In der Bar sitzen nur wenige Leute, aber natürlich entdecke ich genau diejenigen, denen ich eigentlich nicht über den Weg laufen wollte. Nach all den Jahren immer noch am selben Platz, dem Tisch zwischen Tresen und Pokerautomaten, vor ihnen der Aschenbecher, die Boulevardzeitung auf dem Tisch ausgebreitet, die Biergläser schon nicht mehr voll. Glänzende Augen und schmatzende, grinsende Münder. Der Reihe nach halten sie inne, als sie mich erkennen. Ich spüre ihre brennenden Blicke im Nacken.

Die Rentierglocke läutet, aber ich sehe nicht von der Theke auf. Ganz offensichtlich ist hier dieselbe Gesellschaft versammelt wie vor Jahrzehnten, nur älter jetzt. Ich kann keinen weiteren aufdringlichen Blick gebrauchen.

Da höre ich es.

»Heta Weckman?« Ich weiß nicht, ob es eine Frage oder eine Feststellung ist, aber die Stimme würde ich auch im Schlaf erkennen. Sofort überkommen mich die Erinnerungen. Große, weiche Hände, Augen, die beim Lächeln schmaler werden. Ein Mund, der... Ich sehe auf und drehe mich wie in Zeitlupe um. Der Moormann grinst mich neugierig an. Er ist männlicher geworden. Ich verziehe mein Gesicht zu so etwas wie einem Lächeln und erschrecke, als ich feststelle, dass ich mich in seinen vertrauten, freundlichen Augen verliere. Sie sind wie ein Moorweiher, der einen verschlingt und in seine Tiefen zieht.

»Wie lange ist es schon her?«, fragt er und kratzt sich am Kinn. Er hat einen herausgewachsenen, dunklen Dreitagebart.

»Ich will gar nicht darüber nachdenken«, sage ich und protestiere nicht, als er sich auf den Hocker neben mich setzt.

»Willst du irgendwas?«, fragt er, während er sich über den Tresen lehnt. Ich nicke beinahe unmerklich. Dich, denke ich, aber natürlich spreche ich es nicht aus. Dich und drei Wodka-Shots. Ich brauche schnell irgendetwas, was mein wild klopfendes Herz beruhigt. Die kleinen Shotgläser sind randvoll. Ich betrachte die glatte Oberfläche des Wodkas, sie sieht aus wie eine kleine Pfütze nach dem Regen, wenn der Wind sich gelegt hat. Ich greife nach dem Glas, und der Schnaps schwappt mir über die Finger.

»Willkommen zurück!«, sagt er und kippt sich das Getränk in den Rachen, als wäre es nur ein kleiner erfrischender Schluck Wasser. Da bemerke ich den Ring an seiner linken Hand.

»Jetzt bist also auch du wieder zurückgekommen. War das Leben im Süden nicht so glamourös, wie du es dir erhofft hast?«, fragt er mit einem schelmischen Ausdruck in den Augen.

Ich antworte nicht. Meine Angst würde dazu führen, dass er meine Worte falsch interpretiert. Die Weggezogenen wiederzusehen, spiegelt den Zurückgebliebenen ihre eigene Feigheit. Viele haben plötzlich das dringende Bedürfnis, Gründe dafür zu finden, warum es von Anfang an zum Scheitern verurteilt gewesen wäre, wenn sie selbst fortgegangen wären. Hier nimmt man die Heimkehrenden mit einem Grinsen in Empfang. Einem teuflischen.

Als ich ihn ansehe, blitzen lang vergangene gemeinsame Momente auf. Andererseits sehe ich an ihm auch lauter Dinge, die er damals noch nicht besessen hat. Kantigere

Gesichtszüge, Fältchen, die sich in die Augenwinkel gegraben haben.

»Warum bist du wirklich zurückgekommen?«, fragt er, und wir heben die zweiten Shots. In meinem Kopf dreht sich alles. Ich hätte keinen Mix aus rezeptfreien Medikamenten nehmen sollen, bevor ich in die Bar gekommen bin.

»Ich will herausfinden, was mit Inga passiert ist«, stammle ich. Meine Worte fühlen sich breiig an. Ich frage mich, ob er etwas anderes hören wollte. Wohl kaum. Er ist verheiratet und somit unerreichbar. Vielleicht wird das warme Gefühl, das mich durchströmt, genau deshalb noch stärker. Zum ersten Mal seit Langem komme ich mir nicht durchsichtig vor. Wenn er der Betrachter ist, werde ich gesehen, ob ich will oder nicht.

Saana sieht vom Text auf. Hetas hoher Drogenkonsum beeinflusst zweifellos ihre Glaubwürdigkeit. Es ist unwahrscheinlich, dass sie absichtlich Informationen zurückhält. Saana beschließt, Heta auf dem Weg zu Anet anzurufen, und macht sich bereit zum Aufbruch.

»Hi«, sagt Saana und biegt aus dem Zufahrtsweg zur Hütte in Richtung Inari ab.

»Wie läuft's?«, fragt Heta. Es klingt, als wäre auch sie gerade im Auto.

»Ganz gut, danke. Es geht irgendwie langsamer voran, als ich es mir vorgestellt habe. Es hat eine Weile gedauert, bis ich mich eingerichtet und mir ein Bild von der Gegend gemacht habe.«

»Weißt du, Ingas Tod quält mich seit über zwanzig Jahren. Tage, Wochen oder sogar Monate sind im Vergleich dazu nichts.«

»Ich fahre gerade zu Anet. Kann ich ihr Grüße ausrichten?«, fragt Saana.

»Kannst du, aber ich muss gestehen, dass sie und ich uns nie besonders gut verstanden haben.«

»Warum nicht?«

»Anet war meiner Meinung nach kein guter Umgang für Inga. Sie war als Teenager ziemlich geltungssüchtig und abenteuerlustig. Sie hatte in der Gegend keinen besonders guten Ruf, und Inga ist mit ihr immer wieder in Schwierigkeiten geraten.«

»Ach?«

»Ja. Wenn du dich mit den Leuten unterhältst, dann nimm dich in Acht und glaub nicht alles, was dir erzählt wird. Es kann sein, dass sie dir nichts als Märchen auftischen. Verlogen sind sie, alle zusammen!«

Nach dem Telefonat hat Saana ein merkwürdiges Gefühl. Ihr bleibt nichts anderes übrig, als auf ihren Instinkt zu vertrauen.

Sie wirft einen Blick auf die Tankanzeige und stellt fest, dass sie noch tanken muss, bevor sie zum Haus von Anet Haapajärvi fährt. Man verbraucht hier oben ziemlich viel Benzin, denn selbst bei kurzen Supermarktbesuchen summieren sich die Kilometer im Handumdrehen.

An der Tankstelle ist es ruhig. Die Suchmeldung des vermissten Mädchens hängt immer noch an der Wand, und die Verkäuferin vom letzten Mal scheint auch dieses Mal wieder da zu sein.

»Entschuldigung, wissen Sie zufällig, wer die Suchmeldung dort aufgehängt hat?«, fragt Saana.

»Das war ich«, antwortet Maija. Ihr Tonfall wird etwas schwermütiger.

»Worum handelt es sich?«, erkundigt sich Saana vorsichtig. Sie verrät nicht, dass sie das gleiche Flugblatt schon auf dem Polizeirevier gesehen hat.

»Silja arbeitet hier bei uns, sie ist jung, erst siebzehn Jahre alt. Sie ist nicht zur vereinbarten Zeit zur Arbeit gekommen und hat seit einer Weile nichts von sich hören lassen. Wir machen uns Sorgen«, berichtet Maija. »Ich habe ihrer Mutter versprochen, dass ich bei der Suche helfe.«

Saana nickt schweigend. Heutzutage sieht man Vermisstenmeldungen eher auf Social Media als in Papierform. In Gedanken kehrt sie zu dem Vermisstenfall zurück, in dem sie vor einiger Zeit in Helsinki ermittelt hat. An die Tag für Tag größer werdende Sorge der Angehörigen kann sie sich gut erinnern.

»Hoffen wir, dass ich überreagiert habe. Die Polizei hat gesagt, wir sollen erst einmal abwarten«, sagt Maija. »Aber ich kenne Silja, sie würde nie irgendwohin gehen, ohne Bescheid zu geben.«

»Ich habe die Anzeige fotografiert. Ich melde mich sofort, wenn ich unterwegs jemanden sehe, der so aussieht wie sie«, verspricht Saana, bevor sie zu ihrem Auto zurückgeht. Wie war das wohl vor zwanzig Jahren, als Inga verschwand? Hat man damals eine Vermisstenanzeige aufgegeben? Haben die Menschen Reihen gebildet und die umliegenden Wege und Moore durchkämmt? Allein der Gedanke, in einem Sumpf zu landen, lässt Saana erschaudern. Wie frustrierend die Suche gewesen sein muss, wenn es überall morastige Stellen gab und potenzielle Fundorte, so weit das Auge reichte. Saana notiert sich einen kurzen Abschnitt auf dem Handy, den sie eventuell für den Podcast verwenden will:

»Als Nächstes besuche ich Ingas beste Freundin. Ich würde gern etwas über die Zeit vor der Jahrtausendwende erfahren. Was für ein Leben führten die Jugendlichen hier damals? Wofür interessierte sich Inga? Mich beschäftigt auch, wie die Menschen weitermachen konnten, nachdem Inga gefunden worden und die schreckliche Tat ans Licht gekommen war.«

Eine halbe Stunde später betätigt Saana die Türklingel. Es ist ein einfaches Modell, ein kleines schwarzes Kästchen mit einem weißen Knopf in der Mitte, der beim Drücken ein »Ding dong« ertönen lässt.

Saana schließt ihre Finger fest um die Fairtrade-Nelken. Sie wollte nicht mit leeren Händen erscheinen. Ein kühler Windstoß, der von den Fjells herüberweht, zerrt an ihrer offenen Jacke, und sie macht noch einen Schritt nach vorn unter das windgeschützte Vordach. Im Haus brennt Licht, aber vorerst kommt niemand, um ihr zu öffnen. Saana betrachtet das Grundstück, auf dem ein schönes, altes braunes Gartenhaus steht, das von der Sonne ganz ausgeblichen ist. Auf der freien Fläche davor parkt ein altes weißes Auto.

Endlich poltert es im Flur, und eine dunkelhaarige Frau, etwas älter als sie, öffnet die Tür. Neugierig sieht sie Saana an.

»Komm rein.«

»Die sind für dich«, sagt Saana und reicht Anet schnell die weißen Blumen. Sie gehen gemeinsam in die Küche der flachen Reihenhauswohnung, und Saana setzt sich Anet gegenüber an den Küchentisch. Diese trägt einen bunten Pullover und schwarze Leggins. Sie könnte eine x-beliebige Frau sein, aber heute ist sie die ehemals beste Freundin eines ermordeten Mädchens. Saana sieht sich unauffällig um. An der Kühlschranktür hängen Kinderzeichnungen. Von der Küche aus kann man den Teppich im Wohnzimmer sehen, auf dem Spielzeug verteilt liegt.

»Ein schönes Zuhause«, sagt sie, obwohl die Wohnung ziemlich gewöhnlich ist.

»Danke«, sagt Anet, scheint sich jedoch nichts aus der Bemerkung zu machen. Sie steht auf, schneidet mit einem Messer die Stielenden der Blumen ab, holt eine Vase aus dem Schrank und gibt etwas Wasser hinein.

»Du wolltest mit mir sprechen. Worüber denn genau?«, fragt sie dann und wirft Saana einen gespannten Blick zu.

»Du kennst Heta Weckman?«, fragt Saana und fährt fort, als Anet nickt. »Ich habe ihr versprochen, Erinnerungen an Inga zu sammeln.«

»Erinnerungen? Hofft sie, dass du herausfindest, was damals mit Inga passiert ist? Ich wusste es! Heta kann immer noch nicht loslassen. So oft habe ich für sie geweint. Ich habe meine Trauer durchlebt, aber dann habe ich mich gezwungen weiterzumachen. Heta hat das nicht geschafft.«

»Ist es für dich okay, wenn ich unser Gespräch aufnehme?«, erkundigt sich Saana, und Anet nickt etwas verlegen. »Wie hast du Inga in Erinnerung?«, fragt Saana dann direkt und sieht ihr in die Augen. Sie versucht, darin etwas zu finden: Sorge, Trauer oder Enttäuschung. Anet schweigt, scheint nachzudenken. Saana fühlt sich verunsichert. Hat sie die Frage in ihrer Gedankenlosigkeit zu früh gestellt? Anet zupft an der Serviette neben ihrer Kaffeetasse herum und scheint irgendwo in der Vergangenheit versunken zu sein.

»Sie war meine beste Freundin. Sie war alles: unerschrocken, unterstützend, vielleicht auch ein bisschen durchgeknallt... oder zumindest neugierig. Es ist schrecklich, das zu sagen, aber schon in der Oberstufe fand ich, dass sie irgendwie auf einer anderen Wellenlänge war als die anderen. Sie strahlte so eine Lebenslust aus. Erzähl keinem, dass ich das gesagt habe, aber irgendwie ging von ihr auch etwas aus, was Männer offenbar anziehend fanden. Das war für Inga nicht immer einfach. Ab und zu kam es mir so vor, als hätte sie für uns beide gelebt. Aber jetzt... Ja, ich denke, ich bin froh, dass sie so hungrig war, dass sie wenigstens ein bisschen gelebt hat, bevor... bevor sie starb.«

»Warst du auch siebzehn, als es passierte?«, fragt Saana.

Anet scheint überhaupt nicht zu Hetas Beschreibung zu passen. Zumindest jetzt, als Erwachsene, macht sie einen durchweg netten Eindruck. Und sie spricht laut und unverblümt.

»Ja, ich war ein paar Monate älter als sie.«

»Wie war es, in diesem Alter hier zu wohnen? Was habt ihr so unternommen?«, fragt Saana, erleichtert, dass Anet auf ihre Fragen eingegangen ist.

»Ich hatte ein Auto, einen klapprigen Opel Kadett, den wir Knochenschüttler nannten. Die Schrottlaube steht sogar noch draußen im Garten, sie war mein erstes Sommerauto, und ich habe es immer noch nicht übers Herz gebracht, mich von ihr zu trennen«, sagt Anet lächelnd. »Damals sind wir damit an den Wochenenden zu Hauspartys gefahren. Ich hatte zu dem Zeitpunkt noch keinen Führerschein, aber hier nahm man es damit nicht so genau. Meine Familie wohnte hier in Ivalo, aber Inga ist zu Beginn des Gymnasiums ins Wohnheim gezogen, weil der Schulweg sonst zu weit gewesen wäre.«

»Sie wohnte also unter der Woche allein?«

»Du kannst dir sicher vorstellen, was für eine große Freiheit das für sie bedeutete. Damals im Sommer hatten wir beide Ferienjobs, wir arbeiteten ab und zu im *Vaskooli.* Putzten die Hotelzimmer und halfen manchmal in der Küche aus oder räumten die Tische im Nachtclub ab.«

»Wann hast du Inga zuletzt gesehen?«

»Wir haben uns das letzte Mal im *Vaskooli* gesehen. Zuerst waren wir am Strand, beim Hotel *Ranta-Mari,* danach sind wir schon früh ins *Vaskooli* gegangen. Wir durften mit einer Sondererlaubnis rein, weil wir das Personal kannten. Aber obwohl wir ausgemacht hatten, dass wir den Abend gemeinsam verbringen wollten, hatte ich den Eindruck, als hätte Inga einen anderen Plan. Sie war irgendwie unruhig und wirkte, als hätte sie nicht vor zu bleiben. Sie hatte eindeutig irgendetwas vereinbart. Ich habe nie gefragt, was. Du kannst dir sicher vorstellen, dass ich das immer noch bereue. Wenn ich sie doch nur gefragt hätte … Sie ist abgehauen, als ich auf der Toilette war, und wir haben uns nie wiedergesehen.«

»In solchen Fällen bringt es nichts, sich zu fragen, was wäre, wenn. Man kann das Geschehene nicht mehr ändern«, versucht Saana Anet zu trösten.

»Das ist leicht gesagt, und ich weiß, dass es so ist, trotzdem kann ich nicht anders, als mir selbst die Schuld zu geben. Damals im Sommer haben wir ein paarmal an der Bar ausgeholfen, und die Männer waren manchmal sehr aufdringlich. Ich habe mich gefragt, ob sie dort jemand kennengelernt haben könnte.«

»Hatte Inga einen Freund?«, fragt Saana.

»Ich glaube nicht, beziehungsweise ich bin mir nicht sicher. Im Winter hatte sie sich von ihrem ersten offiziellen Freund getrennt, Pyry Palokka, aber danach hat sie nie jemanden erwähnt, zumindest nicht mir gegenüber.«

»Aber ihr wart beste Freundinnen?«

»Ja.«

»Könnte Inga sich denn trotzdem mit jemandem getroffen haben?«, fragt Saana. »Jemanden, von dem sie niemandem erzählt hat?«

Anet zuckt mit den Schultern. »Ich weiß es nicht. Das ist natürlich möglich. Im Nachhinein habe ich mir gedacht, dass ich nur einen Teil von Inga kannte. Es kam mir so vor, als hätte sie das meiste von sich vor der Welt verborgen gehalten. Vielleicht war ich letzten Endes gar nicht diejenige, die sie am besten kannte. Vielleicht gab es da noch jemand anderen.«

Von draußen dringt entferntes Hundegebell herein.

»Sind die Hunde hier auch im Winter draußen in Gehegen?«, fragt Saana.

»Natürlich«, sagt Anet grinsend. »Bei sehr großer Kälte werden sie aber zum Schlafen reingeholt.«

Saana dreht die Kaffeetasse in ihrer Hand. »Was für ein Verhältnis hatte Inga zu ihrer Schwester Heta?«

»Nun ja. Trotz ihres großen Altersunterschieds haben sie sich überraschend oft gestritten. Sie zankten sich wegen allem. Ich hatte den Eindruck, dass Inga, weil sie jünger war, es deutlich leichter hatte als Heta und dass Heta darum vielleicht verbittert war.«

»Wie zeigte sich das?«

»Heta hat Inga ständig kritisiert und schien eifersüchtig auf jegliche Aufmerksamkeit zu sein, die sie bekam.«

Saana nickt und macht sich eine Notiz.

»Und ihr Cousin Johan?«

»Johan war schon immer, na du weißt schon, etwas speziell. Die drei standen sich trotzdem nah, und ich hatte den Eindruck, dass er sich auf seine eigene Art und Weise für Inga verantwortlich gefühlt hat. Als sie klein war, hat er sie wie ein Rentierkälbchen umsorgt, und Inga schien ihn besser zu verstehen als die anderen.«

»Verstehe«, sagt Saana. Darum hat Johan sich Ingas Tod besonders zu Herzen genommen. »Wer gehört übrigens zu deiner Familie?«, fragt sie, um zu einem erfreulicheren Thema überzugehen.

Anet fängt an zu lächeln. »Ich habe zwei Kinder. Beides Jungen. Hier herrscht manchmal ziemlich viel männliche Energie. Mein Ältester ist schon ausgezogen, meinen Jüngeren habe ich spät bekommen. Er ist erst sechs. Meinen Mann habe ich ein paar Jahre nach Ingas Tod kennengelernt. Ich hatte Glück«, sagt Anet und verzieht das Gesicht erneut zu einem Lächeln. Saana hat jedoch das Gefühl, dass es irgendwie gezwungen wirkt.

»Was macht dein Mann?«

»Er ist Tierarzt. Manchmal bringt er die Arbeit mit nach Hause. Zum Glück haben wir viel Platz. Draußen im Gehege ist ein Fuchswelpe, der seine Mutter nicht mehr gefunden hat. Willst du ihn sehen?«

Saana folgt Anet zu einem geräumigen Gehege. In der Mitte befindet sich eine Hundehütte, aus der ein kleiner orange-weißer Schwanz herausspitzt.

»Er ist gern in der hinteren Ecke der Hütte. Seinen Kopf werden wir wohl nicht zu Gesicht bekommen. Wir warten noch auf die Anweisungen, wo wir ihn freilassen sollen«, sagt Anet.

Beim Anblick des Geschöpfs mit dem kleinen Schwänzchen muss Saana grinsen.

Sie gehen wieder hinein. »Ich dachte, ich könnte beim Gymnasium von Ivalo vorbeischauen, selbst wenn dort nicht mehr unbedingt dieselben Lehrer sind wie zu eurer Zeit.«

»Doch, da gibt es noch welche. Wo sollen sie schon hin? Warte mal, vielleicht fällt mir noch jemand ein. Zumindest unseren Klassenleiter Markku Yli-Maininki wirst du dort finden. Er ist mittlerweile der Schuldirektor.«

Saana nickt zufrieden.

»Mit wem sollte ich deiner Meinung nach sonst noch sprechen?«

»Hast du dich schon mit Ailu unterhalten? Inga hat gern Zeit mit ihm verbracht, sie gingen gemeinsam angeln, und Inga hat ihm manchmal auch bei der Rentierscheidung geholfen. Ailus Familie hat gleich hinter Kaamanen eine Rentierfarm. Ich kann dir seine Nummer geben.«

»Danke«, sagt Saana und muss feststellen, dass sie schwitzt. Sie trägt einen Wollpullover, und in der Wohnung ist es warm. »Noch mal zurück zum letzten Abend. Weißt du noch, worüber du und Inga euch unterhalten habt?« Saana schält sich aus ihrem dicken Pullover.

»Über nichts Besonderes. Sie hat keinerlei Pläne erwähnt. Wir haben nur über den Sommer und die bevorstehenden Schichten geredet und über die schleimigen alten Säcke, die im Hotel versucht haben, uns an die Wäsche zu gehen.«

»Ich habe in der Zeitung gelesen, dass Pyry Palokka damals als Mörder verdächtigt, aber wegen mangelnder Beweise wieder freigelassen wurde. Hast du ihn gekannt?«, fragt Saana neugierig.

»Alle haben ihn gekannt, oder besser gesagt, gewusst, wer er ist. Die Palokkas beherrschen die Region, weil sie Land und Hotels besitzen. Es ist schwer, sie nicht zu kennen. Aber dieser Pyry... Er hatte schon immer etwas Unangenehmes an sich. Ich habe Inga geraten, sich von ihm zu trennen, aber am Anfang war sie richtig verknallt in ihn. Als sie dann schließlich so klug war, ihn zu verlassen, war er eifersüchtig und schien nicht loslassen zu können. Er ist ihr sogar manchmal gefolgt und hat nach der Trennung viele Male versucht, sie zurückzugewinnen.«

Saana hakt direkt nach: »Hat er Inga auch damals im Sommer hinterherspioniert? Im Juli?«

»Ja, Inga hat ihn ein paarmal dabei erwischt, wie er ihr oder uns nachgestellt hat. Sie war außer sich vor Wut, konnte aber nicht viel dagegen tun. Pyry war irgendwie schon immer so kaltschnäuzig, dass ich beim bloßen Gedanken an ihn Gänsehaut bekomme.«

»Wohnt er noch hier in der Gegend?«

»Ja, seine Eltern haben ihm ein eigenes Haus gebaut, zweihundert Meter von ihrem eigenen entfernt.« Anet lacht verächtlich. »Er ist nicht sehr weit gekommen.«

Auch Saana muss lachen. Sie hat das Gefühl, dass Anet und

sie sich gut verstehen. Es gibt im Dorf also auch noch einen anderen Schlag als die auf den Mund gefallenen Griesgrame, von denen Heta gesprochen hat.

Nachdem sie sich von Anet verabschiedet hat, macht Saana sich auf den Heimweg. Von unterwegs aus versucht sie, Ailu zu erreichen, aber niemand hebt ab.

Inari 2019

Das Tankstellengebäude leuchtete in der Dunkelheit. Silja stand hinter der Theke und wickelte Sandwiches in Folie. Sie blickte hinaus und sah nur ihr eigenes Spiegelbild im Fenster. Sie selbst wiederum war von außen gut zu sehen. Sie war wie ein Licht, von dem alle Raubtiere und Nachtschwärmer, die in der Dunkelheit lungerten, angelockt wurden.

Liebe. Sie spürte sie schon seit einer Weile. Anfangs war es beinahe beängstigend gewesen, aber als sie sich näher kennengelernt hatten, konnte sie an nichts anderes mehr denken als an das nächste Treffen. Nach ihrer Schicht würden sie wieder einen Augenblick lang Zweisamkeit haben.

Ihre Augen brauchten einen Moment, um sich an die Dunkelheit zu gewöhnen. Endlich entdeckte sie in einiger Entfernung das Auto, das sie gesucht hatte. Der Fahrer wirkte ruhelos, im Wagen brannte Licht. Als Silja die Tür öffnete und einstieg, machte sich auf dem Gesicht des Fahrers ein merkwürdiges Lächeln breit.

Mit schwerem Herzen parkt Myski vor Siljas Haus. Er möchte noch einmal mit deren Mutter sprechen. Einzelheiten überprüfen.

Als er so über Siljas plötzliches Verschwinden nachdenkt, fällt ihm der schöne sommerliche See ein. Während andere fröhlich und unbeschwert herumplanschen, ist er der Einzige, der hinabtaucht und die Ungeheuer sieht, die unter der Oberfläche lauern. Es sind schon vier Tage vergangen. Normalerweise kommen Ausreißer zu diesem Zeitpunkt mit eingeklemmtem Schwanz wieder zurück nach Hause. Silja ist nicht zurückgekehrt. Myski will gar nicht daran denken, was er in seiner Ausbildung über Vermisstenfälle gelernt hat: Jeder neue Tag entfernt einen weiter von der vermissten Person.

Kurz darauf sitzt Myski schon auf einem hellbraunen Ledersofa in einem Wohnhaus in Inari, in dem eine Mischung aus Trauer und Verzweiflung herrscht. Im Fernsehen laufen die Nachrichten. Siljas Mutter sitzt im Sessel und hält eine Dose Bier in der Hand. Mit der anderen Hand zupft sie am abgenutzten Lederbezug herum, der sich an den Armlehnen bereits ablöst.

»Ich habe keine Ahnung, wo Silja sein könnte«, sagt sie und wirft Myski einen schmerzerfüllten Blick zu. Ihre Augen sind blutunterlaufen, und die dünne, blasse Haut in ihrem Gesicht ist erschlafft.

»Wann haben Sie sie zuletzt gesehen?«

»Silja ist ganz normal zur Arbeit gegangen. An dem Abend bin ich früh eingeschlafen und habe nicht gehört, ob sie nach Hause gekommen ist… ich bin einfach davon ausgegangen.«

Myski betrachtet die Frau, und ein Gefühl der Melancholie überkommt ihn. Anstatt zuzugeben, dass der Alkohol sie ausgeknockt hat, hat sie das Wort »eingeschlafen« verwendet, um ihr eigenes Schuldgefühl zu lindern. Myski nickt und ermutigt sie weiterzusprechen.

»Ich saß gerade dort drüben beim Frühstück«, erzählt sie und deutet auf die Küche. »Ich wollte aufstehen, um mir noch einen Kaffee zu holen, als mein Sohn von oben herunterkam. ›Silja ist nicht in ihrem Zimmer‹, hat er gesagt. Ich wusste, dass sie sich schon im Sommer regelmäßig abends aus ihrem Zimmer geschlichen und die Nächte mal hier, mal da verbracht hat, vor allem an den Wochenenden. Wie das bei Teenagern eben so ist.«

Myski sieht sie an und nickt schweigend.

»Ich habe mit meiner Morgenroutine weitergemacht, in der Annahme, dass Silja nur feiern war und wahrscheinlich bei ihrer besten Freundin in Inari übernachtet hat. Später habe ich viele Male versucht, sie anzurufen, aber sie ging nicht ran. Ich habe mir nichts dabei gedacht. Aber dann habe ich den ganzen Tag nichts von ihr gehört, und sie hätte ja auch Schicht gehabt. Silja kommt nie zu spät zur Arbeit.«

Myski ergreift die Hand der Frau und drückt sie mitfühlend.

»Wir finden sie«, hört er sich sagen. Als die Worte seinen

Mund verlassen haben, kommt er sich vor wie ein Betrüger. Es steht ihm nicht zu, solche Versprechungen zu machen.

»Dürfte ich sicherheitshalber noch einen Blick in ihr Zimmer werfen?«

Die Mutter nickt, nimmt einen Schluck aus der Dose und bleibt im Sessel sitzen. Myski durchquert das Wohnzimmer und geht in Siljas Zimmer. Hinter der Tür steigt ihm der Duft von Parfüm in die Nase. Das Bett ist ungemacht, und auf dem Boden liegen ein paar Kleiderhaufen. Der Tisch der weißen Schminkkommode ist übersät mit Make-up. An der Ecke des Spiegels hängt, an einer Schnur befestigt, ein Bündel Schneehuhnfedern. Myski sieht sich weiter um. Auf dem Fensterbrett liegt, halb von den rosafarbenen Vorhängen verdeckt, ein großer violetter Steinbrocken. Der Schulrucksack wurde achtlos auf den Stuhl geworfen, über dessen Lehne Pullover und andere Klamotten hängen. Myski untersucht den Inhalt des Rucksacks. Ein Geldbeutel ist nicht zu finden, den hatte sie natürlich dabei, als sie das Haus verließ. Myskis Blick trifft auf eine halb geöffnete Schublade in der Schminkkommode, aus der ein weißes Stück Papier hervorblitzt. Er geht zum Spiegel und horcht. Siljas Mutter hat den Fernseher ausgeschaltet und hantiert im Wohnzimmer herum. Myski streift Einmalhandschuhe über und zieht vorsichtig die kleine weiße Holzschublade auf. Darin befindet sich ein kleiner gefalteter Zettel. Neugierig greift er danach. Nur ein Satz steht darauf.

»Wann sehen wir uns wieder? <3«

»Haben Sie etwas Ungewöhnliches gefunden?«, ruft Siljas Mutter. Myski holt ein kleines Plastiktütchen aus seiner Brusttasche und steckt den Zettel hinein. Dann macht er noch ein paar Detailfotos von Gegenständen im Raum.

»Ich hätte noch ein paar Fragen«, sagt er, als er ins Wohnzimmer zurückkehrt. »Wissen Sie, was das ist?« Er zeigt der Mutter den Zettel.

»N-nein«, sagt diese leise. »Hat das womöglich was mit irgendeinem Jungen zu tun?«

Myski steckt den Zettel weg. Die Mutter schaltet das Radio ein. Einschläfernde Musik erfüllt den Raum.

»Silja hat eine schöne Stimme. Sie singt gern«, sagt sie, und ihre Stimme bricht.

Als sich das Gespräch dem Ende zuneigt und Siljas Mutter bereits ein paar Zigaretten Kette geraucht hat, wirft sie Myski einen seltsamen Blick zu.

»Es sieht nicht gut aus, oder?«, fragt sie zaghaft. Der Qualm schwebt im Raum und taucht alles in ein stickiges Grau. Myski nimmt die gelblichen Zähne der Frau wahr. Sie lallt schon ein bisschen, die Dose in ihrer Hand ist inzwischen zu einer zweiten und dritten geworden. Ihm fällt keine Antwort ein, die hilfreich wäre, also entscheidet er sich vorerst zu schweigen.

»Wir tun alles, was wir können«, sagt er schließlich so überzeugend wie möglich, obwohl ihn bereits die schlimmsten Befürchtungen beschleichen.

»Gut, dass Sie da sind. Ihnen kann man vertrauen, anders als vielen anderen. Silja hat die Nase voll von den alten Typen, die sie den ganzen Tag hinter ihren Kaffeetassen hervor anglotzen. Und vor allem von diesem einen Trottel, der immer draußen im Auto sitzt und ihr nachspioniert.«

»Von wem sprechen Sie?«, fragt Myski interessiert.

»Von … wie heißt er doch gleich … Johan. Der, den alle den Schädelsammler nennen.«

Myski muss sich bemühen, seine Reaktion zu verbergen. Johan glotzt vom Parkplatz aus ins Tankstellengebäude hinein? Myski weiß nicht, wie er mit dieser Information umgehen soll. Er wird sich mit Johan unterhalten müssen.

Auf dem Heimweg spürt er, wie ihm fast die Augen zufallen. Sie fühlen sich bleischwer an. Bevor er nach Hause fährt, muss er noch einkaufen und sich dann die Aufzeichnungen der Überwachungskamera der Tankstelle vornehmen, die im Büro darauf warten, durchgesehen zu werden. Zur Sicherheit könnte er seine Kollegen darum bitten, auch weiter südlich gelegene Krankenhäuser abzutelefonieren.

Myski geht durch die Gänge des Supermarkts und wirft die typischen Einkäufe eines Alleinstehenden in seinen Korb: ein paar Kartoffeln, ein Päckchen Sülze, eine Dose Senf-Hering, ein Päckchen Butter, eine kleine Milch, ein möglichst kleines Brot – ein größeres würde trocken werden, bevor er es aufgegessen hätte –, die blaue Schokolade von Fazer und zwei Bier von Lapin Kulta. Die hat er sich nach der hektischen Anstrengung auf der Arbeit in den letzten Tagen mehr als verdient. Er nimmt sich noch die *Iltalehti* der neuen Woche vom Zeitungsständer und trottet in Richtung Kasse. Die Einzelheiten zu Siljas Verschwinden sind noch ziemlich unklar. Myski startet das Auto und steuert erneut das Büro an.

Er stellt die Einkaufstasche auf den Boden und geht zum Whiteboard, an dem eine Karte hängt. Vorerst ist darauf nur die Stelle markiert, an der Silja das letzte Mal gesehen wurde, sowie die Areale, in denen schon Suchen durchgeführt wurden. Aus einer spontanen Eingebung heraus zeichnet er ein Kreuz auf die Karte. Er malt es an die Stelle, an der Inga Weckman damals tot aufgefunden wurde. Die Übereinstimmungen lassen sich nicht mehr ignorieren: Die Mädchen sehen sich auffallend ähnlich und sind gleich alt. Obwohl viele Jahre zwischen den Fällen liegen, will Myskis Unterbewusstsein sie dauernd miteinander verknüpfen. Warum? Was versucht es ihm zu sagen? Als er vor seinem rechten Auge Blitze sieht, muss er sich setzen. Dann weckt er den Computer aus dem Stand-by und bricht sich ein Stück Schokolade ab.

Zuerst stellt Myski ein Auskunftsersuchen zu Siljas Rufnummer. Die Nummer ist zwar nicht mehr erreichbar, aber er will herausfinden, bei welchem Funkmast das Handy ausgegangen ist oder ausgeschaltet wurde. Dann spielt er die Aufzeichnungen der Überwachungskamera ab. Inari, Tankstelle. Silja am Abend ihres Verschwindens. Er hat die Aufnahme schon bei drei Uhr gestartet, auch wenn Siljas Schicht erst um sechs zu Ende war. Sein Blick verharrt auf Maija, die an der Theke zugange ist, und sein Herz macht einen Hüpfer. Immer wieder unterhält sie sich mit jemandem, der etwas kauft, und Myski versucht, unter den Leuten weitere bekannte Gesichter auszumachen, doch er entdeckt keine. Dann fällt ihm etwas Eigenartiges auf. Eero Palokka erscheint an der Theke und bestellt einen Kaffee. Auf der Aufnahme ist zu sehen, wie Maija hineinspuckt, als der Mann sich kurz umdreht. Myski muss lachen.

Punkt 18 Uhr geht Silja ins Hinterzimmer und erscheint einen Moment später in Freizeitkleidung auf dem Gang. Schließlich verlässt sie die Tankstelle allein. Myski wechselt zur Außenkamera und sieht, wie das Mädchen zur Straße geht. Er spult das Video zurück und betrachtet die Umgebung genau. Nirgendwo sind Autos oder Menschen zu sehen. Wenn sie jemandem begegnet ist, muss das später gewesen sein, näher an der Hauptstraße. Sie ist zu Fuß gegangen und in Richtung Pomminkuoppatie abgebogen. Einem Augenzeugen zufolge war sie auf der Menesjärventie in Richtung Inarintie unterwegs, das ist Myski bereits bekannt. Niemand weiß, ob sie danach nach rechts, nach links oder geradeaus über die Straße und beispielsweise zum Strand gegangen ist. Sie hatte auch keine bestimmte Zeit genannt, zu der sie nach Hause kommen wollte. Myski betrachtet die junge Frau auf dem Standbild. »Wo bist du, und was ist mit dir passiert?« Seine Stimme hallt durch das leere Büro, in dem nur über seinem Schreibtisch noch Licht brennt.

Am Abend kann Saana nicht einschlafen. Sie steht wieder auf und tappt in Wollsocken zum Tisch. Es kommt ihr vor, als würde ein blasses Bild von Inga über allem schweben, aber keine der Informationen, die sie bisher ausgegraben hat, konnte ihr dabei helfen, sich ein Gesamtbild von dem Mädchen und dessen Leben zu machen. Ich kenne dich immer noch nicht gut genug, denkt Saana und sucht Ingas Foto auf ihrem Handy heraus. Sie nimmt sich ein Blatt und fängt an, eine Mindmap über Inga zu zeichnen. Der neu gekaufte schwarze Filzstift bewegt sich schön geschmeidig über das Papier, während sie die Informationskrümel zusammenträgt: das Haus in Angeli, das Gymnasium von Ivalo, das Schulwohnheim, das *Vaskooli.* Dinge, die Inga mochte: Musik, Natur und Pflanzen, Anet und deren Auto Knochenschüttler, die Wildnis, eine neue Liebe? Saana schreibt und unterstreicht… Ingas letztendliche Fundstelle, Angeli. Bald wird sie den Ort zu Gesicht bekommen, an dem Ingas Leben endete.

Um eine Einführungsfolge über Inga für den Podcast aufsprechen zu können, hört Saana sich das aufgezeichnete Gespräch mit Anet an.

»Ich habe viel über diesen Abend nachgedacht. Ich weiß noch, dass der Fußboden im Nachtclub so klebrig war, dass die Schuhe fast daran haften blieben. Es war noch früh am Abend, und abgesehen von dem hohen Tisch, an dem zwei Jungs mit Schirmmütze saßen und Bier schlürften, war die Bar fast leer. Rotes und blaues Discolicht streifte durch den Raum, und aus den Lautsprechern tönte es auf Schwedisch:

»Will dich in der Dunkelheit bei mir haben.
Die Zeit, sie bleibt stehen, wenn wir uns berühren.«

Seit diesem Abend schüttelt es mich, wenn ich das Lied höre.

Wir haben Birnen-Cider bestellt.

Ich weiß noch, dass der viel ältere Barkeeper versucht hat, die Situation auszunutzen, obwohl er wusste, dass der Besitzer des Hotels uns erlaubt hatte, dort zu sein. Ich erinnere mich daran, wie Inga angeekelt auf sein zitterndes Doppelkinn geschaut hat. Seine Hemdknöpfe waren offen, sodass die Haare auf seiner Brust herausquollen. Dann hat der Cider angefangen zu wirken, und alles wurde zu einem weichen Nebel. Auch die Leute waren nicht mehr so ätzend. Das Lachen und die ausgelassene Stimmung haben unsere Genervtheit und die Unsicherheit besiegt. Auf einmal sagte Inga: ›So einfach ist es, in Schwierigkeiten zu geraten‹, aber ich weiß nicht, was sie damit meinte.

Kurz darauf ging der Song in Angels Crying *von E-Type über. Ich weiß noch, wie ich dachte, dass wir beide kleine Engel sind, die härter tun, als sie sind.«*

Saana stoppt Anets Erzählung und startet die Aufnahmefunktion:

»Je mehr ich von denjenigen, die sie kannten, über Inga erfahre, desto vielseitiger und widersprüchlicher wird das

Bild, das ich von ihr bekomme. Es war nicht alles so, wie es schien. Zuerst hat man mir erzählt, Inga sei eine freundliche und nette junge Frau gewesen, die ihr ganzes Leben vor sich hatte. Aber die Zeit beschönigt eindeutig die Erinnerungen. Im Moment interessieren mich vielmehr all die kleinen Risse in der glänzenden Hülle. Ich will unter die Oberfläche schauen und herausfinden, was sich dort alles verbirgt. Wir wissen bereits, dass Inga sogar vor ihrer besten Freundin Geheimnisse hatte. Ihr letzter Abend endete nicht im Nachtclub, sondern ihre Reise ging vom *Vaskooli* in Ivalo aus noch weiter. Wohin und mit wem? Meine nächste Aufgabe wird sein, genau das herauszufinden.«

Am nächsten Morgen fahren Saana und Myski schweigend in Richtung Angeli. Saana beobachtet den Mann aus dem Augenwinkel. Er wirkt erschöpft und sieht unruhig aus dem Fenster, als würde er nach etwas Ausschau halten. Sie versucht, seinen Blicken zu folgen, weiß aber nicht, wonach er sucht. Sie sind mitten in der Wildnis, weit und breit ist niemand zu sehen. Warum ist der Polizist ihrer unverschämten Bitte überhaupt nachgekommen? Vielleicht ist es eine Frage der Ehre. Er scheint die ganze Sache sehr persönlich zu nehmen. Vielleicht will er sichergehen, dass sie nicht weiter kommt als er selbst. Jetzt, da Myski der Fahrer ist, kann Saana die schöne Landschaft genauer betrachten. Reihen von stämmigen Bäumen, unglaublich viele Bartflechten. Sandige Wallberge und fließende Gewässer. Sie fahren über die Angelintie, bis Myski eine markante Stelle entdeckt, an der er in einen kleinen Schotterweg abbiegt. Als der Weg endet, lassen sie das Auto stehen und gehen zu Fuß weiter. Der neue Schnee ist noch nicht richtig liegen geblieben, aber hier und da gibt es zwischen den Sträuchern weiße Flecken. Die Gore-Tex-Sneakers fühlen sich kühl an Saanas Füßen an. Vielleicht hätte sie ordentliche Winterschuhe anziehen sollen, aber darin längere Strecken zu gehen, macht keinen Spaß.

»Von hier aus zuckeln wir noch ein Stück Richtung Südwesten und folgen dann dem Seeufer. Wenn wir uns immer rechts des Pyhäjärvi halten, erreichen wir unser Ziel«, sagt Myski.

»Wie war es damals im Juli, wissen Sie das noch?«, fragt Saana und macht ein paar beherztere Schritte, um mit ihm mitzuhalten. Auch wenn er nicht wie ein Spitzensportler aussieht, schreitet er mit seinen langen Beinen in Rekordgeschwindigkeit voran. Er wirkt, als hätte er es eilig. Saana fragt sich, wie dringlich die Situation für ihn damals war, als alle ihre alltäglichen Beschäftigungen liegen ließen, um sich auf die Suche nach der Vermissten zu machen.

»Damals, als Inga gefunden wurde?« Myski denkt nach. »Es herrschte eine sengende Hitze. Das hört sich vielleicht komisch an, aber selbst die Bremsen sind irgendwie träger geflogen. Ich hatte damals gerade erst als Polizist angefangen. Bis zu dem Zeitpunkt hatte ich noch keinen sogenannten körperlichen Einsatz. Während der Fahrt hat ununterbrochen der Polizeifunk gedröhnt. Der Leichenfund hat Streifen von nah und fern auf den Plan gerufen. Sie kamen sogar aus Rovaniemi. Auch die Spurensicherung war vor Ort. Ich habe mich schon im Vorfeld gefragt, wie der Fundort aussehen würde, wie es wäre, vor einem Mordopfer zu stehen. Aber als ich ankam, war alles mit einem Zelt geschützt, und man hat mich nichts machen lassen. Jaatinen war noch nie ein großer Kommunikator, und ich hatte das Gefühl, dass er mich maßregeln wollte, dass er selbst die Zügel in der Hand halten wollte. Auch wenn er meiner Meinung nach die Kontrolle verloren hat.«

»Gab es etwas, was Sie im Nachgang beschäftigt hat?«, bohrt Saana nach.

»Na ja, das kann ich vielleicht erzählen«, sagt Myski. Draußen im Wald ist er eindeutig viel gelassener als im Büro. Vielleicht ist es auch seine unübersehbare Müdigkeit, die ihn laxer macht. »Bevor ich das Ufer des Pyhäjärvi erreichte, musste ich mal am Wegesrand anhalten. Als die Blase leer war, habe ich irgendwo ein Knacken gehört. Ich bin erschrocken und habe mich in die Richtung gedreht, aus der das Geräusch kam. Zwischen den Kiefern voller Bartflechten hat sich etwas Dunkles bewegt. Es kam auf mich zu. Einen Augenblick später habe ich auch schon in die erschrockenen Augen von Johan Weckman gestarrt. Er schien verwirrt zu sein. Seine Worte sind mir in Erinnerung geblieben. ›Angeli bedeutet Engel. Engel‹, hat er zitternd gestammelt. ›Nicht mehr weit bis zum Engel, weniger als zwei Kilometer vom Weg entfernt‹, hat er gesagt. Dann hat er umhergespäht und ist wieder im Wald verschwunden. Ich bin stehen geblieben und habe mich umgeschaut. Offensichtlich war Johan nicht mit dem Quad gekommen. Wie viele Kinder der Fjellregion ist er schon vor seinem siebten Lebensjahr zum ersten Mal mit einem Quad gefahren, aber damals war er eindeutig zu Fuß unterwegs. Ich weiß nicht, woher er kam und wohin er wollte, aber bald wurde mir klar, dass er schon an der Fundstelle gewesen sein musste. Er hat mir die Wegbeschreibung zu Ingas Leiche gegeben.«

»Stimmt es, dass Johan im Verlauf der Ermittlungen verdächtigt und festgenommen wurde?«, fragt Saana.

»Ja. Zuerst konnte niemand sagen, wo er an dem Abend war, und am Anfang hatten wir auch keinen Grund, ihn zu verdächtigen. Als es dann aber so aussah, als könnte er etwas mit dem Mord zu tun haben, hat Heta Weckman es sich zur Aufgabe gemacht, ihren Cousin zu verteidigen, und konnte letztendlich zeigen, dass er doch ein Alibi hatte. Seine Mutter hat ausgesagt, dass er fast den ganzen Abend zu Hause war.«

Saana schluckt. Klingt das denn nicht verdächtig? Erst hat er kein Alibi, und dann doch, von seiner eigenen Mutter? Ob Eivor für ihren Sohn lügen würde?

Während Saana so vor sich hin trottet, richtet sie den Blick auf den schimmernden See neben sich. Der Wind bläst über das Wasser, und die Oberfläche kräuselt sich. Am anderen Ufer zeichnen sich in der Ferne die Fjells ab. Saana zückt ihr Handy, um ein kurzes Video von der Stille zu machen, die sie umgibt. Von einem Augenblick, in dem nur der Wind spricht.

Myski geht voraus, und Saana hält den Blick weiter auf ihr Handy gerichtet. Sie sind schon ungefähr zehn Minuten unterwegs. Ob sie allein zurück zur Straße finden würde, kann sie nicht sagen. Saana versucht, ihren Standort auf dem Handy abzurufen, aber es gibt keinen Empfang, die Karte lässt sich nicht mal öffnen. Wieder macht sie ein paar Laufschritte, um Myski einzuholen.

»Sind Inga und der vermeintliche Mörder zu Fuß hierhergekommen?«

»Davon sind wir ausgegangen und tun es immer noch. Auf dem Boden waren keine Quadspuren.«

»Erfordert das nicht ein gewisses Vertrauen, wenn man in einem unwegsamen Gelände eine weite Strecke zu Fuß zurücklegt, von der Straße weg? Der Täter hätte sie wohl kaum so weit tragen können«, sagt Saana. Sie wirft Myski einen kurzen Blick zu, aber es ist unmöglich, seinem Gesicht zu entnehmen, wie richtig oder falsch sie mit ihrer Vermutung liegt.

»Warum ist der Fall immer noch ungelöst?«, kann sie nicht umhin zu fragen.

Myski bleibt stehen, öffnet seine Jacke ein Stück weit und schiebt seine Hände in die Taschen.

»Uns sind die Verdächtigen ausgegangen. Der Mörder war wie vom Erdboden verschluckt. Bei Morden, die im Freien verübt werden, bleiben weniger Indizien zurück«, erklärt er seufzend. Er schweigt einen Moment, ehe er fortfährt. »Und da ist noch etwas. Jaatinen hat mich nicht einmal das Zimmer des Mädchens anschauen lassen. Angeblich wollte er die Familie in Ruhe trauern lassen und ist erst ein paar Tage nach dem Leichenfund dort vorbeigegangen. Ich habe mich sogar gefragt, ob er befürchtet hat, jemand aus dem Dorf könnte sich als Mörder entpuppen. Als hätte er gehofft, dass der ganze Fall einfach in Vergessenheit geraten würde. Als ob irgendjemand so etwas je vergessen könnte«, schnaubt er.

Saana spürt, wie ihr in der warmen Winterjacke ein kalter Schauer über die Arme läuft. Sie weiß nicht, was sie sagen soll. Myski ist schon weitergegangen. Nachdenklich blickt sie seiner gebeugten Gestalt hinterher und folgt ihm dann.

»Wir sind da«, sagt Myski kurze Zeit später und bleibt stehen. »Hier ist es passiert, hier wurde sie gefunden.« Er kniet sich auf den Boden. Wie eine Art Beileidsbekundung berührt er die Erde.

Saana lässt ihren Blick über den See schweifen. Es ist, als würde ihr der graue Himmel in die Arme fließen. Hinter dem See zeichnen sich in der Ferne die kahlen, windgepeitschten Fjells ab. Wenn sie jetzt verschwinden würde, wüsste niemand, wo er sie suchen sollte. Zum Glück kann sie den schaurigen Gedanken schnell wieder beiseiteschieben.

»Wer hat die Leiche gefunden?«

»Ein hiesiger Rentierzüchter.«

»Können Sie mir seinen Namen sagen?«

»Nein, das ist nicht für die Öffentlichkeit bestimmt«, erwidert Myski und starrt betrübt auf den Boden.

»Was war die offizielle Todesursache?«, fragt Saana, auch wenn sie gleichzeitig unsicher ist, ob sie das überhaupt wissen will. Über Gewalt zu sprechen, ist jedes Mal gleich schlimm.

Gewalt in Filmen oder TV-Serien ist etwas ganz anderes als grausame Taten und deren Folgen im echten Leben.

»Strangulation, Inga wurde erwürgt. Am Hals fand man Abdrücke, die darauf hindeuteten, und bei der äußeren Autopsie waren eindeutige Anzeichen für Ersticken zu sehen, wie die bläuliche Verfärbung des Gesichts und des oberen Halses und die Schwellungen und Blutungen unter der Bindehaut. Das Opfer lag auf dem Rücken, und es wurde von vorn erwürgt, indem der Bereich um den Kehlkopf zugedrückt wurde.«

»Stimmt es, dass ihr die Augen ausgestochen wurden?«, fragt Saana, auch wenn sie weiß, dass Myski darauf wahrscheinlich nicht antworten wird. Dieser zuckt zusammen und sieht auf.

»Wo haben Sie das gehört?«, fragt er stirnrunzelnd.

Saana schluckt. Ein wirklich unangenehmer Gedanke.

»Eivor hat es mir erzählt«, antwortet sie. Sie will Eivor nicht in Schwierigkeiten bringen, den Polizisten aber auch nicht anlügen.

»Soso, Eivor. Das hätte ich mir denken können. Ich hoffe, Sie verwenden diese Information nirgends, das könnte die Ermittlungen erschweren«, sagt er streng.

Saana nickt ernst.

»Früher gab es hier Quacksalber, die behaupteten, auf der Netzhaut eines Menschen bleibe ein Abdruck von dem, was er kurz vor seinem Tod als Letztes gesehen hat, zurück.« Er schaut in den Himmel.

Auch Saana sieht nach oben und lässt ihren Blick dann zu einer Kiefer schweifen, die etwas weiter entfernt stolz in den Himmel ragt. Ob sie das Letzte war, was Inga sah, bevor der Tod ihr die Augen verdunkelte? Saana denkt über Myskis Worte nach: von vorn erwürgt. Oder war das Letzte, was Inga tat, ihrem Mörder in die Augen zu starren? Saana spürt einen

Kloß im Hals. Ingas letzter Blick muss voller Ungläubigkeit und Verzweiflung gewesen sein.

»Diese Kiefer dort heißt übrigens Schwindler. Auf Nordsamisch *Mánni.* Sie streckt ihre Zweige nach Osten, nicht nach Süden. Man hat ihr einen eigenen Namen gegeben, wie auch vielen anderen Geschöpfen der Natur in dieser Gegend«, sagt Myski, als wolle er die Stimmung auflockern, und deutet auf die uralte Föhre. »Sehen Sie sich hier um, solange Sie wollen, ich gehe rüber ans Ufer«, fährt er fort und geht in Richtung See.

Hinter ihnen befinden sich hauptsächlich Sumpfgebiete, Fichten und Kiefern, ein paar von ihnen abgestorben. Der Wind bringt die Nadelbüschel der großen Kiefer kaum merklich zum Schwingen. Wie kräftige Schlangen winden sich die orangebraunen Äste aus dem Stamm.

»Wenn Sie fertig sind, gehen wir noch da lang!«, ruft Myski Saana im Gehen zu und deutet auf das Moor. »Einen guten Kilometer entfernt gibt es eine einsame kleine Hütte.«

Saana lässt ihren Blick über den Fundort schweifen. Aus dem wird sie wohl nicht schlau werden. Der Wind ist über das Gelände gefegt, mal hat es darauf geschneit, mal geregnet, und auch in ruhigeren Momenten blasen zumindest Böen darüber hinweg. Saana holt ihr Handy heraus.

»Ingas Geschichte hat mich mitten ins Nirgendwo geführt. Den Einheimischen sind die weitläufigen Wälder, die feuchten Sümpfe und Moorlöcher vertraut. Die bissigen Kriebelmücken, die Frühjahrsüberschwemmungen. Der lange Winter und die unzähligen Wörter für Kälte. Ihr hört vielleicht den Wind, der ins Mikrofon bläst. Das ist eine Böe, die ihren Ursprung im Eismeer hat. Ich stehe in Angeli, in der Nähe des Sees Pyhäjärvi, an dem Ort, an dem Inga Weckman ihren letzten Atemzug machte, bevor sie erwürgt wurde. Mit wem war sie hier? Wie kam es zum Tod des jungen Mädchens? Um das herauszufinden, bin ich hergekommen. Es gibt keinen einzigen Augenzeugen. Nur die Natur war stumme Zeugin.«

Saana stoppt die Aufnahme. Ob sie etwas zu theatralisch geworden ist? Die Grenze zwischen stilvoller Schilderung und übermäßiger Ausschlachtung ist manchmal ziemlich fließend. Aber eines steht fest: Das Rätsel um diesen ungelösten Mord zieht sie immer stärker in seinen Bann. In Gedanken ist sie ständig bei Inga. Saana schaltet die Aufnahme wieder ein.

»Wenn ich die Augen schließe, höre ich nichts als Stille. Auch der Fall selbst macht sprachlos. Niemand hat etwas gesehen, niemand hat etwas gehört. Aber irgendwo muss es Menschen geben, die mehr wissen, als sie damals erzählen wollten.«

Myski kommt leicht schnaufend vom Ufer zurück.

»Alles in Ordnung?«, fragt er, und seine Frage wirkt aufrichtig. Saana wischt sich mit dem Handschuh über den Augenwinkel. Obwohl Ingas Schicksal sie bewegt, war es diesmal nur der kalte Wind, der ihre Augen zum Tränen gebracht hat.

»So als Städterin ist es irgendwie komisch, hier mitten im Nirgendwo zu sein«, gesteht sie. »Nirgends sieht man Lichter, Siedlungen oder Menschen. Ziemlich schön also«, ergänzt sie.

»Ach, das ist doch nichts Besonderes«, murmelt Myski. »Gehen wir weiter zur Hütte?«

»Welche Vögel kann man hier beobachten?«, fragt Saana, während sie weitertrotten. Sie will an etwas anderes denken als an Inga und das Ende, das ihr beschieden war, obwohl sie gerade deshalb hier ist.

»Auf jeden Fall Adler«, sagt Myski. »Und Raben. Die sehe

ich am häufigsten. Als Inga gefunden wurde, sind sie über ihrer Leiche herumgeflogen. Man nennt sie hier auch Plünderer. Sie zeigen an, dass auf dem Boden etwas Totes liegt. Nur war es damals kein Tierkadaver.«

Kurze Zeit später kommt bereits die einsame Hütte in Sicht. Die Balken haben sich im Laufe der Zeit abgenutzt und sind grau geworden. Die Tür ist nicht abgeschlossen. Myski zieht sie schwungvoll auf.

»Nach Ihnen«, witzelt er, und Saana betritt zögerlich, aber neugierig die schummrige Hütte. Sie ist leer, und der Wind pfeift im Kamin. Eine an den Wänden befestigte Bank säumt den Raum, und auf dem Holzboden liegen Müll und Sägespäne. Die Zwischenräume der Holzstämme sind nicht abgedichtet, sodass der Wind durch die Ritzen fegt.

»Ich bin damals zur Hütte gegangen und habe sie mir angesehen. Sie sah mehr oder weniger genauso aus wie jetzt. Falls Inga hier Habseligkeiten hatte, hat irgendjemand sie mitgenommen. Der Polizeihund hat hier in der Hütte eine Fährte aufgenommen, aber keine Spuren gefunden, die weiter von hier weggeführt hätten. Ich habe einen Blick in den Kamin geworfen, es lag verkohltes Holz darin. Jemand hatte ein Feuer gemacht. Inga ist an jenem Abend also hier gewesen.«

Saana hat schon mehr erfahren, als sie sich erhofft hatte. Mit dem Smartphone macht sie ein kurzes Video von der dämmerigen Hütte.

»Was hat die Gegend eigentlich genau zu bieten, abgesehen von schöner Natur? Warum wohnen hier überhaupt Menschen?«, will sie auf dem Rückweg wissen.

»Mittlerweile ist das gar keine so echte Wildnis mehr. Der Norden ist voller kleiner wilder Seen, an deren Ufern nur vereinzelte Häuser stehen. Hier und da gibt es auch verlassene Hütten von Rentierhirten. Das Wildnisgebiet Muotkatunturi ist sehr schön. Da gibt es Fjells und einen See, reißende Flüsse, alte Föhrenwälder und Moore. Wenn Sie dorthin wollten, bräuchten Sie aber eine Begleitung. Als Wanderer kann man sich da leicht verlaufen.«

»Und Angeli?«, fragt Saana.

»Das Dorf selbst ist ziemlich klein, aber im Umkreis gibt es durchaus noch eine Handvoll Häuser. Auch am Flussufer stehen ein paar und dann noch an der Straße, die nach Inari führt, wie auch das Haus der Weckmans. Dort, am gegenüberliegenden Ufer, gibt es auch noch ein großes Anwesen, das einem bekannten Schauspieler gehört hat.«

Saana sieht Myski überrascht an. »Wie heißt der?«

Jan schließt sein Fahrrad an den Ständer im Innenhof des Kaapeli an und hält nach dem Treppenhaus D Ausschau. Schnell wird er fündig. Eiligen Schrittes steigt er die Treppe hinauf in den zweiten Stock und geht in den Umkleideraum, um sich umzuziehen. Heidis Einladung kam überraschend und sehr kurzfristig.

»Hab ich dich endlich hierhergekriegt. Viele Jahre hat es gedauert, bis du zugesagt hast«, ist ihr Kommentar, als Jan in Trainingsklamotten auf der Tatami-Matte erscheint.

»Dich erreicht man ja sonst nicht mehr«, erwidert er, und sie joggen los, um sich aufzuwärmen. »Wenn es anders nicht klappt, machen wir es eben so.«

Sie umrunden die Halle und folgen dabei den Rändern der Tatami.

»Ich war irgendwie ziemlich am Rotieren«, meint Heidi im Laufen und gibt ihm ein Zeichen für den Wechsel zum Kreuzschritt.

»Ich dachte, ich hätte dir so ehrlich wie möglich geschildert, wie die Arbeit eines Vorgesetzten aussieht«, sagt Jan. Heidi fängt an, mit den Armen zu kreisen, und er tut es ihr gleich. »Ich kann es dir nicht empfehlen, es sei denn, du willst zusätzlich zu deiner normalen Arbeit noch mehr Verantwortung obendrauf, bei fast gleichem Gehalt. Du bist dann jemand, der sich sowohl um seine Mitarbeiter als auch um die Arbeitsaufgaben kümmern muss. Das kann zu einer echten Last werden.«

»Würde ich dich nicht besser kennen, würde ich glauben, du bist eifersüchtig«, sagt Heidi. »Willst du damit sagen, dass ich als Teamleiterin nicht so gut klarkommen würde wie du?«

Jan wirft ihr einen bestürzten Blick zu. Er will doch nur das Beste für seine Freundin.

»Das ist es nicht. Außerdem ist die Stelle, die man für dich plant, viel höher als mein Posten. Du schaffst alles, daran habe ich keine Zweifel«, sagt er und holt tief Luft. Sein Körper ist aufgewärmt, am Haaransatz bricht ihm schon der Schweiß aus. Sie holen sich Handschuhe und stellen sich einander gegenüber. »Aber ich dachte, ich kenne dich. Ich war mir sicher, dass du mehr für die Arbeit draußen brennst als für schlaflose Nächte in den Mühlen der Bürokratie.« Da schlägt Heidi ohne Vorwarnung zu. Jan kann gerade noch ausweichen. Er grinst. Heidi ebenso. Jetzt ist zwischen ihnen wieder alles in Ordnung.

Zu Hause geht Jan duschen und denkt über den aktuellen Stillstand nach. Auf eine schreckliche Art und Weise hat er sich an die Hetzerei im Angesicht des Todes gewöhnt. Im Moment hat er keinen einzigen frischen Mordfall in den Händen. Man könnte leicht den Fehler begehen zu glauben, dass überhaupt nichts Schlimmes passieren kann. Nach der Dusche lässt er sich aufs Sofa fallen und ruft Saana an.

Sie meldet sich mit fröhlicher Stimme. Es tut gut, sie zu hören.

Saana erzählt ihm von einem Ausflug nach Angeli mit dem ortsansässigen Polizisten. Jan ist zu müde, um genauer nachzufragen. Aus irgendeinem Grund fängt sie als Nächstes an, ihm von einem Traum zu berichten. Er rutscht auf dem Sofa herum.

»Ich schlafe hier irgendwie ziemlich unruhig«, erzählt Saana. »Letzte Nacht habe ich geträumt, dass ich auf dem Rücken eines großen schwarzen Raben auf den Gipfel des Tuulispää-Fjells geflogen bin. Am Ende des Traums konnte ich sogar selbst fliegen. Ich habe mit den Armen geschlagen …« Saanas Worte gehen Jan zum einen Ohr hinein und zum anderen wieder hinaus. Er muss grinsen. Noch hat er ihr nicht gestanden, dass es ihm unbegreiflich ist, warum Menschen über ihre Träume sprechen. Es erscheint ihm völlig sinnlos. Ihn interessieren nur Dinge, die wahr sind. Dinge, die wirklich geschehen sind.

»Warum habe ich das Gefühl, dass du gar nicht zuhörst?«, fragt Saana spitz.

»Doch, doch, ich höre zu«, sagt er, obwohl er keine Ahnung hat, was sie gerade gesagt hat.

»Ich merke doch an deiner Stimme, dass du gerade ganz woanders bist«, sagt Saana amüsiert. »Okay, ich verstehe den Wink. Aber jetzt zur Sache. Ich frage mich, ob mit Heta alles in Ordnung ist. Ich meine, ihre Texte erwecken den Eindruck, dass sie ziemlich den Boden unter den Füßen verloren hat, und sie hat mir auch nicht alles erzählt, obwohl sie mich selbst angeheuert hat, um den Fall zu untersuchen.«

»Du hast also Angst, dass die Person, die dich beauftragt hat, nicht so ist, wie sie vorgibt zu sein? Vielleicht hat das Trauma über den Tod ihrer Schwester sie aus dem Lot gebracht«, überlegt Jan.

»Ja, vielleicht hast du recht«, murmelt Saana und fährt dann aufgeregt fort: »Ich bin mir übrigens ganz sicher, dass das tote Mädchen jemanden gedatet hat, und aus irgendeinem Grund haben sie es komplett geheim gehalten. Niemand scheint etwas darüber zu wissen. Findest du das nicht auch seltsam?«

»Mhm«, brummt Jan. »Könnte es sich vielleicht um etwas gehandelt haben, was die Allgemeinheit nicht akzeptiert hätte? Aus dem Grund verheimlichen Menschen doch normalerweise Dinge – weil sie Angst vor der Reaktion der anderen haben. Unverfängliches hält man selten geheim.«

Das Geplauder mit Jan lässt Saanas diffuse Angst verfliegen. Nach dem Telefonat weckt sie ihren Laptop aus dem Standby und schreibt in das Dokument namens »Ingas-Tod.docx«: »Juha Järvi. Bekannter Schauspieler, wohnte auf großem Anwesen in Angeli.« Dann öffnet sie den Browser und tippt in das weiße, leuchtende Suchfeld: »Inari Angeli tot Juha Järvi«.

Auf dem Rückweg von Angeli hat sie Myski ausführlicher nach dem Schauspieler befragt. In dessen Villa gab es zur Zeit von Ingas Verschwinden eine Party, aber niemand wollte Inga auf der Feier gesehen haben.

Saana stößt auf die Wikipedia-Seite des Schauspielers, auf der über ein Dutzend Filme und genauso viele Theaterstücke aufgelistet sind. Das Gesicht des Mannes kommt ihr vage bekannt vor, bestimmt hat sie ihn als Kind im Fernsehen gesehen. Järvi hat sich auch als Sänger einen Namen gemacht und drei Weihnachtsalben herausgebracht. Auch Ehen hatte er drei. Saana recherchiert weiter und stößt kurze Zeit später auf eine knappe Meldung, die auf dem Bericht der Polizei Lapplands basiert und Järvis Tod bekannt gibt. »Juha Järvi, einer der bekanntesten Schauspieler unseres Landes, ist im

August 1998 in Inari tödlich verunglückt. Er hat sowohl auf der Theaterbühne als auch beim Film eine bemerkenswerte Karriere absolviert. Sein Tod war ein bedauerlicher Unfall. Das Fischerboot des Schauspielers trieb leer auf dem See Pyhäjärvi in Angeli. Er hinterlässt eine Vielzahl von Freunden, Kollegen und Verwandten.«

Järvi ist also auch 1998 gestorben. Ein Angelunfall, hatte Myski gesagt. Ungewöhnlich und bedauerlich. Ob sein Tod etwas mit Inga Weckmans Fall zu tun haben könnte? Der Mann hat in ihrer Nähe gewohnt und ist nur einen Monat nach Inga umgekommen. Ob er Inga kannte? Schnell rechnet sich Saana aus, dass er in den Neunzigern ungefähr 45 Jahre alt gewesen sein musste.

Das lange Sitzen vor dem Computer macht sich langsam in ihren Schultern bemerkbar, und Saana schließt den Laptop. Plötzlich erschrickt sie. Ihr ist, als hätte sie auf der Veranda Schritte gehört. Sie erstarrt, doch es ist nichts mehr zu hören. Dann schleicht sie sich zur Verandatür, öffnet sie und späht hinaus. Vereinzelte dünne Schneefelder leuchten im Dämmerlicht. Das Wetter ist sehr wechselhaft. Der Nebel und die vereinzelten Schneefälle, die an den ersten Tagen vorherrschend waren, sind vorbei, und es scheint, als könnte es in der Nacht erneut Frost geben. Ein Gefühl von Einsamkeit beschleicht Saana, es versucht, ihr Angst einzuflößen, aber sie ruft sich in Erinnerung, dass die lautlose Wildnis ihr freundlich gesinnt ist. Vielleicht hat sie sich die Geräusche aufgrund der Stille nur eingebildet. Als sie sich umdrehen will, stößt sie mit dem Fuß gegen etwas Weiches und kreischt auf.

Auf der Veranda liegt ein toter Vogel. Man sieht ihm sofort an, dass er nicht gegen das Fenster geflogen ist. Seine ausgebreiteten Flügel sind mit kleinen Stecknadeln an den Bodenbrettern befestigt.

Saana beugt sich über ihn. Er hat eine schöne Färbung. Ein rötliches Federkleid, und an den Flügeln etwas Blau. Ein Unglückshäher, glaubt sie zu erkennen, der Seelenvogel der finnischen Mythologie, ein Glücksvogel. Der Kadaver sieht schön und friedlich aus, und gerade das lässt ihn besonders bedrohlich erscheinen. Warum hat jemand den Unglückshäher getötet und ihn hierhergebracht? Saana erschaudert. Andererseits: Warum hat damals jemand Inga etwas zuleide getan, dem netten, hübschen Mädchen? Saana erinnert sich daran, gelesen zu haben, Unglückshäher seien kluge Vögel: Sie wissen, was zu tun ist, wenn die Dunkelheit hereinbricht. Anfang Dezember verschwinden sie und sind erst im März wieder zu sehen. Jemandem ist es also gelungen, den Unglückshäher zu fangen, bevor er fortgezogen wäre.

Plötzlich ist irgendwo ein Knacken zu hören. Saana hält wie erstarrt inne und lauscht, lässt ihren Blick über die Außenwand der Hütte und über den dahinterliegenden Wald schweifen. Ob hier immer noch jemand ist? Es dämmert gerade so sehr, dass man das Gefühl hat, man könnte etwas erkennen, wenn man den Blick nur stark genug fokussiert, aber in Wirklichkeit sieht man gar nichts. Auf Socken rennt Saana zum Weg, um zu prüfen, ob irgendwo die Scheinwerfer eines Autos zu sehen oder Schritte zu hören sind. Aber rundum ist es dunkel und still. Da glaubt Saana, im Wald ein kleines Licht auszumachen. Es sieht aus wie das Display eines Smartphones, aber sie kann es nicht genau erkennen. Das würde bedeuten, dass dort jemand ist und ein Handy in der Hand hält, aber wer würde im dunklen Wald hinter der Hütte herumstehen? Ein kalter Schauer läuft ihr über den Rücken.

Saana rennt zurück in die Hütte und schließt die Tür hinter sich ab. Dann erst fällt ihr auf, wie dumm es war, nach draußen zu laufen und die Tür offen zu lassen. Das Herz schlägt ihr bis zum Hals. Voller Angst schleicht sie sich zum Sofa und vergewissert sich, dass ihr Handy noch da ist. Schnell nimmt sie es an sich und dreht sich um die eigene Achse, aus Sorge, jemand könnte sie von hinten überraschen. Ob sich jemand in die Hütte geschlichen hat, nachdem sie hinausgerannt ist? Saana schaltet alle Lampen ein und ruft Jan an, doch er nimmt nicht ab. Dann geht sie einen Raum nach dem anderen durch. Küche – leer, Stube – leer. Sie schnappt sich den Schürhaken vom Kamin und schleicht sich zum Schlafzimmer. Unterwegs kontrolliert sie noch das Bad – leer. Die Schlafzimmertür steht einen Spaltbreit offen, und im Raum ist es dunkel. Vorsichtig öffnet sie die Tür. Sie knarrt bei ihrer Berührung. Hastig schaltet Saana das Licht ein und blickt sich um. Nur ihr ungemachtes Bett und der kleine Nachttisch aus Eichenholz. Zum Glück gibt es im Zimmer keine Schränke. Die Vorhänge bewegen sich auch nicht, dahinter könnte man sich sowieso nicht verstecken. Schnell lugt Saana unter das Bett. Auch dort ist niemand. Erleichtert seufzt sie auf und geht in die Stube zurück, aber es dauert lange, bis sie sich traut, den Schürhaken wegzulegen. Sie muss unbedingt auf andere Gedanken kommen, also nimmt sie die Autoschlüssel und beschließt, kurz unter Leute zu gehen. Je länger sie in der Hütte bleibt, desto mehr geht ihre Fantasie mit ihr durch. Sie darf die Angst nicht die Oberhand gewinnen lassen.

Um sich zu beruhigen, fährt Saana zur Tankstelle. Die hellen Lichter und die Handvoll Menschen geben ihr ein heimeligeres Gefühl als die Hütte mitten im Dunklen. Wenn Jan jetzt bei ihr wäre, würde sie ihm ihre Angst gestehen, aber er ist über tausend Kilometer weit weg, und Saana will ihm nicht unnötig Sorgen bereiten. Sie zieht die Tür auf und geht hinein. Am liebsten hätte sie den Unglückshäher mitgenommen, sich damit mitten in die Tankstelle gestellt, ihn an den Beinen hochgehalten und gerufen: »Wer hat mir den gebracht?« Stattdessen bleibt ihr nichts anderes übrig, als ihre Angst und ihren Zorn hinunterzuschlucken. Sie will niemanden provozieren und auch nicht als verrückt abgestempelt werden. Sie hat keine Ahnung, wer den Vogel vor die Hütte gelegt hat – wer ihr drohen will. Vorerst wird es von Vorteil sein zu schweigen.

Saana kauft sich ein Hefeteilchen und einen Tee und geht damit zu einem Tisch am Rand. Es dauert nicht lange, bis sie Aufmerksamkeit auf sich zieht. Das griesgrämig dreinschauende Männertrio vom Fenstertisch dreht sich zu ihr um und glotzt sie an.

Saana hebt ihre Tasse zum Gruß, aber die Männer verziehen keine Miene. Wissen sie etwas, was sie nicht weiß? Saana wendet den Blick ab.

Einer der Männer sagt etwas, die anderen glucksen und starren sie weiter an.

»Also, die Herren, bestellt ihr noch was, oder war's das für heute?«, ruft Maija ihnen zu. »Lasst zumindest die anderen Gäste in Ruhe.«

Saana beißt in ihr Trostgebäck und beobachtet aus dem Augenwinkel, wie die Typen sich ihre Kappen tiefer ins Gesicht ziehen und sich bereit zum Aufbruch machen.

»Kümmern Sie sich nicht um die, die plustern sich nur vor Kleineren auf, weil sie es sich vor Größeren nicht trauen«, sagt Maija bestimmt. In der Hand hat sie einen Lappen, mit dem sie energisch über den benachbarten Tisch wischt. »Sind Sie mit der Recherche vorangekommen?«, fragt sie dann und hält in ihrer Bewegung inne.

»Nicht besonders, aber heute hat mir jemand einen toten Vogel auf die Veranda gelegt, einen Unglückshäher.«

»Das ist ja schrecklich!«, sagt Maija und wirft Saana einen

besorgten Blick zu. »Warum würde jemand so etwas …? Geht es Ihnen gut?«

»Ja«, lügt Saana und beißt noch ein Stück Hefeteilchen ab. »Erinnern Sie sich übrigens an Juha Järvi? Ein bekannter Schauspieler, besaß eine Villa bei Angeli«, fragt sie dann, um auf andere Gedanken zu kommen.

Zu ihrer Überraschung stellt sie fest, dass Maija rot wird.

»Ja, an den erinnere ich mich, sehr gut aussehend. Auf den ersten Blick ein höflicher Mann. Aber er hat so allerhand angestellt. Sie sollten die da fragen«, sagt sie und deutet auf die Gruppe mit den Kerlen, die mittlerweile beim Windfang angelangt sind. »Järvi hat sich ein paar Jagdkumpanen gehalten. Hauptsächlich diesen Palokka und den Jaatinen. Ihre Geschichten durften wir uns anhören, bis Järvi dann starb.«

Saana zuckt zusammen, als sie die Namen hört.

»Haben Sie Jaatinen gesagt? Der frühere Polizeichef? Und Palokka, der, dessen Sohn anfangs verdächtigt wurde?«, flüstert sie und schaut durch das Fenster den Männern nach, die gerade aus dem Café geschlurft sind.

»Genau die.«

»Und Järvis Tod? War es wirklich ein Angelunfall?«, hakt Saana nach.

»Anscheinend schon«, sagt Maija.

»Anscheinend?«, wiederholt Saana.

»Als alle großen Zeitungen anfingen, lobpreisende Nachrufe zu veröffentlichen, hat man über seinen Tod selbst nicht mehr viel gesprochen.«

Saana nickt und isst ihr Hefeteilchen auf. Sie ist schon im Begriff zu gehen, als Maija ihr noch hinterherruft: »Warten Sie mal, beim Stichwort Järvi fällt mir unser jetziger Promi im Dorf ein, Mihkku. Haben Sie sich mit dem schon unterhalten?«

Saana schüttelt den Kopf. Der Name ist ihr neu.

»Ein Altersgenosse von Inga, sie waren bestimmt auch in derselben Klasse, manchmal hingen sie hier ab. Haben zusammen Musik gemacht. Anet ist, glaube ich, immer noch mit ihm befreundet.«

Saana fährt durch die dunkle Landschaft zurück zur Hütte. Schwer zu glauben, dass erst früher Abend ist. Nachdem sie aus dem Wagen gestiegen ist, schaltet sie die Taschenlampe ihres Handys ein und versucht, sich an die Dunkelheit zu gewöhnen. Wenn ihr wirklich jemand etwas Böses wollte, würde er sich nicht darauf beschränken, über Vogelleichen zu kommunizieren. Man will sie eindeutig nur einschüchtern und vergraulen. Jemand, oder wahrscheinlich sogar ziemlich viele, wollen nicht, dass man sich an Ingas Schicksal erinnert.

Saana geht zum Ufer. Als sie den Steg betritt, sinkt dieser ein Stück ins Wasser. Während ein großer Vogel hoch oben am dunklen Abendhimmel kreist, geht Saana gedanklich die morgige Aufgabe durch: Sie will versuchen, Mihkku zu erreichen und Pyry Palokka zu interviewen. Den Jungen, oder mittlerweile schon Mann, der als Jugendlicher mit Inga zusammen war. Die Person, die damals bei der Polizei als Hauptverdächtiger galt.

Saana geht zurück in die Hütte und zieht die Vorhänge zu. Schnell erledigt sie ihre Abendtoilette, vergewissert sich mehrmals, dass die Tür abgeschlossen ist, und krabbelt mit Hetas Manuskript unter dem Arm ins Bett. Vor dem Schlafen liest sie noch, was Heta über ihre Schwester geschrieben hat.

Meine Schwester verbrachte ihre Kindheit umgeben von Natur. Sie war in den Fjells zu Hause, litt weder unter der Kälte noch unter der Stille oder der Dunkelheit. Sie gehörte zu denjenigen, denen schon von klein auf alles, was lebt, am Herzen liegt: Sie hatte Mitleid mit Mäusen, die in Fallen gerieten, hielt auf der Straße an, wenn sie Regenwürmer sah, und setzte sie auf den Seitenstreifen, damit sie nicht überfahren wurden. Es konnte vorkommen, dass sie Krähenküken oder andere verletzte Tiere, die sie auf ihren Ausflügen in die umliegenden Wälder fand, zur Pflege mit nach Hause nahm. Einmal brachte sie sogar einen kleinen Fuchs mit, musste ihn aber wieder zurückbringen, weil er anfing, Fell zu verlieren, und fauchte, wenn man versuchte, ihn zu versorgen. Sogar mit Stechmücken, Fliegen und Spinnen hatte meine Schwester so etwas wie Mitleid, aber Kriebelmücken hasste auch sie, das machte sie für mich menschlich. Auch sie ist also nicht ganz perfekt, dachte ich, als ich sie fluchen hörte, während die Insekten blutende Bisswunden in ihre kleinen süßen Öhrchen nagten.

Unsere Kindheit war erfüllt von den schnarrenden Rufen der Moorschneehühner. Dem geräuschlosen Flechtenkauen der Rentiere. Dem Müll, den die Touristen hinterließen. Den Kahlschlägen, die sich für Inga anfühlten, als würde man ihr die Haut aufreißen. Von den unheilvollen Gesprächen über Bergwerke, den Ausbau der Touristenzentren und darüber, dass man Fischereilizenzen hinterherrennen musste. Von Fuchsbauen, umherschleichenden Luchsen und den Rufen der Schnee-Eulen in dunklen Nächten.

Nachdem meine Schwester als kleines Mädchen im Wald verschwunden war, sagte sie bei ihrer Rückkehr zu mir: »Lass mich nie wieder verschwinden.« Aber hat sie das wirklich gesagt? Oder wollte ich sie beschützen, obwohl sie mich nicht darum gebeten hatte? Wir alle wussten, dass man sie besonders gut behüten musste. Sie war nicht wie wir anderen. Onkel Erik passte auf uns auf, auch auf mich, obwohl ich nicht genauso schön und umwerfend war wie Inga. Manchmal, wenn ich beim Feiern über die Stränge geschlagen hatte, schickte Mama ihn mit dem Auto los. Dann holte er mich sogar aus Hunderten Kilometern Entfernung ab und brachte mich nach Hause. Er ließ alles stehen und liegen, nahm die Autoschlüssel und fuhr, ohne zu zögern, zu der Adresse, die Mama ihm gegeben hatte. Auf der Heimfahrt rauchte er Kette und suchte uns eine Imbissbude. Zu Hause machte er sich sofort eine Flasche Bier auf, bot mir aber nie eine an. »Mach dich nicht mit diesem Gesöff kaputt, so wie ich«, sagte er immer, nachdem er zischend eine weitere Flasche geöffnet hatte. Obwohl er uns vor Gleichaltrigen beschützte, konnte auch er nichts gegen die gierigen Blicke tun, die uns die alten Knacker zuwarfen.

Fieberhaft denke ich über die Julitage in Helsinki nach, die Hitzewelle im Norden. Auf einmal fällt mir nicht mehr ein, was genau ich damals getan habe, an dem Samstag, als Inga verschwand. Ich denke an die Worte des Moormannes, die er mir ins Ohr flüsterte, nachdem wir nach dem Liebesspiel eine Weile Arm in Arm auf dem harten Bett gelegen hatten. »Bist du dir sicher, dass du dich richtig erinnerst? Bist du dir sicher, dass du nicht versucht hast, etwas zu vergessen?« Seine gnadenlosen Worte standen im Widerspruch zu meinen Erinnerungen. Auf einmal kommt es mir vor, als wäre ich wirklich dort gewesen, in Angeli, an dem Wochenende, als Inga verschwand. Wie ist das möglich? Haben die Medikamente meinen Kopf durcheinandergebracht?

Ich erschrecke so sehr, dass mir kein Laut über die Lippen kommt. Die Angst schwelt in mir. Wenn ich mich nicht mehr an den gestrigen Tag erinnern kann, ist es dann möglich, dass auch alles andere aus meinem Gedächtnis radiert wurde?

Saana starrt auf die Seiten. Das hat sie beim letzten Mal übersehen. Worum geht es hier bloß? Hat Heta etwa ihre eigenen Erinnerungen angezweifelt? War sie doch in Inari, als Inga verschwand?

Vaskooli. Die alten gelben Lettern prangen schon seit geraumer Zeit auf dem Dach des Gebäudes. Die Westernfilm-Schrift erinnert Saana an John Wayne, der in der Saloon-Tür steht und den harten Kerl spielt. Es fehlen nur noch die Steppenläufer und die Pferde. Früher gab es hier einen richtigen Goldrausch, heute ist das Waschen von Gold vor allem ein Hobby.

Als Saana auf den Haupteingang zugeht, hört sie hinter sich jemanden grüßen und dreht sich um. Ein blonder Mann im Eisangelanzug geht hinter ihr.

»Gehen wir rein«, sagt Pyry Palokka und beugt sich vor, um Saana die Tür zu öffnen. Sie holen sich Kaffee und setzen sich in eine ruhige Ecke. Außer ihnen ist niemand hier. Pyry trinkt einen Schluck und schaut Saana erwartungsvoll an. Er wirkt still und etwas in sich gekehrt. Saana beschließt, direkt zur Sache zu kommen.

»Stimmt es, dass zwischen eurer Trennung und Ingas Tod schon ein halbes Jahr lag?« Sie ist kurz davor, in ihr Notizheft zu schauen, obwohl sie ganz genau weiß, was sie den Mann alles fragen will. Die Polizei hat Pyry von Anfang an als Täter verdächtigt. Statistisch gesehen sind es häufig die ehemaligen und derzeitigen Partner der Mordopfer. Saana startet die Aufnahme.

»Ja«, sagt Pyry nickend und rührt seinen Kaffee um. Der Löffel gibt ein gemütliches Klirren von sich. Die Haare hängen Pyry in seine trüben Augen. Saana wird den Gedanken nicht los, dass im schlimmsten Fall ein einziges Ereignis einen Menschen vom Weg abbringen kann. Pyry hat die Anschuldigungen der Leute von Anfang an abbekommen. Es ist geradezu ein Wunder, dass er sich zu einem Interview bereit erklärt hat.

»Ich habe zugesagt, weil ich hoffe, dass du es so schildern wirst, wie es ist: Ich habe nichts getan. Ich will alle Zweifel ausräumen, und ich will, dass du es direkt von mir hörst, nicht von den anderen. Die kennen die Wahrheit nicht. Ich schon, und sie lautet, dass ich unschuldig bin«, sagt er.

»In Ordnung«, sagt Saana und vergewissert sich, dass er mit der Aufnahme des Gesprächs einverstanden ist.

»Ich will ganz ehrlich sein«, sagt Pyry. »Ich leugne nicht, dass die Dinge damals unglücklich gelaufen sind. Inga war so anders, und dann hat sie mich verlassen, ohne mir den Grund zu sagen. Das war ein harter Schlag. Einfach beschissen. Anfangs war ich wütend auf sie, habe versucht, sie zurückzugewinnen. Ich gebe zu, dass es mir schwergefallen ist, mir den Verlust einzugestehen. Aber ich habe sie nicht umgebracht.«

»Stimmt es, dass du Inga damals ab und zu nachgestellt hast?«, fragt Saana weiter. Einige hatten das erwähnt, offenbar ist Pyrys Eifersucht ein offenes Geheimnis.

Pyry nickt, beugt sich über das Handy und sagt: »Ja, ich gebe zu, Inga Weckman damals im Frühjahr und Sommer hinterherspioniert zu haben. Also im Jahr 1998. Ich wollte wissen, gegen wen ich verloren hatte. Wer besser war als ich.«

Saana muss über seine Förmlichkeit schmunzeln. Er scheint tatsächlich darauf zu hoffen, nach über zwanzig Jahren seinen Namen reinwaschen zu können.

»Und was hast du so gesehen?«, fragt sie. »Während du Inga gefolgt bist, welchen Eindruck hattest du da von ihr? Hast du etwas Ungewöhnliches beobachtet? Erzähl mir alles, mich interessieren auch kleinste Details.«

»Das ist es ja gerade«, antwortet Pyry leise. »Ich wollte damals nicht einmal mit der Polizei reden. Nachdem sie mich immer wieder gefragt haben, wo ich gewesen bin und was ich getan habe, und dann glaubten, dass ich Inga umgebracht hätte, ist es mir vergangen. Gleichzeitig haben sie von mir erwartet, dass ich ihnen alles erzähle, was ich wusste, und ihnen helfe. Wenn sie meinen Vater gefragt hätten, hätte der ihnen gesagt, dass ich nicht einmal Wildtiere töten konnte. Wie hätte ich da einen geliebten Menschen ermorden können? Eine wie Inga gibt es kein zweites Mal.«

»Lass uns ein Stück zurückgehen«, sagt Saana schnell. »Meinst du also, dass du der Polizei etwas zu sagen gehabt hättest?«, fragt sie so nüchtern wie möglich.

»Nicht der Polizei, aber vielleicht dir«, erwidert Pyry und öffnet erst jetzt den Reißverschluss seines Eisangelanzuges. »Ja, ich habe so allerhand gesehen. Ich habe gesehen, wie Inga sich verändert hat. Sie hat nicht mehr so viel gelächelt. Ich verstehe nicht, wieso das so war. Sollte man nicht ununterbrochen lächeln, wenn man verliebt ist?«

Saana nickt.

»Inga hatte deiner Meinung nach also jemand Neuen?«

»Da bin ich mir sicher, aber wenn ich sie danach gefragt habe, ist sie mir ausgewichen. Ich habe überlegt, warum sie die Sache geheim halten wollte. Zuerst dachte ich, dass sie mir nichts erzählen wollte, damit ich den Neuen nicht verprügle.

Aber dann hatte ich langsam das Gefühl, dass es vielleicht genau andersherum war: dass sie Angst davor hatte, was der Neue anderen antun könnte.«

Saana starrt Pyry so gespannt an, dass sie fast vergisst zu atmen.

»Du wirkst, als würdest du mir vielleicht sogar glauben. Anders als die Polizei, die beschlossen hat, dass ich der Täter war, und sich nicht für meine Beobachtungen interessiert hat.«

»Was hast du denn genau gesehen?«, fragt Saana und vergewissert sich, dass das Handy immer noch aufnimmt.

Pyry hat sich zur Hälfte aus seinem Anzug geschält. Unter dem wattierten, robusten Overall ist ein schmalschulteriger, dünner Mann zum Vorschein gekommen. Saana späht auf seine Finger, die vom Rauchen gelb und deren Nägel schmutzig sind. Er trägt keinen Ring. Vielleicht konzentriert er sich seit den Widrigkeiten seiner Jugend nur noch auf die Arbeit.

»Damals, vor der Jahrtausendwende, hatte mein Alter schon das *Vaskooli*. Er hat versucht, mich zu seinem Nachfolger zu machen, aber ich interessiere mich nicht so sehr für Papierkram. Motoren finde ich viel spannender. Ich habe jetzt meine eigene Werkstatt, warte Autos und Schneemobile und so was.«

»Lass uns darauf zurückkommen, was du gesehen hast«, drängt Saana in der Hoffnung, er möge nicht noch weiter abschweifen.

»In dem Sommer, als Inga starb, ist mir aufgefallen, dass sie erst Zeit mit Anet verbracht hat, dann aber eigene Wege gegangen ist. Manchmal hat sie zu ihr gesagt, sie würde zurück ins Wohnheim gehen, aber ein paarmal habe ich beobachtet, dass sie gar nicht hinein-, sondern daran vorbeigegangen ist. Die Polizei hat das Nachspionieren sofort gegen mich verwendet, aber hätten sie mir wirklich zugehört, dann hätten sie das Ganze kapiert«, sagt Pyry und fährt sich durch seine blonden Haare, die am Scheitel schon lichter werden. Saana rechnet sich aus, dass er 39 sein muss.

»Wohin ist Inga denn gegangen? Bist du ihr ab dem Wohnheim weiter gefolgt?«

»Ich kam nicht hinterher. Ich konnte ihr nicht nachfahren, ohne mich zu verraten, und oft ist sie irgendwo in den Fjells verschwunden. Es war mir zu anstrengend, ihr quer durch das Moor zu folgen, und selbst wenn ich es versucht hätte, hätte ich sie nicht einholen können. Das Mädchen kannte die Fjells wie seine Westentasche. Vielleicht hatte sie von Järvis Partys gehört. Die waren immer mal wieder im Gespräch. Aber ich verstehe nicht, warum Inga da hätte hingehen wollen. Da waren nur alte Kerle.«

»Hast du später noch einmal versucht, der Polizei davon zu erzählen?«, fragt Saana. Ihre Anspannung steigt, als Pyry den Kopf schüttelt. »Mein Vater war wütend über das Verhalten der Polizei, und mein Anwalt hat mir geraten, ganz zu schweigen. Also habe ich das getan. Die Polizei hat nie erfahren, dass Inga an ihrem letzten Abend, als sie das letzte Mal im *Vaskooli* gesehen wurde, über die Straße zur Brücke gerannt ist. Ich habe sie im Nachtclub entdeckt, und als ich bemerkt habe, dass sie rausgegangen ist, ohne jemandem Bescheid zu sagen, bin ich ihr gefolgt. Ich habe gesehen, wie ein dunkles Auto an der Brücke gehalten hat. Inga ist halb darauf zugerannt, das würde ich sogar beschwören. Die Person im Auto hat die Beifahrertür für sie aufgemacht.«

»Konntest du erkennen, ob Inga eingestiegen ist?«, will Saana wissen und kann kaum noch still sitzen. Sie fragt sich, wie entscheidend diese Information sein könnte, sollte er sich daran erinnern.

Pyry nickt. Dann legt er den Kopf schief und verengt die

Augen. »Das Auto war weit weg. Ich habe nicht gesehen, wer drin saß. Aber Inga muss ihn gekannt haben. Warum sollte sie sonst in ein fremdes Auto steigen? Was hast du eigentlich mit den ganzen gesammelten Informationen vor?«

Anstatt zu antworten, stellt ihm Saana weitere Fragen. »Welche Marke hatte das Auto? Wem könnte es gehört haben? Hattest du es vorher schon einmal gesehen?« Ohne weitere Taktik sprudeln die Fragen nur so aus ihrem Mund. Doch als Pyry nur den Kopf schüttelt, ist sie enttäuscht.

»Ich konnte das Auto nicht richtig sehen, es war so weit weg. Ein dunkelgrauer Kombi vielleicht. Die Marke konnte ich auch nicht erkennen. Aber danach habe ich die Autos hier sehr genau beobachtet.«

»Und?«, fragt Saana hoffnungsvoll.

»Solche Autos sind hier viele unterwegs, aber ich glaube nicht, dass ich dasselbe danach noch einmal gesehen habe. Es muss ein Auswärtiger gewesen sein oder der Zweitwagen von jemandem.«

»Oder du hast ihn einfach nicht erkannt?«

»Ja, auch das ist möglich. Ich habe mich oft gefragt, wie viel der Fahrer weiß und was er mit Ingas Tod zu tun hatte. Inga ist bei ihm eingestiegen und wurde danach nie wieder lebend gesehen. Ich werde mir nie verzeihen, dass ich ihr nicht nachgerannt bin. Warum konnte ich ihr nicht einfach hinterherlaufen, warum bin ich nicht zur Brücke gerannt, habe sie aufgehalten und ihr gesagt, sie soll warten?« Pyry spuckt wütend auf den Boden, und Saana zuckt zusammen. Als Eigentümer ist anscheinend alles erlaubt.

»Hätte jemand anders Inga und den Autofahrer irgendwo zusammen sehen können?«

Pyry schüttelt den Kopf. »Es war sonst niemand draußen, und der Fahrer hat aufgepasst. Warum sonst hätte er so weit entfernt halten sollen? Er hat darauf geachtet, die Stellen zu meiden, an denen man sie hätte sehen können, und das macht die Sache natürlich interessant. Ich habe mir das Hirn darüber zermartert. Bis zu dem Zeitpunkt war ich mir sicher, dass Inga tief in ihrem Inneren unsere Trennung bereut und mich zurückwill. Aber so war es nicht. Das wurde mir damals klar. Ich bin wütend zurück ins *Vaskooli* gegangen und habe mich betrunken.«

Saana nickt. Sie hätte gern Mitleid mit ihm, kann aber die Dinge, die sie von den anderen gehört hat, nicht vergessen: Er sei aggressiv gewesen, wenn er betrunken war, launisch, habe Bekannte geschlagen, sei Mädchen gegenüber aufdringlich gewesen, habe Inga verfolgt und bedrängt, habe Streit angezettelt und sich dann hinter dem Rücken seines Vaters versteckt. Manche hatten sogar den Eindruck, Inga habe Angst vor ihm gehabt.

»Warum dachtest du erst, dass Inga zu dir zurückwollte? Habt ihr darüber gesprochen?«, fragt Saana und versucht, trotz der Dinge, die sie weiß, offen zu bleiben.

»Wir haben ein paarmal darüber geredet, wieder zusammenzukommen, aber Inga wollte nicht.«

Saana nickt und macht sich eine Notiz.

»Hat Inga dir jemals direkt gesagt, dass sie einen Neuen getroffen hat?« Als Pyry schweigt, ist Saana nicht überrascht.

Kurze Zeit später bringt ein Hotelangestellter ein Bier für Pyry, obwohl dieser keines bestellt hat.

Mechanisch setzt er das Glas an die Lippen und öffnet den Mund weit. Die schäumende gelbe Flüssigkeit verschwindet in seiner Kehle wie ein Wassertropfen im Schlund eines Wals.

»Hast du dich schon mit meinem Vater unterhalten?«, fragt er dann und rülpst. »Der hat immer noch überall seine Augen und Ohren. Ich glaube nicht, dass es hier etwas gibt, von dem er nichts weiß. Aber über den Mord hat er nie gesprochen. Tja. Bei dem Thema läuft man bei ihm gegen eine Wand. Erst dachte ich, dass es Scham ist, dass er sich wieder einmal für mich und meine Taten schämt. Es ist ihm sehr nahegegangen, dass ich verdächtigt wurde, und es hat auch dem Geschäft geschadet. Ein ernsthafter Rufmord, wie er es ausgedrückt hat. Aber als man mich mangels jeglicher Beweise gehen ließ, haben wir nie wieder über den Fall gesprochen. Ich sollte für eine Weile nach Rovaniemi und danach nach Oulu. Acht Jahre später kam ich zurück und habe angefangen, in Vollzeit für meinen Vater zu arbeiten. Jetzt stecken wir in den letzten Vorbereitungen – wenn alles nach Plan läuft, übernehme ich schon in zwei Jahren die Firma. Ich habe unter der Bedingung zugestimmt, dass ich auch die Werkstatt behalten darf.«

Saana sieht ihn an. Offenbar ist er dabei, große Entscheidungen zu treffen. Ein schwer vorstellbarer Gedanke. Unweigerlich muss sie an die HBO-Serie *Succession* und die komplizierten Machtwechsel des Familienunternehmens mit all seinen Irrungen und Wirrungen denken. Hier wiederum regelt man die Dinge ohne Dollars und Wolkenkratzer. Einen Helikopter dürfte Palokka aber immerhin besitzen.

Saana dankt Pyry für seine Offenheit. Womöglich hat sie etwas in Erfahrung gebracht, was nicht einmal die Polizei weiß. Pyry hat gesehen, wie Inga in ein ihm unbekanntes Auto eingestiegen ist. Letztendlich empfindet Saana ihm gegenüber nun doch eher Mitleid als Abneigung. Dennoch hat er etwas an sich, was sie auf der Hut sein lässt. Dass er seiner Freundin weit nach der Trennung hinterherspioniert hat, macht ihn zu einem Stalker.

Nach dem Treffen erstellt Saana in ihrem Notizheft eine Liste mit dem Titel »Verdächtige«, fügt ihr Pyrys Namen hinzu und ergänzt sie um einen weiteren Punkt: »Autofahrer/Liebhaber?«

Aus irgendeinem Grund muss sie an eine Story denken, in welcher der Freund des Opfers verdächtigt wurde, dieser aber erfolgreich beteuerte, die Anschuldigungen seien haltlos. Dann, am Ende, nachdem er alle auf seine Seite gezogen hatte, stellte sich heraus, dass er doch der Täter war.

Saana hat nicht den Eindruck, dass Pyry imstande wäre zu töten. Andererseits sieht man das einem Menschen selten an. Im Gegenteil: Es ist etwas, was der Täter verschleiert und versteckt hält, tief in seinem Inneren.

Als Saana bereits über den Waldweg in Richtung Hütte fährt, bekommt sie eine Nachricht von Anet:

> Du hast nach Mihkkus Nummer gefragt. Ich schicke sie dir als Visitenkarte. Möchtest du heute Abend zu uns zum Essen kommen?

Saana muss über die freundliche Einladung lächeln, und ihr fällt kein Grund ein, warum sie diese nicht annehmen sollte. Aber vorher hat sie noch Arbeit zu erledigen. Nachdem sie Anet zugesagt hat, schickt sie eine Nachricht an Mihkku und schlägt ihm ein Treffen vor. Zu ihrer Überraschung antwortet er fast umgehend.

> Ich bin im *PaPaNa*. Kommst du her?

Saana parkt vor dem Gasthaus. Neugierig zieht sie die Tür auf und hält nach der richtigen Person Ausschau. Mihkku ist so alt, wie Inga heute wäre, also etwa vierzig. Die in einem mutigen Rotton gestrichene Bar sieht gemütlich und heimelig aus. Auf einem Sofa in der Ecke sitzen drei Jugendliche. Auf der Fensterseite hat sich an einem Holztisch mit Bänken eine Gruppe Männer versammelt. Jeder hat ein großes Bier und einen Teller Rentierbraten vor sich stehen.

»Wir sind aus Ii«, sagt einer von ihnen ungefragt zu Saana. »Wo kommt denn das Fräulein oder die Dame her?«

Saana lächelt gequält. Sie war noch nie gut darin, schlagfertig auf dumme Sprüche zu reagieren.

»Willst du was vom Braten, Mädel?«, sagt der Lauteste von ihnen, und alle fangen glucksend an zu lachen.

Da entdeckt sie einen Mann mit Schirmmütze, der aus dem oberen Stockwerk herunterkommt.

»Bist du Saana?«, fragt Mihkku. »Den Braten kann ich dir auch empfehlen«, ergänzt er lachend, und sie gehen an den Tresen.

»Danke, dass du zugesagt hast«, sagt Saana und liest gleichzeitig die Getränkekarte. Sie bestellt sich nur einen Tee.

Mihkku ordert einen Kaffee.

»Gehen wir nach oben«, schlägt er vor, und sie steigen die Treppe hinauf. Mihkku trägt den Kaffee so, dass er die ganze Zeit auf den roten Fußboden zu schwappen droht. Dem Anblick und dem Geruch im Obergeschoss nach zu urteilen, hatte die Bar gestern etwas länger geöffnet. Saana setzt sich in einen zu weichen grünen Sessel. Das Fenster ist von weinroten Vorhängen gesäumt. Es läuft ein Song von The National, und an der Wand hängt blinkende Weihnachtsbeleuchtung. Saana vermutet, dass diese nicht zu früh für die Weihnachtszeit angebracht wurde, sondern immer dort hängt. Von der Playlist der Bar ist sie allerdings beeindruckt.

»Also, was gibt's?«, fragt Mihkku und wischt mit einer Serviette den übergeschwappten Kaffee von seinen Händen und dem Tisch.

»Ich habe gehört, du machst Musik«, sagt Saana. Mihkku

nickt, holt sein Handy heraus und zeigt ihr seinen Künstler-Account auf Instagram. Saana beugt sich über den Bildschirm. Er hat über zehntausend Follower.

»Vor einer Woche habe ich eine neue Single rausgebracht«, berichtet Mihkku. »Den Background hat das Mädchen gesungen, das jetzt verschwunden ist. Vor einer Woche ist es passiert. Sie hat niemandem Bescheid gesagt. Das war ein ziemlicher Dämpfer. Erinnert einen an die Sache von früher.«

Saana nickt. »Silja? Du kennst sie?«

»Silja ist eine talentierte junge Frau. Sie hat eine gute Stimme. Ich veranstalte Bandcamps für Jugendliche. Dort haben wir uns kennengelernt. Ich habe sie probeweise die Backing Vocals einsingen lassen.«

Saana schlürft an ihrem Tee und hofft, dass Mihkku von allein fortfährt.

»Hoffen wir, dass sie bald ein Lebenszeichen von sich gibt. Sie kommt aus keinem einfachen Elternhaus. Ihre Mutter trinkt ziemlich viel. Es würde mich nicht wundern, wenn Silja eine Weile wegwollte.« Er wirft Saana einen gespannten Blick zu. »Aber worüber wolltest du denn mit mir reden?«

»Über Inga Weckman«, sagt sie. »Bitte erzähle mir alles, was du noch über sie weißt.«

»Wir waren lange befreundet, aber ich muss sagen, dass Inga kurz vor ihrem Tod immer verschlossener wurde. Sie hat mir nichts mehr erzählt. Auch die Songs hatten irgendwie kein Gefühl mehr. Es war, als hätte sie andere Menschen nach und nach aus ihrem Leben verbannt.«

»Ist jemand übrig geblieben?«

»Fast niemand. Selbst mit Anet hatte sie sich gestritten, glaube ich. Ailu ist der Einzige, der geblieben ist, aber sie haben sich seltener getroffen. Es ist schon komisch, dass man einen Heiligenschein über sich trägt, nachdem man gestorben ist. Aus den Beschreibungen der Leute habe ich Inga überhaupt nicht wiedererkannt. ›Eine herzliche und liebenswürdige Jugendliche.‹ Eher im Gegenteil. Inga war eigenwillig, launisch und machte, was sie wollte. Jeder, der versucht hat, ihr auch nur einen kleinen Rat zu geben oder sie anzuleiten, hat schnell eins auf die Finger bekommen.«

»Wirklich?«, fragt Saana neugierig. Mihkkus Worte regen ihre Fantasie an. Ob Inga jemanden verärgert hat? Oder ihm gedroht hat, irgendetwas zu offenbaren? Hat sie jemanden verletzt, der sich dann auf eine extreme Art rächte?

»Inga und mich hat die Musik verbunden. Sie hatte eine schöne Singstimme, und ich habe zu der Zeit gerade die Rapszene für mich entdeckt. Ab und zu haben wir zusammen Zeit im Bunker verbracht, einem alten Luftschutzkeller, in dem es einen Proberaum gab. Ansonsten waren wir in unterschiedlichen Kreisen unterwegs. Inga war gern in den Fjells, und ich habe versucht, von dort wegzukommen. Als junger Kerl habe ich es darauf angelegt, in Järvis Kreis aufgenommen zu werden – der Schauspieler. Kennst du ihn? Er war damals der einzige Promi hier in der Gegend, und ich habe mir eingebildet, dass er etwas von einem Weltmann an sich hätte.«

»Kannte Inga ihn?«, fragt Saana.

»Auch der hatte ein Auge auf sie geworfen«, sagt Mihkku. »Tja, wer nicht? Inga hat sich von der Masse abgehoben. Aber, ja, ich habe gehört, wie Järvi im besoffenen Zustand damit geprahlt hat, dass er vorhat, die heiße kleine Fjellhexe flachzulegen, die um seine Villa herumschleicht. Damit kann er niemand anderen als Inga gemeint haben. Aber ich glaube kaum, dass der Charme dieses Kerls bei ihr gezogen hat. Aber was weiß ich schon, ich war ja anfangs selbst hin und weg von seiner Weltgewandtheit, obwohl ich es hätte besser wissen müssen.«

»Ich habe in der Zeitung gelesen, dass er im selben Jahr gestorben ist, bei einem Angelunfall.«

»Ja, das war traurig, auch wenn er teilweise ein mieser Typ war. Die Presse hat aus ihm fast einen Volkshelden gemacht. Dieses Glanzbild wollte danach niemand mehr zerstören.«

»Warst du in Inga verliebt?«, fragt Saana direkt.

»Ich schätze schon«, erwidert Mihkku grinsend. »Aber Inga hat sich nicht für Gleichaltrige interessiert, glaube ich. Sie hat mit Anet im *Vaskooli* abgehangen. Natürlich sind sie reingekommen, obwohl sie noch minderjährig waren. Palokka hat kapiert, dass so ein Augenschmaus zahlende Kunden anlockt.«

»Was meinst du?«, fragt Saana erschrocken. »Was für zahlende Kunden?«

»Na, einfach Bierbrüder, meinte ich. Die Hinterwäldler sollten beim Saufen was zum Anschauen haben. Ich bin mir nicht sicher, was Anet damals alles gemacht hat, aber Inga konnte auf sich aufpassen. Dachte ich zumindest«, meint Mihkku und wird ernst.

Saana mustert ihn schweigend. Ob er ehrlich ist? Strahlt er etwas Widersprüchliches aus? Seine blaugrauen Augen wirken offen und neugierig. Saana hat den Eindruck, dass er aufrichtig ist.

Als sie am frühen Abend im Stockdunklen zu Anets Haus fährt, muss sie an die bevorstehende Polarnacht denken. In Inari beginnt sie offiziell am 4. Dezember. Danach wird die Sonne eine Weile nicht mehr über den Horizont steigen. Zum Glück ist bis dahin noch etwas Zeit.

»Wir können uns schon mal an den Tisch setzen, aber wir müssen noch auf Ash warten«, sagt Anet. Saanas Blick wandert zu der Schüssel mit den Kartoffeln, dem Salat und den

Tellern. Es sind vier. Dann zu Anet, ihrem Mann und dem Kind, das auf dem Wohnzimmerboden spielt. Wer ist Ash?

»Warum schaust du so verwirrt?«, fragt Anet lachend und schenkt Saana ein Glas Weißwein ein.

»Kommt noch jemand? Also, dieser Ash?«, fragt sie.

»Ja, Ash«, wiederholt Anet und lacht wieder. Es sprudelt schwallartig aus ihr heraus. Wiehernd stützt sie sich mit den Armen auf die Knie.

»Ash ist ein Fisch, eine Äsche«, erklärt Anets Mann freundlich und grinst ebenfalls. »Ich habe da drüben im See ein paar gefangen und dachte, ich mache sie uns heute. Ich muss sie noch in Butter anbraten, dann können wir essen«, fügt er hinzu, und Saana stimmt in Anets Lachen mit ein.

Verstohlen betrachtet sie deren Mann. Er scheint nett zu sein und sieht außerdem gar nicht schlecht aus. Ob ich es wohl auch in Lappland aushalten könnte, wenn ich so einen Mann hätte?, geht es ihr durch den Kopf.

Nach dem Essen bittet Anet Saana, ihr zu folgen. Sie gehen hinüber in den Wohnzimmerbereich, in dem eine alte, tickende Pendeluhr hängt. An der Wand steht ein schönes gustavianisches Holzsofa, auf dem Saana Platz nimmt.

»Nachdem wir uns unterhalten haben, ist mir etwas eingefallen. Ich habe den Keller durchwühlt und die hier gefunden«, sagt Anet. »Nicht lachen, aber damals habe ich Tagebuch über meine SMS geführt. Irgendwie konnte ich sie nicht löschen, weil da so viel drinsteckte. Also habe ich die besten Nachrichten ab und zu in ein Heft geschrieben. Hier sind sie.« Sie zeigt Saana ein paar Seiten.

»Ich habe sie alle noch einmal durchgelesen. Inga war nicht immer gut darin, Spaß zu haben. Sie nahm alles viel ernster als ich. Ich habe nachgeschaut, aber einen neuen Schwarm hat sie mit keinem Wort erwähnt. Wenn sie also mit jemandem gegangen ist, haben sie das Ganze geheim gehalten. Ist das nicht ziemlich seltsam?« Nachdenklich betrachten sie beide das Notizheft, auf dessen Vorderseite Anet damals Herzchen und Smileys gemalt hat.

»Schafft ihr noch einen Nachtisch?« Anets Mann erscheint in der Tür und unterbricht das Gespräch. Beim Anblick der begeisterten Reaktion des kleinen Jungen, der auf dem Boden mit Legosteinen spielt, muss Saana grinsen.

»Hast du damals auch hier gewohnt, als Inga ... also 1998?«, fragt sie Anets Mann. Vor den Ohren des Kindes will sie das Wort »tot« nicht verwenden.

»Ich bin Ende der Neunziger nach Ivalo gezogen. Da hatte ich gerade meinen Abschluss als Tierarzt in der Tasche. Ingas Schicksal hat mich natürlich schockiert, aber ich kannte hier noch nicht besonders viele Leute.«

»Joni stammt väterlicherseits aus Norwegen. Er ist in beiden Ländern zu Hause«, ergänzt Anet.

Lächelnd betrachtet Saana die beiden und fragt sich, wie sehr sich Anet über die Jahre wohl verändert hat. Ob sie ruhiger geworden ist? Durch Heta hatte Saana ein ganz anderes Bild von ihr. Nichts von Hetas Beschreibung trifft zu, es sei denn, Anet führt bei Einbruch der Dunkelheit ein geheimes Doppelleben.

Die Dessertschüsselchen klirren, als alle vier ihre Löffel in Vanilleeis mit selbst gemachter Moltebeerenmarmelade tauchen. Es ist genau richtig portioniert.

»Kennt ihr Johan Weckman?«, fragt Saana, während sie sich einen weiteren Löffel mit der köstlichen Mischung in den Mund schiebt.

»Ich kenne ihn und weiß, was manche über ihn sagen«, antwortet Joni. »Von uns Tierärzten gibt es hier nicht viele, da kommen einige Fahrkilometer zusammen. Ab und zu komme ich zufällig vorbei, wenn Johan gerade ein angefahrenes Tier entdeckt hat, das noch lebt. Wir haben etwas unterschiedliche Interessen: Ich will alles tun, um das Tier am Leben zu halten, und er wiederum hofft, dass es stirbt, damit er einen neuen Schädel für seine Sammlung bekommt.«

»Ich habe schon gehört, dass ihr einen Fuchs im Hintergarten habt. Was für Tiere habt ihr sonst noch gerettet?«

Joni schenkt ihr ein Lächeln. »Dies und das, am häufigsten Vögel«, sagt er bescheiden.

»Am süßesten war aber der Luchs, den wir vor ein paar Jahren in Pflege hatten«, sagt Anet schmunzelnd.

Saana zwingt sich, auf das Interview über den Fall zurückzukommen. »Was ist Heta für ein Mensch?«, will sie wissen, obwohl sie sich ihrer Auftraggeberin gegenüber ein wenig illoyal vorkommt.

»Heta?«, fragt Anet mit einem merkwürdigen Gesichtsausdruck. »Na ja, auf jeden Fall aufbrausend und ruppig – auch wenn es nicht sehr nett ist, so etwas zu sagen.«

»Ach komm«, witzelt Joni. »Wer von uns ist das nicht?« Saana grinst. Dass die beiden nicht ruppig sind, steht schon mal fest – außer vielleicht zueinander.

»Anna-Liisa hat die Kinder allein großgezogen, und dann wurde Inga auch noch …«, setzt Anet an, schließt den Mund aber wieder und sieht zu ihrem Kind hinüber.

»Schatz, du kannst spielen gehen. Sag Papa Danke für den Nachtisch«, sagt sie zu ihrem Sohn und wuschelt ihm durch die Haare. Sichtlich zufrieden geht der Junge zurück ins Wohnzimmer zu seinen Legosteinen.

Anet schiebt ihr Schüsselchen beiseite und lehnt sich über den Tisch zu Saana.

»Du hast mittlerweile bestimmt schon viele Gerüchte gehört«, sagt sie. »Ich brenne vor Neugier!«

Saana zögert. Sie will nichts erzählen, was andere ihr im Vertrauen gesagt haben.

»Noch nichts Besonderes, leider«, gibt sie zur Antwort und sieht, wie Anet und Joni enttäuschte Blicke wechseln.

»Ich habe gehört, dass Inga und du euch damals in ihrem letzten Sommer gestritten habt. Weißt du noch, worüber?«, fragt sie und spürt, wie sich die Stimmung abkühlt.

»Gestritten?«, wiederholt Anet. »Wahrscheinlich über nichts weiter. Na ja, Inga hat sich gern in meine Angelegenheiten eingemischt, und ihr gefiel nicht, dass ich Spaß haben wollte«, sagt sie vorsichtig. Saana fällt auf, dass Jonis Gesicht einen ernsten Ausdruck angenommen hat. Ob er überhaupt von Anets wilder Vergangenheit weiß?

»Eines habe ich mich gefragt: Wenn Inga einen Freund hatte, warum hat dann niemand bemerkt, dass er getrauert hat?«

»Ja, man sollte meinen, dass der geheime Freund am Boden zerstört gewesen wäre«, räumt Anet ein. »Aber nur die wenigsten hier zeigen ihre Gefühle. Sie haben alle eine Schale aus Eis.«

»Es sei denn …«, setzt Saana an und bereut es gleich wieder. Aber jetzt ist es zu spät, den Satz ungesagt zu lassen.

»Es sei denn was?«, fragt Joni und wirft ihr einen gespannten Blick zu.

»Es sei denn, der geheime Schwarm ist auch die Person, die Inga umgebracht hat«, sagt Saana. Stille senkt sich über den Raum. Nach einer Weile steht Anet auf und holt sich ein Glas Wasser.

»Wie hast du es geschafft, nach dem, was deiner Freundin zugestoßen ist, den Mut nicht zu verlieren?«, fragt Saana, um das Thema wieder auf das Leben in Ivalo und weg vom Täter zu lenken. »Hattest du keine Angst?«

Anet zuckt mit den Schultern. »Es gab keine Alternative, als einfach weiterzumachen. Vielleicht war es auch so, dass die Trauer um den Verlust am Ende größer war als die Angst.«

»Was wisst ihr übrigens über die Familie Palokka?«, fragt Saana als Nächstes. »Ich weiß, dass Pyry anfangs verdächtigt wurde, aber sein Vater kam indirekt auch schon zur Sprache.«

»Der Mann ist ein absolutes Schwein«, stößt Anet überraschend hervor. »Seit Jahrzehnten betrügt er seine Frau, das wissen hier alle. Allerdings nicht unbedingt, welche Frau wann an der Reihe ist. Er ist auch nicht besonders wählerisch. Und dann gibt es noch …« Sie verstummt. »Hier gibt es ein paar Orte, die als Bordelle dienen. Darüber wird nicht gesprochen, aber eines davon hat einmal Palokka gehört.«

Saana runzelt die Stirn.

»Das klingt jetzt vielleicht ein bisschen hart, aber hier wohnen so viele einsame Junggesellen, dass ein paar wenige Frauen für mehrere reichen müssen.«

Saana schluckt. Ein unbehaglicher Gedanke.

»Ich weiß nicht, ob es irgendeine Frau gibt, die der Kerl nicht schon einmal angebaggert hätte.«

»Auch Inga?«

»Auch Inga«, bestätigt Anet. »Aber sie hat es in dem Sommer generell ziemlich krachen lassen.«

Saana mustert Anet verstohlen. Ihr Kommentar stimmt nicht mit dem überein, was die anderen ihr bisher über Inga erzählt haben.

»Hätte so etwas als Mordmotiv ausgereicht? Vielleicht hat Inga damit gedroht zu verraten, dass der Vater ihres ehemaligen Freundes sie angemacht hat«, überlegt Saana.

»Das kann ich nicht sagen«, antwortet Anet. Saana weiß nicht, ob sie es sich nur einbildet, aber Anet scheint plötzlich unsicher geworden zu sein.

»Wir können deine ortskundigen Gehilfen sein«, sagt Anet

dann grinsend und stupst ihren Mann verschwörerisch mit dem Ellbogen an. »Wir erzählen es dir sofort, wenn wir etwas hören.«

»Ich kann jede Hilfe gebrauchen«, erwidert Saana, trotz ihrer Zweifel dankbar.

»Willst du noch etwas Kaffee? In der Kanne ist noch ein Schluck«, fragt Joni, aber Saana schüttelt den Kopf.

Die Zeit verstreicht wie im Flug, und bald ist es fast zehn. Als Anet ihren Sohn ins Bett bringt, bleibt Saana mit Joni allein zurück. Dieser stibitzt sich ein paar kleine Fischstückchen aus der Pfanne und schaut Saana aufmerksam an. Sie hat das Gefühl, als würde sein Blick sich in jeden Winkel ihrer Haut bohren.

»Bist du ganz allein unterwegs?«, fragt er, während er sich das letzte Stück Fisch herauspickt.

»Hier ja. Zu Hause habe ich einen Mann«, hört sich Saana sagen, als wollte sie sichergehen.

»Was in Inari passiert, bleibt in Inari«, sagt Joni und zwinkert ihr zu. »Ich kann dein Guide sein, wenn du raus in die Natur willst. Du solltest zum Beispiel den Tuulispää-Fjell gesehen haben, bevor du wieder fährst.«

»Von dem habe ich gelesen, glaube ich«, antwortet Saana und ist erleichtert, dass die Atmosphäre wieder etwas lockerer geworden ist. Vielleicht hat sie sich den flirtenden Unterton in Jonis Stimme nur eingebildet.

»Der Tuulispää ist schön. Auf seinem Gipfel hat man früher den Gott des Windes angebetet. Heutzutage findet man dort vor allem einen Funkmast und Touristen«, sagt er lachend. »Wir könnten morgen mit dir dorthin. Ich muss erst am Nachmittag arbeiten, und Anet hat auch frei.«

»Okay, danke«, sagt Saana und nickt.

Joni schaut ihr forschend in die Augen. Er ist nett und sieht gut aus, das kann sie nicht leugnen, aber unter seinem durchdringenden Blick fühlt sie sich unwohl. Sie weicht ihm aus.

Als der Junge eingeschlafen ist und Anet zurück in die Küche kommt, steht Saana auf und dankt dem Paar für das leckere Abendessen. Im Flur umarmt sie Anet, spürt aber, dass diese die Umarmung nicht richtig erwidert. Ob sie ahnt, dass Joni etwas zu vertraut mit ihr gesprochen hat? Obwohl das Ganze gar nicht von ihr ausgegangen ist, hat Saana ein schlechtes Gewissen.

Als Jonis und Anets Auto am nächsten Morgen um die Ecke biegt, hebt Saana die Hand, um die beiden zu grüßen. Doch als die Tür aufgeht, sieht sie, dass der Beifahrersitz leer ist. Joni ist allein gekommen.

»Die Mitfahrgelegenheit für die Städterin ist da«, sagt er und zwinkert. Saana hofft, dass er das mit allen so macht.

»Wo ist Anet?«, fragt sie.

»Unser Sohn ist krank. Anet ist mit ihm zu Hause geblieben. Ich habe beschlossen, trotzdem zu kommen, weil ich dich nicht enttäuschen wollte«, sagt er und schaltet auf Saanas Seite die Sitzheizung ein.

»Heute ist es ziemlich kühl. Oben könnte ein recht starker Wind gehen. Hast du genug an?«, fragt er aufrichtig besorgt. Saana nickt.

Unterwegs kommt ihnen ein Geländewagen entgegen.

»Schau an, ein Bekannter«, kommentiert Joni, drosselt die Geschwindigkeit etwas und hebt die Hand. »Das war der Vorsitzende des Jagdvereins. Ein waschechter, traditioneller Sauertopf.« Er lacht auf. »Ständig beim Jagen, und als Beute taugt ihm alles, was lebt.«

Schweigend schaut Saana dem Geländewagen mit den verdunkelten Scheiben hinterher. Diesem Auto würde sie ungern begegnen, wenn sie allein mitten durch den Wald joggt.

»Dieses Bordell-Business, von dem Anet gesprochen hat, wurde hauptsächlich von diesen Kerlen finanziert«, sagt Joni und gibt Gas.

»Wer gehört alles zu denen?«, fragt Saana. Es schüttelt sie.

»Alle«, murmelt Joni. »Auch die, denen man es auf den ersten Blick nicht zutraut.«

Während Joni nach einem Parkplatz sucht, schaut Saana aus dem Fenster.

»Ich habe gehört, dass viele Inga interessant fanden. Dass sie etwas an sich hatte, was etliche dazu brachte, sich in sie zu verlieben ...«, sagt Saana vorsichtig.

»Ja, vielleicht, ich weiß es nicht«, gibt Joni zu. »Anet sagt, dass Inga nie versucht hat, andere zu beeindrucken, und es trotzdem geschafft hat. Anet wiederum wollte ständig Eindruck auf andere machen. Aber ihr ist es nicht immer gelungen.«

»Bei dir aber schon«, sagt Saana grinsend.

»Ja«, meint Joni, lächelt aber nicht zurück. »Hartnäckige finnische Frauen haben mir schon immer gefallen.«

Saana nickt verlegen.

»Womöglich war Anet etwas neidisch auf Inga«, sagt er dann zu ihrer Überraschung. »Wobei – vergiss es wieder«, fügt er hinzu und stellt den Motor ab.

Als Saana schließlich auf dem Gipfel des Tuulispää steht und die sich vor ihr erstreckende wunderschöne Umgebung bewundert, rücken all die unangenehmen Empfindungen, die Joni in ihr ausgelöst hat, und die wirren Gedanken an Ingas Fall für eine Weile in den Hintergrund. Sie lässt ihren Blick über die kleinen hügeligen Inseln und die Nadelbaumreihen schweifen. Die von Seen übersäte Landschaft ist atemberaubend.

Auf der Rückfahrt reden sie weniger miteinander. Saana muss sich eingestehen, dass sie erleichtert ist, dass Joni nichts bei ihr versucht hat, und kommt sich sogar dumm vor, weil sie sich so etwas überhaupt eingebildet hat. Nach einer Weile beendet Joni die Stille.

»Anet hat im Laufe der Jahre eigene Theorien dazu entwickelt, was passiert sein könnte. Irgendwann hat sie ihrem damaligen Klassenleiter die Schuld gegeben. Sie und Inga gingen in dieselbe Klasse. Angeblich haben sie sich in seiner Gegenwart manchmal unwohl gefühlt, weil er sich zu dicht vor sie gestellt hat.«

Saana kehrt in Gedanken zu besagtem Lehrer zurück, den Anet auch ihr gegenüber erwähnt hat. Mittlerweile ist er der Rektor des Gymnasiums. Mit ihm sollte sie also unbedingt sprechen.

Joni lässt Saana an der Abzweigung zur Hütte aussteigen und hält den Blick durch das Fenster auf sie gerichtet.

»Fühlst du dich hier sicher, so ganz allein?«, fragt er. Saana hat das Gefühl, dass sein Blick zu lange auf ihr verharrt, und tritt einen Schritt vom Auto zurück.

»Na klar«, sagt sie und hofft, dass er das Zögern in ihrer Stimme nicht hört.

»Du kannst uns anrufen, wenn etwas ist. Wir wären wahrscheinlich genauso schnell da wie die Polizei«, meint er. Saana dankt ihm für den Ausflug, und er hebt zur Antwort flüchtig die Hand. Sie bleibt mit gemischten Gefühlen zurück. Wissen die Einheimischen, dass sie hier besser vor irgendetwas Angst haben sollte?

Sie geht auf die Hütte zu und zückt ihr Handy. Im Internet sucht sie nach der Nummer des Gymnasiums und ruft dort an.

Zu ihrer Überraschung ist es der Schulrektor persönlich, der abhebt. Saana grüßt ihn etwas überrumpelt und erkundigt sich, ob es möglich sei, vorbeizukommen und ihn zu befragen. Der Rektor nimmt ihr Anliegen gelassen entgegen und willigt höflich ein.

»Bei uns gibt es eine gute Zusammenarbeit zwischen Lehrern und Schülern. Wir sind keine große Schule. Hier haben die Lehrer Zeit, den Schülern zu helfen«, erzählt er ungefragt.

In der Hütte angekommen, holt Saana nur die Autoschlüssel, steckt Notizheft und Laptop in ihre Stofftasche und geht zum Auto. Wenn sie es schaffen will, den Rektor heute noch zu treffen, muss sie vor dem Ende der letzten Stunde dort sein.

»Inga Weckman?«, wiederholt der Rektor, ein Mann in Norwegerpullover und Jeans, der das mittlere Alter schon etwas überschritten hat, und kratzt sich am Kopf. Er steht Saana gegenüber, und sie nimmt den starken Knoblauchgeruch wahr, der von ihm ausgeht.

»Besser, wir unterhalten uns im Lehrerzimmer. Die Wände hier haben Ohren«, sagt er.

»Was meinen Sie?«, fragt Saana verwundert.

»Agentenhumor, entschuldigen Sie«, murmelt er und führt sie zu einer Tür.

Saana lässt ihren Blick durch den Raum schweifen. Sie weiß noch, dass sie während ihrer gesamten Schulzeit nur ein einziges Mal im Lehrerzimmer war. Es war in der Woche, in der ihre Klasse mit dem Verkauf von selbst gebackenem Hefegebäck an die Lehrer Geld sammeln sollte, und Saana bekam die Aufgabe, die Geldkassette zu holen, die durch die Einnahmen gut gefüllt war. Das Lehrerzimmer war der geheimnisvollste und abgeschirmteste Ort in der ganzen Schule. Durch die Tür konnte sie den Kaffee, das Gebäck und die abgestandene Luft des alten Gebäudes erschnuppern. Es war, als würde sie gegen eine Wand aus Gerüchen laufen. Im Gymnasium von Ivalo gibt es leider keine solche Wand. Der Kaffeeduft kann den Knoblauchatem des Rektors nicht überdecken. Dieser sitzt ihr nun gegenüber und schlägt die Beine übereinander. Saanas Aufmerksamkeit richtet sich auf die bunten Socken in seinen Birkenstock-Sandalen.

»Danke, dass Sie eingewilligt haben, mit mir zu sprechen«, sagt sie und spürt, wie ihre Wangen nach der kalten Wanderung in der Wärme des Raums heiß werden. Sie zieht ihre Jacke aus und knüllt sie auf dem Schoß zusammen. »Was wissen Sie noch von damals?«

»Hauptsächlich erinnere ich mich an die Trauer, die sich an dem Tag über die Schule legte, als wir von Ingas Tod erfuhren«, sagt der Rektor mit ruhiger Stimme.

»Hat die Polizei hier in der Schule Leute vernommen?«

»Ja, auch ich habe viele Male ihre Fragen beantwortet. Sie wollten wissen, wer Ingas enge Freunde waren und was sie gern tat.«

»Was waren ihre Lieblingsfächer?«

»Musik und Biologie.«

»Was war sie für eine Schülerin?«

»Sie war ziemlich still. Manchmal hatte es den Anschein, als wäre sie lieber draußen, anstatt drinnen zu sitzen und dem Unterricht zu folgen. Ich war ihr Klassenlehrer. Inga war, könnte man sagen, eine durchschnittliche Schülerin, nicht über die Maßen sorgfältig beziehungsweise nur in den Fächern, die sie interessierten. In Biologie und Musik bekam sie nur Einser und Zweier. In den anderen Fächern schwankten die Noten.«

»Wissen Sie noch, mit wem sie in der Schule ihre Zeit verbrachte?«

»Sie war viel mit Anet zusammen. Anet wohnte zu Hause, aber Inga hatte ein Zimmer im Wohnheim. Dort war auch ein gewisser Ailu untergebracht. Sie waren befreundet. Ansonsten hatte Inga nicht besonders viele Freunde. Darum wunderte ich mich auch etwas, als ich von dem Streit erfuhr.«

»Von welchem Streit?«, fragt Saana sofort.

»Inga und Anet stritten sich, kurz bevor Inga verschwand.«

Saana malt ein Fragezeichen in ihr Heft.

»Wie haben Sie davon erfahren?«

»Ich habe sie dabei überrascht, wie sie sich vor dem Wohnheim anschrien. Ich erinnere mich nicht mehr genau, welcher Tag das war, es ist ja schon lange her. Aber ich weiß noch, dass ich mir etwas Sorgen um Anet machte. Bei ihr war im Frühjahr vor Ingas Tod allerhand los. Sie fuhr ohne Führerschein durch die Gegend und trieb sich mit deutlich Älteren im *Vaskooli* herum. Es dauerte überraschend lange, bis sie wegen des Fahrens von der Polizei eine Geldstrafe bekam. Mit der Polizeipräsenz ist das hier so eine Sache. Wenn man in Inari einen Uniformierten sieht, kann man sich gleich ein Kreuz im Kalender machen. So ein seltener Anblick ist das.«

»Und wie war es, als Inga verschwand?«

»Nun, das ist es ja gerade. Man hatte den Eindruck, die Leute nahmen sofort eine aufrechtere Haltung an, als plötzlich überall Polizei herumschwirrte. Aber niemand wollte etwas gewusst haben.«

»Ist hier irgendwann schon einmal etwas Vergleichbares geschehen?«, fragt Saana schließlich noch.

»Glücklicherweise nicht«, erwidert der Rektor.

»Geht das Mädchen namens Silja zufällig hier zur Schule? Ich habe in Inari die Suchmeldung gesehen und mich gefragt, warum hier schon wieder eine Jugendliche verschwunden ist. Zwar liegen zwanzig Jahre dazwischen, aber trotzdem.«

»Wollen Sie damit andeuten, dass das etwas mit Inga Weckmans Tod zu tun hat?«, fragt der Rektor spitz und wirkt empört. »Ja, Silja geht hier zur Schule, und ich bin mir sicher, dass sie wieder nach Hause kommt. Da liegt für mich die Grenze, ich stelle keine Spekulationen über Dinge an, die nichts miteinander zu tun haben. Ich finde, Sie sollten ebenfalls keine Theorien aufstellen, für die es keine Anhaltspunkte gibt.«

Saana nickt nur, sagt aber nichts.

Nach dem Gespräch fährt Saana nicht direkt zurück zur Hütte, sondern zum Polizeirevier. Sie will nachsehen, ob Myski dort ist. Es gibt da eine Sache, die sie umtreibt. Schon von außen erkennt sie seine Gestalt im Fenster des ersten Stocks.

»Wissen Sie noch, wie der Privatdetektiv hieß, der damals in Hetas Auftrag hier war?«, fragt sie ihn direkt, nachdem er sie in sein Büro gebeten hat.

Myski schmunzelt.

»Ach der, der die Flucht ergriffen hat. Warten Sie mal, vielleicht habe ich noch seine Visitenkarte in der Schublade. Das ist mein größtes Laster, ich werfe nie etwas weg. Aber wegen genau solcher Situationen. Man weiß nie, was man noch mal brauchen kann.«

Saana lässt ihren Blick durch Myskis Zimmer schweifen und fragt sich, ob seine Wohnung auch so vollgestopft ist. Das Büro ist übersät mit schiefen Papierstapeln, und obwohl sogar bis Inari Glasfaserkabel verlegt worden sind, die eine schnellere Internetverbindung ermöglichen als bei Saana zu Hause, scheint Myskis Welt immer noch sehr analog zu sein.

Er öffnet die kleine Schreibtischschublade, und Saana beugt sich hoffnungsvoll vor. Die Schublade ist voller Visitenkarten in verschiedenen Größen und Farben.

»Hier!«, ruft Myski nach langem Herumwühlen. »Rami

Lämsä. Das war er.« Er reicht ihr eine weiße Karte aus dünner, billiger Pappe.

»Was haben Sie vor?«, fragt er neugierig.

»Ich will ihm nur ein paar Fragen stellen«, erwidert Saana grinsend, macht ein Foto von der Karte und gibt sie ihm zurück. »Danke!«

»Wollen Sie einen Kaffee?«, fragt Myski, und nach kurzem Überlegen nickt Saana. Schließlich hat sie ihm etwas zu berichten.

»Ich habe mich gestern mit Pyry Palokka getroffen, und er hat mir etwas Interessantes verraten.« Sie schnuppert an ihrer dampfenden Tasse.

Myski wirft ihr einen gespannten Blick zu und bedeutet ihr fortzufahren.

»Er hat gesagt, er habe gesehen, wie Inga ein Stück vom *Vaskooli* entfernt in einen dunklen Kombi eingestiegen ist. Aber die Polizei hat sich angeblich nie für seine Beobachtungen interessiert.«

»Das stimmt nicht«, stößt Myski hervor. »Ich habe einen ziemlichen Anschiss von Jaatinen bekommen, als ich die ehrwürdige Familie Palokka mit meinem Besuch behelligt habe. Aber ich würde diesem Rabauken kein Wort glauben. Er ist Inga erwiesenermaßen nachgelaufen, das habe ich eindeutig auf dem Überwachungsband des *Vaskooli* gesehen.«

»Er hat mir erzählt, er sei geknickt zurückgegangen, um sich zu betrinken, nachdem er gesehen hat, wie Inga mit einem anderen weggefahren ist«, sagt Saana, auch wenn sie es nicht gerade für notwendig erachtet, Pyry zu verteidigen.

»Das behauptet er, aber selbst wenn er zurückgekommen sein sollte, ist es ihm gelungen, die Überwachungskamera zu umgehen. Alle Jugendlichen sind wie durch Zauberhand verschwunden.«

»Was wollen Sie damit sagen?«, fragt Saana verwirrt. Meinte er damit auch Anet?

»Die Aufzeichnungen der Kamera verfolgen mich manchmal noch im Schlaf«, sagt Myski mit einem tiefen Seufzen. »Inga hatte etwas Besonderes an sich. Man konnte sie trotz des körnigen Bildes auf Anhieb zwischen den herumtorkelnden Leuten an der Bar ausmachen. Natürlich habe ich mir das Band nach ihrem Tod angeschaut. Es war traurig, sich ihren letzten Abend anzusehen.« Saana wirft ihm einen betretenen Blick zu. Der Fall scheint ihm wirklich nahezugehen. Und er wirkt erschöpft. Seine Augen sind blutunterlaufen, sein Gesicht ist blass. Langsam tut er ihr leid. Das Ganze ist eindeutig eine zu große Baustelle für ihn.

»Aber ja, dann ist sie gegangen, und Pyry Palokka hinterher. Und obwohl die Überwachungskamera nicht zeigt, wie Anet den Club verlässt, ist auch sie nach zehn Uhr nirgends mehr zu sehen«, fährt er fort.

»Was halten Sie davon?«, fragt Saana ihn direkt. Die Müdigkeit scheint seinen Widerstand zu brechen. Saana muss an die Alarmsignale für Burn-out denken. Zynismus, Selbstaufopferung, nicht Nein sagen können. Myski macht einen durch und durch braven Eindruck.

»Na ja, mir ist der Gedanke gekommen, dass alle drei in irgendetwas hineingeraten sein könnten. Aber ich habe nichts aus den anderen beiden herausbekommen, und Palokkas Aussage durfte ich mir nicht einmal anhören. Sein Vater hat es mir mittels Jaatinen verboten.«

Zurück in der Hütte, nimmt Saana den Laptop auf den Schoß und beginnt mit der Recherche. Laut Nummerninformationsdienst sind Rami Lämsäs Kontaktdaten immer noch aktuell. Er wohnt im Helsinkier Stadtteil Malmi. Nach einer schnellen

Google-Suche findet Saana seinen Namen im Zusammenhang mit dem Regionalvertrieb eines Unternehmens, das private Überwachungsdienste anbietet. Vielleicht hatte er die Nase voll von seiner Arbeit als Privatdetektiv und hat den Beruf gewechselt?

»Lämsä«, meldet sich ein Mann mit heiserer Raucherstimme, nachdem Saana den Mut gefasst hat, ihn anzurufen.

»Saana Havas hier, hallo«, sagt sie und überlegt, wie sie das Gespräch direkt auf die Geschehnisse von vor über zehn Jahren lenken könnte.

»Noch nie gehört. In welcher Angelegenheit rufen Sie an?« Lämsä wirkt ungeduldig. »Ich kaufe nichts.«

»Gut, ich will auch nichts verkaufen«, sagt sie schnell. »Ich suche die Person, die Anfang der Zweitausender von einer gewissen Heta Weckman beauftragt wurde, nach Angeli zu fahren.«

»Das bin ich«, antwortet Lämsä, ohne zu zögern. »Ja, aber worum geht es?«

»Habe ich das richtig verstanden, dass die Ermittlungen nicht vorangegangen sind? Ich schreibe eine Story über den Mord an Inga und darüber, warum der Fall nie aufgeklärt wurde. Die Meinung und die Erfahrungen eines Profis wie Ihnen würden mich interessieren«, sagt Saana schmeichelnd und hofft, dass der Mann eingebildet genug ist, um anzubeißen.

»Das lag an der Frau selbst, an dieser Weckman. Sie hat mich in den Norden geschickt, aber ich bin das Gefühl nicht losgeworden, dass sie mir gefolgt ist.«

»Wie meinen Sie das?«

»Ich will nur sagen, was auch immer Sie da gerade treiben, an Ihrer Stelle würde ich mich von diesem verrückten Weibsstück fernhalten«, sagt Lämsä, und seine Stimme entfernt sich, als wäre er schon dabei aufzulegen.

»Warten Sie!«, ruft Saana. »Es ist wichtig… Haben Sie etwas Entscheidendes herausgefunden, oder warum gab es Ihrer Meinung nach Probleme?«

»Ich weiß es nicht«, brummt Lämsä.

»Haben Sie noch irgendetwas aufgehoben, irgendetwas, was von Nutzen sein könnte?«

»Ich bin mir nicht sicher«, sagt Lämsä, klingt aber schon nicht mehr ganz so ablehnend und kurz angebunden.

»Ich habe nicht viel, aber ich könnte über ein kleines Entgelt nachdenken, wenn Sie Informationen haben, die mir nützen«, hört sich Saana kurz darauf sagen.

»Mhm, da muss ich erst nachschauen. Schicken Sie mir Ihre Kontaktdaten, dann bekommen Sie die Sachen. Wenn ich mich recht erinnere, bin ich nicht weiter gekommen, als eine Liste mit ein paar Beobachtungen zusammenzustellen. Die Leute waren nicht gerade zum Reden aufgelegt.«

Saana sagt nichts, spürt aber, wie ihr Herz schneller schlägt. Was für ein Glück, dass sie den Mut hatte, den Mann anzurufen.

»Sie scheinen mir ziemlich gewieft zu sein. Lassen Sie das mit dem Geld. Einigen wir uns darauf, dass mein Name nirgendwo in Verbindung mit diesem Fall auftaucht. Und wenn Sie den Rat eines Profis wollen: An Ihrer Stelle würde ich meine Energie auf etwas anderes verwenden als den Weckman-Fall. Wenn Sie weitermachen, kann es sein, dass Sie bei lebendigem Leibe gefressen werden.«

Verwirrt beendet Saana das Telefonat. Kurz darauf piept ihr Handy zum Zeichen, dass eine E-Mail angekommen ist. Gespannt sieht sie nach, ob sie von Lämsä ist.

Tatsächlich. Er hat Fotos von einem handgeschriebenen Notizheft geschickt und die Bilder kommentarlos angehängt. Im Betreff steht nur »Notizen zum Mordfall von Angeli«.

Saana speichert die Anhänge auf ihrem Smartphone und öffnet sie der Reihe nach.

Unter der Überschrift »Wer lügt?« hat Lämsä eine Liste mit Namen zusammengestellt und hinter einige davon ein Kreuz gesetzt. Bedeutet das Kreuz, dass die jeweiligen Personen seiner Meinung nach nicht die Wahrheit gesagt haben? Mit klopfendem Herzen vergrößert Saana das Bild und versucht angestrengt, die unordentliche Handschrift zu entziffern. An erster Stelle steht der Name Heta Weckman. Dahinter befindet sich ein Kreuz.

Anschließend folgen die Namen:

Anet Haapajärvi
Pyry Palokka
Eero Palokka
Johan Weckman

Johan ist der Einzige, hinter dessen Name kein Kreuz steht.

Saana vergrößert die Seite. Am unteren Rand befindet sich ein kleiner gezeichneter Kasten, in dem zwei Fragen stehen: »Juha Järvis Tod? Bordell des Nordens?«

Saanas Blick verweilt auf dem Wort »Bordell«. Auch Anet hat davon gesprochen. Im selben Moment fällt ihr Maijas Aussage wieder ein: *»In dieser Gegend gibt es mehr Männer als Frauen.«*

Myski steht vor der Klasse. Er richtet sich auf, räuspert sich und beginnt. Er muss Siljas Mitschüler zum Reden bringen. Ansprachen vor Gruppen hat er noch nie gern gehalten, aber ihm bleibt nichts anderes übrig. Er vermeidet es, einzelne Schüler anzusehen, und hält seinen Blick entschlossen auf die hintere Wand des Klassenzimmers gerichtet.

»Bei der Polizei wurde eine Vermisstenanzeige zu Silja Kari aufgegeben, die eure Schule besucht. Es ist wichtig, dass jeder, der etwas Wichtiges weiß oder etwas gesehen oder gehört hat, dies der Polizei mitteilt.« Aus den hinteren Reihen ist Getuschel zu hören. Als Myski das Gewicht verlagert und seinen Blick nacheinander auf jeden Schüler richtet, verstummt es jedoch wieder.

»Eure Klassenkameradin ist verschwunden. Zum jetzigen Zeitpunkt könnte uns alles weiterhelfen.« Er dreht den Schülern den Rücken zu und schreibt seine Kontaktdaten an die Tafel.

»Geht man denn von einem Verbrechen aus?«, fragt jemand mit leiser Stimme aus der ersten Reihe. Myski erwidert den neugierigen Blick des zerbrechlich wirkenden Mädchens im rosafarbenen Kapuzenpulli.

»Wir können nichts ausschließen. Das Wichtigste ist, dass Silja so schnell wie möglich gefunden wird.«

Das Mädchen nickt. »Siljas beste Freundin heißt Ann-Mari. Aber die ist seit ein paar Tagen nicht in die Schule gekommen.« Sie reißt eine Seite aus ihrem Schulheft und schreibt Ann-Maris Telefonnummer auf.

»Danke«, sagt Myski und nimmt das Blatt entgegen.

»Wir stellen einen freiwilligen Suchtrupp aus Schülern zusammen. Schon heute Nachmittag können wir mit dem Durchkämmen der näheren Umgebung beginnen«, wirft der Rektor ein.

Myski nickt dankbar. Man hätte schon vor Tagen mit der Suche beginnen müssen, schießt es ihm durch den Kopf.

»Verlorene Mädchen«, murmelt jemand im hinteren Teil des Klassenzimmers.

»Entschuldige, was hast du gesagt?«, fragt er etwas zu forsch.

»Das ist ein Song. *Verlorene Mädchen, verlorene Sommer, verlorene Wälder*«, sagt ein Schüler mit Schirmmütze. Myski dreht sich zu ihm um. »Silja singt da im Background.«

»Was ist das für ein Lied?«, fragt Myski und macht einen Schritt auf den Jungen zu. Dieser hält ihm sein Smartphone entgegen, auf dem Spotify geöffnet ist. Als Künstlername steht »Mihkku« auf dem Display. Myski greift nach dem Handy und starrt den Songtitel an. Auf einmal wird sein Kopf ganz leer, und vor lauter Müdigkeit bekommt er kaum noch ein Wort heraus. Er gibt dem Jungen das Handy zurück und prägt sich den Namen des Songs ein.

»Alles klar«, murmelt er. Dann wendet er sich noch einmal an die Klasse und sagt: »Wenn ihr die Polizei kontaktieren wollt, dann wendet euch bitte direkt an mich.«

Die Klasse wird wieder etwas munterer, und das Geplapper brandet wieder auf. Myskis Nummer notiert sich offenbar niemand. Wie unbekümmert sie sind, denkt er. Die Sorge packt einen erst dann richtig, wenn man selbst betroffen ist.

Der Rektor Markku Yli-Maininki bringt Myski aus dem Klassenzimmer. Es hat fast den Anschein, als wolle er ihn so schnell wie möglich loswerden. Wie aus Versehen gleitet Myskis Blick zum Hals des Mannes. In den Kragen seines Jeanshemdes hat dieser sorgfältig ein weinrotes Tuch gesteckt. Wenn Silja gekidnappt wurde, hat der mögliche Entführer wahrscheinlich irgendwelche Spuren eines Kampfes davongetragen, vielleicht sogar Kratzer. Sämtliche Möglichkeiten rauschen Myski durch den Kopf wie ein Tsunami. Verlaufen, Entführung, Unfall, etwas anderes? Er hofft, dass niemand hier ein Verbrechen verübt hat. Dass sich am Ende für alles eine natürliche Erklärung findet.

»Ich muss mich für meine Schüler entschuldigen. Sie haben noch keine richtige Vorstellung davon, wie man sich in solchen Situationen verhält. Ich verspreche, dass wir alle Informationen der Polizei übermitteln, auch solche, die auf den Fluren kursieren«, sagt der Rektor.

Myski richtet seinen Blick auf dessen Oberlippe, auf der sich Schweißperlen gebildet haben.

»Das Leben wird sie es am Ende lehren, oder wie man so sagt«, murmelt er. Sein Hals fühlt sich wund an, und seine Augen brennen. Vielleicht liegt es an der schlechten Raumluft oder den unangenehmen Erinnerungen an seine eigene Schulzeit.

»Haben die Schüler hier eigene Spinde? Falls ja, würde ich gern Siljas sehen.«

Er folgt dem Rektor und denkt an die Arbeit, die vor ihm liegt. Dann zieht er sich Einmalhandschuhe an und öffnet vorsichtig Siljas abgenutzten Spind. Im oberen Fach liegen zwei Schulbücher und ein Stapel Noten. Im unteren ein Lippenpflegestift, ein kleiner Spiegel und eine halb volle Chipstüte. Myski blättert durch die Noten und legt sie dann vorsichtig zurück an ihren Platz. Gerade will er die Tür wieder schließen, da bemerkt er eine Postkarte, die an der Rückwand befestigt ist. Es ist eine Ansichtskarte. Ein Sonnenuntergang auf dem Inarisee. Behutsam löst er die Karte und dreht sie um. »Ich bin das Licht, das dich ins Dunkel führt«, steht darauf. Eine Unterschrift gibt es nicht. Was hat es damit auf sich? Myski holt ein Plastiktütchen hervor und steckt die Karte hinein. Indem er Siljas Sachen durchgeht, versucht er zu verstehen. Er sucht nach kleinen Hinweisen, die ihm mehr über das Mädchen und dessen Leben verraten. Nach einem Anhaltspunkt, nach etwas Entscheidendem, woran er ansetzen kann. Jetzt ist er vielleicht endlich auf etwas gestoßen. Er steckt seinen Fund in die Brusttasche. Der Rektor hat ihn von der Seite beobachtet.

»Ich weiß nicht, ob es wichtig ist, aber ich erzähle es Ihnen einfach. Silja arbeitet ja bei der Tankstelle. Sie hat sich dort mit vielen angefreundet, oder zumindest unterhält sie sich mit etlichen Leuten. Hier gibt es eine Menge einsamer Menschen. Für die bedeutet der Besuch bei der Tankstelle das einzige Gespräch am ganzen Tag. Ich weiß nicht, ob der Polizei schon bekannt ist, dass Silja sich auch mit Johan Weckman angefreundet hat. Ich glaube, sie wollte nur nett zu ihm sein. Es ist mir gerade erst wieder eingefallen. Ich habe Johan nämlich ein paarmal am Rande des Schulhofs herumlungern sehen, mit einigen seiner Schätze. Kleinen Lemmingschädeln, Rentiergeweihen und so weiter. Und ein paarmal ist Silja mit ihm mitgefahren.«

Myski nickt.

»Hoffentlich führe ich die Polizei nicht auf eine falsche Spur. Johan hat bestimmt nichts getan, aber ich wollte es

Ihnen trotzdem mitteilen«, sagt der Rektor und geht in Richtung Obergeschoss davon. Myski schaut ihm nachdenklich hinterher.

Am Nachmittag auf dem Polizeirevier holt Myski das Blatt aus seiner Tasche und tippt die Nummer von Siljas Freundin ein. »Ann-Mari« steht darauf. Das Mädchen meldet sich sofort, und sie vereinbaren ein Treffen bei ihm zu Hause. Myski wirft einen Blick auf seine Notizen. Auch Siljas Mutter hatte Ann-Mari erwähnt.

Myski klingelt. Kurz darauf öffnet ein schüchtern wirkendes blondes Mädchen in einem rosafarbenen Onesie die Tür. Sie sieht verweint aus. Ihre Mutter erscheint hinter ihr im Flur und zieht sie an sich.

»Muss das jetzt wirklich sein?«, fragt sie. »Ann-Mari ist krank, und ihre beste Freundin ist verschwunden.«

»Schon gut, ich kann reden«, sagt Ann-Mari und löst sich aus dem Griff ihrer Mutter.

»Wann hattest du zuletzt mit Silja Kontakt?«, will Myski wissen, nachdem er ins Haus getreten ist.

»Wir haben uns letzten Montag in der Schule gesehen. Silja hatte Spätschicht, also haben wir uns am Abend nicht getroffen. Sie hat versprochen, sich zu melden.«

»Und hat sie das?«, fragt Myski.

»Nicht direkt nach der Arbeit. Ich bin am Abend mit dem Hund an Siljas Haus vorbeigegangen und habe auch an der Tür geklingelt, aber ihre Mutter lag weggetreten auf dem Sofa, und ihr kleiner Bruder hat gesagt, sie wäre noch nicht heimgekommen. Ich habe ihr eine Nachricht geschickt. Hier ist sie«, sagt Ann-Mari und zeigt Myski ihr Handy. Er beugt sich über das Display.

»Wo bist du?????«, steht dort. Die Nachricht wurde am Abend von Siljas Verschwinden um 21:31 Uhr verfasst. Zu Myskis Überraschung hat Silja zurückgeschrieben: »Alles gut. Mach dir keine Sorgen, Ann-Mari.« Die Antwort kam um 23:03 Uhr.

»Du hast am Abend ihres Verschwindens eine Nachricht von ihr bekommen?«, sagt Myski verdattert. »Und um diese Zeit! Diese Nachricht zu schreiben, ist wahrscheinlich das Letzte, wozu dieses Handy verwendet wurde.«

»Ach?« Ann-Mari sieht ihn mit ihren roten Augen an.

»Warum wirkst du so verwundert?«, fragt Myski.

»Ich habe das Gefühl, dass die Nachricht nicht von Silja ist«, sagt sie leise.

»Was lässt dich daran zweifeln?«

»Silja benutzt nie Großbuchstaben oder Punkte in ihren Nachrichten. Außerdem haben wir uns hauptsächlich Sprachnachrichten geschickt.«

»Wirklich?«, fragt Myski. Seine Nackenhaare stellen sich auf. »Gibt es noch irgendetwas, was dir komisch vorkam?«

»Zuerst dachte ich, dass ich es mir nur einbilde. Anfangs habe ich es nicht weiter beachtet, aber dann, als diese Suchmeldungen kamen, auf denen stand, dass sie vermisst wird, bin ich unsere alten Chats noch einmal durchgegangen und habe gemerkt, dass die Nachricht anders ist als alle anderen. Außerdem benutzt Silja nie meinen richtigen Namen. Für sie bin ich normalerweise Annu oder AM.«

»Mhm«, macht Myski. »Danke für deine Beobachtungen.«

»Glauben Sie mir?«, fragt Ann-Mari verdutzt. »Mama hat mich für verrückt gehalten, sie hat gesagt, ich bilde mir das nur ein.«

»Du hast eine scharfe Beobachtungsgabe«, sagt Myski ermutigend und verzieht den Mund zu einem Lächeln. Ann-Mari scheint neuen Mut zu fassen und erwidert es, aber nur kurz. Dann wird sie wieder von ihrer Trauer überwältigt.

»Fällt dir sonst noch etwas Ungewöhnliches aus der letzten Zeit ein? Hatte Silja Angst? Oder hatte sie mit irgendjemandem Streit? Und wenn es auch nur eine kleine Meinungsverschiedenheit war. Mich interessiert alles. Selbst Kleinigkeiten können von Nutzen sein«, sagt Myski.

Ann-Mari nickt und zupft an den ausgefransten Bündchen ihres Hausanzuges herum. »Ich weiß nicht, ob das wichtig ist, aber diesen Herbst hat sie ein paarmal erwähnt, dass irgendein Mann sie gestalkt hätte. Sie kennen sich zwar, aber Silja kennt ja auch jeder, weil sie in der Tankstelle arbeitet und zu allen nett ist.«

»Wer hat sie gestalkt?«, fragt Myski.

»Dieser komische Schädelsammler, Johan Weckman. Sie hat erzählt, dass er ihr auch etwas geschenkt hat. Er hat gesagt, es würde Glück bringen. Silja hätte es nicht annehmen sollen.«

»Was war das für ein Geschenk?«

»Es war nur so ein Strauß Schneehuhnfedern«, sagt Ann-Mari und schnieft.

Myski nickt. Ihm fallen die weißen Federn wieder ein, die im Zimmer des Mädchens am Spiegel hingen. »Und weißt du, von wem sie das hier bekommen hat?«, fragt er und holt das Plastiktütchen mit der Postkarte hervor.

»Ist das der Inarisee?«, fragt Ann-Mari, ihr Blick verharrt auf der Karte. »Die habe ich noch nie gesehen.« Suchend sieht sie sich nach ihrer Mutter um.

»Hat dir Silja von irgendwelchen Plänen für die nächsten Tage erzählt?«

»Nein, sie war wie immer. Wir haben über ganz normale Sachen geredet. Darum ist das ja auch so komisch«, stammelt Ann-Mari, und ihre Augen werden feucht.

Myski legt beruhigend die Hand auf ihre zitternde Schulter.

»Nur noch ein paar Fragen, dann kannst du dich ausruhen«, verspricht er. »War Silja mit jemandem zusammen?«

Ann-Mari schüttelt den Kopf. »Sie hatte schon Dates und so, aber von einem Freund war keine Rede.«

»Könnte es sein, dass sie es geheim gehalten hat?« Myski kann es sich nicht verkneifen zu fragen.

»Nein, das wüsste ich. Oder na ja, keine Ahnung. Jetzt, da Sie fragen – Silja kam mir in letzter Zeit irgendwie zurückgezogen vor. Ja, und ein paarmal hat sie erst gesagt, sie wäre zu Hause, aber wenn ich sie angerufen habe, konnte ich im Hintergrund eindeutig hören, dass sie irgendwo draußen war.«

Myski nickt und notiert sich zwei Dinge: »Letzte Nachricht um 23:03 Uhr« und »mit Johan Weckman sprechen«.

Das Handy auf dem Beifahrersitz informiert Myski darüber, dass eine neue E-Mail eingetroffen ist. Er greift danach und öffnet sein Postfach. Der Bericht über Siljas Handydaten ist da. Das Telefon wurde zuletzt in der Nähe des Ortszentrums von Inari benutzt, danach ist es verstummt. Der Netzbetreiber hat die Daten der letzten Aktivität gespeichert.

LAST ACTIVATE DATE 10–14 23:03

Es ist dieselbe Uhrzeit, zu der Ann-Mari die Nachricht erhalten hat.

Myski betrachtet die Karte, die ihm der Netzbetreiber geschickt hat. Siljas Handy hat sich beim Funkmast in der Ortsmitte von Inari eingewählt. Myski vergrößert die Karte, um ihn besser erkennen zu können. Der Mast deckt auch die Funkzellen Richtung Norden, Westen und Osten ab. Siljas Route könnte vom Zentrum aus also weiter in den Norden oder sogar über das Wasser geführt haben.

Beim Blick auf die Karte des Inarisees muss Myski schlucken. Sie werden mit den Kollegen aus Rovaniemi über eine mögliche Ausweitung des Suchgebiets sprechen müssen. Die Tatsache, dass Silja nicht von allein nach Hause zurückgekommen ist und ihr Handy für eine Weile nicht aktiv war, bestätigt die schlimmsten Befürchtungen. Wohin bist du verschwunden, Silja?

Saana hat es sich gerade auf dem Sofa gemütlich gemacht und den Laptop auf den Schoß genommen, als ihr Handy klingelt. Neugierig sieht sie nach, wer anruft.

»Hi! Wollen wir in die Kneipe gehen?«, fragt Anet sofort, nachdem sie abgenommen hat.

Saana sieht an sich herunter: abgenutzter Wollpulli und die Haare vom Duschen noch nass. In der Hütte ist es warm, im Kamin brennt ein Feuer. Draußen in der Dunkelheit heult der Wind, und am Ufer zeichnet sich die Silhouette einer schwankenden Kiefer gegen den Abendhimmel ab. Im Bett zu liegen, ist verlockender, als in die Bar zu gehen. Gleichzeitig ist ihr bewusst, dass sie sich diese Chance nicht entgehen lassen sollte.

»Na ja, warum nicht?«, sagt sie schließlich. Sie fühlt sich geehrt, dass Anet so freundlich zu ihr ist, obwohl sie das überhaupt nicht sein müsste. Hier kümmert man sich irgendwie unmittelbarer und zwangloser umeinander, denkt Saana, während sie vom Sofa aufsteht. Für die Kneipe muss sie sich zum Glück nicht groß zurechtmachen. Jeans und ein sauberer Pulli reichen, und wenn sie es richtig krachen lassen will, ein bisschen Lippenstift.

»Wo ist die Kneipe denn genau?«, fragt sie.

»Sie ist namenlos und nicht auf der Karte verzeichnet, komm einfach zu der Stelle, die ich dir gleich per Nachricht schicke«, sagt Anet.

»Okay, ich komme, sobald ich kann«, verspricht Saana und hört Anet lachen.

»Hier nehmen wir es mit der Pünktlichkeit nicht so genau. Du kommst einfach, wenn du kommst. Schön, dass es klappt«, sagt sie und beendet das Gespräch.

Die *Namenlose,* denkt Saana, und ihr wird klar, dass es sich um dieselbe Kneipe handeln muss, die Heta laut ihrem Manuskript besucht hat. Eine Blockhütte am Rande einer langen Straße, fast schon in der Wildnis. Auf dem Dach ein blinkendes Schild mit der Aufschrift »Karaoke«.

Saana nimmt etwas Haarpuder zur Hand und schüttelt sich die Haare auf. Innerhalb weniger Minuten ist sie fertig.

Sie fährt rückwärts vom Grundstück auf den Zufahrtsweg. Die neue Schneeschicht auf dem Boden dämpft jedes Geräusch. Alles wirkt weicher. Saana überlegt, wie man den Klang der Reifen auf dem Schnee am besten beschreiben könnte. Bei Frost klingt es wie ein Knirschen, aber für das Geräusch auf Pulverschnee findet sie nur schwer die richtigen Worte.

Nachdem sie das Auto geparkt hat, geht sie gespannt auf das windgepeitschte Gebäude zu. Das surrende Leuchtschild auf dem Dach verheißt noch immer Karaoke. Als sie eintritt, läutet über der Tür eine Glocke. Die Kneipe sieht aus wie eine Bar am Ende der Welt – vom Boden bis zur Decke ist sie mit seltsamen Gegenständen übersät, und an den Wänden hängen Rentierfelle.

»Hallo«, sagt Anet, die ihr entgegenkommt und sie fröhlich anlächelt. Saana schaut sich um. In der Ecke döst ein Mann mit Pelzmütze. Anet scheint Saanas abschätzenden Blick zu bemerken.

»Das ist unser Schamane. Ein *Noaidi,* ein Weiser. So wird er genannt.«

Saana wirft einen zweifelnden Blick auf den Mann, der schon beinahe bewusstlos zu sein scheint.

»Ja, er ist ein spezieller Typ«, fährt Anet fort. »Ein Schamane bezeichnet sich nie selbst als solchen. Das tun nur andere. Er ist einer derjenigen, die glauben, dass alles lebendig ist, dass man zu allem in Kontakt treten kann. Auch wenn es jetzt eher danach aussieht, als würde er sich hauptsächlich mit dem Schnapsteufel unterhalten«, ergänzt sie grinsend.

»Was macht ihn denn so weise?«, fragt Saana gespannt. Ihre Tante Inkeri hat in ihr schon von klein auf die Neugier für alles Unerklärliche geweckt. Auch wenn man nicht an alles glaubt, kann man trotzdem offen sein.

»Alles Mögliche«, murmelt Anet. »Als ich klein war, hat er uns Kindern oft Dinge erzählt, die wir seiner Meinung nach wissen sollten.«

»Was zum Beispiel?«, fragt Saana und zieht ihre Jacke aus. Ein dezenter Geruch von süßlichem Bier liegt in der warmen, dicken Luft.

»Der Glaube besagt, dass bestimmte Arten von Vögeln und anderen Tieren Diener übernatürlicher Kräfte sind. Schamanen können sich in Vögel verwandeln. Im Nationalarchiv der Volksdichtung gibt es zum Beispiel Erzählungen darüber, wie ein *Noaidi* mithilfe seiner Vögel den richtigen Weg durch die Fjells gefunden hat. Und selbst ein so gewöhnlicher Vogel wie die Elster ist dem Volksglauben nach ein Vogel des Teufels. Ihr Lachen verheißt nie etwas Gutes.«

Saana nickt. Anet wirkt jetzt, da sie sich außerhalb ihres Zuhauses treffen, eine Spur lockerer. Saana bestellt sich ein kleines Bier und rechnet sich innerlich aus, wie lange sie bleiben muss, bevor sie wieder fahren kann.

Anet ordert ebenfalls ein Bier und einen Salmiak-Shot. Saana beobachtet, wie sie sich die schwarze Flüssigkeit in den Mund kippt, ehe sie mit ihrer Erzählung fortfährt.

»Man sagt, dass die Menschen früher näher an der Natur waren. Aber auch damals waren die menschliche Kultur und der Wald zwei getrennte Dinge. Es war überaus wichtig, dass diese Grenze gewahrt wurde und nicht ins Wanken geriet. Wenn ein Bewohner des Waldes, zum Beispiel ein Auerhuhn, in jemandes Garten oder auf der Treppe vor dem Haus landete und dem Menschen damit zu nahe kam, bedeutete das Unglück.«

Saana ist froh, hergekommen zu sein. Sie wird das Leben und die Menschen hier nie verstehen, wenn sie nicht Zeit mit ihnen verbringt. Aber sie spürt auch, dass sie angestarrt wird. Die wenigen Gäste in der Bar beobachten sie, die Fremde, über ihre Gläser hinweg sehr genau. Ohne Anet würde sie sich unwohl fühlen.

»Wie kommen die eigentlich alle nach Hause?«, fragt Saana, wendet ihren Blick vom Schamanen ab und richtet ihn auf einen Mann in der Karaoke-Ecke, der dort herumtanzt, obwohl keine Musik spielt.

»Mit ihren Autos natürlich. Es ist erstaunlich, wie sie plötzlich munter werden, wenn es Zeit für den Heimweg ist. So unter uns gesagt: Abends, vor allem bei Dunkelheit, ist es für Wildtiere, die die Straße überqueren, nicht ungefährlich«, sagt Anet und genießt sichtlich Saanas schockierte Miene.

»Aber hey, schön, dass du gekommen bist. Ich musste einfach mal kurz weg von zu Hause, und ich wollte, dass du das hier siehst. Touristen finden nicht so leicht hierher.«

Saana nickt. »Danke, dass du mich gefragt hast«, sagt sie

und folgt Anet zu einem Zweiertisch. Dort stellt sie ihr Bier ab, vermeidet es aber, sich auf der klebrigen Tischplatte abzustützen.

»Wie ist es so, hier zu wohnen?«, fragt sie dann.

»Es ist ruhig«, antwortet Anet. »Und schön auch, vor allem auf der norwegischen Seite.«

»Ist es nicht ein bisschen blöd, wie die Grenze verläuft? Gleich auf der norwegischen Seite beginnen wunderschöne Fjorde und schwindelerregende Höhen.«

»Ja, schon, aber ich betrachte die Grenze nicht als solche. Meiner Meinung nach ist das alles die Arktis. Ihre Schönheit ist für jeden da, der hier unterwegs ist.«

»Hast du dich nie weg von der Kälte und der Dunkelheit gesehnt?«

»Doch, habe ich«, erwidert Anet lachend. »Als ich jünger war, hielt ich es für selbstverständlich, dass ich zumindest nach Helsinki ziehen würde. Und ich bin auch schon ziemlich viel herumgekommen. Mein erstes Kind habe ich recht früh bekommen. Damals habe ich mich dazu entschieden wegzuziehen. Aber als ich einmal mit meinem Sohn Topias bei meiner Mutter zu Besuch war, habe ich ganz aus Versehen Joni getroffen«, erzählt Anet lächelnd.

»Wie lernt man sich hier denn kennen?«, fragt Saana.

»So wie anderswo auch, heutzutage wahrscheinlich über Tinder. Als ich Joni kennengelernt habe, gab es das aber noch nicht. Wir haben uns in der Bar getroffen. Na gut, ich gebe es zu: Es war hier«, sagt Anet lachend. »Und du? Hast du jemanden?«

»Ja, habe ich«, erwidert Saana schmunzelnd. »Ich habe ihn im Sommer kennengelernt. Und ob du's glaubst oder nicht, es war ein Blind Date. Und es ist das erste Mal, dass es sich für mich nicht beklemmend anfühlt, in einer Beziehung zu sein. Wir sind seit ein paar Monaten zusammen. Normalerweise hätte ich zu dieser Zeit schon einen Haufen Vorwände gefunden, um mich zu trennen.«

»Aber diesmal nicht?«, fragt Anet und nimmt einen großen Schluck Bier.

Saana schüttelt den Kopf. »Diesmal nicht.«

»Darauf stoßen wir an!«, sagt Anet, und sie erheben die Gläser. Saana lächelt. Jemand hat den Fernseher in der Ecke eingeschaltet. Auf dem Bildschirm steht: »Karaoke«. Kurz darauf versucht ein sturzbetrunkener Mann, die Töne von *Der Sommer Lapplands* zu treffen.

Anet scheint zu bemerken, dass Saana angefangen hat, auf den Songtext zu achten.

»Das stimmt total!«, ruft sie über das Lied hinweg. »Hier kommt der Sommer schnell und ist schon wieder vorbei, ehe man sich's versieht. Selbst die Blumen brechen schon in voller Blüte durch den Schnee, um Zeit zu sparen.«

»Welche Blumen gibt es hier denn?«, fragt Saana.

»Ich kenne mich mit Natur nicht so gut aus, aber auf jeden Fall Trollblumen«, sagt Anet und lacht auf.

Das Bier steigt Saana zu Kopf, auf einmal überkommt sie ein seltsames, erhebendes Gefühl. Dieser Moment, denkt sie. Genau solche spontanen Augenblicke an merkwürdigen Orten sind der Grund, warum man immer zusagen sollte, wenn sich die Chance ergibt. Plötzlich wird Anets Miene ernst.

»Inga hat Blumen und Pflanzen sehr gemocht. Sie hat ein eigenes Herbarium angelegt, ohne dass sie in der Schule dazu gezwungen worden wäre. Sie war ziemlich sensibel. Gern mit sich allein. Ich weiß noch, dass mich das irgendwie ärgerte.«

»Was?«, fragt Saana über die Musik hinweg. Ein neuer Sänger hat die Karaoke-Ecke betreten und grölt mit lauter Stimme: »Daa-dirlandirlan-daa!«

»Dass Inga das Interesse, das Menschen ihr entgegenbrachten, nicht wertgeschätzt hat, sich nicht danach gesehnt hat. Es war ihr gleichgültig. Sie war eine Einzelgängerin. Und trotzdem war sie diejenige, die Aufmerksamkeit bekam. Von allen. Es war so unfair. Ich, die ich mich für Jungs interessierte, und neben mir meine Freundin, die sich keinen Deut um sie scherte, und trotzdem war sie es, die von allen angeschaut wurde. Inga war hübsch. Sie war lustig. Sie war mutig. Sie war ein Kind der Natur. Sie war wunderbar, das sagten alle. Aber sie hatten keine Ahnung. Sie hatten keine Ahnung, dass Inga nicht in ihr Bild des hübschen, lieben Kindes passte. Sie war alles andere als das.«

Saana wartet darauf, dass Anet fortfährt, aber stattdessen nimmt diese einen Schluck Bier. Hetas Tagebuch hat den umgekehrten Eindruck erweckt: dass Anet ein schlechter Umgang für Inga war, nicht andersherum. Saana weiß nicht mehr, was sie glauben soll.

»Willst du damit andeuten, dass Inga verschiedene Seiten hatte? Erzähl mir mehr darüber.«

»Inga hat nur getan, wozu sie Lust hatte.«

Schweigend starrt Anet sie an und sagt nichts mehr. Saana wartet ab, doch die Frau bleibt stumm.

»Ich hatte ein Treffen mit Pyry«, verrät Saana. »Er ist sich sicher, dass Inga sich an dem Samstag, an dem sie zuletzt lebend gesehen wurde, an der Brücke vor dem *Vaskooli* mit jemandem getroffen hat. Auf der anderen Seite der Brücke stand ein Auto.«

»Wem hat es gehört?«, fragt Anet neugierig und bedeutet Saana, ihr zu folgen. Bei einer Zigarette im Freien würden sie sich ungestört unterhalten können.

»Ich rauche nicht, aber ich leiste dir Gesellschaft«, sagt Saana. Anet leert ihr Glas und wendet sich kurz ab, um in ihre Faust zu rülpsen.

»Entschuldige, ich habe so wenig Zeit. Vor elf muss ich wieder zu Hause sein. Morgen muss ich früh zur Arbeit. Ich will so viel wie möglich aus dem Kneipenabend herausholen. Da schaffe ich nur ein paar Bier, also trinke ich am liebsten schnell«, sagt sie grinsend und setzt eine bemüht entschuldigende Miene auf, aber Saana kann darin keinerlei Unsicherheit erkennen.

»Also, wessen Auto war es?«, fragt Anet erneut, als sie draußen sind. Saana zittert bereits, obwohl sie erst seit ein paar Sekunden im Freien stehen.

»Ich weiß es nicht. Niemand weiß das, nicht einmal die Polizei. Es war so weit weg, dass Pyry nicht einmal die Marke erkennen konnte. Aber es war ein dunkelgrauer Kombi.«

Anet runzelt nachdenklich die Stirn.

»Das ist so frustrierend«, sagt sie. »Dass man den Täter nicht gefasst hat. Manchmal denke ich, die Polizei hat bei den Ermittlungen damals absichtlich gepfuscht.«

Frierend blickt Saana auf Anets Zigarette. Es ist noch ziemlich viel davon übrig.

»Geh ruhig wieder rein«, sagt Anet. »Du siehst aus, als würdest du gleich zu Eis erstarren. Wenn du zum Tresen gehst, bestell mir noch mal ein Bier und einen Shot dazu.«

Verlegen huscht Saana wieder hinein. Das Karaoke pausiert, es steht kein neuer Sänger in der Warteschlange. Saana fragt sich, ob es ein Fehler war, Anet so viel zu verraten. Zögerlich geht sie an die Bar, gibt erst die Bestellung für Anet auf und ordert anschließend noch ein alkoholfreies Bier für sich selbst.

Dann denkt sie über Ingas letzten Abend nach. Jemand hat in der Nähe des *Vaskooli* auf sie gewartet. Warum haben sie aus dem Treffen ein so großes Geheimnis gemacht? Das Auto hätte doch auch direkt vor dem Club parken können.

Die Glocke über der Tür ertönt, als Anet wieder hereinkommt. Ein starker Zigarettengeruch umgibt sie, als sie sich neben Saana an den Tresen stellt und ihre kalten Hände aneinanderreibt.

Saana fasst Mut und fragt: »Hast du neben der Nummer, die du mir gegeben hast, noch andere Kontaktdaten von Ailu? Er ist nicht ans Telefon gegangen, als ich ihn angerufen habe.«

»Ich glaube nicht. Komisch, dass er nicht rangegangen ist. Aber er hat in Kaamanen gerade alle Hände voll zu tun. Es ist Zeit für die Rentierscheidung. Die stressigste Zeit für Rentierzüchter und -züchterinnen.«

Kurz darauf geht die Tür erneut. Anet sieht überrascht hinüber.

»Was ist?«, fragt Saana.

»Du wirst es nicht glauben, aber der, den du suchst, ist gerade reingekommen. Ailu. So regeln sich die Dinge hier. Und mir hat er erzählt, er hätte viel zu tun«, sagt Anet und stürmt, vielleicht vom Bier ermutigt, zur Tür, um den Mann zu umarmen.

»Saana und ich haben gerade von dir gesprochen.«

»Was willst du denn von mir?« Ailu blickt Saana schroff an.

»Sie ist eine Bekannte von Heta, keine Sorge«, wirft Anet ein. »Sie schreibt eine Story über Inga.«

Ailu schaut zwischen Anet und Saana hin und her.

»Über Inga?«, fragt er und scheint ein wenig verwundert zu sein. Als Anet kurz darauf auf die Toilette geht, kommt er ein paar Schritte auf Saana zu und beugt sich zu ihr herüber.

»Es wäre trotzdem besser, wenn du deine Nase nicht in Sachen steckst, die dich nichts angehen. Oder wenn du es tust, solltest du es nicht so auffällig machen.«

Verdattert schaut Saana sich um. Die stämmige Frau hinter der Bar sagt etwas, und die Gäste lachen. Niemand verfolgt ihre Unterhaltung. Zwei Typen mit Schirmmütze sitzen in der Ecke, grinsen sich an und trinken ihr Bier.

»Ich habe versucht, dich anzurufen, aber vielleicht habe ich die falsche Nummer. Ich würde mich gern mit Ingas Freunden unterhalten, um mehr über sie zu erfahren«, sagt Saana kühl. »Ich verstehe, dass es nicht schön ist, in alten Sachen herumzuwühlen, aber auf eine gewisse Art und Weise ist ein Mord nie eine Privatangelegenheit. Besonders nicht, wenn der Fall nie aufgeklärt wurde. Die Familie des Mädchens hofft, dass das eines Tages noch passiert.«

Im selben Moment kommt Anet von der Damentoilette zurück.

»Was für Geheimnisse werden denn hier ausgetauscht?«, ruft sie und schlägt Ailu so fest auf den Rücken, dass sein Bierglas überschwappt.

Saana rupft einen Stoß Servietten aus dem Halter und reicht ihn dem Mann.

»Mensch, Anet«, zischt er und nimmt das Papier entgegen.

»Lass uns was singen«, schlägt Anet vor.

Saana beobachtet Ailu aus dem Augenwinkel und ruft sich in Erinnerung, was sie über ihn gelesen hat: besitzt eine Rentierfarm, wohnt in Kaamanen, war mit Inga befreundet, ging auf dasselbe Gymnasium. Eivor meinte, er sei einer von den Guten. Und immerhin hat er freundliche Augen.

»Wir sollten sie nicht singen lassen!«, ruft Ailu mit vorgetäuschtem Entsetzen und fängt an zu lachen.

Anet wirft ihm einen gespielt beleidigten Blick zu. Dann sucht sie sich ein Stück aus, betritt die leere Bühne und verbeugt sich. Als das Lied beginnt, überrascht sie mit einer schönen, klangvollen Singstimme.

Die Gleise singen leise
Von meiner Heimatreise
Morgen ist es so weit

Da ist Wiedersehenszeit
Der Nebel über den Wiesen schwebt
Der volle Mond am Himmel steht
Sommernacht

»Das singt sie jedes Mal«, flüstert Ailu Saana ins Ohr.

Als der Song zu Ende ist, setzt sich Anet wieder.

Ailu nimmt einen Schluck Bier.

»Ich will mich nicht an die Vergangenheit erinnern«, sagt er und sieht Saana an. »Da waren allerdings ein paar Sachen, die keinen Sinn ergeben haben.« Er wirft Anet einen bedeutungsvollen Blick zu. »Findest du nicht auch?«

Diese schüttelt verdutzt den Kopf. Dann lächelt sie. Man braucht kein besonders guter Menschenkenner zu sein, um zu bemerken, dass ihr Lächeln nicht echt ist. Was ist es wohl, worüber sie nicht sprechen will?

»Wechseln wir das Thema«, sagt sie schnell. »Ich muss bald zu Hause sein, damit ich morgen früh rauskomme.«

»Oder weil Joni es dir befiehlt?«, murmelt Ailu so leise, dass nur Saana es hören kann.

Wenig später geht Saana auf die Toilette. Als sie an den Tisch zurückkommt, ist Anet erneut nach draußen rauchen gegangen, und Ailu sitzt mit seinem Glas in der Hand da und starrt in die Ferne. Kaum hat Saana sich gesetzt, reicht er ihr eine zerknüllte Serviette. Verwundert greift sie danach und entdeckt eine Botschaft: *»Ich kann hier nicht reden, und ich reagiere auch nicht auf Anrufe von unbekannten Nummern. Ruf mich morgen um 10 Uhr an.«*

Die lange Straße führt durch die dichten, hügeligen Wälder. Hier und da gibt es Sümpfe, Fjellrücken, Stromschnellen, kleine Seen, felsige Hänge und Geröllfelder. Die Natur ist bereits verdorrt, und die Halme haben sich demütig zu Boden geneigt, um den herabfallenden Schnee zu empfangen. Myski starrt auf die Fahrbahn. Die Dämmerung hat eingesetzt, und ihm sind schon seit einer Weile keine Autos mehr entgegengekommen. Auf einmal fängt sein Wagen an zu vibrieren. Er zuckt zusammen und erschrickt, hauptsächlich vor seinem eigenen Zusammenzucken, denn das bedeutet, dass er sich in einer Art Schlafzustand befunden hat. Das Auto ist kurz davor, in den Graben zu gleiten. Myski kann es gerade so wieder zurück auf die Fahrbahn lenken. Entsetzt hält er am Straßenrand an und steigt aus. Er stützt die Arme auf die Knie und atmet die frische Luft so tief ein, wie er nur kann. Sein Bauch schmerzt, und seine Müdigkeit ist infernalisch. Einen Moment lang ist er sich nicht einmal mehr sicher, wohin er unterwegs war. Wollte er schon wieder die Angelintie entlangfahren, um nach Inga zu suchen? Nein, nicht nach Inga, sondern nach Silja. Myski reibt sich die Schläfen. Silja ist schon seit neun Tagen verschwunden. Er hat das

Gefühl, als laste eine unsichtbare Schuld auf ihm. Er schuldet es sich selbst und Inga, dass Silja wohlbehalten gefunden wird. In der Hoffnung, davon wach zu werden, verpasst er sich selbst einen Schlag auf die Wange und steigt wieder ein. Nachdem er ein Stück gefahren ist, bemerkt er am Straßenrand ein ihm wohlbekanntes Auto. Er setzt den Blinker und hält dahinter an. Neben dem Wagen steht Johan Weckman, wie auf Bestellung.

Myski grüßt ihn und steigt aus. Johan hält einen weißen Feldhasen in der Hand. Dieser hat den Schneefall wohl vorhergesehen, wird aber keinen Winter mehr erleben. Myski zittert. Unter der offenen Jacke trägt er nichts als ein T-Shirt.

Johan starrt abwechselnd ihn und den toten Hasen an.

»Rate mal, wie viele Vögel jedes Jahr im finnischen Straßenverkehr sterben«, sagt er blinzelnd.

»Ich bin nicht für Ratespiele hier, Johan«, sagt Myski.

»4,3 Millionen in ganz Finnland«, beantwortet Johan seine eigene Frage und starrt auf den baumelnden Feldhasen in seiner Hand. »Säugetiere und Amphibien je über eine Million«, ergänzt er.

Myski nickt nur. Ganz schön viel Tod, denkt er bei sich.

»Mich interessiert momentan nur ein Vermisstenfall. Ich habe mich gefragt, ob du mir da helfen kannst«, sagt er laut und hustet. Die kalte Herbstluft ist zu frisch für seine träge Lunge. Er verbringt seine Zeit hauptsächlich in Innenräumen und im Auto.

»Was?«, fragt Johan mit großen Augen und hält in seiner Bewegung inne.

»In der Tankstelle von Inari arbeitet eine gewisse Silja Kari. Kennst du sie?«

Johan nickt heftig. »Ich kenne Silja«, sagt er. »Ich habe die Suchmeldungen gesehen. Maija hat sie an die Wand gehängt. Sie sind überall.«

»Ich habe gehört, du hast Silja Schneehuhnfedern geschenkt?«, fährt Myski im Plauderton fort. Johan fängt an zu lächeln. Dann nickt er erneut.

»Weißt du, wo sie ist? Ihre Mutter macht sich große Sorgen.«

»Und Maija«, fügt Johan hinzu. »Maija macht sich auch Sorgen. Nein, ich habe Silja nicht gesehen.«

Myski starrt Johan an, und Johan starrt zurück. Keiner sagt ein Wort. In der Ferne ruft eine Krähe. Ein paar Autos fahren vorbei. Wenn man am Straßenrand steht, hat man den Eindruck, als würden sie in rasendem Tempo vorbeisausen.

»Du bist oft bei der Tankstelle.«

»Ja«, gibt Johan zu.

»Ich habe gehört, dass du von deinem Auto aus hineinschaust. Dass du Silja beobachtest.«

»Silja ist hübsch«, sagt Johan. Myski fällt die Zeitform auf. Johan hat nicht gesagt: »Silja war hübsch.« Das spricht für ihn.

»Es ist unhöflich, Leute anzustarren«, sagt Myski, weil ihm sonst nichts einfällt.

»Sein Schädel ist heil«, sagt Johan und hebt den Hasen-Kadaver ein wenig an. »Willst du ihn?«

Myski schüttelt den Kopf. »Sag mir Bescheid, wenn du Silja begegnest«, sagt er und gibt auf. Er ist sich nicht sicher, was er von Johan halten soll. Aus der Vergangenheit weiß er bereits, dass dieser nicht lügen kann. Aber möglicherweise verschweigt er ihm etwas.

Um Punkt 10 Uhr am nächsten Morgen ruft Saana Ailu an. Sie brennt vor Neugier, zwingt sich aber dazu, zuerst über lockere Themen zu sprechen.

»Sollte man um diese Jahreszeit nicht schon Polarlichter sehen?«, fragt sie. Zu ihrem Verdruss haben die Nordlichter in den Nächten, die sie bisher in Inari verbracht hat, nur durch Abwesenheit geglänzt.

»Inari liegt im Polarlicht-Oval, wenn der Himmel klar ist, kann man sie sogar oft sehen«, sagt Ailu stolz.

»Ich hatte noch kein Glück«, sagt Saana. »Außerdem war ich ziemlich geschockt, als mir klar wurde, dass der Winter hier über die Hälfte des Jahres andauert«, gesteht sie.

Ailu lacht.

»Halb so wild. Ab Anfang Dezember geht die Sonne nicht mehr auf. Aber vom Dämmerlicht der Polarnacht und dem Schimmern der Schneedecke versteht man im Süden nichts. Und im Januar sind die Tage schon zwischen einer und drei Stunden lang. Dann bricht die Dunkelheit, welche die Natur über uns gebreitet hat, allmählich auf, und wir kommen dem Licht wieder näher. Aber eins kann ich dir sagen – die Natur hat sich verändert. Es gibt hier nicht mehr so deutliche Unterschiede zwischen den Jahreszeiten wie früher. Das hat schon jetzt Auswirkungen auf meine Lebensgrundlage und die Geschöpfe der Natur. Wie gut kennst du dich mit Rentierhaltung aus?«

Saana schluckt. Am liebsten würde sie die traurige Wahrheit – dass sie gar nichts über Rentierzucht weiß – beschönigen. Aber sie ist überzeugt, dass Ailu den Schwindel heraushören würde.

»Na ja, ehrlich gesagt überhaupt nicht«, gesteht sie.

»Die Natur ist unser Ein und Alles. Schon die Menge der Pilze hat Auswirkungen auf das Wachstum der Rentiere. Und jetzt verändert sich alles zum Schlechteren, wird schwerer vorhersagbar«, schimpft Ailu. »Die Rentiere sind unglaublich anpassungsfähig, selbst ihre Augenfarbe verändert sich mit den Jahreszeiten. Im Sommer ist sie goldgelb, im Winter tiefblau.«

»Das wusste ich nicht«, antwortet Saana interessiert.

»Dadurch können sie in der Dunkelheit des Winters tausendmal besser sehen. Es wäre toll, wenn das bei mir auch so wäre«, sagt Ailu lachend.

»Was steht bei euch im Winter an?«, fragt Saana.

»Die Phase, die jetzt beginnt, von November bis Dezember, ist die blutigste. Den Dezember verbringen wir hauptsächlich mit dem Zerlegen von Fleisch. Im Januar und Februar haben wir dann Zeit zu schlafen.«

Saana prägt sich das Gesagte ein. Es würde perfekt zu einer Mordgeschichte passen.

»Ein halbes Jahr nach dem Mord an Inga ist die Polarnacht angebrochen. Die Rentierzüchter haben sich zurückgezogen, um ihre Tiere zu schlachten und das Fleisch zu zerteilen, und die Polizei hat weiter verzweifelt versucht, die Identität von Ingas Mörder herauszufinden. Damals wussten wir noch nicht, dass die Ermittlungen in eine Sackgasse führen und die nächsten zwanzig Jahre auf der Stelle treten würden. Die Bäume haben weitere Jahresringe gesammelt, und die Menschen, die damals jung waren, sind mit der stillen Erinnerung an einen Sommer aufgewachsen, in dem eine von ihnen plötzlich fort war.«

»Wie war Inga? Wie hast du sie in Erinnerung?«, fragt Saana, um zum Thema zu kommen.

»Wir haben uns in Ivalo im Wohnheim des Gymnasiums kennengelernt. Inga hat viel Zeit allein verbracht. Den Eindruck hat sie jedenfalls erweckt. In jedem Dorf gibt es jemanden, der anders ist als die anderen. Jemanden, in dem das Feuer des Lebens brennt und bei dem die anderen aufpassen müssen, sich nicht die Finger daran zu verbrennen. Inga war so jemand. Wir waren gern zusammen im Moor unterwegs, als Schüler haben wir manchmal Wochenendausflüge zur Schutzhütte gemacht. Aber damals im Sommer habe ich sie einmal bei einer seltsamen Lüge ertappt. Ich habe sie gefragt, ob sie mit mir eine Fjellwanderung machen will, aber sie sagte, sie würde bei Anet übernachten. Am selben Abend habe ich Anet allein im Supermarkt gesehen, und sie wusste nichts von Inga. Ich verstehe nicht, warum Inga mich anlügen musste. Es hätte gereicht, wenn sie gesagt hätte, dass sie nicht will. Als ich Anet davon erzählt habe, war sie genauso verwirrt, denn ihr hatte Inga gesagt, sie würde mit mir in die Berge gehen.«

»Wo war sie denn dann und mit wem?«, fragt Saana. Sie brennt vor Neugier.

»Sag du's mir«, meint Ailu.

»Ich versuche, mir ein Bild von der Familie zu machen«, sagt Saana. »Hat Inga je von ihrem Vater gesprochen?«

»Über ihren und Hetas Vater kursierten alle möglichen Gerüchte.« Ailu senkt die Stimme ein wenig. »Zum Beispiel, dass die beiden verschiedene Väter hätten. Dass Hetas Vater tot sei und sie nach ihm komme, da sie blond und kräftig ist. Aber Inga, Inga hatte dunkle Haare, war deutlich zierlicher, und auch ihre Haut hatte einen goldeneren Ton und wurde schnell braun.«

»Habt ihr manchmal darüber gesprochen? Was hat Ingas Mutter dazu gesagt?«

»Laut Inga wollte Anna-Liisa gar nicht darüber reden. Wenn ich eine Sache nennen müsste, die Ingas Leben beeinflusst oder die sie traurig gemacht hat, dann genau diese Ungewissheit über ihren Vater. In der Schule wurde gemunkelt, dass es Palokka senior sein könnte.«

»Im Ernst?«, fragt Saana.

»Das würde erklären, warum der Kerl damals so dagegen war, dass sein Sohn und Inga ein Paar waren.«

»Hat Inga jemals versucht, ihren Vater zu finden?«

»Na, jetzt kommen wir zum interessantesten Teil. Ich weiß mit Sicherheit, dass Inga genau zu Sommerbeginn etwas Neues über ihren Vater herausgefunden hat.«

»Was war das?«, fragt Saana mit großen Augen und hält den Atem an.

»Das ist es ja«, erwidert Ailu und hustet. »Sie konnte es mir nicht mehr erzählen. Sie meinte nur, dass sie etwas Entscheidendes herausgefunden habe und es mir erst sagen könne, nachdem sie mit ihrem Vater gesprochen hätte.«

Saana wird unruhig und fängt an, im Kreis durch die Hütte zu laufen. Ungeduldig wartet sie darauf, dass Ailu fortfährt. Aber mehr hat dieser nicht zu berichten.

Im Hintergrund sagt jemand etwas.

»Ich muss los, aber ich vertraue darauf, dass du dir aus den Geschehnissen am Ende ein besseres Bild machen kannst als ich damals.«

»Bevor wir aufhören, wollte ich dich noch eine Sache fragen«, sagt Saana. »Warum wolltest du vor Anet nicht über Inga sprechen?«

»Anet würde sauer werden, wenn ich sagen würde, dass Inga uns angelogen hat. Es ist, als wolle sie eine gewisse Illusion aufrechterhalten. Oder sie hat wegen irgendetwas ein schlechtes Gewissen.«

»Was könnte das sein?«

»Vielleicht hat sie Angst aufzufliegen. Damals im Sommer haben die Mädels im Hotel geputzt. Anet hatte immer ziemlich viel Geld übrig. Das kann sie auf keinen Fall nur für das Putzen bekommen haben. Inga hat befürchtet, dass es Anet mit diesen alten Kerlen noch schlecht ergehen würde. Aber darüber durfte man nicht sprechen.«

Nach der Verabschiedung legt Saana das Smartphone nachdenklich vor sich auf den Tisch und sieht durch das Fenster hinaus in den Garten. Dann fügt sie der Liste der Verdächtigen in ihrem Notizheft widerwillig Anets Namen hinzu. Auch das Profil der siebzehnjährigen Inga nimmt langsam Gestalt an. Das Glanzbild ist nur die eine Seite, aber offensichtlich ist da noch viel mehr. Saana nimmt Hetas Stapel zur Hand und fängt an zu blättern. Sie ist sich sicher, dass Heta darin explizit Überlegungen zu ihrem Vater angestellt hat.

GEATKI

Das endlose Licht hat sich über Inari herabgesenkt, und ich weiß, dass ich nachts nicht mehr schlafen können werde. Im Sommer konnte ich das noch nie, nicht hier. Jeden Sommer strömt die Energie durch meine Adern, schlängelt sich hindurch wie kleine Glühwürmchen. Mein Mund ist zu einem Grinsen verzogen, mein Gehirn in Wallung.

Nachdem ich wieder ein wenig zu Kräften gekommen bin, hole ich meine Mutter für ein paar Tage in ihr vertrautes Zuhause. Ich habe ihr Bett bezogen, den Kühlschrank mit Essen gefüllt. Am Abend werden wir die Sauna anheizen. Ich hake mich bei meiner Mutter unter und führe sie hinein. Im Flur schreckt sie zurück, sieht mich fragend an.
»Hier hast du gewohnt. Jahrzehntelang haben wir hier gewohnt, Mama. Du erkennst doch unser Zuhause.«
Meine Mutter erwidert mein Lächeln, aber es kann die Verwirrung in ihrem Gesicht nicht verbergen. Erst als sie merkt, dass ich mich fortbewege, geht auch sie weiter. Wir betreten gemeinsam das Wohnzimmer, und ich setze sie in den Sessel. Erst dann erwacht sie aus ihrer Starre, richtet sich auf und lässt ihren Blick durch den Raum schweifen.
»Wann kommt mein Schatz?«, fragt sie mit leuchtenden Augen. Sie lockert ihr Haar auf und zupft ihre Bluse zurecht. Ich bin verwirrt, da ich nicht weiß, von wem sie spricht. Ich befürchte, dass sie meine Schwester meint. Es wäre schrecklich, ihr immer und immer wieder sagen zu müssen, dass eines ihrer Kinder, ihre jüngste Tochter, gestorben ist. Aber sie sieht mich beinahe wütend an und sagt: »Geatki natürlich!«
Der samischsprachige Name kommt ihr so leicht über die Lippen, dass klar ist, dass sie ihn schon öfter ausgesprochen hat.
»Wer?«, frage ich zaghaft.
»Mein Mann, Geatki«, sagt sie und strahlt wie frisch verliebt. Man sagt, das Kurzzeitgedächtnis bereite Menschen mit Gedächtnisstörungen die größten Schwierigkeiten. Am meisten Wachsamkeit erfordern die Dinge, an die man sich im Alltag erinnern muss. Niemand weiß, wie schnell Mutters Alzheimer voranschreiten wird, aber bereits im Laufe dieser kurzen Begegnung ist mir klar geworden, dass sie haupt-

sächlich in der Vergangenheit lebt. Aber Geatki? Ich kann mich nicht daran erinnern, das Wort schon einmal gehört zu haben. Zumindest nicht aus ihrem Mund.
»Habt ihr ein Treffen vereinbart?«, frage ich höflich und versuche, mich in die Szene, die in ihrer Vergangenheit stattfindet, hineinzuversetzen. Ich weiß nicht, in welchem Jahr sie lebt oder ob ich für sie in dieser Vergangenheit überhaupt schon existiere. Jetzt starrt sie mich missbilligend an, als wäre ich ein Eindringling. Dann summt sie einfach vor sich hin. »Es wäre besser, wenn du nicht hier wärst, wenn er kommt. Wir treffen uns allein, das verstehst du sicherlich«, sagt sie und richtet sich wachsam in ihrem Sessel auf, als wolle sie horchen, ob er draußen schon zu vernehmen sei.
Ich lasse meine Mutter für einen Moment im Wohnzimmersessel sitzen und gehe in den Flur. Das alte Festnetztelefon steht immer noch unverändert auf dem dunkelgrünen Telefonschränkchen. Ich hole einen geöffneten Briefumschlag und einen Bleistift, der schon eine Weile nicht mehr gespitzt worden ist, aus der unaufgeräumten Schublade. Mit zitternden Händen reiße ich ein kleines Stück des Umschlags ab, schreibe »Geatki« darauf und stecke ihn mir in die Jeanstasche. Wer zum Teufel ist Geatki? Von wem hat meine Mutter gesprochen?
Ich gehe in die Küche und schalte die Kaffeemaschine ein. Als ich mit dem Tablett zurück ins Wohnzimmer komme, ist meine Mutter in sich zusammengesunken.
»Er ist nicht gekommen«, sagt sie.
Ich betrachte ihre Hände. Die einst so glatte Haut ist mit Adern übersät. Ihre Finger sind gekrümmt, die Knöchel geschwollen. In ihrem Schoß liegen die Hände einer Greisin. Es fällt mir schwer zu akzeptieren, dass meine Mutter verschwunden ist und es an ihrer Stelle nur noch diese alte Frau

gibt. Ihre von der Arbeit gezeichneten Hände. Wie stark sie einmal waren.
Ich habe den Tisch mit dem Sonntagsgeschirr gedeckt. Es war meiner Mutter so wertvoll und wichtig, dass man es nie verwenden durfte. Unbenutzt wartete es im Schrank auf einen besonderen Moment, der nie kam.
»Ich habe zwei Kinder. Eines davon ist ein Sternenkind«, sagt sie und wiegt sich vor und zurück.
»Johan hat gesagt, er kommt morgen vorbei, um Hallo zu sagen«, sage ich zu ihr. »Heizen wir die Sauna an«, füge ich dann sanft hinzu und streichle ihre Hand, die auf dem Tisch liegt. Meine Mutter blickt abwechselnd auf ihre Kaffeetasse, zu mir und dann wieder aus dem Fenster. Vielleicht erkennt sie die Landschaft wieder, die sie schon seit 1973 betrachtet hat.
Zum Abendessen mache ich uns Rentierbraten. Er wird nicht ganz so gut, wie ich gehofft habe. Ich bin das Kochen nicht gewohnt. In den letzten Jahren habe ich vor allem in Restaurants gegessen oder hastig etwas vor dem Computer heruntergeschlungen. Meiner Mutter scheint die Qualität des Essens nichts auszumachen. Sie isst mit Appetit den ganzen Teller leer. Schon gegen sieben helfe ich ihr in warme und weiche Kleidung und führe sie zu ihrem Bett. »Frau Weckman geht normalerweise gegen halb acht schlafen«, hat mir die Pflegerin gesagt, als wir gegangen sind. »Sagen Sie Bescheid, wenn etwas ist. Sie erreichen uns unter dieser Nummer«, hat sie noch hinzugefügt und mir die Nummer der diensthabenden Pflegerin in die Hand gedrückt. Ich weiß, wie ich in ihren Augen gewirkt haben muss: wie eine kaltherzige Angehörige, die sich nur einmal im Jahr blicken lässt und jetzt aufgetaucht ist, um ihre Mutter für zwei Nächte zu retten wie irgend so eine Heldin. Sie durchschauen mich,

dachte ich, als ich bemerkte, wie die Pflegerin uns auf dem Gang hinterhersah. Sie wussten, dass es hier im Grunde um mich geht. Ich versuche, mein Gewissen damit zu beruhigen, dass ich meiner Mutter einen Besuch in einem Zuhause organisiere, an das sie sich nicht einmal mehr erinnert. Aber es ist viel zu spät für Wiedergutmachungen.

Mutter rollt sich im Bett in Embryonalstellung zusammen. Es versetzt mir einen Stich ins Herz, wenn ich sie so eingerollt und zerbrechlich sehe wie ein kleines Kind. Ich stelle mich neben sie, streichle ihr über die Wange und richte die Decke so aus, dass sie es so bequem wie möglich hat.

Als ich sie zurück ins Heim bringe, frage ich das Pflegepersonal, ob sie meine Mutter schon einmal von Geatki haben sprechen hören.

»Ist das ein früheres Haustier?«, fragt eine der Pflegerinnen.

Ich zucke mit den Schultern. »Eher nicht. Ich weiß nicht, wer oder was es sein könnte, darum frage ich Sie.«

»Von so etwas hat Frau Weckman noch nie gesprochen«, sagt die Pflegerin dann und macht auf dem Absatz kehrt.

Nachdem ich meine Mutter in der Einrichtung zurückgelassen habe, verspüre ich seit Langem einmal wieder Hunger.

Am Morgen beginnt es zu regnen. Saana lauscht den Windböen, die Wassertropfen gegen das Blechdach und die Fenster schleudern. Sie macht sich eine große Tasse Kaffee und denkt darüber nach, ob sie diesen Regentag dazu nutzen sollte, Anna-Liisa Weckman im Altenheim zu besuchen. Sie ruft Heta an, aber diese hebt nicht ab. Also schickt sie ihr eine Nachricht: »Heute könnte ich deine Mutter besuchen. Hoffentlich ist das okay.«

Hetas Antwort kommt sofort: »Okay. Ich gebe der Pflegerin Bescheid, dass du kommst.«

Sofort folgt eine zweite Nachricht: »Ich habe noch mehr Text ins Reine geschrieben.«

Noch mehr Text? Saana vergewissert sich, ob sie richtig gelesen hat. Hat Heta ihr also noch mehr Aufzeichnungen geschickt?

Zu ihrer Überraschung findet sie in ihrem Postfach tatsächlich eine Nachricht von Heta mit einem angehängten Textdokument. »Mein Leben ist immer noch unvollkommen«, lautet der Betreff. Saana beschließt, die Mail später zu lesen.

Das Pflegeheim für Menschen mit Gedächtnisstörungen liegt in Ivalo. Ohne etwas zu frühstücken, fährt sie los.

Im Pflegeheim ist es still, als Saana vor die kleine Empfangskabine tritt, in der eine Pflegerin sitzt.

»Ich komme, um Anna-Liisa Weckman zu besuchen«, sagt Saana und macht sich darauf gefasst, ihr Anliegen erklären zu müssen, doch das ist anscheinend nicht nötig. Die müde wirkende Pflegerin nennt ihr nur die Zimmernummer und deutet nach links.

Saana macht sich auf die Suche nach dem richtigen Raum. Altenheime hat sie noch nie gemocht. Sie weiß noch, wie ihre Oma ins Heim gebracht und der aus der Küche strömende Duft von Pfannkuchen vom sterilen Geruch der Putzmittel und des Plastikteppichs abgelöst wurde, wenn sie sie besuchten. Omas ganzes Leben war in ein paar wenige Kartons gepackt worden.

Die richtige Tür ist schnell gefunden, sie steht offen. Saana setzt einen Gesichtsausdruck auf, als würde sie ihre eigene Oma besuchen. Als wolle sie alles mit einem einzigen freundlichen Lächeln retten.

Eine grauhaarige Frau sitzt in einem Sessel und schaut aus dem Fenster.

»Guten Tag«, sagt Saana und bleibt im Türrahmen stehen.

Sie will warten, bis die Frau sich umdreht und sie wahrnimmt. Demenzkranke können sich in überraschenden Situationen leicht erschrecken.

Doch als die Frau sich ihr zuwendet, ist ihre Reaktion ganz anders, als Saana erwartet hat.

»Endlich«, sagt sie, steht mühsam auf und kommt mit ausgebreiteten Armen auf Saana zugetappt.

»Es tut mir leid, dass ich nicht auf Besuch vorbereitet bin. Aber fahren wir einfach direkt heim, ich habe schon gepackt.«

Saana schluckt, und es dauert einen Moment, bis ihr klar wird, dass die alte Frau sie für eine Verwandte hält, die gekommen ist, um sie nach Hause zu holen. Ihr Zimmer im Seniorenheim ist nicht ihr Zuhause. Vielleicht ist es die Wohnung in Angeli, umgeben von Natur.

»Wir haben es nicht eilig«, sagt Saana. Wenn sie ihre Oma besuchte, schien diese sich ebenfalls nur an Dinge aus der Vergangenheit zu erinnern. Manchmal, wenn Saana nicht die Energie hatte, alles immer wieder von vorn zu erklären, schauten sie sich nur Fotos an, und an Tagen, an denen sie sich sensibel fühlte und Mitleid mit ihrer Oma hatte, die allein im Dunkeln in ihrem Zimmerchen ausharrte, tat sie manchmal so, als wären ihre Geschichten wahr. So macht sie es auch jetzt.

»Setzen wir uns erst einmal kurz«, sagt sie zu Anna-Liisa.

»Wie war deine Reise? Ich habe dir im Obergeschoss noch kein Bett bezogen, aber das kriegen wir schon hin. Heta kann mir helfen«, sagt die alte Frau und starrt mit unfokussiertem Blick an Saana vorbei.

»Die Reise ist gut verlaufen, danke. Aber ich bleibe nicht über Nacht. Ihre Tochter Heta hat versprochen, dass ich ein paar von Ingas Sachen holen könnte«, versucht es Saana.

»Ingas?«, wiederholt die Frau und legt den Kopf schief, als würde sie versuchen, irgendetwas zu erfassen. Aber dann geht sie nur zurück zu dem Sessel vor dem Fenster und schaut wieder hinaus.

»Hoffentlich stört es Sie nicht, wenn ich mich mal umschaue?«, fragt Saana und zählt die Sekunden, bis sie dieser bedrückenden, unangenehmen Situation entfliehen kann.

»Könnte ich die Kiste mit Ingas Sachen bekommen?«, fragt sie noch einmal. Sie kann das Zimmer ja schlecht auf eigene Faust durchsuchen.

»Aber sie sind nicht mehr hier. Er hat sie schon abgeholt. Dieser Mann.«

»Welcher Mann?«, fragt Saana. »Erinnern Sie sich an den Namen?«

Aber die Frau lächelt nur und scheint sie nicht zu verstehen.

»Ich dachte, dass ... also ...«

»War er vielleicht ein Polizist? Hat ein Polizist Ingas Sachen geholt?«

»Ach du lieber Gott, ist etwas passiert?«

Saana blickt auf die in ihrer eigenen Welt lebende Frau. Es kommt ihr so vor, als könnte diese die Gegenwart immer für einen kurzen Moment greifen und einen kleinen Funken davon wahrnehmen, würde dann aber wieder in den Tiefen ihres zerrütteten Geistes versinken.

»Aber die hier hat er nicht gefunden«, sagt Anna-Liisa plötzlich, steht schwerfällig auf und holt eine Plastikmappe aus einer kleinen Kommode.

Zögernd greift Saana danach. Ob wirklich jemand im Zimmer gewesen ist?

Sie dankt der Frau für das Treffen und dreht sich um, um zu gehen.

»Wo willst du denn hin?« Anna-Liisa kommt wieder zur Besinnung und wirft ihr einen misstrauischen Blick zu.

»Ich leihe mir das kurz aus. Natürlich bringe ich bald alles wieder zurück.«

Die alte Frau sieht Saana an, verengt die Augen und sagt nichts mehr. Saana erwidert ihren Blick und lächelt. Sie versucht, ihr zu verstehen zu geben, dass alles in Ordnung ist. Kurz darauf kehrt Anna-Liisa schweigend zurück zum Fenster. Saana schluckt den Kloß in ihrem Hals hinunter. Erinnerungen an ihre Oma, als diese bereits den Bezug zur Wirklichkeit verloren hatte, schießen ihr durch den Kopf. Das gleiche Lächeln, aber in ihren Augen konnte man es erkennen. Die Augen waren bereits im Reich des ewigen Lebens. Und das nimmt einem am Ende alles.

Zurück auf dem Parkplatz, legt Saana die dunkelblaue Mappe auf den Autositz und seufzt erleichtert auf.

Wenn ihre Oma noch leben würde, wäre jetzt der richtige Zeitpunkt, sie anzurufen und zu fragen, wie es ihr geht. Es nicht so zu machen, wie sie es damals getan hat: die Großeltern für unsterblich zu halten und sich viel zu selten zu melden.

Saana startet das Auto nicht sofort, sondern betrachtet das Gebäude, aus dem sie gerade gekommen ist. In einem der Fenster des weißen Hauses ist die Gestalt der alten Frau zu erkennen. Sie sieht aus wie ein Geist. Saana hebt die Hand und winkt. Das Fenster spiegelt so sehr, dass sie nicht erkennen kann, ob Anna-Liisa Weckman zurückwinkt.

Auf jeden Fall hat sich der Besuch gelohnt. Sie hat eine Mappe bekommen. Aber hat es noch mehr Sachen gegeben? Ist jemand vor ihr hier gewesen?

In der Hütte fängt Saana vorsichtig an, die Klarsichthüllen in der Mappe umzublättern.

Eine comicartige Zeichnung mit einem Wald und einem

Frosch im Vordergrund fällt ihr ins Auge. Auf dem Papier befindet sich lediglich ein kurzer Vermerk. Ein unvollendeter Gedanke Ingas über das Millennium. Die Jahrtausendwende, für die im Vorfeld alles Mögliche prognostiziert worden war.

Das Millennium. Der örtliche Schamane macht Prophezeiungen mit einer Kröte. Sagt einen Machtwechsel vorher, meint, die Natur würde die Macht übernehmen. Und viele glauben das, denn es ist die einzige Weissagung, die ihre Sprache spricht.

Saana nimmt ein gefaltetes Blatt heraus, das Fotos enthält. Obenauf liegt ein Bild, auf dem Inga in einer Hütte steht, in ein Mückennetz gehüllt wie in einen Brautschleier, und anmutig lächelnd in die Kamera blickt. Sie war hübsch. Auch wenn ihr Blick ein wenig frech ist, handelt es sich nicht um ein Spaßbild. Inga schaut den Fotografen zärtlich an, wie frisch verliebt. Mit einer Hand hält sie das Netz fest, eine dünne Schicht davon bedeckt die Hälfte ihres Gesichts mit zartem Weiß.

Auf einem anderen Foto steht sie vor einer großen Kiefer und hält einen Amethyst in der Hand. »Zwei Edelsteine aus Lappland«, steht auf der anderen Seite des Bildes.

Auf den Rückseiten der Fotos befinden sich Reste von blauer Klebeknete. Vielleicht haben sie einmal an Ingas Zimmerwand gehangen. Hat die Person, die bei Anna-Liisa war, vielleicht genau danach gesucht?

Saanas Blick verharrt auf der Landschaft hinter Inga. Dort sieht es genauso aus wie an der Stelle, an der das Mädchen gefunden wurde. Hat der Ort also doch eine gewisse Bedeutung? Hat Inga dort häufig Zeit verbracht?

Saana nimmt noch einmal das vorherige Bild, auf dem Inga den Mückennetzschleier trägt, in die Hand. Wurde das in der einsamen Hütte nahe dem Tatort aufgenommen? Schwer zu sagen. Blockhütten gleichen einander wie ein Ei dem anderen, und von der Hütte auf dem Bild ist nicht viel zu erkennen. Aber in einem ist Saana sich sicher: Der Amethyst auf dem anderen Bild sieht genauso aus wie der Stein in Ingas Zimmer in Angeli.

Vielleicht war er ein Geschenk, überlegt Saana. Kann es sein, dass Inga ihn von der Person bekommen hat, in die sie verliebt war? Saana bekommt den Gedanken nicht mehr aus dem Kopf. Inga, die in das Auto eines Unbekannten einsteigt, Inga, die verliebt den Fotografen ansieht, ein Unbekannter, der Inga ein Geschenk macht, einen Edelstein aus Lappland. Und schließlich Inga tot unter freiem Himmel.

In der nächsten Klarsichthülle ist eine Landkarte in norwegischer Sprache. Sie bildet eine Gegend namens Kautokeino ab. Auf der Karte befinden sich keine Vermerke.

Als Nächstes kommt ein Heft aus Pappe zum Vorschein, das mit einer Schnur zusammengebunden ist. »Ingas Herbarium«, steht darauf. Saana öffnet die Schnur und blättert vorsichtig durch die Seiten, die sich leicht gewellt haben. Sie sind mit Pflanzen beklebt, die Inga in den Wäldern und Fjells gesammelt haben muss.

Saana erkennt nur zwei der Gewächse: die Weiße Silberwurz und die Trollblume. Die Silberwurz hat sie bereits auf Websites über Lappland gesehen, und die gelbe Trollblume, die zu Mittsommer blüht, hat auch Anet erwähnt. Trollblumen findet man in dieser Gegend in Hainen, entlang von Flüssen und Bächen und auf Tundrawiesen. Die letzte Seite ist mit selbst klebender Folie überzogen, eine Pflanze namens Schnee-Felsenblümchen prangt darauf. »Das Schnee-Felsenblümchen gehört zu den Draba-Arten«, hat Inga in säuberlicher Handschrift auf das dicke Papier geschrieben. Vielleicht war das ihre Lieblingsblume. Eine hübsche, kleine, seltene Pflanze.

Saana klappt das Herbarium vorsichtig zu und legt es auf den Tisch. Als Nächstes holt sie einen Stapel Noten heraus und blättert durch die Seiten aus Kopierpapier, auf denen samische Liedtexte stehen. Hier und da hat Inga Anmerkungen an den Seitenrand geschrieben.

Aus den Noten fällt ein kleiner Zettel heraus. »Ich bin das Licht, das dich ins Dunkel führt«, hat jemand in ordentlicher Blockschrift auf das Papier geschrieben, das aussieht, als wäre es von einem größeren Blatt abgerissen worden. Es ist schon einmal gefaltet worden, und die weich gewordene Oberfläche könnte darauf hindeuten, dass es in der Hosentasche getragen wurde. An den Rändern des Zettels ist ein wenig bläuliche Farbe zu erkennen, die von einer Jeans stammen könnte.

Im Heft und an den Notenrändern ist Ingas Schrift schön und schnörkelig, der Text auf dem Zettel hingegen besteht aus deutlichen Großbuchstaben. Saana ist sich fast sicher, dass die Schrift auf dem Zettel nicht Ingas ist. Mit einem Mal erscheint ihr dieses kleine Detail wichtig. Inga hat den Zettel aufbewahrt. Ob er eine Nachricht von jemandem ist, der ihr wichtig war?

Saana macht ein Foto davon. Der mit Bleistift geschriebene Satz ist über die Jahre verblichen, aber man kann ihn immer noch lesen.

»Von wem hast du den bekommen?«, fragt Saana laut und befühlt das weiche Papier. Sie legt es auf den Tisch und streicht mit den Fingerspitzen darüber, als könnte sie allein durch die Kraft der Berührung die Wahrheit wie einen Geistesblitz empfangen.

Auf einmal hat sie eine Idee. Sie greift nach dem Foto und vergleicht die Handschriften. »Zwei Edelsteine aus Lappland« wurde mit der gleichen Handschrift geschrieben wie der Satz auf dem Zettel. Wie sie vermutet hatte. Der Verfasser könnte in beiden Fällen derselbe sein.

Saana geht zum Kühlschrank, macht sich zwei Käsebrote und schickt dann eine Frage an Heta:

»Ich habe Ingas Noten gefunden. Hat sie bei irgendjemandem Gesangs- oder Musikunterricht genommen?«

Heta antwortet kurze Zeit später:

»Inga hat ein bisschen Klavier gespielt. Ab und zu hatte sie ein paar Unterrichtsstunden. Und sie hat mit Mihkku gesungen. Warum?«

»Kennst du den Klavierlehrer? Würde gern mit ihm sprechen«, schreibt Saana zurück und freut sich, dass sie Heta zufällig erreicht hat.

»Leider nicht. Der Musikunterricht fand wohl in der Schule in Ivalo statt. Vielleicht kennt ihn einer der Lehrer«, bekommt sie zur Antwort.

Saana fällt der neue Text, den Heta ihr geschickt hat, wieder ein, und sie fängt an, ihn zu lesen. »Weiteres Material«, lautet die Überschrift des Dokuments. Saana scrollt durch die Seiten, und eine Stelle, an der von einer Person namens Bambi die Rede ist, erregt ihre Aufmerksamkeit:

Liebes Tagebuch,
ich musste auf andere Gedanken kommen und bin durch die Gegend gefahren, umgeben von Stille. Vom Auto aus habe ich alle beobachtet. Der da drüben und die, immer am Herumschnüffeln, was die anderen treiben. Bambi saß neben mir und hatte das Fenster offen, obwohl es draußen regnete. Wir fuhren die ruhigen Straßen entlang und hörten Radio. Bambi sang zu den alten Schlagern, ich hatte keine Lust. Ich dachte an Eivor. Sie ist immer gelassen, immer liebenswürdig, immer bescheiden. Ist so jemand nicht einfach verdächtig? Seit jeher erscheinen ihr Vorboten. Ich frage mich, ob sie meinen Plan vorhergesehen hat. Was ich tun würde, wenn ich endlich den Schuldigen fände. Als der Regen pausierte, versuchte Bambi, mich aufzuheitern, und schlug vor, in den

Wald auf Schneehuhnjagd zu gehen. Ich nickte. Ich wusste, dass sie sich nicht für die Beute interessierte. Sie wollte nur schießen.
Wir hielten am Straßenrand in der Nähe des Fjells Muotkatunturi. Ich war nicht mehr in so guter Kondition wie in jüngeren Jahren, aber während wir durch den Moorwald liefen, bespaßte Bambi mich mit ihren Beobachtungen über die Leute. Ihrer Meinung nach sind die meisten Menschen bemitleidenswerte Gefangene ihrer unterdrückten Wünsche und Begierden. Wie ich zum Beispiel. Bambi meinte, ich solle mich auf keinen Fall mehr mit dem Moormann abgeben. Obwohl sie eine gute Freundin ist, meine einzige, um genau zu sein, hatte ich nicht vor, ihr zu gehorchen. Das hatte ich zuvor auch nicht getan.
Kurze Zeit später traf ich den Moormann zufällig wieder. Es passierte bei der Tankstelle, an einem Tag, an dem ich glücklicherweise ohne Bambi unterwegs war. Bevor ich es überhaupt bemerkte, stand ich schon direkt neben ihm. An seiner Gestik konnte ich nicht ablesen, ob unsere Begegnung für ihn etwas Gutes oder Schlechtes war, aber immerhin wies er mich nicht zurück. Ich fragte mich, was für ein Leben er führte, was für eine Frau er hatte. Obwohl ich es nicht wollte, dachte ich darüber nach, wie unsere Kinder ausgesehen hätten. Seine eventuellen tatsächlichen Kinder wollte ich nicht sehen. Das hätte zu sehr wehgetan.
»Hallo«, sagte er und sah mir direkt in die Augen. Seit unserer ersten Begegnung nannte ich ihn den Moormann. Er mochte Moore und das Meer, unser Meer.
»Hallo«, sagte ich und musste den Blick auf den Boden richten, um ihn nicht zu umarmen.
Wenig später warfen wir unsere Kaffeebecher weg und gingen schweigend hinaus auf den Parkplatz. Ich überlegte,

warum er mich nicht fragte, wie es mir ging. Vielleicht traute er sich nicht. Vielleicht fürchteten alle, dass durch die Frage die Trauer aus mir herausströmen würde und sie darin ertrinken würden. Einst hätten meine Tränen einen großen Teich gefüllt. Doch jetzt nicht mehr. Sie waren versiegt. Übrig war nur noch ein träges Gefühl. Und der Durst nach Rache.

Wir blieben vor seinem Auto stehen. Ich sah, wie er zögerte. Wie zur Ermutigung nickte ich ihm zu. »Gehen wir zum Strand?«, fragte er.

»Okay«, sagte ich. Bei unseren Verabredungen waren wir immer mit seinem Boot auf den See hinausgefahren.

Wie aus Versehen streifte er meine Hand, und da war es. Das Knistern zwischen uns. Es war immer da gewesen und nie verschwunden. Ich fragte mich, wie er mich wahrnahm, seine älter gewordene Jugendliebe. Hoffentlich sah er, dass ich bereit gewesen wäre, wenn er nur ...

»Warte«, sagte er seufzend. Das Handy in seiner Jackentasche hatte angefangen zu klingeln. Ich sagte nichts und ließ ihn seine Antworten in den Hörer brummen. Ich starrte auf die vor uns liegende Seenlandschaft. Unser Meer, das Inga fast genauso sehr geliebt hat wie die Fjells. Ich fürchte es eher. Das fiel auch ihm wieder ein. »Hast du immer noch Angst vor Wasser?«, fragte er lachend und schien sich fast zu freuen, als ich nickte.

»Keine Sorge, du bist mit mir hier«, sagte er, zog mich mit einem Ruck an sich, obwohl wir uns auf trockenem Boden befanden. Die Umarmung war wie ein Stromschlag, der meinen ganzen Körper durchfuhr und meine Lust weckte.

Ich weiß nicht, welcher Moment es genau war – der, in dem sein Handy erneut klingelte, weil ihn jemand vermisste, und wir früher umkehren mussten, als er geplant hatte? Oder der, in dem ich Inga erwähnte? Jedenfalls sah ich, wie er sich

plötzlich in sich selbst zurückzog und Anstalten machte zu gehen. Der Augenblick war ruiniert.
»Inga mochte diesen Ort.« Das waren die Worte, die ich sagte. Vielleicht waren sie es, die die aufgeladene Atmosphäre zerstörten. Vielleicht wurde ihm klar, dass mich die Erinnerung an Inga niemals loslassen würde. Sie würde mich immer verfolgen. Wenn er bei mir war, würde sie sich auch über ihn herabsenken.
Im Raum war es kalt. Von draußen drang das Keckern eines Moorschneehuhns herein. Die Regenrinnen tropften.
Es war seine Waldhütte, ein kleines Stück Welt, über die er seinen eigenen Worten nach herrschen und die er nur für sich haben durfte. Ich wollte ihn aus seiner Ehe retten, obwohl ich wusste, dass er deren schlechten Zustand nur übertrieb, um mich aufzuheitern. Er kam einen Schritt auf mich zu, zog mir mein Oberteil aus. Ich fügte mich schweigend. Durch die kalte Raumluft bekam ich Gänsehaut, und meine Brustwarzen wurden hart. Ich fragte mich, ob er unterscheiden konnte, ob das an der Kälte oder meiner Erregung lag. Ich war mir selbst nicht sicher, was ich empfand. Vielleicht hatte ich geglaubt, dass es sich anders anfühlen würde. Sein Griff wurde fester, da wusste ich, dass ich die Schwelle überschritten hatte. Es gab kein Zurück mehr. Er roch noch genauso: nach Lagerfeuer, Harz und Fichtensprossen. Selbst als er seine Klamotten auszog, blieb der Geruch.
Als wir fertig waren, war mir heiß. Das einzige Fenster der kleinen Hütte war beschlagen. Ich zog mir kurz sein Flanellhemd über, während er Holz im Kamin nachlegte.
Ich betrachtete seine Hände. Es war schön, ihn bei seinen routinierten, mühelosen, sorgfältigen Handgriffen zu beobachten. Wir legten uns wieder nebeneinander auf die Pritsche und zogen die Decke über uns.

»Du hast dich verändert«, sagte er, während wir uns eng aneinanderkuschelten.
»Was willst du damit sagen?«
»Du bist ernster und lächelst nicht mehr. Ab und zu habe ich das Gefühl, als hättest du zwei Seiten«, meinte er, ohne es genauer zu erklären.
Zwei Seiten? Das naive, junge Ich und die Frau, die ich jetzt bin? Was meine Ernsthaftigkeit betraf, hatte er vielleicht recht. Ich weiß nicht, wann ich zuletzt gelächelt habe.
Das Feuer im Kamin ging aus, weil wir uns nicht voneinander lösen konnten. Schließlich mussten wir aber aufstehen. Ich holte von draußen Holzscheite und brachte einen kalten Luftschwall mit herein, so wie man im Sommer immer Mücken mit hereinbringt. Aber es war erst Mai.
Er bewahrte die Streichhölzer in einem Glas auf, trotzdem hatte die Feuchtigkeit sie in Beschlag genommen. Mit meinen vor Kälte roten Fingern steckte ich zwei von ihnen auf einmal an. Kälte kann ich gut ertragen. Immerhin spüre ich dann etwas. Sie brennt auf der Haut und schmerzt an den Zehen, aber zumindest weiß ich so, dass ich am Leben bin. Jetzt spürte ich seinen Blick auf meinem Rücken. Ich hatte nur das offene Hemd an, nicht einmal eine Unterhose.
Inga sagte manchmal, ich hätte eine lebhafte Fantasie, würde das Böse auch dort sehen, wo es nicht war.
Der Moormann fing an, mich zu nerven. Ich ging für einen Augenblick nach draußen. An der Wand wuchs Sumpfporst. Er war noch nicht zu neuem Leben erwacht, aber ich konnte mich gut erinnern, wie er duftete. Nach Kiefernseife, nach sommerlichem Juli, nach einem trockenen, sonnendurchfluteten, kiefernbewachsenen Bergkamm. Doch hier gab es nur Sumpf, so weit das Auge reichte.
Ich dachte an meine Mutter, an ihre Einsamkeit. Mein Vater

verbrachte viel Zeit auf Dienstreisen. Manchmal Wochen am Stück, manchmal sogar Monate. Und Mama liebte den Sumpf, streifte durch die Wälder, sammelte Beeren und beobachtete die Tiere. Ob sie dort Geatki getroffen und sich in ihn verliebt hatte? Und daraus Inga entstanden war?

Als ich zurück in die Hütte kam, wirkte der Moormann verändert. Vielleicht hatte er nur ein schlechtes Gewissen wegen der Dinge, die wir getan hatten, aber sein Blick war angriffslustig.

»Kannst du dich wirklich nicht mehr an die Nacht erinnern?«, fragte er und starrte mir in die Augen. Ich erwiderte seinen Blick, versuchte, nicht zu blinzeln. Angeblich tut man das, wenn man lügt. Das liegt daran, dass man es erst vergisst, weil man sich auf seine Lüge konzentriert, und dann muss man plötzlich ganz viel blinzeln, weil die Augen trocken werden.

Ich wollte wissen, welche Nacht er meinte.

»Ich habe dich damals am Sonntag in Inari gesehen, 1998, als Inga verschwunden ist. Verstehst du?«

Ich starrte ihn an und schnappte nach Luft. Dann kniff ich mich selbst, musste sichergehen, dass ich nicht verrückt wurde. Es tat weh, aber immerhin spürte ich etwas.

»Das verstehe ich nicht«, stammelte ich. »Ich steckte damals in der Arbeit fest.«

Er schüttelte den Kopf. »Du warst damals hier. Weißt du das wirklich nicht mehr?«, fragte er mit einer Wucht in der Stimme, die mich fast erdrückte. Ich schluckte.

»War ich nicht, ich bin mir sicher, dass ich das nicht war, daran würde ich mich doch erinnern …«

»Erinnern?«, wiederholte er. »Erinnerst du dich noch an irgendetwas von dem Abend neulich, an dem wir uns in der *Namenlosen* getroffen haben?«

»Wir haben uns getroffen und hatten ein paar Drinks. Das war's.«
»Ist das alles, woran du dich erinnerst? Weißt du nicht mehr, dass du so betrunken warst, dass ich dich nach Hause gefahren habe? Ich habe dich zur Tür geführt und dich nach oben in dein altes Zimmer gebracht. Ich habe dir Jacke und Schuhe ausgezogen und dich zugedeckt.«
All das erzählte er mir. Ich konnte mein eigenes Gesicht nicht sehen, aber ich bin mir sicher, dass ich bleich wurde. Mein Mund wurde trocken. Das alles konnte auf keinen Fall stimmen, oder doch?

Saana unterbricht die Lektüre. Ist es wirklich möglich, dass Heta im Juli 1998 selbst im Norden war? Es gibt mehrere Vermerke darüber.

Saana legt die Mappe zur Seite. Ob Heta auch andere Dinge vergessen hat? Die Einträge sind bruchstückhaft, es ist unmöglich, sich ein vollständiges Bild aus ihnen zu machen. Könnte Heta ihren eigenen Anteil an Ingas Tod vergessen haben?

Als die spärlichen Lichter von Inari in Sicht kommen, biegt Myski auf den Parkplatz vor der Tankstelle ein. An der Wand des hellblauen Gebäudes steht »Restaurant«. Unter anderen Umständen, an Orten, an denen mehr Angebote vorhanden sind, könnte man das Wort für etwas übertrieben halten, aber hier, wo es so wenige Lokale gibt, hat sich das Tankstellenrestaurant mühelos durchgesetzt, denkt Myski. Mit schweren Schritten geht er darauf zu. An die Flanke des Gebäudes ist irgendwann ein weißer Turm gezimmert worden, aber Myski hat keine Ahnung, welche Funktion er hat. Die runden Fenster erinnern ihn an das Meer und an Schiffe. Betrübt tritt er ein.

Die grellen Lichter blenden ihn, als er auf die Vitrine zutrottet. Es wäre gut, etwas zu essen. Ein Nachbar hebt die Hand zum Gruß. Myski grüßt zurück, obwohl er das Gefühl hat, ihn überhaupt nicht richtig zu kennen. Meistens ist er bei der Arbeit und hat keine Zeit zu plaudern.

Er schiebt sein Tablett an der Theke entlang und legt sich einen Krapfen auf seinen kleinen Teller. Das zuckrige Gebäckstück ist irgendwie eine seltsame Wahl, so mitten in der Nacht. Als er mit dem Bezahlen an der Reihe ist, sieht er zu der ihm wohlbekannten Verkäuferin auf, und sein Herz hüpft vor Freude.

Maija lächelt und tippt den Preis ein.

Ich bin so einsam, dass ich eine Verkäuferin für eine Freundin halte, denkt Myski. Jedes Mal, wenn er an der Tankstelle einkauft, grüßt er sie wie eine solche, obwohl sie sich nicht einmal richtig kennen. Dasselbe gilt für die Bedienung im Café, die Büchereiangestellte und die Krankenpflegerinnen, aber ganz besonders für besagte Tankstellenangestellte, die in seinem Alter ist und auf deren Namensschild »Maija« steht.

Myski spürt, wie er rot wird. Maija ist oft an seinem Tisch vorbeigekommen, um ein Schwätzchen zu halten, ab und zu hat sie ihm sogar kostenlos Kaffee nachgeschenkt. »Hier bei uns behandelt man Vertreter der Staatsgewalt wie Ehrengäste«, hat sie gewitzelt, aber ihre Worte haben sich gut angefühlt.

Manchmal nehmen es die Leute als selbstverständlich hin, dass sich jemand findet, der die Drecksarbeit macht. Der kommt, wenn ein alter Mensch wochenlang in seiner Wohnung dahinvegetiert, ehe ihn jemand vermisst. Der dazwischengeht, wenn Sichtweisen, Schnapsteufel oder Menschen aneinandergeraten.

Myski will sich nicht der Illusion hingeben, dass hinter Maijas Freundlichkeit mehr steckt als Serviceorientiertheit, aber wenn sie ihn ab und zu anlächelt, kann er nicht anders, als es zu erwidern.

Er isst seinen Krapfen an einem Ecktisch und versucht, seinen Blick auf den Lottoschein vor sich zu fokussieren. Es fallen ein paar Zuckerbrösel darauf, und er wischt sie weg. Am Rande seines Blickfeldes nimmt er einen Anflug von Blitzen wahr. Sein Kopf schmerzt. Mit seiner großen Hand greift er nach einem gelben Bleistift und zielt damit auf die winzig kleinen Felder des Lottoscheins. Er wählt dieselben Zahlen wie fast immer: den Geburtstag seiner Mutter, seinen eigenen und ein paar andere Tipps. Heute fällt ihm das Ausfüllen des Coupons schwer, nicht mal der Kaffee macht ihn munter.

Er hat es sich selbst noch nicht eingestanden, aber diese Vermisstensache vereinnahmt ihn langsam. Die anderen scheinen zu glauben, dass sie auf der Suche nach einem schnellen Abenteuer war. Myski kreuzt die Zahl Zwei an. In seinem Revier ist während seiner gesamten Dienstzeit nur eine Jugendliche gestorben, und jetzt fürchtet er, dass Silja die zweite werden könnte. Dann gäbe es zwei tote Jugendliche. Daher die Zahl.

Siljas Verschwinden hat ihn von einem Moment auf den anderen in einen Zustand übermäßiger Wachsamkeit katapultiert. Er hat festgestellt, dass er alles und jeden beobachtet. Ab und an beschleichen ihn Momente aus der Vergangenheit und vermischen sich mit denen der Gegenwart. Auch jetzt sieht er von dem klebrigen Tankstellentisch auf, richtet den Blick auf die Regale und sieht vor seinem inneren Auge eine Szene aus vergangenen Zeiten. Damals saßen drei Männer, die gerade aus dem Wald gekommen waren, in der Ecke und schielten ihn misstrauisch an: Pyrys Vater Eero Palokka, der Schauspieler und Jaatinen. Myski richtet sich auf. Eine Frage, über die er sich seit Jahrzehnten Gedanken macht, kommt ihm in den Sinn. Wäre der Schauspieler imstande gewesen, Inga umzubringen? Ob er einmal jemanden gespielt hatte, der einen Mord verübt hat? Vielleicht fällt es einem dann leichter, das auch im echten Leben zu tun. Und Pyrys Vater, Eero Palokka? Der Hotel- oder auch Rentierkaiser – abhängig davon, wen man fragt. Die Gerüchte über die von Palokka arrangierten Elch-Schlachtfeste, bei denen russische Frauen auf dem Tablett serviert wurden, waren der Polizei schnell zu Ohren gekommen. Ebenso die finanziellen Maßnahmen, um das schlechte Benehmen seines Sohnes wiedergutzumachen. Ein abgebranntes Bordell war möglicherweise auch noch im Spiel.

Mit einem Ruck kehrt Myski zurück in die Gegenwart. Heute Nacht geht es in der Tankstelle ruhig zu. Wahrscheinlich hätte er noch länger dagesessen und vor sich hin gedöst, wenn Maija nicht gekommen wäre, um sauber zu machen, erst seine eine, dann seine andere Hand angehoben hätte, um den Tisch abzuwischen, ihm dann die Hand getätschelt und gesagt hätte:

»Ich weiß es zu schätzen, dass du nach Silja suchst, aber solltest du nicht langsam schlafen gehen?«

Dieses Tätscheln, dieses Tätscheln ihrer weichen, hübschen Hände, reißt ihn aus seiner Trance.

»Danke für den Kaffee«, stammelt er, obwohl er den schon nach dem ersten Schluck vergessen hat.

Als Myski zu Hause unter seiner Bettdecke liegt, spuken ihm die Geister der Vergangenheit durch den Kopf. Sie lauern flüsternd in den Ecken und halten ihn oft nachts wach. Er erinnert sich an eine Szene aus der Zeit, in der alles begann. Als sie Inga Weckman gerade gefunden hatten.

»Ist das immer so?«, hatte er seinen Chef Jaatinen auf dem Rückweg von der Fundstelle gefragt. Jaatinen hatte in der Ortschaft Inari angehalten und war in die erstbeste Kneipe marschiert. In Rekordgeschwindigkeit hatten sie die Gläser hinuntergestürzt.

»Was meinst du?«

»Na, dass man einen Leichenfund mit einem Bier runterspült und kein Wort über seine Gefühle verlauten lässt. Ich dachte, wir wären hergekommen, um Leute zu befragen, und nicht zum Biertrinken«, hatte Myski gesagt.

Sein Chef hatte ihn angeschaut, als hätte er etwas äußerst

Widerwärtiges gesehen. Beim Anblick von Esko Jaatinens Reaktion hatte Myski sich geschworen, künftig über all seine Unsicherheiten und Gefühle zu schweigen. Er hätte sich ohrfeigen können, dass er den Mund aufgemacht hatte. Dennoch hat sich Jaatinens Antwort tief in seine Gehirnwindungen eingebrannt.

»Nein. So etwas hat es noch nie gegeben. Ein solcher Fall begegnet einem nur einmal. Und hoffentlich niemals wieder«, hatte der Chef gesagt.

So etwas hat es noch nie gegeben. Das hatte Myskis schlimmste Befürchtungen bestätigt. Er war mit einem kaltblütigen Mörder konfrontiert worden, und auch wenn er noch so sehr versuchte, so zu tun, als wäre er bereit dafür, hatte er gewusst, dass das alles viel zu früh in seiner Karriere passierte.

Jetzt, über zwanzig Jahre später, erscheinen ihm all die Menschen, denen er begegnet ist, an der Zimmerdecke über seinem Bett. Die Gesichter verschwimmen ineinander, aber die Fragen und Antworten bleiben. Vor seinem inneren Auge sieht er das stille kleine Dorf, aus dem damals das junge Mädchen verschwand. Tag für Tag wächst die Sorge. Sie schlägt auf dem Inarisee Wellen und schwillt zu großen Schaumkronen an. Sie sitzt auf dem Beifahrersitz von Myskis Auto und wispert ihm schlimme Gedanken zu. *Hier ist schon einmal ein Mädchen verschwunden.* Und sie breitet sich aus. Über die langen Blicke, die sich die Menschen zuwerfen, nachdem die Polizei ihnen Einzelheiten entlockt hat.

Die Sorge um Silja lässt Myski wieder an Inga denken. Sie hatten Inga gesucht, ohne zu wissen, dass es bereits zu spät war.

Aufgeregt geht Saana auf Eivors Haus zu. Endlich hat sie ein Treffen mit Johan vereinbart. Hoffentlich ist Eivor auch zu Hause.

»Hallo«, sagt Johan an der Tür fröhlich und bittet Saana herein. Er weicht einen Schritt zurück, um sie eintreten zu lassen. Dann setzt er sich an den Küchentisch, auf dem eine Kaffeekanne und zwei Tassen stehen.

»Dann lass uns mal Kaffee trinken«, sagt er. »Mama hat uns auch die hier dagelassen.« Er deutet mit einem Nicken auf einen Teller mit einem Tuch, unter dem sich zwei Hefeteilchen befinden. »Ich stehe jeden Morgen um sechs auf. Ich war schon im Wald. Die Natur bereitet sich auf die Polarnacht vor. Es dauert nicht mehr lange, bis der Winter kommt.«

»Bis es dunkel wird.«

»Ja, sehr dunkel«, sagt Johan und fängt an, mit seinem Stuhl zu wippen. »Was machst du eigentlich hier? Was erhofft Heta sich von dir?«

»Ich sammle Informationen«, antwortet Saana. »Ich stelle ein Gesamtbild darüber zusammen, was Inga zugestoßen sein könnte und was die Leute berichten.«

»Und was berichten die Leute?«, fragt Johan.

Saana sieht ihn an und fragt sich, was er über den Mord denkt. Darüber, dass auch er verdächtigt worden ist.

»Ich habe es so verstanden, dass du an dem Tag, als Inga gefunden wurde, in Angeli unterwegs warst. Myski hat dich in der Nähe der Fundstelle getroffen.«

»Ja«, sagt Johan. Sein Gesicht wird ernst. »Inga war eine Tochter des Windes und des Fjells. Mama hat erzählt, dass in der Nacht, in der Inga geboren wurde, der Wind das Fenster weit aufgerissen hat und eine kräftige Böe in den Kreißsaal eingedrungen ist.«

»Und der Tag, an dem Inga gefunden wurde? Hast du damals etwas Ungewöhnliches gesehen?«, fragt Saana, obwohl sie ahnt, dass Johan nicht darauf antworten wird.

»Ich habe gesehen, dass die Natur geweint hat.«

»Hat es damals geregnet?«

»Ja. Sie haben Ingas Leiche mit einem Zelt abgedeckt, neben dem Schwindler.« Mit glasigen Augen starrt er auf seine Hände. Erst jetzt fällt Saana der Kaffee wieder ein. Johan atmet schwer, seine Nasenlöcher pfeifen fast. Seine Gegenwart hat etwas Bedrückendes an sich. Einen kurzen Augenblick lang überlegt Saana, ob sie entkommen könnte, wenn er sie aus irgendeinem Grund nicht gehen lassen sollte.

»Wie hat Heta Ingas Tod aufgenommen?«, muss sie dann einfach fragen.

»Heta hat geweint«, sagt Johan. »Heta war hier, und Heta hat geweint. Sie hat mir gesagt, dass ich mir keine Sorgen machen soll, dass sie mir hilft, weil die dachten, dass ich es getan habe. Aber ich habe es nicht getan. Heta hat die anderen am Ende dazu gebracht, das zu glauben.« Johan nimmt sich ein Hefeteilchen vom Servierteller und legt es auf seinen eigenen. Saana sieht, wie seine Hände zittern.

»Weißt du noch, ob du Heta hier gesehen hast, als Inga verschwunden ist?«, fragt sie.

Johan sieht sie lange an, sagt jedoch nichts. Er beißt in das Teilchen, Zuckerkristalle bleiben an seinem Mundwinkel hängen. Die Wohnzimmeruhr erinnert mit einem gemächlichen Ticken an das Verstreichen der Zeit. »Triff dich mit Papa«, fordert er Saana schließlich auf. »Papa hat Inga gefunden.«

»Dein Vater?«, wiederholt sie überrascht. Natürlich! Ein hiesiger Rentierzüchter hat die Leiche gefunden, das hat auch Myski berichtet. »Was denkst du über das alles? Ich weiß, dass du es nicht leicht hattest«, sagt Saana vorsichtig.

Eine Weile lang sitzt Johan da, ohne einen Laut von sich zu geben. Dann spricht er Worte aus, die Saana so schnell nicht wieder vergessen wird.

»Je heller die Nächte, desto dunkler die Vorhaben.« Er schaufelt drei Löffel feinen Zucker in seine kleine Kaffeetasse. »Alle haben versucht, meine kleine Inga zu fangen, vor allem der eine«, sagt er.

»Wer?«, fragt Saana. »Wer war das, Johan? Sag mir, wer!«, drängt sie ihn, obwohl sie weiß, dass sie ihn damit nur dazu bringt, sich zu verschanzen.

»Willst du mein Zimmer sehen?«, fragt er, und Saana bleibt nichts anderes übrig, als zu nicken.

Zögerlich betritt sie den mit Glasvitrinen und Insektenbildern gefüllten Raum.

»Schau dir den hier an«, sagt Johan und zeigt ihr stolz irgendein seltenes Krabbeltier. Saana erschaudert. Der in Glas eingefasste und mit einer Stecknadel durchbohrte Käfer ist auf ein weißes Stück Styropor gespießt.

»Machst du diese Bilder selbst?«, fragt Saana. Sie bemerkt, dass ein kleines, auf den Boden gefallenes Stückchen Styropor an ihren Socken hängen geblieben ist.

»Ich sammle überfahrene Tierkadaver am Straßenrand auf und bringe sie dann dem Künstler. Diejenigen, die er aus irgendeinem Grund nicht haben will, behalte ich selbst«, erzählt Johan. »Manchmal ist ein Tier so entstellt, dass das Fell zu stark beschädigt ist. Auch an gebrochenen Knochen hat der Künstler kein Interesse.«

»Wer ist dieser Künstler?«, fragt Saana.

»Er nennt sich selbst Šaali. Übersetzt bedeutet das Pech. Sein bekanntestes Werk heißt *So ein Pech.* Hast du es vielleicht gesehen?«

Als Saana den Kopf schüttelt, wirkt er enttäuscht.

»Es ist eine alte Kornkammer aus dem 19. Jahrhundert, die Šaali vom Boden bis zur Decke mit Fellen ausgekleidet hat. Ich häute die Tiere selbst und koche sie dort draußen in einem großen Topf. So lange, bis die Knochen zum Vorschein kommen.«

Saana betrachtet den großen Schädel in der Vitrine.

»Der gehörte Godjat, Ingas Rentier. Er wurde geschlachtet, aber ich durfte den Schädel behalten«, sagt Johan schmunzelnd und knetet die Hände.

»Eine schöne Sammlung«, sagt Saana höflich und verlässt dann den Raum, um zurück ins Wohnzimmer zu gehen. »Wo finde ich denn deinen Vater? Ist er zufällig da?«

Zu ihrer Überraschung nickt Johan. »Gehen wir nach draußen«, sagt er.

Saana und er umrunden das große Haus. Am Rande des dahinterliegenden Waldes steht eine riesige Halle, vor der sich eine Kote, eine traditionelle Behausung der Sámi, befindet. Es brennt ein Feuer darin. Saana und Johan gehen darauf zu.

Das Feuer knistert, und auf den glühenden Holzscheiten ist ein violetter Schimmer zu sehen. Der Wind dreht leicht, und der Rauch bläst ihnen direkt ins Gesicht. Nach einer kurzen Begrüßung reicht Erik Saana eine *Guksi,* ein samisches Trinkgefäß aus Holz. Schon wieder Kaffee. Er stellt die Kanne zwischen ein paar Steine auf den Boden. Dann greift er nach einem Stück Trockenfleisch, das neben ihm auf der Bank liegt, und beginnt, mit dem Messer dünne Streifen davon abzuschneiden, die er sich in den Mund steckt. Saana überlegt, wo sie anfangen soll. Am liebsten würde sie sagen: »Erzählen Sie mir alles«, aber das würde den schweigsamen Mann wahrscheinlich verschrecken.

»Hier scheint es Rentiere in allen Formen zu geben: als Braten, Trockenfleisch, Filet, Leder, Fell, Reisesouvenirs aus Geweihen oder sogar als Hornmehl«, sagt Saana und lacht kurz.

»Stimmt«, antwortet Erik.

»Wird Ihr Hof hier von Touristen besucht?«

»Manchmal. Aber diejenigen, die hierherkommen, nehmen nicht unbedingt Rücksicht auf die Natur oder respektieren die hiesige Kultur und Lebensweise. Sogar an der Kirchenwand von Piepaljärvi tauchen immer mehr Ritzereien und Kritzeleien auf. Das Gebäude ist fast dreihundert Jahre alt. In Rom beschmieren die Leute doch auch keine Gebäude. Warum tun sie es dann hier? Manchmal lassen gedankenlose Touristen sogar die Tür offen, sodass die Rentiere hineingelangen, oder der Schnee.«

»Ich glaube, ich habe irgendwo davon gelesen«, sagt Saana.

»Ja, auf der Insel Ukonsaari, oder Äijih, wie wir sie auf Samisch nennen, ist es das Gleiche. Sie ist ein heiliger Ort, eine *Seita,* aber die Leute müllen sie zu und machen wer weiß was.«

Saana nickt verständnisvoll.

»Für uns ist die Wildnis keine Wildnis, sie ist unser Zuhause. Verstehen Sie?«, sagt Erik, und Saana nickt erneut. So hat sie die Sache noch nie betrachtet.

»Jede Schlucht, jeder Baum oder Felsen hat einen Namen.

Sie sind kein unbekanntes, verlassenes Terrain. Finnland ist ein sumpfiges Land. Hier gibt es so verdammt viele Sümpfe. Das Wort *suo,* Sumpf, steckt ja sogar in unserem Landesnamen, *Suomi*«, sagt er und lacht auf.

Saana spürt, dass der Baumstumpf unter ihrem Po von der Nacht noch feucht ist.

»Ich bin hier, weil Heta mich darum gebeten hat«, setzt sie an. »Wie würden Sie Heta beschreiben?«

Erik wirft noch ein Holzscheit ins Feuer. »Wenn Inga das Licht war, dann war Heta alle Schatten zusammen. Sie war von klein auf ernster. Hat sich Ingas Tod sehr zu Herzen genommen.«

Saana nickt. Ihr fällt der Zettel mit dem merkwürdigen Satz, den sie bei Inga gefunden hat, wieder ein. *Ich bin das Licht, das dich ins Dunkel führt.* Saana hat keine Ahnung, worauf sich die Nachricht beziehen könnte.

»Mich interessiert die Zeit Ende der Neunzigerjahre. Was wissen Sie noch über den Sommer 1998?«, fragt Saana und vermeidet es, dem Mann in die Augen zu schauen. Sie sind wie die einer Echse, schmal und ausweichend. Er wirft ihr einen flüchtigen Seitenblick zu und schürt dann weiter das Feuer.

»Da ist so allerhand passiert. Die Leute warteten gespannt auf den Jahrtausendwechsel. Das hat allen möglichen Quatsch losgetreten. Verrückte Vorhersagen über die Zukunft wurden gemacht. Ich habe von Anfang an geglaubt, dass alles beim Alten bleibt: Steine bleiben Steine, Bäume bleiben Bäume, Berge bleiben Berge. Auch auf das Angelglück hatte der Jahrtausendwechsel keine Auswirkungen.«

»Mhm«, macht Saana und nimmt einen Schluck Kaffee. Johan sitzt schweigend neben ihnen und hört zu. Er hat schon eine ganze Tasse geleert. Der Kaffee ist so stark, dass er aussieht wie Holzteer. »Und der Juli, als Inga gefunden wurde?«

»Der heißeste Sommer seit Menschengedenken. Ich hatte Angst um die Rentiere, obwohl die das wahrscheinlich besser ausgehalten haben als ich.«

»Ich habe gehört, dass Sie derjenige waren, der sie gefunden hat«, sagt Saana und lässt den Rest offen. Sie gibt dem Mann Zeit, zu reagieren und alles Weitere zu ergänzen.

»Mhm. Alle waren schockiert. Ja, es war tatsächlich ich, der sie gefunden hat. Dort lag sie, die Leiche der armen Kleinen. Ich bin schnell nach Hause, um Anna-Liisa die traurige Nachricht zu überbringen. Eivor hat ihr damals viel geholfen.«

»Wer war Ingas Vater?«, fragt Saana und hält die hölzerne *Guksi* zwischen ihren Handflächen. Der Kaffee ist bereits kalt geworden.

»Geatki«, murmelt der Mann, ohne zu zögern, aber Saana ist sich nicht sicher, ob sie ihn richtig verstanden hat.

»Entschuldigung…?«

»Ich sagte Geatki, das ist Nordsamisch und bedeutet Vielfraß. Hetas Vater ist bekannt, aber für Ingas gibt es viele Optionen. Auch Palokka war im Verdacht, aber meine Schwester hat immer wieder über Geatki gesprochen.«

»Wer ist er?«, fragt Saana.

»Er ist ein Einsiedler, der in Muotka allein vor sich hin lebt«, sagt Erik und verstummt dann. Saana wartet auf eine Fortsetzung, aber es kommt keine.

Ob Inga mitten in der Nacht losgezogen ist, um in der Wildnis nach ihrem Vater zu suchen? Wohl kaum. Es gibt auch keinen echten Grund, warum der vermeintliche Vater plötzlich seine eigene Tochter hätte töten wollen.

»Gab es sonst noch etwas Auffälliges, als Sie sie gefunden haben?«, fragt Saana, um zum vorherigen Thema zurückzukehren.

»Was ihr angetan wurde, ist schrecklich«, sagt Erik und schüttelt den Kopf.

Auf einmal steht Johan auf und rennt aus der Kote. Saana schaut ihm nach.

»Und Johan?«, fragt sie. Erik macht einen freundlichen Eindruck und scheint gar nicht so mürrisch zu sein, wie sie zuerst dachte. Vielleicht haben die Jahre als Vater eines Kindes mit besonderen Bedürfnissen ihren Teil dazu beigetragen.

»Was ist mit Johan?«, brummt Erik.

»War er an der Fundstelle?«

»Der Ort ist seit seiner Kindheit wichtig für ihn«, antwortet Erik ausweichend. »Dort wächst eine Kiefer, deren Äste nach Osten ragen anstatt nach Süden. Man hat ihr auch einen Namen gegeben, *Mánni,* der Schwindler. Wenn ich den Baum nur erwähne, wird Johan unruhig und schaut auf den Boden. Irgendetwas daran bereitet ihm Unbehagen. Die Erinnerung an Inga wahrscheinlich.«

Nach und nach werden die Flammen zu glimmender Glut, dann geht auch diese aus, bis am Ende nur noch graue, bröckelige Asche in der Feuergrube liegt. Der Wind wirbelt kleine, blättrige Ascheflocken durch die Luft.

»Nun denn«, sagt Erik und erhebt sich schwungvoll. Saana reicht ihm ihre leere *Guksi.* Wenn das Fenster für Fragen offen war, dann ist es jetzt wieder zu. Sie steht auf, dankt und verabschiedet sich.

Auf dem Heimweg macht Saana einen Zwischenstopp im *PaPaNa.* Sie zieht ihre feuchte Jacke aus, setzt sich auf einen der Barhocker und bestellt sich eine Tasse dampfend heißen Tee. Dann googelt sie das Wort »Vielfraß«. Kurz darauf hat sie die Beschreibung des Tiers vor sich: ein Phantom der Wildnis, ein Räuber, der sich durch die Schatten riesiger Wälder schleicht. Saana schaut sich um. In der Bar geht es heute Abend ruhig zu. Dennoch spürt sie einen Blick im Nacken. Sie dreht sich um. Das ist bestimmt Pyrys Vater, Eero Palokka. Er glotzt sie mit schmalen Augen an, versucht nicht einmal, es zu verbergen.

»Sind Sie das, die hier in Sachen herumschnüffelt, die man besser auf sich beruhen lassen sollte?«, fragt er, kommt auf sie zu und stellt sich direkt vor sie. Auf ihrem Barhocker kann Saana nicht zurückweichen. Sie riecht sein beißendes Rasierwasser und ist gezwungen, seinen ergrauten Schnurrbart aus nächster Nähe zu betrachten.

»Davon weiß ich nichts, aber ja, ich schreibe eine Story über Inga Weckman und darüber, dass sie unter ziemlich dubiosen Umständen gestorben ist«, antwortet Saana entschieden und spürt ihr Herz in der Brust hämmern. Sie muss einfach versuchen, so ruhig wie möglich zu bleiben.

»Ich würde gern mehr über das Haus erfahren, in dem damals ein Bordell betrieben wurde«, sagt sie, auch wenn sie weiß, dass sie damit eine Grenze überschreitet. Sie beobachtet Palokkas Reaktion.

Dieser öffnet den Mund, scheint es sich jedoch anders zu überlegen und schließt ihn wortlos wieder. Dann macht er auf dem Absatz kehrt und geht.

Als die Tür hinter ihm zufällt, beugt sich eine der Bar-Mitarbeiterinnen zu Saana herüber.

»Palokka war einer der inoffiziellen Geldgeber – des Bordells, meine ich. Alle haben es gewusst, aber niemand hat darüber gesprochen. Das Haus ist später abgebrannt und nicht wieder aufgebaut worden. Dann wurde das Geschäft mithilfe von Banden aus unserem östlichen Nachbarland professionalisiert.«

»Verstehe … Okay, danke für die Information«, erwidert Saana geschockt.

»Du hättest ihn gleich fragen sollen, wo sie Silja versteckt haben«, sagt die Frau dann, und Saana wird hellhörig.

»Was meinst du?«

»Man wird das Gefühl nicht los, dass sich die Geschichte wiederholt. Wieder ist ein Mädchen verschwunden, und jeden Tag sieht man hier dieselben grinsenden Visagen, aber auch diesmal unternimmt niemand etwas.«

Saana nickt. Die Kommentare der Frau bestätigen ihre Befürchtungen, dass Silja nicht einfach nur weggelaufen ist.

Auf der Rückfahrt zur Hütte erfassen die Scheinwerfer des Autos plötzlich eine Bewegung. Saana bremst sofort. Dann späht sie zum Wald hinüber und schmunzelt. Ein Rentier steht halb auf der Straße und knabbert gemütlich an Flechten. Saana lässt das Auto sachte näher heranrollen und wartet, aber das Rentier hat es offenbar nicht eilig.

Aus irgendeinem Grund wird Saana wehmütig. Sie ist eine Fremde auf unbekanntem Terrain. Wenn sich die Menschen für die Polarnacht in ihre warmen Häuser zurückziehen, wird sie allein in ihrer Hütte sein.

Bei ihrer Ankunft ist es bereits stockfinster. Während sie auf das Grundstück fährt, erkennt sie nur, was von den Scheinwerfern erhellt wird. Die Dunkelheit umhüllt das Auto wie weicher Samt. Plötzlich muss Saana an Nachttauchen denken. Sie ist schon einmal mit Gerät auf zwölf Meter getaucht, aber nachts zu tauchen, hat sie immer abgelehnt. Eine grauenvolle Vorstellung. Tief in das schwarze Nass hinabzusinken und durch das Wasser zu gleiten, mit nichts als einer Taschenlampe. Die Taucher sehen nur das, was vom Lichtkegel erfasst wird. Alles andere bleibt in der Dunkelheit verborgen.

Am Abend heizt Saana die Sauna an und geht kurze Zeit später über die Veranda hinüber. Ein Luftzug trifft auf die Kerze, die im Saunafenster steht, und bringt die Flamme zum Flackern.

So isoliert und gleichzeitig frei hat sich Saana schon lange nicht mehr gefühlt. Die Sauna gehört ganz allein ihr. Als sie danach die Tür öffnet, beschlägt das kleine Fenster des Umkleideraums. Sie nimmt sich ein Glas Wasser und geht hinaus auf die schmale Veranda vor der Saunahütte. Nach den heißen Aufgüssen schmeckt das kalte Wasser herrlich. Als das Glas leer ist, greift Saana nach ihrem Handy. Sie muss sich sofort die Gedanken, die ihr in der Sauna gekommen sind, notieren:

»Mit der Kiefer, die in der Nähe von Ingas Fundort in die Höhe ragt, hat es irgendetwas auf sich. Man nennt sie auch den Schwindler. In dieser Gegend verleiht man den Geschöpfen der Natur eigene Namen. Man gibt sie besonderen Bäumen, großen Steinen sowie kleinen Fjells und Hügeln. Aber der Name dieses Baums hat mich stutzig gemacht. Schwindler. Er wirft nur eine einzige Frage auf: Wer lügt?«

Saana hört auf zu tippen. Umgeben von Stille, hat man sogar zum Nachdenken zu viel Zeit.

Auf einmal hat sie Sehnsucht nach Jan. Er ist für sie wie ein Fels in der Brandung, unerschütterlich und standhaft. Trotz seines eigenen Kummers und seiner belastenden Arbeit wirkt er immer irgendwie ausgeglichen und gibt Saana ein Gefühl von Sicherheit. Er ist jemand, an den sie sich anlehnen kann. Andererseits lässt seine Stabilität sie selbst ziemlich wankelmütig erscheinen, was ihr ein wenig Angst macht. Die schlimmste Bedrohung hat sich bereits eingeschlichen: Sie sitzt in ihrem eigenen Kopf, wird Saana klar. Sie fürchtet sich nicht vor einem gesichtslosen Mörder oder einer anderen äußeren Gefahr, sondern vor sich selbst. Vor dem Verfall ihres eigenen Geistes. Vor dem Schicksal ihrer Mutter.

Zwischen ihr und Saana sind so viele Dinge ungesagt geblieben. Über ihre depressiven Episoden hat ihre Mutter zwar gesprochen, aber die Phasen, in denen ihr Verhalten in jeder Hinsicht manisch war, hat sie nie zur Sprache gebracht. Saana schließt die Augen und sieht ihre Mutter vor sich, wie sie mit den Händen herumfuchtelt und irgendetwas erklärt. Wie sie einen neuen Fernseher mit nach Hause bringt. Wie sie behauptet, dass sie eigentlich ein neues Auto bräuchten und am besten auch gleich eine neue Wohnung. Ihre Mutter, vor Ideen und Lebensfreude nur so sprühend, mit einem seltsamen Glanz in den Augen.

Saana geht zurück in die Sauna. Es ist, als hätte ich einen Schatten, denkt sie. Einen Schatten mit unangenehmen Gedanken. Sie macht noch einen Aufguss und wäscht sich. Als sie saunafrisch zur Hütte zurückkehren will, bemerkt sie auf den vereisten Dielen der kleinen Veranda ihre geschmolzenen Fußspuren. Da fragt sie sich, welche Spuren ihre Lapplandreise bisher hinterlassen hat. Sie hat keine Fotos vom Saunieren, von Rentiergeweihen oder dem Moltebeere-Posset, das sie gegessen hat, gemacht. Es ist fast, als wären diese Dinge nie passiert, weil sie keine Spuren in den sozialen Medien hinterlassen haben.

Das Mondlicht weist Saana den Weg zurück zur Hütte. Dass jemand in der Ferne am Waldrand steht und sie im Dunkeln anstarrt, sieht sie nicht.

In der Nacht wacht Saana vom Prasseln des Regens auf. Abgesehen davon ist es still. Keine vertrauten Stadtgeräusche, keine Trambahnschienen oder nächtlicher Verkehr. Niemand, der mitten in der Nacht die Straße entlangläuft und wirres Zeug ruft. Keine Müllabfuhr, die zu seltsamen Uhrzeiten am Straßenrand hält. Saana späht unter den Vorhängen hindurch nach draußen. Hinter der tristen Silhouette der Bäume zeichnet sich der nur eine Nuance hellere dunkelgraue Himmel ab. Auf der Seite des Schlafzimmers gibt es keine Außenbeleuchtung. Saana kann zwar hören, dass es regnet, die Tropfen aber nicht sehen.

Ist sie wirklich vom prasselnden Regen aufgewacht oder von etwas anderem? Sie atmet tief durch, damit ihre Fantasie nicht noch mehr beängstigende Gedanken hervorbringt. Auch wenn Saana den Wald liebt, ist sie tief in ihrem Inneren eine Stubenhockerin, die sich nach Geborgenheit sehnt. Drinnen, geschützt vor der Nässe, ist es warm und gemütlich.

Saana liegt wach und lauscht dem Sturm. Ihre Mutter weckte sie manchmal mitten in der Nacht, um sich mit ihr ein Unwetter anzuschauen. Dann kochte sie Gewitterkakao, und sie standen am Fenster und beobachteten, wie die Blitze über den Dächern zuckten. Wenn einer zu sehen war, fing Saanas Mutter an zu zählen. Eins, zwei, drei, vier, und wenn der Donner kam, konnte man sich ausrechnen, wie weit das Gewitter entfernt war. Die Anzahl der Sekunden wird durch drei geteilt, und das Ergebnis verrät einem die Kilometer. »Das Gewitter ist drei Kilometer von uns entfernt«, flüsterte Saanas Mutter dann, und sie fuhren schweigend damit fort, das Unwetter zu beobachten, während sie an ihrem Kakao nippten. Wenn Saana mitten im Sturm müde wurde, trug ihre Mutter sie behutsam zurück ins Bett und deckte sie zu. Am Morgen danach wachte Saana manchmal mit einem süßen, getrockneten, dunklen Kakaorest im Mundwinkel auf.

Bevor Saana wieder einschläft, denkt sie über ihre Begegnung mit Eero Palokka nach. Spätestens jetzt wissen alle, dass sie nach Inari gekommen ist, um Fragen über Inga zu stellen.

Am Morgen schreckt Saana hoch. Ihr Wecker hat nicht geklingelt. Die Vorhänge verdecken die Sicht nach draußen. Wie spät ist es? Immerhin hat es aufgehört zu regnen. Sie tastet mit der Hand über die andere Hälfte des Doppelbetts, auf der ein Berg entstanden ist, wie ihn nur eine Alleinreisende anhäufen kann. Da es niemand sehen kann, hat sie als Partnerersatz einen Haufen aus allen Gegenständen gebildet, die sie braucht: Handy, Ladekabel, Bonbonpapier, ein zusammengeknüllter Kapuzenpulli, Laptop, Notizheft und Kopfhörer. Sie wird den Berg jedoch wieder abtragen müssen, bevor er zu groß wird und auf ihre Seite herüberquillt.

Saana wirft einen Blick auf ihr Handy. Eine Nachricht ist eingegangen.

»Ich will nur freundliche Grüße übermitteln. Es wird Zeit, dass Sie aufhören und nach Helsinki zurückkehren. Inga Weckmans Fall ist abgeschlossen. Schlachten Sie keine Ereignisse aus, die Sie nichts angehen. Jaatinen«. Wieder und wieder liest Saana die Nachricht. Warum glaubt Jaatinen, sie herumkommandieren zu können? Und wessen Grüße übermittelt er? Durch die intensive Recherche der letzten Tage und die merkwürdigen kleinen Vorfälle in der Hütte ist Saana misstrauisch geworden. Und wütend. Die Leute verwenden ihre Energie lieber darauf, sie herumzukommandieren, anstatt ihr zu helfen. Erhoffen sich Palokka und Jaatinen wirklich, dass sie mit der Recherche aufhört? Warum?

Da kommt ihr eine Idee: Vielleicht sollte sie sich wirklich ein paar Tage freinehmen, ihren Vater besuchen und, wenn ihr danach ist, von dort aus planen, wie es weitergehen soll. Aber zuerst kopiert sie die Nachricht und leitet sie an Myski weiter. »Zu Ihrer Information. Hat Jaatinen etwas zu verbergen?«, schreibt sie dazu.

Von Ivalo bis Enontekiö sind es fast dreihundert Kilometer, eine Strecke, für die Saana beinahe vier Stunden einplanen muss. Die Tatsache, dass die Distanzen des Nordens ihre Denkweise verändert haben, bringt sie zum Lachen. Von Helsinki aus betrachtet, war ihr Vater weit oben im Norden, und ein paar Hundert Kilometer waren eine weite Strecke. Jetzt, da sie sich selbst nördlich des Polarkreises befindet, sind die Wege zwar immer noch lang, aber die Fahrt zu ihrem Vater erscheint ihr nicht der Rede wert.

Saana versucht, Jan zu erreichen, aber es ist nur das Tuten des Besetztzeichens zu hören. Also schickt sie ihm eine Nachricht: »Ich fahre zu Papa. Ruf mich an, wenn es gerade passt.«

Sie denkt über die Situation nach. Eigentlich hat sie sich noch nie für jemanden gehalten, der schnell aufgibt, aber im Moment kommt es ihr vor, als würde der Prozess, Ingas Stimme Gehör zu verleihen, zu langsam vor sich gehen, und die Haltung der Einheimischen ist auch nicht gerade hilfreich. Andererseits ärgert sie Jaatinens Nachricht so sehr, dass die Wut ihr neue Energie verleiht. Saana geht zum Tisch und betrachtet die Seiten, die darauf ausgebreitet sind. Die genauen Angaben zu Ingas Fundstelle und ihrer letzten Sichtung. Ingas Umfeld. Das Bild von dem schönen Amethyst und das Foto, auf dem

Inga verliebt aussieht. Der kleine Zettel mit der merkwürdigen Botschaft. Um Ingas Namen herum hat Saana verschiedene Details und Personen angeordnet. Das *Vaskooli,* das Auto. Die Angelintie. Wer hat Inga von Ivalo nach Angeli gefahren? Der Amethyst, die Natur und die Musik. Erik, Johan, Eivor, Mihkku, Ailu und Anet. Wahrscheinlich wird es Saana ganz guttun, für eine Weile ein wenig Abstand zu den Ereignissen und all den Menschen, die hier leben, zu gewinnen.

Saana packt ihre Notizen ein und macht die Hütte sauber. Erst dann gibt sie ihrem Vater Bescheid, dass sie ihn noch einmal besuchen kommt.

Als Saana mit ihrem Vater beim morgendlichen Kaffee sitzt, kommt ihr eine Idee. Was, wenn sie einen Ausflug ans Eismeer machen würden? Zuerst zum Fuße des Fjells Saana, dann über die Grenze. Falls ihr Vater sich bereit erklären würde zu fahren, könnte Saana sich in Ruhe die Landschaft anschauen. Während der Fahrt hätten sie außerdem die Gelegenheit, sich zu unterhalten. Vielleicht wäre ihr Vater auch etwas redseliger, wenn er neben dem Gespräch noch etwas anderes zu tun hätte. Als Saana ihm den Vorschlag unterbreitet, ist sein Gesichtsausdruck vor allem verdutzt. Schnell trinkt er einen Schluck Kaffee und scheint den Vorschlag zu verdauen. Spontane Ideen ist er eindeutig nicht gewohnt, doch kurz darauf nickt er dann doch.

»Gut, fahren wir. Wenn meine Tochter sich schon mal so was wünscht«, sagt er grinsend, und Saana durchströmt ein warmes Gefühl.

Auf der norwegischen Seite angekommen, gehen sie erst einmal einkaufen. Plötzlich erinnert sich Saana daran, dass sie als Kind schon einmal hier war. Das rot-blaue Logo des Supermarktes Rema 1000 und die Stratos-Schokolade mit den eingeschlossenen Luftblasen kommen ihr bekannt vor.

»Haben wir hierher Ausflüge gemacht, als ich klein war?«, fragt sie und freut sich, als ihr Vater nickt.

»Ein paarmal. Manchmal waren wir im Urlaub hier, aber deine Mutter hat sich in dieser Stille nie richtig wohlgefühlt.«

Saana denkt über ihre Mutter nach. Vielleicht hat die ruhige Umgebung alles über sie hereinbrechen lassen, den verworrenen Gedanken zu viel Raum gegeben. Ihr Vater hingegen ist wie ein Felsblock. Insgeheim hofft Saana, dass sie genug Gelassenheit von ihm geerbt hat, um mit den Wirbelsturmgenen ihrer Mutter fertigzuwerden.

Sie kehren erst spät von ihrem Ausflug zurück. Saana hat tatsächlich einen gewissen Gesprächszugang zu ihrem Vater gefunden, auch wenn sie sich eingestehen muss, dass ihre Erwartungen zu hoch waren. Ein einziger Besuch wird nicht ausreichen, um sowohl ihn besser kennenzulernen als auch ihre Mutter und die Entscheidungen, welche die beiden in ihrer Jugend getroffen haben, besser zu verstehen.

Ihr Vater wäscht die Salatblätter und wirft die Kirschtomaten ungewaschen in die Salatschüssel. Saana war immer wütend auf ihn, weil er das egoistische Bedürfnis hatte, dem Stadttrubel und sogar seiner eigenen Familie zu entfliehen. Aber jetzt, da sie ihn bei seinen energischen Handgriffen beobachtet und vor dem Fenster die schöne, beruhigende Landschaft sieht, nimmt sie nicht mehr nur Schwarz und Weiß, sondern auch Zwischentöne wahr. Vielleicht war das für ihn der einzige Weg zum Selbsterhalt? Wie soll sie dann dazu stehen?

»Mir ist heute klar geworden, dass ich nur von Einsiedlern umgeben bin«, bringt Saana hervor. Sie macht den Kühlschrank auf, holt eine Packung Feta heraus und öffnet sie mit der Spitze des Messers, dessen hölzerner Griff ganz glatt gewetzt ist. »Mir ist bewusst geworden, dass ihr alle irgendwie gern mit euch selbst allein seid.«

Ihr Vater schweigt und zerdrückt mit der geballten Hand auf seinem Messer eine Knoblauchzehe. Seine große Faust sieht aus, als könnte sie allem standhalten, wenn nötig.

»Ist daran etwas falsch?«, fragt er dann schmunzelnd. »Sind wir alle nicht einfach das, was wir sind?«

Saana hasst und liebt diese Frage gleichermaßen. Kann man es mit seinem Charakter rechtfertigen, dass man am Leben seiner Tochter kaum Anteil genommen hat? Dass man sie bei einer instabilen Mutter zurückgelassen hat?

»Als wir uns getrennt haben, ging es deiner Mutter gut, an ihr war nichts, was ...«, setzt er an und sucht nach den richtigen Worten.

»Was darauf hingedeutet hätte, dass es ihr später so schlecht gehen würde, dass sie sich umbringt, meinst du?«, fragt Saana und bereut beinahe sofort ihre provokante Wortwahl. Schließlich war ihre Mutter noch so viel mehr. Nicht nur depressiv, nicht nur sprunghaft und selbstzerstörerisch, sondern auch feinfühlig, vor Leben sprühend und liebevoll. Ein geliebter Mensch. Saana spürt den Druck der Tränen in ihren Augen, aber sie will nicht weinen.

Als sie abends im Bett liegt, kann sie nicht einschlafen. Die Gedanken an die Vergangenheit halten sie fast die ganze Nacht wach.

Am Morgen wacht Saana davon auf, dass ihr Vater in ihr Schlafzimmer kommt.

»Morgen«, sagt er und setzt sich auf den Holzstuhl neben dem Bett. Es ist fast zehn. Erst am frühen Morgen konnte Saana einschlafen.

»Ich dachte, ich drehe eine Runde. Du hast so lange geschlafen, dass ich nachschauen musste, ob du noch atmest«, sagt er lächelnd und wirft ihr einen sanften Blick zu. »Das habe ich auch immer getan, als du ganz klein warst.«

Der Duft von Kaffee und Rauch hat sich mit ihm in den Raum geschlichen. Saana schließt die Augen und reckt sich. Dann setzt sie sich auf. Sie hat das Gefühl, dass der gestrige Ausflug sie einander nähergebracht hat. Zumindest wirkt ihr Vater präsenter als zuvor.

»Komm, es ist noch Kaffee übrig. Ich kann natürlich auch frischen kochen. Es gibt auch ein bisschen Fladenbrot. Ich mache meine übliche Runde und bin für zwei Stunden weg. Oder kommst du mit? Im Flur sind noch ein paar Extraklamotten. Ich glaube, die könnten dir passen«, sagt er im Plauderton und steht dann auf, um in die Küche zu gehen.

Saana wird hellhörig. Wie kommt er an Frauenkleidung, und auch noch in ihrer Größe? Hatte oder hat er etwa eine Freundin? Er ist so schweigsam, wenn es um seine eigenen Angelegenheiten geht, dass es sie fast wütend macht.

»Eigentlich könnte ich auch mitkommen«, sagt Saana und ist amüsiert, als sie sieht, wie ihr Vater prompt eine Spur energiegeladener wirkt.

»Dann iss ordentlich, wir gehen gleich.«

Saana darf einen alten weinroten Anorak anziehen, den sie ganz unten im Schrank findet. Die Outdoorhose ist ihr etwas zu groß, aber sie wird schon damit zurechtkommen. Sie geht hinaus in den Garten, wo ihr Vater gerade Ruska krault. Obwohl Saana noch ganz schlaftrunken ist, freut sie sich darauf, noch einmal etwas gemeinsam mit ihm zu unternehmen.

Am Nachmittag beheizen sie gemeinsam die Sauna, für die ihr Vater eigens ein separates Gebäude in den Garten gebaut hat. Als Saana nach dem Saunagang mit Ruska zusammen zum Haus zurückkehrt, kommt ihr auf der Veranda ihr Vater entgegen und hält etwas in der Hand. Saana fokussiert ihren Blick und kann im Halbdunkeln ein Handy ausmachen.

»Jemand hat die ganze Zeit versucht, dich anzurufen. Er will dir offenbar etwas Wichtiges sagen. Es sind ziemlich viele entgangene Anrufe«, sagt er und deutet mit einem Nicken auf Saanas Smartphone, das sie auf lautlos gestellt hat. Sie mustert sein Gesicht. Falls er besorgt ist, kann er es gut verbergen. Sie nimmt das Handy entgegen und tätschelt mit der anderen Hand Ruskas Kopf.

»Verrückter Hund, hat genauso viele Aufgüsse mitgemacht wie ich«, sagt sie verzückt und bemerkt das stolze Grinsen ihres Vaters.

»Jaja, so ist sie, unsere Ruska«, meint er und geht mit der Hündin ins Haus. Ihr kurzes Gespräch hat Dampfwolken hinterlassen, die jetzt durch die dunkle Luft schweben und von der Außenbeleuchtung erhellt werden.

Im Bademantel und mit einem Handtuchturban auf dem Kopf geht Saana ins Gästezimmer. Der flotte Spaziergang mit ihrem Vater macht sich auf der Innenseite ihrer Schenkel bemerkbar. Ihr Gesicht fühlt sich trocken an, aber sie will es nicht eincremen, bevor sie nicht weiß, worum es geht. Ob die Polizei angerufen hat? Auf dem Display ihres Handys steht jedoch nicht der Name »Myski«, sondern »Anet«. Als Saana sie zurückruft, verschwendet diese keine Zeit mit Plaudereien.

»Wo bist du?«, fragt sie in einem Ton, aus dem Saana sofort echte Sorge heraushört.

»Zu Besuch bei meinem Vater«, antwortet sie und wartet gespannt darauf, was Anet zu sagen hat. Warum hat sie so oft angerufen, und das um diese Zeit? Nichts von dem, was Saana erwartet hat, hätte sie auf das vorbereiten können, was Anet als Nächstes sagt. Die Worte kommen nur zögerlich aus ihrem Mund und jagen Saana einen Schauer über den Rücken.

»Ich dachte, du willst das vielleicht wissen«, bringt Anet stockend hervor. »Ich fürchte, dass das, was Inga zugestoßen ist, noch einmal passiert ist. Hier geht das Gerücht um, dass Silja gerade tot aufgefunden wurde.«

Inari 1998

Die sengende Hitze war erfüllt vom Lärm der Insekten: Summen, Brummen, Surren und Sirren. Die warme Luft flimmerte vor sich hin und war so dick, dass man fast darin eintauchen konnte. Die Grashalme knisterten vor Trockenheit, die Flechten zerbröselten unter den Füßen. Inga lief den vertrauten Pfad entlang. Er führte an einem dichten Wald vorbei, umrundete einen Sumpf und endete schließlich am Ufer des Sees. Sie wusste nicht genau, wann ihr klar geworden war, wie unmerklich sich alles verändert hatte.

Da waren Mihkku und Ailu, aber zu keinem der Jungen fühlte sie sich so hingezogen, wie sie es wohl hätte tun sollen. Stattdessen genügte ihr ein einziger Blick von der Person, die ihr verboten war. Und der Sommer hatte noch nicht einmal begonnen.

TEIL III

Selbst wenn Myski die Augen schließt, sieht er immer noch Silja vor sich. Ihren reglosen Körper auf der kalten Insel. Die Schneeflocken, ein einsames starres Bündel. Den kalten Wind, die sich wiegenden Föhren und die auf dem Wasser treibenden Eisbrocken. Dass Silja soeben gefunden wurde, ist der Beweis dafür, dass er erneut gescheitert ist. Voller Angst ist er auf die Plane zugelaufen und hat einen Blick darunter geworfen. Silja lag auf dem Rücken, das Gesicht himmelwärts. Ihr dunkles Haar war zerzaust, und ihre Augen … Er will gar nicht daran denken. Er erinnert sich, wie weiß ihre Haut war, wie weiß die Schneeflocken, die in Massen vom Himmel fielen. Sie sausten herab und wurden vom starken Wind gegen die hellen Schutzanzüge der Techniker geschleudert. Im Abenddunkel leuchteten Blitzlichter auf, und das leise Klacken von Kameras war zu hören. Das Dokumentieren der Details hatte begonnen. Man hatte Silja gefunden. Myski wusste, dass eine neue Suche beginnen würde, ehe er auch nur zu Atem gekommen war. Nicht mehr nach dem Opfer, sondern nach dem Mörder.

Myski hat keine Ahnung, was er den Dorfbewohnern sagen

soll. Über Siljas Leiche. Über die Suche und die Ermittlungsansätze. Über die Verdachte und Ängste.

Diesmal wurde das Mädchen auf der Insel Iso Jääsaari gefunden.

Die Kaffeemaschine auf dem Kühlschrank röchelt, in der Küche schwebt der Duft von Toastbrot. Myski klopft mit dem Kugelschreiber auf einem leeren Blatt Papier herum und kehrt in Gedanken zurück zu Inga. Er fühlt sich wie von ihr besessen. Am liebsten würde er sie fragen, ob es derselbe Täter war. Hat dich dasselbe Monster ermordet wie Silja? Derselbe kaltblütige Mensch, der zuerst dein Vertrauen gewonnen, dich dann erwürgt und dir schließlich die Augen ausgestochen hat? Mit zittrigen Händen erhebt sich Myski vom Tisch und steigt hinauf auf den Dachboden. Er läuft über die staubigen Dielenbretter und achtet darauf, nicht auf die Isolierungen dazwischen zu treten. Er hebt drei staubige Kisten hoch und balanciert sie die steile Treppe wieder hinunter. Dann stellt er die Kisten auf den Küchentisch, wischt mit der Handfläche, die vom Staub fast grau wird, über den Deckel des obersten Kartons und fängt an, durch seine Notizen zu blättern. Jeden seiner Gedanken zum Mord an Inga hat er sorgfältig in gebundenen Notizbüchern festgehalten. Als er 1998 bei der Polizei von Inari anfing, machte er sich über alles Notizen, hauptsächlich, um mehr über die Polizeiarbeit zu lernen. Die offiziellen Akten zum Ermittlungsverfahren in Ingas Fall sind eine Sache für sich. Hier handelt es sich um seine eigenen Aufzeichnungen. Myski öffnet das Buch, in das er damals seine ersten Vermerke zum Fall Inga Weckman notiert hat. Er hat eine Skizze entworfen. Darauf ist zu sehen, in welcher Körperhaltung man Inga vorgefunden hatte, wie groß die Entfernungen von einem Punkt zum anderen waren, wo der große Stein war, wo die Leiche, wo die große Kiefer.

Er nimmt ein sauberes Blatt zur Hand und sucht nach einem Stift, um ein ebensolches Bild von Silja zu zeichnen. Das Mädchen hatte rücklings auf der Insel gelegen, eingefroren, das Gesicht gen Himmel gewandt. Neben ihr eine Uferklippe, etwas weiter entfernt eine Krüppelkiefer. Alles erinnerte an damals. Auch hinsichtlich der Tatsache, dass am Fundort keine Nachricht hinterlassen wurde, keine Spuren, keine Hinweise. Nur die stille Natur und das Mädchen, das jemand zum Schweigen gebracht hatte. Von sich selbst wollte der Täter nichts zurücklassen. Er hat sichtlich mit Bedacht gehandelt. Myski beißt ein Stück von seinem bereits kalt gewordenen Toast ab und erstellt eine Liste mit Dingen, die bereits geklärt sind:

Siljas letzter Tag und dessen Verlauf. Nachdem sie die Menesjärventie entlanggegangen war, wurde Silja nicht mehr gesehen. Hatte irgendjemand sie mitgenommen? Sie musste in ein Auto gestiegen sein.

Myski seufzt. In einer so kleinen Gemeinde kennt jeder jeden, aber auch diesmal hat niemand etwas mitbekommen. In den Kneipen hockt man gemeinsam am Tisch. Auf Hauspartys kommen Alt und Jung zusammen. Womöglich wurden so manche Geheimnisse genauso einvernehmlich gehütet.

Zwei Mädchen, beiden wurden die Augen ausgestochen. Warum?, notiert Myski.

Die Erinnerung überkommt ihn ohne Vorwarnung. Klar und deutlich sieht er Inga Weckmans Obduktion vor sich. Er hatte hinter Jaatinen gestanden und war nervös von einem Fuß auf den anderen getreten. Die Gerichtsmedizinerin hatte den Schnitt sehr präzise ausgeführt. Dennoch war sein erstes Mal als Polizist bei einer Autopsie komplett schiefgegangen. Am Ende musste er hinaus auf den Flur, um sich zu übergeben. Jaatinen hatte ihn den ganzen restlichen Tag damit aufgezogen. Myski versucht, sich in Erinnerung zu rufen, was die Pathologin gesagt hatte. *»Stranguliert, aber das Kurioseste ist, dass ihr die Augen ausgestochen wurden.«* Diese Worte hatte sie verwendet.

Wer bist du, der sich hier herumtreibt und seine Opfer erwürgt?, fragt sich Myski im Stillen und weiß schon jetzt, dass er auch die folgende Nacht nicht schlafen können wird. Er beschließt, weiter die Kisten zu durchforsten.

Aus dem Notizbuch fällt ein Stück Papier heraus. Es ist der Zettel, den er damals in Juha Järvis Boot gefunden hat. Er schaudert. Er hat das Ganze bis zum Schluss geheim halten müssen. Trotzdem wollte er den Zettel nicht vernichten. Hätten die Reporter, die damals wegen Järvis Tod bis nach Lappland kamen, davon erfahren, hätte das die gesamten Ermittlungen in Ingas Mordfall durcheinandergebracht. Damals hatte Myski noch geglaubt, der Mord würde bald aufgeklärt werden. Er entfaltet den Zettel und wirft einen beklommenen Blick auf die Worte, die dort stehen. Auch nach zwanzig Jahren kann er es immer noch nicht glauben. Er hatte auf eigene Faust versucht, Fingerabdrücke darauf zu entdecken, aber der Zettel war komplett sauber gewesen. Nicht einmal Järvis eigene Fingerabdrücke waren zu finden.

Myski kehrt zu seinem Verdacht zurück, über den er mit niemandem sprechen konnte. Die Nachricht war in neutraler Handschrift verfasst worden. Dennoch entsprach sie nicht Järvis Schrift, das hatte er schnell herausgefunden. Wenn Ingas Mörder Juha Järvi ertränkt und versucht hatte, dem Schauspieler alles anzuhängen, hatte dann derselbe Täter jetzt Silja umgebracht?

Warum habe ich das damals geheim gehalten?, fragt sich Myski. Lag es daran, dass ich das Gefühl hatte, niemandem trauen zu können? Jaatinen hätte das Papier mit Freuden entgegengenommen, um die Ermittlungen abschließen zu können. Jetzt muss der Zettel komplett neu geprüft werden. Myski spürt, wie er immer tiefer sinkt. Durch die Ermittlungen und die neue Wendung fühlt er sich, als hätte er einen Betonklotz auf dem Rücken. Seine Füße drohen einige Zentimeter tief in den Boden einzusinken. Er starrt sein Spiegelbild an und gesteht sich zum ersten Mal offen ein, was er sich schon lange hätte eingestehen sollen: Ohne Hilfe schaffen wir es nicht.

Sie brauchen Unterstützung, auch wenn darum zu bitten zu den schwierigsten Dingen gehört, die man in diesen Breitengraden kennt.

Saana geht im Zimmer auf und ab und cremt sich das Gesicht mit einer Lotion ein, die Gelée royale enthält, eine Substanz, die Bienen herstellen, um eine Königin heranzuziehen. Ihr Bademantel ist offen und legt ihre von der Sauna gerötete Haut frei. Soll sie zurück nach Inari fahren oder bei ihrem Vater bleiben? An der Situation kann sie nichts mehr ändern. Daran, dass das junge Mädchen jetzt tot ist. Oder kann sie doch etwas tun? Sie greift nach ihrem Handy, das sie nach dem Gespräch mit Anet auf das Bett geworfen hat, und öffnet mit zitternden Händen Hetas Kontakt. Ihr muss sie es auf jeden Fall sofort erzählen. Bis jetzt steht noch nichts in der Presse, aber das ist nur eine Frage der Zeit. Wenn die Reporter von Ingas Fall erfahren, wird man deren Tod in der Öffentlichkeit diskutieren. Genau das hat Heta sich schließlich gewünscht.

Ungeduldig wartet Saana darauf, dass Heta abhebt. Während es tutet, beginnt sie sich zu fragen, warum Anet sie eigentlich angerufen hat. Weil diese sich vergewissern wollte, dass sie in Sicherheit ist? Oder weil sie ihr irgendwie zeigen wollte, was im schlimmsten Fall passieren kann, wenn man in alten Fällen herumwühlt? Allerdings war Silja schon verschwunden, bevor sie vor Ort mit ihren Recherchen angefangen hat. Das Mädchen verschwand kurz vor ihrer Ankunft in Inari.

Kann es sein, dass hinter alledem ein und dieselbe Person steckt? Jemand, der zu entsetzlicher Grausamkeit fähig ist? Jemand, der wahrscheinlich schon davon erfahren hat, dass sie sich für Inga Weckmans vergessenes Schicksal interessiert?

Es tutet immer noch, aber Heta geht nicht ran. Saana tippt eine kurze Nachricht: »Es ist wichtig, ruf mich an, sobald du kannst.« Dann bleibt sie halb nackt mitten im kleinen Gästezimmer stehen. Kann es sein, dass jemand all die Jahre nur auf den richtigen Moment gewartet hat, um erneut zuzuschlagen? Ist Silja im Voraus ausgewählt worden, oder hätte es jeden treffen können? Kann es sein, dass dieselbe Person jetzt sie bei ihren Ermittlungen beobachtet? Ob sie, ohne es zu ahnen, dem Mörder auf der Straße, im Supermarkt oder bei der Tankstelle schon begegnet ist? Hastig zieht Saana sich etwas Warmes über. Ihrem Vater gegenüber verliert sie besser kein Wort über die ganze Sache. Aber sie muss erst noch einmal nach Inari, bevor sie etwas früher als geplant nach Hause zurückkehren wird. Ein neuer Mord macht die Leute nur noch verschlossener.

Die Entscheidung fällt letztendlich schnell. Sie wird weiter versuchen, Heta zu erreichen, zurück nach Inari fahren, um noch ein paar Interviews zu führen, und dann wieder zu ihrem Vater, um ihm das Auto zurückzubringen. Angespannt nimmt Saana wahr, wie eine unangenehme Nervosität in ihr aufsteigt. Sie greift nach ihrem Smartphone und startet eine Aufnahme.

»Ich bin in den Norden gereist, um mehr über die Ereignisse herauszufinden, die zu Inga Weckmans Tod geführt haben. Eben habe ich allerdings etwas erfahren, was meine Pläne durcheinandergebracht hat. Die Polizei hat gerade die Leiche eines jungen Mädchens gefunden. Beim Gedanken an Inari und die netten Menschen dort fällt es mir wirklich schwer, mir vorzustellen, dass jemand zu so etwas fähig ist. Dennoch hat die Polizei nun zwei Tote. Einzelheiten wurden noch nicht bekannt gegeben, aber ich kann nicht umhin, mich zu fragen, ob es eine Verbindung zwischen den beiden Morden gibt. In einer kleinen Gemeinde kennt fast jeder jeden. Ob jetzt noch irgendjemand einem Bekannten über den Weg laufen kann, ohne sich zu fragen: ›Warst du es? Warst du es, der die jungen Mädchen umgebracht hat?‹«

Jan holt sich einen Kaffee aus der Küche. Irgendjemand mochte den neuen Kaffeeautomaten offenbar nicht und hat demonstrativ die alte Kaffeemaschine danebengestellt. Jan vermisst den bitteren, verbrannten Bürokaffee jedoch kein bisschen und drückt auf einen der Knöpfe des Automaten, woraufhin dieser anfängt, Bohnen zu mahlen, um anschließend einen starken Espresso zu brühen. Mit dem Kaffee in der Hand geht Jan zu seinem Kollegen Saki.

»Legen wir los«, sagt er und setzt sich neben Saki vor den Rechner. »Ich habe etwas Interessantes erfahren. Im Revier der Polizei von Lappland hat sich ein Mord ereignet. Ein siebzehnjähriges Mädchen wurde auf der Insel Iso Jääsaari vor Inari tot aufgefunden. Das kam über unser System rein, und Jone wurde noch einmal separat benachrichtigt.«

»Warum?«, fragt Saki. »Gibt es an dem Fall etwas Ungewöhnliches?«

»Ich weiß nicht genau, was bei der Polizei von Ivalo vorgefallen ist, aber ein dortiger Kollege hat beim KRP Rovaniemi mit dem Betreff ›Die Vergangenheit wiederholt sich‹ um eine Audienz gebeten.«

»Worauf bezieht er sich damit?«, fragt Saki und sucht die Daten zu dem Mordfall aus Inari heraus.

»Nur ein paar Dutzend Kilometer von der Ortschaft Inari in Richtung norwegische Grenze entfernt wurde 1998 ein junges Mädchen ermordet aufgefunden. Der Fall ist immer noch ungelöst, und jetzt wurde in derselben Gegend ein Mädchen im gleichen Alter umgebracht. Ich kann nicht genau sagen, wie viele Übereinstimmungen es zwischen den beiden Fällen gibt.«

»Hier«, sagt Saki und scrollt zu einer internen Mitteilung.

»Siebzehnjähriges Mädchen tot auf der Insel Iso Jääsaari im Inarisee aufgefunden. Zum Zeitpunkt des Fundes zwei bis zwölf Tage tot, keine Leichenstarre, zuletzt zwölf Tage vor dem Leichenfund lebend gesehen. Vermutete Todesursache: Ersticken durch Strangulation. Besonderheit: Augen nach dem Tod ausgestochen. Obduktion und Ermittlung der Todesursache noch nicht erfolgt. Gefunden wurde die Leiche von Wanderern, die die Schutzhütte auf der Insel aufgesucht haben.«

»Es liegen über zwanzig Jahre dazwischen. Ziemlich weit hergeholt. Man bräuchte schon gute Argumente, um zu mutmaßen, dass es sich um denselben Täter handelt.«

»Ja«, stellt Saki fest. »Aber nicht unmöglich. Das Ausstechen der Augen deutet daraufhin, dass es sich nicht um eine gewöhnliche Tat handelt. Das wirft sofort etliche Fragen auf. Was veranlasst die Polizei von Lappland zu der Annahme, dass die Fälle zusammenhängen?«

»Du hast völlig recht, die Sache wirft Fragen auf. Jone hat gesagt, dass dieser Kriminalhauptmeister, der um Hilfe gebeten hat, schon lange im Dienst ist, bereits seit 1998. Als der andere Mord passierte. Ich habe nachgeschaut, die Polizei von Lappland hat nicht besonders viele ungelöste Fälle. Tötungsdelikte kommen nicht sehr häufig vor, zumindest keine vorsätzlichen Morde. Irgendetwas an der Sache hat mein Interesse geweckt. Jone würde den Fall eigentlich nicht zu uns holen, aber ich möchte ihn trotzdem übernehmen. Ich fliege gleich morgen früh hin.«

»Was?« Verwirrt wendet Saki den Blick vom Bildschirm ab und richtet ihn auf Jan. »Warum?«

»Ich will vor Ort sein«, murmelt dieser, fügt jedoch keine weiteren Erklärungen hinzu. Er will jetzt nicht in eine Erklärungsspirale geraten, denn dann müsste er auch alles andere zugeben: dass Saana in Inari ist und er an ihrer Sicherheit mindestens ebenso interessiert ist wie an der Festnahme des Täters.

»Könntest du vor meiner Abreise noch ein paar Dinge für mich in Erfahrung bringen? Ich würde gern wissen, ob in der Gegend ehemalige Lebenslängliche wohnen oder Ähnliches. Uns interessieren Personen, die sowohl 1998 auf freiem Fuß waren als auch jetzt und die wegen gewalttätigen Verhaltens aktenkundig sind. Die Ermittlungsunterlagen von 1998 befinden sich bei der Polizei von Lappland, genauso wie die Einzelheiten des aktuellen Falls. Ich bitte dort um weitere Informationen, wenn ich angekommen bin.«

»Ich kann dir die Liste und weitere Infos besorgen. Übrigens, so auf die Schnelle sieht es hier danach aus, dass im Zusammenhang mit dem Fall von 1998 überhaupt niemand verhaftet wurde. Zwei Festnahmen gab es allerdings. Ein Pyry Palokka und ein Johan Weckman. Weckman ist mit dem Opfer verwandt. Ich schaue mal kurz nach – nein, es gibt dort in der Gegend keine Treffer für Personen im Strafregister. Also solche, die zum Beispiel kurz vor dem Mord freigelassen wurden. Aber das heißt nicht, dass nicht trotzdem alles Mögliche passiert sein kann.«

»Alles klar«, sagt Jan und fängt bereits an, sich im Kopf auszurechnen, wie viel Zeit ihm zu Hause zum Packen bleibt.

Saki öffnet eine größere Karte. »Es ist ein riesiges Gebiet. Am schlimmsten wäre es natürlich, wenn es jemand gewesen ist, der nur auf der Durchreise war. Stell dir das mal vor. Er kommt einfach vorbei, begeht seine feige Tat und fährt weiter. Versteckt sich in der Wildnis oder verschwindet komplett, zum Beispiel über die Grenze.«

Jan nickt und betrachtet nachdenklich die Karte. »Oder es war ein Einheimischer, der an Ort und Stelle geblieben ist. Jemand, den niemand verdächtigt.«

An einem Tisch bei der Tür sitzt eine Gruppe von missmutig dreinschauenden Kerlen. Myski bleibt vor ihnen stehen. Ihre weißen Kaffeetassen haben sie schon vor einer Weile geleert und ihre Snacks aufgegessen. Übrig sind nur noch die mit Zuckerkrümeln übersäten Teller und gemächliche Gespräche. Myski räuspert sich. Silja hat in dieser Tankstelle gearbeitet. Wahrscheinlich wird es nicht so schwer sein, die Männer dazu zu bekommen, ihm ihre Gedanken zu Silja mitzuteilen.

»Üble Geschichte«, sagt einer der Männer. »So was sollte niemand erleben müssen.« Seine Augen blicken in zwei verschiedene Richtungen. Myski ist unsicher, wohin er schauen soll. Er muss an ein Rentier denken, das mit dem Kopf wackelt.

»Sie trinken hier fast jeden Tag Kaffee und kennen Silja. Mich würde interessieren, ob Ihnen in der letzten Woche etwas Besonderes aufgefallen ist. Wer kommt normalerweise hierher? Ist etwas passiert, was Ihnen im Gedächtnis geblieben ist?«

»Ganz schön viele Fragen auf einmal«, stellt der Mann mit den schielenden Augen fest. »Das ist es ja gerade, hier kommt jeder vorbei. Fragen Sie lieber, wer nicht.«

»Silja war immer so flink und hilfsbereit«, kommentiert der Zweite.

»Aber irgendwas hat sie bedrückt«, fügt der Dritte hinzu, und die anderen drehen sich zu ihm um.

»Wie kommen Sie darauf?«, fragt Myski.

»Ich glaub, es war letzte Woche, als sie mitten in ihrer Schicht in Arbeitsklamotten rausgegangen ist. Sie ist kurz draußen geblieben und dann mit rotem Gesicht wieder reingekommen.«

»Haben Sie gesehen, ob sie mit jemandem zusammen draußen war?«, fragt Myski hoffnungsvoll.

»Nein, das hab ich nicht gesehen. Hat sich dort in den Schatten verzogen, vielleicht war da ein Auto«, sagt der Mann, nimmt die Fellmütze von seinem Schoß und setzt sie auf.

Da öffnet der vierte Mann, der bis jetzt geschwiegen hat, den Mund.

»Die hätte schon 'n bisschen aufpassen können, was sie anzieht.«

»Was meinen Sie?«, fragt Myski.

»Na, wie sie absichtlich nackte Haut gezeigt hat.«

Myski betrachtet ihn genauer. Der Mann grinst wie ein Hai. Aus seinem riesigen, trockenen Mund blitzen kleine, spitze Zähne. Myski hält nichts von der Idee, dass knappe Kleidung schlimme Taten rechtfertigt. Dass die jungen Mädchen selbst an allem schuld seien. Dass jemand wirklich glaubt, Belästigung oder Vergewaltigung passiere wegen knapper Kleidung, nicht wegen derjenigen, die ihre Pfoten nicht bei sich behalten können. Beim Gedanken an die aufgeweckte, lächelnde Silja verspürt er ein beklemmendes Gefühl in der Brust.

In der Umgebung leben Hunderte von Männern. Familienväter und Alleinstehende. Seit jeher gibt es hier mehr Männer als Frauen. Manche sagen, dass sich das auf das Verhalten auswirkt. Dass die Männer versuchen, sich zu nehmen, was sie wollen, sobald sich die Gelegenheit dazu bietet. Dass die Frauen deshalb ihren Blick auf den Boden richten und versuchen, sich so unsichtbar wie möglich zu machen. Myski ist sich sicher, dass Silja das nie versucht hat.

Er geht zur Theke und winkt Maija zur Seite. Man sieht ihren Augen an, dass sie geweint hat. Wenn es einen passenden Moment gibt, in dem Myski mutig sein und das tun sollte, was sich tief in seinem Inneren richtig anfühlt, dann ist dieser jetzt gekommen. Er sollte die Steifheit der letzten Jahre und seine eigene Feigheit vergessen, Maija umarmen und ihr sein Mitgefühl schenken. Ach was, sein ganzes Leben würde er ihr schenken. Aber weil er in all den Jahren nichts über die Lippen gebracht hat, weiß Maija nicht, dass sie für ihn diejenige ist, an die er jedes Mal als Letztes denkt, bevor er einschläft. Nur wenige Menschen können Gedanken lesen.

»Mein tiefstes Beileid«, sagt Myski zaghaft und blickt ihr so freundlich in die Augen, wie er nur kann. Obwohl sie sich seit Jahren jede Woche hier begegnen, weiß er nicht gerade viel über Maija. Er hatte nie den Mut, ihr Fragen zu stellen. Ein Ring an ihrem Finger ist immerhin nicht zum Vorschein gekommen, darauf hat er all die Jahre über heimlich geachtet und sich gefragt, warum eine Frau wie Maija noch niemanden gefunden hat. Aber vielleicht wollte sie auch gar niemanden finden und auch nicht gefunden werden.

»Silja war so ein Schatz, ich begreife es nicht«, schluchzt Maija. Selbst traurig ist sie schön. Ihr lockiges braunes Haar mit dem leichten Rotstich hat sie zu einem Dutt aufgerollt, und ihr ungeschminktes, zartes Gesicht umrahmt ihre blauen Augen.

Myski beugt sich zum metallenen Serviettenhalter am Ende des Tresens hinüber, nimmt ein Papiertuch heraus und reicht es ihr unaufgefordert. Da brechen alle Dämme. Vor Kummer strömen die Tränen nur so aus ihr heraus. Gerade als Myski zur Seite treten will, beugt sich Maija plötzlich vor und umarmt ihn. Mit unsicherem Griff legt er seine Arme um sie, spürt die Wärme, die von ihrem Körper ausgeht, und irgendwie gelingt es ihm zu sprechen.

»Nicht doch, alles wird irgendwie wieder gut«, sagt er und spürt, wie sein Herz schneller schlägt als sonst.

Allmählich durchnässen Maijas Tränen den Stoff seines Hemdes. Noch nie hat er sich so gut gefühlt. Maija hat ihn als Tröster auserwählt. Oder, na ja, er war eben zufällig dienstlich hier.

»Danke, dass du so lieb und aufmerksam bist«, sagt sie, löst sich aus seinem Griff und lächelt.

Myski wird rot. Kann es denn wirklich so einfach sein, endlich einmal zur richtigen Zeit am richtigen Ort zu sein? Falls ich sie irgendwann bekomme, werde ich alles für sie tun, schwört er sich innerlich.

»Es wäre wichtig, dass du mir alles berichtest, auch die kleinsten Dinge, an die du dich erinnerst«, sagt er, sobald ihm wieder eingefallen ist, dass er Polizist ist.

»Ich weiß nicht genau, ob das komisch ist. Aber als ich gestern eine geraucht habe, habe ich wieder Johan gesehen. Er stand weit entfernt am Straßenrand in der Dunkelheit und hat auf die beleuchtete Tankstelle gestarrt. Es war, als würde er so seine Trauer über Siljas Tod ausdrücken«, sagt Maija. »Sie waren befreundet, ich weiß nicht, ob du das wusstest.« Sie späht zur Theke. »O nein, ich hab total den Schichtwechsel vergessen. Nicht mal die Hälfte der Sachen, die ich hätte vorbereiten müssen, habe ich erledigt. Die nächste Schicht beginnt um drei, ich muss noch die Abrechnung machen«, sagt sie und verschwindet eilig im Hinterzimmer. »Ich bin gleich wieder da!«

Myski blickt auf die Schwingtür, die sich hinter Maija auf und zu bewegt. Für einen kurzen Moment vergisst er beinahe sein Hauptanliegen, den Grund, warum er überhaupt zur Tankstelle gekommen ist. Er braucht das Material der Überwachungskamera der letzten Wochen. Und Zeugenaussagen, auch von Maija. Er muss mit so vielen Einwohnerinnen und Einwohnern von Inari sprechen wie möglich, genau wie damals ... Unweigerlich kommen ihm die Tage, Wochen und Monate in den Sinn, als er als junger, eifriger Kriminalmeister bei der Polizei von Inari anfing. Wie schnell es doch bergab gegangen war. Die Suche nach Ingas Mörder hatte ihn in eine albtraumhafte Panik versetzt. Die Ermittlungen traten auf der Stelle, und sein Chef verhielt sich nachlässig. Die ganze Zeit über hatte Myski das Gefühl, etwas zu jagen, das nicht zu fassen war. Und jetzt ist es vielleicht wieder passiert. Die Sorge beschleicht ihn wie eine drückende Gewitterfront.

Im selben Moment kommt Maija aus dem Hinterzimmer zurück.

»Ich dachte, ich besuche nach der Arbeit Siljas Mutter, um sie zu unterstützen. Sie kann nicht ... Sie ist, na ja, du weißt ja, wie sie ist. Sie hat auch schon hier angerufen. Klang betrunken. Ich will etwas beitragen, egal wie«, sagt Maija und schnäuzt sich. Dann wischt sie die Edelstahloberfläche des Tresens mit einem feuchten Lappen ab, hebt den Serviettenhalter und die Schachteln mit Schokoladenriegeln hoch und lässt den Lappen auch unter diesen hindurchgleiten.

Myskis Blick verweilt auf ihren energischen Handbewegungen.

»Ich kann dich mitnehmen, draußen ist ziemlich mieses Wetter«, hört er sich sagen.

»Oh, danke«, sagt Maija und lächelt matt. »Ich bin froh, wenn ich irgendwie helfen kann, und ich habe ja auch niemanden, der daheim auf mich wartet«, sagt sie, scheint es jedoch sogleich zu bereuen.

Auf ihrem Hals kommen rote Flecken zum Vorschein, und Myski fragt sich unweigerlich, ob die Worte eine direkt an ihn gerichtete Ermutigung sein sollten.

Im Auto lässt Myski das Radio aus. Erst als sie in die Einfahrt zu Siljas Elternhaus einbiegen, bricht Maija die Stille.

»Wie geht es dir damit? Wenn sich das gleiche Grauen wiederholt und du wieder herausfinden musst, was passiert ist?«, fragt sie und tätschelt überraschend seine Hand auf dem Schaltknüppel.

Myskis ganzer Körper ist wie elektrisiert, und seine Hand wird an der Stelle, die Maija berührt hat, ganz heiß. Bestimmt würde sie das bei jedem so machen. Es war nur eine neutrale Geste des Mitgefühls, aber für ihn ist sie alles andere als das.

»Das lässt sich nicht ...«, murmelt er. »So junge Mädchen.«

Schweigend beobachten sie, wie die Dämmerung hereinbricht und der letzte Lichtschimmer vom Himmel verschwindet.

»Erzähl mir von Silja«, bittet Myski, und Maija unterdrückt ein Schluchzen, ehe sie beginnt. Sie erzählt ihm, dass Silja die Tochter einer Alleinerziehenden sei und an Arbeit gewöhnt. Vor ihrem Job bei der Tankstelle habe sie hin und wieder auf Kinder aufgepasst. Sie habe das Gymnasium von Ivalo besucht.

»Auf wessen Kinder?«, fragt Myski.

»Verschiedene, zum Beispiel das jüngere Kind von Anet, die diese Firma namens Frost-Safari führt«, sagt Maija.

Verdutzt starrt Myski sie an. Zuerst hatten sie zwei zeitlich voneinander getrennte junge Mädchen, die nichts miteinander zu tun hatten, und mit einem Mal haben die beiden etwas gemeinsam: Anet.

Als Maija die Haustür öffnet und im Inneren verschwindet, sieht Myski ihr vom Auto aus nach. Dann fährt er vom Hof und nimmt wahr, dass sich etwas verändert hat. Die größte Hürde, die Hemmschwelle, die er Maija gegenüber hatte, ist weg. Heißt das, dass er vielleicht auch den Mut hätte, sie um ein Date zu bitten? Der Zeitpunkt ist denkbar ungünstig, denn die Mordermittlungen nehmen seine ganze Aufmerksamkeit in Anspruch. Trotzdem muss er sich zumindest einen Vorwand einfallen lassen, um Maija so bald wie möglich wiederzusehen.

Saana fährt zum Flughafen von Ivalo, um Jan abzuholen. Als sie seine vertraute Gestalt durch die Tür kommen sieht, lächelt sie, doch Jan lächelt nicht zurück. Er scheint in Gedanken versunken zu sein. Erst als er Saana bemerkt, beschleunigt er seine Schritte, schnappt sie sich, schließt sie lächelnd in seine Arme und drückt sie fest.

»Was zur Hölle, Saana«, murmelt er in ihre Haare. »Du hast mir vielleicht einen Schrecken eingejagt. Du solltest doch nur Informationen über einen alten Fall sammeln, und dann passiert so was.« Er lässt sie nicht los. Saana erwidert seine Umarmung, aber nicht mehr so fest. Weiß man bei der Polizei etwas, was man ihr nicht erzählt hat?

Saana steuert das Auto vom Flughafenparkplatz auf die Straße nach Ivalo, während Jan aus dem Fenster schaut und die Landschaft betrachtet, die sich vor ihm erstreckt. Der Fluss Ivalojoki rauscht vor sich hin, und die Bäume sind von einer zarten Schneeschicht überzogen. In der Nacht hat es wieder geschneit. Dass Jan auf einmal hier ist, fühlt sich seltsam an.

»Bis Inari dauert es noch ein bisschen, aber es ist eine wirklich schöne Strecke«, sagt Saana und hält den Blick fest auf die Straße gerichtet. »Oder willst du gleich zu Myski?«

»Myski?«, wiederholt Jan verwundert.

»Ich meine Seppo Laitinen, den Polizisten«, erklärt Saana grinsend. Sie verschweigt ihm, woher der Spitzname kommt. Er wird es selbst herausfinden.

Jan lächelt nicht. Er brummt nur und liest gleichzeitig E-Mails auf seinem Handy. »Ja, ich glaube, es hat keinen Sinn, nach Inari zu fahren. Hier könnte es etwas länger dauern, ich weiß nicht genau, wie lange. Vielleicht ist es besser, ich nehme mir heute ein Zimmer in Ivalo«, sagt er, ohne vom Smartphone aufzusehen. Saana spürt Ärger in sich aufsteigen. Will er sie etwa, gleich nachdem er angekommen ist, wieder allein lassen?

»Du kannst natürlich mit mir im selben Zimmer übernachten«, fügt er beim Anblick ihrer düsteren Miene hinzu. »Aber meine Arbeit fängt schon heute an. Das Ermittlungsverfahren hat Vorrang vor allem anderen. Ich habe ausgemacht, dass ich direkt zum Polizeirevier von Ivalo komme. Gleich kommen sicher auch noch Kollegen aus Rovaniemi an. Je schneller ich die Ermittlungen vorantreiben kann, desto früher können wir Zeit miteinander verbringen«, sagt er und verzieht das Gesicht zu so etwas wie einem versöhnlichen Lächeln. Saana lacht innerlich über Jans Versprechen. Sie kennen sich zwar noch nicht mal ein halbes Jahr, aber eines hat sie schon gelernt: Es kommen immer neue Fälle, neue Dinge, die Jans Aufmerksamkeit auf sich ziehen und ihnen ihre gemeinsame Zeit rauben. Sie kann sich schon gar nicht mehr darüber ärgern. Wenn Jan sich in seine Arbeit vertieft, hat sie wiederum die Möglichkeit, sich mindestens genauso intensiv in ihre eigenen Projekte zu stürzen.

Sie streckt den Arm aus und streichelt seinen Bart.

»Konzentrier dich auf die Straße«, knurrt er.

»Idiot«, erwidert Saana lachend. Dann wird sie trotzdem ernst. »Traust du Myskis Fähigkeiten nicht, oder bist du hergekommen, um auf mich aufzupassen?« Sie wirft ihm einen prüfenden Blick zu.

»Ich kann nicht leugnen, dass ich mir ein bisschen Sorgen gemacht habe«, gesteht Jan. »Hier hat es einen Mord gegeben, und das KRP wurde mit den Ermittlungen beauftragt. Ich weiß, dass du Daten über den alten Fall zusammenträgst, aber irgendwo ist eine Grenze. Und die sollte man nicht überschreiten. Vielleicht ist jetzt ein guter Zeitpunkt, um eine kleine Pause einzulegen.«

»Hat der neue Mord denn irgendetwas mit dem alten Fall zu tun?«, muss Saana einfach fragen. »Die Opfer sind immerhin gleich alt.«

Sie hat schon viel darüber nachgedacht. Trotzdem erscheint ihr das Ganze schlimmer und beängstigender, wenn sie es laut ausspricht. Sie war zur gleichen Zeit hier in diesem kleinen Dorf, als die Polizei sich auf die Suche nach dem kaltblütigen Mörder gemacht hat. Wie genau Silja gestorben ist, weiß sie nicht, aber zumindest Inga wurde erdrosselt. Saana fragt sich, wie viel Kraft es wohl erfordert, jemanden zu erwürgen. Außerdem braucht es ein beängstigendes Maß an Entschlossenheit oder Hass. Aber wer könnte ein junges Mädchen so sehr hassen?

»Jetzt, da du hier bist, dachte ich mir, ich könnte ja auf dich warten. Dann könnten wir zusammen zu Papa fahren und erst dann zurück nach Helsinki, aber das hängt natürlich davon ab, wie lange das hier alles dauert. Momentan klingt es so, als könntest du nicht so bald weg«, sagt Saana und starrt auf die Fahrbahn.

Jan sagt eine Weile nichts. Dann ruft er: »Rentiere auf der

Straße!«, und Saana bremst ab. In einiger Entfernung steht eine Herde an der Straße, die ersten Tiere fangen gerade erst an, diese zu überqueren. Saana hält an.

»Das hier ist echt eine Welt für sich«, kommentiert Jan und beobachtet die Rentiere amüsiert. »Vielleicht solltest du hupen und ihnen ein bisschen Beine machen.«

»Auf keinen Fall«, entgegnet Saana. »Hier gibt es so etwas wie Eile nicht. Und das ist das Beste, was ich seit Langem erlebt habe. Ist dir aufgefallen, dass ich nicht mal mein Handy herausgeholt habe?«

Sie schweigt einen Moment und sagt dann:

»Ich weiß, dass die neue Leiche auf Iso Jääsaari gefunden wurde. Alle wissen das, es hat sich herumgesprochen. Dort gibt es eine Schutzhütte der Forstverwaltung. Angeblich hat die Polizei die ganze Insel abgesperrt.«

Jan gibt keinen Kommentar ab. Wahrscheinlich ahnt er, dass Saana versucht, ihm behutsam weitere Informationen zu entlocken. Seine Ankunft muss bedeuten, dass man zwischen den Morden an den beiden jungen Mädchen eine Verbindung gesehen hat. Saana bereut, nicht auf ihren Instinkt vertraut und Siljas Verschwinden genauer unter die Lupe genommen zu haben. Aber das hätte wohl kaum etwas gebracht, wenn selbst die Polizei nicht schnell genug war.

»Seppo Laitinen, können Sie mir noch einmal kurz berichten, was hier passiert ist?«, fragt Jan und ist amüsiert, als der Mann sich beim Klang seines Namens sichtlich aufrichtet.

»Myski«, sagt er dann hüstelnd.

»Was?«, fragt Jan.

»Die Leute hier nennen mich Myski. Tun Sie das ruhig auch.«

Jan nickt und wartet auf die Beantwortung seiner Frage. Ihm ist bewusst, dass man bei der Polizei von Lappland den Großteil seiner Zeit damit verbringt, zu verschiedenen Orten zu fahren, um Reibereien, mögliche Gewalttaten, Diebstähle und andere Auseinandersetzungen zu klären. Auch mit Todesfällen bekommt es die Polizei hin und wieder zu tun, aber bei der Ermittlung der Ursache muss man vor allem das Leben des Opfers durchleuchten. Es kommt erschreckend häufig vor, dass Menschen aus freien Stücken verschwinden oder sterben. Deshalb verhält sich Seppo beziehungsweise Myski wohl auch etwas reserviert gegenüber Jan, der als Vertreter des KRP auftaucht und Fragen zu dem beinahe einzigen Fall stellt, den die Polizei von Inari in ihrer gesamten Geschichte nicht lösen konnte. Doch Jans Aufgabe ist es, ein Klima zu schaffen, in dem Myski sich nicht in die Defensive gedrängt fühlt, sondern das Gefühl bekommt, noch einmal von vorn beginnen zu können. Gemeinsam haben sie bessere Ressourcen zur Verfügung als allein. Mit dem neuen Mord ist der Blick des KRP vorerst auf den Norden gerichtet.

»Die Geschichte könnte sich wiederholen, haben Sie geschrieben, als Sie Ihre Sorge zum Ausdruck gebracht und um zusätzliche Ressourcen gebeten haben«, fährt Jan fort.

»Ja, richtig«, murmelt Myski, steht von seinem Stuhl auf, wuselt kurz im Raum herum, als würde er nach etwas suchen, und setzt sich dann an den Computer in der Ecke.

»Wie kommen Sie darauf, dass es sich heute, 2019, um denselben Täter handelt wie 1998?«, will Jan wissen.

»Warten Sie mal, ich muss noch ein paar Sachen heraussuchen, kleinen Moment. Machen Sie es sich ruhig bequem, ich habe Ihnen da drüben einen Schreibtisch organisiert«, sagt Myski und deutet auf einen kleinen Tisch an der Wand. Jan sieht seine Chance gekommen, sich einen zweiten Kaffee zu holen.

»Nun denn«, sagt Myski schließlich und wendet den Stuhl vom Computer ab. »Mies, oder?« Er deutet mit einem Nicken auf die Tasse in Jans Hand.

»Geht so«, sagt Jan schmunzelnd. Schlechter Kaffee ist letztendlich das kleinere Übel an ihrer Arbeit.

»Ich musste kurz noch einmal alles durchgehen, damit ich nichts Wesentliches vergesse«, fährt Myski etwas nervös fort und blickt auf das Buch in seiner Hand, in dem er einige Dinge aufgelistet hat. »1998 wurde die siebzehnjährige Inga Weckman tot in Angeli aufgefunden. Und jetzt hat man hier vor zwei Tagen die siebzehnjährige Silja Kari tot auf Iso Jääsaari im Inarisee entdeckt. Die Einzelheiten kennen Sie ja schon. Beide sind erwürgt worden. Und beiden wurden die Augen ausgestochen.«

Jan läuft unweigerlich ein Schauer über den Rücken. Er nickt. »Auch wenn so viel Zeit dazwischenliegt, wirft die Art und Weise, wie die Tat begangen wurde, zweifellos Fragen auf. Die Annahme, dass die Person, die hinter dem Mord an Inga Weckman steckt, noch einmal zugeschlagen haben könnte, macht mir große Sorgen. Das hieße, dass es sich um jemanden mit extrem guter Selbstbeherrschung handelt. All die Jahre über hat er seine Tat geheim gehalten. Aber noch mehr besorgt mich die Frage, was ihn dazu gebracht hat, gerade jetzt einzuknicken. Das macht ihn möglicherweise sehr gefährlich. Wenn ich das richtig verstanden habe, hatte die Polizei im Fall von 1998 zwei verdächtige Personen. Fangen wir damit an.«

Nun ist es Myski, der nickt.

»Verdächtiger Nummer eins: Pyry Palokka. Grundlage: der eifersüchtige Ex-Freund. War ein halbes Jahr mit Inga zusammen, aber sie haben sich schon mehrere Monate vor dem Mord getrennt. Trotzdem hat Palokka in dem Zeitraum ein eifersüchtiges Verhalten an den Tag gelegt, hatte Wutausbrüche und hat laut Ingas Umfeld die Trennung nie richtig akzeptiert. Er sei ihr auch mehrmals gefolgt, hat Ingas beste Freundin gesagt. Man muss jedoch anmerken, dass er zur Zeit von Siljas Verschwinden laut unseren Informationen für mehrere Tage in Saariselkä war. Sein Vater hat das Alibi schon bestätigt. Für den ersten Mord hat er keins.«

»Aber das heißt nicht, dass er nicht von Saariselkä bis ...«, sagt Jan und kommt nicht dazu, seinen Satz zu beenden, ehe Myski bereits ergänzt: »Genau. Und dann wäre da noch Johan Weckman, Ingas Cousin, mittlerweile über fünfzig Jahre alt. Für den Zeitpunkt des Mordes von 1998 hat er ein Alibi. Es ist bekannt, dass er bei der Tankstelle, in der Silja gearbeitet hat, ein und aus gegangen ist, dass er sie mochte, ihr ein kleines Geschenk gemacht und ihr hin und wieder angeboten hat, sie mit dem Auto mitzunehmen. Die Leute hier halten ihn für ziemlich speziell. Sie haben ihm auch einen Spitznamen gegeben.«

»Welchen?«

»Schädelsammler«, sagt Myski und genießt sichtlich Jans überraschte Miene. »Und das war's dann so weit.«

»Das war's?«, wiederholt Jan. »In all den Jahren der Ermittlungen haben sich keine anderen Personen hervorgetan, die mit dem Fall in Verbindung stehen könnten?«

»So ist es«, bestätigt Myski und scheint sich von Jans offensichtlicher Enttäuschung nicht unter Druck setzen zu lassen.

»Und jetzt laufen die Ermittlungen zu diesem neuen Fall.« Jan nimmt einen Schluck von seinem Kaffee und steht auf, um sich die Beine zu vertreten. »Entweder handelt es sich um denselben Täter oder um einen Nachahmer. Der Fundort ist nicht derselbe.«

»Ja«, bestätigt Myski und scheint einen Moment lang in seine eigenen Gedanken versunken zu sein.

»Wie viele Leute wissen, dass Inga die Augen ausgestochen wurden?«

»Na ja, es wurde nicht in den Zeitungen gedruckt, aber über Mundpropaganda verbreiten sich die Dinge hier schnell«, gesteht Myski und wirkt etwas beunruhigt.

»Ob es nun derselbe Täter ist oder es sich um eine Nachahmungstat handelt – die Frage ist, warum gerade jetzt? Und warum gerade Silja?«

Im Zimmer wird es still. Vor ihnen liegt ein großer Berg Arbeit. Beim Gedanken daran, das alles allein und weit weg von seinem gewohnten Umfeld durchgehen zu müssen, fühlt Jan sich einen Augenblick lang wie gelähmt. Sein Griff um die

Kaffeetasse wird fester. Sie wärmt seine Hand. Aber schließlich hat er selbst darum gebeten, herkommen zu dürfen.

Jan tritt ans Fenster. Die Jalousien sind halb offen und gewähren den Blick auf die Straße. Weit und breit ist kein Auto zu sehen. Vor dem Polizeirevier steht eine einsame Holzbank herum, daneben ein grüner Abfalleimer. Das rote, platte Backsteingebäude dient als Zentrum für das gesamte Gemeindegebiet von Inari. Jan wird klar, dass sie sich in einem Seitenflügel befinden, der von fünf Pfeilern gestützt wird. Die schwarz gestrichene Fensterzeile ist zur Ivalontie hin ausgerichtet. Irgendwo hier in der Nähe liegen die Straßen Kinttupolku, Ruskatie und Kaamostie – Trampelpfad, Bunter-Herbst-Weg und Polarnachtstraße. Jan hat die Straßennamen auf der Karte entdeckt, als er sich diese beim Warten auf den Flieger genauer angesehen hat. Polarnachtstraße. Es gibt wohl kaum einen passenderen Straßennamen für die hiesige Düsternis und das Zwielicht.

»Was denken Sie über diesen Schädelsammler?«

»Ich weiß nicht. Alles, was ich normalerweise denken würde, passt nicht zu diesem Fall. Für den ersten Mord hat Johan ein Alibi. Ich würde gern glauben, dass er niemandem etwas zuleide getan hat«, sagt Myski.

Erst jetzt fallen Jan die müden Augen des Mannes auf.

»Tragen wir unsere Informationen am Whiteboard zusammen und gehen wir Punkt für Punkt den Verlauf der Ermittlungen durch, von damals bis heute. Lassen Sie uns trotzdem die Ermittlungen des neuen Falls priorisieren. Da sind die Spuren am frischsten«, sagt Jan, und Myski nickt gehorsam.

»Aber das wird alles nichts, wenn Sie nicht in guter Verfassung sind. Ich schlage vor, Sie fahren nach Hause, schlafen ein paar Stunden, und ich schaue mir in der Zwischenzeit die Fundstelle an. Wir treffen uns später wieder hier«, sagt Jan bestimmt und ist überrascht, als der deutlich ältere Myski ohne Murren zustimmt. Nachdem er Myski nach Hause geschickt hat, fährt er nach Inari. Er will die Insel Iso Jääsaari mit eigenen Augen sehen.

Jan blickt auf den Inarisee, dessen glatte Oberfläche das Grau des Himmels reflektiert. Schneeflocken fallen vom Himmel und schmelzen im Wasser. Wahrscheinlich dauert es nicht mehr lange, bis dieses gefrieren wird. Jan schaut nach oben. Ein Rabe fliegt über den hohen Oktoberhimmel. Was der Vogel wohl von Drohnen hält? Denn eine solche zeichnet gerade das Gebiet um den Fundort auf und surrt mit roboterhafter Präzision wenige Meter über dem Tier herum. Verglichen mit dem weiten Himmel und der gewaltigen Wildnis, die ihn umgibt, fühlt Jan sich ziemlich klein. Was für ein Ort ist das hier eigentlich? Weitläufige Fjell-Landschaften, eigentümliche Dorfbewohner und Bäume mit Krüppelwuchs. Das Meer der Sámi. Die Insel Iso Jääsaari. Ein kiefernbewachsener, steiniger Klotz inmitten des riesigen Inarisees. Eine Insel, an deren Südostufer sich eine Schutzhütte der Forstverwaltung befindet, gut zehn Kilometer vom Fischereihafen in Inari entfernt.

Jans Kleidung wird allmählich vom nieselnden Schneeregen durchnässt. Er kann sich nicht daran erinnern, jemals auf das Wetter geachtet oder im Vorfeld genauer über seine Ausrüstung nachgedacht zu haben. Doch jetzt, da er aus der Welt der beheizten Fußgängerzonen und überladenen Sportgeschäfte kommt, fragt er sich unweigerlich, ob er zwischen der Gore-Tex-Außenschicht und dem Fleece nicht doch eine Zwischenschicht aus Wolle bräuchte.

Die Bäume in der Ferne sind von einer dicken Schneeschicht bedeckt. Sie biegen und krümmen sich wie unterwürfige alte Riesen, die wissen, dass sie sich nie von der Stelle bewegen können werden.

Am Fundort ist ein Zelt aufgebaut worden. Doch die fröhliche Assoziation mit einem Campingtrip ist gleich wieder verflogen, denn dieser Ausflug führt direkt in einen Albtraum. Vom Täter keine Spur.

Gedämpfte Stimmen sowie das Rauschen von Funkgeräten dringen an Jans Ohr. So verrückt es auch ist – er fühlt sich heimisch. Allein über die Orte und Situationen zu sprechen, in die er im Laufe seiner Karriere geraten ist, würde zarter Besaitete zum Wimmern bringen. Trotz all der aufgefundenen Mordopfer, der herumliegenden Leichen, der Blutspuren und der Todesfälle durch Gewalt ist es unmöglich, so sehr abzustumpfen, dass es einem nicht mehr zusetzt. Aber Jan hat sich daran gewöhnt, sich während seiner Ermittlungsarbeit routinemäßig von schlimmen Dingen abzugrenzen. Er weiß, was zu tun ist. Wenn er auf eine Leiche trifft, steht er am Ausgangspunkt. Anschließend besteht seine Aufgabe darin, sich rückwärtszubewegen. Den Spuren so lange zu folgen, bis sie ihn zum Täter führen.

Schweigend betrachtet Jan den Fundort. Man erzählt ihm Dinge, die er bereits weiß. In der Schutzhütte gibt es Anzeichen dafür, dass jemand darin übernachtet hat, aber im Kamin hat schon lange kein Feuer mehr gebrannt. Im Gästebuch gibt es eine Lücke von fast zwei Wochen. Bei ihrer Ankunft hat die Wanderer eine böse Überraschung erwartet. Am anderen Ende der Insel hat ein lebloser Mensch am Ufer gelegen. Silja war bereits mehrere Tage tot.

Jan blickt auf die imposanten, kargen Felseninseln, die sich in der Ferne abzeichnen.

»Ist eine davon Ukonsaari?«, fragt er spontan den Kollegen direkt neben sich und deutet auf die schroffe, schiefe Insel, die einem Dreieck ähnelt. Er erinnert sich daran, etwas darüber gelesen zu haben. Eine *Seita,* eine Opfer- und Kultstätte der Sámi. Lange Zeit wurden dort Rentiergeweihe und -knochen als Opfergaben abgelegt.

»Die ist da drüben, aber man kann sie von hier aus nicht richtig erkennen«, erwidert der Kollege aus Rovaniemi. »Wissen Sie, warum man die Toten dort bestattet hat? Damit die Raubtiere sie nicht wieder ausgraben. Aber diese Tote wurde nicht beerdigt. Sie wurde offen liegen gelassen, als ob es egal wäre, was nach dem Tod mit ihr passiert.«

»Stimmt, sie wurde sogar so ausgerichtet, als hätte sie sich nur schlafen gelegt«, stellt Jan fest und macht ein paar Fotos vom Fundort.

Er weiß bereits, an welcher Stelle, in welcher Position und in welchem Zustand das Opfer dalag. Mehr ist ihm vorerst nicht bekannt.

Wolltest du ihr Augenlicht zerstören, damit die Verbindung zwischen dir und ihr im Dunkeln bleibt?, überlegt Jan und bemüht sich, das Ganze aus Sicht des vorerst noch unbekannten Täters zu betrachten. Wenn das Opfer der Sehkraft beraubt oder zum Beispiel zugedeckt wird, kann das darauf hindeuten, dass der Täter es kannte.

Jan hat die schreckliche Vermutung, dass der Täter und sein Opfer für einen Ausflug oder ein romantisches Treffen hierhergekommen sind. Dafür war ein Boot erforderlich. Die letzte Nachricht von Silja stammt von vor zwei Wochen. Seine Kollegen versuchen gerade, die Übernachtungsgäste der Hütte zu erreichen, aber Jan befürchtet, dass es keine Augenzeugen gibt. Die einsame Insel wurde in der Nacht, als es geschah, wahrscheinlich nicht in ihrer Ruhe gestört, denn zu dieser Jahreszeit gibt es kaum Ausflügler. Sichtungen von Booten auf dem Inarisee sind bisher nicht bekannt.

Irgendwo im Hintergrund knarzen rindenlose Kiefern. Den Einheimischen zufolge könnte der See schon Ende November zufrieren. Einen Monat später hätte man mit dem Boot nicht mehr übersetzen können, oder man hätte zumindest einen Teil des Weges über das Eis zurücklegen müssen.

Als Jan fertig ist, nehmen ihn seine Kollegen mit zurück zum Festland. Erst dort fällt ihm ein, auf die Uhr zu sehen. Es ist schon spät. Saana hat gesagt, sie werde schon einmal sein Hotelzimmer beziehen, aber er und Myski haben noch zu tun. Anschließend wird er zwar die Nacht neben ihr verbringen können, aber bei seinem Eintreffen wird sie wahrscheinlich schon tief und fest schlafen.

Als Jan in Richtung Ivalo fährt, hat es aufgehört zu schneien. Über der Straße hängen zarte Nebelschwaden.

Er denkt über die lange Staatsstraße 4 nach, die sich durch dichte Wälder schlängelt und durch ganz Finnland führt. So weit oben im Norden begegnet man nur ab und zu einem anderen Auto. Jenseits des Polarkreises kann man weite Strecken zurücklegen, ohne gesehen zu werden. Ein unangenehmer Gedanke beschleicht ihn. Was mag über die Jahre wohl alles geschehen sein, ohne dass es Zeugen gab? Könnte es sogar sein, dass in dieser Gegend noch mehr junge Mädchen umgekommen sind?

Im Halbschlaf hört Saana, wie die Tür aufgeht. Es dauert einen Moment, bis ihr wieder einfällt, dass sie nicht mehr in der Hütte ist sondern im Hotel. Jan schleicht mit seiner Handy-Taschenlampe durch das Zimmer. Hastig zieht er sich aus, putzt sich die Zähne, kommt auf Zehenspitzen zum Bett und legt sich neben sie. Als er sich eng an sie schmiegt, dreht sich Saana lächelnd um. Sein vertrauter Geruch und seine Körperwärme erinnern sie an all die schönen Dinge, nach denen sie sich gesehnt hat. Aber sie ist zu müde, um etwas zu sagen, also kuschelt sie sich nur noch tiefer in die Decke ein.

Am nächsten Morgen fällt das romantische Wiedersehen flach, da Jan früh aufstehen muss. Bereits beim ersten Klingeln schreckt er hoch. Im Halbschlaf spürt Saana, wie er ihr einen Kuss auf die Wange drückt und aufsteht. Draußen ist es völlig dunkel und still. Sie kontrolliert die Uhrzeit auf ihrem Handy. Erst sieben. Am liebsten würde sie Jan wieder zu sich ins Bett ziehen, aber der putzt sich schon die Zähne. Sie beschließt, noch ein paar Stunden zu schlafen. Es sieht so aus, als müsste sie sowieso allein frühstücken gehen.

Kurz nach neun macht sie sich gemächlich auf den Weg zum Frühstück, auch wenn sie gar nicht weiß, ob ihr das eigentlich zusteht. Sie nimmt sich ein Glas Orangensaft, häuft Hausmacherkäse, Moltebeerenmarmelade, karelische Piroggen mit Eierbutter und ein paar Weintrauben auf ihren Teller, trägt ihr Frühstück zu einem der Tische und holt sich dann noch einen Kaffee. Auf einmal muss sie daran denken, welche Rolle das *Vaskooli* in Ingas letztem Sommer gespielt hat, und beschließt, mit dem Handy einen kurzen Abschnitt aufzunehmen.

»Ich frühstücke gerade in dem Hotel, in dem Inga damals gearbeitet hat und in dem sie auch zum letzten Mal lebend gesehen wurde. Von hier aus führte ihr Weg ins Ungewisse. Niemand weiß, wie und mit wem sie schließlich in Angeli gelandet ist. Aber ich habe mit einer Person gesprochen – lassen wir sie anonym bleiben –, die berichtet hat, sie habe gesehen, wie Inga an jenem Abend aus dem Nachtclub kam und in ein Auto stieg. Dieses Auto war möglicherweise ein grauer Kombi. Über den Fahrer gibt es keine näheren Angaben. Er bleibt im Dunkeln.«

Als Saana ihre kurze Aufnahme beendet, stellt sie fest, dass sie beobachtet wird. Neugierig schaut sie hinüber zum Ecktisch. Dort sitzt eine Frau und starrt sie an, aber immer wenn Saana zu ihr hinsieht, wendet sie schnell den Blick ab. Beim letzten Mal jedoch nicht. Saana mustert die Frau mit Perlenhalskette und Hosenanzug. Ihr gepflegtes Äußeres und ihr Make-up scheinen so gar nicht zu den Einheimischen in ihren Eisangelanzügen und Wollpullovern zu passen. Ihre schweren Augenlider sind violett geschminkt. Das muss Ritva Palokka sein.

Zögerlich geht Saana auf sie zu. Ritva Palokka hat eine Tasse Kaffee und einen Teller samt mit Eierbutter bestrichenen karelischen Piroggen vor sich stehen.

»Hallo, darf ich mich zu Ihnen gesellen?«, fragt Saana. Ritva legt ihren kleinen Löffel auf den Teller und sieht sie argwöhnisch an.

»Mein Name ist Saana Havas, ich trage für meinen Podcast Informationen über einen Fall zusammen, der sich traurigerweise hier ereignet hat«, beginnt Saana. Sie zieht sich einen Stuhl unter dem Tisch hervor, der dabei über den Boden kratzt, aber dem macht es bestimmt nichts aus. Er scheint schon viel erlebt zu haben.

»Ich weiß«, sagt Ritva Palokka nur und faltet die Serviette in ihrer Hand. »Wir sind hier wie die Wildtiere. Wir wittern eine Schnüfflerin schon lange, bevor sie uns wittert.«

Saana schaut sie verdutzt an.

»Was wissen Sie über den Todesfall von Inga Weckman?«, fragt sie dann direkt.

»Ich bin Pyrys Mutter«, sagt Frau Palokka gereizt. »Der Fall hat unserer Familie keine Ruhe gelassen und wird es auch weiterhin nicht, aber Sie können es tun. Vergessen Sie das Ganze!«

»Ich habe mich mit Ihrem Sohn unterhalten, und ich kann verstehen, dass das für Sie eine schmerzhafte Angelegenheit ist. Ich will Sie nicht belästigen oder alte Wunden aufreißen, aber Inga hat es verdient, nicht vergessen zu werden«, fährt Saana unbeirrt fort, und es gelingt ihr, eine ruhige Stimme zu bewahren. »Was sagt eigentlich Ihr Mann zu den Ereignissen? Kannte er Inga?«, fragt sie, obwohl sie genau weiß, dass dem so ist. Aber sie will hören, wie Frau Palokka es selbst ausdrücken würde.

Diese presst den Mund zu einem Strich zusammen und klopft mit ihren gepflegten, langen perlmuttfarbenen Nägeln auf die Tischplatte, während sie Saana aufgebracht anstarrt. Saana fällt auf, dass die Hände der Frau leicht zittern.

»Mein Mann hat rein gar nichts mit den Weckmans zu tun«,

erklärt Frau Palokka leise, aber entschieden. Saana entdeckt ein kleines Stückchen Eierbutter in ihrem purpurroten Mundwinkel. »Unsere Unterhaltung ist beendet«, sagt Frau Palokka dann so würdevoll wie möglich.

Als Saana das Hotel verlässt, um einen kleinen Morgenspaziergang zu machen, fängt es an zu schneien. Der Schnee fällt in schweren Flocken herab. Der Wind hat zugenommen, und die Luft ist eisig geworden. In der Ortsmitte von Ivalo gibt es so gut wie nichts zu sehen, also macht sich Saana auf den Weg zum Supermarkt. An der Ecke davor trifft sie überraschend auf Anet.

»Es ist so traurig«, sagt Saana. Anet nickt schnell und erwidert: »Silja hat bei der Tankstelle gearbeitet. Dort geht halb Inari ein und aus. Alle reden darüber, einfach schrecklich.«

»Das könnte schlimme Erinnerungen hochholen«, stellt Saana fest.

»Gestern konnte ich nicht schlafen. Ich war mit dem Kind allein zu Hause. Ich habe mich unendlich dankbar für mein Leben gefühlt. Dafür, dass ich am Leben bin. Dass ich, anders als Inga, die Chance bekommen habe, alt zu werden.«

»Kanntest du Silja?«, fragt Saana vorsichtig. »Ich kann nicht aufhören, darüber nachzudenken, ob die beiden etwas gemeinsam hatten oder ob sie etwas verbindet.«

»Silja war ein nettes Mädchen. Sie hat manchmal auf unseren Jüngsten aufgepasst. Ich kann es kaum begreifen. Warum sollte ein so schlaues Mädchen wie Silja mit irgendeinem Verrückten mitgegangen sein? Das kann kein Zufall sein. Siljas Mutter war schon immer mehr oder weniger verwahrlost. Trinkt und so weiter. Die Umstände haben Silja gelehrt, zäh zu sein und sich selbst zu helfen.«

Während sie so auf der Stelle stehen, spürt Saana, wie ihr

die Kälte von den Zehen aufwärts in den Körper kriecht. Sie hüpft ein wenig auf und ab und bewegt die Hände.

»Glaubst du, der Schnee wird schon liegen bleiben?«, fragt sie.

Anet stupst mit dem Fuß in die weiße Masse auf dem Boden. »Um diese Zeit kommt er normalerweise, um zu bleiben.«

»Wie würdest du diese Art von Schnee übrigens bezeichnen? Haben die Einheimischen hier nicht Hunderte oder sogar Tausende Wörter dafür?« Saana sieht zu, wie neue schwere Flocken lautlos herabfallen.

»Schnee, das ist es, und so nenne ich es«, sagt Anet grinsend, und Saana fühlt sich peinlich berührt.

»Nein, ich ziehe dich nur auf. In den samischen Sprachen gibt es tatsächlich Hunderte Wörter für Schnee und Eis«, ergänzt Anet lachend. »Der erste Schnee, der liegen bliebt, wird *vahca* genannt, Neuschnee.«

Es dauert einen Moment, ehe Saana wieder einfällt, dass es in Finnland drei samische Sprachen gibt. Eivor hat erwähnt, sie spreche Nordsamisch. Am Rande der Angelintie wohnen innerhalb eines bestimmten Bereichs auch Inarisámi. Sie bilden eine Minderheit innerhalb einer Minderheit, Inarisamisch wird nur von ein paar Hundert Menschen gesprochen. Und in der Nähe der russischen Grenze gibt es noch die orthodoxen Skoltsámi.

»Wenn du mehr über die Sprachen wissen willst, geh mal auf sayitinsaami.yle.fi«, sagt Anet dann. »Das ist eine gute Website.«

Saana ruft die Seite auf ihrem Handy auf. Beim Anblick des Introtextes muss sie grinsen: »Wortschatz für die Liebe und die Bar«. Sie wählt Inarisamisch aus.

Ich bin betrunken. – Mun lam uáivist.
Wo ist die Afterparty? – Kost láá jotkâjuhleh?
Verarsch mich nicht! – Ele tááju!

Saana prägt sich die Phrasen ein. Vielleicht wird sie sie bei ihren Interviews mit den Einheimischen noch brauchen können.

»Ach, ich weiß nicht«, sagt Anet plötzlich, und Saana wartet gespannt darauf, wie der Satz weitergeht. »Ich habe irgendwie das Gefühl, dass Ingas Mörder jemand von hier ist. Jemand, der hier tagtäglich lebt und atmet, genau wie wir anderen. Langsam befürchte ich, dass ich den Täter kenne.«

»Erzähl der Polizei von deinen Gedanken, wenn dir irgendetwas einfällt, selbst wenn es nur Kleinigkeiten sind«, sagt Saana ermutigend.

Anet wirft ihr einen traurigen Blick zu. »Ich habe keine Informationen. Ich habe nur Ahnungen, und die Polizei hat sich noch nie für bloße Vermutungen von Bürgern interessiert.«

»Joki, das stille Wasser, im wilden Norden«, stellt Jan fest, als die ihm vertraute Gestalt aus dem Taxi steigt. Er hat vor der Tür gewartet und hüpft ein paarmal auf und ab, um sich warm zu halten. Seine Jacke hängt bereits drinnen an der Garderobe. Er sieht Ari Joki dabei zu, wie er wackligen Schrittes auf ihn zukommt. Zu seiner Überraschung trägt der meist komplett in Beige gekleidete Kollege einen fast knöchellangen schwarzen Steppmantel, der ihn ausnahmsweise eher wie eine Made als wie einen Geier erscheinen lässt. Für Jan hat er schon immer wie ein Vogel ausgesehen. Feine Gesichtszüge, Glatze und ein langer Hals mit einem auf und ab hüpfenden Adamsapfel. Jetzt trägt der Geier eine Daunendecke.

Der beste Gerichtsmediziner Finnlands ist in den Norden gekommen, um ihn zu unterstützen.

»Ich habe nur ein paar Stunden Zeit. Morgen fliege ich schon wieder zurück«, sagt Joki und tritt ein. Er vergeudet seine Lebenszeit nicht mit überflüssigen Höflichkeiten. Jan muss an eine Figur denken, die von Gogol stammen könnte.

Wenig später nimmt Joki ein Skalpell vom Edelstahltablett und fängt an, die Haut der Leiche aufzuschneiden. Im selben

Moment sind weiter hinten im Raum Würgelaute zu hören. Dann geht die Tür auf, und schnelle Schritte entfernen sich in Richtung Flur. Myski hat den Raum verlassen.

»Soso«, sagt Joki.

»Weg ist er.« Jan gibt sich größte Mühe, nicht zu lachen. »Ich briefe ihn dann später«, sagt er und tritt näher an den Obduktionstisch heran. »Oder warte kurz, ich versuche, ihn wieder zu uns zu holen.« Er geht zur Tür, öffnet sie und hält im Flur nach Myski Ausschau. »Joki wird uns etwas zu sagen haben. Ich finde, Sie sollten es auch hören. Sie können ja die Augen zumachen.« Myski, der an die Wand gelehnt auf dem Boden sitzt, steht widerwillig auf.

»Sie war mindestens seit einer Woche tot, als man sie fand. Es herrschten recht gute Bedingungen, was das Konservieren einer Leiche angeht. Am Körper finden sich Spuren von Temperaturschwankungen, er ist eingefroren und dann wieder angetaut. An den Akren, den Fingern und der Nase, sind teilweise Austrocknungen zu verzeichnen. Die Hautfarbe hat sich aufgrund der Verwesung verändert. Die Leichenstarre hat sich gelöst. Das Opfer hat blaue Flecken an Armen und Beinen. Die wurden ihm vor dem Tod zugefügt. Die Augen wurden ihm aber nach dem Tod ausgestochen.«

»Wir haben nichts gefunden, was uns einen Hinweis auf den genauen Todeszeitpunkt geben könnte, aber wir wissen, dass Silja am 14. Oktober um 18 Uhr noch am Leben war. Von ihrem Handy aus wurde um 23 Uhr eine Nachricht verschickt, aber deren Authentizität ist nicht gesichert. Das würde bedeuten, dass sie möglicherweise zwischen 6 und 11 Uhr abends gestorben ist, wenn sie sofort ermordet wurde«, berichtet Jan.

»Ich habe mir die Fotos vom Fundort angesehen«, fährt Joki fort. »Die Tote war vollständig bekleidet. Sie wurde erst hier ausgezogen. Die Klamotten befinden sich in den Tüten dort«, sagt er und deutet auf den Tisch hinter sich. »Draußen war es so kühl, dass die Leichenflecken eine hellrote Farbe haben. Ihnen nach zu urteilen, wurde das Mädchen nach dem Tod nicht bewegt.«

»Sie wurde also am Fundort getötet?«, vergewissert sich Myski.

Jan nickt. Es wäre gut, wenn der hiesige Polizist bald wieder handlungsfähig wäre. Allerdings ist er sich nicht sicher, ob Myskis Anwesenheit bisher nicht mehr geschadet als genutzt hat.

»Abgesehen von der Strangulation gibt es keine weiteren Wunden oder Frakturen, die dem Opfer vor dem Tod zugefügt wurden. Die blauen Flecken stammen wahrscheinlich vom Widerstand, den sie kurz vor ihrem Tod geleistet hat. Es war trotz allem ein nahezu sanfter Abschied, wenn ihr mir diese Worte erlaubt«, stellt Joki fest, den Blick immer noch auf die blasse tote Haut und deren Schichten gerichtet.

»Was meinst du damit?«, hakt Jan nach.

»Die Strangulation kam höchstwahrscheinlich überraschend und der Tod schnell. Schon interessant, ich habe zum Beispiel keine Nadelstiche oder andere Anzeichen für Rauschmittel gefunden. Täter und Opfer haben einander ins Gesicht geschaut. Das Opfer wurde überrascht, und es besteht Grund zur Annahme, dass der Täter stärker war als das Opfer.«

Jan tritt ganz nah an Siljas Leiche heran und betrachtet ihre Augenlider, die von Hand geschlossen wurden. Der Tod ist schwer zu begreifen. Mit einem Mal werden einem Menschen Wärme, Sicherheit und Selbstverständlichkeiten entrissen. Alles, was er erlebt und erfahren hat, verschwindet. Seine Wünsche, Erinnerungen und Gedanken sind fort, übrig bleibt nur eine Hülle.

Während sein Blick auf der toten Jugendlichen verharrt,

überkommt Jan ein ziemlich merkwürdiges Gefühl. Ihm fällt das Foto von Inga Weckman in Myskis Büro wieder ein. *Die Geschichte wiederholt sich.* Er muss zugeben, dass das Opfer Inga Weckman sehr ähnlich sieht.

Als er und Myski schon Anstalten machen zu gehen, räuspert sich Joki.

»Auf deine Bitte hin habe ich einen Blick auf den vorherigen Fall geworfen. Die Tötungsmethode stimmt überein, aber im Juli herrschten ganz andere Bedingungen. Du weißt ja, die Hundstage. Aufgrund der Maximallänge der Fliegenlarven konnte die Gerichtsmedizinerin den Todeszeitpunkt auf die Nacht zwischen Samstag und Sonntag festlegen. Ich bewundere den Einfallsreichtum meiner Kollegin«, konstatiert Joki.

Zurück in der Wache, sitzen Jan und Myski nebeneinander vor dem fast leeren Whiteboard. Vorerst hängen sie nur die Fotos der Opfer daran auf. Die alten Bürostühle lassen sich trotz ihrer Rollen nur schwer bewegen. Jan lehnt sich auf seinem Stuhl zurück und nimmt die Kappe von seinem Boardmarker.

»Fangen wir damit an, was wir über das neue Opfer wissen.« Er steht auf und schreibt unter Siljas Foto: »17 Jahre, Familie: Mutter, kleiner Bruder. Kein Freund, viel unterwegs, in der Tankstelle von Inari angestellt, das Gymnasium von Ivalo besucht, nicht viele Freundschaften, aber viele Bekannte.«

»Bei Silja zu Hause habe ich einen Zettel und in ihrem Schulspind eine Postkarte gefunden. Warum hat sie gerade die beiden Dinge aufgehoben?«, sagt Myski plötzlich und steht auf, um das Plastiktütchen mit seinen Funden zu holen. »Wir konnten allerdings keine Fingerabdrücke sicherstellen.«

»›Ich bin das Licht, das dich ins Dunkel führt.‹ Was könnte das bedeuten?« Jan greift nach dem Plastiktütchen. »Ist das eine Art geheimnisvoller Prolog, den der Mörder kreiert hat?

Phase eins: Kennenlernen. Phase zwei: Nachricht an das Opfer. Phase drei ...«

Jan befestigt die Fotos des Zettels und der Postkarte mit einem Magnet an der Tafel.

»Vielleicht waren sie sogar verliebt«, überlegt Myski laut. »Das Umfeld beider Mädchen hat eingeräumt, dass es nicht unbedingt alles über deren Leben wusste.«

»Was können wir mit Sicherheit sagen?«, fragt Jan dann und bleibt vor dem Whiteboard stehen.

»Jemand hat beobachtet, wie Silja am Montag, dem 14. Oktober, um 18 Uhr die Tankstelle verlassen hat. Der Rest sind nur Spekulationen. Wahrscheinlich ist sie in der Inarintie in ein Auto gestiegen, aber niemandem ist eines aufgefallen. Inga wiederum ist an einem Samstagabend verschwunden, sie wurde gegen acht im *Vaskooli* gesehen. Wir haben einen Augenzeugen, der berichtet hat, er habe sie in Richtung Brücke gehen sehen, zu einem Auto, das dort gewartet hat.«

»Gut«, sagt Jan. »Haben wir irgendwelche Merkmale des Autos?«

»Nur, dass es möglicherweise ein grauer oder dunkelgrauer Kombi war.«

Jan nickt enttäuscht. Sie starren eine Weile auf die sehr spärlichen Daten.

»Wo haben Sie die Vernehmungsprotokolle und die Interviews mit den Augenzeugen von 1998?«, fragt Jan dann und stellt sich vor Myski, der aus seiner Starre hochschreckt.

»Die waren in unserem Archiv. Ich habe sie Ihnen schon geholt«, sagt Myski und deutet auf einen ordentlichen Stapel mit Kartonmappen. Dann nimmt er sich einen der Ordner, legt ihn auf seinen Schoß und schlägt ihn auf. Plötzlich wirkt er erschrocken.

»Warten Sie, ich glaube, das ist doch noch nicht alles«,

stammelt er und stürmt aus dem Zimmer. »Hey!«, ruft er draußen irgendjemandem zu. »Diese Ordner zum Fall Weckman ... Ich brauche alle. Hier fehlt ein dicker Stapel Vernehmungen. Alles Material, das für das KRP im Hinblick auf den neuen Fall interessant ist.«

»Es ist alles da, mehr gibt es nicht«, beteuert Myskis Arbeitskollegin, die mit diesem zusammen im Türrahmen erschienen ist.

»Da stimmt etwas nicht, ich bin mir sicher, dass hier Material fehlt. In Angeli gab es damals am Wochenende eine Veranstaltung in einer gewissen Villa. Ich wollte noch einmal durchgehen, welche Aussagen wir von den Gästen bekommen haben. Ich schaue noch mal im Rechner nach, welche Vernehmungen wir alle dokumentiert haben«, murmelt Myski und kehrt zurück an seinen Schreibtisch.

Jan runzelt die Stirn.

Kalter Schweiß tritt Myski auf die Schläfen, während er darauf wartet, dass der Computer ihm die gesuchten Ergebnisse liefert. Er kann sich noch daran erinnern, wie er 1998 die Berichte von Hand geschrieben und sie dann seinem Vorgesetzten übergeben hat. Aber ... Eine schreckliche Erkenntnis, die er einen Moment lang zu leugnen versucht hat, breitet sich immer weiter in ihm aus und verursacht ihm ein mulmiges Gefühl. Hat Jaatinen am Ende gar nicht dafür gesorgt, dass alles auf dem Computer gesichert wurde?

Nach einer einstündigen Suche kehrt Myski beklommen zu Jan zurück.

»Die Sache ist jetzt die, dass ein Teil der Vernehmungen mit den Einheimischen wahrscheinlich nur auf Papier dokumentiert wurde, nicht auf dem Computer, und jetzt sind wir auch noch in der beschissenen Lage, dass die Unterlagen verschwunden sind.«

»Könnte jemand sie absichtlich vernichtet haben?«, fragt Jan. »Bitten Sie darum, dass die Sache geprüft wird. Sie müssen jetzt versuchen, sich zu erinnern. Erstellen wir eine Liste mit allen Personen, die Sie 1998 befragt haben. Damit fangen wir an. Außerdem würde ich gern wissen, was im Laufe der Jahre alles passiert ist.« Er versucht, Myski auf irgendeine Art und Weise zu motivieren. »Als Ermittler interessieren mich nicht diejenigen am meisten, die am lautesten über den Fall reden, sondern diejenigen, die schweigen oder sich weigern zu sprechen.«

»Ist gut«, sagt Myski und massiert sich den Nacken.

Jan geht zum Whiteboard.

»Warten Sie mal, ich muss erst zum Auto«, sagt Myski.

Als er zurück ins Zimmer kommt, hat er drei staubige, schwere Kartons auf dem Arm.

»Haben Sie schon mal vom Fluch des ersten Falls gehört?«, fragt er zaghaft. »Davon, dass ein schwieriger, ungelöster Mord sich schmerzhaft durch die Eingeweide frisst, bis zu den Nieren, und einen nie wieder loslässt?«

Jan nickt. Myski lugt verstohlen zu ihm hinüber und beschließt, ehrlich zu sein.

»Ich glaube, so ist es mir ergangen. Je länger sich die Ermittlungen zum Mord an Inga hinzogen, desto schlechter konnte ich schlafen. Am Schluss hat mich die Sache so gequält, dass ich den Fall mit nach Hause genommen habe. Und Sie wissen ja, was dann passiert. Er nimmt das ganze Leben ein. Mein Wohnzimmer war voll mit Karten, Personennamen und Beobachtungen. Ich bin nicht darüber hinweggekommen, dass der Täter wie vom Erdboden verschluckt war.«

»Glauben Sie, Sie könnten das, was an Ihrer Wohnzimmerwand hing, hier noch einmal zusammentragen? Noch heute Abend?«, fragt Jan und deutet erst auf die Kartons und dann auf die fast leere weiße Wand vor ihnen.

Myski seufzt. Sein Kollege aus der Hauptstadt scheint ihn zum Glück überhaupt nicht zu verurteilen. Vielleicht hat er doch mehr Verständnis als gedacht.

»Ich kann es zumindest versuchen«, sagt er.

»Gut. Und nebenbei müssen wir alles sammeln, was wir über die neue Tote wissen. Anschließend suchen wir nach Gemeinsamkeiten.«

»Nun«, sagt Myski. »Wir können uns einiges sparen. Hier in meinen eigenen Notizen stehen alle Personen, die ich befragt habe. In einem Anfall von Manie habe ich es mir zur Aufgabe gemacht, bei jedem Haus an der Angelintie und auch bei den etwas weiter entfernten vorbeizuschauen. Dort gibt es viele einsame Junggesellen. Aber ich habe einfach nichts Nützliches gefunden. Nach fast einer Woche ohne Schlaf hat mich unsere Ermittlungsassistentin ertappt. Die wunderbare Sirpa, die immer noch hier arbeitet und uns unterstützt. Sie hat mich nach Hause geschickt, damit ich mich eine Weile ausruhe, und der Chef hat es mitbekommen. Er hat mir zwei Wochen Zwangsurlaub verordnet. Als ich zurückkam, wurde ich vom Fall Weckman abgezogen und bekam andere Aufgaben. In Inari, in der Nähe des Muotkatunturi, brannte eine Hütte ab. Man vermutete Brandstiftung, und diese Ermittlungen wurden zu meiner Hauptaufgabe. Es hat sich herausgestellt, dass in dem Gebäude ein illegales Bordell betrieben wurde.«

»Sie wurden also von den Ermittlungen zum Mord an Inga abgezogen?«

»Ja, so war es wohl. Oder warten Sie. Das kann man so nicht sagen. Offiziell hat mir der Fall Inga Weckman nie gehört. Er ging an Jaatinen, der ihn nie explizit an jemanden delegiert hat. Aber damals im Herbst war er mehr im Wald als im Büro. Hat sich Freiheiten genommen, wenn niemand aufgepasst hat, und ich als eifriger Grünschnabel habe Inga eigenmächtig zu meinem persönlichen Projekt gemacht. Bis mir diese Brandstiftung aufgebrummt wurde. Auch die wurde nie richtig aufgeklärt. Ich wusste nur, dass jemand absichtlich das Gebäude in Brand gesteckt hat. Es ist bis auf die Grundmauern abgebrannt.«

»Okay, gehen wir zurück an den Anfang«, bittet Jan, und Myski geht zum Whiteboard.

»Wir haben mit Einwohnern im Umkreis von zwanzig Kilometern um den Fundort gesprochen. Es sind nur fünf Häuser. Niemand hatte etwas gesehen oder gehört. Zu den fünf Häusern zählte auch Ingas sowie das von Eivor und Erik Weckman, die ein paar Kilometer davon entfernt wohnen, und Johan. Mit ihnen habe ich gesprochen. Erik ist Anna-Liisa Weckmans Bruder und Johans Vater – er hatte Ingas Leiche gefunden. Jaatinen wiederum hat mit den Leuten gesprochen, die an jenem Wochenende in der Villa eines gewissen Schauspielers zu Gast waren, nicht weit davon entfernt. Dann habe ich noch Ingas Schule einen Besuch abgestattet. Der Klassenlehrer hat mir eine Liste mit Ingas Schulstunden und mutmaßlichen Freunden gegeben. Ich habe Ingas Freundin Anet befragt, und auch zu Palokka konnten mir einige Leute etwas erzählen.«

»Palokka?«

»Ja, der Junge, der sich Inga gegenüber offenkundig eifersüchtig verhalten hat.«

»Okay, aber Palokka wurde für unschuldig befunden, oder nicht?«

»Ja. Aber laut einer neuen Information, die ich bekommen habe, ist Palokka der Augenzeuge, der gesehen hat, wie Inga am Samstag, dem 11. Juli, dem Abend ihres Verschwindens, beim *Vaskooli* in ein Auto gestiegen ist. Das habe ich von Saana Havas erfahren. Die Schwester des ersten Opfers hat sie damit beauftragt, einen Podcast über den Fall zu machen«, sagt Myski ein wenig verlegen.

Jan wirft Myski einen bedeutungsvollen Blick zu. Von Saana? Innerlich muss er über die Hartnäckigkeit seiner Freundin schmunzeln. Das ist für sie schon der dritte Fall innerhalb kurzer Zeit, und Jan musste sich bereits eingestehen, dass er mit einer neugierigen True-Crime-Podcasterin zusammen ist. Auch wenn Saana versucht, die Sache herunterzuspielen – sie ist auf dem besten Weg, die bekannteste True-Crime-Autorin Finnlands zu werden. Innerhalb weniger Monate haben die Hörerinnen und Hörer Saanas Werke entdeckt, die zu den meistgehörten Podcasts auf Spotify aufgestiegen sind. Das hängt wahrscheinlich gerade damit zusammen, dass Saana bereit ist, weit zu gehen. Sie begnügt sich nicht damit, bereits geschriebene Zeitungsartikel zu referieren oder Fälle aus dem Ausland ins Finnische zu übersetzen. Stattdessen springt sie direkt ins kalte Wasser, besucht die Orte des Geschehens, um die Atmosphäre zu spüren, geht unter die Leute und führt Interviews.

Auch jetzt kann Jan Saanas Anteil offensichtlich nicht außer Acht lassen. Als er von einem weiteren Mord in der Gegend erfahren hat, hat er sich sofort große Sorgen um sie gemacht. Die Sorge um Saana hat ihn gezwungen, ein paar Abkürzungen zu nehmen. Wieder einmal gräbt sie in einem Fall, der erschreckende Ausmaße anzunehmen droht. Die Morde von Inari erfordern nun sorgfältige und umfassende polizeiliche Ermittlungen, nicht nur die neugierigen Fragen einer eifrigen Amateurin.

»Tatsächlich kenne ich Saana«, sagt Jan und hüstelt plötzlich. »Vielleicht hätte ich das gleich erwähnen sollen. Sie ist meine Freundin.« Peinlich berührt erwidert er Myskis überraschten Blick.

»Aha. Nun. Sie macht einen resoluten Eindruck«, sagt dieser grinsend und genießt sichtlich die Situation.

»Das ist sie«, antwortet Jan und wechselt dann schnell das Thema.

»Wissen wir übrigens, ob Inga Hobbys oder Interessen hatte?« Erwartungsvoll hält er den Marker an das Board.

»Auf alle Fälle hat sie ab und zu gesungen. Einer ihrer Schulkameraden war ein angehender Sámi-Rapper, heute ein ziemlich bekannter Name. Mihkku.«

»Mihkku«, wiederholt Jan und schreibt den Namen an die Tafel.

»Er ist eigentlich das Bindeglied«, sagt Myski, augenscheinlich wieder munter. »In der Schule habe ich erfahren, dass Silja den Background für Mihkkus Song *Verlorene Mädchen* gesungen hat.«

Jan nickt.

»Gut«, sagt er und schreibt den Titel neben Inga an die Tafel. »Versuchen Sie, ihn zu erreichen. Ich setze mich jetzt mit denen hier auseinander.« Er nimmt einen der Kartons mit Myskis Unterlagen auf den Schoß. »Und irgendwann müssen wir auch mit Ihrem damaligen Chef reden.«

Myski wirft Jan einen Blick zu, als würde er abwägen, ob er das einfach so schlucken soll. Dann nickt er und reicht ihm wortlos den zweiten und den dritten Karton. Der Abend wird lang werden. Jan steht auf und geht zum Supermarkt, um Proviant zu kaufen, während sich Myski daranmacht, an der Bürowand eine Übersicht zu entwerfen, die ihnen auf einen Blick zeigt, was sie bereits über Inga Weckmans Tod wissen.

Ungläubig mustert Myski seinen Kollegen aus der Großstadt und dessen Einkäufe auf dem Tisch: Nüsse und einen Smoothie. Auch wenn der Mann sich wie eine Fee ernährt, scheint er doch ein ganz netter Kerl zu sein.

»Die Wildnis Lapplands ist ein riesiges Einzugsgebiet«, sagt Myski und schiebt sich probehalber ein paar Cashews in den Mund. »In meinem Revier gibt es Orte, die ich in meiner ganzen Laufbahn nur ein paarmal besucht habe. Es ist wahr, was man sagt: Wenn du ein Haus ohne Hausherrin baust, bleibt es leer.«

Myski denkt an all die verlassenen Häuser und verödeten Gärten, die er schon gesehen hat. Die Schuppen, die an kleinen Seen und Weihern errichtet wurden und jetzt leer stehen. Manchmal weicht das Leben einfach aus dem Grundstück, wenn niemand mehr da ist.

»Ein Büro mit Aussicht und eine offene Weite hinter dem Haus gehören hier zu den natürlichen Vorteilen, aber die eigenbrötlerischen Leute sind ein kleines Minus. Wenn du sie auf deiner Seite hast, ist alles gut, aber wenn sie sich entschließen, sich gegen dich zu stellen, behandeln sie dich wie zähes, altes Roggenbrot. Zuerst wird es mit Spucke befeuchtet, und dann wird still und beharrlich daran herumgenagt, bis es am Ende in Stücke bricht.«

Jan schmunzelt.

»Hier ist es anders, als ich es gewohnt bin, aber das heißt nicht, dass das etwas Schlechtes wäre. Ich habe Lappland immer gemocht«, sagt er und nimmt einen großen Schluck von seinem Mangosmoothie. »Der Moment, wenn man allein auf dem Rücken eines Fjells steht und all die Stille für sich hat, ist toll.«

»Mhm«, erwidert Myski, »stimmt. Tatsächlich ist es lange her, seit ich zuletzt in den Fjells war. Mit der Suche nach Silja hatte ich alle Hände voll zu tun. Neben den Fjells gibt es hier auch viel Wasser. Von Angeli aus führt ein Geflecht aus kleinen Seen bis nach Siuttavaara. Die Weiler hier liegen weit verstreut entlang des Flusses und an kleinen Seen. Es ist geradezu merkwürdig, dass man die Mädchen überhaupt gefunden hat.«

»Der Täter hat sie nicht begraben. Vielleicht hat er gehofft, dass hinter ihm aufgeräumt wird.«

»Sie haben mehr Mordopfer gesehen als ich«, sagt Myski. »Deutet in Ihren Augen irgendetwas auf Opferrituale hin?«

»Denken Sie an Naturreligion?«, fragt Jan. »Die Tötung selbst war simpel. Meiner Meinung nach gibt es hier keine Hinweise auf Opferrituale, abgesehen davon, dass der Täter, falls hinter beiden Morden derselbe steckt, ein gewisses Muster wiederholt. Das Ausstechen der Augen kann auf eine Art Aberglauben oder Ähnliches hindeuten. Wir können auch nicht ignorieren, dass die Opfer sich äußerlich ähneln.«

Myski erinnert sich an die Suche nach Inga zurück. Er weiß noch, wie er immer dann, wenn sein Vorgesetzter nicht hinsah, seine akribischen Vorlesungsnotizen hervorholte. Sie trugen die Überschrift »Suche nach einer vermissten Person«.

Heimlich ging er die Anweisungen noch einmal durch. »Wenn Sie mit dem Finder sprechen, fragen Sie mindestens diese Punkte ab: *Wie haben Sie die Leiche gefunden? Wie viel Uhr war es genau? Haben Sie die Leiche berührt? Wissen Sie, um wen es sich handelt?*«

Sie hatten alles in ihrer Macht Stehende getan. Doch nach dem *Vaskooli* gab es von Inga in den Krankenhaus-, Bank- und Straßenverkehrsdaten oder auf den Überwachungskameras von Ivalo keine Spur mehr. Augenzeugen waren nicht vorhanden. Der Freiwillige Rettungsdienst hatte die Suche um die Ortschaften Inari und Ivalo koordiniert. Der Umfang des Suchgebiets hatte Myski schockiert. Die Seen, die es abzusuchen galt, hätten für den Rest seines Lebens gereicht. Als Inga dann gefunden wurde, waren alle in Schweigen verfallen.

Myski mustert den KRP-Ermittler. Ihm ist bewusst, dass man jetzt alles durchwühlen wird. Es wird nicht lange dauern, bis Jan sich auch für den Schauspieler Juha Järvi interessieren wird. Das bedeutet, dass Myski ihm am Ende auch mitteilen müssen wird, was er über dessen Tod weiß, selbst auf die Gefahr hin, dass man ihn der Unterschlagung von Beweismaterial beschuldigen wird.

Es ist ruhig in Ivalo. Neuer Schnee fällt auf den alten. Die Leute erledigen ihre täglichen Einkäufe und ahnen nicht, dass der Mörder gerade in diesem Moment auf der Suche nach seinem nächsten Opfer sein könnte. Saana verlässt den Supermarkt und läuft zurück zum *Vaskooli.* Da all ihre Sachen noch in der Hütte sind, fühlt sie sich im Hotel jedoch nicht behaglich. Am Abend wird sie zur Hütte zurückfahren, alles zusammenpacken, Heta über die neue Wendung informieren und ihr Bescheid geben, dass sie für ein paar Nächte ins Hotel zieht, ehe sie abreist. Es ist in jeder Hinsicht klug beiseitezutreten, wenn die Polizei ermittelt.

Saana überlegt, wie sie den restlichen Tag am besten nutzen soll. Für das Skript des Podcasts könnte sie noch einmal die Orte besuchen, an denen Inga sich damals aufhielt. Das *Vaskooli* kennt sie bereits, aber das Schulwohnheim steht noch auf ihrer Liste. Jetzt, da sie schon einmal in Ivalo ist, sollte sie dorthin gehen. Wahrscheinlich wird sie es nicht betreten können, und Ingas Zimmer gibt es natürlich auch nicht mehr, aber es würde ihr reichen zu sehen, was für eine Atmosphäre dort herrscht. Den Rest erledigt ihre Fantasie.

Als Saana am Gymnasium von Ivalo vorbeikommt, bleibt sie stehen, um das hellgelbe Gebäude noch einmal zu betrachten. Inga ist nicht nur eine Story. Sie war ein echtes Mädchen, das das Gymnasium besucht, in den Schulpausen die Zeit totgeschlagen und von ihrer Zukunft geträumt hat. Saana denkt über das Bild nach, das anhand der Erzählungen von Inga entstanden ist. Inga war nicht nur lieb und nett. Sie hatte Makel und verschiedene Dimensionen. Außerdem hat sie bis zuletzt ein Geheimnis gehütet. Beim Gedanken daran, dass das junge Mädchen vielleicht eine Affäre geheim gehalten hat, unwissend, dass diese bald zu ihrem Tod führen würde, wird Saana traurig.

In jedem der Fenster des Gebäudes brennt Licht. Auch heute findet der Unterricht normal statt. Saana fragt sich, ob die Dinge kurz vor dem Millennium eigentlich so anders waren als heutzutage. Das Internet war langsamer, in Restaurants durfte man noch rauchen, die Mode und die Zukunft sahen anders aus. Aber im Grunde hatten die Jugendlichen bestimmt die gleichen Wünsche: Sehnsucht nach Anerkennung, danach, gesehen zu werden und Spaß zu haben. Netflix gab es noch nicht, und Google wurde gerade erst gegründet. Saana denkt daran zurück, wie sie 1998 *Friends* und *South Park* geschaut hat. Dann fotografiert sie das Schulgebäude, damit sie es später im Text beschreiben kann, und geht weiter.

Saana versucht, die Eingangstür zum Wohnheim zu öffnen, doch die ist abgeschlossen. Hierher ist Anet also mit ihrem Auto Knochenschüttler gefahren, und hier hat Inga aus dem Fenster ihres Zimmers gestarrt und dieselbe Landschaft gesehen wie Saana jetzt. Mit siebzehn ist man noch recht jung, um unter der Woche allein zu wohnen.

Auf einmal nimmt Saana im Inneren des Gebäudes eine Bewegung wahr. Zwei Jugendliche kommen zur Tür heraus und stellen sich an die Hauswand. Sie zünden sich Zigaretten an und fangen an, auf ihre Smartphones zu starren. Die eine sagt etwas zur anderen, und Saana ist sich ganz sicher, Siljas Namen gehört zu haben.

»Entschuldigung, ich konnte es nicht vermeiden mitzuhören, habt ihr gerade von Silja gesprochen?«

»Das hier geht gerade auf Social Media rum. Alle teilen es.« Die schwarzhaarige Teenagerin zeigt Saana ihr Handydisplay. »Das ist ein Nachruf auf Silja. Er hat schon Tausende Likes und Beileidsbekundungen in den Kommentaren.« Saana betrachtet das schöne Foto des lächelnden, dunkelhaarigen Mädchens. Es ist, als würde Inga ihr vom Bild entgegenstarren.

»Wie geht es euch damit?«, kann sie nicht umhin zu fragen. »Also mir ist klar, dass so ein Ereignis alle hier schockiert haben muss.«

Die Jugendlichen werfen ihr gelangweilte Blicke zu. Vielleicht geben sie sich härter, als sie sind.

»Wie wirkt sich das auf euer Leben aus?«, bohrt Saana neugierig nach. Wäre ihre eigene Freundin gestorben, wäre sie mit Sicherheit sehr traurig und hätte auch Angst. »Traut ihr euch denn abends hier noch raus?«

Authentische Kommentare über die Ängste der Jugendlichen würden sich im Podcast gut machen.

Eine der beiden, ein Mädchen mit Pilotenjacke und Mütze, wirft ihre Zigarette auf den Boden und tritt sie im Schnee aus.

»Die Grundregel lautet: Sei nicht allein im Dunkeln unterwegs«, sagt sie und wirft Saana einen verschmitzten Blick zu. Ihre Augen sind mit schwarzem Kajal umrandet. »Aber jetzt kann man die natürlich unmöglich befolgen, weil es die ganze Zeit dunkel ist.«

»Was reden die Leute hier über Siljas Tod?«, will Saana wissen.

»Sie fragen sich, wer es getan hat«, antwortet die andere

und holt eine zweite Zigarette aus der Schachtel. »Ich kenne übrigens deine Podcasts«, sagt sie.

»Die sind gut«, stimmt die Erste nickend zu. »Krass, wie du dich mitten ins Geschehen traust.«

Überrascht sieht Saana die beiden abwechselnd an und fängt dann an zu lächeln.

»Und, wer war es eurer Meinung nach?«

Anstatt zu antworten, schauen die Mädchen erst einander und dann Saana an, jetzt schon etwas interessierter.

»Machst du hier etwa einen neuen Podcast? Ist Siljas Fall deine nächste Story?«, fragt eine von ihnen mit schmalen Augen.

Saana nickt. »Ich bin erst bei der Recherche. Hier ist früher schon mal ein Mord passiert. Ich bin hergekommen, um darin zu ermitteln. Wenn ihr mir helft, erwähne ich eure Namen in der Danksagung«, sagt sie grinsend.

»Unsere Namen? Die sollen nirgendwo auftauchen! Ich will nicht als Quasselstrippe abgestempelt werden«, sagt die eine, hält ihr die Zigarettenschachtel hin und wirkt enttäuscht, als Saana ablehnt.

»Hier geht das Gerücht um, dass Silja mit Pyry Palokka auf einem Date war«, sagt die andere.

»Pyry war damals ja auch mit Inga Weckman zusammen. Ist das nicht krank? Alle reden gerade darüber. Das Verhältnis zwischen Pyry und Silja ist nach dem einen Abend allerdings kühler geworden – Silja hat etwas gesehen und wollte einfach nur weg.«

Saana starrt die beiden abwechselnd an.

»Okay, fangt ganz von vorn an«, bittet sie dann.

»Silja wollte nicht wahrhaben, dass ein vierzigjähriger Mann einen auf hip macht und Zeit mit Leuten verbringt, die weniger als halb so alt sind wie er, ihnen Schnaps und Zigaretten kauft und sie zu sich nach Hause auf Partys einlädt. Sie meinte, dass es für ihn vielleicht schwierig war, Freunde in seinem Alter zu finden, nachdem alle glaubten, dass er es war.«

»Und mit ›es‹ ist gemeint, dass alle dachten, er hat Inga umgebracht«, ergänzt die andere.

»Alle wissen, dass er ein Stalker ist.«

Saana legt den Kopf schief. Der Besuch beim Wohnheim hat sich auf andere Art als nützlich erwiesen als erwartet. Sie dachte, sie würde sich nur die Fassade anschauen und sich vorstellen, wie die junge Inga dort wohnte. Diese gesprächigen Jugendlichen sind mehr, als sie sich erhofft hat.

»Ich glaube, es war im Juni, als Pyry Silja auf ein Date eingeladen hat. Sie hat keine große Sache draus gemacht, aber die ganze Schule wusste es. Alina aus der Dritten hat gesehen, wie Pyry sie mit dem Helikopter abgeholt hat.«

»Mit dem Helikopter?«, wiederholt Saana.

»Mhm«, machen beide und nicken.

»Sie sind nach Saariselkä geflogen und in ein Restaurant gegangen. Die Palokkas haben da noch ein Hotel.«

»Und am Ende sind sie zu Pyry nach Hause gegangen.«

»So macht er es angeblich immer, versucht erst, die Mädels betrunken zu machen, und dann macht er sich an sie ran«, ergänzt die andere.

»Aber Silja mochte keinen Alkohol.«

»Sie hat nie etwas getrunken, Schnaps hat sie nicht einmal angerührt, weil ihre Mutter trinkt.«

»Pyry hat ein eigenes Haus. Da gibt es jeden Freitag eine Party. Alle sind willkommen, auch Minderjährige.«

»Wart ihr auch schon mal dort?«, fragt Saana.

»Natürlich, wer nicht? Hier ist es im Winter *arsch*kalt. Besser dort als draußen«, sagt die andere und zieht lange an ihrer Zigarette.

»Aber alle wissen, dass man während der Party nicht nach oben darf.«

»Warum nicht?«

»Das war schon immer Pyrys Bedingung.«

»Was ist denn im Obergeschoss?«, fragt Saana.

»Genau das wollte Silja rausfinden. Als Pyry einmal auf dem Klo war, hat sie sich raufgeschlichen. Da oben ist ein riesiger offener Raum, von dem nur ein Zimmer abgeht. Sein Schlafzimmer. Die Tür war nicht abgeschlossen, also ist sie rein. Und da, an der einen Wand, hat sie etwas Schreckliches gesehen.«

Saana starrt die Mädchen an. »Was hat sie gesehen?«, fragt sie energisch.

Jan hält den Blick auf die ziemlich umfangreiche Ermittlungswand gerichtet, die Myski eilends zusammengestellt hat. Die über zwanzig Jahre zurückliegenden Fakten hängen in Form von verschieden großen Zetteln neben den Daten des aktuellen Falls. Myski stellt sich neben Jan.

»Ich habe Mihkku erreicht. Er ist bei einem Auftritt in Kautokeino in Norwegen und kommt erst übermorgen zurück. Ich habe ihm gesagt, dass wir sofort mit ihm sprechen wollen. Er hatte nichts dagegen. Am Telefon konnte ich ihn natürlich keine Einzelheiten über den Mord fragen.«

»Wirkte er so, als wüsste er, was mit Silja passiert ist?«

»Ich habe ihm absichtlich nicht gesagt, dass sie tot ist. Aber er hat die Sache direkt von selbst angesprochen. Wollte wissen, ob ich wegen Silja Kari anrufe. Weil man sie tot aufgefunden hat. Als ich ihn gefragt habe, woher er das weiß, hat er gesagt, er habe die Trauerbekundungen auf Social Media gesehen.«

»Gut, danke«, sagt Jan und zieht sich einen Moment zurück, um ungestört zu sein.

Jan streift sich seinen Wollpullover über und schlüpft in seine Jacke. Er braucht frische Luft.

Von der Polizeistation bis zum *Vaskooli* ist es nicht weit. Von dort aus will er auf die Brücke schauen. Wie genau hat man diese von dort aus im Blick? Bei der Gelegenheit könnte er auch Heidi anrufen. Er ist noch nicht ganz davon überzeugt, dass zwischen ihnen alles in Ordnung ist. Heidi scheint zu glauben, Jan hätte etwas dagegen, dass sie sich um eine Stelle bewirbt, die auch er anstreben könnte.

Als Heidi sich meldet, ist sie außer Atem.

»Bist du joggen?«, fragt Jan. Es tut gut, die vertraute Stimme seiner Kollegin und Freundin zu hören.

»Du etwa auch?«, fragt Heidi und lacht auf.

»Ich will mich entschuldigen«, setzt Jan an und dreht sich im Gehen etwas zur Seite, damit der Wind nicht so stark in den Hörer bläst.

»Wofür?«, fragt Heidi, als wüsste sie nicht, was zwischenzeitlich an ihrer Beziehung genagt hat.

»Dafür, dass du den falschen Eindruck bekommen hast, nämlich dass ich deinen Aufstieg nicht unterstützen würde. Nur damit du's weißt, ich habe nicht vor, an meinem aktuellen Posten etwas zu ändern. Ich sehne mich nicht nach noch mehr Verantwortung. Ehrlich gesagt wäre ich bereit, meine Rolle als Vorgesetzter aufzugeben, wenn sich die Gelegenheit dazu bieten würde.«

»Mhm«, macht Heidi. Sie klingt immer noch außer Atem.

»Inzwischen kann ich Eltern besser verstehen«, sagt sie und wechselt das Thema. »Meine Laufrunde ist für mich die einzige Möglichkeit, ungestört zu sein und einen Moment lang meine Ruhe zu haben«, fügt sie lachend hinzu.

Als er sich Heidi inmitten des hektischen Alltags ihrer Patchworkfamilie vorstellt, muss Jan schmunzeln.

»Ich kann gern dein Referenzgeber sein, wenn das irgendwie hilft«, sagt er.

»Wo liegt der Hund begraben?«, fragt Heidi sofort.

»Kein Hund, sondern zwei junge Mädchen«, erwidert Jan. Er braucht dringend Heidis Hilfe, und natürlich hat sie das bereits geahnt.

Heidi schweigt einen Moment.

»Unser letzter gemeinsamer Case, bevor du zum Unterboss wirst und dich wie ein Schwein aufführst?«, frotzelt Jan. Heidi lacht am anderen Ende. Vielleicht wird sie langsam weich.

»Was meinen neuen Posten angeht, habe ich nur von der hohen Arbeitsbelastung gehört. Nicht von Gelegenheiten zum Schweinigeln.«

»Ich bräuchte mal kurz dein kluges Hirn«, sagt Jan schmeichelnd.

»Mein kluges Hirn, wirklich? Du willst mich doch nur dazu kriegen, deinen Fall zu kommentieren«, meint Heidi lachend.

»Das stimmt nicht«, erwidert Jan. »Wie gesagt, ich wäre auch bereit, dein kluges Hirn weiterzuempfehlen.«

»Also gut. Und wenn du es unbedingt wissen willst – Saki hat mich schon kontaktiert und mir eine umfassende Übersicht gegeben. Auch er hat einen Sparringspartner gebraucht.«

»Ach ja?«, fragt Jan überrascht und zieht innerlich den Hut vor seinem fixen Kollegen. Heidi und Saki hatten schon immer ein ehrliches und gutes Verhältnis zueinander.

»Also, was denkst du über das Ganze?«, erkundigt er sich vorsichtig.

»Ich kann dir nur eine kleine Hilfestellung geben, da ich nicht komplett über den Fall im Bilde bin. Aber ich sage dir, was mir so eingefallen ist.«

»Danke schon mal«, sagt Jan und blickt sich um. Sein Hotel liegt bereits unmittelbar vor ihm. Er überquert die Straße, läuft über den Parkplatz des *Vaskooli* und späht langsam zu der Brücke hinüber, die sich in der Ferne abzeichnet.

»Basierend auf dem, was ich gelesen habe, würde ich mich als Allererstes fragen, ob eine Art Besitzanspruch dahintersteckt. Das Erwürgen deutet entweder darauf hin, dass man keine Sauerei hinterlassen wollte, oder aber auf ein starkes Kontrollbedürfnis. Wenn es bei beiden Opfern Hinweise auf eine heimliche Beziehung gibt, würde ich sogar die Behauptung wagen, dass es sich um einen Täter handelt, der auf Geheimhaltung bestanden hat. Wenn er zunächst mit seinen Opfern zusammen war, könnte es sein, dass die Verliebtheit auf Gegenseitigkeit beruht hat. Aber dann ist etwas passiert – bam! –, und er hat das Mädchen umgebracht. Könnte der Mörder jemand sein, der etwas zu verlieren hat, wenn das Verhältnis ans Licht kommt? Vielleicht wollte das Mädchen die Affäre öffentlich machen und musste deshalb zum Schweigen gebracht werden?«

»Das ist gut, mach weiter«, ermutigt Jan sie. Heidis schnelle Gedankengänge haben ihm schon immer gefallen.

»Jemanden umzubringen, ist eine ziemlich radikale Lösung im Vergleich dazu, dass man einfach die Beziehung beendet und den anderen darum bittet, nichts zu verraten. Genau an dieser Stelle kommt der Wahnsinn des Mörders zum Vorschein. Seine Denkweise hat eine Art Schieflage, mit der er ein solches Verhalten rechtfertigt. Teilweise ist sie auch widersprüchlich. Er bringt sozusagen seine Liebste um. Das könnte auf eine Person hindeuten, die narzisstische oder sogar psychopathische Züge aufweist, aber trotzdem so lebt wie alle anderen. Der, den wir suchen, ist entweder ein kompletter Einsiedler oder jemand, der sich mitten in der Gesellschaft befindet und ein normales Leben führt, gleichzeitig aber auch diese sehr geheime dunkle Seite hat. Zwanzig Jahre sind eine ziemlich lange Zeit, um die Kulisse aufrechtzuerhalten. Ich frage mich, ob er sogar jemanden finden wollte, dem er alles gestehen kann. Vielleicht hat er Silja seine frühere Tat gebeichtet, und deshalb musste er auch sie töten. Wenn es keine weiteren Toten gibt, heißt das, dass er sich extrem gut beherrschen kann, und das macht seine Selbstsicherheit nur noch größer. Er hat es geschafft, zwei Menschen umzubringen, ohne erwischt zu werden. Wahrscheinlich hat ihn nicht einmal ein schlechtes Gewissen geplagt.«

»Gut«, sagt Jan. »Ich frage mich, was als Nächstes passiert.«

»Es kann sein, dass er weiter morden will. Womöglich hat er sich still und heimlich schon ein neues Opfer ausgesucht. Aber er geht langsam vor. Er will zuerst Vertrauen aufbauen und in die Beziehung investieren.«

Heidi macht eine kurze Pause. »Aber da gäbe es natürlich noch eine andere Möglichkeit.«

»Ja?«, drängt Jan.

»Dass er auf der Hut ist, seit in den alten Geschichten herumgewühlt wird. Vielleicht bemüht er sich, seine Spuren zu verwischen und sicherzustellen, dass er durch nichts mit den Fällen in Verbindung gebracht werden kann.«

»Dasselbe habe ich mir auch gedacht«, stimmt Jan zu.

»Auf jeden Fall gibt es hier viele Fragen, auf die ich leider keine Antworten parat habe. Aber denkt auch an Folgendes: Die Taten fanden im Freien statt. Das könnte darauf hindeuten, dass er weit entfernt von seinem eigenen Zuhause agieren wollte. Er hat seine Opfer nicht in den Keller oder in einen geschlossenen Raum gebracht, sondern ist draußen unter freiem Himmel geblieben.«

Heidi holt Luft und fährt direkt fort: »Was bringt ihn zu seinen Taten? Wenn er zuerst ein Verhältnis mit seinen Opfern hat, könnte man sich die Frage stellen, wer alles Zugang zu

Siebzehnjährigen hat. In welche Art von Person könnten sich die Mädchen verliebt haben? Gibt uns das eine gewisse Altersspanne? In welchem Alter ist jemand für Siebzehnjährige schon ein Greis? Wo liegt die Grenze? Wo haben sie sich kennengelernt? Es könnte leicht online passiert sein, aber zu Ingas Zeit hat das Internet noch keine so große Rolle gespielt. Es ist wahrscheinlicher, dass Inga den vermutlich männlichen Täter irgendwo in gewohnter Umgebung live kennengelernt hat. Vielleicht ist über irgendeine Gemeinsamkeit zunächst Vertrauen entstanden. Hatten die Mädchen vielleicht ein gemeinsames Hobby oder andere ähnliche Interessen? Oder einen gemeinsamen Bekannten? Ich muss zwangsläufig auch an dieselbe Schule denken. Es gäbe ja auch noch die Möglichkeit, dass unser gesuchter Täter sogar dort gearbeitet hat.« Heidi beendet ihren Monolog.

»Danke, Heidi«, sagt Jan und meint es wirklich so. Heidi hat ihn mit einer ganzen Reihe von Ansätzen überhäuft, über die er nun nachdenken muss.

Kurz darauf hört er am anderen Ende Kinderstimmen im Hintergrund.

»Ich bin jetzt wieder zu Hause, und hier ist ein volles Chaos im Gange«, sagt Heidi, aber es scheint ihr nicht leidzutun, im Gegenteil. Jan glaubt, einen Hauch Zärtlichkeit in ihrer Stimme wahrzunehmen, und muss lächeln. Seine starrköpfige Kollegin hat eine neue Frau kennengelernt, und damit ist etwas Entscheidendes in Gang gekommen, denn, anders als man annehmen könnte, hat Heidi nicht die Flucht ergriffen, als sie erfahren hat, dass diese bereits Kinder hat.

»Danke für deine Zeit«, sagt Jan. »Und was den Posten angeht, hoffe ich wirklich, dass du alles bekommst, was du dir wünschst.«

Saana zieht ihre Jackenärmel über die Hände. Sie hat keine Handschuhe, und ihre Finger erfrieren fast. Gespannt blickt sie auf die vor ihr stehenden Teenagerinnen.

»Was hat Silja in Pyrys Schlafzimmer gesehen?«, fragt sie noch einmal.

»Sie hat gesehen, dass die ganze Schlafzimmerwand mit Bildern von Inga tapeziert war«, sagt eine der beiden.

»Davor stand eine Vase mit frischen Blumen, wie bei einem Altar.«

Saana prägt sich die Details ein. Sie will nicht versuchen, das Gespräch aufzunehmen, das würde nur dazu führen, dass die Jugendlichen aufpassen, was sie sagen.

»Wie habt ihr davon erfahren?«

»Siljas Freundin Ann-Mari hat es uns erzählt.«

»Weiß Pyry, dass Silja das Zimmer gesehen hat?«

»Das wissen wir nicht. Silja hat sich anscheinend schnell wieder nach unten geschlichen und aufs Sofa gesetzt, bevor Pyry vom Klo zurückkam.«

»Er ist ohne Oberteil zurückgekommen, und in dem Moment konnte Silja abhauen.«

»Ist das nicht krank? Fragst du dich jetzt, ob Pyry Silja zum Schweigen bringen wollte und sie darum umgebracht hat?«, erkundigt sich das andere Mädchen mit einem verschmitzten Blick.

»Du etwa?«, fragt Saana zurück.

»Ich kann nicht anders. Und ich frage mich auch, warum die Leute überhaupt nicht darüber reden, dass Silja genau wie Inga aussah. Und jetzt ist sie tot.«

Als Saana zum Hotel zurückläuft, um das Auto zu holen, gibt Jan ihr Bescheid, dass er nach Inari fährt und am Abend zu ihr in die Hütte kommen kann. Eine wunderbare Idee. Wenn er dabei ist, muss sie nicht den Waldrand beobachten und sich Dinge einbilden. Und vor allem hätten sie endlich einen Moment Zeit füreinander. Hoffnungsvoll geht Saana in den Supermarkt, kauft Zutaten für Pasta und fährt dann zur Hütte nach Inari.

Der leichte Schnee auf der Straße wirbelt auf und lässt die bereits vorhandenen Verwehungen am Wegesrand weiter anwachsen. Der Wind erzeugt eine sich kräuselnde Schneeschlange auf der Fahrbahn. Die Straße muss komplett vereist sein, denkt Saana und drosselt das Tempo noch weiter. Sie will nicht diejenige sein, die vom Weg abkommt und im kalten Graben liegen bleibt. Doch egal, wie weit sie fährt, den kalten Fakten kann sie nicht entkommen. Silja ist tot. Seit Jans Ankunft hat der Ernst der Lage neue Ausmaße angenommen. Es geht nicht mehr nur um eine alte, fast in Vergessenheit geratene Geschichte. Jetzt hat sich eine neue dazugesellt. Und was das Schlimmste ist: Niemand in Inari hat etwas bemerkt.

Die Hütte sieht schön und friedlich aus. Beim Gedanken daran, das alles bald zurückzulassen und ins hektische Helsinki zurückzukehren, wird Saana für einen Augenblick wehmütig. Als sie die Hütte betritt, strömt mit ihr ein kleiner Luftzug hinein. Er ist frostig frisch, voller leichter kristallener Schneeflöckchen. Als hätte der Wind eine Pfefferminzpastille gelutscht.

Draußen ist es bereits dunkel, aber von Jan noch keine Spur. Seine genaue Ankunftszeit hat er nicht genannt. Besser, Saana nutzt die Wartezeit. Sie macht ein Feuer im Saunaofen und setzt sich dann an den Tisch. Für die letzten Tage will sie sich eine schöne gemeinsame Unternehmung ausdenken und reserviert einen Tisch im Restaurant *Aanaar*. So können sie wenigstens für eine Weile der Realität entfliehen. Während sie darauf wartet, dass die Sauna warm wird, öffnet sie noch einmal das neue Dokument von Heta.

Ich weiß nicht, ob ich noch irgendeiner Sache trauen kann, nicht einmal mir selbst. Erzeugt mein Verstand eine Realität, die es eigentlich nicht gibt? Nach Ingas Tod musste ich manchmal ihr Grab besuchen, nur um mich zu vergewissern, dass sie wirklich tot ist. Dann blieb ich davor stehen und legte meine Hand auf den eiskalten Grabstein. Ich hatte mir das Böse nicht eingebildet. Es existierte. Es lauerte in ausweichenden Blicken, sprechenden Mündern und schleppenden Schritten. Man schwieg darüber und ließ lieber das Ticken der Wanduhr den Raum erfüllen. Am Anfang hatten sie noch Mitleid mit mir, aber bald schwang es in Hass um. Sie wollten nicht, dass ich in der Vergangenheit herumwühlte. Ich erinnerte sie an das Böse und ließ nicht zu, dass irgendjemand Inga vergaß. Und wenn ich dann endlich den Täter ausfindig gemacht hätte?, fragte jemand. Ich antwortete nicht, starrte nur stumm zurück. Ich wusste schon, was ich tun würde. Ich hatte es die ganze Zeit gewusst.

Saana blickt auf. War Heta also doch von Anfang an losgezogen, um den Täter zu suchen und sich an ihm zu rächen? Sie steht auf, um im Saunaofen Holz nachzulegen. Draußen heult ein starker Wind, die Sauna kommt ihr kühler vor als sonst. Vielleicht ist Wind eingedrungen und hat einen Teil der Wärme fortgeblasen.

Saana kehrt zurück in die Stube und liest weiter.

Ich stand an der Stelle, wo der Inarijoki in den Tenojoki mündet, blickte auf den Ailigas-Fjell, der sich aus der Landschaft erhebt, den größten der drei, und dachte über Schwesterlichkeit nach. Die Schwestern des Ailigas sind der Nuvvus-Ailigas und der Ailigas in Utsjoki, der kleiner als die anderen beiden ist. Sie lassen einander nie im Stich, obwohl sie weit voneinander entfernt liegen. Auch ich konnte Inga nicht verlassen, obwohl sie mir immer weiter entglitt. Sie drohte zu verschwinden, bis wieder irgendein kleines Detail in mein Gedächtnis zurückkehrte und die Erinnerung am Leben erhielt.

Es gibt Entfernungen zwischen Menschen und zwischen Orten. Für mich ist die größte Distanz der Abstand zwischen mir und Angeli. Je weiter ich von dort entfernt bin, desto fahler fühle ich mich, aber als ich dort mitten auf der Straße stand, fühlte ich mich komplett dunkel. Meine Gedanken waren dunkel, mein Geist, das Auto, die Erde. Als ich von meinem Spaziergang zurückkam, sank ich zum ersten Mal seit Langem in einen tiefen Schlaf und schlief die ganze Nacht durch.

Am Morgen erwachte ich von dem Gefühl, dass mich jemand anstarrte. Ich schrak hoch. Bambi hatte sich unerlaubt Zutritt zu meiner Wohnung verschafft.

»Du hast dich schon eine Weile nicht mehr blicken lassen«, sagte ich zu ihr, während sie an mein Bett trat, wie immer mit den Schuhen noch an den Füßen. Die fettigen Haare hingen ihr ins Gesicht wie einer Teenagerin. Manchmal dachte ich mir, dass Bambi immer noch eine war. Seit dem Sommer, in dem wir gezwungen waren, von Kindern zu Erwachsenen zu werden, hatte sie sich nicht verändert.

Ich folgte ihr in die Küche und setzte mich. Bambi ließ sich unwissentlich auf Ingas Platz nieder. Als ich sie so dort sah, fragte ich mich still, ob das ein Zeichen sein konnte. Es war lange her, seit wir zuletzt darüber gesprochen hatten, aber der Gedanke hatte mir seither keine Ruhe gelassen.

»Ich habe gehört, dass du wieder nach dem Mörder suchst. Was hast du vor, wenn du ihn findest?«, fragte sie. Überrascht starrte ich sie an. Der Hass auf den unbekannten Täter hat mich auf Trab gehalten, aber ich hatte nicht genug Geduld, um mir einen vernünftigen Plan auszudenken.

»Es reicht nicht aus, mit dem Finger auf den Schuldigen zu zeigen. Du brauchst Beweise, sonst kommt der Mörder trotzdem davon, selbst wenn du ihn findest.«

»Ich will nicht, dass das passiert«, stieß ich hervor und nickte. Mein Mund war staubtrocken.

»Ich kann dir helfen«, sagte Bambi da mit einem seltsamen Funkeln in den Augen.

»Wie denn?«, fragte ich, obwohl ich wusste, wie dumm sich das anhörte. Ich hätte gleich darauf kommen müssen, was Bambi im Schilde führte.

»Wenn du den Schuldigen findest, wenn du herausfindest, wer es war, sorgen wir dafür, dass er leiden muss. Wenn wir ihn finden, müssen wir ihn töten, und ich verspreche dir, dass ich dir dabei helfe«, sagte sie mit blankem Hass in der Stimme, und ich musste feststellen, dass ich zum ersten Mal seit Langem lächelte. Ich hatte Bambi und ihre hinterhältigen Gedanken vermisst.

Verwirrt blickt Saana vom Bildschirm auf. Wer ist denn Bambi? Im selben Moment sieht sie vor der Hütte ein Auto halten. Sie klappt den Laptop zu und geht lächelnd zur Tür, um Jan zu begrüßen.

Während sie sich umarmen und Saana sich eng an ihn schmiegt, erinnert sich ihr Körper an all die guten Zeiten. Ihre Küsse werden immer leidenschaftlicher. Im schnellen Einvernehmen zieht Saana ihren Wollpullover aus, und Jan öffnet die Knöpfe seines Hemdes. Während sie sich weiter küssen, geht Saana rückwärts in Richtung Schlafzimmer, und Jan folgt ihr gehorsam.

Eine Stunde später, als sie sich wieder angezogen haben und hungrig in die Küche gewandert sind, nimmt Saana draußen Schritte wahr. Doch als sie auf die Veranda tritt, ist niemand zu sehen.

»Hast du das gehört?«, fragt sie Jan.

»Was?«

»Mir ist, als wären da Schritte gewesen.« Schon während sie es ausspricht, wird ihr bewusst, wie lachhaft das klingt. Jetzt ist es wieder völlig ruhig. Es ist wirklich seltsam, diese Stille plötzlich mit jemandem zu teilen.

»Hörst du das hier?«, fragt Jan, stampft betont laut zu Saana herüber und küsst sie auf den Mund. »Wer wäre so verrückt, da draußen in der Kälte zu stehen?« Saana kuschelt sich zufrieden in seine Arme.

»Die Sauna ist schon lange warm«, fällt ihr plötzlich ein. »Lass uns aber erst noch ein Brot essen.«

Jan nickt zufrieden und öffnet mit einem Zischen das IPA, das er sich gekauft hat. Als Saana ihn dabei beobachtet, wie er den ersten Schluck trinkt, kann sie sich ein Grinsen nicht verkneifen. Inzwischen ist dieser Mann mit der harten Schale und dem sanften Charakter wirklich zu einem Teil ihres Lebens geworden. Der Mann, zu dem sie eine ungeheure körperliche Anziehungskraft verspürt und der nach dem Sex oben ohne an seinem Bier nippt. Lächelnd wuschelt sie ihm durch die Haare und schnappt sich seine Dose, um sich einen Schluck davon zu genehmigen.

»Was ist?«, fragt Jan lächelnd.

»Nichts«, sagt Saana glücklich grinsend.

»Du weißt schon, dass du die Hütte verlassen musst?«, sagt Jan später, als sie zum Abkühlen auf der Veranda vor der Sauna stehen. Nach den heißen Aufgüssen steigt der feuchte Dampf ihrer Haut in den dunklen Abend auf.

»Ich lasse dich nicht mehr allein hier in der Wildnis schlafen. Es ist besser, wenn du hier morgen klar Schiff machst und die restlichen Nächte zu mir ins Hotel kommst.« Er starrt zum düsteren Waldrand, der sich in der Ferne abzeichnet.

»Mhm«, macht Saana. Jan hat zweifellos recht. Auch wenn sie höchstwahrscheinlich nicht in Gefahr ist – je länger sie noch in der Hütte bleibt, desto mehr wird sie sich vor schrecklichen Dingen fürchten. Sie streicht über Jans schweißfeuchten Arm und fragt: »Sollen wir zurück in die Sauna?« Ihr fällt auf, dass es außergewöhnlich windstill ist. Als würde die Natur stumm auf den nächsten Sturm warten. Im Norden kann das Wetter schnell umschlagen.

Auf der Wasseroberfläche spiegeln sich die Silhouetten weit entfernter Inseln – und noch etwas anderes. Saana blickt nach oben. Der Himmel über dem See hat angefangen, grün zu flackern. Ein unfassbar schöner Anblick. Mit einem Handtuch umwickelt rennt Saana zurück in die Hütte und kommt kurz darauf mit ihrem Handy in der Hand zurück auf die Veranda. Sie versucht, das Schauspiel zu filmen, doch keine einzige Aufnahme kann so eindrucksvoll wiedergeben, wie der Himmel in Wirklichkeit aussieht. Jan schließt Saana in seine Arme, und sie machen ein ausgelassenes, aber verwackeltes Selfie vor grün-schwarzem Himmel.

Der Saunaofen zischt, und das Fenster mit Seeblick beschlägt teilweise. Saana seufzt und kann nicht aufhören, den Anblick zu bewundern. Es ist wunderschön, wie das Nordlicht sich im Wasser spiegelt.

»Die Tage werden immer kürzer, bald ist Polarnacht«, stellt Jan fest. »Ich mag zwar den Herbst, aber diese mittwinterliche Dunkelheit hier ist selbst mir zu viel, glaube ich.«

»Schön, dass wir Nordlichter gesehen haben«, sagt Saana und gießt Wasser auf die Steine. Der Ofen zischt, und sie beugt sich ein wenig vor, um den heißen Aufguss in Empfang zu nehmen. »Bis jetzt bin ich noch nicht richtig in den Genuss der Fuchsfeuer gekommen.«

»Woher der Name wohl kommt?«, überlegt Jan. Er sitzt entspannt und aufrecht auf der Bank und scheint nicht das Bedürfnis zu verspüren, sich wegen der Hitze nach vorn zu beugen.

»Einer Legende nach daher, dass ein Fuchs mit seinem Schwanz über den Himmel fegt und so die Lichter erzeugt«, sagt Saana. »Mit den Nordlichtern sind gewisse Glaubensvorstellungen verknüpft. Man muss sie angeblich schweigend bewundern, denn wenn man sie durch Lärm oder zum Beispiel Pfeifen reizt, können sie herunterkommen, sich den Krachmacher schnappen und ihn mitnehmen. Denk mal drüber nach«, sagt Saana lachend und macht noch einen Aufguss. »Und okay«, fährt sie fort, »morgen fange ich an zu packen.«

»Gut«, sagt Jan. »Abgemacht. Vom Hotel aus kannst du dann nach Helsinki oder zu deinem Vater fahren, ganz wie du willst.«

»Ich hatte eigentlich gehofft, du würdest mitkommen.«

»Wohin?«

»Zu Papa.«

»Schauen wir mal. Wie schon gesagt, ich kann dir noch keinen genauen Zeitplan versprechen. Die Ermittlungen sind noch komplett offen.«

Saana schluckt den Anflug von Enttäuschung hinunter und spült mit etwas Ingwerlimonade aus der Flasche in ihrer Hand nach.

»Ich werde alles daransetzen, mit dir nach Enontekiö fahren zu können, aber ich brauche noch Zeit. Ein paar Tage bis eine Woche, dann weiß ich mehr«, verspricht Jan, als sie auf dem Sofa liegen und er Saana über die Haare streicht.

Obwohl sie gerade gegessen haben und Saana voll ist, hat sie Lust auf einen Nachtisch.

»Kannst du mir bitte die Lakritze geben?«

Jan nimmt die Tüte vom Couchtisch, weigert sich aber, sie Saana zu reichen, ehe er nicht einen Kuss bekommen hat.

»Wo ist eigentlich Heidi? Und wie geht es ihr?« Saana hat sich schon daran gewöhnt, dass Jan normalerweise mit Heidi Nurmi zusammenarbeitet. Doch die ist diesmal nirgends zu sehen.

»Sie denkt darüber nach, in welche Richtung ihre Karriere gehen soll«, antwortet Jan vage, und obwohl er den Sorglosen mimt, nimmt Saana eine gewisse Anspannung in seinen Worten wahr. Jan lässt seine Hand in die offene Lakritzpackung wandern und nimmt sich selbst ein paar Stücke. Da fällt Saana die merkwürdige Sache wieder ein, die sie über Pyry Palokka erfahren hat.

Ein grauer Morgen bricht an. Träge steigt Jan aus seinem Auto und läuft zum Haupteingang der Polizeistation von Ivalo. Er wäre gern in der Hütte geblieben und hätte dort mit Saana einen freien Tag verbracht, aber der neue Fall geht jetzt vor. Als er zu den Fenstern hinaufblickt, ist er nicht überrascht, dass in Myskis Büro bereits Licht brennt. Oben angekommen, findet Jan ihn mit einer Kaffeetasse in der Hand am Fenster stehend vor.

»Gestern war eine schöne Talnacht«, sagt Myski und starrt durch die Lamellen der Jalousie nach draußen.

»Was ist das?«, fragt Jan. Er bezweifelt, dass sein Kollege überhaupt geschlafen hat.

»Eine dunkle Herbstnacht vor der Zeit der Polarnacht«, antwortet Myski, den Blick immer noch nach draußen gerichtet. »Wenn die Polarnacht einsetzt und mehr Schnee fällt, wird alles schwieriger. Die Menschen verschanzen sich in ihren Häusern, die Straßen werden glatt, und Schneewehen begraben die Landschaft unter sich. Über alles senkt sich Stille herab.«

»Verstehe«, sagt Jan. »Ist es hier nachts nicht generell dunkel?«, murmelt er. »Und auch jetzt schon überall so still, dass einem die Ohren klingeln?«, ergänzt er noch leiser. Dann räuspert er sich und spricht wieder lauter: »Ich habe gestern Abend etwas Neues über Pyry Palokka erfahren. Damit wollte ich anfangen, lassen Sie uns mit ihm reden.«

»Was denn genau?«, fragt Myski und wendet sich vom Fenster ab.

»Es geht das Gerücht, dass er zu Hause einen Altar hat, den er Inga geweiht hat.«

Myski schaut ihn verdutzt an.

»Vamos«, sagt Jan und macht sich bereits auf den Weg zurück zum Flur.

Myski zieht die blonden Augenbrauen hoch, leert seine Kaffeetasse in zwei Zügen, schnappt sich seine Jacke vom Schreibtischstuhl und folgt Jan rasch hinunter ins Erdgeschoss.

Nach einer kurzen Fahrt taucht vor ihnen eine riesige moderne Blockhausvilla auf. Die Parkplätze ignorierend, stellt Myski das Auto direkt vor der Tür ab. Jan vermutet, dass sich dort im Sommer Rabatten befinden. Er steigt als Erster aus und klingelt, doch Pyry öffnet nicht sofort. Myski schließt zu Jan auf und fängt an, mit der Faust gegen die Tür zu hämmern.

»Aufmachen, Polizei!«, ruft er mit einer Stimme, von der Jan nie gedacht hätte, dass sie noch matter klingen könnte.

Endlich geht die Tür auf. In nichts als Boxershorts und einem grauen Kapuzenpulli steht Pyry zitternd im Flur. Die Haare stehen ihm vom Schlafen noch zu Berge, und die Müdigkeit steht ihm ins Gesicht geschrieben. Sein schütterer Bart ist stellenweise unrasiert. Jan geht wortlos an ihm vorbei ins Haus, Myski folgt ihm. Ohne die Schuhe auszuziehen, betreten sie einen großen Raum, der mindestens sechs Meter hoch sein muss. Auf dem warmen Steinboden fängt der Schnee unter ihren Schuhsohlen an zu schmelzen. Im Wohnzimmer stehen ein großes Ecksofa und ein Fernseher. Pyry schaltet die Lichter ein, und

Jan lässt seinen Blick durch das riesige Zimmer schweifen. An der Wand über der Couch hängt ein großes Rentierfell, daneben eine Kopie des Gemäldes *Kampf der Auerhähne* des Künstlers von Wright. Bei der Kücheninsel hält Jans Blick inne. Sie ist übersät mit leeren Flaschen und Pizzakartons.

»Gab es hier eine Party?«, fragt er und deutet mit einem Nicken auf die Unordnung.

»Nichts Besonderes. Worum geht es denn?«, will Pyry wissen und kratzt sich verschlafen am Hinterkopf.

»Schönes Haus«, sagt Jan höflichkeitshalber. Am besten verhält er sich so, dass auch Pyry ihnen zumindest vorerst noch freundlich gesinnt ist.

»Das hat mir mein Vater zum Dreißigsten geschenkt«, sagt dieser und breitet träge die Hände aus. Seine Fingerspitzen sind gelblich, und seine Hände zittern.

»Was ist damit passiert?«, fragt Jan und deutet mit dem Kinn auf Pyrys rechte Hand, um die ein Verband gewickelt ist und die dieser eindeutig im Ärmel seines Kapuzenpullis zu verstecken versucht.

»Das war bloß ein Unfall, eine Partypanne«, zischt Pyry und versteckt seine Hand. »Ich habe noch nie etwas anderes als Geld oder Immobilien von ihm bekommen. Mir würde einfach nur das Gefühl reichen, dass ich ihm genug bin. Aber nein. Ich bekomme nur kalte Vermögenswerte. Wissen Sie eigentlich, wie scheiße das ist?«

Jan antwortet nicht, muss aber unwillkürlich an seinen eigenen Vater denken, der sich ebenfalls darauf versteht, distanziert zu sein. Auf einer gewissen Ebene ist es ihm dennoch gelungen, Jan das Gefühl zu geben, dass er ihn liebt, auch wenn er seine Fürsorge hauptsächlich in Form von Erwartungen und Anweisungen ausdrückt, wie Jan etwas hätte besser machen können. Saana ist wahrscheinlich der einzige Bestandteil seines Lebens, dem sein Vater ausdrücklich seine Zustimmung gegeben hat, stellt er amüsiert fest und zwingt sich dann, sich wieder auf die Vernehmung zu konzentrieren. Zuerst muss er Pyry nach seinen Erinnerungen an Ereignisse fragen, die zwanzig Jahre zurückliegen. Keine einfache Aufgabe. Das menschliche Gedächtnis ist manchmal ziemlich dürftig. Und es kommt vor, dass das Gehirn die Gedächtnislücken im Laufe der Zeit mit falschen Eindrücken füllt.

Jan mustert den Mann und versucht abzuschätzen, ob man den offensichtlich zur Eifersucht neigenden Pyry damals zu leicht hat davonkommen lassen. Das zweite tote Mädchen sieht Inga ziemlich ähnlich. Was, wenn er nie über sie hinweggekommen ist?

»Ich würde mich gern mit Ihnen über einen Mord unterhalten, der sich 1998 hier ereignet hat. Sie wissen sicherlich, wovon ich spreche«, sagt Jan.

Pyry nickt. »Inga Weckman hat in ihrem letzten Sommer im Hotel unserer Familie gearbeitet. Traurige Geschichte.«

»Sie waren mit ihr zusammen, und ich habe Sie zu den Ereignissen vernommen«, sagt Myski, der sich bis jetzt im Hintergrund gehalten hat, und macht einen Schritt nach vorn.

»Das stimmt. Aber im Sommer waren wir nicht mehr zusammen. Damals, kurz vor dem Millennium, ging es hier manchmal wild her«, sagt Pyry grinsend. »Ich hatte so meine Interessentinnen.«

Jan lässt seine Worte unkommentiert. »Wie war es damals im *Vaskooli?*«, fragt er.

»Inga hat die Tische abgeräumt und ein paar Tage die Woche die Hotelzimmer geputzt. Minderjährige dürfen nicht in die Bar, aber das galt nicht für die Ferienjobber. Sie mussten nur lieb genug sein, dann wurde mein Vater weich. Wir anderen kamen nach, sobald wir achtzehn wurden.«

Jan sieht Pyry ausdruckslos an. »Und Silja Kari? Haben Sie sie gekannt?« Ihm fällt auf, dass Pyry aufhorcht.

»Wir hatten es in den letzten Tagen nicht leicht«, sagt er ausweichend. »Nach Siljas Tod haben die Leute angefangen, ihre Reservierungen für den Winter zu stornieren. Sie haben die Nachrichten gelesen.«

»Aber die Saison hat doch noch gar nicht begonnen«, stellt Myski verwundert fest.

»Die Leute planen ihre Reisen nach Lappland lange im Voraus. Außerdem ist unser neues Hotel so beliebt, dass es mehr als ein Jahr im Voraus ausgebucht ist.«

»Aber es liegt doch nicht einmal hier in der Nähe, sondern in Saariselkä«, sagt Myski.

»Ein Mord in Lappland, so sehen es die Touristen. Für sie ist alles oberhalb des Polarkreises nur ein einziges großes Lappland.«

»Sie haben vergessen zu erwähnen, dass Sie mit dem Mädchen auf einem Date waren. Zwischen Ihnen liegen über zwanzig Jahre Altersunterschied. Erzählen Sie mir mehr darüber«, sagt Jan und verengt die Augen.

»Das ist ein freies Land«, sagt Pyry und lässt sich auf die Couch fallen.

Jan beobachtet ihn einen Moment lang schweigend und sagt dann: »Wir hätten gern, dass Sie uns so genau wie möglich beschreiben, was Sie am 11.7.1998 vor dem *Vaskooli* gesehen haben. Danach würden wir uns gern noch das Obergeschoss ansehen.«

Nachdem sie Jan verabschiedet hat, fängt Saana an zu packen. Zum Glück hat sie ihre Ermittlungswand schon abgebaut und mitgenommen, als sie zu ihrem Vater gefahren ist, denkt sie erleichtert. Es wäre ihr unangenehm gewesen, wenn Jan den Eindruck bekommen hätte, Saana würde Polizistin spielen.

Nachdem Saana den Großteil ihrer Sachen ins Auto geräumt hat, kehrt sie noch einmal in die Hütte zurück, um zu überprüfen, ob alles in Ordnung ist. Ohne die Jacke noch einmal auszuziehen, setzt sie sich auf das Sofa und zückt ihr Notizheft. Zeit, ihre Gedanken zu sammeln. Sie wird noch ein paar Tage gemeinsam mit Jan in Ivalo übernachten und die restlichen Gespräche mit den Leuten erledigen, die ihrer Einschätzung nach dazu beitragen könnten, ein Bild von Inga als Mensch zu zeichnen. Anschließend würde sie Heta vielleicht ein Treffen in Helsinki vorschlagen. Sie könnten persönlich Saanas gesammelte Informationen durchgehen und vereinbaren, wie es weitergehen soll. Falls sie Heta überhaupt erreicht. Diese hat weder auf Anrufe noch auf Nachrichten reagiert, obwohl Saana ihr, seit Silja gefunden wurde, mehrfach Bitten um Rückrufe hinterlassen hat.

Auf jeden Fall wird sie noch viel Zeit für die eigentliche Schreibarbeit brauchen. Das Grundgerüst des Podcasts und der Handlungsaufbau müssen sorgfältig geplant werden. Saana geht noch einmal ihre letzten Notizen durch: »Eivor (noch einmal befragen), Anet – verheimlicht sie etwas?«

Die neue Wendung der Ereignisse bereitet Saana ein unbehagliches Gefühl. Auch Pyry vermittelt nicht mehr den Eindruck, als sei er bei klarem Verstand.

Saana hat noch viel vor sich. Nicht wissend, was sie als Nächstes tun soll, beschließt sie, in der Hütte noch eine Tasse Tee zu trinken und die restlichen Texte durchzulesen, die sie von Heta bekommen hat. Sie ermahnt sich, dass sie keine Eile hat, zieht ihre Jacke wieder aus und macht es sich gemütlich.

Mit der Tasse in der Hand liest sie auf dem Bildschirm die letzten Seiten von Hetas Bekenntnissen:

Ich wünschte, ich wäre eine Krähenbeere, eine, die zäh ist und nicht bei jeder Kleinigkeit erzittert. In der Natur fühle ich mich nicht so einsam wie sonst.

In der Nacht habe ich wieder mit dem Moormann telefoniert, und als ich am Morgen aufgewacht bin, fühlte ich mich sehr beschämt. Was habe ich ihm alles gesagt? Was habe ich alles preisgegeben? Der Alkohol und die Medikamente haben mir den Geist vernebelt. Ich erinnerte mich daran, ihn angerufen zu haben, aber als ich meine Anrufliste durchsuchte, gab es keinen Eintrag über das Telefonat. Ich habe mir schreckliche Sorgen gemacht und begann wieder, an mir zu zweifeln. Ist überhaupt irgendeine meiner Erinnerungen wahr? Oder war vielleicht jemand im Haus und hat die Anrufdaten gelöscht?

Ich hoffe, Bambi bald wiederzusehen. Ich habe das Gefühl, sie ist die Einzige, die mich noch versteht.

Meine Schwester hatte immer Verehrer. Etwas an ihrem Wesen fesselte die Menschen. Aber bei wem wurde Inga nervös? Ich musste an die Legende von Sigga denken. Sigga war in zwei junge Männer verliebt und konnte sich nicht entscheiden. Die beiden lieferten sich einen Kampf, bei dem sie gleichzeitig mit einem Bogen aufeinander schossen und starben. Sigga wurde lebendig zwischen ihnen begraben, weil sie sich nicht entscheiden konnte. Auf diese Weise bekam sie beide. Ich denke an Inga und diese beklemmende Grenzregion. Nirgendwo tote junge Männer. Nur ein totes junges Mädchen.

Der Text macht Saana noch unruhiger. Wer ist Bambi? Und wer ist bloß dieser Moormann, den Heta als ihre Jugendliebe bezeichnet und der mit ihr seine Frau betrügt? Und hatte Inga kurz vor ihrem Tod angefangen, ihren Vater zu suchen? Könnte das am Ende auf irgendeine Weise mit ihrem Schicksal zusammenhängen? Die schrecklichste Frage kommt Saana als Letztes in den Sinn: Hat der Mord an Silja möglicherweise tatsächlich etwas mit dem alten Fall zu tun?

Es ist merkwürdig, dass Heta seit Langem nicht mehr auf ihre Anrufe reagiert hat, nicht einmal auf ihre Nachrichten. Saana beschließt, sie trotzdem danach zu fragen, und schickt ihr eine unumwundene Nachricht:

Wer ist der Moormann? Ist es möglich, ihn zu interviewen?

Diesmal gibt Saana nicht auf. Irgendwie muss die Frau doch zu erreichen sein. Sie sucht nach der Nummer der Firma Lindroos & son und versucht dort ihr Glück.

Sofort meldet sich eine Rezeptionistin mit tiefer, aber diensteifriger Stimme.

»Saana Havas hier, guten Tag, könnten Sie mich bitte mit Heta Weckman verbinden?«, fragt Saana höflich.

»Kleinen Moment.« Hoffnungsvoll wartet Saana in der Leitung. Doch anstelle eines Pieptons kommt die Rezeptionistin selbst zurück.

»Also, die Situation ist folgende: Die betreffende Person arbeitet nicht mehr bei uns.«

»Aber…«, setzt Saana an. »Sie muss doch aber, also ich meine, Heta Weckman arbeitet nicht mehr bei Ihnen?«, stottert sie ungläubig. Hat Heta etwa gekündigt? Und warum ist sie einfach nicht zu erreichen?

»Mehr kann ich Ihnen leider nicht sagen«, sagt die Empfangsdame und wartet ab, ob Saana sich mit dieser Antwort zufriedengibt. Verdattert beendet diese das Telefonat. Wo ist Heta nur? Ist ihr etwas passiert?

Als Jan und Myski nach oben gehen, folgt ihnen Pyry wie ein Terrier. Doch er versucht nicht, die Polizisten aufzuhalten, sondern lässt sie den weiten Raum durchqueren, bis hin zur einzigen geschlossenen Tür. Myski wirft Pyry einen beklommenen Blick zu.

Energisch öffnet Jan die Schlafzimmertür. Es kommt ihm seltsam vor, basierend auf Gerüchten aus dem Dorf eine Inspektion durchzuführen, aber momentan können sie es sich nicht leisten, irgendetwas zu ignorieren. Die massive Tür knarrt. Jan bleibt auf der Schwelle stehen und starrt auf die Wand. Der Anblick lässt ihn nach Luft ringen. Sie ist komplett mit Bildern von Inga bedeckt, und vor dem größten Foto, das in einen goldenen Rahmen gefasst ist, stehen frische rote Rosen.

»Ich kann das erklären«, sagt Pyry kleinlaut. Er geht an Jan vorbei und setzt sich mit dem Rücken zu den Bildern auf das Bett.

Myski holt sein Handy aus der Jackentasche und macht ein Foto von der Wand.

»Oder eigentlich kann ich es nicht«, stammelt Pyry und reibt sich die Stirn. »Ich kann nur sagen, dass Inga etwas

Besonderes war. Nach ihr hat nie wieder eine dasselbe Niveau erreicht. Auch wenn ich es mir noch so sehr gewünscht hätte, habe ich …« Er fängt leise an zu schluchzen.

Myski wirft Jan einen verunsicherten Blick zu, als würde er auf Anweisungen warten. Die Tränen, die über Pyrys Gesicht strömen, hinterlassen dunkle Flecken auf seinem hellgrauen Kapuzenpulli. Jan ignoriert Pyrys Zusammenbruch und tritt näher an die Bilder heran. Er will erst sichergehen, dass kein neues Foto darunter ist. Ein Foto von Silja.

»Sie werden verstehen, dass wir uns mitten in Mordermittlungen befinden. Das hier ist eine ernste Angelegenheit. Ich gebe Ihnen die Möglichkeit, eine einzige Frage zu beantworten. Haben Sie Inga oder Silja etwas angetan?«, fragt Jan mit fester Stimme und stellt sich direkt vor Pyry. Als dieser nicht vom Boden aufblickt, legt Jan ihm die Hand auf die Schulter.

Pyry wirft ihm einen sichtlich schockierten Blick zu, dann schüttelt er den Kopf. Jan beobachtet ihn, kann sein Verhalten aber nicht richtig einschätzen. Der Mann macht einen sensiblen und verschlossenen Eindruck. Dennoch hat er den Altar die ganze Zeit über nicht beseitigt, obwohl er wusste, dass darüber Gerüchte kursierten. Das deutet auf ein getrübtes Urteilsvermögen hin oder zumindest darauf, dass er die Erinnerung an Inga einfach nicht loslassen konnte. Seine Obsession von ihr hat alles andere überlagert. Doch der Mörder, den sie suchen, war die ganze Zeit über extrem sorgfältig. Jan kann sich kaum vorstellen, dass der impulsive Pyry so einen kühlen Kopf bewahren könnte. Wenn er der Täter wäre, hätte er dann nicht schon längst alles, was mit Inga zu tun hat, sicherheitshalber aus seinem Haus entfernt? Oder aber er hat einfach nicht mit Besuch gerechnet. Jans Blick bohrt sich direkt in Pyrys ausweichende Augen, in denen sich neue Tränen der Verzweiflung gebildet haben.

»Sind Sie sich ganz sicher?«, fragt er beharrlich. Er hätte Lust, den zusammengesackten Mann zu schütteln, kann sich aber beherrschen.

»Sie müssen mir glauben, ich habe weder Inga noch Silja umgebracht. Ja, ich war mit Silja auf einer Verabredung, und die hatte kein schönes Ende, aber ich schwöre, dass ich nichts getan habe«, sagt Pyry.

»Wir wissen von Ihren Partys und dass Sie sich mit Jüngeren abgeben. Sie stehen unter Beobachtung, denken Sie daran. Lassen Sie in Zukunft Ihre Finger von Teenagern«, fordert Jan, geht zur Tür und dreht sich dort noch mal um.

Etwas zu spät fährt Myski hoch und folgt ihm fast im Laufschritt.

Pyry steht vom Bett auf und wischt sich mit dem Ärmel übers Gesicht. »Sie finden sicher selbst hinaus«, sagt er leise.

Zurück auf dem Polizeirevier von Ivalo, sieht Jan, dass Jone versucht hat, ihn anzurufen. Nicht einmal, sondern fünfmal. Er stellt sich auf einen Schlagabtausch ein, schließlich ist er eigenmächtig nach Inari geflogen und hat ein Unterstützungsersuchen an sich genommen, das ursprünglich an Rovaniemi gerichtet war.

Er klappt seinen Laptop auf, seufzt tief und startet einen Videoanruf an seine Vorgesetzte.

Johanna Nieminen reagiert sofort. Auf dem Display sieht sie verpixelt aus. Der Bogenhanf Schwiegermutterzunge, der hinter ihrem Rücken hervorblitzt, durfte auch mit ins Bild. Durch den Winkel der Videokamera erscheint Jones Kinn viel größer als in Wirklichkeit.

»Was ist los?«, fragt sie.

Doch bevor Jan antworten kann, fährt sie bereits fort. »Beim KRP in Rovaniemi wundert man sich gerade über unser Bedürfnis, uns in einen Fall einzumischen, den sie auch selbst erledigen könnten. ›Will Leino den Helden spielen?‹, lautete die Frage, um genau zu sein. Also, wie sieht's aus? Willst du das?«

»Davon bin ich weit entfernt«, sagt Jan ruhig. »Aber wir haben bereits Schnittstellen zwischen den Fällen gefunden.«

»Du vermutest also, dass die Mädchen von derselben Person ermordet wurden?«

»Im Moment habe ich nur die Befürchtung, dass es so sein könnte.«

»Ich weiß nicht, worauf ich mehr hoffe. Dass sich in Inari *ein* Mörder versteckt oder dass es zwei sind. Dass in einem kleinen Dorf im Norden zwei junge Menschen getötet wurden und der Täter immer noch unbekannt ist, ist schon schwer genug zu verdauen. Was sagt die Polizei von Lappland? Haben wir Verdächtige?«

Jan schluckt. »Nein, noch nicht. Aber ich habe eine Liste«, sagt er und winkt mit seinem schwarzen Notizbuch in die Kamera. »Wir bemühen uns, so bald wie möglich Namen streichen zu können.«

Jone fixiert ihn schweigend. Er weicht ihrem Blick aus, und anstatt in die Kamera zu schauen, starrt er auf sein eigenes Bild. Das Bild, das auch Jone sieht. Bei ihm gibt es im Hintergrund keine Zimmerpflanzen. Nur die grelle Leuchtstoffröhre und das graue Dämmerlicht hinter den Jalousien. Die Bürolampe, die gnadenlos von oben herunterleuchtet, wirft tiefe Schatten unter seine Augen. Sein Bart bräuchte etwas Pflege.

»Ich gebe dir eine Woche Reisedienst, nicht mehr«, sagt Jone nach langer Stille. »Begründe deinen Verdacht auf einen Serienmörder gut, dann bewegst du dich nicht auf zu dünnem Eis. Aber vergiss nicht: Wenn du fällst, fällst du allein. Ich habe dir nie meine Erlaubnis gegeben, weil du mich nie darum gebeten hast. Ein zweites Mal lasse ich so etwas nicht durchgehen, ist das klar?« Sie mustert Jan forschend. »Wie kommst du überhaupt auf die Idee, tausend Kilometer weit davonzulaufen? Oder hat dich etwas dorthin getrieben?«

Jan schaut Jone freundlich an, schweigt sich aber über seine wahren Gründe aus. Dass ihn vor allem die Angst in den Norden getrieben hat: davor, dass Saana etwas passieren könnte. Dass er, jetzt, da er endlich jemanden gefunden hat, nicht zulassen wird, dass er sie verliert.

»Aber erwarte nicht, dass ich dir Kollegen da hochschicke. Du bekommst drei Fernarbeitstage von Saki, die Zeit der anderen stelle ich dir nicht zur Verfügung. Da du dich schon einmal entschieden hast, in den Norden zu fahren, kannst du auch die Ressourcen aus dem Norden nutzen«, sagt Jone und unterbricht abrupt die Verbindung.

Anschließend starrt Jan auf das Notizbuch auf seinem Schoß. Nur leere weiße Seiten. Eine Liste gibt es nicht – er hat die Wahrheit ein wenig geschönt.

Kaum ist das Telefonat beendet, tritt Myski hinter ihn. Jan dreht sich zur Ressource aus dem Norden um, die eine Zimtschnecke in der Hand hält. Das frische Gebäckstück riecht köstlich und sieht aus wie selbst gemacht.

»Als Nächstes müssen wir mit Ihrem ehemaligen Chef sprechen«, erklärt Jan, als Myski gerade hineinbeißen will.

Die Hand mit der Zimtschnecke bleibt in der Luft stehen, und Myski erstarrt. »Jaatinen ist ein etwas spezieller Typ«, sagt er vorsichtig und scheint mit einem Mal seinen Appetit verloren zu haben.

»Mich interessiert nicht, was für ein Typ dieser Jaatinen ist«, stellt Jan fest und klappt den Deckel des Laptops zu. »Ein Teil des Materials des damaligen Ermittlungsverfahrens ist eindeutig verschwunden, dafür ist er uns zumindest eine Erklärung schuldig.«

An Jaatinens Tür gibt es keine Klingel, also klopft Myski mit seiner lederbehandschuhten Faust dagegen. Die dumpfen Schläge hallen von der massiven Tür wider. Es dauert einen Moment, ehe ein glatzköpfiger Mann in Norwegerpullover und Tarnhose ihnen öffnet. Seine Hand ruht auf seinem hervorstehenden Bauch, der so groß ist, dass Zwillinge darin Platz hätten.

»Was verschafft mir die Ehre?«, fragt Jaatinen und schaut Myski mit zusammengekniffenen Augen an. »Und wer bist du, Junge?« Er wirft dem hinter Myski stehenden Jan einen abschätzenden Blick zu.

Myski lacht still in sich hinein. Mit einem hochrangigen Ermittler des KRP sollte Jaatinen besser nicht so sprechen. Trotz Jans Anwesenheit fühlt er sich unwohl. Die Gegenwart seines ehemaligen Chefs ist für ihn immer noch genauso beklemmend wie vor vielen Jahren. Jaatinen ist so schnell, bissig und selbstbewusst, dass er weder Luft noch Raum für andere lässt.

»Jan Leino, KRP Helsinki«, sagt Jan, streckt Jaatinen energisch die Hand entgegen und genießt sichtlich dessen überraschten Gesichtsausdruck.

»Verstehe«, sagt Jaatinen. »Aber Titel beeindrucken mich nicht. Ich bin bereits im Ruhestand, wie Sie wissen. Worum geht es also?«, fragt er und winkt die Polizisten herein.

»Was ist so wichtig, dass Myski sogar Verstärkung aus dem Süden bekommen hat?«, schnauzt er und bedeutet den Männern, auf dem schwarzen Ledersofa im Wohnzimmer Platz zu nehmen. An der Wand darüber hängt ein ausgestopfter Elchkopf.

»Kommen wir direkt zur Sache«, sagt Jan. »Wir ermitteln in zwei Tötungsdelikten. Von dem neuen Mord haben Sie sicherlich erfahren. Und Sie erinnern sich vielleicht auch an den immer noch offenen Mordfall Weckman, der sich 1998 hier in Inari ereignet hat. Sie waren Ermittlungsleiter. Zu allem Überfluss haben wir Grund zur Annahme, dass ein Teil des Materials aus dem Ermittlungsverfahren fehlt. Sie waren damals und bis zu Ihrer Pensionierung für die Ermittlungen verantwortlich, also hätten wir natürlich gern eine Erklärung«, sagt Jan und schaut Jaatinen provokativ direkt in die Augen.

Jaatinen blinzelt.

»Ich verstehe nicht«, sagt er etwas zu schnell.

Myski richtet sich auf dem durchgesessenen Ledersofa auf und beugt sich nach vorn, wobei die Couch unter seinem Hintern ein unangenehmes Knarzen von sich gibt.

»Es sind nicht alle dokumentierten Vernehmungen auffindbar, die wir während der ersten Tage gemacht haben«, sagt er. »Die Angelintie führt vom Fundort aus gute zehn Kilometer weiter in Richtung Karigasniemi, da gibt es zum Beispiel dieses eine große Anwesen, in dem sich in der Nacht, als Inga verschwunden ist, Gäste aufgehalten haben. Ich erinnere mich klar und deutlich daran, dass du persönlich hingegangen bist, um mit dem Besitzer des Hauses zu sprechen.«

»Meinst du Juha Järvi?«, unterbricht ihn Jaatinen.

»Genau den«, sagt Myski nickend. »Ich habe keine Aussagen gefunden, die mit den Personen in der Villa in Verbindung stehen.«

Eigentlich würde Myski lieber in den Tiefen des Sofas versinken, als Jaatinen um irgendetwas zu bitten. Es ist nicht gerade angenehm, die Vorgehensweise seines ehemaligen Chefs infrage stellen zu müssen, und noch dazu in Anwesenheit eines Außenstehenden.

»Erzählen Sie uns jetzt, was Sie wissen, oder kommen Sie mit aufs Revier?«, fragt Jan.

»Na gut, vielleicht ist es besser, wenn die Sache direkt auf den Tisch kommt.« Jaatinen gibt nach, und vor lauter Überraschung fängt Myski an zu husten.

»Järvi hatte damals viel Einfluss. Er hat hier ein großes Haus gekauft, eine Blockhausvilla oder einen Blockhauspalast, nennen Sie es, wie Sie wollen. Durch die Hintertür hat er es geschafft, Ehrenmitglied des hiesigen Jagdvereins zu werden. Damals hat er für die Renovierung der neuen Jagdhütte eine hübsche Spende getätigt. Ich glaube, um die hunderttausend finnische Mark. Järvi war selten hier, aber wenn er es war, war es nach einer guten Beute üblich, dass in seinem Haus eine Art Schlachtfest oder Gelage veranstaltet wurde. So auch, als Inga gefunden wurde. An jenem Wochenende gab es im Haus eine Feier. Die Jagdsaison war damals allerdings noch nicht einmal eröffnet.«

Jan schaut den Mann an.

»Und würden Sie uns den wahren Grund nennen, warum Sie uns Details vorenthalten?«, fragt er dann direkt. Myski schluckt. Das leise Geräusch aus seiner Kehle ist in der angespannten Stille des Raumes überraschend laut.

»Also gut«, sagt Jaatinen. »Es hat mit einem gewissen unglücklichen Umstand zu tun. Ich war selbst auf diesem Fest«, gesteht er.

Myski wirft ihm einen überraschten Blick zu.

»Als Inga am Dienstag in Angeli gefunden wurde, habe ich kurze Zeit später mit Järvi gesprochen.«

»Und …?«, fragt Jan, als wolle er das Erzähltempo beschleunigen.

»Und … Järvi hat mich hereingebeten und mir auch einen Drink angeboten. Wir kannten uns ja. Nach einem kurzen Plausch wurde es ungemütlich. Als ich anfing, ihn nach der Party zu fragen, wurde er ernst. Er erinnerte mich daran, dass auch einige Freudenmädchen da gewesen waren. Das war also die Art von Wildfleisch, um die es ging. Damals war hier alles, nun ja, noch einfacher zu bekommen. Von Murmansk aus fuhren regelmäßig Autos ein paar Häuser in Norwegen an. Järvi hatte irgendeinen Kontakt, und ab und zu hat er vereinbart, dass die käuflichen Frauen einen Zwischenstopp in seiner Villa einlegten. Er hat behauptet, dass Inga an dem Abend auch in der Villa war. Samstagnacht.«

»Meinst du als Prostituierte?«, fragt Myski.

»Natürlich nicht, einfach nur als Gast«, korrigiert Jaatinen ihn. »Ich habe das Mädchen nicht gesehen«, fügt er mit Nachdruck hinzu und fährt fort: »Ich habe versucht, aus Järvi herauszubekommen, wann Inga gekommen und wann sie wieder gegangen ist, aber er hat nur mit den Schultern gezuckt. Er wusste es nicht. Aber er war sich ganz sicher, dass sie dort war.«

»Wenn das so ist, dann würde ich Sie bitten, mit uns aufs Revier zu kommen, damit Sie sich wieder erinnern«, sagt Jan. Beide Polizisten starren Jaatinen an und warten auf seine Reaktion.

»Ihnen ist doch wohl klar, dass das alles so oder so herauskommt?«, sagt Jan kalt. Jaatinen sackt in sich zusammen.

»Also gut«, sagt er erneut, diesmal kleinlauter. »Dieser Tunichtgut von einem Schauspieler hat angefangen, mich zu erpressen. Hat es gewagt, mir zu sagen, dass ich meinen eigenen Ruf gefährden würde, wenn ich eine öffentliche Nummer aus der Sache machen würde«, murmelt er. »Ich war irgendwann in der Nacht total weggetreten. Ich habe Inga nicht gesehen, und auch Järvi hat sich an keine Einzelheiten über Ingas Besuch mehr erinnert, geschweige denn, mit wem sie gekommen ist. Wir haben ausgemacht, dass wir an der Geschichte festhalten, die wir vereinbart haben. Dass es im Haus nur ein friedliches abendliches Beisammensitzen gegeben hat. Ich habe Järvi versprochen, ihm ein Alibi zu geben. Er hat dasselbe für mich getan, obwohl mich überhaupt niemand nach meinem Alibi gefragt hat. Ich wusste, dass meine Fingerabdrücke im Haus waren. Auch die Frauen habe ich angefasst. Das hätte nicht besonders gut ausgesehen.«

Jaatinen unterbricht seine Erzählung und wischt sich mit einem dünnen Stofftaschentuch kaum sichtbare Schweißperlen von der Stirn. Es scheint, als wäre mit dem Angstschweiß auch ein Teil seiner einstigen Würde aus seinem Körper gewichen.

»So, das war's, jetzt ist es raus«, sagt Jaatinen.

»Und die fehlenden Dokumente?«, will Jan noch wissen.

Myski sitzt vor Schreck stumm da und weiß nicht, was er sagen soll. Besser, er schweigt einfach.

»Ich konnte nicht nur die Passagen über Järvi aus den Ermittlungsakten nehmen. Also entschied ich mich, gleich mehrere Seiten verschwinden zu lassen. Ich habe die Dokumente vernichtet, in denen Järvis Haus zur Sprache kam, und meine Liste mit den Personen, die damals auf der Feier waren – verschiedene Leute aus dem Jagdverein. Und dann noch die namenlosen russischen Frauen.«

»Sie wissen, dass wieder wegen Mordes ermittelt wird? In der Umgebung wurde ein weiteres Mädchen ermordet aufgefunden.«

Jaatinen stiert vor sich hin, ohne zu blinzeln.

»Ich kann mich nicht daran erinnern, Inga auf dem Fest gesehen zu haben, und auch damals schon bin ich davon ausgegangen, dass Järvi sich getäuscht oder ein Hirngespinst gesehen hat. Auch ansonsten gab es in Bezug auf die Mordermittlungen nichts, was meine Aufmerksamkeit erregt hätte. Außerdem hat Järvi sich nur Sorgen um seinen Ruf gemacht, er wollte nicht mit den Ermittlungen in Verbindung gebracht werden. Das hätte seine Schauspielkarriere zerstört. Aber er hat den Mord nicht begangen. Er ist ja im selben Sommer gestorben.«

»Gestorben?«, wiederholt Jan und wirft Myski einen Blick zu, als wolle er fragen: Warum ist das noch nicht zur Sprache gekommen?

»Juha Järvi wurde im August 1998 ertrunken im Pyhäjärvi gefunden. Ein ziemlich bedauerlicher Unfall«, sagt Jaatinen, den Blick auf Jan gerichtet.

»Wie können Sie sich so sicher sein, dass Järvi es nicht war?«, fragt dieser, und Myski glaubt, in seiner Stimme sogar einen Hauch von Ärger wahrzunehmen.

»Der Cousin war's«, sagt Jaatinen. »Der, den alle den Schädelsammler nennen.«

Nachdem Jaatinens Tür ins Schloss gefallen ist und sie schon fast wieder beim Auto sind, kann Myski wieder freier atmen.

»Ich traue Jaatinen nicht besonders«, sagt Jan. »Aber auffallend viele wollen, dass wir Johan ins Visier nehmen. Können Sie mir sagen, warum?«

»Wir können die Tatsache, dass er beide Mädchen kannte, nicht ignorieren«, antwortet Myski.

»Beide?«, fragt Jan.

»Ja, er war gewissermaßen auch mit Silja befreundet. Laut deren Freundin hat er ihr Schneehuhnfedern geschenkt.«

»Wir müssen uns mit ihm unterhalten«, sagt Jan. »Aber zuerst verraten Sie mir hoffentlich alles, was Sie über die Ereignisse um Jaatinen und Järvi wissen. Nichts für ungut, aber man sieht Ihnen aus hundert Metern Entfernung an, dass Sie mir nicht alles erzählt haben.«

Myski nickt, sagt jedoch nichts. Er wusste, dass dieser Moment kommen würde. Vor seinem inneren Auge erscheinen die Ereignisse von damals:

An jenem Abend fuhr er wieder einmal mit dem Auto in Richtung Angeli. Sein Kollege Rautio saß stumm auf dem Beifahrersitz und schnaubte frustriert. Er roch nach Lagerfeuer, Schweiß und gegrillten Schweinerippchen, war direkt vom Esstisch ins Auto gestiegen. Wie eine einzige grüne Masse zog die Landschaft an ihnen vorbei. Die nachmittägliche Flaute wurde durch eine Mitteilung über den Polizeifunk unterbrochen. Sie wurden gerufen.

»Auf dem Pyhäjärvi treibt ein verlassenes Boot«, hieß es aus der Zentrale. »Könnt ihr das überprüfen?«

Myski bestätigte den Auftrag. Rautio veränderte nicht einmal seine Position, schaute nur aus dem Fenster und bohrte mit einem selbst geschnitzten Zahnstocher zwischen seinen Zähnen herum.

»Sind in fünfundvierzig Minuten am Ziel«, sagte Myski und warf einen Blick auf die Uhr.

Normalerweise waren sie hauptsächlich mit den Touristen im Skizentrum beschäftigt. Über neunzig Prozent der Aufgaben hatten auf die ein oder andere Weise mit Alkohol zu tun. Aber in der Sommersaison war die Lage eine andere. Ohne den Mord an Inga hätte Myski sich um routinemäßige Verkehrsüberwachungsaufgaben kümmern können. Unwillkürlich überkam ihn ein Gähnen. Auch seine Augenlider fühlten sich schwer an. Trotzdem drückte er aufs Gas und versuchte, wach zu werden, indem er den Kopf hin- und herdrehte. Eine neue kleine Aufgabe, ein neuer Ausflug durch die Wildnis, eine neue Schicht und dieselben alten Gedanken. Als er auf der Angelintie in Richtung Pyhäjärvi fuhr, hielt er nicht mehr nach Inga Ausschau. Er fragte sich nur, wohin der Mörder nach seiner Tat verschwunden war.

Sie erreichten den See und stellten fest, dass das Boot in Richtung Ufer getrieben war. Weder im Boot noch am Strand war jemand zu sehen. Träge warf Myski einen Blick auf seinen Kollegen und dann auf das Wasser. Nach kurzer Überlegung zog er sich aus und schwamm mit kräftigen Zügen auf das Boot zu. Er erreichte es in wenigen Minuten. Als er dessen Rand zu fassen bekam, zählte er langsam bis drei, ehe er hineinspähte. Es war leer, aber jemand musste darin gesessen haben. Im Heck stand ein Angelkasten, und auf dem Boden lag ein Köder. Ungute Gedanken drängten sich in Myskis Bewusstsein. Da bemerkte er etwas Weißes auf der Ruderbank: ein zusammengefaltetes Stück Papier.

Triefend vor Wasser gelang es Myski beim dritten Versuch, sich ins Boot zu schwingen, und neugierig beugte er sich über den Zettel. Im selben Moment hörte er seinen Kollegen am Ufer rufen.

»Alles in Ordnung?«

»Das Boot ist leer!«, rief Myski zurück, und der Ruf drang hohl über die glatte Oberfläche des Sees. Das Wort *leer* hallte weit durch die Luft, bis es auf die Uferböschung traf.

Mit zitternden Händen öffnete Myski das Papier.

»Ich habe Inga Weckman getötet. Verzeiht mir.« So stand es auf dem Zettel. Myski las die Nachricht noch einmal und spähte zum Strand hinüber. Irgendwie kam sie ihm unecht vor. Hätte Juha Järvi wirklich Inga und anschließend sich selbst umgebracht? Myski konnte sich keinen Reim auf das Gelesene machen. Etwas an dem Zettel war so auffällig, dass es ihm ein Prickeln über die nasse Haut jagte. Aus einem spontanen Impuls heraus faltete er das Papier klein und presste es in seine Faust. Dann setzte er sich auf die Ruderbank und ruderte das Boot ans Ufer.

Es vergingen drei Wochen, ehe Juha Järvis lebloser, aufgedunsener Körper aus dem See gefischt wurde. Abends, wenn niemand zusah, öffnete Myski den Zettel und las den Text genau. Wenn er bei der Presse landete, würde Järvis Ruf in seine Atome zerfetzt werden. Wenn er an Jaatinen geriet, würde das zum Abschluss der Ermittlungen führen. Sie würden Järvi zum Schuldigen erklären, und Jaatinen bekäme einen sauberen Abschluss seiner Karriere mit Applaus. Aber irgendetwas in Myskis Unterbewusstsein weigerte sich, dem Zettel zu glauben. Deshalb fing er an, jeden Abend ein kleines Ritual durchzuführen. Er suchte nach Dokumenten, die Järvi von Hand geschrieben hatte, und verglich jeden einzelnen Buchstaben mit der Schrift auf dem Zettel. Es dauerte nicht lange, bis er auch schon auf genügend Widersprüche stieß. In aller Stille formulierte er eine neue, quälende Frage: Wer steckte hinter alledem? Wer hatte versucht, Juha Järvi als den Schuldigen an Ingas Tod zu inszenieren?

Jan sieht Myski abwartend an. Dieser kramt in einer Schublade herum, bis er findet, wonach er sucht. Langsam reicht er Jan den Zettel aus dem Boot.

Ohne zu wissen, worum es sich handelt, greift Jan danach. Dann erzählt Myski ihm die ganze Geschichte.

»Ich hatte nicht das Gefühl, dass ich irgendjemandem trauen konnte. Ich dachte, wenn *ich* den Dingen nicht auf den Grund gehe, tut es niemand«, gesteht er.

Jan scheint nachzudenken. Dann nimmt er den Zettel und läuft damit zum Whiteboard. Er hält das Papier vor die Fotos und fängt an, die Handschriften zu vergleichen. Die Postkarte, die sie unter Siljas Habseligkeiten gefunden haben, ist abfotografiert und auf ein Blatt im A4-Format gedruckt worden. *Ich bin das Licht, das dich ins Dunkel führt.* Auch mit bloßem Auge lässt sich erkennen, dass die Buchstaben m und a des Mordgeständnisses denen auf der Postkarte stark ähneln.

Myskis Blick verharrt auf dem Text. *Ich bin das Licht, das dich ins Dunkel führt.* In Gedanken kehrt er zur Anfangszeit seiner Karriere zurück, zu den Wochen, in denen er versuchte, sich die Umstände von Inga Weckmans Tod zu erklären. Es war unmöglich, mit Jaatinen zu diskutieren. Wenn Myski etwas sagte, stoppte dieser seine Worte wie eine Klebefalle eine Fliege. Das Gespräch wurde zäh, und jede Bewegung, jedes Zappeln machte die Sache nur schlimmer, was dazu geführt hatte, dass Myski schließlich im Geheimen agierte und entgegen allen ethischen Leitlinien das Geständnis versteckte.

»Entweder ist Järvi aus seinem Grab auferstanden, oder wir haben es mit einem Täter zu tun, der schon drei Morde verübt hat«, bricht Jan die Stille.

Myski hebt die Augenbrauen und massiert sich das Gesicht. »Die Handschrift könnte wirklich vom selben Verfasser stammen«, sagt er. »Es tut mir leid, dass ich Material vorenthalten habe. Ich habe befürchtet, dass man die falsche Person verurteilen würde, wenn der Zettel bei Jaatinen gelandet wäre.«

Auf einmal piept Jans Handy. Er konzentriert sich auf die angekommene Nachricht und blickt dann zu Myski auf. »Es ist nicht meine Aufgabe, Sie zu verurteilen«, sagt er freundlich. »Ihre Vorgehensweise wird nach Abschluss des Falls sicher noch geprüft werden. Aber vergessen wir das Ganze für einen Moment. Wir haben jetzt eine andere Aufgabe. Ich habe die Nachricht bekommen, dass die Techniker auf der Insel ein Messerfutteral gefunden haben.«

Jan zeigt ihm auf seinem Smartphone ein Foto des Fundortes. Eine Messerscheide in einer Felshöhle, ein Lederetui mit abgenutzter Gravur. Jetzt haben sie eine Spur. Das Fundstück könnte sie endlich auf die Fährte des Täters führen.

»Das hat jetzt Vorrang vor allem anderen. Es ist unser neuer Hauptermittlungsansatz: Wem gehört das Futteral?«, sagt Jan.

Myski merkt auf. »So eins habe ich schon einmal irgendwo gesehen«, sagt er. »Da bin ich mir sicher.«

Verwirrt starrt Saana aus dem Fenster der Hütte. Heta scheint sich in Luft aufgelöst zu haben. Es ist wirklich merkwürdig, dass man selbst in ihrer Firma nichts weiß. Ist ihr etwas passiert, ist sie in Gefahr? Was hat der Privatdetektiv, den Heta beauftragt hatte, doch gleich gesagt? *An Ihrer Stelle würde ich mich von diesem verrückten Weibsstück fernhalten.* Auf einmal fühlt sich Saana ziemlich unwohl in der Hütte. Was, wenn Heta doch gefährlicher ist als gedacht? Was, wenn sie ihr eine Falle gestellt hat? Sie mit einer spannenden Geschichte nach Inari gelockt und in einer Hütte untergebracht hat, wo sie sie die ganze Zeit heimlich beobachten kann? Was würde als Nächstes passieren? Saana will nicht länger in der Hütte bleiben und abwarten. Sie muss hier weg! Als ihre Panik immer größer wird, stellt sie ihre Tasse schwungvoll auf die Spüle – die wird nun ungespült bleiben müssen –, zieht sich ihre Jacke über, sammelt die letzten Seiten zusammen und steckt sie in ihren Koffer. Keine Sekunde mehr wird sie allein in dieser Hütte bleiben.

Fast im Laufschritt geht sie zum Auto, steigt ein, schließt die Tür und wirft ihre Tasche auf den Beifahrersitz. Im Auto kommt ihr die Panik, die sie so plötzlich befallen hat, lächerlich vor. Es ist ein schöner frostiger Tag, so hell wie schon lange nicht mehr, hier und da funkeln Schneekristalle. Sie atmet tief durch. Wo auch immer Heta ist, Ingas Geschichte geht Saana schon zu nahe. Sie kann Inga jetzt nicht einfach im Stich lassen, nur weil sie Angst in der Hütte hat und Heta nicht erreichbar ist. Sie startet das Auto, wirft einen letzten Blick auf die Hütte, stellt sicher, dass sie an den Schlüssel gedacht hat, und fährt in Richtung Inari Ortsmitte.

Unterwegs formuliert sie in Gedanken einen Text. In Inari angekommen, hält sie kurz an, zückt ihr Handy und spricht ihre Gedanken zu ihren Erlebnissen auf. »Nordkalotte«, beginnt sie langsam und geheimnisvoll.

»Grüße von der Nordkalotte. Die Nordkalotte ist ein Gebiet, das am Polarkreis anfängt und sich bis zum Nordpol erstreckt. Sie ist die nördlichste Beleuchtungszone der Erde. Hier im hohen Norden gibt es eine ganz eigene Welt, voller Schneegestöber, kleiner Weiler mit einer Handvoll Einwohnern und weitläufiger Felsenmeere. Hier ist es atemberaubend schön und still. Aber die Stille birgt Geheimnisse. In der Ortschaft Inari wohnen weniger als tausend Menschen. Und alle, die schon länger in dieser Gegend leben, verbindet die Erinnerung an die Ermordung eines jungen Mädchens. Es handelt sich um ein Verbrechen, das bis zum heutigen Tag nicht aufgeklärt wurde. Ich bin Saana Havas, und das hier ist Inga Weckmans Geschichte …«

Zufrieden beendet sie die Aufnahme. Sie hat es gerade geschafft, einen neuen, alternativen Anfang für den Podcast zu kreieren, in dem sie über ihre Reise auf den Fußspuren von Ingas Mörder berichten wird. Oder lieber doch nicht. Nicht auf den Spuren des Mörders, das wäre zu unheimlich. Besser auf Ingas Fußspuren, korrigiert Saana sich in Gedanken. Die neue Formulierung erscheint ihr besser und ungefährlicher. Wenn sie wählen könnte, würde sie sich am liebsten so weit wie möglich vom Mörder fernhalten. Das ist natürlich schwierig, da niemand weiß, wer es ist. Saana muss sich eingestehen, dass sie sich in dieser Unwissenheit nicht ganz wohlfühlt. Durch das kurze Podcast-Intro beschwingt, beschließt sie, einen Abstecher ins *PaPaNa* zu machen, um dort zu schreiben.

Als Saana die Bar betritt, ist nicht zu übersehen, dass sich die Köpfe nach ihr umdrehen. Die Blicke ignorierend, geht sie zum Tresen und bestellt einen Feta-Salat und ein kleines Bier.

»Das ist ja mal ausgewogen«, kommentiert die Mitarbeiterin, die Saana vom letzten Mal wiedererkennt.

»Was?«

»Der Salat macht das Bier wieder wett oder andersherum«, sagt die Frau grinsend.

Saana lacht und greift nach dem Getränk.

»Wann wurde die Bar gegründet?«, fragt sie dann.

»Mitte August 2013 haben wir zum ersten Mal geöffnet. Vorher stand das Haus eine Zeit lang leer. Ich weiß nicht, ob du das wusstest, aber dies ist eines der ältesten Häuser Inaris, wenn nicht sogar das älteste. Irgendwann war hier auch mal ein Geschäft für Schneemobilzubehör drin.«

»Wohnst du schon lange hier? Könntest du mir erzählen, was für Bars und Kneipen es hier um die Jahrtausendwende gab? Oder genauer gesagt, 1998? Ich schreibe eine Story über Inari und interessiere mich für das Zeitbild.«

»Du recherchierst über den Tod des Weckman-Mädchens, stimmt's?«, will die Frau wissen.

»Ja«, gibt Saana zu. »Aber eigentlich interessiert mich alles, was mir mehr darüber verrät, was für ein Ort Inari vor dem Millennium war.«

»Warte mal, wo willst du dich hinsetzen? Ich kann gern

kurz in meinen Erinnerungen kramen. Gerade habe ich Zeit«, sagt die Frau und deutet in den halb leeren Raum. »Und besser, du erfährst die Dinge von den Einheimischen, anstatt sie dir selbst zusammenzuschustern«, fügt sie lachend hinzu. Das Lachen verwandelt sich sofort in einen kratzigen, heiseren Raucherhusten.

Saana folgt ihr nach oben und entscheidet sich erneut für den grünen Sessel.

»Ich bin bereit, wenn du es bist«, sagt sie und zeigt der Frau ihr Smartphone. »Ist es okay, wenn ich das aufnehme?« Zu ihrer Freude nickt die Kellnerin.

»Nun gut, 1998«, beginnt diese und beugt sich entschieden über das Handy. Sie will sich sicher sein, dass man sie auch hören kann. »Eigentlich gab es hier nur einen Ort, wo alle hingingen. Sehr geehrte Hörerinnen und Hörer, wollt ihr wissen, welcher das war?«, sagt sie wie eine Radiomoderatorin und trommelt auf den Tisch, um der Aufnahme noch mehr Stimmung zu verleihen. »Es hieß *Ranta-Mari,* heute *Hotel Inari.* Und am Strand hinter dem *Ranta-Mari* verbrachten die Kids ihre Zeit.«

»Super, danke«, sagt Saana. »Genau solche Einzelheiten interessieren mich. Was glaubst du, wo eine Jugendliche, die in Ivalo zur Schule ging, Klavierunterricht genommen hätte?«

»Im Schulhof des Gymnasiums von Ivalo gab es früher einen alten Luftschutzkeller, der als Proberaum fungierte. Ich glaube, Bunker wurde er genannt. Ich bin mir nicht sicher, ob er noch existiert. Und die Kurse der Volkshochschule wurden direkt im Musikraum der Schule abgehalten.«

»Gut, danke. Weißt du noch, wie es war, als die Nachricht von Ingas Tod die Einwohner von Inari erreicht hat?«

»Ich kannte Inga nicht«, sagt die Frau sofort. »Aber die Mutter von Silja, die gerade gestorben ist, ist oft hier bei uns.

Außerdem kenne ich natürlich Heta und ihre Mutter Anna-Liisa. Der Verlust des eigenen Kindes ist wohl mit der größte Kummer, den man im Leben erfahren kann.«

Saana nickt stumm.

»Du bist doch in Hetas Auftrag unterwegs, oder? Wie geht es ihr im Moment? Es wäre schön, sie nach langer Zeit mal wieder zu sehen. Kommt sie heute hierher?«

»Nein, wieso?«, fragt Saana erstaunt.

»Ich dachte nur, ihr wärt verabredet. Ich habe sie im Vorbeigehen hier gesehen, also im Dorf, vor ein paar Tagen erst. Aber ich hatte keine Zeit, Hallo zu rufen und mit ihr zu plaudern.«

Saana schaut die Frau erstaunt an. Ob sie richtig gesehen hat? Warum sollte sie nicht? Allerdings ist Saana unbegreiflich, warum Heta es ihr verheimlicht haben sollte, wenn sie nach Inari gekommen wäre, und weshalb sie nicht ans Telefon geht. Saana muss wieder an das Gefühl denken, das sie gleich nach ihrer Ankunft im Norden hatte. Als wäre ihr jemand gefolgt. Es war jemand bei der Hütte, und jemand hat ihr den toten Vogel auf die Veranda gelegt. Könnte Heta hinter alledem stecken? In diesem Fall wäre Hetas Vorgehen äußerst bizarr. Saana muss an die Freundin namens Bambi denken. Was, wenn Heta Bambi darauf angesetzt hat, sie zu beobachten?

Jan beobachtet Myski dabei, wie er den Inhalt der Kartons durchforstet, die er von zu Hause mitgebracht hat.

»Mir ist gerade wieder eingefallen, wo ich das Messerfutteral schon einmal gesehen habe. Ich bin mir sicher, dass es auf irgendeinem Bild war. Es hat etwas mit den Weckmans zu tun.«

»Mit den Weckmans? Also mit Inga und Heta?«, fragt Jan.

»Nein, mit der Familie ihres Onkels. Mit Erik Weckman, Johans Vater.« Myski hört auf zu kramen und fährt gedankenverloren fort: »Ich muss es irgendwo anders gesehen haben.« Dann gibt er etwas in den Computer ein. Ein hoffnungsvolles Tippen erfüllt den Raum, bis er kurze Zeit später ruft: »Sehen Sie!«

Jan schaut auf die Stelle des Bildschirms, auf die Myski deutet. Er hat die Website der Rentierfarm der Weckmans geöffnet. Unter dem Menüpunkt »Besuche und Kontakt« posiert die ganze Familie auf einem Foto. Myski vergrößert es und deutet mit dem Cursor auf Johan. Jan starrt auf das Bild, auf dem dieser fröhlich und sichtlich stolz auf seine Familie in die Kamera grinst. An seinem Gürtel hängt eine Messerscheide, die genauso aussieht wie die, die auf Iso Jääsaari gefunden wurde.

»Schon vorher haben viele mit dem Finger auf ihn gezeigt. Ich dachte, sie wollten nur von sich selbst ablenken, aber wer weiß, vielleicht ist an den Vorwürfen doch was dran«, murmelt Myski.

»Mit so eindeutigen Indizien haben wir sonst niemanden«, bekräftigt Jan.

»Johan ist, wie soll ich sagen … ein ziemlich spezieller Kerl.«

»Er ist auf dem Autismus-Spektrum, steht hier«, sagt Jan und wedelt mit dem Stapel, den er gerade liest. »Ich will mit ihm sprechen. Johan ist viel allein in den Wäldern und auf den Straßen unterwegs. Wenn er will, kann er ziemlich unauffällig sein.«

»Menschen, die zu Asperger neigen, nehmen die Gefühle anderer nicht auf dieselbe Art wahr wie die meisten. Es ist schon möglich, dass ihm vielleicht gar nicht komplett bewusst war, was er tat.«

»Mhm, ich weiß nicht«, murmelt Jan. »Das Spektrum ist breit. Es besteht auch immer noch die Möglichkeit, dass ihm – falls Johan der Täter ist – jemand verboten hat, ein Geständnis abzulegen. Aber das müssen wir jetzt sehr sorgfältig prüfen. Wissen wir, welches Auto er fährt?«, fragt Jan dann.

»Wenn ich mich recht erinnere, ist es ein roter Honda«, brummt Myski, bevor er im Computer nach Johans Daten sucht. »Nein, halt, hier stehen zwei Autos, aber das eine wurde seit 1999 nicht mehr gefahren.«

»Was?«, fragt Jan.

»Sie haben richtig gehört. Auf die Familie Weckman sind zwei Pkw registriert. Laut den Daten hatte Erik Weckman 1998 einen grauen Kombi«, platzt Myski heraus und genießt sichtlich, wie Jans Gesichtsausdruck umschlägt.

»Johan fährt einen roten Honda, aber der gehört seiner Mutter Eivor. Der andere, ältere Wagen ist immer noch im Besitz der Familie.«

»Okay«, meint Jan und wappnet sich innerlich. »Ich will noch die Aufzeichnungen zu Johan fertig lesen. Lassen Sie uns gleich im Anschluss losfahren.«

Er blättert durch den Stapel, bis er die damaligen Vernehmungen findet. Kurz darauf stößt er auf einen ihm bekannten Namen. Heta Weckman. Die Frau, die Saana darum gebeten hat, den Fall zu recherchieren. Sie war damals Johans Anwältin, hat an Verhören teilgenommen und es geschafft, dass er freigelassen wurde, bevor der Fall überhaupt an die Staatsanwaltschaft gehen konnte.

Was Heta wohl von der aktuellen Situation hält?

»Ich bin fertig«, sagt Jan und schnappt sich seine Jacke. »Ich hole Johan zur Vernehmung.«

Nachdem er sich ins Auto gesetzt hat, sucht er im Navi nach dem Weg. In Helsinki fährt er nicht viel, aber hier im Norden scheint das Auto eine Verlängerung des Menschen zu sein. Nur so kommt man vom Fleck.

Er will schon den Motor anlassen, als er im Rückspiegel eine Bewegung wahrnimmt. Myski kommt mit offener Jacke auf das Auto zugerannt und winkt. Jan öffnet ihm die Beifahrertür.

»Nehmen Sie mich mit«, keucht sein Kollege und lässt sich auf den Sitz fallen. Durch sein Schnaufen beschlägt das noch kalte Fenster. Jan fragt sich, wann der Mann, der sich sonst auf Papierkram und Autofahren beschränkt, wohl das letzte Mal Räubern hinterhergelaufen ist.

»Die ganze Zeit über hatten wir den Schuldigen vor unserer Nase. Er besitzt einen grauen Wagen, geht in der Tankstelle, in der Silja arbeitet, ein und aus. Er hat ein Alibi für den Mord an Inga, aber kann man dem überhaupt trauen?«, stammelt Myski, während er versucht, seinen Atem zu beruhigen.

»Diesmal brauchen wir viele Beweise, um uns sicher sein zu können«, sagt Jan. »Wir brauchen mehr als Indizien. Wenn wir uns dafür entscheiden, nach all den Jahren einen Schuldigen zu benennen, müssen wir uns hundertprozentig sicher sein. Ein Geständnis wäre natürlich am besten. Das Messer allein könnte reichen, aber ich befürchte, dass das mögliche Alibi das entkräften könnte, falls er alles abstreitet.«

»Ich komme nicht umhin, mich zu fragen, ob die Sache wirklich so simpel ist. Dass der Täter einen Hinweis auf sich am Tatort hinterlassen haben soll. Damals, 1998, haben wir nichts gefunden«, murmelt Myski, schweigt einen Moment und fährt dann fort: »Wir haben zwei Möglichkeiten. Entweder ist der Täter achtlos geworden, oder er hat absichtlich eine fingierte Spur hinterlassen, um von sich selbst abzulenken.«

»Genau das«, pflichtet Jan ihm bei. »Oder aber wir haben es mit zwei verschiedenen Tätern zu tun. Auf jeden Fall können wir das Futteral nicht ignorieren.«

Nach dem Gespräch mit der Bedienung im *PaPaNa* hat Saana zu Mittag gegessen, ein wenig geschrieben und dann beschlossen, ins Tankstellencafé umzuziehen. Sie kauft sich ein Mineralwasser mit Geschmack, einen Kaffee und einen Krapfen. Maija, die ihr inzwischen vertraut ist, steht hinter der Kasse und sieht müde aus.

Saana fragt sich, ob Jan und Myski Siljas Arbeitsplatz schon einen Besuch abgestattet haben. Die Tankstelle ist für einen kleinen Ort sicher ein ganz besonderer Aussichtspunkt. Silja muss hier vielen Leuten begegnet sein. Ob der Mörder hier gesessen und Silja in aller Ruhe beobachtet hat? Saana lässt ihren Blick von der Kasse über die Tische und dann nach draußen schweifen. Der Krapfen ist so fettig, dass ihre Fingerspitzen glänzen. Ihr erster Bissen reicht noch nicht bis zur Marmeladenfüllung. Hoffnungsvoll beißt sie noch einmal hinein.

Auf dem Nachbartisch bemerkt Saana zwei Zeitungen. In der ersten steht ein kurzer Bericht: *Siebzehnjährige tot in Inari gefunden. Die Polizei sucht nach möglichen Augenzeugen sowie Informationen über die letzten Aufenthaltsorte des Mädchens.*

Auch die *Lapin Kansa* hat das Thema aufgegriffen: *Wiederholt sich die Geschichte? Vor über zwanzig Jahren trauerte man in Inari um den Tod eines jungen Mädchens. Der Fall ist nach wie vor ungelöst. Hängen die beiden Verbrechen zusammen?* Saana liest den kurzen Artikel. Er enthält für sie nichts Neues. Im Gegenteil, die Polizei hat ihre Aussage sehr knapp gehalten. Trotzdem fotografiert Saana die Texte ab, ehe sie die Zeitungen wieder zusammenfaltet. Für die Anfangsphase des Schreibens braucht sie so viel Quellenmaterial wie möglich.

Im Fenster der Tankstelle steht eine Kerze, wahrscheinlich im Gedenken an Silja. Saana lässt innerlich alle Begegnungen, die sie bisher in Inari hatte, Revue passieren.

Sie denkt an Mihkku, der Inga kannte.

An Pyry Palokka, der von seiner Ex besessen war und auch eine Verabredung mit der minderjährigen Silja hatte.

An Johan, der sich merkwürdig verhält.

An Heta, die verschwunden zu sein scheint.

An Anet, die ihre beste Freundin verloren hat. Im Vergleich zu allen anderen wirkt sie wie die Normalste, aber irgendetwas an ihr lässt Saana keine Ruhe. Anet hat ihr höflich angeboten, ihr beim Zusammentragen der Informationen behilflich zu sein, aber bisher war es fast schon andersherum: Anet hat Informationen von ihr erhalten.

Saana beschließt, sie morgen noch einmal zu besuchen. Jetzt noch nach Ivalo fahren will sie nicht, da sie am Abend für sich und Jan einen Tisch im *Aanaar* reserviert hat.

»Ist seine Cousine benachrichtigt worden?«, wirft Jan ein. »Heta Weckman, ist sie verständigt worden?«

»Wir haben versucht, sie zu erreichen, aber bis jetzt hat sie nicht auf unsere Bitten um Rückruf reagiert. Wir haben ihr eine Nachricht auf der Mailbox hinterlassen.«

»Alles klar«, sagt Jan, öffnet dann die Tür des Vernehmungsraumes und geht hinein. Er grüßt den skeptischen Johan, den Myski kurz zuvor ins Zimmer gebracht hat.

»Wo haben Sie Silja mit dem Auto aufgegabelt?«, beginnt Jan mit ruhiger Stimme und beobachtet Johan mit schief gelegtem Kopf.

»Ich habe sie nicht mitgenommen. Nein, nein, nein«, sagt Johan und fängt an, sich zwanghaft das Gesicht zu reiben.

Für einen kurzen Moment hat Jan vor allem Mitleid mit ihm. Dem Mann, der seine Zeit damit verbringt, allein durch die Wildnis zu fahren und Aas einzusammeln. Dem Mann, auf den die Leute mit dem Finger zeigen. Er fragt sich, wie lange Johan hartnäckig bleiben und alles abstreiten wird. Plötzlich wird ihm heiß, und er zieht seine Fleecejacke aus. Durch die Bewegung knistert das elektrisch aufgeladene Kleidungsstück, und seine Haare fangen an zu schweben. Johan blickt nicht auf, starrt nur vor sich hin. Jan fragt sich, ob er den Ernst der Lage begreift. Immerhin ist er offensichtlich intelligent, auch wenn er, zumindest was seine sozialen Kompetenzen betrifft, vom Mainstream abweicht. Unweigerlich muss Jan an die Fjells und die Freiheit denken, die Johan sein ganzes Leben lang genossen hat. Er würde es wohl kaum aushalten, lange eingesperrt zu sein.

»Wann haben Sie Silja zuletzt gesehen?«, fragt Jan mit tiefer Stimme.

»An einem Montag war Silja bei der Arbeit in der Tankstelle«, sagt Johan. »Am Dienstag ist sie nicht zur Tankstelle gekommen«, fährt er fort. »Silja und ich sind Freunde.«

Jan verlässt kurz den Vernehmungsraum und gesellt sich zu Myski.

»Ich glaube nicht, dass er es war«, sagt er und löst mit diesen Worten offenkundig riesige Erleichterung bei Myski aus. »Reiner Instinkt hilft hier allerdings nicht weiter. Wenn das Messeretui wirklich Johan gehört, müssen wir ihn vorerst hierbehalten. Und mein Instinkt kann auch falschliegen.«

»Seine Mutter hat bezeugt, dass sie am Tag von Siljas Verschwinden den ganzen Abend mit ihm verbracht hat«, sagt Myski und massiert sich den Hinterkopf. »Genau wie damals vor zwanzig Jahren«, fügt er nachdenklich hinzu. »Auch damals hat seine Mutter sein Alibi bestätigt. Ist das nicht verdächtig?«

»Ja, es ist natürlich möglich, dass Silja absichtlich verschwunden ist, freiwillig irgendwohin gegangen ist und Johan sie später trotzdem umgebracht hat«, gibt Jan zu bedenken. »Wir brauchen auf jeden Fall eine offizielle Aussage von Eivor Weckman.«

Myski nickt. »Sie ist auf dem Weg.«

»Mich würde interessieren, was Johan selbst über die ganze

Sache denkt. Er redet wahrscheinlich eher mit Heta als mit mir. Ich bekomme keinen richtigen Draht zu ihm.«

»Ich weiß nicht, ob Heta ihn zum Reden bringt, aber immerhin hat sie ihn letztes Mal dazu gebracht zu schweigen. Als Ingas Leiche gefunden wurde, war auffällig, dass Johan genau wusste, wo sie sich befand, bevor irgendwo darüber berichtet wurde. Er hat die Entfernung einfach laut ausgesprochen, sodass ich es hören konnte. Sein Vater hat Inga gefunden, also ist es theoretisch möglich, dass er die Stelle von ihm erfahren hat, aber Johans Worte nagen seither trotzdem an mir.«

Als Eivor eine Stunde später mitsamt ihrer Jacke atemlos im Vernehmungsraum sitzt und in das kalte Licht der Leuchtstoffröhre blinzelt, tränen ihre Augen. Jan ist sich nicht sicher, ob sie weint oder ob die Tränen vom kalten Wind stammen, der draußen bläst.

»Sie haben bestätigt, dass Ihr Sohn am Montagabend, dem 14. Oktober, bis zum Dienstag, dem 15. Oktober, zu Hause war«, sagt er.

Eivor trocknet die Tränen an ihrem Ärmel und nickt. Der Schnee auf ihrer weinroten Daunenjacke hat angefangen zu schmelzen, und das Wasser färbt ihre Schultern dunkel.

»Silja Kari wurde tot auf Iso Jääsaari gefunden, und wir wissen, dass Johan das Mädchen kannte. Er hat ihr Schneehuhnfedern geschenkt.«

»Freundschaft ist nicht gefährlich«, sagt Eivor bedeutungsvoll.

»Johan soll sich auf dem Parkplatz vor der Tankstelle aufgehalten haben und hineingestarrt haben. Silja hat ihrer Freundin davon berichtet. Sie hat das Starren als belästigend empfunden.«

»Johan hat sich schon immer schnell verliebt. Vielleicht

wollte er sie nur sehen, aber wenn ich eines weiß, dann, dass mein Sohn ein gutes Herz hat. Er wäre nicht zu der Tat fähig, derer Sie ihn verdächtigen«, sagt Eivor mit fester Stimme. »Sagten Sie, Silja wurde auf Iso Jääsaari gefunden?«, fragt sie dann, und ihre Miene hellt sich auf. »Da gibt es eine Sache, die Sie berücksichtigen sollten. Die ist anscheinend noch nicht zur Sprache gekommen.«

»Welche?«, fragt Jan.

»Johan hat Todesangst vor Wasser. Es ist unmöglich, dass er auf der Insel war, denn er hat noch nie ein Boot bestiegen«, erklärt Eivor.

Jan starrt die Frau an, und es fällt ihm schwer, sein Erstaunen zu verbergen.

»Dachte ich mir doch, dass Sie das nicht wussten. Kaum jemand weiß es, aber es stimmt. Johan war bisher nur zum Moltebeersammeln auf einer der Inseln im Inarisee, und auch das nur mit dem Flugzeug. Er war schon immer wasserscheu, und er kann auch nicht schwimmen. Darüber bekommen Sie auch ein psychologisches Gutachten, wenn Sie wollen.«

Jan richtet den Blick auf das Spiegelglas, von dem er weiß, dass Myski dahintersteht. Eivors Worte schweben im Raum. Auf einmal fühlt Jan sich voller Energie. Die Zweifel, die er in Bezug auf Johan hatte, waren richtig, und sein Gehirn fängt an zu rattern. Er dankt Eivor und verlässt das Zimmer.

»Es scheint, als wolle jemand Johan zum Sündenbock machen. Auf der Website ist zwar ein Foto des Messers, aber laut seiner Mutter trägt er es immer bei sich und passt sehr gut darauf auf. Das Futteral hat er erst ein paar Tage vor Siljas Verschwinden verloren«, sagt Myski, als sie gemeinsam am Tisch sitzen.

»Der Täter ist gerissen, aber er wusste nicht, dass Johan sich vor Wasser fürchtet«, sagt Jan.

»Ja.«

»Und Johan wäre auch nicht gewieft genug, im Voraus die Lüge zu erfinden, dass er das Messer verloren hat?«

»Bestimmt nicht.«

»Auf irgendeine Weise könnte Johan trotzdem mit der Sache zu tun haben. Falls er etwas gesehen hat, hat er die Situation vielleicht nicht direkt als bedrohlich wahrgenommen. Gibt es irgendeinen Weg, wie wir ihn dazu kriegen, uns zu sagen, was er über Ingas Tod denkt? Immerhin wurde sie in Angeli gefunden, in einer Gegend, die ihm vertraut ist«, überlegt Jan laut.

Myski schaut ihn nachdenklich an. »Vielleicht ist er auch nur aus irgendeinem Grund nicht bereit zu reden.«

»Er ist seit Jahrzehnten nicht bereit«, erwidert Jan kühl. »Warum meldet Heta Weckman sich eigentlich nicht? Würden Sie noch einmal versuchen, sie zu erreichen? Ich gehe wieder rein und spreche noch einmal mit Johan«, sagt er und geht zurück ins Vernehmungszimmer.

Er reicht Johan eine dampfende Tasse Kaffee. Auf einem kleinen Pappteller liegen zwei Scheiben Hefezopf, wie zur Widergutmachung dafür, dass sie ihn eben noch verdächtigt haben.

»Johan. Bevor wir Sie nach Hause gehen lassen, möchte ich Sie noch etwas fragen«, beginnt Jan. »Haben Sie Inga jemals mit jemandem zusammen gesehen? Jemandem, in den sie vielleicht verliebt war?«

Johan blinzelt, und zu Jans Überraschung nickt er.

»Inga war schön, Inga hatte viele Freunde.«

»Meinen Sie damit männliche Freunde?«, hakt Jan nach.

Johan nickt wieder. »Aber da gab es einen geheimen Freund«, sagt er leise.

»Wer war das? Johan?«, bohrt Jan nach, aber Johan antwortet nicht.

»Was, wenn Sie unwissend den Mörder schützen? Was, wenn Ihr Schweigen dazu führt, dass der Täter erneut tötet, weil er nicht gefasst wird?« Jan malt ein Schreckensszenario und schaut an Johan vorbei an die Zimmerwand. Er möchte ihn nicht in die Enge treiben, indem er seinen umherwandernden Blick einfängt, gleichzeitig treibt ihn die Schweigsamkeit des Mannes fast in den Wahnsinn. Sie sind nahe dran und trotzdem noch so weit weg.

Johan schüttelt den Kopf. Denkt nach. Sagt dann: »Ich habe Inga gesehen, und ich habe Inga zusammen mit jemandem gesehen. Aber ich habe nicht erkannt, wer es war. Es war eine Gestalt. Eine dunkle Gestalt. Ein geheimer Freund. Ein paarmal waren sie beim Schwindler. Inga mochte den Schwindler. Hat ihm alles erzählt, auch wenn man ihm nicht vertrauen kann.«

»Wer ist dieser Schwindler, Johan?«, fragt Jan.

»*Mánni.* Der Schwindler ist niemand. Der Schwindler ist ein Baum. Eine Kiefer.« Johan lächelt ein wenig, das erste Mal an diesem Abend. Dann beugt er sich vor und greift nach der Kaffeetasse.

Jan dreht sich um und blickt direkt zum Spiegelfenster. Er weiß, dass Myski auf der anderen Seite genau dasselbe denkt wie er. Ist der Schwindler wichtig? Was will Johan ihnen damit sagen?

Johan schaukelt mit dem Stuhl und hält den Blick auf das Hefegebäck gerichtet, ohne es jedoch anzurühren.

Er verschanzt sich wieder, denkt Jan und nickt ihm zu.

»Es steht Ihnen frei zu gehen, wir werden Sie nicht weiter behelligen«, brummt er. Im Flur trifft er auf Eivor. »Wir danken Ihnen, Sie können gehen.«

Eivor nickt. Im Arm hält sie die Jacke ihres Sohnes. Jan hat Mitleid mit der Frau. All die Jahre über hat sie sich tapfer um ihn gekümmert. Das ist schon das zweite Mal, dass Johan einer Tat verdächtigt wird, die er nicht begangen hat.

Auf dem Weg zur Tür bleibt Eivor stehen und dreht sich um. »Johan hat mir erzählt, dass er das Futteral letzte Woche auf seiner Aastour verloren hat. Wenn Sie noch jemanden brauchen, der seine Worte bezeugen kann – ich glaube, er hat es auch dem Tierarzt gegenüber erwähnt. Sie haben sich am Straßenrand getroffen, als Johan stehen geblieben ist, um einen Auerhahn zu bewundern.«

»Okay, danke, das überprüfen wir noch«, sagt Jan und geht voraus, um den beiden die Tür zu öffnen.

»Ich hoffe wirklich, dass Sie sich die Bestätigung holen und uns anschließend endgültig in Ruhe lassen«, sagt Eivor, und Jan notiert sich den Namen des Tierarztes: Joni Lund. Und von ganzem Herzen hofft er, dass sie Johan ausschließen können.

Der Tag war lang. Jan steht neben Myski vor der Ermittlungswand und starrt auf die Fakten, die er dort dokumentiert hat.

»Seit über zwanzig Jahren bin ich hinter dem Täter her«, sagt Myski. »Wenn das irgendwann vorbei ist, geb ich eine Runde im *Vaskooli* aus.« Er lacht und haut Jan auf den Rücken.

»Wir tasten uns vorwärts, aber wir kommen nicht wirklich voran. Es gibt etwas, was wir nicht sehen. Wer könnte unbemerkt junge Mädchen umbringen?«, fragt Jan. Das Bier erscheint ihm vorerst in ziemlich weiter Ferne.

»Ein anderer Jugendlicher«, sagt Myski. »Oder aber jemand von der Schule oder eine Vertrauensperson in einer gewissen Position.«

»Ist uns so jemand schon begegnet?«, hakt Jan nach, aber Myski zuckt nur mit den Schultern.

Jan fügt der Tafel das Wort »Schwindler« hinzu.

»Der Schwindler ist also die Kiefer in der Nähe von Ingas

Fundort? Inga ist mit irgendeinem Schwarm dort gewesen. Den Baum zu fragen, wird uns wohl nicht weiterbringen«, meint Jan verärgert.

»Ich werde langsam müde, aber ich finde keine Ruhe, bevor ich ihn nicht identifiziert habe. Wer zum Teufel steckt hinter alledem?«, sagt Myski.

»Das verstehe ich. Und ich bin gekommen, um Ihnen dabei zu helfen«, sagt Jan, ohne den Blick vom Board abzuwenden. Auf der Karte von Inari, die daran befestigt ist, wurde mit einem X die Stelle markiert, an der Silja gefunden wurde.

»Er hat ein Auto, und er hat ein Boot«, murmelt Myski.

Jan fährt mit dem Finger über die Karte.

»Der See ist riesig. Aber legt nicht der Großteil der Boote vom Fischereihafen ab?«

Myski nickt. »Ja, die meisten Fischer legen dort ab. Bald kommt das Eis. Es gibt nicht viele Boote, und es wurde auch keines als gestohlen gemeldet. Ich habe schon meinen Kollegen gebeten, die Boote und deren Besitzer zu überprüfen.«

»Gut, rufen Sie bitte noch den Tierarzt an. Es wäre gut, wenn wir für Johans Geschichte noch von jemand anderem eine Bestätigung bekommen könnten als von einem Familienmitglied.«

»Ich versuche auch immer noch, Heta Weckman zu erreichen«, sagt Myski, und Jan nickt.

»Bleiben Sie auch da dran«, bittet er.

Saana schaut auf die Uhr. Jan hat sie informiert, dass er noch auf der Arbeit festhängt, angeblich kommt er höchstens zwanzig Minuten zu spät. Saana ist froh, dass sie auf die Idee gekommen ist, ihm ein Treffen eine Stunde vor der Tischreservierung vorzuschlagen. Trotzdem will sie nicht allein ins *Aanaar* gehen und dort warten, also beschließt sie, es wie die Einheimischen zu machen und im Tankstellencafé abzuhängen. Von dort aus ist es weniger als ein halber Kilometer bis zum Restaurant. In der Tankstelle geht es ruhig zu. Saana geht zur Theke und lächelt Maija an. Siljas Tod ist noch nicht in den nationalen Nachrichten aufgetaucht, und auch die Schlagzeilen der Abendzeitungen berichten zum Glück nicht von ihrem schrecklichen Tod. Bisher haben nur die Medien im Norden darüber geschrieben, aber es ist nur eine Frage der Zeit, bis das Gesicht, das die Menschen hier kennen, in den Aufmachern der Zeitungen zu sehen sein wird.

»Wie läuft's?«, beginnt Maija das Gespräch.

»Geht so«, antwortet Saana. Maijas Arbeitsstätte ist wie ein Beobachtungsposten. Hier kennt sie jeden, und jeder kennt sie. Wenn Heta in Inari war, weiß Maija bestimmt davon.

»Hat Heta mal vorbeigeschaut?«, fragt Saana vage, als wüsste sie, dass diese in der Gegend ist.

»Heta?« Maija wirft Saana einen interessierten Blick zu. »Nein. Ist sie hier?«

Saana zuckt mit den Schultern. Die Ungewissheit über den Verbleib von Heta verunsichert sie. Da hat sie eine Idee.

»Wissen Sie noch, ob Heta damals hier in Inari war, also, bevor Inga verschwunden ist? Und wie lange sie nach ihrem Tod hier war?«

»Schwer zu sagen«, brummt Maija. »Aber sie war noch hier, als der Schauspieler Juha Järvi aus dem See gefischt wurde.«

Saana mustert Maija prüfend.

»Järvi war kein so schlechter Mensch, wie alle sagen«, sagt diese und errötet ein wenig.

Saana grinst. »Haben Sie ihn gut gekannt?«, neckt sie Maija.

Diese bestreitet es nicht, lächelt nur etwas peinlich berührt. »Er war ziemlich schockiert über Ingas Schicksal«, sagt sie und wechselt dann schnell das Thema. »Hatten Sie überhaupt Zeit, die Natur zu genießen?« Es ist, als könnte Maija direkt in Saanas Tagesabläufe hineinschauen. Anstatt durch die Natur zu wandern, ist Saana nur Auto gefahren und hat neugierige Fragen gestellt. »Wir haben weniger Schnee als normalerweise um diese Zeit«, sagt Maija im Plauderton. »Der Klimawandel kommt wohl auch hier an. Wer weiß, was uns noch bevorsteht, wenn das Tempo anzieht.«

Saana nickt und nimmt sich eine Tüte Salmiak der Marke Pantteri von der Halterung, bezahlt sie und stopft sie in ihre Jackentasche. Vor dem Restaurantbesuch sollte sie wohl besser keine Süßigkeiten essen. Das wäre ein großer Fehler.

»Bei den Rentierzüchtern dreht sich alles darum, im Rhythmus mit der Natur zu leben. In letzter Zeit sagen viele, dass die Unterschiede zwischen den Jahreszeiten kleiner und die Winde stärker geworden sind.«

Saana nickt. Ob man sich das Wissen indigener Völker zunutze macht? Wohl kaum, denn die Menschen handeln selten klug. Nur wenige finden Gehör.

Die Tür geht auf, und jemand tritt ein.

»Nicht gleich umdrehen, aber da kommt Eero Palokka«, flüstert Maija. »Nicht gerade einer meiner Favoriten. Ihm fehlt nur noch der Schweinerüssel«, ergänzt sie, ehe sie Palokka ein hübsches Lächeln schenkt.

Saana grinst Maija verschwörerisch zu und verlässt zügig die Tankstelle. Sie hat keine Lust, sich anzuhören, was Palokka senior ihr diesmal zu sagen hat.

Auf dem ganzen Weg zum *Aanaar* verdaut Saana, was sie heute über Heta erfahren hat. Sollte sie sich Sorgen um sie machen?

Während sie im Restaurant sitzt und wartet, trinkt sie ein Glas Wasser und überfliegt verzückt die Speisekarte. *Inari-Maräne Graved Art und Forellen-Cerviche, eingelegtes Heidekraut und Fenchelcreme. Geschmorter Seesaibling mit Schafgarbe und Sauerampfer. Rentierkalbsleber.* Es scheint, als hätte man im *Aanaar* ein Stück der wilden Natur eingefangen und auf den Teller gebracht. Als Jan endlich kommt, wirkt er abwesend, aber er umrundet den Tisch und beugt sich zu Saana herunter, um ihr einen wiedergutmachenden Kuss zu geben.

Als er ihr gegenüber Platz genommen hat, lächelt er bereits wieder. Es gibt nur wenige Dinge, bei denen ein gutes Essen nicht hilft. Saana lächelt zurück. Zum Glück hat sie den Tisch reserviert, schließlich haben sie nicht besonders oft die Gelegenheit für ein Date. Jan ist eindeutig in Eile hergekommen.

Seine Haare sind vom Duschen noch feucht, und die Schultern seines Hemdes sind mit Tröpfchen besprenkelt.

»Können wir für einen Moment alles andere vergessen und uns nur auf uns konzentrieren?«, fragt er hoffnungsvoll. Saana nickt. Jan ergreift ihre Hand auf dem Tisch. Allein die Wärme, die davon ausgeht, jagt Saana einen Stromschlag durch den Körper. Wie seltsam, aber schön es doch ist, dass sie, die große Zynikerin, endlich den Menschen gefunden hat, der ihr beweist, dass die Darstellungen von Liebe in Filmen und Romanen wahr sind. Saana musste über dreißig werden, um zu verstehen, wovon die schnulzigen Liebeslieder handeln. Wer hätte gedacht, dass ein Polizeiermittler mit harter Schale am Ende derjenige sein würde, bei dem sie weich wird. Saana schaut Jan an und erinnert sich daran, wie es sich angefühlt hat, in seinen Augen zu versinken, als sie sich das erste Mal gesehen haben. Es war ein eigenartiges Gefühl. Als hätte er sofort direkt in sie hineingesehen.

»Myski hat erzählt, dass hier Kiefernzapfen auf der Speisekarte stehen«, sagt Jan und beugt sich hungrig vor, um sich ein Stück von dem Brot zu nehmen, das gerade an den Tisch gebracht wurde.

Saana lacht auf. »Wie läuft es bei euch?«, fragt sie, obwohl sie gerade vereinbart haben, eine Weile nicht über die Ermittlungen zu sprechen.

»Ganz gut«, erwidert Jan. »Wie geht's Inkeri? Habt ihr viel telefoniert?« Er fängt bereits an, sich ein zweites Brot mit Butter zu bestreichen.

»Nein, aber Inkeri hat vorgeschlagen, dass ich die Amethystmine besuchen soll, wenn ich schon mal hier bin. Dort darf man sich angeblich seinen eigenen Glücksstein schürfen. Ich habe mir die Mine im Internet angeschaut, aber sie scheint für dieses Jahr schon geschlossen zu sein.«

»Wie kommt Inkeri denn auf so einen Steinbruch?«, fragt Jan.

»Ich weiß nicht, ob es dir aufgefallen ist, aber hier gibt es überall schöne Amethyste. Kurz nach meiner Ankunft bin ich nach Angeli gefahren und habe mir mit Hetas Erlaubnis Inga Weckmans altes Elternhaus angesehen. In ihrem Zimmer lag ein wirklich schöner Stein. Ich habe Inkeri einen Gruß davon geschickt«, erzählt Saana. Dann stellt sie fest, dass Jans Gesicht einen seltsamen Ausdruck angenommen hat.

»Was hast du gesagt?«, fragt er und greift nach ihrer Hand. »Hast du zufällig Fotos von Ingas Zimmer und dem Stein?«

Myski stellt sich vor die Ermittlungswand und betrachtet sorgfältig jedes noch so kleine Detail. Es kommt ihm vor, als würde die Antwort vor ihnen in der Luft schweben. Johan war es nicht. Aber vielleicht ist der Täter eine Person aus seinem Umfeld. Jemand, der Johan gut genug kennt, um dessen Unfähigkeit, sich selbst zu verteidigen, auszunutzen. Myski kehrt an seinen Schreibtisch zurück. Jan hat ihm zwei klare Aufträge erteilt: endlich Heta Weckman erreichen und mit dem Tierarzt sprechen. Sich Eivors Aussage, dass Johan sich laut über das Verschwinden seines Messerfutterals gewundert habe, bestätigen lassen. Myski wählt zuerst Hetas Nummer. Der Anruf wird mal wieder direkt an die Mailbox weitergeleitet. Myski wiederholt die Worte, die er schon einmal aufgesprochen hat: »Wären Sie so freundlich und würden mich unter dieser Nummer zurückrufen? Es geht um eine polizeiliche Angelegenheit.«

Dann tippt er eine weitere Nummer in das Display.

Der Tierarzt Joni Lund meldet sich bereits nach wenigen Freizeichen.

»Myski hier, hallo«, sagt Myski zwanglos. Lund und er

begegnen sich ab und zu im Vorbeigehen im Dorf, kennen sich aber nicht wirklich. »Ich hätte gern eine Bestätigung für eine gewisse Aussage«, sagt er und überlegt, wie er es formulieren soll.

»Worum geht es?«, fragt Joni. »Warten Sie kurz, dann kann ich in Ruhe sprechen.«

Myski hört im Hintergrund die Stimme eines Kindes, dann eine Tür, die geschlossen wird.

»Wir klären gerade ein paar Details zu einem Mordfall. Es geht um eine Person namens Johan Weckman. Kennen Sie ihn?«, fragt er.

»Ich helfe natürlich gern«, antwortet der Mann. »Alle kennen Johan. Ich kenne ihn zwar nicht gut, aber er ist mir geläufig. Ich bin tagsüber viel mit dem Auto unterwegs, wenn ich in der Gegend einen Einsatz habe. Johan hat es sich zur Gewohnheit gemacht, mich anzurufen, wenn er am Straßenrand Tiere bemerkt, die noch überleben könnten, obwohl sie unter ein Auto geraten sind.«

»Verstehe«, sagt Myski. »Das hier ist wichtig, versuchen Sie, sich genau zu erinnern: Haben Sie Johan rund um den 12. Oktober getroffen?«

»Ob wir uns getroffen haben?«, wiederholt der Tierarzt. »Ja, jetzt, da Sie fragen, wir sind uns tatsächlich begegnet. Ich war gerade auf dem Weg von Ahmaniemi nach Hause, als ich ihn am Straßenrand sah. Er hatte einen hübschen Auerhahn gefunden. Johan ist ein guter Kerl. Wieso fragen Sie?«

»Hat Johan Ihnen gegenüber erwähnt, dass er etwas verloren hätte?«, fragt Myski und hält fast den Atem an. Wenn sie eine Bestätigung für Johans Worte hätten, könnten sie einen Ermittlungsansatz komplett schließen. In der Leitung wird es still.

»Wenn ich so darüber nachdenke, fällt mir nicht ein, dass

Johan mir gegenüber so etwas erwähnt hätte. Warum will die Polizei das wissen?«, erwidert Joni.

»Zu laufenden Ermittlungen kann ich keinen Kommentar abgeben«, sagt Myski und beendet verwirrt das Gespräch. Warum hatte Eivor gesagt, der Tierarzt könne die Aussage bestätigen? Myski beschleicht ein merkwürdiges Gefühl. Dann fällt ihm etwas wieder ein, was Heta mehrfach gesagt hat: Johan kann nicht lügen.

Aber wer lügt dann? Eivor?

Jan leert sein Wasserglas und stellt es neben den Laptop auf den Tisch. Er fühlt sich gereizt. Manchmal lassen ihn die düsteren Themen und die Ungerechtigkeit wütend und verschlossen werden, vor allem, wenn er allein ist. In Saanas Gegenwart hat er lernen müssen, Dinge anzusprechen. Jetzt ist sie traurig, weil er sie nach dem wunderbaren Abendessen allein im Hotelzimmer zurücklassen musste.

Das gute Essen hat Jan schläfrig gemacht, er wäre zu gern bei Saana im weichen Hotelbett geblieben. Doch die Informationsschnipsel, die sie ihm gegeben hat, lassen ihm keine Ruhe. Nachdem sie ihm mehr über die Gegenstände in Ingas Zimmer und den Zettel erzählt hat, auf dem exakt dieselbe Nachricht stand wie bei Silja, hat er eine Gruppe von Kollegen aus Rovaniemi, Myski und per Remoteverbindung Saki für den nächsten Morgen zu einem Meeting einberufen. Jone wird erst von ihm hören, wenn die Identität des Täters geklärt ist. Bis dahin ist es noch ein weiter Weg, aber zum ersten Mal während der gesamten Ermittlungen hat Jan das Gefühl, der Sache auf die Spur zu kommen.

Er nimmt sein Handy und schickt Saana ein Herz. Dann

weckt er seinen Computer auf und startet einen Videoanruf an Saki. Mit ihm will er noch vor dem Meeting morgen sprechen.

»Schieß los«, meldet dieser sich.

»Dir auch hallo«, sagt Jan lachend.

»Wie läuft's im Norden?«, fragt Saki und schiebt mit dem Finger seine Brille, die ihm auf die Nase gerutscht ist, wieder hoch. Auf dem Bildschirm sieht er ziemlich blass aus. Der Großteil der Finnen wird im Herbst und Winter so bleich wie ein Laken.

»Die Leute sind freundlich, aber ich habe den Eindruck, dass alle etwas verschweigen.«

»Das Übliche also«, sagt Saki. »Jone ist ziemlich streng, was die Stunden angeht, die Uhr tickt. Hast du etwas gefunden, was die Theorie stützt, dass es sich wirklich um einen Serienmörder handelt?«

»Ich weiß, dass es so ist. Im Morgenmeeting erfährst du mehr, die Mädchen verbindet mindestens eine seltsame Nachricht, so ein Zitat von Saarikoski, und wahrscheinlich Geschenke, die ihnen der Mörder gemacht hat. Da fängt man unweigerlich an, sich zu fragen, ob die beiden überhaupt seine einzigen Opfer gewesen sind«, sagt Jan und wirft seinem geschätzten Kollegen einen ernsten Blick zu. In Videotelefonaten ist es schwierig, in die Kamera zu schauen, weil das eigene Gesicht so groß auf dem Bildschirm prangt.

»Du fragst dich also, ob die Person, die wir suchen, ihren Standort gewechselt und ihr Revier erweitert haben könnte?«, hakt Saki nach.

»Ja. Wir können nicht einmal mit Sicherheit sagen, ob Inga das erste Opfer war.«

»Verstehe«, sagt Saki. »Oder ob die Person in der Zwischenzeit noch eine Tat begangen hat und dabei einfach nicht erwischt wurde. Zwischen Ingas und Siljas Tod liegen über zwanzig Jahre. Es ist absolut möglich, dass es irgendwo Opfer gibt, die einfach nur nie gefunden wurden«, überlegt Saki. Jan starrt stumm auf den Computerbildschirm. Saki hat gerade seine schlimmsten Befürchtungen laut ausgesprochen.

»Mhm«, stellt Jan lediglich fest. »Ich bin mit dir einer Meinung. Damit kommen wir auch zu dem Grund, aus dem ich anrufe. Wir müssen die Vermissten- und Todesfälle junger Mädchen aus den Neunzigern und Zweitausendern durchgehen. Damit das nicht zu einer unlösbaren Aufgabe wird, beschränken wir das Suchgebiet zunächst auf die Gegend oberhalb des Polarkreises. Auf Finnisch-Lappland. Eine Herausforderung wird die Sache dadurch, dass die Grenzen hier oben nicht so scharf sind und die Leute sie ständig überqueren.«

»Ich würde das Gebiet gleich erweitern«, sagt Saki ohne Umschweife. Er fordert Jans Ansichten oft heraus, und nach anfänglicher Verärgerung weiß Jan die Bestrebungen seines Kollegen jedes Mal zu schätzen.

»Na gut. Du könntest die norwegische Polizei kontaktieren und den Kollegen ein paar Fragen stellen. Stell nur sicher, dass sie zum Beispiel zwischen den Jahren 1990 und 2019 keinen Fall mit den gleichen Merkmalen haben.«

»Ich habe schon angefangen«, sagt Saki grinsend. »Ich habe hier ein paar Leute für dich darauf angesetzt. Die Zusammenfassung für die finnische Seite bekommst du schon bald, aber ich warne dich vor: Auch wenn es viele Namen sind, könnte es schwer werden, eine Verbindung zwischen dem Täter und den potenziellen anderen Opfern herzustellen. Die Norweger haben versprochen, sich wieder zu melden, aber sie brauchen noch etwas Zeit.«

»Super«, stößt Jan hervor. »Danke!«

Als Saana am Morgen im Hotelzimmer aufgewacht ist, musste sie feststellen, dass Jan schon weg war. So ist das Leben als Gattin eines Kriminalbeamten also, die Arbeit kommt immer zuerst, denkt sie, während sie auf den Parkplatz vor Anets Reihenhaus einbiegt. Im Supermarkt hat sie als Mitbringsel zwei Zimtschnecken gekauft, die himmlisch duften, dabei ist sie gerade erst vom Frühstückstisch des Hotels aufgestanden.

Gerade als sie klingeln will, kommt Joni aus der Tür. Er scheint es eilig zu haben.

»Ach, du kommst uns besuchen?«, fragt er, als er sie bemerkt. »Vielleicht ist das eine gute Idee«, fügt er hinzu. »Anet war in letzter Zeit irgendwie hysterisch. Sie war die ganze Nacht wach und hat auf das Nachbargrundstück gestarrt.«

»Warum?«, fragt Saana verwundert.

»Nun, sie hat eine Theorie. Vielleicht ist es besser, wenn sie dir selbst davon erzählt, aber nimm nicht alles, was sie sagt, für bare Münze. Ich bin mir nicht sicher, ob sie gerade ganz bei Sinnen ist«, sagt Joni und macht den Reißverschluss seiner Canada-Goose-Jacke zu. »Ich bin auf dem Weg zur Arbeit und komme erst spät zurück, daher ist es schön, wenn Anet Gesellschaft hat. Bleib, so lange du willst«, sagt er, zwinkert ihr zu und zieht sich die Kapuze über den Kopf.

Der Kapuzenflaum flattert im Wind. Seine von den dunklen Haaren und dem dunklen Bart umrahmten Augen haben ein helles Blaugrau, wie bei einem Husky. Saana hat vielleicht noch nie so schöne Augen gesehen.

Sie wendet sich wieder dem Haus zu und späht durch die noch offen stehende Tür. »Anet?«, ruft sie vorsichtig und tritt ein.

Als der Kaffee fertig ist, streckt Anet sich hoch zum Schrank, um Tassen herauszuholen. Da entdeckt Saana an deren Handgelenk einen großen blauen Fleck. Als Anet ihren Blick bemerkt, versteckt sie ihren Arm schnell. Saana stellt die Papiertüte mit den Zimtschnecken auf den Tisch. Verstohlen späht sie erneut zu Anet hinüber. Ob sie richtig gesehen hat? Wie könnte Anet zu einem solchen Bluterguss gekommen sein?

»Toll, dass du Gebäck mitgebracht hast«, sagt diese. »Ich konnte so gut wie nichts essen, war die ganze letzte Nacht wach. Ich muss noch ins Büro, aber trinken wir erst in Ruhe Kaffee, es wartet niemand auf mich. Seit Siljas Tod bin ich ein wenig überreizt. Eine Sache geht mir nicht aus dem Kopf. Joni hält mich schon für verrückt, aber ich bin mir sicher, dass da was dran ist.«

»Woran?«, fragt Saana neugierig.

»Ehrlich gesagt würde ich mir am liebsten die Kante geben und alles andere vergessen. Eine Weile ganz frei sein, weißt du. Nicht die ganze Zeit auf der Hut.«

»Auf der Hut?«, wiederholt Saana, aber Anet antwortet nicht. Als sie den Arm nach einer Zimtschnecke ausstreckt, vergisst sie, ihr Handgelenk zu bedecken. Wieder sieht Saana den großen blauen Fleck, der aus ihrem Ärmel herausspitzt.

»Silja war manchmal hier, um auf unseren Jüngsten aufzupassen. Da könnte sie ihn getroffen haben.«

»Wen?«, hakt Saana nach.

Anet beugt sich zu Saana über den Tisch, ihre langen dunklen Haare landen fast in der Kaffeetasse. »Unseren Nachbarn«, flüstert sie. »Ich erzähle dir gleich mehr, aber lass uns erst den Kaffee trinken«, fügt sie hinzu.

»Wie alt ist euer erster Sohn?«, fragt Saana, um irgendetwas zu sagen, während beide schweigend ihren Kaffee umrühren.

»Zwanzig. Er studiert in Bergen. Joni hat Verwandte in Norwegen, er ist zur Hälfte Norweger. Topias war begeistert von der Idee, dorthin zu ziehen. Er ist nicht von Joni. Mein Ältester, meine ich. Ich bin recht jung schwanger geworden.«

Saana sieht, wie Anets Hand unwillkürlich zu ihrem Bauch wandert. »Später, als ich Joni getroffen habe, hat er mich mitsamt dem Jungen genommen. Dafür bin ich ihm dankbar. Der Vater meines Sohnes ... na ja, er hat sich nicht an seiner Erziehung beteiligt.«

Saana würde am liebsten fragen, wer der Vater ist, spürt aber, dass Anet das Gespräch nicht fortführen will. Während diese die Tassen abräumt, geht Saana ins Wohnzimmer. Vor dem Klavier, auf dem einige Fotos stehen, hält sie inne und schaut sich ein Bild von Topias an. Er erinnert sie an jemanden, aber sie hat keine Gelegenheit, ihren Gedanken zu Ende zu führen, denn Anet kommt ins Wohnzimmer und tritt unruhig ans Fenster.

»Da drüben. Ich bin mir sicher, dass dort etwas Schlimmes passiert ist«, sagt sie und deutet auf das Nachbarhaus.

Saana stellt sich neben sie. Vom Fenster aus blickt man über einen kleinen Hof auf die Hauswand des Nachbarn.

»Letzte Nacht war es im Haus dunkel, aber trotzdem hat sich drinnen etwas bewegt. Das geht schon so, seit die Nachricht von Siljas Tod kam, vielleicht sogar schon etwas länger. Ich habe gesehen, wie er im Wohnzimmer sein Gewehr poliert hat.« Anet reckt den Hals, um zu erkennen, was der Mann tut. Im Fenster nebenan ist eine dunkle Gestalt zu sehen, und die Vorhänge bewegen sich.

»Immer wieder sind die Lichter aus, aber er treibt trotzdem irgendwelche komischen Dinge.«

»Im Dunkeln?«

»Ja. Ich hätte gute Lust, rüberzugehen, zu klopfen und zu horchen, ob die Waschmaschine läuft. Vielleicht wäscht er gerade in diesem Moment seine Klamotten, die beim Mord schmutzig geworden sind. Er hat auch ein Feuer im Garten gemacht, dabei hat er ganz sicher Beweise vernichtet«, murmelt Anet. »Ich meine es ernst«, sagt sie und wirft Saana einen sehr überzeugten Blick zu, bevor sie wieder hinaus in die Dunkelheit schaut.

»Wer wohnt dort? Wie wäre es, wenn ich mitkomme?«, hört Saana sich vorschlagen.

Immer wieder über die Schulter blickend, folgt Saana Anet über den Hof zu deren Nachbar. Ob Anet sich da auch ganz sicher ist? Kurz darauf betätigt diese bereits entschlossen die Klingel. Saana steht ein wenig nervös daneben. Der Rektor des Gymnasiums, Markku Yli-Maininki, öffnet die Tür. Auch diesmal riecht er nach Knoblauch. Sein zerzaustes graues Haar bildet auf dem Scheitel eine Art wirres Knäuel, und an seinem fusseligen alten Wollpullover hängen Kopfschuppen. Er schaut erst Saana, dann Anet an und wirkt überrascht.

»Also... jetzt ist es gerade etwas schlecht«, druckst er herum. »Ich habe einen Elch geschossen und bin dabei, ihn zu zerlegen. Eine schmutzige Angelegenheit«, murmelt er hinterher. Saana weiß nicht, was sie sagen soll.

»Sie können Joni die Leber bringen«, sagt er dann, wie um die beiden zu beschwichtigen.

»Das ist aber freundlich«, sagt Anet und starrt den Mann an. »Verbrennen Sie hier irgendwo Müll?«, fragt sie und schnuppert. Da nimmt auch Saana den Brandgeruch wahr.

»Dort im Hintergarten, nur ein paar Sachen«, sagt Yli-Maininki. »Stört Sie der Rauch? Zieht er zu Ihnen ins Haus? Das Feuer ist fast schon zu Glut heruntergebrannt.«

»Sie haben bestimmt gehört, was Schlimmes passiert ist?«, fährt Anet fort.

Der Mann nickt. »Schreckliche Sache.«

»Wie wurde Siljas Tod in der Schule aufgenommen?«, fragt Anet.

Er schluckt und kratzt sich am Hinterkopf. Anet weicht ein Stück zurück, als kleine Kopfschuppen durch die Luft wirbeln.

»Also, weswegen sind Sie noch mal hier?«, erkundigt er sich dann.

Anet antwortet nicht, und Saana fühlt sich extrem unwohl.

»Die Jugendlichen und wir, das gesamte Kollegium, bedauern das Ereignis zutiefst. Die Schüler waren zweifellos durcheinander. Viele von ihnen sind am Boden zerstört und betroffen. Wir durchleben außergewöhnliche Zeiten«, sagt er langsam. Anet schaut an ihm vorbei in den Flur. Über der Tür prangt ein Kreuz.

»Mir ist aufgefallen, dass Ihr Auto am Wochenende nicht im Hof stand. Waren Sie irgendwo?«, fragt sie.

»Auch da war ich auf Elchjagd, wieso, was …?« Er wirkt, als wäre er von der Richtung, die das Gespräch eingeschlagen hat, ein wenig genervt. »Ich habe das Auto eines Freundes genommen. Das hier stand unangetastet im Carport.«

»Das kann nicht sein, ich …«, setzt Anet an, verstummt dann aber. Saana wickelt ihre Strickjacke fester um sich. Die beißende Kälte fängt an, ihr durch die dünne Wolle unter die Haut zu kriechen. Sie ist sich nicht sicher, wohin die Situation führen wird.

»Wissen Sie noch, als Inga gestorben ist, wie lange ist das jetzt her…?«, wechselt Anet das Thema. »Saana hier trägt Daten über den Fall zusammen. Bald wird der, der alles getan hat, gefasst werden.«

»Ja, wir kennen uns bereits«, sagt Yli-Maininki und wirft Saana einen Blick zu, als wolle er fragen, was denn mit Anet los sei. »Hoffentlich wird der Fall gelöst.«

Er lässt seinen Blick von Anet zu Saana gleiten und hebt das Kinn.

Langsam scheint er wütend zu werden. Er greift nach dem Türgriff und zieht die Tür ein Stück weiter zu.

»Worum geht es denn nun, was wollen Sie?«, zischt er.

Saana hofft, dass Anet so schlau ist, langsam den Rückzug anzutreten, das Gespräch ist eindeutig beendet. Es war vielleicht nicht klug, die Karten so offen auf den Tisch zu legen.

»Ich rate Ihnen nur eines«, sagt der Mann dann, stürzt überraschend aus der Tür und greift Saana und Anet grob an den Armen. »Stecken Sie Ihre Nase nicht in Angelegenheiten, die Sie nichts angehen.«

Saana versucht, sich loszureißen, aber der Mann gibt nicht nach.

»Lassen Sie los, Sie Verrückter!«, schreit Anet und versucht, sich aus seinem Griff zu winden.

Da ertönt eine ruhige Stimme hinter ihnen. »Ich habe mein Handy zu Hause vergessen und musste noch mal zurück. Da habe ich Lärm gehört. Was ist hier los?« Joni ist hinter ihnen erschienen. Sofort lässt der Rektor die Frauen los, und Saana reibt sich schockiert ihren schmerzenden Arm. Sie wirft Joni einen dankbaren Blick zu.

»Halten Sie Ihr Weibsstück besser im Zaum«, knurrt Markku Yli-Maininki, weicht ein paar Schritte zurück und knallt seine Tür zu.

Joni starrt Anet mit einem seltsamen Blick an, den Saana nur schwer deuten kann.

»Ihr könnt doch nicht zum Nachbarn gehen und ihn des Mordes beschuldigen«, sagt er langsam, als würde er einem Kind etwas Selbstverständliches erklären.

Anet nimmt Saana am Ellbogen und zieht sie ohne ein Wort zurück zur Einfahrt ihres Hauses. Joni folgt ihnen wie ein Hirte, der seine Herde zurücktreibt, steigt dann kopfschüttelnd in sein Auto, gibt Gas und fährt davon.

Anet zieht Saana hinter sich her ins Haus, schlägt die Tür zu und vergewissert sich, dass sie ins Schloss gefallen ist. Dann setzt sie sich auf den Flurboden.

»Er lügt«, sagt sie.

»Worüber denn?«, fragt Saana und überlegt, ob sie ihre Jacke ausziehen soll. Sie fühlt sich unwohl und hätte gute Lust zu gehen, gleichzeitig hat sie das Gefühl, dass sie Anet besser Gesellschaft leisten sollte.

»Das Auto war am Wochenende nicht im Carport. Ich war allein mit meinem Sohn zu Hause und bin davon aufgewacht, dass er einen Albtraum hatte. Als ich ihn wieder beruhigt hatte, bin ich in die Küche gegangen, um Wasser zu trinken, und habe durch das kleine Fenster in den Vorgarten des Nachbarn geschaut. Das Haus war dunkel und das Auto weg, ich erinnere mich ganz deutlich.«

Am nächsten Morgen gibt Jan Saana einen Kuss auf die Wange und steigt zähneknirschend aus dem warmen Bett. Er schnuppert an Saanas Haar. Sie sieht wirklich entspannt aus, wenn sie schläft.

Nachdem Saana ihre Sachen ins Hotelzimmer gebracht hatte, hat es nicht lange gedauert, bis das Chaos ausgebrochen ist. Ihr Papierstapel und ihr Laptop belagern den kleinen Nachttisch. Ihre Kosmetikartikel bevölkern das Badezimmerregal. Ihr riesiger, weit geöffneter Koffer versperrt fast den Durchgang zwischen Bett und Flur, und hier und da liegen Kleidungsstücke verstreut. Trotzdem ist es genau das, was Jan sich gewünscht hat. Mit dem Menschen, den er liebt, in einem chaotischen Zimmer zu übernachten. Einem Menschen, zu dem er noch dazu eine starke körperliche Anziehungskraft verspürt. Seine eigenen Sachen hängen sorgfältig und ordentlich auf Kleiderbügeln im Schrank.

Er schaut zu Saana hinüber, die im Schlaf die Bettdecke so weit von sich weggestrampelt hat, dass ihr Oberschenkel zum Vorschein gekommen ist. Saana ist, ohne dass sie sich dessen bewusst ist, der sexyste Mensch, den Jan jemals gedatet hat.

Jan schaltet den Fernsehbildschirm im Konferenzraum des Polizeireviers ein und schließt seinen Laptop an. Zu seiner Überraschung funktioniert die HDMI-Verbindung auf Anhieb. Während er auf die anderen wartet, ruft er schon einmal Saki an.

»Die anderen kommen gleich, wir schauen erst einmal gemeinsam die Daten durch und entscheiden dann, wie es weitergeht.«

»Alles klar«, sagt Saki. »Ich habe noch über Erscheinungsbild und Persönlichkeit des Täters nachgedacht. Beide Mädchen sind ohne Vater aufgewachsen. Sie könnten sich von Menschen angezogen gefühlt haben, die versuchen, ihnen Regeln vorzuschreiben, die streng sind, Sicherheit bieten. Dem Mörder wiederum ging es gerade um Kontrolle. Wenn er einen narzisstischen Charakter hat, eine Art Psychopath ist, könnte er vielleicht das Bedürfnis gehabt haben, das Selbstvertrauen der Mädchen zu zerstören. Dazu könnte auch gehört haben, ihr Leben einzuschränken. Beide, sowohl Inga als auch Silja, hatten nach Angaben ihres Umfelds gerade in den Wochen vor ihrem Tod eine verschlechterte Beziehung zu ihren besten Freunden. Und sie hatten auch nicht viele enge Freundschaften. Beide haben möglicherweise verheimlicht, wo sie unterwegs waren, und notfalls sogar gelogen, um ihren Schwarm treffen zu können.«

»Klingt logisch«, räumt Jan ein.

Im selben Augenblick ist von draußen Stimmengewirr zu hören. Die Kollegen sind eingetroffen.

Nachdem sich alle um den Tisch versammelt haben und Saki auf dem Bildschirm vorgestellt wurde, beginnt Jan, seine Informationen vorzutragen.

»Wir wissen schon fast mit Sicherheit, dass die gesuchte Person sowohl Silja als auch Inga Weckman auf dem Gewissen hat. Beide Opfer hatten die gleiche Nachricht in ihrem Besitz. Diese wurde nirgendwo in der Öffentlichkeit erwähnt. Nicht einmal die Angehörigen der Mädchen wussten von ihrer Existenz«, sagt Jan und hält die Postkarte aus Siljas Spind hoch.

»›Ich bin das Licht, das dich ins Dunkel führt‹«, liest Myski vor.

»Der gleiche Brief wurde in Inga Weckmans Habseligkeiten entdeckt, die sich bei deren Mutter im Pflegeheim befanden. Außerdem haben wir ein Geschenk, einen Amethyst. Ein solcher Stein wurde sowohl in Ingas als auch in Siljas Zimmer gefunden«, sagt Jan und nimmt ein Foto von der Ermittlungswand, das Myski von Siljas Zimmer gemacht hat. Auf dem Fenstersims ist ein violetter Stein zu erkennen.

»Ein ›Diamant Lapplands‹«, sagt Myski. »Ich weiß nicht, ob Sie es wussten, aber Amethyste gibt es hier überall. Der Täter hat die Mädchen anscheinend genauso genannt – Diamant Lapplands –, das können wir aus einer weiteren Nachricht aus Siljas Zimmer schließen. Als wäre er von Schönheit besessen.«

»Wir wissen nicht, nach wem wir suchen, aber eine gewisse Altersspanne können wir festlegen. Wenn der Täter 1998 um die zwanzig war, wäre er jetzt um die vierzig. Selbst wenn er zehn oder fünfzehn Jahre älter sein sollte, wäre er immer noch in guter physischer Verfassung. Das Alter der gesuchten Person liegt also wahrscheinlich irgendwo zwischen vierzig und sechzig. Ich habe Saki hier gebeten, eine umfassende Suche nach verschwundenen Mädchen durchzuführen. Wir wollen sichergehen, dass der Täter keine weiteren Opfer hatte.«

Saki ergreift das Wort. »Ich war auch mit der norwegischen Polizei in Kontakt, es ging gar nicht anders – die Grenze ist bei euch da oben so nah, und es ist einfach, sich zwischen den beiden Ländern hin- und herzubewegen. Die Taten wären vielleicht nie miteinander in Verbindung gebracht worden, dachte ich mir, als ich Knut um Hilfe gebeten habe. Knut Holmarsson hat versprochen, die Dinge abzuklären und noch diese Woche wieder auf uns zurückzukommen. Damit die Arbeit bewältigbar bleibt, habe ich die Suche etwas eingeschränkt. Zuerst haben wir sechzehn- bis zwanzigjährige weibliche Personen mit dunklen Haaren herausgefiltert. All unsere Vermutungen stützen sich darauf, dass die Opfer ein gewisses Aussehen verbindet. Wir wissen bereits, dass es keine Erdrosselungsfälle mit den entsprechenden Merkmalen gab, also gehen wir davon aus, dass, sollte der Täter weitere Opfer haben, diese vielleicht nie gefunden wurden. Das gilt sowohl für Finnland als auch für Norwegen.«

Jan bedankt sich bei allen und beendet die Videoverbindung.

Jan steht vor der Ermittlungswand, als Myski sich mit einem ausgedruckten Blatt in der Hand zu ihm gesellt.

»Hier ist eine Liste der Bootsbesitzer«, sagt er und reicht ihm eine Reihe von Namen. »Hier sind die Boote markiert, die einen Liegeplatz haben, und in Rot die Personen, deren Boote letztes Wochenende noch im Hafen lagen. Es kann sein, dass der Täter sich einfach irgendeines genommen hat. Es waren nicht einmal alle abgeschlossen.«

Jan nimmt das Blatt entgegen. Einer der Namen erregt sofort seine Aufmerksamkeit.

Ein unauffälliger, unschuldiger Name, der einem freundlichen Menschen gehört. Einem Menschen, der ihnen während der Ermittlungen schon ein paarmal begegnet ist. In Gedanken wiederholt er Heidis Worte. Jeder Charakterzug würde auf die betreffende Person hindeuten. Nett, ein Teil der Gesellschaft. Jemand, der seine dunkle Seite bis zum heutigen Tag geheim halten konnte. Der einzige Minuspunkt ist, dass die fragliche Person weiblich ist. Kann das sein? Dass es sich die ganze Zeit um eine Liebe zwischen Frauen gehandelt hat?

»Ihnen ist es auch aufgefallen«, kommentiert Myski, als er Jans Reaktion sieht. »Laut unseren Daten befindet sich eines der Boote tatsächlich im Besitz des Reiseunternehmens, das auf Anet Haapajärvi registriert ist. Anet steht mit beiden Opfern in Verbindung. Sie war eine gute Freundin des ersten, und beim zweiten besteht die Verbindung darin, dass Silja früher auf Anets Sohn aufgepasst hat.«

»Wir waren uns so sicher, dass der Täter ein Mann ist, dass wir keine anderen Optionen gesehen haben«, meint Jan.

»So ist es. Unterhalten wir uns mit Anet«, sagt Myski ernst.

Draußen heult der Wind, und allein beim Gedanken daran hinauszugehen, fängt Jan an zu zittern.

Das Unternehmen Frost-Safari hat einen kleinen Geschäftsraum in der Ortschaft Inari. Durch das Fenster sehen Myski und Jan die dunkelhaarige Frau an einem kleinen Schreibtisch vor dem Computer sitzen. Eine komplette Wand des Raumes wird von einer Stange voller Eisangelanzüge eingenommen. Myski klopft ans Fenster, und Anet hebt den Kopf. Dann kommt sie neugierig zur Tür, öffnet und schaut erst Myski, dann Jan an.

»Wie komme ich zu der Ehre?«, fragt sie ungläubig. »Ist etwas passiert? Geht es meinem Mann und meinen Kindern gut?«

»Alles ist völlig in Ordnung«, sagt Myski freundlich.

»Abgesehen davon, dass wir in zwei Mordfällen ermitteln und der Mensch, der den Tod der jungen Mädchen auf dem Gewissen hat, immer noch auf freiem Fuß ist«, stellt Jan etwas weniger freundlich fest. »Können wir kurz reinkommen?«

Sie bleiben auf dem Fußabtreter des kleinen Vorraums stehen und teilen Anet den Grund ihres Besuches mit. Diese beginnt, sich ihr langes Haar um die Finger zu wickeln, und zwirbelt es schließlich auf ihrem Scheitel zu einem Dutt zusammen. »Das verstehe ich nicht, ich habe das Boot seit einem Monat nicht mehr benutzt. Ich hätte es schon ins Depot bringen sollen, aber ich warte noch auf eine kurzfristige Bestätigung für ein Angebot. Erst morgen erfahre ich, ob eine kleine Gruppe eine Fahrt auf dem Inarisee in ihr Programm aufnimmt. Ich spiele mit dem Feuer, der See könnte schon bald zufrieren.«

Myski nickt. Jan sagt nichts, beobachtet Anet nur stumm.

»Ich habe zu Hause einen Ersatzschlüssel für das Boot, aber es ist nicht einmal immer abgeschlossen. Alle wissen, dass es meins ist«, sagt diese und macht eine Pause.

»Moment, Sie glauben doch nicht, dass ich Silja mit dem Boot…« Ihre Augen werden groß. »Selbst wenn das Boot gefahren wurde, ist Ihnen doch wohl klar, dass ich es nicht gewesen bin?«

»Wer arbeitet alles in Ihrem Unternehmen?«, fragt Jan und schaut ihr direkt in die Augen. Sie erwidert seinen Blick, ohne zu blinzeln.

»Ich bin die einzige Mitarbeiterin, die anderen sind Saisonarbeiter oder Leute, die ich für einzelne Einsätze bezahle. Aber im Moment habe ich niemanden angeheuert, erst im Dezember stelle ich wieder Leute ein«, sagt sie. »Um diese Zeit im Jahr ist es ruhig, ich mache nur kurze Tage. Vor einer halben Stunde hätten Sie mich hier noch nicht angetroffen.« Sie lächelt zaghaft.

Jan nickt. Die Frau wirkt ehrlich. Das macht die Arbeit nicht gerade einfacher. Entweder kann sie extrem gut lügen, oder sie suchen bei der völlig falschen Person nach Anzeichen von Schuld.

Als sie wieder im Auto sitzen, scheint Myski etwas sagen zu wollen.

»Ja?«, versucht es Jan und trifft offenkundig ins Schwarze.

»Irgendwie traue ich Anet nicht.«

»Anet ist ziemlich klein. Meiner Meinung nach suchen wir jemanden, der physisch stärker und größer ist«, sagt Jan.

»Ich weiß« antwortet Myski. »Aber basiert nicht auch das nur auf einer Vermutung?«

Jan starrt schweigend auf die verschneite Straße. »Alles basiert nur auf Vermutungen, genau deshalb hinken wir ja so weit hinterher. Wir müssen einen Gang zulegen und die Dinge noch genauer prüfen. Die gesuchte Person muss körperlich sehr stark sein. Ich bin mir sicher, dass es etwas gibt, worauf wir bloß nicht geachtet haben.«

»Letzte Nacht habe ich über etwas nachgedacht«, sagt Myski. »Wir sind davon ausgegangen, dass der Täter eine romantische Beziehung zu seinem Opfer hatte. Aber es ist doch immer noch möglich, dass es nicht so ist. Dass es um eine andere Art von Verbindung geht, wie zum Beispiel Freundschaft.«

»Oder aber der Täter hat nur die Illusion eines Geschenke machenden Verehrers geschaffen, und die Wahrheit dahinter ist eine ganz andere.«

Jan schaltet das Radio ein. Gerade beginnt die Wettervorhersage. »Morgen starker Wind aus Norden, Wolken und teils leichter Schneefall.« Beim Gedanken an die Straßenverhältnisse hat Jan plötzlich eine Idee. Die Wetterkameras. Auch wenn es keine Überwachungskameras gibt, könnte es sein, dass sich an den Straßen, die in die Ortschaft Inari führen, Wetterkameras befinden? Und könnten diese das Auto aufgezeichnet haben, in das Silja am Abend ihres Verschwindens eingestiegen ist?

»Wetterkameras«, sagt Jan laut und bemerkt, dass Myski zusammenzuckt, als hätte ihn ein Stromschlag getroffen. Sie biegen gerade auf den Parkplatz des Polizeireviers ein, und Jan ruft sofort Saki an.

Er bittet ihn, die Aufnahmen der Wetterkameras von dem Abend, an dem Silja verschwand, zu prüfen. Während er auf Sakis Antwort wartet, trommelt er unruhig auf dem Tisch herum. Dann versucht er, Saana anzurufen, aber die Nummer ist nicht erreichbar. Verdammt, Saana, wir stecken mitten in einer Mordermittlung, und du achtest nicht darauf, dass dein Handy geladen ist, schießt es ihm durch den Kopf. So typisch für seine Freundin.

Schon eine Viertelstunde später ruft Saki zurück.

»1998 gab es noch keine Kameras«, sagt er. »Aber wegen des neuen Falls bin ich die Kameradaten durchgegangen. Für die Zeit zwischen dem Ende von Siljas Schicht und 19 Uhr habe ich einen Treffer bekommen. Ich schicke dir das Bild per Mail.«

»Wunderbar, danke«, sagt Jan.

»Arktischer Würger wäre übrigens ein guter Spitzname für den Täter«, sagt Saki, und Jan ist sich nicht sicher, ob er Witze macht oder nicht.

»Vielleicht ist es gut, dass wir Mördern normalerweise keine Spitznamen geben«, erwidert Jan und öffnet die Mail von Saki.

Betreff: Wetterkameras
Für den Abend von Siljas Verschwinden gibt es Bildmaterial bei der Kamera Uruvaara. Wir haben ein Standbild von der Straße in Richtung Utsjoki gemacht. Das dunkelhaarige Mädchen auf dem Beifahrersitz könnte Silja sein. Auf der Straße sind innerhalb einer Stunde dreißig Autos vorbeigefahren. Das hier ist das einzige, bei dem jemand auf dem Beifahrersitz saß.

Sofort vergrößert Jan das Bild im Anhang. Es sind zwei Autos darauf zu sehen. Der vordere Wagen ist dunkelgrau. Das Bild ist körnig und ziemlich undeutlich, und es lässt sich auch nicht mit Sicherheit erkennen, wer im Auto sitzt. Jan versucht, das Nummernschild zu entziffern, aber es ist unmöglich. Die Aufzeichnungen der Wetterkamera erfolgen intervallweise. In der nächsten Einstellung ist das Auto schon weiter weg, und das Nummernschild wird von dem Wagen dahinter verdeckt. Jan geht noch einmal zurück. Saki hat das Bild des Fahrers vergrößert. Dieser trägt eine dunkle Kappe, die sein Gesicht vollständig verdeckt. Auf dem Beifahrersitz lässt sich ein Mädchen erkennen, das der dunkelhaarigen Silja ähnelt. Jan lehnt sich im Stuhl zurück und starrt unablässig auf das Bild. Es wurde um 18:38 Uhr aufgenommen, das würde perfekt zu der Zeit passen, um die Silja ihre Schicht beendet hat und in Richtung Inarintie gelaufen ist. Hoffnungsvoll hat sie darauf gewartet, abgeholt zu werden – und das wurde sie.

Jan betrachtet das Bild des Kombis genau und muss wieder an Pyry Palokka denken. Auch dieses Foto sollten sie dem Mann sicherheitshalber zeigen.

»Ich könnte unserem Freund Pyry Palokka einen Besuch abstatten. Fahren Sie zur Tankstelle und zeigen Sie das Foto vor, vielleicht erinnert man sich dort, wer das Auto gefahren hat«, sagt Jan an Myski gewandt, der sich darüber zu freuen scheint.

Myski sieht seine Chance gekommen. Soeben wurde ihm der perfekte Vorwand geliefert, um Maija zu besuchen. Er druckt das Bild des Autos aus und macht sich auf den Weg. Aber zuerst muss er noch einen Abstecher nach Hause machen, egal wie eilig es ist. Schnell unter die Dusche springen und sich ein frisches Hemd anziehen. Wenn Maija auch dieses Mal wieder beschließt, ihn als Stütze zu nutzen und sich bei ihm anzulehnen, ist es wichtig, dass er gut riecht. Ihm ist heiß, obwohl die Außentemperatur gesunken ist. An den Schläfen und auf der Oberlippe bricht ihm der Schweiß aus. Er wischt sich mit den Handschuhen über das Gesicht, aber das Leder ist nicht saugfähig genug. Angespannt und mit vor Schweiß glänzenden Handschuhen betritt er die Tankstelle und hält nach Maija Ausschau.

Sie steht wie immer hinter der Theke. Eine kleine hübsche Frau, eingerahmt von Kaffeezubehör und Vitrinen mit Leckereien. Myski zwingt sich zu einem ernsten, professionellen Gesichtsausdruck und geht zu ihr hinüber.

»Polizeiangelegenheit«, setzt er an.

Er legt das Foto des Autos auf die Theke. Maija nimmt es in die Hand und betrachtet es lange.

»Weißt du, wem das gehören könnte?«, fragt Myski.

Maija sieht ihn an. »Viele haben so ein unscheinbares Auto in dieser Farbe«, sagt sie langsam. »Farbe und Modell sind so unpersönlich, ein grauer Kombi, so einen haben echt viele, auch Touristen.«

»Aber gibt es jemanden von hier, der dir einfällt?«, bohrt Myski beharrlich nach.

»Na ja, der Gymnasiallehrer Markku Yli-Maininki hat auf jeden Fall einen«, sagt Maija dann und gibt ihm das Bild zurück.

Myski erinnert sich an den Lehrer, den er kürzlich im Gymnasium von Ivalo getroffen hat. Ein Lehrer? Er grübelt. Wäre ein Lehrer nicht genau die Art von vertrauenswürdigem Erwachsenen, der Zugang zu Jugendlichen hat und von niemandem verdächtigt wird? Schnell schickt er die Information an Jan.

Dann lächelt er Maija zu. Endlich hat er das Gefühl, dass

jetzt der richtige Moment gekommen ist. Er muss die Frage stellen, ehe der Mordfall ihn wieder verschlingt. Er muss den Mund aufmachen und ausspucken, was er in sich vergraben hat, jetzt oder nie.

»Ähm, entschuldige, wenn das jetzt ein schlechter Zeitpunkt ist, aber ich habe über etwas nachgedacht. Also, ich wollte dich fragen, ob du mit mir auf eine Verabredung gehen würdest. Vielleicht, wenn die Ermittlungen vorbei sind?«, fragt er und wagt es nicht einmal, Maija in die Augen zu schauen.

Gerade als Maija antworten will, kommt ein Kunde an die Kasse.

»Wird hier auch kassiert oder nur getratscht?«

Myski tritt einen Schritt beiseite und beobachtet, wie Maija den Kunden bedient. Erneut bricht ihm kalter Schweiß aus. Die Frage, die er gestellt hat, ist womöglich komplett an ihr vorbeigegangen, aber er kann sie nicht noch einmal aussprechen. Besser, er geht einfach. Gerade als er sich abwenden will, ertönt von der Theke ein »Warte!«. Er dreht sich zurück zu Maija und sieht sie verlegen an.

»Na klar«, sagt sie leise.

»Was?«, fragt Myski und tritt näher, um ganz sicher sein zu können, dass er richtig gehört hat.

»Ich gehe gern mit dir auf ein Date«, sagt Maija und lächelt. »Aber bist du dir sicher, dass wir es erst dann tun sollten, wenn der Fall gelöst ist?« Sie blickt zu ihm auf. »Was, wenn das noch einmal zwanzig Jahre dauert? Mir würde es schon nächste Woche passen.« Ihr Lächeln wird noch breiter.

Myski hat das Gefühl, dass sein Gesicht feuerrot angelaufen ist.

Als Pyry die Tür öffnet, sieht er schicker aus als beim ersten Mal. Er trägt ein gebügeltes weißes Hemd und hat die Haare nach hinten gegelt. Im Wohnzimmer stellt sich heraus, dass er gar nicht allein zu Hause ist. Sein Vater hat offenbar mit ihm auf die Polizisten gewartet. Obwohl Jan diesen noch nie getroffen hat, erkennt er ihn. Unwillkürlich schießen ihm Jaatinens Worte durch den Kopf. *In der Villa in Angeli war außer Järvi auch Eero Palokka anwesend.* Jan starrt den vor ihm sitzenden Mann an. Dieser hat das mittlere Alter bereits deutlich überschritten. Mit so einem selbstgefälligen Typen war er schon lange nicht mehr in einem Raum. Manchmal könnte man meinen, dass schlimme Menschen ihre gerechte Strafe bekämen, aber so funktioniert das Leben nicht. Leider läuft es manchmal genau andersherum. Guten Typen widerfahren schlimme Dinge und schlimmen Typen gute.

»Was ist denn nun der Grund für diese Visite?« Eero Palokka richtet sich auf dem Sofa auf, stützt die Arme auf die Knie und beugt sich nach vorn. »Sie haben meinen Sohn schon genug behelligt.«

Jans Blick wandert vom Sohn zum Vater.

»Jetzt, da Sie schon einmal hier sind, fangen wir doch gleich bei Ihnen an«, sagt Jan und setzt sich in einen großen Ledersessel, der mit einer Fernbedienung ausgestattet ist.

»Ich habe mich mit den polizeilichen Unterlagen des Ermittlungsverfahrens zum Fall Inga Weckman vertraut gemacht, und Ihr Name taucht an mehreren Stellen auf. Könnten Sie noch einmal zusammenfassen, wo Sie in der Nacht zwischen dem 11. und dem 12. Juli 1998 waren?«, bittet Jan den Mann ausdruckslos.

Eero Palokkas Augen weiten sich. Er fängt an, mit den Knöcheln seiner linken Hand zu knacken. Das leise Geräusch hallt durch den hohen Raum. Kurz darauf bekommt er sich jedoch wieder unter Kontrolle.

»Sie wissen nur zu gut, dass ich in Juha Järvis Haus war. Mein Alibi kann unter anderem Jaatinen bestätigen«, sagt er mit tiefer und ruhiger Stimme.

Jan beschließt, kurz das Thema zu wechseln.

»Eigentlich sind wir nicht hier, um nach Ihrem Alibi zu fragen, sondern um uns ein Bild anzuschauen«, sagt er und reicht Pyry das Foto des Autos von der Wetterkamera. Dieser nimmt es widerwillig entgegen.

»Wieso sollte ich Ihnen helfen, nach allem, was passiert ist?«, fragt er und wirkt äußerst abweisend.

»Weil du keine andere Wahl hast«, zischt sein Vater zwischen den Zähnen hervor und wirft Jan ein angespanntes Lächeln zu.

Schweigend starrt Pyry auf das Bild, und alle warten.

»Das Auto sieht genauso aus«, räumt er ein. »Wem gehört es? Sagen Sie mir den Namen dieses Mistkerls, der Inga umgebracht hat, dann …« Als er den Blick seines Vaters sieht, verstummt er schnell wieder.

»Kehren wir noch einmal in die Neunziger zurück. Pyry,

würden Sie uns kurz allein lassen?«, bittet Jan, und der Mann wirft seinem Vater einen verwunderten Blick zu. Dieser nickt, wie um ihm zu signalisieren, dass alles in Ordnung sei. Jan wartet, bis Pyry außer Hörweite ist, und lehnt sich dann in seinem Sessel nach vorn. Zwischen ihm und Palokka steht ein großer Couchtisch. Jan tippt auf Ikea.

»Sie haben selbst zugegeben, dass Sie 1998, am selben Wochenende, als Inga verschwand, auf Juha Järvis Feier waren. Ich frage das nur einmal: Haben Sie Inga auf der Party gesehen?«

Eero Palokka erstarrt sichtlich und schielt auf seine Nägel. Schließlich blickt er auf und sieht Jan an, als hätte er eine Entscheidung getroffen.

»Ja, ich war dort«, sagt er leise.

»Haben Sie Inga gesehen?«

»Und wenn es so wäre?«, fragt Palokka überraschend, und Jan hält inne.

»Wann ist sie gekommen, und was hat sie dort gemacht?«

»Inga kannte Järvi, sie waren fast Nachbarn.«

»Aber sie war doch nicht wegen Juha Järvi da«, versucht es Jan. Palokka scheint anzubeißen.

»Nein. Das dumme Mädchen ist irgendwie auf die Idee gekommen, dass ich sein Vater wäre. An dem Abend ist sie völlig überraschend in der Villa aufgetaucht. Sie war zwar nüchtern, wollte aber unbedingt von mir wissen, warum ich damals ihre Mutter verlassen hätte. Ich konnte nur lachen und habe ihre dummen Anschuldigungen abgeschmettert. Ich und Anna-Liisa?«, grunzt er. Beim Anblick von Jans Miene besinnt er sich jedoch schnell wieder.

»War Inga in Begleitung?«

»Es ist niemand mit reingekommen, aber nachdem sie mich eine Weile mit ihren Fragen traktiert und mir langsam geglaubt hat, dass ich nicht ihr Vater bin, wollte Järvi sie überreden, mit ihm in die Sauna zu gehen. Da ist sie dann wütend aus der Tür gerannt. Das war so gegen Mitternacht. Ich weiß noch, dass ich ans Fenster gegangen bin, um zu sehen, wo sie hinrannte. Da sah ich weiter unten am Hügel ein Auto stehen, die Scheinwerfer waren an. Jemand hat dort auf sie gewartet.«

Jan starrt den älteren Mann an.

»Und Sie hätten das alles für sich behalten, wenn wir nicht nachgefragt hätten?«, hakt er mit einem Anflug von Abscheu in seiner Stimme nach.

»Jaatinen hat sich das damals doch alles notiert«, sagt Palokka und späht hoffnungsvoll zur Tür.

»Und das Auto?«, will Jan wissen. »Wissen Sie, wem es gehört haben könnte?«

Es ist, als stünde die Luft still.

»Es sah aus wie das, das Sie meinem Sohn gezeigt haben. Es könnte gut dasselbe gewesen sein. Damals hat mich das nicht interessiert, verstehen Sie? Ich war hackedicht, und unten gab es Frauen. Hätte Inga ihren Verdacht in ihrem Bekanntenkreis ausgeplaudert, hätte meine Ehe in die Brüche gehen können. Aber noch mal zurück zum Auto. Wenn Sie es unbedingt wissen wollen, ich kenne zumindest einen, der so eins hat.« Palokka tippt mit seinem dicken Zeigefinger auf das unscharfe Bild, das immer noch auf dem Tisch liegt. »Der Schuldirektor von Ivalo. Der hat so ein Auto, obwohl er echt ein guter Mann ist.«

Im selben Augenblick ertönt der Nachrichtenton von Jans Handy. Eine Mitteilung von Myski. Er ist auf dieselbe Person gekommen.

Jan und Myski sehen sich die Kontaktdaten an, die Jan via Smartphone erhalten hat. Markku Yli-Maininki hatte die letzten fünfundzwanzig Jahre denselben Arbeitgeber, die Gemeinde Inari. Er besitzt eine Eigentumswohnung, auf seinen Namen ist ein Kombi registriert, und er hat kein Strafregister.

»Ein ziemlich gewöhnlicher Mann, der nicht aus der Masse heraussticht«, meint Myski, nachdem er fertig gelesen hat. »Und er arbeitet mit Jugendlichen.«

»Er entspricht genau dem Profil, nach dem wir suchen«, stimmt Jan zu. »Fahren wir gleich zur Schule und besuchen ihn. Danach entscheiden wir, wie wir weiter vorgehen.«

Jan klopft an die Tür, die man ihnen gezeigt hat. Das Büro des Direktors. Doch er wartet nicht ab, bis ihnen geöffnet wird, sondern tritt direkt ein.

»Jan Leino, KRP«, stellt er sich noch auf der Schwelle vor. »Wir hätten ein paar Fragen bezüglich eines Pkws, der auf Ihren Namen zugelassen ist.«

»Haben Sie KRP gesagt? Das ist ja eine Überraschung«, stammelt Yli-Maininki. Er erhebt sich vom Schreibtisch, umrundet ihn und bleibt davor stehen. »Darf ich fragen, in welcher Angelegenheit?«

»Im Moment nicht«, sagt Jan forsch. »Ich hätte gern, dass Sie erst ein paar Fragen beantworten. Haben Sie am 14. oder 15. Oktober Ihr Auto gefahren?«

»Diesen Monat ... Warten Sie mal«, murmelt Yli-Maininki, wie um Zeit zu gewinnen. »Nein«, sagt er schließlich bestimmt. »Habe ich nicht. Ich war zu der Zeit ein paar Tage weg, in Nuorgam. Aber mein Auto stand in der Garage. Ich bin mit dem Wagen eines Freundes gefahren. Wieso?«

Auf einmal scheint ihm die Bedeutung des Datums klar zu werden. »Der 15. Oktober?«, wiederholt er. »Sprechen wir von dem Tag, als unsere Schülerin Silja Kari verschwunden ist?«

»Sie sind sich also ganz sicher, dass Ihr Auto damals nicht bewegt wurde?«, fragt Jan, und sein Blick landet auf den Füßen des Mannes. Aus seinen Sandalen spitzen bunte Socken hervor.

»Wahrscheinlich ist es nichts weiter, aber jetzt, da Sie fragen ... Es kann sein, dass ich es mir nur eingebildet habe, aber als ich wieder nach Hause kam, hatte ich kurz den Eindruck, dass in der Zwischenzeit jemand damit gefahren wäre.«

»Dass jemand damit gefahren wäre? Wie kamen Sie darauf?«, fragt Jan. Aus dem Augenwinkel späht er zur Wand hinüber. Eine Reihe ernst und förmlich dreinblickender Köpfe starrt zurück. Alle vorherigen Schulleiter posieren dort Seite an Seite auf Porträts.

»Gefahren, ja. Als ich gegangen bin, habe ich nicht auf den Kilometerstand geachtet, also kann ich es nicht beschwören. Aber ich hatte einfach so ein Gefühl. Ich schließe nicht einmal immer meine Wohnungstür ab, und das Schlüsselbrett hängt direkt im Flur. Aber Moment mal. Wie kommen Sie überhaupt darauf, hier aufzutauchen und mir Fragen zu stellen? Verdächtigen Sie mich irgendwie? Mehr will ich nicht sagen. Nach allem, was ich weiß, muss ich das auch nicht.«

Jan schweigt einen Moment. Der Fall hat eine neue Wendung genommen. Vielleicht haben sie jetzt etwas.

»Die Techniker werden als Nächstes Ihr Auto untersuchen, Sie dürfen es ein paar Tage nicht benutzen«, sagt Jan.

Der Rektor nickt verwirrt, scheint aber kooperieren zu wollen. Etwas anderes bleibt ihm auch nicht übrig.

Zurück im Polizeirevier, holt Jan sich einen Kaffee aus der Küche. Keine einzige Tasse ist sauber, also nimmt er sich einen Pappbecher vom Stapel. Geduld hat noch nie zu seinen Stärken gehört. Die forensischen Ermittler, die aus Rovaniemi angefordert wurden, werden eine Weile brauchen, um Yli-Maininkis Auto zu untersuchen. Um etwas zu tun zu haben, drückt Jan am Rand seines Bechers herum. Die Spitze des weißen Plastiklöffels wurde unsauber abgeschnitten, an einem der Enden steht ein dünner, überflüssiger Streifen ab. Jan versucht, Saana zu erreichen. Aus irgendeinem Grund geht sie immer noch nicht ans Telefon. Normalerweise hat sie ihr Handy immer bei sich, trotzdem ist sie schlecht darin, auf Anrufe zu reagieren. Doch er kommt nicht dazu, weiter über sie nachzudenken, denn auf seinem Smartphone geht eine Nachricht ein. Die Information, die Myski ihm gerade geschickt hat, reißt ihn aus seiner Trägheit. Mihkku ist wieder zu Hause. Jan lässt den Kaffee stehen und macht sich sofort auf den Weg.

Kurze Zeit später hat er bereits den Song, der in den Notizen erwähnt wurde, vor sich auf dem Computer. *Verlorene Mädchen, verlorene Sommer, verlorene Wälder.* Es könnte sich um eine poetische Interpretation der Sommer der Jugend und wilder Liebe handeln. Einer Zeit, in der alles besser war. Aber in

Anbetracht der Mordermittlungen und der Tatsache, dass der Produzent des Songs ein Verbindungsstück zwischen den beiden ermordeten Jugendlichen darstellt, muss das Lied unbedingt eingehender geprüft werden.

»Was hat Sie zu dem Song inspiriert?«, fragt Jan direkt. Er ist gerade in Mihkkus Studio eingetroffen, das sich in der Garage eines Einfamilienhauses in Inari befindet.

Die Garage wurde renoviert und zu einem beeindruckenden Komplex mit eigener Studiokabine und einem Schreibtisch für den Produzenten umgebaut. Mihkku bedeutet Jan, auf dem weinroten Samtsofa an der Wand Platz zu nehmen. Dann zuckt er mit den Schultern.

»Ich habe eine Freundin verloren, als ich jung war, so etwas vergisst man nie. Hat nicht jeder Künstler irgendeine Art von Trauma?«

»Und jetzt wurde Silja, die auf dem Album singt, tot aufgefunden. Ein ziemlicher Zufall«, meint Jan.

»Der nichts mit mir zu tun hat«, entgegnet Mihkku, nimmt seine Schirmmütze vom Kopf und fährt sich durch die Haare. Dann dreht er sich mit dem Stuhl zum Keyboard, sucht das Stück heraus und spielt die Stelle ab, an der Silja singt.

»Hier. Hören Sie. Silja hatte eine schöne Stimme, ich habe sie hierher eingeladen, um ein paar Probeaufnahmen zu machen, aber wir haben den Song ziemlich schnell zum Laufen gebracht.«

Jan lauscht dem schönen, zarten Gesang, der das kleine Studio erfüllt, und ein kalter Schauer läuft ihm über den Rücken. Niemand wird diese Stimme je wieder live hören. Sie ist wie ein Gruß aus dem Grab.

»Was für ein Verhältnis hatten Sie zueinander?«, fragt Jan, nachdem Mihkku die Aufnahme gestoppt hat und wieder Stille im Raum herrscht. »Standen Sie sich nah?«

»Glauben Sie, ich hätte … dass sie und ich …?« Ungläubig schüttelt er den Kopf. »Ich liebe Musik und habe die Jugendlichen, denen ich Starthilfe gebe, gern. Ich war selbst einmal einer von ihnen, schüchtern, aber begabt. Man hat mich genau zur richtigen Zeit unterstützt und ermutigt, und ich will neuen Talenten meinen Teil zurückgeben, aber ich mochte Silja wirklich nicht auf *diese* Art. Ich bin über vierzig. Außerdem habe ich einen Partner.«

Jan akzeptiert die Antwort. Fragen zu stellen, ist ein wichtiger Teil des Ermittlerdaseins. Es ist seine Aufgabe, Vermutungen anzustellen und diese wieder zu verwerfen.

»Wie lange waren Sie auf Tour?«, fragt er und lässt gedanklich die Daten Revue passieren, die für die Ermittlungen relevant sind. Silja wurde am 14. Oktober zuletzt gesehen, und ihre Leiche wurde am 26. Oktober gefunden. Da war sie höchstwahrscheinlich schon mehrere Tage tot, vielleicht sogar schon seit ihrem Verschwinden.

»Meine neue Single ist gerade erschienen, und wir waren im ganzen Sámi-Land unterwegs. Am 13. Oktober sind wir losgefahren, am 21. kam ich kurz nach Hause, und am 23. sind wir wieder weiter. Erst heute bin ich zurückgekommen, wie Sie wissen.«

»In Ordnung«, sagt Jan. »Würden Sie der Polizei noch die Kontaktdaten der Personen geben, die das bestätigen können?«

»*Tiäđust-uv,* natürlich«, antwortet Mihkku auf Inarisamisch. »Ich gebe Ihnen die Nummer meines Managers, er kann das Ganze bezeugen.«

Jan mustert Mihkku mit schief gelegtem Kopf und greift dann nach der Visitenkarte, die dieser ihm hinhält.

»Mir ist gerade eine gute Melodie eingefallen, hören Sie mal«, sagt Mihkku und spielt ihm eine einfache Tonfolge auf dem Keyboard vor.

Jan nickt. Er kann nicht behaupten, dass ihn Mihkkus Musik besonders interessiert. Nicht jetzt, da er einen Mörder sucht. Jede Minute, die er mit der falschen Person verbringt, führt ihn weiter weg von der Chance, den richtigen Kurs einzuschlagen. Jan beobachtet den netten Mann, der sich ganz der Musik verschrieben hat, und weiß schon, dass er am falschen Ort ist, die falsche Spur verfolgt.

Als er sich auf den Weg zur Tür macht, setzt Mihkku sich Kopfhörer auf und winkt ihm zum Abschied zu.

Der Gedanke kommt Jan erst, als er schon die Klinke in der Hand hat. Die einfache Melodie, die Mihkku ihm gerade auf dem Keyboard vorgespielt hat, klingt ihm noch im Ohr. In den Unterlagen zu Inga Weckman stand etwas von einem Interesse an Musik. Das würde beide Opfer verbinden. Selbst wenn Mihkku nicht die Person ist, die sie suchen, könnten über die Musik trotzdem weitere gemeinsame Nenner zu finden sein.

»Warten Sie, eine Sache noch«, sagt Jan und bleibt im Türrahmen stehen wie Columbo. »Wissen Sie zufällig, ob Silja Musikunterricht genommen hat?«

Mihkku hört auf zu spielen, dreht sich um, schaut ihm in die Augen und nickt.

»Silja hat Klavier gespielt.«

»Und Inga?«

»Inga auch. Sie haben beide Abendunterricht in der Schule genommen, ich erinnere mich gut, hier gibt es nicht so viele Klavierlehrer.«

»Hatten sie denselben Lehrer? Obwohl so viele Jahre dazwischenliegen?«

»Ja, hatten sie«, bestätigt Mihkku. »Joni Lund.«

»Wirklich? Aber er ist doch Tierarzt.«

»Das auch«, sagt Mihkku, setzt sich die Kopfhörer wieder auf und konzentriert sich ganz auf die Musik.

Offenbar ist gerade der Zimmerservice da gewesen. Das breite Doppelbett ist ordentlich gemacht, und Jans Kleidung hängt fein säuberlich im Schrank. Ich habe die Unordnung mitgebracht, stellt Saana mit Schrecken fest, als sie den Raum betritt. Ihre eigenen Klamotten quellen aus dem offenen Koffer, und der Kleiderhaufen am Kopfende des Bettes wurde von der Reinigungskraft sorgfältig auf der Tagesdecke zusammengefaltet. Auf den Tischen liegen Papierseiten und andere Gegenstände verstreut. Hier konnte selbst die Putzkraft nichts ausrichten.

Saana wühlt in ihrem Koffer, ihr Ladegerät muss irgendwo da drin sein. Der Handyakku ist leer, und sie verspürt einen Stich im Herzen. Wenn Jan in all dem Stress versucht hat, sie zu erreichen, macht er sich bestimmt Sorgen.

Gar nicht so schlecht, die Hütte gegen das Hotel einzutauschen, denkt Saana und lässt sich aufs Bett fallen, nachdem sie ihr Smartphone zum Laden angesteckt hat. Hier gibt es ein fertiges Frühstück und gute Gesellschaft, sofern diese denn anwesend ist.

Die Lamellen der Jalousie sind halb geöffnet, und durch das

Fenster sieht man das graue Ivalo. Saana erinnert sich an die Jahrtausendwende zurück und überlegt, wie das Hotel damals wohl ausgesehen haben könnte. Dann fällt ihr die Frage wieder ein, die sie schon von Anfang an beschäftigt. Wenn Inga eine Beziehung mit jemandem hatte, warum musste sie dann geheim gehalten werden? Weil der Mann, oder warum nicht vielleicht auch die Frau, von Anfang an gewusst hatte, wie die Sache enden würde? Oder hatte Inga irgendwann damit gedroht, die Geheimhaltung zu beenden?

Saana geht noch einmal die Personen durch, die ihr bisher auf ihrem Weg begegnet sind. Hätte Inga eine Beziehung mit Mihkku oder Ailu gehabt, hätte sie diese nicht verheimlichen müssen, sie waren ja bekanntermaßen schon miteinander befreundet. Der Grund könnte Fremdgehen gewesen sein. Saana ruft sich die verheirateten Männer ins Gedächtnis.

Da wäre Palokka senior, aber mit ihm hätte Inga wohl kaum etwas angefangen, besonders, wenn sie es für möglich hielt, dass er ihr Vater war.

Dann ist da noch ihr damaliger Lehrer, der jetzige Schuldirektor, der einen reizbaren Eindruck macht und den Anet für den Mörder zu halten scheint. Aufgrund seiner Position hätte er allerdings viel zu verlieren gehabt, schließlich ist eine Beziehung zwischen Schüler und Lehrer absolut tabu.

Trotzdem ist sich Saana nicht sicher, wie sie Anets Verhalten finden soll. Sie scheint nicht ganz im Lot zu sein. Nach dem Besuch bei ihrem Nachbarn hat Anet ihre Besessenheit einfach abgeschüttelt und verkündet, sie würde jetzt ins Büro gehen.

Es gäbe auch noch weitere Kandidaten. Die Rolle, die der Schauspieler Juha Järvi in der Geschichte spielt, hat Saana von Anfang an interessiert, aber offensichtlich hatte er im selben Sommer eine Affäre mit Maija und noch viele andere Dinge am Laufen. Maijas Worten nach war Järvi aufrichtig traurig gewesen, als er vom Tod der Jugendlichen erfuhr, die in seiner Nachbarschaft gewohnt hatte. Und dann war er nur einen Monat später überraschend selbst gestorben.

Da fallen Saana Heta und ihre Aufzeichnungen wieder ein. Möglicherweise hatten beide Schwestern ein Verhältnis mit einem vergebenen Mann. Hetas Einträge sind schwammig und auch etwas bedrohlich. Saana weiß nicht genau, wie glaubwürdig sie sind. Immer wenn Heta sich mit dem Moormann traf, schien dieser ihr Gedächtnis infrage zu stellen. Was hatte Heta verdrängt? Er schien sogar darauf anzuspielen, dass Heta selbst die Schuldige sei. Dass sie zu der Zeit, als Inga ermordet wurde, hier gewesen sei. Ob sie dazu imstande gewesen wäre, ihre eigene Schwester umzubringen, auf die sie offensichtlich auch eifersüchtig war?

Das Bild, das Hetas Texte von ihr vermitteln, ist ziemlich verworren, manchmal sogar unlogisch. Saana nimmt die ausgedruckten Seiten zur Hand, öffnet die Dokumente, die sie per E-Mail bekommen hat, und nimmt sich erst nur die Stellen vor, in denen der Moormann in Erscheinung tritt. Dann scrollt sie herum, springt hin und her und versucht, sich irgendeinen Reim auf das Ganze zu machen. Schließlich hält sie bei den letzten Seiten inne und liest sie erneut.

Johan fuhr zu schnell, aber es war mir egal. Wir fuhren durch die Gegend und suchten nach Tierkadavern.
»Da drüben!«, schrie ich, als ich in der Ferne ein kleines Bündel sah. Johan machte eine Vollbremsung, stieg aus und hielt kurz darauf vor der Windschutzscheibe den Arm hoch, von dem ein oranges Fell mit einer weißen Schwanzspitze baumelte. Der tote Fuchs hatte einen grotesken Gesichtsausdruck. »Ab in den Kofferraum damit«, sagte ich, und als

Johan ihn hineinwarf, war ein dumpfer Schlag zu hören. Wir fuhren weiter ziellos herum, bis mir eine Idee kam. »Ich möchte zu einem Haus in der Nähe von Muotka, an der letzten befahrbaren Straße vor den Fjells.« So etwas in der Art sagte ich. »Natürlich«, sagte Johan und drückte wieder aufs Gas.

Als wir angekommen waren, blieb er im Auto sitzen. Ich sprang über den Straßengraben und ging wie im Schlaf durch den Wald auf das Haus zu. Mit dem Quad wäre der Weg deutlich leichter gewesen. Zweige kratzten an meinen nackten Armen, und hin und wieder drohten meine Füße in versteckten, morastigen Stellen zu versinken. Schließlich tauchte das Haus, das ich gesucht hatte, vor mir auf. Ich lief zu einem der Fenster und spähte hinein. Drinnen war es dunkel. Vereinzelt waren Möbel zu erkennen, aber ich wusste, dass das Haus nur vorübergehend genutzt wurde. Niemand wohnte dauerhaft dort. Dahinter lag ein kleiner Schuppen. Ich trat in die Dunkelheit des Verschlags. In der hintersten Ecke entdeckte ich einen Benzinkanister und hob ihn auf. Er war halb voll. Manchmal träume ich immer noch von diesem Moment. Davon, wie ich gebannt in die Flammen starrte. Wie das Feuer einen orangefarbenen, flackernden Schein auf meine Haut warf. Als schwarzer Rauch in dünnen Schwaden in den Himmel stieg, rannte ich los. Zurück im Auto sah Johan mich fragend an. Ich lächelte. Meine kleine Rache war gelungen. Ich hatte das Haus dieser Arschlöcher zerstört.

Saana hält inne. Heta hat nicht erwähnt, in welchem Jahr das passiert ist. Sie blättert auf die letzte Seite.

Liebes Tagebuch, ich bin durcheinander. Ich habe mich mit ihm getroffen. Dieses Mal hat er unter falschem Namen ein Hotelzimmer reserviert. Jedes Mal, wenn ich ihn sehe, frage ich mich, ob dieses Mal das letzte ist. Wir sollten uns nicht mehr treffen. Andererseits habe ich nichts zu verlieren, schließlich bin ich Single. Ich fühle mich geschmeichelt: Für mich war er bereit, eine Grenze zu überschreiten, seine Ehe zu gefährden. Wir hatten eine schöne Zeit, bis er irgendwann die Worte aussprach.

»Ich weiß, dass du Inga nie wirklich gemocht hast. Sie war durch und durch gut. Das bist du nie gewesen.«

Das sagte er.

Ich bekomme es nicht aus dem Kopf.

Er sagte mir so schreckliche Dinge, dass es mir schwerfällt, sie zu glauben. Nach und nach fallen mir wieder all die Gründe ein, aus denen ich damals gegangen bin. Auch damals hat er versucht, mir Vorschriften zu machen, wollte mich kontrollieren und bestimmen, was ich tun oder denken sollte. Zu gehen war schließlich die einzige Möglichkeit, wie ich seinem Einfluss entkommen konnte, und ich bin dankbar, dass er mir nie gefolgt ist. Ich kann nicht umhin, mich zu fragen, was er alles getan und wen er alles kontrolliert haben könnte.

Saana kopiert einen Teil des Textes und fügt ihn in ihr Dokument über Ingas Tod ein. Sie markiert den Teil aus Hetas Aufzeichnungen in Violett, um sich später daran zu erinnern, dass es sich um direkte Zitate handelt. Der Inhalt des Textes lässt ihr keine Ruhe. Sie blickt auf und schaut aus dem Fenster. Die friedliche Landschaft ist das komplette Gegenteil des Gefühls, das in ihr wühlt. In ihrem Kopf herrscht absolutes Chaos. Schließlich drehen sich ihre Gedanken nur noch um eine Frage: Wer ist dieser mysteriöse Moormann?

»Wir haben eine Nachricht aus Norwegen«, sagt Saki.

Jan stellt sein Handy sofort auf Lautsprecher, und sie einigen sich darauf, zu einem Videotelefonat überzugehen.

»Sie haben jetzt die Archive durchforstet. Deutlich nach der Jahrtausendwende, 2008, gab es einen Fall, zu dem sie uns die Daten geschickt haben. In Kautokeino ist ein siebzehnjähriges, dunkelhaariges Mädchen verschwunden, das nie gefunden wurde. Ich schicke dir gleich Foto und Infos.«

»Uns fehlt immer noch das Motiv«, meint Jan.

»Es kann sein, dass der Täter erst Bekanntschaft mit den Mädchen geschlossen hat, in der Absicht, sie zu verführen. Am Anfang ist alles gut gelaufen, aber nach und nach wollte er das Verhalten der Mädchen kontrollieren und hat immer mehr Forderungen gestellt. Wenn die Mädchen ihm nicht gehorchten oder etwas falsch machten, könnte er sich dadurch dazu berechtigt gefühlt haben, die Beherrschung zu verlieren. Es ist auch möglich, dass er gehofft hat, alles würde beim Alten bleiben. Veränderungen führen zu einem Widerspruch zwischen Wunsch und Realität. Das würde erklären, warum der Mord nicht direkt nach dem ersten Treffen passiert ist«, überlegt

Saki. »Es könnte ein Katz-und-Maus-Spiel gewesen sein, und vor der Tat könnten sie sich wochen- oder monatelang getroffen haben.«

»Frag in Norwegen nach, ob das verschwundene Mädchen in seinem Zimmer oder irgendwo zu Hause einen Amethyst hatte. Kläre auch, ob sich Liebesbriefe oder andere Nachrichten unter ihren Sachen befinden.«

»Okay. Vorher schicke ich euch noch schnell das Foto der Vermissten.« Kurz darauf füllt sich der Bildschirm mit dem Gesicht eines fröhlich lächelnden, dunkelhaarigen Mädchens mit blauen Augen und Sommersprossen.

Jan starrt auf das Bild. Myski tut es ihm gleich und hüstelt. Die hübsche Jugendliche würde zweifellos zum Stil des Mörders passen.

»Wenn er sich seine Opfer auch jenseits der finnischen Grenze gesucht hat, könnte das auf eine mobile Arbeit oder auf jemanden hindeuten, der gern Auto fährt.«

»Mit dieser Vorgabe bekommen wir eine endlose Liste von Namen«, merkt Myski an.

»Die Spurensicherung untersucht immer noch Yli-Maininkis Auto. Schicken wir ein Foto des Wagens und das Kennzeichen auch an die norwegischen Kollegen, und bitten wir sie zu prüfen, ob sich dafür Treffer in Verbindung mit den Vermisstenfällen finden lassen. Wenn der Täter in Inari nicht sein eigenes Auto benutzt hat, gehe ich stark davon aus, dass die Situation auf der norwegischen Seite eine andere gewesen sein könnte. Wenn er wollte, konnte er sich dort vielleicht völlig frei bewegen.«

»Mihkku hat auch jenseits der Grenze Auftritte«, meint Myski.

»Aber sein Manager hat uns schon ein Alibi für ihn gegeben. Er war erwiesenermaßen fast die ganze Zeit, in der Silja verschwunden war, auf Tour«, antwortet Jan. »Aber als ich ihn besucht habe, hat er etwas sehr Interessantes erzählt. Inga und Silja hatten über die Volkshochschule einen gemeinsamen Klavierlehrer. Wir kennen ihn bereits. Sein Name ist Joni Lund, 47 Jahre alt. Er arbeitet in der Gemeinde von Inari als Tierarzt.«

»Warum ist das noch überhaupt nicht zur Sprache gekommen?«, überlegt Myski laut. »Der Mann hat zu keinem Zeitpunkt erwähnt, dass er die verschwundenen Mädchen kannte.«

»Stimmt«, sagt Jan.

»Als ich ihn wegen Johans verschwundener Messerscheide angerufen habe, wusste er angeblich nichts von dem Vorfall«, sagt Myski. »Trotzdem scheinen Johan und seine Mutter sich sicher zu sein, dass Johan es ihm gegenüber erwähnt hat. Was, wenn Lund einen Grund hat, das Ganze zu leugnen?«

»Wenn er selbst das Futteral gestohlen und versucht hat, Johan als den Schuldigen hinzustellen?«, überlegt Jan. »Dieser Mann hat in der Gegend Einfluss, hält sich aber sehr bedeckt. Das ist in der Tat interessant. Prüfen wir alles, was wir über ihn haben.«

»Er wohnt mit seiner Familie in Ivalo. Anet ist seine Ehefrau. Hier ist die Adresse.«

»Der Anschrift nach wohnt Yli-Maininki direkt nebenan«, stellt Jan fest.

Zuerst erscheinen die kleinen Details voneinander losgelöst, aber nach und nach, während immer neue Bruchstücke auftauchen, fügen sich die Dinge nahtlos ineinander.

Saki schaut ihnen vom Bildschirm entgegen und stellt eine unumwundene Frage: »Könnte der Tierarzt auch Einsätze in Norwegen gehabt haben?«

TEIL IV

Nachdem Heta Saana das Material übergeben hat, läuft sie nach Hause. Es ist Oktober. Bestenfalls schickt sie gerade eine Nervensäge auf die Reise. Jemanden, der ohne Vorwarnung auftaucht, einen unschuldigen Eindruck macht und unbequeme Fragen stellt. Saana wäre wie Ingas Geist, der den Leuten auf den Fersen bleibt und an die geschlossenen Türen der Erinnerungen klopft. Sie würde über dieselben Wege und Pfade gehen wie sie beide damals. Heta macht sich auf den Weg ins Büro, aber arbeiten wird sie wohl nicht können. Unablässig geht ihr der Mord an ihrer kleinen Schwester in all seinen fürchterlichen Einzelheiten durch den Kopf. Sie betrachtet sich im Spiegel des Fahrstuhls und grinst. Das macht sie schon seit einer Weile. Grinsen, wenn sie allein im Aufzug ist. Erst wenn die Türen leise wieder auseinandergehen, hört sie auf.

Auf dem Weg zu ihrem Büro im dritten Stock der Anwaltskanzlei klackern Hetas Absatzschuhe über das Fischgrätparkett. Vielleicht werde ich eines Tages an meinem Schreibtisch zur Mumie werden, und eine der unsichtbaren Putzkräfte kommt und räumt mich weg, denkt sie. Lustigerweise ist sie wahrscheinlich die Einzige hier, die das Reinigungspersonal freundlich grüßt. Heta hat dieser Kanzlei Hunderte, wenn nicht Tausende Stunden ihres Lebens geopfert, nur um festzustellen, dass die Putzkräfte die einzigen echten Menschen hier sind. Sie nimmt einen Schluck Kaffee und bricht in hysterisches Gelächter aus. Sofort, nachdem sie sich hinter ihrem Schreibtisch verschanzt hat, öffnet sie den obersten Knopf ihres Hosenanzugs und späht zur Schreibtischschublade. Sie ist aus Massivholz, und man muss eine Weile an ihr rütteln, bis sie aufgeht, aber beim Anblick des Notfallvorrats darin verfliegt Hetas Ärger gleich wieder. Sie pickt sich eine Beruhigungstablette aus der Pillendose und wartet auf deren betäubende Wirkung. Dann fängt sie an, ihre Reise in den Norden zu planen.

Als Heta am Abend wieder zu Hause ist und die Wirkung des Medikaments schon seit einiger Zeit wieder nachgelassen hat, betrachtet sie das Foto von Inga auf ihrem Nachttisch. Die heilige Inga.

Es lässt sich nicht mehr ändern, dass Seppo Laitinen und seine Kollegen, sosehr sie sich auch bemühten, mit den Ermittlungen von Anfang an auf dem Holzweg waren. Heta war fast schon bereit, ihr Schicksal zu akzeptieren, als auf Bambis Drängen hin ein neuer Plan Gestalt angenommen hat. Sollte sie sich der Vergangenheit stellen und dafür sorgen, dass der Täter seine Strafe erhält? Fahr in den Norden. Du wirst bereit sein, wenn der Moment gekommen ist. Schließlich kann Heta der Versuchung nicht mehr widerstehen.

Sie informiert niemanden über ihr Kommen. Sie will sich bedeckt halten. Will sehen, wie die Leute, mit denen Saana spricht, sich verhalten, nachdem diese wieder weg ist. Was die Personen, gegen die Heta einen gewissen Verdacht hegt, tun, wenn ihnen die Ereignisse von früher ohne Vorwarnung um die Ohren fliegen. Sollte Saana neue Informationen aufdecken, wäre auch sichergestellt, dass Heta mit ihrem Verdacht allein ist. Dass die seltsamen Gedanken über ihre verdrängten Erinnerungen, die sich wie Schlangen durch ihren Geist winden, nicht wahr sind.

In Inari angekommen, fährt Heta zu ihrem Elternhaus. Saana war schon dort und wird wohl kaum noch einmal zurückkommen. Heta holt den Schlüssel aus dem Versteck und geht hinein. Alles ist wie früher. Aber noch bevor sie sich einrichtet, will sie zu einem bestimmten Ort. All die Jahre hat sie darüber nachgedacht, warum Johan die Kiefer namens Schwindler so oft erwähnt, und ist zu dem Schluss gekommen, dass sie den Baum selbst befragen muss.

Bambi sitzt still auf dem Rücksitz. Heta schaltet das Radio ein. Als sie anfängt, daran herumzuspielen, sagt Bambi, sie wolle fahren. Heta schaut in den Spiegel. »Ich lasse dich nicht fahren«, sagt sie leise, aber mit Nachdruck. »Außerdem sind wir gleich da.«

Mit Bambi im Schlepptau setzt sie ihren Weg zu der Stelle fort, die sie auf der Karte mit einem Herz markiert hat. Dem Punkt, an dem Ingas Leben endete.

Die längsten Äste des Schwindlers ragen alles andere als nach Süden. Deshalb hat er auch diesen Namen bekommen. Heta ist sich sicher, dass es im Laufe der Zeit noch viele andere Schwindler gegeben hat.

Plötzlich fallen ihr die gemeinsamen Momente in ihrem Zimmer wieder ein. Inga war damals noch jung. Sie schlich sich oft in Hetas Zimmer und wollte Geheimnisse hören. Vielleicht hat sie so manches zu früh erfahren. In dieser Gegend hat man es minderjährigen Mädchen eigenartigerweise selbst überlassen, Grenzen zu setzen.

Heta geht auf den Schwindler zu. Die Sträucher am Wegesrand scheuern an ihren Hosenbeinen, und die feuchten, runden Mooshügel schmatzen unter ihren Füßen. Sie tritt ganz dicht an den Baum heran, lässt ihren Blick von den Wurzeln bis zur Krone schweifen und streicht mit den Fingerspitzen über die dünne, blättrige Rinde. In jedem von uns steckt ein kleiner Schwindler, denkt sie und schaut traurig in die Äste, die sich im Wind wiegen. Behutsam geht sie um den Baum herum und beugt sich ganz nah an den Stamm heran. Bambi ist in einiger Entfernung stehen geblieben. Zentimeter für Zentimeter sucht Heta den Stamm ab, bis sie fündig wird. Endlich sieht sie es.

Ganz unten, vor Blicken verborgen, an der Stelle, wo die Erde in den Stamm übergeht, befindet sich ein eingeritztes kleines Herz. Endlich wird ihr klar, was ihr Cousin meinte. »Der Schwindler weiß es«, das hat Johan gesagt. Das Herz ist ziemlich verwittert und blass, aber es ist noch zu erkennen.

Darunter hat Inga einen Namen geschrieben. Heta liest ihn langsam. Spricht jeden verfluchten Buchstaben laut aus. »Du?«, fragt sie den stummen Baum ungläubig, ehe sie das Gelesene schließlich verinnerlicht.

Saana sitzt im Hotelzimmer, starrt aus dem Fenster und versucht, den nächsten Abschnitt des Manuskripts zu schreiben. Er soll Details über Inga, ihren letzten Abend und den Beginn der Ermittlungen enthalten. Sie spricht einen Abschnitt für den Podcast auf:

»In Ivalo befindet sich der nördlichste Flughafen Finnlands. Vor nur wenigen Tagen sind hier weitere Polizisten gelandet. Die Leiche auf Iso Jääsaari hat die Aufmerksamkeit der Behörden auf das Land gelenkt, das von den Farben der dunkelgrünen Kiefernhaine und der Polarlichter geprägt ist. Das Gemeindegebiet von Inari ist ziemlich groß, von seinem äußersten Rand aus sind es nur zwanzig Kilometer bis zu den Fjorden des Eismeers. Obwohl ich mit den Einheimischen in Kontakt gekommen bin und einen Zugang zum Fall gefunden habe, habe ich die meiste Zeit das Gefühl, allein im Dunkeln zu tappen.«

Saana beendet die Aufnahme. Sie weiß noch nicht genau, ob diese kurze Passage es in das endgültige Manuskript schaffen wird, aber es ist gut, so viel Rohmaterial wie möglich zu produzieren. Das Material zu bearbeiten, ist einfacher, als es zu erstellen.

Saana schaut auf die Uhr. Es ist erst früh am Abend, sie könnte gut noch einen letzten Ausflug nach Angeli machen, Eivor besuchen und ihr den Schlüssel zurückgeben. Sie würde sie gern fragen, ob sie etwas über Hetas Jugendliebe weiß. Ob sie sagen kann, wer dieser Moormann ist, der in den Texten so häufig erwähnt wird?

Unterwegs wirft Saana einen Blick auf ihr Handy. Es wird kein Netz angezeigt, sie befindet sich wohl in einem Funkloch. Schon wieder ist es passiert: Begeisterung und Neugier haben sie so schnell aufbrechen lassen, dass sie keine Zeit hatte, über mögliche Gefahren nachzudenken, und nichts anderes im Sinn hatte, als Klarheit in die Dinge zu bringen. Sie ist wie das Klischee einer Krimi-Detektivin, die wie besessen ganz allein, ohne Hilfe und ohne Waffe den Mörder verfolgt. Saana schluckt. Es ist wirklich schrecklich, sich vorzustellen, wie leicht es wäre, sie zu massakrieren. Auch jetzt wieder. Hier fährt sie also ohne Empfang mitten durch die Wildnis, zu jemandem ohne Nachbarn. Wenn etwas passieren würde, würde sie stundenlang niemand vermissen. Selbst bis zu Jans Reaktion würde es lange dauern, und dann wäre es schon zu spät.

Sie verscheucht den Gedanken, bevor sie ihn ganz zu Ende denken kann. Ihre Fantasie lässt ganz normale Situationen manchmal unheimlich erscheinen. Saana drosselt das Tempo, setzt den Blinker und hält am Straßenrand an. Dann betrachtet sie die Landschaft und horcht in sich hinein. Wird es ihr zu mulmig? Konzentriere dich auf die schönen Dinge, Saana! Sie beschließt, an ihrem ursprünglichen Plan festzuhalten, und fährt weiter ihrem Ziel, dem Haus von Eivor, entgegen.

Zaghaft klopft sie an. Zu ihrer Überraschung ist es Johan, der aufmacht. Er sagt nichts, lässt nur die Tür offen stehen und verschwindet wieder im Inneren des Hauses. Saana zieht ihre Schuhe aus und folgt ihm. Kurz darauf betritt sie das Wohnzimmer, das mit einer Tisch-Bank-Kombination und vielen Flickenteppichen ausgestattet ist. Johan sitzt in einem Schaukelstuhl in der Ecke, Eivor ruht sich gerade auf dem Sofa aus. Als sie Saana hört, setzt sie sich auf. Nach ihrem Nickerchen wirkt sie ein wenig träge.

»Da stehen Kaffee und etwas Lendensuppe für dich«, sagt sie freundlich.

»Danke«, erwidert Saana. Im Moment ist ihr allerdings nicht nach Kaffee oder besonders fleischhaltigem Essen. Sie holt den Schlüssel der Hütte aus ihrer Jackentasche und legt ihn auf den Tisch.

Johan schaukelt immer noch vor und zurück. Saana fällt auf, dass er Schuhe trägt.

»Danke, dass ich mir die Hütte ausleihen durfte, es war schön dort«, sagt sie und geht auf die Wand zu. Dort hängt ein Holzregal, auf dem ein kleiner Goldklumpen liegt. »Haben Sie den selbst gefunden?«

»Ja, früher habe ich mit Erik Gold gewaschen. Aber das hier ist nur ein Lebloser.«

»Leblos?«, wiederholt Saana.

»Früher haben die Goldwäscher den Klumpen und Nuggets komische Namen gegeben. Da gibt es Nissen, Wanzen und so weiter. Aber der hier ist so klein, dass man ihn einfach leblos nennt.«

Saana nickt, geht zum Tisch und setzt sich. Allmählich wird sie sich ihrer Bewegungen und der Tatsache, dass Johan sie anstarrt, auf unangenehme Weise bewusst. Sie fährt sich durchs Haar und versucht, einen Knoten mit den Fingern zu lösen, während sie sich bemüht, sich all die Dinge in Erinnerung zu rufen, über die sie mit Eivor sprechen wollte.

»Unglücksvogel«, sagt Johan anklagend. »Hier war alles in Ordnung, bevor du kamst und angefangen hast, Fragen über alte Angelegenheiten zu stellen. Jetzt schau, was passiert ist.« Seine Stimme wird lauter. »Du hast ein schlafendes Raubtier geweckt.«

Eivor wirft ihm einen scharfen Blick zu. »Na, na. Wenn du dich aufregst und laut wirst, hast du in den Augen der anderen verloren.«

Johan steht abrupt auf und läuft mit geballten Fäusten auf seine Mutter zu. Im letzten Moment wendet er sich jedoch ab und rennt aus dem Zimmer.

Saana erstarrt vor Schreck und schluckt die Spucke hinunter, die sich in ihrem Mund gesammelt hat. Johans Anschuldigungen will sie allerdings nicht einfach so schlucken. Fragen zu stellen, ist hier wirklich nicht das eigentlich Schlimme, auch wenn die Einheimischen da anderer Meinung zu sein scheinen. Niemand ist vorgetreten und hat ihr erzählt, was er weiß.

»Ich habe nichts mitgebracht, was nicht schon hier gewesen wäre. Ich hoffe für euch alle, dass eines Tages alles aufgeklärt wird«, sagt sie leise.

Eivor steht vom Sofa auf und kommt zu Saana an den Tisch. »Der beruhigt sich schon wieder.«

»Ich habe Heta schon länger nicht mehr erreicht, und in der Firma haben sie gesagt, sie würde gar nicht mehr dort arbeiten. Wissen Sie, wo sie ist?«

»Heta?«, fragt Eivor erstaunt. »Sie war schon immer launenhaft. Sie wissen ja, dass man sich an Verstorbene nur im Positiven erinnern und sie als gute Menschen im Gedächtnis behalten möchte. Inga ist den Menschen als perfekt in Erinnerung geblieben. Aber bei Heta ist das nicht so eindeutig. Im Gegenteil. Als sie sechzehn war, hat ihr Leben eine traurige Wendung genommen. Kurz darauf bekam sie die ersten Anfälle.«

»Anfälle?«, hakt Saana nach.

»Sie hatte Wutausbrüche, raufte sich die Haare, und wenn jemand ihr in den Weg kam, ist sie manchmal blind vor Raserei geworden und hat denjenigen attackiert. Meiner Meinung nach hat sie sich wie eine Wilde benommen. Dafür haben wir auch ein eigenes Wort, *vildu.*«

»Das wusste ich gar nicht«, sagt Saana. Ihr Bild von Heta ändert sich mit jedem Gespräch über sie.

»Irgendwann hat man sie eine Weile weggebracht, damit sie zur Ruhe kommt. Ich glaube, es waren insgesamt vier Wochen, die sie in der Poliklinik für Jugendpsychiatrie verbracht hat.«

»Hat das geholfen?«, erkundigt sich Saana neugierig.

»Ja und nein. Sie hat sich beruhigt, weil man sie mit Medikamenten vollgepumpt hat, aber ich glaube nicht, dass sie sich irgendwie mit den Ursachen auseinandergesetzt hat. Das arme Ding hat sich dort einfach in einen Zombie verwandelt und sich die langen Haare ganz kurz geschnitten. Ich dachte, es hätte vielleicht etwas mit den Leiden des Erwachsenwerdens zu tun, damit, dass sie zur Frau wurde. Vielleicht hatte sie auch die Nase voll von der Aufmerksamkeit vonseiten der Männer.«

»Welche Art von Aufmerksamkeit meinen Sie? Das hört sich schlimm an, aber es hilft mir, die Welt, in der Inga und Heta aufgewachsen sind, zu verstehen.«

»Damals herrschte hier ein ziemlich chauvinistisches Klima. Es kam sogar vor, dass Väter mit ihren Söhnen in illegale Bordelle gingen, und danach wurden hier selbst junge Mädchen nach ihrem Preis gefragt. Auch für die Jungs war es sicherlich nicht immer angenehm. Plötzlich wusste niemand mehr, was das Wort Respekt bedeutet. Vor allem auf der norwegischen Seite wurden Männlichkeitsprüfungen veranstaltet, es gab sie aber auch auf dieser Seite der Grenze. Ich bekomme immer noch nicht den Dorfladen aus dem Kopf, in dem die Pornohefte und die Süßigkeiten einträchtig nebeneinander im Regal lagen. Kein Wunder, dass die jungen Mädchen irgendwann anfingen, Symptome zu entwickeln. Suchen Sie mal nach Artikeln über Kautokeino oder Skiipagurra, Sie sind doch Journalistin. Das alles hat zu einer bedrückenden Atmosphäre geführt, die sich auch auf die Frauen *hier* ausgewirkt hat. Niemand wollte negative Presse über das eigene Dorf, also wurden die Dinge nicht an die große Glocke gehängt.«

Saana notiert sich die Ortsnamen und sieht zu, wie Eivor mit zittrigen Händen nach dem Hüttenschlüssel greift. Was sie im Laufe ihres Lebens wohl alles gesehen und erlebt hat? Sie scheint es gewohnt zu sein, all ihre Erfahrungen stumm mit sich herumzutragen.

»Ist Heta in ihrer Jugend etwas Schlimmes passiert?«

»Spät in der Nacht bekam ich einen Anruf. Heta klang verweint, wollte, dass Erik kommt und sie dort wegholt.«

»Aus dem Bordell?«

»Ja. Er ist sofort losgefahren. Ich habe das verweinte Mädchen dann in Empfang genommen, es zugedeckt und die Sauna angeheizt. Ich habe an ihrem Bett gewacht, sie konnte nicht schlafen. Sie weinte nur, und wenn sie kurz einnickte, schreckte sie wieder hoch, weil sie Albträume hatte. Doch die konnten kaum schlimmer sein als das, was sie gerade erleben musste. Danach haben wir nie mehr darüber gesprochen. Ich weiß nur, dass man sie aus einer Hütte geholt hat, in der es zu viele Männer und zu viel Schnaps gab. Dann wurde es dunkel, hat sie gesagt.«

»Könnte Ingas Tod irgendwie mit dem Ganzen zu tun haben?«

»Das habe ich mich auch gefragt. Ehrlich gesagt weiß ich

das nicht. Die armen Mädchen. Heta hat sich zurückgezogen, sich in weite Kleidung gehüllt, aufgehört, sich die Haare zu waschen. Sie hat ihre gesamte Zeit dem Studium gewidmet. Im Nachhinein habe ich mich gefragt, ob ihr Ehrgeiz, Juristin zu werden, daher kam, dass sie anderen dabei helfen wollte, zu ihrem Recht zu kommen.«

Saana nickt. Irgendwo im Haus ertönt ein Husten. Johan hat sich wohl in sein Zimmer zurückgezogen.

»Heta wollte den Täter die ganze Zeit über selbst finden, denjenigen, der ihre Schwester umgebracht hat. Ich befürchte, dass sie das nicht tut, damit Ingas Seele Frieden findet. An so etwas glaubt sie nicht. Ich bin mir sicher, dass sie das alles macht, um sich rächen zu können«, sagt Eivor und schaut Saana mit schief gelegtem Kopf an.

»Ob bei ihr gerade alles in Ordnung ist?«, überlegt Saana. »Eigentlich bin ich hergekommen, um Ihnen eine Frage zu stellen. Ich habe Sie telefonisch nicht erreicht, und da sind immer noch ein paar Dinge, die mich beschäftigen. Heta hat mir ihre alten Aufzeichnungen gegeben, sie sind eine Art Tagebuch. Im Text wird ein paarmal eine gewisse Bambi erwähnt. Sie muss hier wohnen. Wissen Sie, wer das ist?«

Eivor mustert Saana eingehend, als würde sie abwägen, was sie ihr erzählen kann und was nicht.

»Heta hat sie manchmal erwähnt. Ich nehme an, dass sie eine Freundin ist, ihre einzige wahrscheinlich. Aber ich habe sie noch nie getroffen.«

»Wo könnte ich diese Bambi finden? Wissen Sie, wo sie wohnt? Oder haben Sie ihre Nummer?«

Eivor schüttelt den Kopf.

»Okay, da kann man wohl nichts machen«, sagt Saana und lächelt. »Die Sache ist also schnell abgehakt. Meine wichtigste Frage ist eigentlich folgende: Wissen Sie noch, mit wem Heta zusammen war, als sie jung war? Es muss ein Mann gewesen sein, den man als ihre Jugendliebe bezeichnen könnte.«

»Jugendliebe? Ein Freund? Nein, ich glaube nicht, dass Heta jemals einen hatte«, sagt Eivor. »Oder falls doch, hat sie niemandem davon erzählt.«

Nachdenklich fährt Saana zurück. Wer ist der Mann, dessen Identität nach wie vor ein Mysterium ist?

Der Handyempfang ist immer noch nicht besser geworden. Konzentriert hält Saana den Blick auf die ziemlich vereist wirkende Straße gerichtet. Wenige Kilometer später erscheinen auf dem Display ihres Smartphones vielversprechende Balken. Sie wählt Jans Nummer und ist erleichtert, als er abnimmt.

»Ich habe gerade mit Eivor Weckman gesprochen und dachte, ich rufe dich an, weil sie recht überzeugt davon zu sein scheint, dass Heta einen Racheakt planen könnte. Das Gespräch hat bei mir ein merkwürdiges Gefühl hinterlassen. Es kann also sein, dass Heta den Täter vor der Polizei finden will, damit sie ihn umbringen kann. Ich habe sie schon lange nicht mehr erreicht, und eine Frau hat mir erzählt, sie hätte sie hier gesehen. Vielleicht solltet ihr sicherheitshalber überprüfen, ob bei ihr alles in Ordnung ist. Eivor wirkte so überzeugt. Sie würde ihre Nichte nicht leichtfertig verdächtigen.«

»Alles klar, danke«, sagt Jan. »Wo bist du gerade? Vielleicht wäre es besser, wenn du in der jetzigen Situation solche Ausflüge nicht mehr allein unternimmst.«

»Ich weiß«, räumt Saana ein. »Ich habe Eivor nur den Schlüssel zur Hütte zurückgebracht.«

Nach dem Telefonat bemerkt sie, dass ihr in einiger Entfernung ein Auto folgt. Die hellen Scheinwerfer heben sich deutlich von der grauen Landschaft ab. Saana versucht, nicht weiter über die Sache nachzudenken, und konzentriert sich auf die Straße. Bei der nächsten Haltebucht könnte sie stehen bleiben und das Auto überholen lassen, falls es dann noch nicht an ihr vorbeigefahren ist. Sie hat es schon immer gehasst, wenn ihr jemand beim Fahren fast im Kofferraum hängt.

Doch als Saana schließlich am Straßenrand anhält, fährt das Auto nicht an ihr vorbei, sondern bleibt direkt hinter ihr stehen. Was jetzt? Sie spürt, wie ihr Puls sich beschleunigt.

Kurz darauf sieht Saana im Rückspiegel, wie eine ihr bekannte Gestalt aussteigt und zu ihrem Fenster kommt. Der Mann bedeutet ihr, die Tür zu öffnen. Saana überlegt, was sie tun soll. Schließlich wagt sie es und macht auf.

»Die hier hast du vergessen«, sagt Johan und reicht ihr die alten Wollhandschuhe, die ihre Oma gestrickt hat. Mit vor Angst immer noch klopfendem Herzen lächelt sie ihn an und schämt sich für ihre lebhafte Fantasie.

»Vielen Dank, Johan.« Sie nimmt die Handschuhe entgegen. »Nur dafür bist du so lange hinter mir hergefahren, das war nett von dir.«

»Keine Ursache«, meint Johan und lächelt ebenfalls. »Außerdem bin ich sowieso auf dem Weg ins Dorf, ich drehe wieder meine Runden.« Dann trottet er zurück zu seinem Auto, setzt den Blinker und fährt an Saana vorbei über die halbdunkle Straße. Saana schaut ihm nach und umklammert erleichtert ihre Handschuhe. Sie haben einen unschätzbaren Erinnerungswert. Es sind die letzten, die ihre Oma gestrickt und ihr zu Weihnachten geschickt hat.

Ein Vogel fliegt vom Tierkadaver auf. Manchmal kommt Johan zu spät. Als Schatzjäger muss man vor den Aasfressern da sein. In der Ferne ist ein Auto zu hören. Es kommt auf ihn zu. Hoffentlich erschrickt der Fahrer nicht, wenn er ihn so plötzlich im Dunkeln am Straßenrand stehen sieht. Johans eigenes Auto steht etwas weiter entfernt, Scheinwerfer und Motor sind aus. Als der Wagen ihn erreicht, bremst er überraschend ab.

Johan hebt den Kopf, um zu sehen, wer der Fahrer ist. Als er ihn erkennt, lächelt er und hebt die Hand zum Gruß. Der Mann erwidert sein Lächeln und steigt aus. Johan zeigt ihm das Aas. Es war nicht mehr zu retten, und viel nützen wird es ihm auch nicht mehr, denn der Schädel ist zertrümmert, und das Blut vom Aufprall hat das Fell verschmutzt. Der Mann sagt nichts. Steht nur schweigend am Straßenrand, die Kapuze über den Kopf gezogen. Auf einmal blitzt vor Johans Augen der winzige, weit entfernte Schimmer einer Erinnerung auf.

Der Schwindler. Ingas geheime Treffen in der einsamen Hütte. Die Gestalt im Wald. Johan wirft das Aas in Richtung Waldrand und wartet darauf, dass der Mann etwas sagt. Warum redet er nicht? Warum ist er den ganzen Weg hierher zu ihm gekommen und sagt nichts? Nur wenige Sekunden später weiten sich Johans Augen vor Schreck. Plötzlich wird ihm klar, warum der Mann, dessen Name auf dem Schwindler steht, hier ist.

Johan überlegt, wohin er fliehen soll, aber seine Beine sind wie angewurzelt und wollen sich nicht rühren. Erst jetzt bemerkt er das Jagdgewehr in der Hand des Mannes. Er sucht nach Reue oder zumindest irgendeiner Art von Mitleid in dessen Blick, kann aber nichts erkennen. Der Mann ist ganz anders als sonst. Viel ernster. Seine hellblauen Augen sind kalt wie Eis.

»Es tut mir leid, aber ich muss es tun«, sagt er. »Lauf!«, drängt er Johan dann und schwenkt sein Gewehr.

Zuerst versteht Johan nicht, was der Mann sagt. Sein Körper ist ganz schlaff geworden. Doch schließlich gelingt es ihm, sich in Bewegung zu setzen. Erst geht er langsam die Straße entlang und schaut sich immer wieder um, dann rennt er los. In der Ferne sieht er, wie der Mann wieder in sein Auto steigt. Er startet den Motor, und die Scheinwerfer gehen an. Da fängt Johan an, um sein Leben zu rennen.

Es dauert nicht lange, ehe Johan seinen letzten Atemzug tut. Er bleibt auf dem Boden liegen, umgeben vom spärlichen Licht der dunklen Polarnacht.

»Gerade sind neue Informationen aus Norwegen gekommen, hören Sie zu!«, ruft Jan Myski zu. »Nach Angaben der norwegischen Polizei hat das 2008 vermisste Mädchen, Maja, ein paar Monate vor seinem Verschwinden einen Mann kennengelernt, aber seine Angehörigen wissen nicht, wen. Sie glauben nicht, dass es sich um einen Einheimischen handelte. Am Tag ihres Verschwindens wurde in der Nähe ein Auto mit finnischem Kennzeichen gesehen. Finnen fahren natürlich häufiger über die Grenze, das ist an sich nichts Ungewöhnliches. Aber hier geht es nicht um irgendeinen Fahrer. Jetzt kommt das Interessante: Im Zimmer dieser Norwegerin, Maja, war ein Stein, den ihr jemand geschenkt hat, ein faustgroßer Amethyst. Ihre Eltern wissen nicht, woher sie ihn hatte.«

»Und diese Maja wurde immer noch nicht gefunden?«, vergewissert sich Myski.

»Leider nicht, obwohl man lange nach ihr gesucht hat. Die Norweger haben zwar mehr Ressourcen als wir, aber auch viel unwegsames Gelände. Wenn wir den Täter finden, fragen wir ihn direkt, wo das vermeintliche dritte Opfer begraben liegt.«

Jan seufzt. Die Ermittlungen sind wie ein morastiger Tümpel. Man muss ständig in Bewegung bleiben, weil die Füße einfach keinen Halt finden.

»Was das finnische Auto angeht, habe ich mithilfe der Norweger ein wenig herumgefragt. Gerade kam eine Antwort. Jemand hat sich daran erinnert, dass es das Auto eines finnischen Tierarztes war.«

»Tatsächlich?«, sagt Jan. »Wir haben schon eine Fahndung nach Joni Lund rausgegeben. Hoffen wir, dass wir ihn möglichst schnell finden.«

Myski nimmt einen Anruf entgegen und hört sich kurz an, was die Person am anderen Ende zu sagen hat. »Die Streife hat gerade gemeldet, dass Lund nicht zu Hause ist.«

Im selben Augenblick fällt Jan Saanas Anruf wieder ein. Angeblich hegt Eivor den Verdacht, dass Heta den Täter zuerst ausfindig machen will, um sich an ihm zu rächen.

»Ich hätte da noch eine Bitte«, sagt er an Saki gewandt. »Kannst du Heta Weckmans Handy orten? Und auch das von Joni Lund? Gib mir Bescheid, sobald du etwas weißt, wir gehen schon mal zum Auto.«

Nachdem Jan den Motor angelassen hat, starrt er vor sich hin. Sie sind schon in Ivalo, nicht weit weg von Lunds Haus, aber dort ist niemand. Wohin kann er gegangen sein? Vorläufig hat er keine Ahnung davon, dass die Polizei hinter ihm her ist.

»Vielleicht sucht er nach Rissen in den Menschen, nach Unsicherheit, nach etwas, was sie verletzlich macht. Er schafft eine Beziehung, baut Vertrauen auf und vollendet dann …« Jan fehlen die Worte. »Ein kranker Typ. Aber endlich sind wir ihm auf den Fersen.«

Der Nachrichtenton seines Smartphones ertönt. Saki hat ihm die Funkmastdaten beider Handyverträge geschickt.

»Sehen Sie«, sagt Jan erstaunt. »Die letzten Treffer für die

Handynummern unserer Gesuchten stammen beide vom selben Sendemast. Ich glaube, wir haben keine Zeit zu verlieren.«

Myskis Handy klingelt.

»Gehen Sie ruhig ran«, fordert Jan ihn auf, während er die Verbindungsdaten weiter durchsieht. Die genauen Standorte konnten anhand dieser nicht ermittelt werden.

Durch seine Arbeit war Joni Lund in der Lage, ganz selbstverständlich hin- und herzupendeln, und als Klavierlehrer hat er obendrein still und heimlich eine Beziehung zu beiden Opfern in Inari aufgebaut. Jan fragt sich, ob er ein guter Redner ist oder vielleicht ein vertrauenerweckendes Äußeres hat. Im schlimmsten Fall beides. Er wirft einen Blick auf Myski, dessen Gesicht ziemlich ernst geworden ist.

»Alles klar«, sagt dieser und beendet das Telefonat. »Bei Karigasniemi wurde eine männliche Person tot aufgefunden. Wir kennen ihn. Johan Weckman. Ich weiß noch nicht genau, was passiert ist, es war wohl ein Unfall.«

Jan horcht auf.

»Unfall? Da wäre ich mir nicht so sicher. Johan und Joni kannten sich. Vielleicht hat Joni sich Sorgen gemacht, dass wir ihm durch Johans verschwundenes Messerfutteral auf die Schliche kommen. Dass wir Johan für die Morde an den Mädchen nicht festgenommen haben, muss für ihn eine große Ernüchterung gewesen sein. Indem er ihn ermordet, wollte er vielleicht sicherstellen, dass uns nichts und niemand zu ihm führt.«

Bambi fragt Heta, warum sie es nicht gleich begriffen hat. Wie sie das beklemmende Gefühl vergessen konnte, das sie in der Gegenwart des Moormannes immer überkam. Er hatte versucht, sie zu kontrollieren. Und ihre Liebe geheim zu halten. Er wollte Heta nach und nach von ihren Freunden und ihrer Familie trennen, wollte, dass nur er ihr Lebensmittelpunkt war. Niemand sonst. Und wie er am Ende versucht hat, ihre Unsicherheit gegen sie zu verwenden. Wieso hat Heta zugelassen, dass der anfängliche Zauber alles Schreckliche überdeckt hat?

Heta bereut jede Sekunde mit ihm. Nur weil es sich so gut angefühlt hat, dass wenigstens einer sie akzeptierte und sich für sie interessierte, hat sie ihm zu viel verziehen. Sie konnte ja nicht ahnen, dass dieser hinterhältige und brutale Kerl Jahre später ein Verhältnis mit ihrer kleinen Schwester haben würde. Als Heta darüber flucht, dass sie es nicht einmal dann kapierte, als Inga in ihrem letzten Sommer oft sein Lieblingslied vor sich hin pfiff und es auf dem Klavier übte, nickt Bambi wissend.

Plötzlich wird Heta klar, dass er sie glauben machen wollte, sie selbst sei die Täterin. Er hatte alles darangesetzt, ihre

Gedanken durcheinanderzubringen und ihre Erinnerungen zu manipulieren. Und ihr Medikamenten- und Alkoholkonsum hatten seinem Plan nicht gerade geschadet. Wie krank und geschickt er doch gewesen war, dass er es geschafft hatte, sie glauben zu lassen, sie sei zu so etwas fähig.

Am nächsten Tag sitzt Heta wieder mit Bambi im Auto. Die Waffe liegt auf dem Rücksitz. Bambi fragt listig: »Wird es nicht langsam Zeit?«

Erst erwidert Heta nichts. Die Entscheidung wäre ziemlich endgültig, und sie will sie in Ruhe fällen. Sie parken an der Straße vor seinem Haus, in dem er gerade einen gewöhnlichen Abend mit seiner Familie verbringt. So tut, als wäre alles in Ordnung. Heta hat Mitleid mit Anet, aber jetzt ist nicht der richtige Zeitpunkt dafür.

»Momentan haben wir noch einen Vorsprung. Der Moormann weiß nicht, dass ich es weiß«, sagt Heta.

»Er weiß auch nicht, dass wir hier sind«, sagt Bambi und grinst. Ihre fettigen Haare hängen ihr ins Gesicht, und im Dämmerlicht wirkt ihre Haut fahl.

Bambi stapft durch das Labyrinth aus Sträuchern und zähen Wurzeln und beginnt zu keuchen. Diesmal ist Heta diejenige, die ihr folgt.

Wieder beobachten sie den Mann. Vom dunklen Wald aus sehen sie, wie er sein Auto belädt. Wahrscheinlich ist er auf dem Weg zur Arbeit. Seine Familie sitzt am Küchentisch und scheint das Brettspiel *Der Stern von Afrika* zu spielen. Im erleuchteten Haus sehen sie aus wie in einem Aquarium.

Bambi schaut zum Haus des Nachbarn. Dort steht das Auto, mit dem auch der Moormann ab und zu gefahren ist. Ein Auto. So einfach und doch so unglaublich. Der Mörder ist vor aller

Augen mit dem Wagen des Nachbarn herumgefahren. Er hat unter ihnen gelebt, dieselbe Luft geatmet wie sie, in denselben Läden eingekauft, ein Leben geführt, als hätte er die beiden siebzehnjährigen Mädchen nie umgebracht. Bambi schnauft so laut, dass sie kurz stehen bleiben muss.

Nachdem der Mann mit seinem eigenen Auto aus der Einfahrt gefahren ist, wagt Bambi es, sich zum Haus zu schleichen. Leisen Schrittes nähert sie sich dem Fenster. Sie muss einfach kurz hineinsehen. Der Raum dahinter ist dunkel. Nur ihr eigenes Spiegelbild wird von der Scheibe reflektiert.

Überrascht starrt sie es an und weiß plötzlich nicht mehr, was sie dort eigentlich sehen sollte. Als sie die Reflexion ganz genau betrachtet, erkennt sie darin blonde Haare, Augen, die ihr entfernt bekannt vorkommen, mit einem brennenden Blick. Verwirrt fixiert sie ihr Ebenbild. Von der Fensterscheibe blickt ihr Heta entgegen.

Bambi wird unsicher, spürt, wie ihre Hände zittern. Sie versucht, sich selbst zu erkennen, doch sie sieht nur Heta. Panisch blickt sie sich zur verschneiten Straße um. Auf dem Boden hinter ihr verläuft nur eine einzige Fußspur. Nirgendwo sind Fußabdrücke von Heta. Als sie zum Auto zurückkehrt, ist der Schnee so kalt und hart, dass die Flocken zu klirren scheinen. Zeit, mit der letzten Aufführung zu beginnen. Das zu tun, wovon sie schon sehr lange träumt. Oder eben Heta.

Bambi kneift sich in die Wange. Schmerz kann sie jedenfalls fühlen. Heißt das nicht, dass sie wirklich existiert? Aber wer ist dann Heta?

Am nächsten Abend trifft sie sich draußen an einem vertrauten Ort mit ihm. Arglos hebt er die Hand, wagt es sogar zu lächeln. Glaubt immer noch, er könne das Spiel einfach weiterspielen. Er kommt auf sie zu. Sie begrüßen sich.

»Ich war überrascht, als du das Treffen vorgeschlagen hast«, sagt er. »Ich dachte, du willst das nicht mehr.«

Er wirkt so selbstgefällig, dass er wohl kaum etwas ahnt. Vielleicht denkt er, sie sei leicht zu täuschen. Schließlich wurde ihr schon alles genommen. Die erste Liebe, das Vertrauen, die kleine Schwester. Obwohl der Moormann all diese furchtbaren Dinge getan hat, hat er so etwas wie ein Lächeln im Gesicht. Wer ist nur zu so etwas fähig?

Sie gehen nebeneinander auf die Bar zu. Die *Namenlose*. Den Ort, an dem sie sich früher manchmal getroffen haben und an dem alles enden wird. Er schreitet voran, um ihr die Tür aufzuhalten. Auch das noch, eine galante Geste, denkt Bambi. Die Höflichsten sind in ihrem Innern meist die Schlimmsten.

Sie gehen zum Tresen, und er sieht sie fragend an.

»Wodka«, sagt Bambi leise.

Er bestellt für sie beide je einen Wodka und ein Bier. Bambi ärgert sich darüber, dass er versucht, die Situation zu kontrollieren. Aber es sei ihm gegönnt. Dies wird der letzte Tag seines Lebens sein. Sie stoßen klirrend an und stürzen den Schnaps hinunter. Er nimmt einen Schluck Bier, nicht ahnend, dass dieses abgestandene Lapin Kulta sein letztes sein wird. Bambi kann ihren Hass kaum noch verbergen. Sie lässt ihn in kleinen, unsichtbaren Dosen durch ihre Nasenlöcher entweichen. Wie konnte er nur? Wie konnte ihr Liebster so etwas tun? Und das nicht nur einmal. Darum muss der Moormann nun sterben.

»Gehen wir kurz raus?«, fragt sie und setzt ein möglichst hinreißendes Lächeln auf. »Um der alten Zeiten willen.«

Er scheint darauf anzuspringen, hält es für ein Versprechen. Schließlich haben sie es auch früher schon draußen getan. Bambi geht voraus.

Ihr klingen die Worte im Ohr, die er damals zu ihr gesagt hat: »Bist du dir sicher, dass du nicht imstande wärst zu töten?«

Im Laufe der Jahre hat er versucht, Heta zur Schuldigen zu machen. Hat ihr Dinge eingeflüstert, die sie schließlich an sich selbst zweifeln ließen. Die letzte Wendung, denkt Bambi und führt den Mann um die Ecke. Eine Schneeflocke fällt auf ihre Wange und schmilzt. Bambi weiß nicht genau, ob der Tropfen auf ihrer Oberlippe eine Träne oder geschmolzener Schnee ist. Alles ist bereit. Ein paar Meter weiter, an der Ecke, wartet die Waffe. Endlich wird sie ihre Rache bekommen. Sie beide, Heta und Bambi.

Auge um Auge, denkt Bambi und verschwindet mit dem Mann im Schatten.

Als Myski und Jan ankommen, liegt hinter der Bar ein schwarzhaariger Mann bäuchlings im Schnee. Schweigend stehen sie da, betroffen von dem schrecklichen Anblick. Heta Weckman, die eine olivgrüne Tarnjacke trägt, ist neben dem Mann auf dem Boden zusammengesunken und weint zitternd. Im Schnee ist Blut. Myski tritt näher heran und wendet den Mann vorsichtig, um sein Gesicht sehen zu können.

»Ja, das ist er, Joni Lund«, sagt er und dreht sich zu Jan um.

»Wir sind zu spät.« Jan betrachtet das trostlose Bild. »Dieses Mal haben wir es zu spät verstanden.«

»Warten Sie!«, ruft Myski plötzlich. »Er hat noch Puls. Nehmen Sie Heta, und legen Sie ihr Handschellen an, ich rufe den Krankenwagen.«

EPILOG

Anet schaut Topias an, und ihre Augen werden feucht. Aus dem Jungen ist ein toller Mann geworden. Welcher Gefahr sie ihre beiden Söhne doch unwissend ausgesetzt hat. Joni ist zwar am Leben geblieben, aber sie weiß nicht, ob sie ihm je wieder gegenübertreten kann.

Doch heute will sie eine andere Sache zu Ende bringen. Jahr für Jahr hat sie an ihrem Erstgeborenen mehr und mehr Züge bemerkt, die nicht von ihr selbst stammen. Sie weiß, von wem er sie hat. Es ist an der Zeit, die ganze Geheimniskrämerei zu beenden und einen längst überfälligen Besuch zu unternehmen. Zeit, dass Topias seinem biologischen Vater von Angesicht zu Angesicht gegenübertritt.

Schon seit Jahren verlangt er von ihr zu erfahren, wer sein Vater ist. Jetzt, nach all den schrecklichen Ereignissen, bleibt Anet nichts anderes mehr übrig, als sich mit ihrem Sohn zusammenzusetzen und ihm alles zu erzählen. Oder zumindest fast alles.

Sie klingelt an der Tür. Ritva Palokka öffnet. Ihr Gesicht ist ruhig, nur die leicht geweiteten Nasenlöcher verraten ihre durch die Überraschung verursachte Empörung.

»Kommt herein«, bittet sie. Da wird Anet klar, dass auch Ritva nur darauf gewartet hat. Auf den Moment, in dem der Bann des Schweigens endlich gebrochen wird.

»Das hier ist der Sohn deines Mannes. Topias«, sagt Anet leise.

»Ich weiß«, sagt Ritva Palokka, ohne Topias eines Blickes zu würdigen. »Eero ist dort hinten. Wenn ihr zu ihm geht, sagt ihm gleich, dass er nach eurem Besuch exakt zehn Minuten Zeit hat, unser Haus zu verlassen. Ich will die Scheidung.«

»Bitte sehr«, sagt Myski und reicht Maija eine Hyazinthe. Sie blüht noch nicht richtig, eigentlich ist es noch eine erdige Zwiebel in einem Blumentopf, aber Myski hat Hyazinthen schon immer gemocht, und bald ist Weihnachten.

»Danke«, sagt Maija lächelnd. Dann wischt sie sich die nassen Hände an ihrer Schürze ab. »Du bist früh dran, ich bin noch beim Abspülen. Willst du einen Moment reinkommen?«

Myski nickt und zieht aufgeregt seine Jacke aus. Dann folgt er ihr hinein. Sie zeigt ihm einen Sessel, in dem er es sich bequem machen kann, während er wartet.

»Es dauert nur eine Sekunde!«, ruft sie ihm zu.

Myski lehnt sich zurück und schaut sich um. Maijas Zuhause ist äußerst gemütlich.

Daran könnte ich mich gewöhnen, denkt er, wagt es aber noch nicht, sich allzu viele Hoffnungen zu machen.

Der Sommer Lapplands, Inari, 1998

Inga steht an der Straße und betrachtet die Wipfel der Kiefern. Entfernt erinnert sie sich daran, wie Geatki, ihr Vater, ihr einen Fjell und wunderschöne Moorseen gezeigt hat. An jenem Abend, an dem sie allein unterwegs gewesen und zu weit gelaufen war, kam Geatki, nahm sie zum Schlafen mit in sein warmes Zelt, gab ihr etwas zu essen und brachte sie früh am nächsten Morgen zu der vertrauten Biegung der Straße, die nach Hause führte.

Inga schleicht sich davon. Am Horizont schimmert das Abendlicht, die Vögel singen. Auch sie scheinen sich nicht ganz sicher zu sein, wann es an der Zeit ist zu ruhen. Der Sommer ist so kurz. Die Pflanzen nutzen jede Stunde ihres Lebens, um zu wachsen. Gierig saugen Engelwurz, Fettkraut und Gletscher-Tragant das Leben in sich auf. Auch vor den Menschen macht der Fortpflanzungstrieb nicht halt.

Inga kann ihre Emotionen nicht auseinanderhalten. Sie lassen sich nur mit einem überwältigenden Gefühl des Zerspringens beschreiben.

Sie verlässt die Straße, überquert den Bach, um zu dem Platz zu gelangen, den Erik ihnen einst gebaut hat. Es ist eine aus Brettern gezimmerte Plattform, auf einem Wallberg in unmittelbarer Nähe des Schwindlers. Wenn man sich auf den Rücken legt und nach oben schaut, sieht man über sich den ganzen weiten Himmel.

Saana öffnet den Karton. Zuoberst kommt der flauschige dunkelblaue Strickpullover ihrer Mutter zum Vorschein. Saana schnuppert daran. Neben dem Dachbodengeruch kann sie einen Hauch alten Parfüms wahrnehmen. Es ist ein Duft, den sie wie selbstverständlich mit ihrer Mutter verbindet. Kräftig und würzig, mit einer leichten Zigarettennote. Saana legt den Pullover neben sich auf den Boden und beginnt, die Kiste zu durchforsten.

Ein Stapel Fotos, ein Lesezeichen aus Leder, eine Brosche, die ihre Oma früher immer trug, die violette Baskenmütze ihrer Mutter. Eine Klarsichthülle voller Seiten, die offensichtlich erst zerknüllt und später wieder geglättet wurden.

Saana nimmt die Blätter heraus. Die Geburtserzählung ihrer Mutter und Saanas Geburtsurkunde. Eigentlich weiß Saana schon, wonach sie sucht. Nicht nach ihren verlorenen Wurzeln oder der überraschenden Enthüllung, dass ihre Mutter gar nicht ihre biologische Mutter wäre. Sie sucht nach festgehaltenen Gedanken, nach etwas, was ihr dabei hilft, die Gedankengänge ihrer Mutter nachvollziehen zu können.

Auf manchen der älteren Fotos sehen sie einander ziemlich

ähnlich. Hübsch, blond, launenhaft. Mutter und Tochter. Die Tochter und die Mutter, die es nicht mehr gibt.

Als Mama starb, hatte Saana nicht die Kraft, sich mit den Andenken auseinanderzusetzen. Sie überließ alles einfach Inkeri. Mamas Wohnung auszuräumen, zu entscheiden, was bleiben sollte. Welche Dinge Saana am meisten an ihre Mutter erinnern würden. Ihre Tante hat völlig richtig geraten. Saana streicht über den flauschigen Pullover. Der Karton enthält auch Mamas Deko-Artikel und Reisefotos. Ihr Abiturzeugnis verrät, dass sie gut in Sprachen war. In Finnisch hat sie ein Laudatur bekommen.

Ist es das, was uns verbindet?, fragt sich Saana. Dass wir die Welt durch Worte erfassen? Leider hat ihre Mutter nie Tagebuch geführt. Ich werde nie ihre tiefsten Gedanken erfahren, denkt Saana und steckt die Seiten zurück in die Hülle. Es fällt ihr schwer zu akzeptieren, dass sie nie eine endgültige Erklärung dafür bekommen wird, warum ihre Mutter sie schließlich verließ, alles zurückließ, eine endgültige Entscheidung traf und sich selbst das Leben nahm.

Saana denkt über die Gefühle nach, die die Vergangenheit noch immer in ihr weckt. Schuld. Ein seltsames, unbegründetes Schuldgefühl. Hätte ich etwas tun können? Gleichzeitig ist ihr bewusst, dass sie auch Wut in sich trägt. Irgendein nicht zum Ausdruck gebrachtes Gefühl. Als es ihrer Mutter schlechter ging, konnte Saana ihre eigenen Sorgen nicht mit ihr teilen. So war ihr nichts anderes übrig geblieben, als mit ihrer eigenen Trauer darüber, dass sie mit ansehen musste, wie es einem nahestehenden Menschen schlecht ging, zu leben.

Sie denkt an all die Momente, in denen sie kaum Luft bekam, in denen Mamas schlechter Zustand lautlos den ganzen Raum vereinnahmte. Es gab nur das Zimmer, in dem ihre rauchende Mutter saß, deren schlechte Verfassung wie schwarzer Nebel in jede Ecke kroch und alles andere überdeckte. Das Schwarz überdeckte die Blumen, die Saana ihr mitbrachte, Nelken. Es überdeckte Mamas ungemachtes Bett und ihren rastlosen Blick. Es überdeckte das gute Gefühl, das für kurze Zeit in Saana aufkam, wenn sie ihre Mutter umarmte. Die sanften Umarmungen schlugen jedoch schnell in Trauer um. Wie zerbrechlich und klein sich ihre Mutter in ihren Armen anfühlte. Durch die Haut konnte Saana ihre Knochen spüren. Waren diese Umarmungen zwischen ihnen die einzigen, die Mama bekam?

Saanas Gedanken wandern zu ihrem Vater. Er war bereits gegangen, als es ihrer Mutter noch besser ging. Als sie lachte und ein bewegtes Leben führte. Wenn Papa geblieben wäre und das alles gesehen hätte, wäre er dann trotzdem gegangen? Manchmal, wenn Mama abends anrief und ihr Schweigen über das Telefon in Saanas Studentenwohnung kroch, hatte Saana sich gefragt, wie viel sie wohl noch ertragen musste. So würde es also sein, für den Rest ihres Lebens? Und doch war ihr nie in den Sinn gekommen, dass ihre Mutter sich etwas antun könnte. Dass diese sture Frau, die den Ärzten nicht traute und ihren eigenen Verfall nicht mehr wahrnehmen konnte, sich etwas zuleide tun könnte.

Saana spürt, wie ihr die Tränen in die Augen steigen. Sie erinnert sich daran, wie distanziert und ruhig ihre Mutter aussah, als sie sie zum letzten Mal besuchte. Wie sie nur auf dem Balkon saß und vor sich hin starrte, ohne etwas zu sehen. Sie hatte nicht reagiert, als Saana die Sonne bewunderte, die kurz herausgekommen war. Wahrscheinlich hatte Mama ihre Entscheidung da schon getroffen.

Saana blättert durch die Fotos. Sie mit Mama, das Hochhaus. Mamas Abiturfoto. Mama mit zwei Freundinnen in Kopenhagen. Saana in Windeln und Mama im Sommerkleid bei ihren Eltern in Hartola, Saanas Großeltern, die ihre Tochter mit letzter Kraft überlebten. Ihre Mutter, die bei ihrem letzten Treffen, kurz bevor sie Saana zurücklässt, fragt: »Möchtest du einen Kaffee?« Saana, die sagt: »Ja bitte«, und die Tasse entgegennimmt, die ihre Mutter trotz aller Widrigkeiten gespült hat.

Es gab Zeiten, da kam Tante Inkeri für mehrere Wochen nach Helsinki oder überredete sie beide, den Sommer bei ihr in Hartola zu verbringen. Wenn Inkeri kam und das Ruder übernahm, wurde es Saana leichter ums Herz. Ihr war, als würde Inkeri ihr die schwere Last für eine Weile abnehmen. An diesen Tagen lachte Saana häufiger. Mit Tante Inkeris Unterstützung durfte sie einen Moment lang eine Teenagerin sein, die Kummer hatte und rebellisch war, aber wenn Inkeri wieder weg war, senkte sich die Last erneut auf ihre Schultern herab. Jedes Mal, wenn sie mit ihren Freunden ausging, traf Saana eine unzumutbare Entscheidung. Indem sie das pulsierende Leben außerhalb ihres Zuhauses wählte, ließ sie ihre kranke Mutter im Stich. Ihre Mutter, die an ihren besten Tagen eine strahlende Person in einem schönen Kleid war, ihre Mutter, die an ihren dunkelsten Tagen dem grauen Fleck an der Wand glich, der von einem Wasserschaden stammte.

»Geh nur, mach dir um mich keine Sorgen, ich komme schon zurecht«, hatte sie manchmal gesagt, obwohl ihr Blick das Gegenteil ausdrückte: dass sie hoffte, Saana würde bleiben. »Wenn du hierbleibst, könnten wir uns zusammen einen Film ansehen«, sagte sie manchmal. Ihre Worte klangen unbekümmert, und doch wogen sie schwer wie Blei.

Saana steht auf. Neben ihr im Bett schläft Jan friedlich. Als sie sich nach oben schleicht, ist aus dem Zimmer ihres Vaters Schnarchen zu hören. Im Wohnzimmer steht einsam der Weihnachtsbaum, wie eine leuchtende Gestalt. Sein Schmuck lässt den kargen Raum schöner erscheinen, und die Lämpchen färben den Linoleumboden abwechselnd rot und blau.

Saana versucht, sich an die Weihnachtsfeste ihrer Kindheit zu erinnern, kann sich aber kein vollständiges Bild ins Gedächtnis rufen. Nur an den alten, gläsernen Weihnachtsschmuck im Sowjetstil kann sie sich erinnern, an das Väterchen Frost, das ihre Mutter immer zuerst an den Baum hängen wollte. Die kleine Figur wurde aus der Luftpolsterfolie gewickelt, und Mama hängte sie lächelnd an den dicksten Zweig. Saana setzt sich neben den Baum auf den Boden und lässt die Tränen kommen. Die Trauer wird wohl niemals weggehen, aber zum Glück kann sie eine andere Form annehmen.

DANKSAGUNG

Viele Menschen haben mir geholfen, dieses Buch zu schreiben, indem sie ihr Wissen mit mir geteilt oder mich ermutigt haben. Danke ganz besonders an meine geliebte Familie.

Ein großes Dankeschön auch an meine Lektorin Silka und alle bei Otava. Danke an die Elina Ahlback Agency und meine Herausgeber im Ausland. Es war eine Freude, mit Ihnen zusammenzuarbeiten.

Herzlichen Dank an Tiia Tuovinen, Elisa Konttinen, Jenni Kanerva, Piia Peltonen, Paula Niska, Tarmo Meltin, die Hündin Ruska, die als Hund von Saanas Vater einen Platz in diesem Buch bekommen hat, Ursula Länsman, Mika Laiti, Titta Vepsäläinen, Niillas Holmberg, Riikka Karjalainen, Sami Tenkanen, Issu, Antte Lauhamaa, Jari Pohtio, Arto Tuohimaa, Lotta Lindroos und viele andere, die mir auf dem Weg mit ihrem Wissen und ihrem Ansporn geholfen haben.

Danke auch für die Leserbriefe, die mich seit Beginn erreichen. Sie bedeuten mir sehr viel <3. Ich habe so viele Rückfragen bekommen, dass ich über einen vierten Band der Saana-Havas-Reihe nachdenke. Nächste Woche, wenn dieses Manuskript in den Druck geht, packe ich einen Wollpullover, Gummistiefel und Klamotten für heiße Tage ein, denn man weiß nie, wie der finnische Sommer werden wird. Ich nehme meine Tochter, wir springen in den Bus und dann auf die Fähre. Gemeinsam wollen wir den Ort erkunden, an dem die nächste Geschichte spielen soll. Es ist ein Ort, an dem ich die Sommer meiner Kindheit verbracht habe. Ein Ort, der sich in all den Jahren kaum verändert hat. Eine Insel, von der man sich leicht vorstellen kann, dass sie viele Geheimnisse birgt.

Drei Tote – ein Geheimnis

Coverabbildungen vorbehalten

Katrine Engberg

Glutspur

Die Wurzeln des Schmerzes.
Der erste Fall für Liv Jensen

Aus dem Dänischen von
Hanne Hammer
Piper, 464 Seiten
ISBN 978-3-492-06511-5

Der Selbstmord eines Häftlings auf Freigang, der Tod einer Museumsangestellten und ein wenige Jahre zurückliegender Mord an einem Journalisten – diese Fälle können keine Gemeinsamkeit haben. Oder doch? Liv Jensen, die sich gerade als Privatdetektivin in Kopenhagen selbstständig gemacht hat, versucht genau das herauszufinden. Sie trifft auf Hannah Leon, eine Krisenpsychologin, die gerade selbst einen Schicksalsschlag erlitten hat, und auf Nima Ansari, einen iranischen Automechaniker, der in einem der Fälle unter Mordverdacht gerät. Die Ermittlungen führen in ein dunkles Kapitel der dänischen Geschichte.

PIPER

Leseproben, E-Books und mehr unter www.piper.de